元曲選（附外編）

第三册

〔明〕臧晉叔 編
隋樹森 補編

中華書局

朱太守風雪漁樵記雜劇

第一折

〔冲末扮王安道上詩云〕一葉扁舟繫柳梢。酒開新瓮鮓開包。自從江上爲漁父。二十年來手不抄。老漢會稽郡人氏。姓王雙名安道。别無甚營生買賣。每日在這曹娥江邊堤岸左側。捕魚爲生。我有兩個兄弟。一個是朱買臣。一個是楊孝先。他兩個每日打柴爲活。我那兄弟朱買臣。有滿腹才學。争奈文齊福不齊。功名不得到手。在這本處劉二公家爲壻。今日遇着暮冬天道。紛紛揚揚。下着如此般大雪。兩個兄弟山中打柴去了。老漢沽下一壺兒新酒。等兩個兄弟來時。與他盪寒。我且在這避風處等待着。這早晚兩個兄弟敢待來也。〔正末扮朱買臣同外扮楊孝先上〕〔楊孝先云〕哥哥。你看這般大雪呵。怎生打柴。不如回去了罷。〔正末云〕小生是這會稽郡集賢庄人氏。姓朱名買臣。幼年頗習儒業。現今於本庄劉二公家作贅。有妻是劉家女。人見他生得有幾分人才。都喚他做玉天仙。此女頗不賢慧。數次家和小生作鬧。小生只得將就。讓他些罷了。小生在這本庄上。結義了兩個朋友。哥哥是王安道。兄弟是楊孝先。哥哥是個捕魚的漁夫。兄弟楊孝先和小生一般負薪爲生。俺弟兄每日在堤圈左側。閒談一會。今日紛紛揚揚下着如此般大雪。凍的手都僵的。怎生打柴。〔歎科〕〔云〕朱買臣。你如今四十九歲也。功名未遂。看何年是你那發達

的時節也呵。〔楊孝先云〕哥哥。想咱每日打柴。幾時是了也。〔正末唱〕

【仙呂點絳唇】十載攻書。半生埋没。學干禄。誤殺我者也之乎。打熬成這一付窮皮骨。

【混江龍】老來不遇。枉了也文章滿腹待何如。俺這等謙謙君子。須不比泛泛庸徒。俺也曾蠹簡三冬依雪聚。怕不的鵬程萬里信風扶。〔云〕孔子有言。吾十有五而志於學。三十而立。四十而不惑。五十而知天命。天那天那。〔唱〕我如今空學成這般贍天才。也不索着我無一搭兒安身處。我那功名在翰林院出職。可則剗地着我在柴市裏遷除。〔楊孝先云〕哥哥。似俺楊孝先學問不深。這也罷了。哥哥。你今日也寫。明日也寫。做那萬言長策。何等學問。也還不能取其功名。豈非是個天數。〔正末云〕常言道皇天不負讀書人。天那。我朱買臣這苦可也受的勾了也。〔唱〕

【油葫蘆】説甚麽年少今開萬卷餘。每日家長歎吁。想他這陰陽造化果非誣。常言道是小富由人做。喒人這大富總是天之數。我空學成七步才。謾長就六尺軀。人都道書中自有千鍾粟。怎生來偏着我風雪混樵漁。

【天下樂】我一會家時復挑燈倈看古書。我可便躊也波躇。那官職有也無。一會家受饑寒便似活地獄。則俺這朱買臣。雖不做真宰輔。〔云〕我雖然不做官。却也和那做官的一般。〔楊孝先云〕哥哥。可怎生與做官的一般。〔正末唱〕**俺可也伴着他播清名一萬古。**〔楊孝先云〕哥哥說的是。〔正末云〕那江岸邊不是哥哥的漁船。待我叫他一聲。〔做叫科云〕哥哥。〔王安道云〕俺兩個兄弟來了也。快上船來。〔做上船科〕〔王安道云〕你兩個兄弟請坐。老漢沽下一壺兒新酒。等你來盪寒。喒就此處閒攀話咱。〔楊孝先云〕雪大的緊。着哥哥久等也。〔王安道做遞酒科云〕兄弟滿飲一盃。〔正末云〕哥哥先請。〔王安道云〕兄弟請。〔正末做飲酒科〕〔王安道再遞酒科云〕孝先兄弟。滿飲一盃。〔孝先做飲科〕〔王安道云〕兄弟。喒閒口論閒話。我想來這會稽城中有錢的財主每不知他怎生受用。兄弟細說一徧。我試聽咱。〔正末云〕哥哥。便好道風雪酒家天。據着哥哥說呵。也有那等受苦的人。據着你兄弟說呵。也有那等受用的人。〔王安道云〕兄弟也。可是那一等人受用。〔正末云〕哥哥且休題別處。則說會稽城中有那等仕户財主每。遇着那大熱的時節。他也不受熱。遇着那大冷的時節。他也不受冷。哥哥不信時。聽你兄弟說一遍咱。〔王安道云〕兄弟。你道那財主每他冬月間不受冷。夏月間不受熱。你說的差了也。可不道冷呵大家冷。熱呵大家熱。偏他怎生受用。你說你說。〔正末唱〕

【村裏迓鼓】他道下着的是國家祥瑞。〔帶云〕哥哥。這雪呵。〔唱〕**則是與那富家每添助。**〔王安道云〕那富貴的人家。怎生般受用快活。〔正末唱〕**他向那紅鑪的這暖閣。一壁廂添上獸炭。他把那羊羔來淺注。**〔王安道云〕紅鑪煖閣。獸炭銀瓶。飲着羊羔美酒。遇着這等大雪。果然是好受用也。〔正末云〕哥哥。他一來可也會受用。第二來又遇着這般好景致。〔唱〕**門外又雪飄**

飄。耳邊廂風颯颯。把那氈簾來低簌。〔王安道云〕看這等凛冽寒天。低簌氈簾。羊羔美酒正飲中間。還有甚麼人扶侍他。〔正末唱〕一壁廂有各剌剌象板敲。聽波韻悠悠佳人唱。醉了後還只待笑吟吟酒美沽。〔王安道云〕兄弟。這一會兒雪大風緊越冷了也。〔正末唱〕哎。哥也他每端的便怎知俺這漁樵每受苦。

〔王安道云〕兄弟。我想來你學成滿腹文章。受如此窮暴。幾時是你那發達的時節也。〔正末唱〕

【元和令】總饒你似馬相如賦子虛。怎比的他石崇家誇金谷。〔王安道云〕那有錢的怎如你這有學的好也。〔正末唱〕豈不聞冰炭不同罏。也似咱賢愚不並居。〔王安道云〕兄弟。我見這會稽城市中的人。有穿着那寬衫大袖的喬文假醋。詩云子曰。可不知他讀書也不曾。〔正末唱〕他則待人前賣弄些好粧梳。扮一個峩冠士大夫。

〔王安道云〕似他這等奢華受用。假扮儒士。難道就無有人識破他的。〔正末唱〕

【上馬嬌】那一等本下愚。假扮做儒。他動不動一㓗地謊喳呼。見人呵閒言長語三十句。〔王安道云〕怕不的他外相兒好看。只是那腹中文章須假不得。〔正末唱〕他虛道是腹隱九經書。

【勝葫蘆】可正是天降人皮包草軀。〔王安道云〕他也曾看書麽。〔正末唱〕學料嘴不讀書。他每都道見賢思齊是説着謬語。那裏也温良恭儉。〔王安道云〕那禮節上便不省的。倘遇着人説起詩詞歌賦來。怎生答應。〔正末唱〕**那裏也詩詞歌賦。端的個半星無。**

〔王安道云〕兄弟。我今日也捕不的魚。兩個兄弟也打不的柴。喒各自還家去罷。孝先兄弟。你家中借一擔柴與你哥哥將的家去。争奈媳婦兒有些不賢慧。免得他又要吵鬧。〔正末唱〕

【寄生草】見哥哥把那魚船纜。凍的我手怎舒。〔王安道云〕兄弟。好大雪也。〔正末唱〕**正值着揚風攪雪可便難停住。你待要收綸罷釣還家去。哎哥也只怕你披簑頂笠迷歸路。似這等戰欽欽有口不能言。**〔帶云〕看了哥哥和兄弟這個模樣呵。〔唱〕**還説甚這晚來江上堪圖處。**

〔正末同孝先下〕〔王安道云〕俺兩個兄弟去了也。老漢也撑船還家去罷。〔下〕〔外扮孤領祇從上詩云〕寒窗書劍十年客。智勇干戈百戰場。萬里雷霆驅號令。一天星斗煥文章。小官乃大司徒嚴助是也。小官以儒術起家。累蒙擢用。現拜大司徒之職。奉聖人的命。着小官徧巡天下。採訪文學之士。今來到此會稽城外。風又大。雪又緊。左右擺開頭踏。慢慢的行。〔應科〕〔正末同孝先冲上〕〔祇從做打科云〕喂。甚麽人。避路。〔孝先下〕〔孤云〕住者。兩個人冲着我馬頭。被祇從人打將一個去了。只有這一個放下他那扚繩匾擔。立在道傍。明明是個打柴的了。怎麽身邊有一本書。想必是個讀書的。我試問他咱。兀那打柴的。大雪之中。因何衝着我馬頭。〔正末云〕小生是一個貧窮的書生。低着頭迎着風雪。走的快了些。不想誤然間衝着馬頭。望大人則是寬恕咱。〔孤云〕你既然是讀書之人。爲何不進取功名。却在布衣中負薪爲生。莫非差矣。〔正末云〕大人。

自古以來。不只是小生一個。多少前賢。曾受窘來。〔孤云〕你看此人貧則貧。攀今覽古。像個有學的。我就問你前賢有那幾個受窘來。你試説一遍。小官拱聽。〔正末云〕大人不嫌絮煩。聽小生慢慢的説一遍咱。〔唱〕

【後庭花】想當日傅説曾板築。〔孤云〕傅説板築。殷高宗封爲太宰。還再有誰。〔正末唱〕更有那倪寬可便曾抱鋤。〔孤云〕倪寬是我武帝時御史大夫。還再有誰。〔正末唱〕有一個甯戚曾歌牛角。〔孤云〕甯戚叩角而歌。齊桓公舉爲上卿。還再有誰。〔正末唱〕有一個韓侯他也曾去釣魚。〔孤云〕韓侯就是那三齊王韓信。果然曾釣魚來。可再有誰。〔正末唱〕有一個秦白起是軍卒。〔孤云〕那白起是秦將。起于卒伍之中。再呢。〔正末唱〕有一個凍蘇秦田無半畝。〔孤云〕蘇秦後來并相六國。可怎麽凍的他死。再呢。〔正末唱〕有一個公孫弘曾牧豬。〔孤云〕那公孫弘也是我漢朝的宰相。曾牧豬於東海。再呢。〔正末唱〕有一個灌將軍曾販屨。〔孤云〕那灌嬰我只知他販繒。却不知他販屨。〔正末唱〕朱買臣一略數。請相公聽拜覆。

【青哥兒】哎。我這裏叮嚀叮嚀分訴。這都是始貧始貧終富。〔帶云〕且休説别的。則這一個古人。堪做小生比喻。〔孤云〕可是那個古人。〔正末唱〕則説那姜子牙正與區區可比如。他也曾朝歌市裏爲屠。蟠溪水上爲漁。直捱到滿頭霜雪八旬餘。纔得把文王遇。

〔孤云〕看此人是個飽學的人。賢士。你説了一日。不知你姓甚名誰。〔正末云〕小生姓朱名買臣。

〔孤云〕誰是朱買臣。〔正末云〕小生便是。〔孤云〕左右。快接了馬者。我尋賢士覓賢士。爭些兒當面錯過了。久聞賢士大名。如雷灌耳。今日幸遇尊顔。實乃小官萬幸也。〔正末云〕不敢不敢。〔孤云〕賢士。你平日之間。曾做下甚麼功課來。〔正末云〕小生有做下的萬言長策。向在布衣。不能上達。望大人略加斤正咱。〔孤云〕你將來我看。〔做看科云〕嗨。真乃龍蛇之體。金石之句。賢士。我與你將此萬言長策獻與聖人。到來年春榜動。選場開。我舉保你爲官。你意下如何。

〔正末云〕若得如此。多謝了大人。〔唱〕

【賺煞】一轉眼選場開。發了願來年去。直至那長安帝都。〔孤云〕據憑賢士錦繡文章。何所不至。〔正末唱〕憑着我錦繡也似文章敢應舉。〔孤云〕明年去也是遲了。〔正末云〕大人。你道爲何。這幾年不進取功名來。〔孤云〕這可是爲何。〔正末唱〕也是我不得時可便韞匱藏諸。我若是釣鰲魚。怕不就壓倒羣儒。〔孤云〕賢士。你若去進取功名。豈在他人之下。〔正末唱〕我着普天下文人每那一個不拱手的伏。〔孤云〕請賢士收拾琴劍書箱。來年應舉去也。〔正末云〕大人。別的書生用那琴劍書箱。小生則用着身邊一般兒物件。奪取皇家富貴。〔孤云〕賢士。可那一般兒物件。〔正末唱〕憑着這砍黄桑的巨斧。端的便上青霄獨步。〔云〕別的書生說道月中丹桂。若到的那裏。折得一枝回來。足可了一生之願。不是我朱買臣敢說大言也。〔唱〕落可便我把那月中仙桂剖根除。〔下〕

〔孤云〕賢士去了也。小官不敢久停。將此萬言長策。獻與聖人走一遭去。〔詩云〕雖未相逢早識名。爲將長策獻朝廷。買臣若不遭嚴助。空作樵夫過一生。〔下〕

〔音釋〕會音桂　僵音姜　没音暮　禄音路　骨音古　蠹音妬　贍傷佔切　粟須上聲　倈離靴切　獄于句切　颯音薩　簌蘇上聲　刺音辣　谷音古　長音丈　築音主　卒從蘇切　伏房夫切

第二折

〔外扮劉二公同旦兒扮劉家女上詩云〕段段田苗接遠村。太公庄上戲兒孫。庄農只得鋤鉋力。答賀天公雨露恩。老漢姓劉。排行第二。人口順都喚我做劉二公。嫡親的三口兒家屬。一個婆婆。一個女孩兒。婆婆早年亡逝已過。我這女孩兒生的有幾分顔色。人都喚他做玉天仙。昔年與他招了個女壻。是朱買臣。這廝有滿腹文章。只恨他偎妻靠婦。不肯進取功名。似這般可怎生是好。〔做沉吟科云〕哦。只除非這般。孩兒也。你去問朱買臣討一紙兒休書來。〔旦兒云〕這個父親。越老越不曉事了。想着我與他二十年的夫妻。怎生下的問他要索休書。〔劉二公云〕孩兒也。你若討了休書。我揀着那官員士户財主人家。我别替你招了一個。你若是不討休書呵。五十黄桑棍。決不饒你。快些去討來。〔下〕〔旦兒做歎科云〕待討休書來。我和朱買臣是二十年的夫妻。待不討來。父親的言語又不敢不依。罷罷罷。我且關上這門。朱買臣敢待來也。〔正末拏拘繩匾擔上云〕這風雪越下的大了也。天阿。你也有那住的時節也呵。〔唱〕

【正宮端正好】我則見舞飄飄的六花飛。更那堪這昏慘慘的兀那彤雲靄。恰便似粉粧成殿閣樓臺。有如那撏綿扯絮隨風灑。既不沙却怎生白茫茫的無個邊界。

【滾繡毬】頭直上亂紛紛雪似篩。耳邊廂颯剌剌風又擺。〔帶云〕可端的便這場冷也呵。〔唱〕哎喲。匆匆匆暢好是冷的來奇怪。〔帶云〕天那天那。〔唱〕也則是單注着這窮漢每月值年災。〔帶云〕似這雪呵。〔唱〕則俺那樵夫每怎打柴。便有那漁翁也索罷了釣臺。〔帶云〕似這雪呵。〔唱〕則問那映雪的書生安在。便是凍蘇秦也怎生去搠筆巡街。則他這一方市户有那千家閉。抵多少十謁朱門九不開。〔帶云〕似這雪呵。〔唱〕教我委實難捱。

〔云〕來到門首也。劉家女。開門來。開門來。〔旦兒云〕這喚門的正是俺那窮廝。我不聽的他喚門。萬事罷論。纔聽的他喚門。我這惱就不知那裏來。我開開這門。〔做見便打科云〕窮短命。窮弟子孩兒。你去了一日光景。打的柴在那裏。〔正末云〕這婦人好無禮也。我是誰。你敢打我。

〔唱〕

【倘秀才】我纔入門來你也不分一個皂白。〔旦兒云〕我不敢打你那。〔正末唱〕你向我這凍臉上不俫你怎麼左摑來右摑。〔旦兒云〕我打你這一下。有甚麼不緊。〔正末唱〕哎。你個好歹鬬的婆娘。〔云〕我不敢打你那。〔旦兒云〕你要打我那。你要打。這邊打。那邊打。我舒與你個臉。你打你打。我的兒。只怕你有心没膽。敢打我也。〔正末唱〕你個好歹鬬的婆娘可便忒利害。也只爲那雪壓着我脖項着這頭難舉。冰結住我髭髯着這口難開。〔旦兒云〕誰和你料嘴哩。〔正末唱〕劉家女倈你與我討一把兒家火來。〔旦兒云〕哎呀。連兒。盼兒。憨頭。哈叭。刺梅。鳥嘴。相公來家也。接待相公。打上炭火。釃上那熱酒。着相公盪寒。問我要火。休道無那火。便有那火。我一瓢水潑殺了。便無那水呵。一個屁也迸殺了。可那裏有火來。與你這窮弟子孩兒。〔正末云〕兀那潑婦。你休不知福。〔旦兒云〕甚麼福。是是是。前一幅後一幅。五軍都督府。你老子賣豆腐。你妳妳當轎夫。可是甚麼福。

〔正末唱〕

【滾繡毬】你每日家横不拈豎不擡。〔旦兒云〕你將來波。有甚麼大綾大羅。洗白復生高麗氁絲布。大紅通袖膝襴。仙鶴獅子的胸背。你將來我可不會裁。不會翦。我可是不會做。〔正末云〕我雖無那大綾大羅與你。我呵。〔唱〕慣的你千自由百自在。〔旦兒云〕你這般窮。再不着我自在些兒。我少時跟的人走了也。窮短命。窮弟子孩兒。窮醜生。〔正末唱〕我雖受窮呵我又不曾少人甚麼錢債。〔旦兒云〕你窮再少下人錢債。割了你窮耳朵。剜了你窮眼睛。把你皮也剥了。我兒也。休嚮嘴。晚些下鍋的米也没有哩。〔正末云〕劉家女倈。嗜家裏雖無那細米呵。你覷去者波。〔唱〕我比別人家長趲下些乾柴。〔旦兒云〕你看麼。我問他要米。他則把柴來對我。可着我吃那柴。穿那柴。咽那柴。止不過要燒的一把兒柴也那。〔正末唱〕你是個壞人倫的死像胎。〔旦兒云〕窮短命。窮剥皮。窮割肉。窮斷脊梁觔的。〔正末唱〕**你這般毀夫主暢不該。**〔旦兒云〕我兒也。鼓樓房上琉璃瓦。每日風吹日晒雹子打。見過多少振鼕振。倒怕你清風細雨洒。我和你頂磚頭對口詞。我也不怕你。〔正末云〕止不過無錢也囉。你理會的好人家好家法。你這等惡人家惡家法。〔唱〕**哎。劉家女俫你怎生只學的這般惡叉白賴。**〔旦兒云〕窮弟子。窮短命。一世兒不能勾發跡。〔正末云〕由你罵。由你罵。除了我這個窮字兒。〔唱〕**你可便再有甚麼將我來裁排。**〔旦兒云〕可也勾了你的了。〔正末云〕留着些熱氣。我且温肚咱。〔唱〕**則不如我側坐着土坑這般頦攙着膝。**〔旦兒云〕似這般窮活路。幾時捱的徹也。〔正末云〕這個歹婆娘。害殺人也波。天那天那。〔唱〕**他那裏斜倚定門兒手托着腮。則管哩放你那狂乖。**

〔旦兒云〕朱買臣。巧言不如直道。買馬也索羅料。耳簷兒當不的胡帽。墻底下不是那避雨處。你也養活不過我來。你與我一紙休書。我揀那高門樓大糞堆。不索買卦有飯吃。一年出一個叫化的。我别嫁人去也。〔正末云〕劉家女。你這等言語。再也休説。有人算我明年得官也。我若得了官。你便是夫人縣君娘子。可不好那。〔旦兒云〕娘子娘子。倒做着屁眼底下穰子。夫人夫人在磨眼兒裏。你砂子地裏放屁。不害你那口磣。動不動便説做官。投到你做官。你做那桑木官。柳木官。這頭踹着那頭掀。吊在河裏水判官。丢在房上晒不乾。投到你做官。直等的那日頭不紅。月明帶黑。星宿䁪眼。北斗打呵欠。直等的蛇叫三聲狗拽車。蚊子穿着兀剌靴。蟻子戴着煙氊帽。王母娘娘賣餅料。投到你做官。直等的炕點頭。人擺尾。老鼠跌脚笑。駱駝上架兒。麻雀抱鵝彈。木伴哥生娃娃。那其間你還不得做官哩。看了你這嘴臉口角頭餓紋。驢也跳不過去。你一世兒不能勾發跡。將休書來。將休書來。〔正末云〕劉家女那。先賢的女人你也學取一個波。〔旦兒云〕這廝窮則窮。攀今覽古的。你着我學那一個古人。你說。你妳妳試聽咱。〔正末唱〕

【快活三】你怎不學賈氏妻只爲射雉如皋笑靨開。〔旦兒云〕我有什麼歡喜在那裏。你着我笑。〔正末云〕你不笑。敢要哭。我就說一個哭的。〔唱〕你怎不學孟姜女把長城哭倒也則一聲哀。〔旦兒云〕朱買臣。窮叫化頭。我也没工夫聽這閒話。將休書來。休書來。〔正末唱〕你則管哩便胡言亂語將我斷花白。你那些個將我似舉案齊眉待。

〔旦兒云〕快將休書來。〔正末唱〕

【朝天子】哎喲。我駡你個叵耐。〔旦兒云〕你叵耐我甚麼。〔正末唱〕叵耐你個賤才。〔旦兒云〕將休書來。休書來。〔正末云〕這個歹婆娘害殺人也波。天那天那。〔唱〕可則誰似你那索休離舌頭兒快。〔旦兒云〕四村上下老的每。都說劉家女有三從四德哩。〔正末云〕誰那般道來。〔旦兒云〕是我這般道來。〔正末唱〕你道你便三從四德。〔旦兒云〕你說去。是我道來我道來。〔正末唱〕你敢少他一畫。〔云〕劉家女。你有一件兒好處。四村上下别的婦人都學不的你。〔旦兒云〕可又來。我也有那一樁兒好處。你說我聽。〔正末唱〕劉家女俫你比别人家愛富貴你也敢嫌俺這貧的忒煞。〔旦兒云〕你這破房子。東邊刮過風來。西邊刮過雪來。恰似漏星堂也似的。虧你怎麼住。〔正末云〕劉家女。這破房子裏你便住不的。俺這窮秀才正好住。〔唱〕**豈不聞自古寒儒。在這冰雪堂何礙。**〔旦兒云〕你也不怕人嗔怪。〔正末云〕哎。天那天那。〔唱〕**我本是個棟梁材怎怕的人嗔怪。**〔旦兒云〕你是一個男子漢家。頂天立地。帶眼安眉。連皮帶骨。帶骨連觔。你也掙閫些兒波。〔正末云〕我和他唱叫了一日。則這兩句話傷着我的心。兀那劉家女。這都是我的時也。運也。命也。豈不聞不知命無以爲君子。則這天不隨人呵。〔唱〕**你可怎生着我掙閫。**〔旦兒云〕你也佈擺些兒波。〔正末唱〕**你怎生着我佈擺。**〔旦兒做拿匾擔拘繩放前科云〕則這的便是你營生買賣。〔正末云〕天那天那。〔唱〕**我須是不得已仍舊的擔柴賣。**

〔旦兒云〕我恰纔不説來。你與我一紙休書。我別嫁個人。我可戀你些甚麽。我戀你南庄北園。東閣西軒。旱地上田。水路上船。人頭上錢。憑着我好描條。好眉面。善裁翦。善針線。我又無兒女厮牽連。那裏不嫁個大官員。對着天曾罰願。做的鬼到黄泉。我和你麻線道兒上不相見。則爲你凍妻餓婦二十年。須是你妳妳心堅石也穿。窮弟子孩兒。你聽者。我只管戀你那布襖荊釵做甚麽。〔正末唱〕

【脱布衫】哦。既是你不戀我這布襖荊釵。〔旦兒云〕街坊鄰里聽着。朱買臣養活不過媳婦兒。來厮打哩。〔正末云〕你這般叫怎麽。我寫與你則便了也。〔旦兒云〕這等。快寫快寫。〔正末唱〕**又何須去拽巷也波囉街。**〔旦兒云〕你洗手也不曾。〔正末唱〕**我止不過畫與你個手模。**〔云〕兀那劉家女。你要休書。則道我這般寫與你便乾罷了那。〔旦兒云〕由你寫。或是跳墻驀圈。翦柳搠包兒。做上馬强盜。白晝搶奪。或是認道士。認和尚。養漢子。你則管寫不妨事。〔正末云〕劉家女。我則在這張紙上。將你那一世兒的行止都教廢盡了也。〔唱〕**我去那休書上朗然該載。**〔云〕劉家女。那紙墨筆硯俱無。着我將甚麼寫。〔旦兒云〕有有有。我三日前預准備下了落鞋様兒的紙。描花兒的筆。都在此。你快寫。你快寫。〔正末云〕劉家女。也須的要個桌兒來。〔旦兒云〕兀的不是桌兒。〔正末云〕劉家女。你掇過桌兒來。你便似個古人。我也似個古人。〔旦兒云〕只管有這許多古人。你也少説些罷。〔正末唱〕

【醉太平】卓文君你將那書桌兒便快擡。〔旦兒云〕你可似誰。〔正末唱〕**馬相如我看你怎的把他去支劃。**〔旦兒云〕紙筆在此。快寫了罷。〔正末唱〕**你你你把文房四寶快安排。**〔云〕劉家女。我寫則寫。只是一件。人都算我明年得官。我若得了官呵。把個夫人的名號與了别人。你不乾受了二十年的辛苦。〔旦兒云〕我辛苦也受的勾了。委實的捱不過。是我問你要來。不干你事。〔正末云〕請波請波。〔唱〕**你也索回頭兒自揣。**〔旦兒云〕我揣個甚麽。是我問你要休書來。不干你事。〔正末唱〕**非是我朱買臣不把你糟糠待。赤緊的玉天仙忍下的心腸歹。**〔帶云〕罷罷罷。〔唱〕**這梁山伯也不戀你祝英臺。**〔云〕任從改嫁。並不争論。左手一箇手模將去。〔唱〕**我早則寫與你個賤才。**

〔旦兒云〕賤才賤才。一二日一雙繡鞋。我是你家妳妳。將來我看這休書咱寫着道。任從改嫁。並不争論。左手一個手模。正是休書。〔正末云〕劉家女。這休書上的字樣。你怎生都認的。〔旦兒云〕這休書我家裏七八板箱哩。〔正末云〕劉家女。風雪越大了。天色已晚。這些時再無去處。借一領蓆薦兒來。外間裏宿到天明。我便去也。〔旦兒云〕朱買臣。想俺是二十年的兒女夫妻。便怎生下的趕你出去。投到你來呵。我秤下一斤兒肉。裝下一壺兒酒。我去取來。〔做出門科云〕我出的這門來。且住者。這廝倒乖也。他既與了我休書。還要他在我家宿。則除是恁的。呀。我道是誰。原來是安道伯伯。你家裏來。朱買臣在家裏。伯伯你到裏面坐。我喚朱買臣出來。〔再入門科云〕朱買臣。王安道伯伯在門首。你出去請他進來坐。〔正末云〕哥哥在那裏。請家裏來。〔旦兒推末出門科云〕出去。我關上這門。朱買臣。你在門首聽者。你當初不與我休書。我和你是夫妻。你既與了我休書。我和你便是各别世人。你知道麽。疾風暴雨。不入寡婦之門。你再若上我門來。我摑了你這廝臉。〔正末云〕他賺我出門來。關上這門。則是不要我在他家中。劉家女。你既不開門。將我這拘繩匾擔來還我去。〔旦兒云〕我開。咦。這等道兒。沙地裏井都是俺淘過的。你賺的我開開門。他是個男子漢家。他便往裏擠。我便往外推。他又氣力大。便有十八個水牛拽也拽不出去。你要拘繩匾擔。你看着。我打這貓道裏攛出來。〔正末云〕兀那婦人。你在門裏面聽者。你恰纔索休的言語。在我這心上。恰便似印板兒一般記着。異日得官時。劉家女。你不要後悔也。〔旦兒云〕既討了休書。我悔做甚麽。〔正末云〕劉家女。喒兩個唱叫。有個比喻。〔旦兒云〕喻將何比。〔正末唱〕

【三煞】你似那碔砆石比玉何驚駭。魚目如珠不揀擇。我是個插翅的金鵰。你是個没眼的燕雀。本合兩處分飛。焉能勾百歲和諧。你則待折靈芝喂牛草。打麒麟當羊賣。摔瑤琴做燒柴。你把那沉香木來毀壞。偏把那臭榆栽。

【二煞】那知道歲寒然後知松柏。你看我似糞土之墻朽木材。斷然是捱不徹饑寒。禁不過氣惱。怎知我守定心腸。留下形骸。但有日官居八座。位列三台。日轉千堦。頭直上打一輪皂蓋。那其間誰敢道我負薪來。

【隨煞尾】我直到九龍殿裏題長策。五鳳樓前騁壯懷。我若是不得官和姓改。將我這領白襴衫脱在玉堦。金榜親將姓氏開。敕賜宮花滿頭戴。宴罷瓊林微醉色。狼虎也似弓兵兩下排。水罐銀盆一字兒擺。恁時節方知這個朱秀才。不要你插插花花認我來。哭哭啼啼淚滿腮。你這般怨怨哀哀磕着頭拜。〔云〕兀那馬頭前跪着的是劉家女麼。祗候人與我打的去。〔唱〕那其間我在馬兒上醉眼朦朧將你來並不睬。〔下〕

〔旦兒云〕朱買臣。你去了罷。你則管在門首唧唧噥噥怎的。〔做聽科云〕呀。這一會兒不聽的言語倈〔做開門科云〕開開這門。朱買臣你回來。我鬭你耍。嗨。他真個去了。他這一去心裏敢有些怪我哩。我既討了休書。也不敢久停久住。回俺父親的話。走一遭去。〔下〕

〔音釋〕鉋音袍　阿何哥切　彤音同　撏詞纖切　搠聲卯切　白巴埋切　摑乖上聲　憨音酣　毸音

模　雹音薄　攙初銜切　罨音掩　叵音頗　德當美切　畫胡乖切　煞音晒　閩音儐　擔平聲　劃胡乖切　攧粗酸切　碔音武　砆音夫　擇池齋切　捽音洒　柏音擺　禁平聲　策釵上聲　色篩上聲

楔子

〔王安道上云〕老漢王安道。因爲連日大雪。不曾出去捕魚。只在家裏閒坐。却不知我那兩個兄弟可是如何。〔劉二公上云〕冰不搭不寒。木不鑽不着。馬不打不奔。人不激不發。我劉二公爲何道這言語。只因朱買臣苦戀着我家女孩兒玉天仙。不肯去進取功名。昨日着女孩兒强索他寫了一紙休書也。我暗地裏却將着這十兩白銀。一套綿衣。送與王安道。教他齎發朱買臣上朝取應去。若得一官半職。改換家門。可不好也。我如今往見王安道走一遭去。可早來到他家門首。安道哥哥在家麽。〔王安道云〕甚麽人喚門哩。我開開這門。我道誰。元來是劉二公。老的。你那裏去來。〔劉二公云〕安道哥哥。我别無甚事。我家女孩兒問你兄弟朱買臣索了休書也。〔王安道云〕老的。你差了也。想兄弟朱買臣學成滿腹文章。異日爲官。不在他人之下。爲何問他索了休書。〔劉二公云〕那裏是真個問他索休書。因爲他偎妻靠婦。不肯進取功名。只管在山中打柴爲生。幾時是那發跡的日子。我着玉天仙明明的索了休書。老漢暗備下這十兩白銀。一套綿衣。寄在哥哥根前。等你那兄弟來辭你呵。你齎發他上朝取應去。若得一官半職。改换家門。認俺不認俺。哥哥。你則做一個大大的證見。〔王安道云〕老的。這個你主的是。等他來辭我時。我自有個見識。老的也。你放心的去。久已後他不認你時。都在老漢身上。〔劉二公云〕恁的呵。老漢回去也。〔下〕〔王安道送科云〕劉二公去了。朱買臣兄弟。這早晚敢待來也。〔正末上云〕小生朱買臣。自從與了劉家女一紙休書。我要上朝取應。不免辭別王安道哥哥。走一遭去。〔做見科云〕呀。兀那門首不是哥哥。〔王安道云〕兄弟。你來了也。請裏面坐。〔楊孝先上云〕且喜今日雪晴了也。我要去打柴。就順路看我安道哥哥去。〔做見科〕〔王安道云〕兄弟。你正來的好。一發同進去。買臣兄弟。你今日爲何面帶憂容。〔正末云〕哥哥。你兄弟與那婦人一個了絶也。〔王安道云〕你休了媳婦兒。兄弟。你如今可往那裏去。〔正末云〕你兄弟要上朝取應去。辭別哥哥來也。〔王安道云〕好兄弟。你若到京師得一官半職。改換家門。不强似你打柴爲生。只是你如今應舉去。可有甚麼盤纏。〔正末云〕正憂着這件。你兄弟怎得那盤纏來。〔楊孝先云〕我想哥哥學成滿腹文章。如何是不去應舉。怎麼能勾發達時節。只是兄弟貧難。連自己養活不過。那討一鼇盤纏相送。〔王安道云〕兄弟。你哥哥在這江邊捕魚。二十年光景。積儹下十兩白銀。又有新做下一套綿衣。都是我身後的底本兒。兄弟。你如今上京求官應舉去。我一發都與了你。一路上好做盤纏。久以後得官時。你則休忘了你哥哥者。〔楊孝先云〕這儘勾盤纏了。〔正末云〕若得如此。索是謝了哥哥。受你兄弟幾拜咱。〔做拜科〕〔王安道云〕兄弟免禮。〔正末云〕哥哥。今年也則是朱買臣。到來年也則是朱買臣。哥哥記着你兄弟臨行之時說的兩句話。〔王安道云〕兄弟。可是那兩句話。

〔正末云〕哥哥。道不的個知恩報恩。風流儒雅。知恩不報。非爲人也。〔王安道云〕兄弟。我是個不讀書的人。你說的話。恰便似印在我這心上。我則記着知恩報恩。風流儒雅。知恩不報。非爲人也。兄弟此一去。則要你着志者。〔正末云〕哥哥放心。〔唱〕

【仙呂賞花時】十載詩書曉夜習。〔楊孝先云〕哥哥此去。必然爲官也。〔正末唱〕一舉成名天下知。〔王安道云〕兄弟。你哥哥專聽喜信哩。〔正末唱〕你是必耳打聽好消息。〔做拜別科〕〔王安道云〕兄弟。你小心在意者。〔正末唱〕休囑付小心在意。我可敢包奪的一個錦衣歸。〔下〕

〔王安道云〕買臣兄弟去了也。他此一去必得成名。我眼望旌捷旗。〔楊孝先云〕耳聽好消息。〔同下〕

〔音釋〕掿音鬧　習星西切　息喪擠切

第三折

〔劉二公上云〕事要前思。免勞後悔。誰想朱買臣得了官。肯分的除授在俺這會稽郡做太守。我想來。他若說起這前情。俺可怎了也。我如今且着孩兒在家中炰下那疙疸茶兒。烙下些椽頭燒餅兒。等張憋古那老兒來。問他一聲。便知道個好歹。這早晚那張憋古敢待來也。〔正末扮張憋古上叫云〕笊籬馬杓。破缺也換那。〔詩云〕月過十五光明少。人到中年萬事休。兒孫自有兒孫福。

莫與兒孫作馬牛。老漢是這會稽郡集賢庄人氏。姓張。做着個撚靶兒的貨郎。人見我性子乖劣。都喚我做張㪍古。三日五日去那會稽城中打勾些物件。則見那城中百姓每。三個一攢。五個一簇。説道是接待新太守相公哩。我道我也看一看。怕做甚麽。無一時則見那西門骨刺刺的開了。那骨朵衙仗。水礶銀盆。茶褐羅傘下五明馬上。端然坐着個相公。百姓每説看去來波。老漢也分開人叢。不當不正。站在那相公馬頭前。我不見那相公時。萬事都休。我見了那相公。不由我眼中撲簌簌的只是跳。你道是誰。原來是俺這本村裏一個表姪朱買臣。他今日得了官也。我是他鄉中伯伯哩。我叫他一聲。怕做甚麽。我便道朱買臣。倒不叫這一聲。萬事都休。恰纔叫了這一聲。則見那搠脊梁不着的大漢把老漢恰便似鷹拏燕雀。拏到那相公馬頭前。喝聲當面着我磕撲的跪下。爹爹。我老漢死也。我則道相公不知打我多少。元來那相公寬洪大量。他着我擡起頭來。我道老漢不敢擡頭。他道你爲甚麽不擡頭。我道我直到二月二那時。可是龍擡頭。我也不敢擡頭。那相公道。恕你擡頭。老漢只得擡起頭來。那相公認的是我張㪍古也。那相公滚鞍下馬。在那道傍邊放下那栲栳圈銀交椅。着兩個公吏人把老漢按在那栲栳圈銀交椅上。那相公納頭的拜了我兩拜。拜的我個頭恰便似那量米的栲栳來大小。我道相公拜殺老漢也。那相公道。伯伯。你吃御酒麽。我道老漢酒便吃。却不曾吃什麽御酒。他道那個御酒是朝廷賜的黄封御酒。一連勸老漢吃了三鍾。他便道伯伯。你孩兒公事忙。不曾探望的伯伯。伯伯休怪。老漢道。不敢不敢。那相公上的馬去了。老漢挑起擔兒。恰待要走。則見那相公滴溜的撥回馬來。問道。伯伯。王安道哥哥好麽。我説道快。楊孝先兄弟好麽。我説道快。他把那四村上下。姑姑姨姨。嬸子伯娘。兄弟妹子。都問道好麽。我説道都快。那相公撥回馬去了。老漢挑起擔兒。恰待要走。則見那相公滴溜的又撥回馬來。問道。那劉二公家那個妮子還有麽。我道相公你問他怎的。那相公道。伯伯。你不知道。你見他時。説你姪兒這般威勢。我道老漢知道。那相公上馬去了也。我挑起這擔兒往村裏來賣。老漢平生一世有三條戒律。第一來不與人作保。第二來不與人作媒。第三來不與人寄信。我待不寄信來。想着那相公拜了兩拜。道了又道。説了又説。這般怎的。呆弟子孩兒。漫坡裏又無人。見鬼的也似自言自語。絮絮聒聒的。你寄信不寄信。也只憑得你。張慠古。誤了買賣也。〔做走科叫云〕笊籬馬杓。破缺也換那。〔唱〕

【中吕粉蝶兒】我每日家則是轉疃波尋村。題起這張慠古那一個將我來不認。〔做走科叫云〕笊籬馬杓。破缺也換那。〔唱〕我摇着這蛇皮鼓可便直至庄門。小孩兒每掿着銅錢兜着米豆。〔云〕三個一攢。五個一簇。都要子哩。聽的我這蛇皮鼓兒響處。説道張慠古那老子來了也。喒買砂糖魚兒吃去波。〔唱〕則他把我似聞風兒尋趁。若遇見朱太守的夫人。索與他寄一個燒的着燎的着風信。

【醉春風】你看我抖搜着老精神。我與你便花白麽娘那小賤人。想着你二十載夫妻怎下的索休離。這妮子你暢好是狠狠。道不的個一夫一婦。一家一計。你可甚麽一親一近。

〔云〕這裏是劉二公家門首。搖動這不琅鼓兒。若那老子出來呵。我着幾句言語。我直着心疼殺那老子便罷。〔做搖鼓科叫云〕笊籬馬杓。破缺也換那。這個是那老子出來也。〔劉二公上云〕來了也。這不琅鼓兒響的是那老子。我出去問他一聲。〔做見科云〕拜揖。〔張云〕拜揖拜揖。我少你那拜揖。〔劉二公云〕快麽。〔張云〕快不快。干你甚事。〔劉二公云〕誰惱着你來。〔張云〕可不曾惱着我來。〔劉二公云〕老的也。這兩日不見。你往那裏來。〔張云〕我往城裏去來。〔劉二公云〕老的也。城裏有甚麽新事。〔張云〕無甚麽新事。一貫鈔買一個大燒餅。除了這的別無了。〔劉二公云〕不是這個新事。是那新官理任。舊官遷除。那個新事。〔張云〕我見來。我見來。接待新太守相公來。我待說與你。争奈誤了我買賣也。我改日說與你。〔劉二公云〕你只今日說了罷。〔張云〕你真個要我說。你望着你那祖宗頂禮了。我便說與你。〔劉二公云〕老的。你說了罷。〔張云〕你個老弟子孩兒。你若不頂禮呵。我說了不折殺你。你頂禮了我便說與你。〔唱〕

【迎仙客】我則見那公吏一字兒擺。那父老每兩邊分。〔云〕無一時則見那西門骨剌剌的開了。我則見那骨朵衙仗。水礶銀盆。茶褐羅傘。那五明馬上坐着的呵。〔劉二公云〕可是誰那。〔張云〕我買賣忙。不曾看。我忘了也。〔劉二公云〕我央及你波。那做官的可是誰。〔張云〕等我想。哦。我想起來了也。〔唱〕是你那前年索了休離的喚做朱買臣。〔劉二公云〕慚愧。俺家女壻做了官也。〔張云〕老弟子孩兒。你道不要便宜。去年時節不說是你家女壻。今日得了官。便說是你家女壻。一個好相公也。〔唱〕他可不託大不嫌貧。〔云〕他不看見我。萬事都休。一投得見了我。便認的俺是本村裏張伯伯。連忙滚鞍下馬。按我在那銀交椅上。納頭的拜了兩拜。〔唱〕**他先下拜險些兒可便驚殺那衆人。施禮罷復叙寒温。**〔云〕那相公問道。王安道哥哥好麽。楊孝先兄弟好麽。那四村上下。姑姑姨姨。嬸子伯娘。兄弟妹子。都好麽。我道都好都好。〔唱〕**他把那舊伴等可便從頭兒問。**

〔劉二公云〕曾問我來麽。〔張云〕不曾問你。想着你是個好人兒哩。〔劉二公云〕待我唤出孩兒來。玉天仙孩兒。朱買臣做了官也。你出來。張𢢞古在這裏。你見他一見。〔旦兒上云〕嗨。謝天地。我去問他個信咱。〔張云〕這個是那妮子出來了也。我直着幾句言語。氣殺那妮子便罷。〔旦兒云〕伯伯萬福。〔張做拜科云〕呀呀呀。早知夫人妳妳來到。只合遠接。那壁厢雖然年紀小。是那五花官誥。駟馬高車。太守夫人妳妳哩。這壁厢雖然年紀老。則是個村庄家老子。妳妳免禮。折殺老漢也。〔旦兒云〕我不是夫人。我問朱買臣討了休書也。〔張云〕妳妳。休鬬老漢耍。〔旦兒云〕我不鬬你耍。我真個討了一紙休書哩。〔張云〕妳妳不是那等不賢惠的人。〔旦兒云〕我真個要了休書也。〔張云〕是真個要了休書也。〔旦兒云〕是真個。〔張云〕小妮子。你早些兒説不的。倒可惜了我這幾拜。〔旦兒云〕誰着你拜來。老的。你見我那朱買臣。他説甚麽來。〔張云〕我見來。

〔旦兒云〕他説甚麽。〔張唱〕

【喜春兒】剛只是半星兒道着呵〔張做嘴臉科〕〔旦兒云〕老的。你怎麽做這嘴臉。〔張唱〕**他把你十分恨。**〔旦兒云〕他恨我些甚麽那。〔張唱〕**他無非想着你一夜夫妻有那百夜恩。**〔旦兒云〕他還説甚麽。〔張唱〕他道漢相如伸意你個卓文君。〔旦兒云〕伸個甚的意思。〔張云〕他道你把車駕的穩。〔旦兒云〕他敢是要來取我麽。〔張唱〕没着便嫁他人。

這厮原來是個忘人大恩。記人小恨。改常早死的歹弟子孩兒。〔張云〕這妮子好無禮也。〔唱〕

〔旦兒云〕我想他在俺家做了二十年夫壻。每日家偎慵墮懶。生理不做。今日做了官。就眼高了。

【上小樓】你道他忘人大恩。又道他記人小恨。誰着你生勒開他。生則同衾。死則同墳。〔旦兒云〕他每日家偎妻靠婦。四十九歲。全不把功名爲念。我生逼的他求官去。我是歹意來。

〔張唱〕你道他過四旬。還不肯。把那功名求進。〔云〕老的也。你記的俺莊東頭王學究説的那一句兒書麽。〔劉二公云〕是那一句書。〔張唱〕他則是個君子人可便固窮守分。

〔劉二公云〕他全不想在我家這二十年。把冷水温做熱水。熱水燒作滚湯與他吃。如今做了官。糙老米不想舊了。可怎生則記短處。〔張唱〕

【幺篇】那妮子强勒他休。這老子又絶了他親。眼見的身上無衣。肚裏無食。〔帶云〕大雪裏趕出他來。〔唱〕可着他便進退無門。〔劉二公云〕我孩兒又不曾别嫁了人。是鬬他耍。怎麽這等認真。就説嘴説舌。背槽抛糞。〔張唱〕你道他纔出身。便認真。和咱評論。〔云〕他在你家做了二十年女壻。只是打柴做活。不曾受了一些好處。臨了着個妮子大風大雪裏勒了休書。趕他出去。你則説波。〔唱〕這個是誰做的來背槽抛糞。

〔劉二公云〕哎。他如今做了官。便不認的俺家裏。眼見的是忘恩背義了也。〔張唱〕

【滿庭芳】這的是知恩哎報恩。〔旦兒云〕他再説些甚麼來。〔張唱〕他着你便別招女壻。再嫁取個郎君。〔旦兒云〕他再説些甚麼來。〔張唱〕他道你枉則有蛾眉螓首堆鴉鬢。可怎生少喜多嗔。道你是個木乳餅錢親也那口緊。道你是個鐵掃箒掃壞他家門。〔旦兒云〕他再説些甚麼來。〔張唱〕他道你便無些兒淹潤。又道你不和那六親。端的是雌太歲母凶神。

〔云〕誤了我買賣也。〔搖鼓做走科〕〔旦兒云〕老的。還有甚説話。一發説了罷。〔張云〕他説來。説來。〔唱〕

【耍孩兒】他肩將那柴擔擔口不住把書賦温。每日家穿林過澗誰瞅問。他和那青松翠柏爲交友。野草閒花作近鄰。但行處有八個字相隨趁。〔劉二公云〕是那八個字。〔張唱〕是那斧鐮繩擔。琴劍書文。

〔旦兒云〕他如今做了官。比那舊時模樣可是如何。〔張唱〕

【一煞】他如今得了本處官。端的是別換了一個人。那的是貌隨福轉你可也急難認。他往常黄乾黑瘦衣衫破。〔帶云〕你覷去波。〔唱〕到如今白馬紅纓彩色新。一弄兒多豪俊。擺列着骨朵衙仗。水罐銀盆。

〔劉二公云〕這話不是他説的。都是你説的。〔旦兒云〕説了這一日。都是你這老簗麻嘴。没空生有。説謊吊皮。片口張舌。嗋出來的。〔張唱〕

【煞尾】這的是他道來他道來。可着我轉伸我轉伸。〔劉二公云〕他做了官呵。便把我怎的。〔張云〕他敢怎的你。〔唱〕**他將你掤扒吊栲施呈盡。**〔旦兒云〕呸。我是他的夫人。他敢怎麽的我。〔張云〕誤了我買賣。〔摇鼓叫科云〕笊籬馬杓。破缺也換那。〔唱〕**直將你那索休離的冤讎他待證了本。**〔下〕

〔劉二公云〕孩兒不妨事。有我哩。喒去王安道伯伯那裏。打個關節去來。〔同下〕

〔音釋〕炰音袍　㯱音鼇　杓繩昭切　疃象上聲　别皮耶切　螓音秦　鐮音廉　簗音頃　嗋音鄒

第四折

〔王安道上云〕老漢王安道。自與兄弟朱買臣别後。他奮着那一口氣。到的帝都闕下。一舉及第。除在俺這會稽郡。爲太守之職。正是俺的父母官哩。我在這曹娥江邊。堤圈左側。安排下酒餚。請他到此飲宴。可是爲何。當初兄弟未遇時。俺與楊孝先兄弟每日在此談話。他若不忘舊時。必然到此。這早晚兄弟敢待來也。〔劉二公同旦兒上云〕老漢劉二公是也。今日朱買臣做了本處太守。料他爲休書的緣故。必然不肯認我。如今先與王安道老的説知。着他説個方便纔是。這是他家門首。孩兒我與你自家過去。〔做見科〕〔王安道云〕這是令愛。老的。你同他來有何説話。〔劉二公云〕只爲女壻朱買臣得了官。他若不認俺時。可怎了也。〔王安道云〕老的放心。這樁事元説老漢做個大證見。今日都在老漢身上。〔劉二公云〕既是這般。老漢在一壁伺候着。等你回話便了。〔同旦兒下〕〔正末領張千上云〕小官朱買臣是也。自從到的帝都闕下。一舉及第。所除會稽郡太守。有王安道哥哥。教人請我。在這江堤左側。安排酒餚。你道爲甚的來。俺哥哥則怕我忘舊哩。祇從人慢慢的擺開頭踏行者。朱買臣。誰想有今日也呵。〔唱〕

【雙調新水令】往常我破紬衫麄布襖煞曾穿。今日個紫羅襴恕咱生面。對着這煙波漁父國。還想起風雪酒家天。見了些靄靄雲煙。我則索映着堤邊聳定雙肩。尚兀自打寒戰。

〔云〕左右接了馬者。〔做見科云〕哥哥。間别無恙。〔王安道云〕相公來了也。相公崢嶸有日。奮發有時。請坐。〔正末云〕若不是哥哥。你兄弟豈有今日。記得你兄弟臨行時説的話麽。去年時也則是朱買臣。到今年也則是朱買臣。道不的個知恩報恩。風流儒雅。知恩不報。非爲人也。哥哥請上。受你兄弟幾拜咱。〔做拜科〕〔王安道回拜科云〕相公免禮。折殺老漢也。相公請坐。將酒來。〔做遞酒科云〕相公喜得美除。滿飲十盃。〔正末云〕哥哥先請。〔王安道云〕不敢。相公請。〔正末飲酒科〕〔王安道云〕相公慢慢的飲幾杯。〔正末云〕張千。俺兄弟每説話。休要放過那閒雜人來打攪者。〔張千云〕理會的。〔做喝科云〕相公飲酒。閒雜人靠後。〔楊孝先上云〕自家楊孝先便是。打聽的俺哥哥朱買臣得了官。在這裏飲酒。我過去見哥哥呀。這等威嚴。怎好過去。待我高叫一聲。怕做甚麼。朱買臣哥哥倈。〔張千喝云〕噤。這廝是甚麼人。怎敢叫俺相公的諱字。〔做打科〕〔正末云〕張千。你好無禮也。不得我的言語。擅自把那打馬的棍子打他這平民百姓。

你跟前多有罪過。好打也。〔唱〕

【川撥棹】我則待打張千。〔云〕且問那吃打的是誰。〔楊孝先云〕哥哥。是你兄弟楊孝先。〔正末唱〕**原來是同道人楊孝先。**〔孝先做拜踢倒酒瓶科〕〔正末回科云〕兄弟免禮。〔楊孝先云〕哥哥喜得美除。〔王安道云〕兄弟你也來了。〔正末云〕兄弟好麼。〔楊孝先云〕哥哥。您兄弟好。〔正末唱〕

俺也曾合火分錢。共起同眠。間別來隔歲經年。〔云〕兄弟也。你如今做甚麼營生買賣。

〔楊孝先云〕哥哥。你兄弟依舊打柴哩。〔正末唱〕**還靠着打柴薪爲過遣。怎這般時命蹇。**

〔劉二公同旦兒上云〕孩兒。俺和你同見朱買臣去來。〔旦兒云〕父親。我先過去。〔劉二公云〕孩兒你先過去。看他認也不認。〔旦兒見跪科云〕相公喜得美除。我道你不是個受貧的麼。〔正末云〕俺這朋友飲酒處。張千。誰着你放他這婦人來。打起去。〔唱〕

【七弟兄】這是那一家宅眷。穩便。〔王安道云〕夫人也來了也。〔正末做見怒科唱〕**請起波玉天仙。去年時爲甚欵疾怨。覷絕時不由我便怒冲天。今日家喒兩個重相見。**

〔旦兒云〕這都是我的不是了也。〔正末唱〕

【梅花酒】呀。做多少假腼腆。喒須是夙世姻緣。今世纏綿。可怎生就待不到來年。

〔旦兒云〕相公。舊話休題。〔正末唱〕**當初你要休離我便休離。你今日呵要團圓我不團圓。**

〔云〕劉家女。你不道來那。〔旦兒云〕我道甚麼來。〔正末唱〕你道你正青春正少年。你道你好描條好眉面。善裁翦善針線。無兒女廝牽連。別嫁取個大官員。

【喜江南】去波倈更怕你捨不了我銅斗兒的好家緣。〔旦兒做悲科云〕我那親哥哥。你不認我。着我投奔誰去。〔正末唱〕孟姜女不索你便淚漣漣。殢人情使不着你野狐得這涎。〔旦兒云〕你今日做了官也忒自專哩。〔正末唱〕非是我自專。你把那長城哭倒聖人宣。

〔旦兒云〕你認了罷。〔正末云〕張千。不與我搶出去。怎的。〔張千做搶科云〕快出去。〔旦兒做出門〕〔劉二公問科云〕孩兒也。他認你了不曾。〔旦兒云〕他不肯認我。〔劉二公云〕孩兒也。咱兩個過去來。〔做見科云〕朱買臣。我說你不是個受貧的人麼。〔正末云〕兀那老子是誰。〔王安道云〕是相公的太山岳丈哩。〔正末云〕你兄弟不認的他。〔王安道云〕是相公岳丈劉二公。〔正末云〕哥哥。他不是卓王孫麼。〔唱〕

【雁兒落】你這卓王孫呵怎生便不重賢。〔王安道云〕他是劉二公。怎做的那卓王孫。〔正末云〕他既不是卓王孫。〔唱〕索怎生則搬調的個文君女嫌貧賤。我則問你逼相如索了休。你當初可也對蒼天曾罰愿。

〔云〕今日座上的衆人。你可認得麼。〔旦兒云〕認的。這個是王安道伯伯。這個是楊孝先叔叔。

〔正末唱〕

【得勝令】你可便明對着衆人言。還待要强留連。〔旦兒云〕今日個富貴重完聚。可也好也。〔正末唱〕你想着今日呵富貴重完聚。〔云〕劉家女倈。〔唱〕你當初何不的饑寒守自然。〔云〕你不道來。〔旦兒云〕我道着甚麼來。〔正末唱〕你道便做鬼到黄泉。喒兩個麻線道兒上不相見。各辦着個心也波堅。豈不道心堅石也穿。

〔王安道云〕相公。認了他罷。〔正末云〕哥哥。你兄弟難以認他。〔劉二公云〕我是你丈人。你認我也不認。〔正末云〕我不認。〔劉二公云〕親家勸一勸兒。〔王安道云〕相公。你認他也不認。〔正末云〕我不認。〔王安道云〕你不認。我則捕魚去也。〔楊孝先云〕相公。你認也不認。〔正末云〕我不認。〔楊孝先云〕你不認。我則打柴去也。〔旦兒云〕朱買臣。你認我麽。〔正末云〕我不認。〔旦兒請謝科云〕你不認。我則嫁人去也。〔王安道云〕相公。你只是認了他罷。〔正末云〕我斷然的不認他。〔旦兒云〕朱買臣。你若不認我呵。我不問那裏。投河遶井。要我這性命做甚麽。〔正末云〕噤聲。〔唱〕

【甜水令】折莫你便遶井投河。自推自跌。自埋自怨。〔旦兒云〕王伯伯。你勸一勸兒波。〔正末唱〕便央及煞俺也不相憐。折莫便一來一往。一上一下。將咱解勸。總蓋不過你這前愆。

〔王安道云〕相公。你認了罷。〔正末云〕哥哥。〔唱〕

【折桂令】從來你這打漁人順水推船。想着那凛冽寒風。大雪漫天。想着我那身上無

懷內無錢。〔云〕劉家女。你不道來。〔旦兒云〕我道甚麼來。〔正末唱〕你怕甚

庄北園。撇不了我那東閣西軒。我如今旱地上也無田。水路裏也無船。

道紫綬金章。可不的依還是赤手空拳。

〕劉家女。你欲要我認你也。你將一盆水來。〔張千云〕水在此。〔王安道云〕相公。你只認了

能。〔正末唱〕

】也不索將咱勸。你也索聽我的言。你將那一盆水放在當面。〔王安道云〕兀的

水也。〔正末唱〕請你個玉天仙任從那裏潑。〔旦兒做潑水科云〕我潑了也。〔正末唱〕直

等的你收完時再成姻眷。

〔王安道云〕相公。這是潑水難收。怎麼使得。〔劉二公云〕親家。勢到今日。你不説開怎麼。〔王安道云〕住住住。請相公停嗔息怒。聽老漢慢慢的試説一遍咱。也非是我忍耐不禁。也非是我牽牽搭搭。則爲你四十九歲只思偎妻靠婦。不肯進取功名。你丈人搬調你渾家。故意的索休索離。大雪裏趕你出去。男子漢不毒不發。料得你要進取功名。無有盤費。必然辭別老漢。我又貧窮。有甚東西把你齎發。你也想。這白銀十兩。綿衣一套。我是個打魚人。那裏得來。是你丈人暗暗的送來與我。着我明明的齎發你。投至赴得科場。一舉及第。飲御酒。插宮花。做了會稽太守。當初受貧窮。三口兒受貧窮。今日享榮華。却獨自個享榮華。相公。你可早忘了知恩報恩。風流儒雅。知恩不報。非爲人也。〔正末云〕哦。有這等事。若不是哥哥説開就裏。你兄弟怎生知道。

丈人。則被你瞞殺我也。〔劉二公云〕女壻。則被你傲殺我也。〔旦兒云〕官人。則被你勒掯殺我也。〔正末唱〕

【沽美酒】我只道你潑無徒心太偏。元來是姜太公使機變。不釣魚兒只釣賢。你可便施恩在我前。暗齎發與盤纏。

【太平令】從來個打漁人言如鈎線。道的我羞答答閉口無言。明明的這關節有何難見。險些把一家兒恩多成怨。我如今意轉。性轉。也是他的運轉。呀。不獨是爲尊兄做些顏面。

〔孤領祗從上詩云〕漢家七葉聖明君。不尚軍功只尚文。試問會稽朱太守。是誰吹送上青雲。小官大司徒嚴助。曾爲採訪賢士。到此會稽。遇着朱買臣。將他萬言長策舉薦在朝。果得重用。除授會稽太守之職。聞的他妻子劉氏。曾于大雪之中。强索休書。趕他出去。他記此一段前讎。不肯恕。豈知這也非他妻子之罪。元來是丈人劉二公粧圈設套。激發他進取功名之意。小官早已體白。奏過官裏。如今就着小官親自齎敕。着他夫妻完聚。既是王命在身。怎麽還憚的跋涉。索馳驛去走一遭。可早來到也。左右。接了馬者。〔做入見科云〕朱買臣。你休棄前妻一事。聖知來歷。今着小官齎敕到此。一干人都望闕跪者。聽聖人的命。朱買臣苦志固窮。負薪自。不廢吟哦。特歲加二千石。以充俸禄。妻劉氏其貌如玉。其舌則長。雖已休離。命。曲成夫名。姑斷完聚如故。王安道楊孝先劉二公等。並係隱淪。不慕榮

進。可各賜田百畝。免役終身。謝恩。〔正末同衆謝科〕〔唱〕

【鴛鴦煞尾】方知是皇明日月光非遍。天恩雨露霑還淺。道我禄薄官卑。歲加二千。昔日窮交。都皆賜田。便是妻子何緣。早遂了團圓願。倒與他後世流傳。道這風雪漁樵也只落的做一場故事兒演。

〔劉二公云〕天下喜事。無過夫婦團圓。今日既是認了。便當殺羊造酒。做一個慶賀的筵席。〔詞云〕玉天仙容貌多嬌媚。戀恩情進取偏無意。假乖張故逼寫休書。到長安果得登高第。除太守即在會稽城。顯威風誰不驚迴避。懷舊恨夫婦兩參商。覆盆水險做傍州例。若不是嚴司徒齎敕再重來。怎結末朱買臣風雪漁樵記。

〔音釋〕合音鴿　疾精妻切　腼音免　腆天上聲　殢音膩　涎徐煎切

題目　嚴司徒薦達萬言書

正名　朱太守風雪漁樵記

江州司馬青衫泪雜劇

馬致遠撰

第一折

〔冲末扮白樂天同外扮賈浪仙孟浩然上〕〔白詩云〕宴游飲食漸無味。杯酒管絃徒繞身。賓客歡從童僕喜。始知官職爲他人。小生姓白名居易。字樂天。太原人氏。見任吏部侍郎。這二位老兄。一位是賈浪仙。一位是孟浩然。他都是翰林院編修。方今大唐天下。憲宗即位。時遇春三月。在公廨中悶倦。待往街市上私行一遭。更了衣衫。只作白衣秀士。聽的人説。這教坊司有個裴媽媽家一個女兒。小字興奴。好生聰明。尤善琵琶。是這京師出名的角妓。喒三人同訪一遭去來。〔賈浪仙云〕喒三人去來。〔詩云〕高興出塵外。攜尊翫物華。〔孟浩然詩云〕偷將休沐暇。去訪狹邪家。〔老旦扮卜兒上云〕老身姓李。是這教坊司裴五之妻。夫主亡化已過。止生下一個女兒。叫做興奴。生得顏色出衆。聰明過人。吹彈歌舞。詩詞書算。無所不通。自小時曾拜曹善才爲師。學得一手琵琶。官員子弟聞名都來吃酒。只是孩兒養的嬌了。一來性兒好自在。二來有些揀擇人。這早晚還不起來。只怕有人來吃酒。孩兒起來罷。〔正旦扮裴興奴引梅香上云〕妾身裴興奴是也。在這教坊司樂籍中見應官妓。雖則學了幾曲琵琶。争奈叫官身的無一日空閒。這門衣食。好是低微。大清早母親來叫。只得起來。天色還早哩。〔唱〕

【仙吕點絳唇】從天未拔白。酒旗挑在歌樓外。呀地門開。早送舊客迎新客。

【混江龍】好教我出於無奈。潑前程只辦的好栽排。想着這半生花月。知他是幾處樓臺。經板似粉頭排日唤。落葉似官身吊名差。〔帶云〕俺這老母呵。〔唱〕更怎當他銀堆裏捨命。錢眼裏安身。掛席般出落着孩兒賣。幾時將纏頭紅錦。换一對插鬢荆釵。

〔做見科云〕母親萬福。唤你孩兒。有何話説。〔卜兒云〕没甚麽話説。只是喒這等人家。要早起些。光頭净面。打扮的嬌媚着些。倘有俊倈來。賺他幾文錢養家。你只管裏睡覺。誰送錢來與你。〔正旦唱〕

【油葫蘆】俺娘不殢酒時常鬏髻歪。一鼻凹衠是乖。看看兩鬢雪霜般白。我則道過中年人老朱顔改。誰想他撲郎君虎瘦雄心在。折倒的我形似鬼。熬煎的我骨似柴。似恁的女殘疾不敢怨娘毒害。則嘆自己年月日時該。

〔卜兒云〕你則管裏説甚麽。快打扮了。則怕有客來。〔正旦唱〕

【天下樂】則索倚定門兒手托腮。想别人家奴胎。也得個自在。輪到我跟脚裏都世襲了烟月牌。他管甚桃李開。風雨篩。更問甚青春不再來。

〔白樂天同賈孟上云〕走了這半日。人説道這是裴媽媽家。不好進去。我咳嗽一聲。〔卜兒云〕是誰在外邊。〔出見科〕原來是三位進士公。請裏面坐。〔白樂天同賈孟云〕媽媽祗揖。〔卜兒云〕與

奴孩兒。來陪三位進士公。快擡桌兒看酒來。〔正旦覷科云〕好是奇怪。娘見了三個秀才踏門。怎生便教看酒。〔唱〕

【醉扶歸】送了幾輩兒茶員外。都是這一副兒酒船臺。俺娘吃不的葷腥教酒肉摝。待覓厭飫的新黃菜。他手裏怎容得這幾個酸寒秀才。〔帶云〕我知道了也。〔唱〕俺娘八分裏又看上他那條烏犀帶。

〔正旦出見科〕三位萬福。〔白樂天同賈孟云〕大姐祗揖了。〔正旦唱〕

【後庭花】這裏是風塵花柳街。又不是王侯宰相宅。我忙着笑臉兒迎將去。學士是甚風兒吹到來。〔白樂天云〕我等久慕高名。特來一拜。〔正旦唱〕是幾個俊英才。偏他還咱一拜。怎做的內心兒不敬色。

〔云〕敢問官人尊姓大名。〔白樂天云〕小生是侍郎白居易。這二位是學士賈浪仙。孟浩然。因此春日。公衙無事。換了衣服。來街市閒行。久慕大姐德容。一徑的來拜望。〔正旦云〕不敢不敢。學士大人不棄下賤。小酌三杯如何。〔白樂天云〕好便好。只是不當取擾。〔正旦把酒科〕〔賈浪仙云〕今日幸遇大姐。喒多飲幾杯。〔孟浩然云〕我還有人求的幾首詩未了。少吃醉些。〔正旦唱〕

【金盞兒】一個笑哈哈解愁懷。一個酸溜溜賣詩才。休强波灞陵橋踏雪尋梅客。便是子猷訪戴敢也凍回來。喒這裏酥烹金盞酒。香揾玉人腮。不强如前村深雪裏。昨夜一枝開。

〔賈孟做意科云〕我醉了也。喒回去罷。〔白樂天云〕再坐一會。怕做甚麽。〔正旦唱〕

【後庭花】你待賺鰲魚釣頰顋。怎想與劉伶粧布袋。我這怪臉兒姦如鬼。你酒腸寬似海。〔賈孟云〕我們都已醉了。不要過了酒戒。不吃罷。〔正旦唱〕暢開懷。都似你朦朧酒戒。那醉鄉侯安在哉。

〔卜兒云〕二位學士醉了。侍郎再坐一坐。〔賈孟云〕樂天侍郎。喒且回去。明日再來。〔白樂天云〕平白裏打攪了一日。怎生就空去了。〔正旦唱〕

【金盞兒】我不曾流水出天台。你怎麽走馬到章臺。〔樂天云〕定害了你這一日。〔正旦唱〕更待要秦樓夜訪金釵客。索甚麽惡叉白賴鬧了洛陽街。兀那酒喪門臨本命。餓太歲犯家宅。雖是我管待這兩個窮秀士。權當一百日血光災。

〔賈孟云〕喒去罷。則管纏甚麽。〔卜兒云〕白侍郎要住下。着這二位摧逼的慌。好生敗興。〔白樂天云〕下官有心待住下。二位醉了。不好獨回。待下官送他回去。明日自己再來。只是大姐費了茶酒。定害這一日。容下官陪補。〔正旦云〕侍郎說那裏話。〔唱〕

【賺煞】稍似間有些錢。抵死裏無多債。權做這場折本買賣。若信着俺當家老妳妳。把惜花心七事兒分開。哎。你個俏多才。不是我相擇。你更怕辱没着俺門前下馬臺。

俺娘山河易改。解元每少怪。〔帶云〕侍郎記者。〔唱〕怕你再行踏休引外人來。〔同下〕

〔音釋〕廨音戒　空去聲　白巴埋切　客音楷　倈梨靴切　殢音膩　䯼音狄　凹汪卦切　衕音諄　搋抽埋切　飫音位　宅池齋切　色篩上聲　搵温去聲　頰音結　顋與腮同　擇池齋切

楔子

〔外扮唐憲宗引内官上〕〔詩云〕勵精圖治在勤民。宿弊都將一洗新。雖則我朝詞賦重。偏嫌浮藻事虚文。寡人唐憲宗皇帝是也。承祖宗基業。嗣守天位。自安史之亂。藩鎮强盛。寡人用裴度之謀。漸次削奪。争奈文臣中多尚浮華。各以詩酒相勝。不肯盡心守職。中間白居易劉禹錫柳宗元等。尤以做詩做文。誤却政事。若不加譴責。則士風日漓矣。内侍每傳與中書省。可將白居易貶江州司馬。柳宗元柳州司馬。劉禹錫播州司馬。如敕奉行。〔内官云〕領聖旨。〔隨下〕〔白樂天上云〕小官白樂天。平生以詩酒爲樂。因號醉吟先生。目今主上圖治心切。不尚浮藻。將某左遷江州司馬。刻日走馬之任。别事都罷。只是近日與裴興奴相伴頗洽。誰料又成遠别。須索與他説一聲。我去的也放心。〔正旦引梅香上〕〔詩云〕世間好物不堅牢。彩雲易散琉璃脆。妾身裴興奴。自從與白侍郎相伴。朝來暮去。又早半年光景。相公在妾身上。十分留意。妾身也有終身之託。近日聞的人説。白侍郎左遷江州司馬。就要起行。天那。誰想有這一場惡别離也。梅香。安排下酒餚。待侍郎來時。與他奉餞一杯。多少是好。〔梅香云〕理會的。〔白樂天上云〕早來到興奴門首。無人在此。我自過去。〔見旦科〕大姐祗揖。〔正旦云〕相公萬福。〔白樂天云〕大姐。實指望相守永久。誰想又成遠別。〔正旦云〕妾之賤軀。得事君子。誓託終身。今相公遠行。兀的不閃殺人也。〔樂天云〕下官這一去。多則一年。少則半載。回來再相會也。〔正旦云〕只是一時間放心不下。梅香。將酒來。與相公奉餞一杯。〔把酒科〕〔唱〕

【仙呂端正好】有意送君行。無計留君住。怕的是君別後有夢無書。一尊酒盡青山暮。我搵翠袖。泪如珠。你帶落日。踐長途。情慘切。意躊躇。你則身去心休去。

〔云〕相公。此別之後。妾身再不留人。專等相公早些回來。〔白樂天云〕大姐則要着志者。下官決不相負。我去也。〔旦隨下〕

〔音釋〕脆音翠　餞音箭

第二折

〔卜兒上云〕自從白侍郎去了。孩兒興奴也不梳粧。也不留人。只在房裏静坐。俺這唱的人家。再靠些甚麽。昨日茶坊裏張小閒來説。有個浮梁茶客劉一郎。要來和孩兒吃酒。孩兒百般不肯。今日他説要自來。等來時再做計較。〔丑扮小閒引浄扮劉一郎上〕〔詩云〕都道江西人。不是風流客。小子獨風流。江西最出色。小子劉一郎是也。浮梁人氏。帶着三千引細茶。來京師發賣。聽的人説教坊司裴媽媽家有個女兒名興奴。昨日央張二哥説知。老媽叫我今日自去。走了一會。來到門首也。張二哥。喒進去咱。〔丑見卜科云〕媽媽。劉員外來了也。〔卜兒云〕請進來。〔浄見卜科云〕媽媽拜揖。〔卜兒云〕客官拜了。〔浄云〕久聞令愛大姐大名。小子有三千引細茶。特來做一場子弟。〔卜兒云〕俺孩兒只爲白侍郎再不留人。我如今叫他出來。好歹教他伴你。若再不肯。你寫一封假書。只說白侍郎已死。他可待肯了。〔丑云〕此計大妙。媽媽。你叫大姐出來陪着。我就去做假書。不要遲了。〔下〕〔卜兒云〕興奴孩兒。有客在此。快來快來。〔正旦上云〕妾身裴興奴。自從白侍郎別後。儘着老虔婆百般啜哄。我再不肯接客求食。近日有一個茶客劉一郎。待要與我作伴。我那裏肯從。争奈老虔婆被他錢買轉了。似這般怎生是好。兀的不煩惱人也呵。〔唱〕

【正宫端正好】命輕薄。身微賤。好人死萬萬千千。世間兒女別離徧。也敷不上俺那陽關怨。

〔帶云〕侍郎。不争你去了。教我倚靠何人。〔唱〕

【滚繡毬】你好下得白解元。閃下我女少年。道不得可憐而見。他又不曾故違着天子三宣。〔云〕人説白侍郎吟詩吃酒。誤了政事。前人也有這等的。〔唱〕只那長安市李謫仙。他向酒裏卧酒裏眠。尚古自得貴妃捧硯。常走馬在五鳳樓前。偏教他江州迭配三千里。可不道吏部文章二百年。甚些的納士招賢。

〔見卜科云〕母親。叫你孩兒怎麼。〔卜兒云〕白侍郎一去杳無音信。喒家柴没米没。怎生過活。如今浮梁劉官人。有三千引茶。又標致。又肯使錢。你留下他。賺些錢養家。〔正旦云〕母親。我與白侍郎有約在前。我再不留人了。〔卜兒云〕我說。你也不信。請劉官人自家來和你說。〔浄見旦科云〕大姐拜揖。小子久慕大名。拿着三千引茶。來與大姐焐脚。先送白銀五十兩。做見面錢。〔正旦云〕過一邊去。好不知高低。我做了白侍郎之妻。休來纏我。〔卜兒云〕你不肯陪伴劉員外。好個白侍郎夫人。如今白侍郎那裏敢顛氣了也。〔正旦唱〕

【倘秀才】這姻緣成不成在天。你休見兔兒起呵漾磚。情知普天下虔婆那一個不愛錢。〔帶云〕劉員外呵。〔唱〕他便是貴公子。趙平原。你也要過遣。

〔浄云〕你家是賣俏門庭。我來做一程子弟。你不留我。如何倒拒絶我。〔正旦唱〕

【滚繡毬】這的是我逆耳言。休厮纏。厮纏着舞裙歌扇。這兩般兒曾風流斷没了家緣。劉員外你若識空。便早動轉。倒落得滿門良賤。休覰着我這陷人坑似誤入桃源。我怕你兩尖擔脱了孤館思鄉客。三不歸翻了風帆下水船。枉受熬煎。

〔浄云〕小子世來你家。大姐不要説閒話。喒兩個吃鍾酒兒。〔做勸酒科〕〔正旦云〕拿開。我不吃。〔卜兒怒科云〕好賤人。上門好客。你怎生不順從。和錢賭鱉。打死你這奴才。〔正旦唱〕

【呆骨朵】我覰着眼前人即世裏休相見。我又不曾皸着你臉上直拳。好生地人也似揪他。他驢也似調蹇。他着酒兒將咱勸。我索屎做糕糜嚥。我須打是惜罵是憐。娘呵可休窮厮炒餓厮煎。

〔卜兒云〕這小賤人不聽我說。只想白侍郎。他那裏想着你哩。左右是左右。員外多拿些錢來。我嫁與你將去。〔净云〕隨老媽要多少錢。小子出的起。〔正旦云〕我心在那裏。你則管胡纏我。〔唱〕

【倘秀才】這些時但合眼早懷兒裏夢見。則是俺喫倒賺江州樂天。〔卜兒云〕見鐘不打。更去煉銅。樂天。樂天在那裏。〔净云〕小子也看的過。喒做一程夫妻。怕做甚麽。〔正旦唱〕**誰教你閟向秦樓列管絃。**〔帶云〕劉員外。〔唱〕**休信我。醉中言説則説在前。**

〔云〕天那。怎生教我陪伴這樣人也。〔唱〕

【滚繡毬】往常我春心寄錦箋。離情接斷絃。風流煞謝家庭院。到如今剗地教共猪狗同眠。〔净云〕大姐。仕路上大官。都是我鄉親。小子金銀又多。又波俏。你不陪我。却伴那樣人。〔正旦唱〕**那廝正拽大拳。使大錢。這其間枉了我再三相勸。怎當他癡迷漢苦死歪纏。想着那蒙山頂上春風細。肯分地揚子江心月正圓。也是天使其然。**

〔丑扮寄書人上云〕小人是江州一個皂隸。俺白司馬老爹在任。偶感病癥。寫了這一封書。教我送與教坊司裴興奴家。寫下書。俺司馬相公就死了。小人不免捎與他去。走了半月。方到京師。問人説這裏是他家。不免進去。〔做見卜兒科云〕老人家作揖。〔卜兒云〕大哥是那裏來的。〔丑云〕我是江州白司馬老爹差來下書的。〔卜兒云〕你老爹好麽。〔丑云〕俺老爹打發了書。就死了也。〔卜兒云〕誰這等説。拿書來我看。〔丑呈書科〕〔卜兒云〕孩兒你看。〔正旦接書念云〕寓江州知末白居易。書奉裴小娘子。向在宅上攪聒。自別來魂馳夢想。此心無時刻得離左右也。滿望北歸。以償舊約。不料偶感時疾。醫藥不効。死在旦夕。專人走告。勿以死者爲念。別結良姻。以圖永久。臨楮不勝哽咽。伏冀情亮。〔旦悲科云〕兀的不痛殺我也。悶殺我也。〔卜兒云〕孩兒。白侍郎已死了。夫人也做不得了。再不必說。你如今可嫁劉員外去罷。〔净云〕小子可等着了。〔丑云〕小人去罷。〔正旦云〕吃了飯去。〔丑云〕不必了。〔下〕〔正旦唱〕

【叨叨令】我這兩日上西樓盼望三十徧。空存得故人書不見離人面。聽的行雁來也我立盡吹簫院。聞得聲馬嘶也目斷垂楊線。相公呵你元來死了也麽哥。你元來死了也麽哥。從今後越思量越想的冤魂兒現。

〔净云〕媽媽既許了親事。小子奉白銀五百兩爲聘禮。小子歸家心切。就請小娘子上船。〔卜兒云〕老身已許了你。豈肯退悔。就打發孩兒去罷。〔正旦云〕罷罷罷。劉員外既成親。容我與侍郎瀽一椀漿水。燒一陌紙錢咱。〔净云〕這也使得。〔正旦燒紙澆酒科云〕侍郎活時爲人。死後爲神。〔哭科云〕則被你閃得我苦也。〔唱〕

【倘秀才】侍郎呵你往常出入在皇宮內院。只合生死在京師帝輦。也落得金水河邊好墓田。〔帶云〕劉員外。〔唱〕你且離了。我根前。他從來有些腼腆。

【滾繡毬】你文章勝賈浪仙。詩篇壓孟浩然。不能勾侍君王在九間朝殿。怎想他短卒律命似顏淵。今日撲通的跰墜井。支楞的琴斷絃。怎能勾眼前面死魂活現。你若有靈聖顯形影向月下星前。則這半提淡水招魂紙。侍郎也當得你一盞陰司買酒錢。止不住雨泪漣漣。

〔做化紙起旋風科〕〔云〕這一陣旋風。兀的不是侍郎來了也。〔做悲科〕〔唱〕

【醉太平】燒一陌兒紙錢。叙幾句兒衷言。待不啼哭夫乃婦之天。抛閃殺我也少年。只見一個來來往往旋風足律即留轉。諕的我慌慌張張手脚滴羞都蘇戰。一個俏魂靈不離了我打盤旋。我做人的解元。

〔净云〕大姐。紙也燒了。夫婦之情也盡了。請上船罷。〔正旦唱〕

【一煞】興奴也你早則不滿梳紺髮挑燈剪。一炷心香對月燃。我心下情絶。上船恩斷。怎捨他臨去時舌姦。至死也心堅。到如今鶴歸華表。人老長沙。海變桑田。别無些掛戀。須索向紅蓼岸緑楊川。

〔净云〕大姐去罷。這等哭。哭到幾時。〔正旦唱〕

【二煞】少不的聽那驚回客夢黄昏犬。聒碎人心落日蟬。止不過臨萬頃蒼波。落幾雙白鷺。對千里青山。聞兩岸啼猿。愁的是三秋雁字。一夏蚊雷。二月蘆烟。不見他青燈黄卷。却索共漁火對愁眠。

〔卜兒云〕員外等久了。去罷。〔正旦唱〕

【三煞】赤緊的大姨夫緣分咱身上淺。老太母心腸這壁廂偏。誰想司馬墳邊。彩雲零落。茶客船頭。明月團圓。娘呵你早則皂裙兒拖地。杜杖兒過頭。鬖髻兒稍天。却下的這拳槌不善。教我空捱那没程限的竇娥冤。

〔云〕母親。我是你親生之女。替你挣了一生。只爲這幾文錢。千鄉萬里賣了我去。母親好狠也。〔唱〕

【四煞】怎想他能捱磨扇似風車轉。更合着夢見槐花要黄襖兒穿。我虚度三旬。是這婆娘親女。受用了十年。是這趙媽媽金蓮。我也曾前廳上待客。後閣内留賓。只不曾坐車上當轅。偌來大窮坑火院。只央我一身填。

〔云〕罷罷罷。母親。我也顧不的你了。我去也。〔净云〕媽媽。小子去也。多承厚意。來年捎細茶來吃。〔正旦唱〕

【尾煞】不甫能一聲金縷辭歌扇。剗地聽半夜鐘聲到客船。少年的人苦痛也天。狠毒呵娘好使的錢。你好隨的方就的圓。可又分的愚别的賢。女愛的親娘不顧戀。娘愛的鈔女不樂願。今日我前程事已然。有一日你無常到九泉。只願火煉了你教鑊湯滚滚煎。碓搗罷教牛頭磨磨研。直把你作念到關津渡口前。活呪到天涯海角邊。都道這風塵是夙緣。明理會得窮神解不的冤。〔帶云〕娘呵。〔唱〕你只把我早嫁潯陽一二年。

怎到的他乾貶去江州四千里遠。〔同下〕

〔音釋〕啜樞說切　焐烏去聲　嚲音朵　輦連上聲　腼音免　腆他典切　卒粗上聲　楞蘆登切　旋去聲　紺甘去聲　鑊音和　碓音對

第三折

〔白樂天引左右上云〕下官白居易。自左遷司馬。來此江州。又早一年光景。昨日驛中報來。說故人元微之有事江南。打從這裏經過。不免分付左右。預備飲饌。伺候則個。〔外扮元微之上云〕小官姓元名稹。字微之。見任廉訪使之職。昨蒙聖恩。差來採訪民風。經過江州。我想此處司馬白樂天。乃某至交契友。不免上岸探望他一遭。來到這州衙門首。左右報復去。道有故人元稹來訪。〔左右報科云〕有故人元老爹來訪。〔白樂天云〕道有請。〔左右云〕請。〔進見科〕〔白樂天云〕微之。甚風吹得你來。貴脚踏賤地。使下官喜從天降。〔元微之云〕樂天久居江鄉。牢落殊甚。下官常切懷抱。奈拘職守。不得相從。今幸天假其便。再瞻眉宇。豈勝慶幸。〔白樂天云〕左右將酒過來。微之。少屈片時。〔元微之云〕不必留坐。下官行李俱在船上。下官正要與樂天文敘一會。可將這酒席移到船上。送我一程如何。〔白樂天云〕下官亦有此心。喒就同去。左右。快擕酒餚來者。〔同下〕〔浄上云〕小子劉一郎。自從娶得裴興奴。又早半年光景。衆朋友日日置酒相招。無有虚日。今日又是王官人相邀。大姐好生看家。子子吃酒去來。〔下〕〔正旦引梅香上云〕妾身裴興奴。不想狠毒虔婆貪錢。爲我不肯留客求食。把我賣與茶客劉一郎爲妻。隨他茶船來到這裏。問人說來。這裏正是江州。那單倈吃酒去了。不在船上。對着這般江天景物。想起那故人樂天。不由人不傷感也呵。〔唱〕

【雙調新水令】正夕陽天闊暮江迷。倚晴空楚山疊翠。冰壺天上下。雲錦樹高低。誰倩王維。寫愁入畫圖內。

【駐馬聽】常教他盡醉方歸。是他拂茶客青山沽酒旗。伴着我死心搭地。是兀那隱離人望眼釣漁磯。〔帶云〕這江那裏是江。〔唱〕則是遞流花草武陵溪。幽囚風月藍橋驛。直恁的天闊雁來稀。莫不是衡陽移在江州北。

〔云〕天色將晚。那厮吃酒去了。甚時回來。梅香。拂了牀。我自家睡去罷。〔唱〕

【步步嬌】這個四幅羅衾初做起。本待招一個風流壻。怎知道到如今命運低。長獨自托冰藍兩頭兒偎。恁的般受孤恓。知他是誰喚你做鴛鴦被。

〔云〕本待睡些兒。怎生睡得着。梅香。將那琵琶過來。對此明月。寫我愁懷咱。〔做抱琵琶科〕〔唱〕

【攪箏琶】都是你個琵琶罪。少歡樂足別離。爲你引商婦到江南。送昭君出塞北。紫檀面拂金猊。越引的我傷悲。想故人何日回歸。生被這四條絃撥俺在兩下裏。到不如清夜聞笛。

〔做彈琵琶科〕〔白樂天同元微之上云〕來到這舟中。一江明月。萬頃蒼波。秋光可人。微之。喒慢慢的飲幾杯。〔做聽科〕〔元微之云〕那裏琵琶响。〔左右云〕是那對過客船上有人彈的琵琶哩。〔白樂天云〕左右。你將船棹近些。〔做移船科〕〔白樂天云〕這琵琶不是野調。好似裴興奴指撥。〔元微之云〕左右的。你去着他過來彈一曲。怕做甚麼。〔左右見旦科〕小娘子。那邊船上兩位老爹教請一見。〔正旦云〕我就去。〔做見白樂天認科〕〔正旦唱〕

【雁兒落】我則道是聽琴鍾子期。錯猜做待月張君瑞。又不是歸湖的越范蠡。却原來是遭貶的白居易。

〔旦做怕迴避科〕〔白樂天云〕興奴。你躲我怎麼。〔正旦唱〕

【小將軍】肯分的月色如白日。他不說我的知是鬼。相公呵怕你要做好事與奴儘依得。你則休漸漸來跟底。

〔白樂天云〕興奴。你是甚意思。越躲的遠了。〔正旦唱〕

【沉醉東風】我覷了衣服樣勢。審察了言語高低。你且自靠那邊。俺須有生人氣。遠些兒個好生商議。〔做取錢投水科〕〔白樂天云〕你丢錢怎的。〔正旦唱〕我爲甚將幾陌黃錢漾在水裏。便死呵也博個團圓到底。

〔白樂天云〕興奴。你近前來。〔正旦又認科〕〔白樂天云〕你如何來到這裏。〔正旦云〕這等看來。想還是活的。〔歎科云〕相公。你做的好勾當。弄的我這等。還推不知哩。〔唱〕

【撥不斷】但犯着喫黃虀。者不是好東西。想着那引蕭娘寫恨書千里。搬倩女離魂酒一杯。攜文君逃走琴三尺。恁秀才每那一樁兒不該流遞。

〔白樂天云〕我自相別。來此江州。無時不思念大姐。只是無心腹人。不好寄書。你却等不的我回家。就跟着這商船來了。到說我的不是。〔正旦悲科〕苦死人也。教我一言難盡。〔白樂天云〕你說。〔正旦云〕自從與相公分別之後。妾再不留人求食。專等相公回來。以諧終身之託。不想老虔婆逐日嚷鬧。百般啜哄。妾身只是不從。那一日走將那茶客劉一郎來。帶的錢多。要來請我。妾抵死不肯。老虔婆和那蠻子設計。送到相公一封書。說相公病危死了。妾捱不過虔婆貪錢。把妾賣與他。來到這裏。聽的人說是江州。妾身正要打聽相公的消息。今日那單倈又吃酒去了。妾身思想無奈。對月彈一曲琵琶遣懷。不想得見相公。實天賜其便也。這位相公是誰。〔白樂天云〕是我心友廉訪元微之。〔做悲科〕〔元微之云〕樂天不必煩惱。這廝捏寫假書。妄稱人死。騙人之妾。自有罪犯。慢慢治他。〔白樂天云〕適間我做了一篇琵琶行。寫在這裏。大姐試看咱。〔正旦接科念云〕潯陽江頭夜送客。楓葉荻花秋瑟瑟。忽聞水上琵琶聲。主人忘歸客不別。移船相近邀相見。添酒回燈重開宴。千呼萬喚始出來。猶抱琵琶半遮面。轉軸撥絃三兩聲。未成曲調先有情。絃絃掩抑聲聲思。似訴平生不得志。低眉信手續續彈。說盡心中無限事。輕攏慢撚撥復挑。初爲霓裳後六幺。曲終抽撥當心畫。四絃一聲如裂帛。自言家在京城住。名屬教坊第一部。曲罷常教善才服。妝成每被秋娘妬。今年歡笑復明年。秋月春花等閒度。門前冷落鞍馬稀。老大嫁作商人婦。我聞琵琶已歎息。又聞此語重唧唧。同是天涯淪落人。相逢何必曾相識。我從去年辭帝京。謫居臥病潯陽城。其間旦暮聞何物。杜鵑啼血猿哀鳴。豈無山歌與村笛。嘔啞嘲哳難爲聽。今夜聞君彈一曲。爲君翻作琵琶行。却坐促絃絃轉急。滿坐聞之皆掩泣。就中泣下誰最多。江州司馬青衫濕。〔正旦云〕相公好高才也。〔梅香慌上云〕姐姐。員外回來了也。〔正旦唱〕

【掛搭沽】恰打算別離苦況味。見小玉言端的。又驚散鴛鴦兩處飛。喒須索權迴避。我這裏淹粉淚懷愁戚。忙蹙金蓮。緊蕩羅衣。

〔白元虛下〕〔净帶酒上云〕大姐那裏。我醉了。扶我一扶者。〔正旦唱〕

【沽美酒】我則道蒙山茶有價例。金山寺裏說交易。每日江頭如爛泥。把似喧不的少喫。則被你殃煞我喫敲賊。

【太平令】常教我羨鸂鶒鴛鴦貪睡。看落霞孤鶩齊飛。〔净云〕大姐過來。扶着我睡去。〔正旦唱〕聽不上蠻聲獠氣。倒敢恁煩天惱地。摟只抱只。愛你。休醉漢扶着越醉。

〔净云〕我娶到的老婆。如何不伏侍我。我醉了。〔正旦唱〕

【川撥棹】厮禁持。這是誰根前撒殢滯。喫得來眼腦迷希。口角涎垂。覷不的村沙樣勢。也是我前緣厮勘對。

【七弟兄】從早至晚夕。知他在那裏。喒是甚夫妻。撇得我孤孤另另難存濟。我凄凄楚楚告他誰。你朝朝日日醺醺地。〔凈做醉睡科〕〔正旦云〕這厮醉的睡着了。我如今就過白相公船上去罷。〔唱〕

【梅花酒】我子待便摘離。把頭面收拾。倒過行李。休心意徘徊。正愁煩無了期。〔白樂天上云〕大姐叫我怎的。〔旦云〕單倈沉醉睡着。妾隨相公去罷。〔唱〕恰相逢在今夕。相公你還待要候甚的。和俺有情人一搭裏。那單倈正昏睡。囫圇課你拿只。江茶引我擡起。比及他覺來疾。

【收江南】我教他滿船空載月明歸。三更難撥棹歌齊。我把這畫船權做望夫石。便去波莫遲。却不道五湖西子嫁鴟夷。

〔白樂天云〕趁此秋清夜静。咱過船撑將開去。他那裏尋我。〔元微之云〕樂天。等小官回朝奏知聖人。取你上京。先奏辨此事。决得與興奴明白完聚。〔白樂天云〕微之。若得如此。喒兩個感恩非淺。〔正旦唱〕

【水仙子】再不見洞庭秋月浸玻瓈。再不見鴉噪漁村落照低。再不聽晚鐘烟寺催鷗起。再不愁平沙落雁悲。再不怕江天暮雪霏霏。再不愛山市晴嵐翠。再不被瀟湘暮雨催。再不盼遠浦帆歸。

〔白樂天云〕誰想今日又重相會。使初心得遂。實天所賜也。〔正旦唱〕

【太清歌】莫不是片帆飽得西風力。怎能勾謝安攜出東山妓。此行不爲鱸魚膾。成就了佳期。無個外人知。那廝正茶船上和衣兒睡。黑婁婁地鼻息如雷。比及楊柳岸秋風唤起。人已過畫橋西。

【二煞】咱兩個離愁雖似茶烟濕。歸心更比江流急。離江州謝天地。出烟波漁父國。遮莫他耳聽春雷。茶吐鎗旗。着那廝直趕到五嶺三湘建溪。乾相思九萬里。

〔白樂天云〕開了船去罷。〔正旦唱〕

【鴛鴦煞】若不是浮梁茶客十分醉。怎奈何江州司馬千行泪。早則你低首無言。仰面悲啼。暢道情血痕多。青衫泪濕。不因這一曲琵琶成佳配。泪似把推嶔添滿潯陽半江水。〔同下〕

〔净做酒醒慌上云〕喫的醉了。一覺睡着。醒來不見了大姐。可往那裏去了。只怕落在江中。怎麽箱籠開着。一定是走了。地方。拏人。拏人。〔雜當扮地方上云〕這船上是甚麽人。半夜三更。大呼小叫的。〔净云〕是小子新娶的個小娘子。不知逃走那裏去了。一定有個地頭鬼拐着他去。你們與我拿一拿。〔地方云〕哇。胡説。這明月滿江。又静悄悄無一隻船來往。只是你這船在此。走往那裏去。想是你致死了。故意找尋。我拿你到州衙裏見官去來。〔地方鎖净科〕〔净詩云〕我劉一

郎何曾搗鬼。小老婆多應失水。〔地方詩云〕這裏面定有欺心。送官去敲折大腿。〔同下〕

〔音釋〕稹音真　北邦每切　猊音移　笛丁梨切　蠡音里　日人智切　得當美切　倩阡去聲　尺音恥　啁音周　嘶音昔　的音底　戚倉洗切　易銀計切　噇音床　喫音恥　賊則平聲　鸂音欺　鶒音尺　鶩音木　只張恥切　夕星西切　拾繩知切　囫音忽　圇音倫　疾精妻切　石繩知切　鴟音痴　嵐音藍　力音利　膾音桂　濕傷以切　急巾以切　國音鬼　嶮與險同　找音爪

第四折

〔元微之上云〕小官元稹。前者江南採訪回來。面奏聖人。説白居易無罪遠謫。蒙聖人可憐。已將他宣喚回朝。仍復舊職。他謝恩畢。便奏知劉員外計騙人妾。假稱死亡。蒙聖人准歸本夫。今日旨意下來。御斷此事。只得先報樂天知道。〔下〕〔唐憲宗引內官上云〕寡人唐憲宗。昨日廉訪使元稹奏白居易無罪遠謫。朕也惜他才華。已取回京。復他侍郎之職。他又奏稱側室裴興奴。原是樂籍。他去之任。被茶商劉某妄報他死。拐騙爲妻。昨在江州撞見奪回。於例該歸前夫。內侍們宣白居易來者。〔內官云〕領聖旨。白居易安在。〔白樂天上云〕小官白居易。前蒙放逐江鄉。多虧故人元微之舉保。重得回京。復還原職。下官因將裴興奴之事奏聞。蒙聖恩許歸本夫。今日朝堂宣呼。須索走一遭去。〔做見駕科云〕侍郎臣白居易。欽取回京朝見。〔駕云〕卿在江州。多有辛苦。爾所奏裴興奴被人計騙。例該歸從前夫。但中間緣故未詳。必須宣裴興奴問個端的。〔內官云〕領聖旨。裴興奴安在。聖人呼喚哩。〔正旦冠帔上云〕誰想有今日來。興奴質本下賤。幸得瞻天仰聖。非同小可也呵。〔唱〕

【中呂粉蝶兒】秋月春花。都出在侍郎門下。比及我博的個富貴榮華。恰便似盼辰勾。逢大赦。得重回改嫁。今日裏聖旨宣咱。吉和凶索問天買卦。

〔云〕來到這朝前。好怕人也。〔唱〕

【醉春風】又不比順子弟意前行。就郎君心上打。只見兩行武士列金瓜。這裏敢不是耍。耍。他教我與樊素齊肩。受小蠻節制。聖機難察。

〔內侍云〕宣到裴興奴見駕。〔正旦拜舞科〕〔唱〕

【迎仙客】無禮法。婦人家。山呼委實不會他。只辦得緊低頭。忙跪下。願陛下海量寬納。聽臣妾說一套兒傷心話。

〔駕云〕那婦人是裴興奴麽。〔正旦云〕臣妾便是裴興奴。〔駕云〕你將始末緣由。細細說來。不可欺隱。〔正旦唱〕

【石榴花】妾自來楚雲湘水度年華。誰樂這生涯。俺娘把門兒倚定看甚人踏。當日見他。放了旬假。老虔婆意中只待頻茰刮。先陪了四鉼酒十餅香茶。其間一位多姦猾。

只待要大雪裏探梅花。

【鬬鵪鶉】一個待咏月嘲風。一個待飛觴走斝。談些古是今非。下學上達一個毬子心腸到手滑。和賤妾勾勾搭搭。但得個車馬盈門。這便是錢龍入家。

〔云〕妾本教坊樂籍。曾師曹善才。學成琵琶。忽一日侍郎白居易放假。同孟浩然賈浪仙到妾家吃酒。妾因留伴白侍郎。因此認的。〔駕云〕既如此。怎生又有後來這場説話。〔正旦唱〕

【上小樓】俺那白頭媽媽。年紀高大。見他每帶繫烏犀。衣着白襴。帽裏烏紗。怎生地。使手法。待席罷敲他一下。倒噎的俺老虔婆血糊淋刺。

【幺篇】從此日娘嗔女。妾愛他。愛他那走筆題詩。出口成章。頂針續麻。是他百般地。妳妳行過從不下。怎當那獠姨夫物擡高價。

〔云〕妾身自從見了白侍郎。俺那虔婆見他是個官人。心中要敲他一下。不想又没甚麽大錢。好生埋怨。妾見侍郎人品高。才華富。遂有終身之託。只是打發老虔婆不下。誰想又走將這個茶客來。〔駕云〕這茶客來却怎生地。〔正旦唱〕

【紅芍藥】那廝每販的是紫草紅花。蜜蠟香茶。宜舞東風鬬蝦蟆。巾幘是青紗。聽不得鑾聲氣。死勢煞。無過在客船中隨波上下。那廝分不的兩部鳴蛙。所事村沙。

〔云〕這茶客是江西人。拿着三千引茶。要來伴宿。妾因侍郎分上。堅意不從他。〔唱〕

【紅繡鞋】他有數百塊名高月峽。兩三船玉屑金芽。元來他准備下一場説謊天來大。本待要緑珠辭衛尉。則説道賈誼没長沙。可不這寄哀書的該萬剮。

〔云〕老虔婆與茶客設計。寄假書一封。説侍郎死了。使妾無倚。逼令嫁與茶客。〔駕云〕既有假書。你如何主張。〔正旦唱〕

【喜春來】既道是江州亡化白司馬。因此上飛入尋常百姓家。俺那愛錢娘一日坐八番衙。不由妾不隨順他。有分看些個駝腰柳釣魚槎。

〔云〕那虔婆不由分説。把妾嫁與茶客。妾強不過。只得隨他而去。〔駕云〕既嫁茶客。怎生又歸白氏。〔正旦唱〕

【普天樂】到潯陽無牽掛。弔英魂何處。渡口殘霞。思往事。空嗟訝。半夜燈前長吁罷。淚和愁付與琵琶。寒波漾漾。芳心脈脈。明月蘆花。

〔駕云〕元來你彈琵琶來。那白居易可在那裏聽見。得與你相會。你再説咱。〔正旦唱〕

【快活三】俺本待蘭舟看月華。見漁燈映蒹葭。他便似莽張騫天上泛浮槎。可原來不曾到黄泉下。

〔云〕那一夜茶客不在。妾身對月理琵琶。忽見别船上二客。細視之乃是白侍郎。方知他不曾死。妾身就跟白侍郎來了。〔唱〕

【鮑老兒】秀才每八怪洞裏妖精也覷上了他。那一個不色膽天來大。投到俺啼哭出煙村四五家。央及殺青衫袖香羅帕。故人見後。潯陽怕甚。水地湫凹。今日個君王召也。長安避甚。道路兜搭。

〔駕云〕興奴。你認這文武班中。那個是白居易。〔正旦做認科〕〔唱〕

【叫聲】這都是一般兒的執象簡戴烏紗。好着我眼花。眼花。只得偷睛抹。去向那文武班中試尋咱。

〔做見三人科云〕這是賈學士。這是孟學士。這是白侍郎。〔唱〕

【剔銀燈】舊主顧先生好麼。新女壻郎君煞驚諕。那翰林學士行無多話。則這白侍郎正是我生死的冤家。從頭認。都不差。可怎生粧聾作啞。

〔駕云〕興奴。你仔細認者。敢不是他麼。〔正旦唱〕

【蔓菁菜】他怎敢面欺着當今駕。他當日爲尋春色到兒家。便待强風情下榻。俺只道他是個詩措大酒遊花。却元來也會治國平天下。

〔駕云〕一行人跪者。聽朕剖斷。〔衆跪科〕〔詞云〕自古來整齊風化。必須自男女幃房。但只看關雎爲首。詩人意便可參詳。裴興奴生居樂籍。知倫禮立志剛方。見良人終身有託。要脱離風月排場。老虔婆羊貪狼狠。逼令他改嫁茶商。裴興奴心堅不變。只等待司馬還鄉。老虔婆使姦定計。

寫假書只說身亡。遂將他嫁爲商婦。一帆風送至潯陽。正值着江干送客。聞琵琶相遇悲傷。與故人生死相別。彈一曲情泪千行。放逐臣偏多感歎。兩悲啼泪濕衣裳。從前夫自有明例。便私奔這也何妨。今日個事聞禁闕。斷令您永效鳳凰。白居易仍復舊職。裴夫人共享榮光。老虔婆決杖六十。劉一郎流竄遐方。這賞罰並無私曲。總之爲扶植綱常。便揭榜通行曉諭。示臣民恪守王章。

〔衆謝恩科〕〔正旦唱〕

【隨煞】恰纔來萬里天涯。早愁鬢蕭蕭生白髮。俺把那少年心撇罷。再不去趁春風攀折鳳城花。

〔音釋〕察抽鮓切　法方雅切　納囊亞切　蓃徐靴切　刮音寡　猾呼佳切　斝音賈　達當加切　滑呼佳切　搭音打　剌那架切　獠音老　峽奚佳切　湫兹囚切　抹音罵　髮方雅切

題目　潯陽商婦琵琶行

正名　江州司馬青衫泪

四丞相高會麗春堂雜劇

王實甫撰

第一折

〔冲末扮押宴官引祗從上詩云〕小帽虬頭裹絳紗。征袍砌就雁啣花。花根本豔公卿子。虎體鵷班將相家。老夫完顏女真人氏。小字徒單克寧。祖居萊州人也。幼年善騎射。有勇略。曾爲山東路兵馬都總管行軍都統。後遷樞密院副使。兼知大興府事。官拜右丞相。老夫受恩甚厚。以年老乞歸田里。聖人言曰。朕念衆臣之功。無出卿右者。今拜左丞相之職。時遇蕤賓節届。奉聖人的命。但是文武官員。都到御園中赴射柳會。老夫爲押宴官。射着者有賞。射不着者無賞。老夫在此久等。這早晚官人每敢待來也。〔正末引屬官上云〕老夫完顏女真人氏。小字樂善。老夫幼年跟隨郎主。南征北討。東蕩西除。多有功勞汗馬。謝聖恩可憐。官拜右丞相。領大興府事。正受管軍元帥之職。今日五月端午。蕤賓節令。奉聖人命。都着俺文武官員御園中赴射柳會。聖人着左丞相徒單克寧爲押宴官。想老夫幼年間苦争惡戰。得到今日。非同容易也呵。〔唱〕

【仙吕點絳唇】破虜平戎。滅遼取宋。中原統。建四十里金鏞。率萬國來朝貢。

【混江龍】端的是走輪飛鞚。車如流水馬如龍。綺羅香裏。簫鼓聲中。盛世黎民歌歲稔。太平聖主慶年豐。正遇着蕤賓節届。今日個宴賞羣公。光禄寺醞江釀海。尚食局炮鳳烹龍。教坊司趨蹌妓女。仙音院整理絲桐。都一時向御苑來供奉。恰便似衆星拱北。萬水朝東。

〔帶云〕是好一座御園也。〔唱〕

【油葫蘆】則見貝闕蓬壺一望中。從地湧。看了這五雲樓閣日華東。恰似那訪天台悮入桃源洞。端的便往揚州移得瓊花種。勝太平獨秀岩。冠神龍萬壽峯。則他這雲間一派簫韶動。不弱似天上蕊珠宫。

【天下樂】可正是氣壓山河百二雄。元也波戎。將軍校統。宰臣每爲頭兒又盡忠。文官每守正直。武將每建大功。到今日可也樂昇平好受用。

〔云〕令人報復去。道某家來了也。〔祇從報科云〕有四丞相來了也。〔押宴官云〕道有請。〔見科〕〔押宴官云〕老丞相。今奉聖人的命。教俺文武官員。今日赴射柳會。左右那裏。都擺佈下了也未。〔祇從云〕都擺佈了也。〔净扮李圭上詩云〕幼年習兵器。都誇咱武藝。也會做院本。也會唱雜劇。要飽一隻羊。好酒十瓶醉。聽的去厮殺。躲在帳房睡。某普察人氏。姓李名圭。見爲右副統軍使。我這官不爲那武藝上得的。爲我唱得好。彈得好。舞的好。今日是蕤賓節令。聖人的命着俺大小官員赴射柳會。到那裏我便射不着呵。也有我的賞賜。可早來到也。令人報復去。道我李監軍來了也。〔祇從報科〕〔押宴官云〕着過來。〔李圭見科云〕老大人。小子李圭來了也。〔押宴官云〕李監軍。你來了也。我奉聖人的命。在此押宴。左右那裏。將這聖人賜來的錦袍玉帶。若射着的。將這錦袍玉帶賞與他。先飲酒。射不着的。則飲酒無賞。〔祗從云〕理會得。〔押宴官云〕老丞相。聖人前日分付操練的軍馬如何。〔正末云〕大人。數日前分付老夫操練的軍馬。都有了也。〔押宴官云〕如今有那幾員上將。〔正末唱〕

【那吒令】俺如今要取討呵。有普察副統。要辨真呵。有得滿具中。要做準呵。有完顏内奉。非是咱賣藴藉。誇强勇。端的是結束威風。

【鵲踏枝】衲襖子繡攙絨。兔鶻碾玉玲瓏。一個個躍馬揚鞭。插箭彎弓。他每那祖宗是斑斕的大蟲。料想俺將門下無犬跡狐踪。

〔押宴官云〕老丞相先射。〔正末云〕您官人每那個先射。〔李圭云〕老丞相勿罪。小官先射。〔押宴官云〕你若射着。這錦袍玉帶便與你。〔李圭做射不中科云〕我本射着了。我這馬眼叉。走了箭也。〔押宴官云〕李副統。你不中。靠後。老丞相請射。〔正末云〕老夫射來。孩兒先領馬者。〔做射中衆呐喊擂鼓科〕〔正末唱〕

【賞花時】萬草千花御苑東。簌翠偎紅彩繡中。滿地緑茸茸。更打着軍兵簇擁。可兀的似錦衚衕。

【勝葫蘆】不剌剌引馬兒先將箭道通。伸猿臂攬銀鬃。靶内先知箭有功。忽的呵弓開秋月。撲的呵箭飛金電。脱的呵馬過似飛熊。

【幺篇】俺只見一縷垂楊落曉風。〔押宴官云〕老丞相射中三箭也。將過那錦袍玉帶來。送與老丞相。令人。將酒來。老丞相滿飲一盃。〔正末唱〕人列繡芙蓉。翠袖殷勤捧玉鍾。贏的這千花錦段。萬金寶帶。拚却醉顏紅。

〔押宴官云〕老丞相再飲一杯。〔正末做醉科〕〔李圭云〕我也吃一杯。〔押宴官云〕老丞相。今日吃酒已散。聖人的命。教您這管軍元帥。明日都到香山賞翫。排有筵宴。管待您咱。〔正末云〕感謝聖恩。大人。老夫酒彀了也。〔押宴官云〕老丞相再飲幾盃。〔正末唱〕

【賺煞】公吏緊相隨。虞候忙扶捧。休落後了一行步從。得勝歸來喜笑濃。氣昂昂志捲長虹。飲千鍾滿面春風。回首金鑾紫霧重。跎登登催着玉驄。笑吟吟袖窩着絲鞚。

〔做上馬科〕〔押宴官云〕老丞相慢慢的行。〔正末唱〕我可便醉醺醺扶出御園中。〔下〕

〔押宴官云〕你衆人每都散罷。令人將馬來。我回聖人的話去也。〔下〕〔李圭云〕大人。俺回去也。〔出云〕羞殺人。我爲副將軍。一連三箭無一箭中的。將錦袍玉帶都着四丞相贏將去了。怎麽氣得過。這也容易。他説道明早叫俺這幾個管軍的元帥都到香山賞翫。安排筵宴管待俺。前人賜與我的一領八寶珠衣。明日穿到香山去。我與四丞相不射箭。和他打雙陸。將我這八寶珠衣。賭他那錦袍玉帶。他必然輸與我也。我若贏了他呵。便是我平生之願。〔詩云〕我一生好唱曲。弓馬原不熟。明日到香山。只與他賭雙陸。〔下〕

〔音釋〕蕤兒追切　鏞音容　鞚空去聲　稔壬上聲　屆音戒　醞音韻　釀尼降切　炮音袍　劇其去

聲　攙初銜切　鶻紅姑切　簌音速　茸音戎　剌音辣　行音杭　從去聲

第二折

〔押宴官引祗從上云〕老夫左丞相是也。昨日在御園中射柳已過。今日在此香山設宴。着老夫仍舊做押宴官。這早晚官人每敢待來也。〔正末上云〕昨日在御園中射柳。今日在香山設宴。須索走一遭。是好香山也呵。〔唱〕

【中吕粉蝶兒】山勢崔巍。倚晴嵐數層金碧。照皇都一片琉璃。端的個路盤桓。山掩映。堆藍疊翠。俺這裏佇立丹梯。則見那廣寒宮在五雲鄉内。

【醉春風】堪寫在畫圖中。又添入詩句裏。則我這紫藤兜轎趁着濃陰。直等涼些兒個起。起。受用足萬壑清風。半堦涼影。一襟爽氣。

〔云〕可早來到也。令人報復去。道某家來也。〔祗從報科〕〔押宴官云〕有請。〔見科〕〔押宴官云〕老丞相。昨日再飲幾杯去也好。〔正末云〕大人。老夫昨日沉醉。多有失禮也。〔唱〕

【迎仙客】不知幾時節離御苑。多早晚出庭闈。不記得是誰人扶下這白玉梯。〔押宴官云〕老丞相昨日也不曾飲甚麽酒。〔正末唱〕怎當他酬酢處兩三巡。揭席時五六盃。醉的我將宮錦淋漓。莫不我觸犯着尊嚴罪。

〔押宴官云〕老丞相請坐。則有李圭不曾來。着人覷者。若來時報復知道。〔李圭上云〕小官李圭。我今日就穿着這八寶珠衣。和四丞相打雙陸。那錦袍玉帶。必然輸與我。可早來到也。接了馬者。令人報復去。道有李圭來了也。〔祗從報見科〕〔李圭云〕大人。老丞相。昨日恕罪。可不是我射不着。我那馬眼生。他躲一躲。把我那箭擦過去了。〔押宴官云〕你也説不過老丞相。李監軍。您衆官每聽者。我非私來。奉聖人的命。如今八方寧靜。四海晏然。五穀豐登。萬民樂業。俺文武官僚。同享太平之福。昨日在御園中射柳。今日教您這管軍元帥在此香山。一者飲宴。二者教您遊賞取樂。隨你官人每手談博戲。盤桓一會。慢慢的飲酒。〔正末云〕比及飲酒呵。我等且博戲一會咱。〔李圭云〕住住住。老丞相。我與你打一會兒雙陸。〔正末云〕你要和我打雙陸。好波。我和你打。〔李圭云〕老丞相。這般打無興。可賭些利物。〔押宴官云〕你二位。老夫奉聖人的命。在此押宴。則許你作歡取樂。不許你鬧吵争競。但有攪擾。着老夫便奏知聖人。決無輕恕。〔李圭云〕誰敢吵鬧。我將這聖人賜與我的八寶珠衣爲賭賽。老丞相。你將甚麽配的我這八寶珠衣。〔正末云〕是好一領袍也。〔唱〕

【紅繡鞋】金彩鳳玲瓏翡翠。繡蟠龍瓔珞珠璣。他怎生下工夫達着俺那大人機。則俺那仁慈的明聖主。掌一統錦華夷。可則是平安了十萬里。

〔李圭云〕老丞相。你將甚麽配得我這八寶珠衣的。〔正末云〕要配的過那八寶珠衣。孩兒。將先王賜與我的那劍來。〔卒子做拿劍科〕〔李圭云〕苦也。他怎麽拿出那件來。老丞相。這劍有甚好

處。〔正末云〕怎生我這劍不好。〔唱〕

【上小樓】且休説白虹貫日。青龍藏地。這劍比那太阿無光。鏌鋣無神。巨闕無威。你可休將他小覷的輕微不貴。端的個有吹毛風力。

〔云〕這劍上立了多少大功。你那珠衣怎比的我這劍。〔李圭云〕你這劍也不值錢。〔正末云〕你不知。這劍先帝賜與我的。〔李圭云〕老丞相。雖然如此。我這珠衣是無價之寶哩。〔正末唱〕

【幺篇】你的是無價寶。則我的也不是無名器。是祖宗遺留。兄弟相傳。輩輩承襲。

〔李圭云〕老丞相。則怕我如今一回雙陸。贏了你這劍可怎了。〔正末唱〕饒你便會泛遲快打疾。能那能遞。怎贏的俺這三輩兒齊天福氣。

〔李圭輸科云〕色不順。不是我輸了。〔押宴官云〕老丞相贏了也。〔正末唱〕

【滿庭芳】這都是託賴着大人的虎勢。贏的他急難措手。打的他馬不停蹄。做色數喚點兒皆隨意。〔李圭云〕我可生悔氣。這色兒不順。〔正末云〕你昨日也説馬眼乂哩。〔唱〕不比你射柳處也推着馬眼迷奚。〔押宴官云〕李監軍。你輸了這翡翠珠衣也。老丞相。你饒他一擲波。〔正末唱〕我若不覷大人面皮。直贏的他與我跟隨。〔李圭云〕你説這大話。贏的我跟隨。我和你如今別賭些利物。看那個贏那個輸。〔正末云〕我如今再和你打。饒你一擲。〔唱〕饒先遞。

〔李圭云〕我怎麽要你饒。〔正末唱〕則你那赤瓦不剌强嘴。兀自説兵機。

〔押宴官云〕你兩個便再打一會。〔李圭云〕恰纔我翡翠珠衣輸與他了。我如今再打一會。若輸了的。抹一個黑臉。〔正末云〕我待不和你打。你輸了你忍不的這口氣。料着我便輸了呵。他便怎敢抹我個黑臉。我再和你打。〔李圭云〕也罷。我若贏了呵。搽他個黑臉。也出了這場氣。喒打來。〔正末唱〕

【石榴花】紫雲堆裏月如眉。幾點曉星稀。岸滑霜冷玉塵飛。已拋下二擲。似啄木尋食。從來那撚無凝滯。疾局到底便宜。〔李圭云〕這一盤是我贏了。〔正末唱〕我見他那頭盤裏打一箇無梁意。〔李圭云〕你這馬不得到家。可不輸了。〔正末云〕則我要一個幺六。〔做喝科〕〔李圭云〕你喝幺六就是幺六。這骰子是你的骨頭做的。〔正末唱〕口喝着個幺六是贏的。〔李圭云〕可知叫不出。是你輸了。〔正末唱〕

【鬬鵪鶉】這本是賤骨無知。怎肯便應聲也那做美。不争我連勝連贏。却教你越羞越恥。也是我不合單行强出了底。便輸呵怕甚的。雖然是作耍難當。怎敢失了尊卑道理。

〔云〕呀。我輸了也。〔李圭云〕你輸了。將墨來搽臉。〔末怒做拂雙陸科云〕李圭。你是甚麽人。敢如此無禮。〔李圭云〕一言爲定。元説道輸了的搽墨臉。〔押宴官云〕你兩個休得吵鬧。有聖人的命在此。〔正末唱〕

【耍孩兒】這潑徒怎敢將人戲。你託賴着誰人氣力。〔李圭云〕難道我託賴你的氣力。〔正末唱〕睁開你那驢眼可便覷着阿誰。我更歹殺者波是將相的苗裔。大人呵尚兀自高擎着玉液來酬我。你待濃蘸着霜毫敢抹誰。這厮也不稱你那元戎職。〔李圭云〕什麽這厮那厮。只管罵誰。〔正末云〕我不敢罵你。敢打你。〔做打科唱〕我則待一拳兩脚。打的他似土如泥。

〔李圭云〕好也。打下我兩個門牙來也。〔押宴官云〕你兩個不得無禮。你既是大臣。怎敢不尊上命。〔李圭云〕大人可憐見。昨日射柳是他赢了錦袍玉帶。今日打雙陸。又赢了我翡翠珠衣。我恰纔赢了他。他就不許我抹黑臉。咱須是賭賽哩。〔押宴官云〕你都回去。〔正末唱〕

【尾聲】我與那左丞相是兄弟。我和你須叔姪。若不爲聖人言怕攪了香山會。我不打你這潑無徒可也放不過你。〔下〕

〔押宴官云〕不想四丞相將李圭毆打。攪了筵宴。老夫不敢欺隱。須回聖人話去。〔詩云〕則爲李監軍素性疎狂。香山會攪亂非常。也不是我有心私向。從實的奏與君王。〔下〕

〔音釋〕嵐音藍　碧音彼　鏌音莫　鎁音耶　力音利　襲星西切　疾精妻切　那音挪　擲征移切
食繩知切　撚尼蹇切　便平聲　的音底　蘸音站　職張恥切　姪征移切

第三折

〔外扮孤上詩云〕聲名德化九天聞。長夜家家不閉門。雨後有人耕緑野。月明無犬吠荒村。小官完顔女真人氏。自幼跟隨郎主。多有功勳。今除小官在此濟南府爲府尹。近聞京師有四丞相。因打李圭。如今貶在濟南府歇馬。想小官幼年間都是四丞相手裏操練成的。不料今日到俺這裏。這四丞相每日則在溪邊釣魚飲酒。我知他平日好歌舞。小官今日載着酒餚。攜一歌妓。直至溪邊與四丞相解悶。走一遭去。〔下〕〔左相上云〕變幻者浮雲。無定者流水。君看仕路間。升沉亦如此。自從四丞相打了李圭。聖人見怒。貶去濟南府歇馬去了。不想聖人思起此人往日功勞。又值草寇作亂。今奉聖人命。着老夫遣使臣星夜趕到濟南府。取四丞相還朝。依舊爲官。左右。說與去的使命。小心在意。疾去早來。〔下〕〔正末拿漁竿上云〕自從香山會被李圭所奏。聖人見怒。貶在濟南府閒住。老夫每日飲酒看山。好是快活也呵。〔唱〕

【越調鬭鵪鶉】閒對着緑樹青山。消遣我煩心倦目。潛入那水國漁鄉。早跳出龍潭虎窟。披着領箬笠蓑衣。隄防他斜風細雨。長則是琴一張。酒一壺。自飲自斟。自歌自舞。

【紫花兒序】也不學劉伶荷鍤。也不學屈子投江。且做個范蠡歸湖。遶一灘紅蓼。過兩岸青蒲。漁夫。將我這小小船兒棹將過去。驚起那幾行鷗鷺。似這等樂以忘憂。

胡必歸歟。

〔云〕我暫停短棹。看一派好景致也。〔唱〕

【小桃紅】水聲山色兩模糊。閒看雲來去。則我怨結愁腸對誰訴。自躊躇。想這場煩惱都也由咱取。感今懷古。舊榮新辱。都裝入酒葫蘆。

〔云〕家童。將漁竿來者。〔孤引旦兒上云〕此女子乃有名歌妓。小字瓊英。談諧歌舞。無不通曉。今日將着酒餚。直到溪邊。與老丞相脱悶。走一遭去。瓊英。你到那裏。好生追歡作樂。務要丞相喜歡。來到這裏。左右人遠避者。唤着你。你便來。不唤你。你休來。兀的不是老丞相在那裏釣魚哩。〔旦兒云〕喒則在他背後立着。看這老丞相釣魚。〔正末唱〕

【金蕉葉】撑到這蘆花密處。款款將船兒纜住。見垂柳風摇翠縷。蕩的這幾朵兒荷花似舞。

【調笑令】我向這淺處。扭定身軀。呀。慢慢的將釣兒我便垂將下去。銀絲界破波文緑。可怎生浮蝣兒不動纖須。〔旦兒云〕老爺好快活也。〔正末做回頭科唱〕我這裏回頭猛然覷魑魅。可知道落雁沉魚。

〔孤云〕小可聞知老丞相在此。特來與老丞相脱悶。將酒來。瓊英。你唱一曲者。〔旦兒云〕理會的。〔做唱科〕〔正末唱〕

【禿厮兒】可人意清歌妙舞。酬吾志美酒鮮魚。則這春風一枝花解語。似出塞美人圖。可便粧梳。

【聖藥王】樂有餘。飲未足。樽前無酒典衣沽。倒玉壺。聽金縷。直吃的滿身花影倩人扶。我可也不讓楚三閭。

〔孤云〕想老丞相在京時。那般畫閣蘭堂。錦茵繡褥。香車寶馬。歌兒舞女。那般受用快活。今日在此閒居。索是憂悶也。〔正末唱〕

【麻郎兒】昨日個深居華屋。今日個流竄荒墟。冷落了歌兒舞女。空閒了寶馬香車。

【幺篇】知他是斷與甚處外府。則落的遶青山十里平湖。駕一葉扁舟睡足。抖擻着緑蓑歸去。

〔孤云〕老丞相也則一時間在此閒居。久後聖人還有任用。〔正末云〕府尹。你不知。老夫爲官不如在此閒居也。〔唱〕

【東原樂】縱得山林趣。慣將禮法疎。頓忘了馬上燕南舊來路。如今揀溪山好處居。爲甚麼懶歸去。被一片野雲留住。

【綿搭絮】也無那採薪的樵子。耕種的農夫。往來的商賈。談笑的鴻儒。做伴的茶藥琴棋筆硯書。秋草人情即漸疎。出落的滿地江湖。我可也釣賢不釣愚。

【絡絲娘】到今日身無所如。想天公也有安排我處。可不道吕望嚴陵自千古。這便算的我春風一度。

〔孤云〕老丞相。再飲一盃。〔旦兒云〕妾與老丞相把一杯咱。〔做遞酒科〕〔使命上云〕小官天朝使命。爲四丞相貶在濟南府歇馬。如今草寇作亂。奉聖人的命。着小官直往濟南府。取他回朝。今日到此處。説他在河邊釣魚。不在家中。一徑尋來。兀的不是四丞相。左右。接了馬者。四丞相聽聖人的命。〔孤云〕老丞相。天朝使命至也。〔正末做跪科〕〔使命云〕聖人的命。將你前項罪盡皆饒免。今因草寇作亂。着你星夜還朝。將你那在先手下操練過的頭目每選揀幾個。收捕草寇。若收伏了時。依舊着你爲右丞相之職。望闕謝恩者。〔正末拜謝科〕〔使命云〕老丞相。恭喜賀喜。〔正末云〕官人每鞍馬上驅馳。辛苦了也。〔使命云〕小官索回聖人話去。老丞相不必延遲。早早建功。以慰聖意。〔正末云〕官人穩登前途。〔使命云〕左右的將馬來。則今日便回京師去也。〔下〕〔孤云〕小官説是麽。今日果來宣取老丞相。復還舊職也。〔正末云〕我去呵。我則放不過李圭那匹夫。〔孤云〕老丞相。量那李圭。何足道哉。〔正末唱〕

【拙魯速】我今日赴京都。見鑾輿。也不是我倚仗着功勞。敢喝金吾。其實的瞞不過這近御。我去處便去。那一個閒人敢言語。那無徒甚的是通曉兵書。他怎敢我跟前我跟前無怕懼。

〔孤云〕老丞相臨行。有甚麽話分付小官者。〔正末唱〕

【幺篇】我如今上路途。你聽我再囑付。則要你撫恤軍卒。愛惜民户兄弟和睦。伴當賓伏。從今一去。有的文書。申到區區。再也不用支吾。你跟前你跟前敢做主。

〔孤云〕老丞相若到朝中。必然重用也。〔正末云〕我去之後。則是辜負了這派好景也。〔唱〕

【收尾】則我這好山好水難將去。待寫入丹青畫圖。白日裏對酒賞無休。到晚來挑燈看不足。〔下〕

〔孤云〕不想天朝使命來。還取的四丞相往京師去了。瓊英。〔旦兒云〕有。〔孤云〕我與你將酒餚整備。再到十里長亭。與丞相送行。走一遭去。〔詩云〕香山設宴逞粗豪。久矣閒居更入朝。不知此去成功後。李圭頭上可能饒。〔下〕

〔音釋〕幻音患　目音暮　窟音苦　荷去聲　鍤音插　蠡音里　辱如去聲　緑音慮　蝣音由　姝音朱　解音械　塞音賽　足臧取切　屋音伍　卒從蘇切　睦音暮　伏房夫切

第四折

〔老旦扮夫人上詩云〕花有重開日。人無再少年。一從夫主去。皓月幾回圓。老身完顏女真人氏。夫主是四丞相。因與李圭在香山飲會吵鬧。聖人見怒。將俺丞相汗馬功勞一旦忘了。貶在濟南府閒住。今因草寇作亂。聖人遣使命去濟南府取他去了。使命昨日來。説道俺老丞相今日下馬。下次小的每。便安排酒食茶飯。伺候丞相回來。〔使命領衆官上云〕小官天朝使命。奉聖人的命。着我往濟南府取四丞相。小官先回來復命聖人。着衆官人都到他宅上接待。這早晚四丞相敢待來也。左右。接了馬者。報復與老夫人知道。説俺衆官人都在門首。〔左右報科云〕老夫人。衆官人每都在門外。〔夫人云〕有請。〔出見科〕〔夫人云〕衆官人每。爲何到此。〔使命云〕老夫人。恭喜賀喜。某等非是私來。奉聖人的命。着衆官每都來接待老丞相。〔夫人云〕衆官人每。裏面請坐。〔使命云〕老夫人。俺這裏安排酒果。都在門外等待。想四丞相只在早晚來也。〔正末引家僮持釣竿上云〕老夫自謫濟南歇馬。倒也清閒自在。今奉聖人的命。宣我還朝。收捕草寇。暗想俺這爲官的好似翻掌也呵。〔唱〕

【雙調五供養】我覷了這窮客程。舊行裝。我可甚麽衣錦還鄉。〔家僮云〕這裏比那濟南不同。〔正末唱〕我恰離了這雲水窟。早來到是非場。你與我棄了長竿。抛了短棹。我又怕惹起風波千丈。我這裏凝眸望。元來是文官武職。一剗地濟濟蹌蹌。

〔衆官接科云〕老丞相。賀萬千之喜。〔正末云〕衆公卿每。間别無恙也。〔唱〕

【喬木查】自别來間闊。幸得俱無恙。這裏是土長根生父母邦。怎將咱流竄在濟南天一方。這些時怎不凄凉。

〔衆官云〕左右。將酒來。老丞相。滿飲一杯。一壁廂虎兒赤那都着與我動樂者。〔做作樂科〕〔正末唱〕

【一錠銀】玉管輕吹引鳳凰。餘韻尚悠揚。他將那阿那忽腔兒合唱。越感起我悲傷。

【相公愛】淚滴千行與萬行。那一日不登樓長望。我平也波常。何曾道離故鄉。那一日離的我這心兒上。

〔衆官云〕老丞相請。〔正末云〕衆官人每請。〔正末與夫人見打悲科〕〔夫人云〕相公。今日聖恩取你回朝。爲何又煩惱。〔正末云〕夫人。教我怎生不煩惱。〔唱〕

【醉娘子】剛道不思量。教人越悽惶。我家裏撇下一個紅粧。守着一間空房。如何教我不思量。

【金字經】早是人寂寞。更那堪更漏長。點點聲聲被他滴斷腸。到曉光。到曉光。便道他不斷腸。又被這家私上。橫枝兒有一萬椿。

〔夫人云〕自從老相公去後。俺一家兒每日則是煩惱。望老相公回來。〔正末唱〕

【山石榴】夫人也我則道你一身亡。全家喪。三百口老小添悲愴。我怕你斷送了別頭項。

〔夫人云〕老相公。當初一日。是你的不是也。謝聖恩可憐。還取你來家。實是萬千之喜。〔正末唱〕

【么篇】平白地這一場。從天降。想也不想誰承望。夫人也誰承望又到俺這前廳上。

〔衆官云〕老夫人。去取的新衣服與老丞相換了者。〔夫人云〕下次孩兒每。將那相公舊日穿的衣服來。〔雜當云〕衣服在此。〔夫人云〕請老相公換了者。〔正末云〕夫人。這是幾時做的衣服。〔夫人云〕老相公。是你舊時穿的衣服。〔正末云〕是呵。〔唱〕

【落梅風】這山字領緣何慢。〔夫人云〕老相公兀的帶。〔正末唱〕**玉兔鶻因甚長。**〔夫人云〕都是你舊時穿的。〔正末唱〕**待道是我舊衣服怎生虛儣。**〔云〕夫人。將鏡兒來。〔夫人云〕鏡兒在此。〔正末云〕我試照咱。〔唱〕**我這裏對青鏡猛然見我兩鬢霜。哎。可怎生不似我舊時形像。**

〔夫人云〕孩兒每。一壁廂安排茶飯來。〔左相上云〕小官是左丞相。奉聖人命。去四丞相宅上加官賜賞。走一遭去。可早來到也。左右。接了馬者。四丞相聽聖人的命。〔正末同夫人安排香案科〕〔唱〕

【雁兒落】你與我拂綽了白象牀。整頓了銷金帳。高擎着鸚鵡杯。滿捧着羊羔釀。

【得勝令】准備着翠袖舞霓裳。却又早丹詔下茅堂。未見真龍面。先聞寶篆香。託賴着君王。高力士休攔擋。我若不斟量。又只怕李太白貶夜郎。

〔使命上云〕聽聖人的命。因你有功在前。將你的罪犯盡皆饒免。如今取你回朝。本要差你破除草寇。不想草寇聽的你回。都來投降了。聖人大喜。教你依舊統軍。復你右丞相之職。賜你黃金千兩。香酒百瓶。就在麗春堂大吹大擂。做一個慶喜的筵席。望闕謝恩者。〔正末叩謝科〕〔左相同衆官云〕老丞相賀喜。〔正末唱〕

【風流體】我則道官封做。官封做一字王。位不過。位不過頭廳相。想着老無知。老無知焉敢當。〔左相云〕老丞相。你受了官職者。何必太謙。〔正末唱〕呸。怎比的你左丞相。左丞相洪福量。

【古都白】頋陛下聖壽無疆。頓首誠惶。諕的我手兒脚兒忙也波忙。俺如今託賴着君王。可憐我疎狂。直來到宅上。死生應難忘。

【唐兀歹】端的是萬萬載千秋聖主昌。地久天長。老臣怎敢道不謙讓。可是當也波當。

〔左相云〕老丞相。今日衆官人都在此。聖人着李圭到丞相跟前負荆請罪。丞相休記前讎。〔正末云〕老夫怎敢。〔左相云〕既然如此。教李圭來見老丞相。〔李圭負荆上見科云〕老丞相。是李圭不是。今來負荆請罪。〔正末云〕呀。元帥請起。〔李圭云〕老丞相不分付起來。李圭敢起。〔正末唱〕

【攪箏琶】他背着些粗荆杖。〔衆官云〕請老丞相責罰他幾下。〔正末唱〕誰敢道先打後商量。〔李圭云〕都因那一日與老丞相射柳時的冤讎。〔正末唱〕且休説百步穿楊。我和你先打一盤無梁。從今後你也要安詳。我也不誇强。〔李圭云〕老丞相打我幾下。倒等我放下心者。〔正末唱〕休慌。我若是手梢兒在你身上盪。〔李圭云〕老丞相打幾下怕怎麽。〔正末云〕不中。〔唱〕

又只怕惹起風霜。

〔云〕李圭。既然聖人饒了。我和你也不記舊讎。〔左相云〕好。將酒來。我與你一位把一盃。做一個和合者。〔夫人云〕老相公穩便。我着那歌兒舞女來伏侍老相公。〔正末云〕夫人。你執壺。我與衆官每把一盃酒。左右。動起細樂者。〔唱〕

【沽美酒】舞蹁躚翠袖長。擊鼉鼓奏笙簧。高髻雲鬟宫様粧。金釵列數行。歡聲動一座麗春堂。

【太平令】歌金縷清音嘹喨。品鸞簫餘韻悠揚。大筵會公卿宰相。早先聲把烟塵掃蕩。從今後四方。八荒。萬邦。齊仰賀當今皇上。

〔左相詩云〕在香山作耍難當。聖人怒謫貶他方。念功臣重加宣召。依然的衣錦還鄉。

〔音釋〕蹌妻相切　儾囊上聲　忘去聲　盪湯去聲　鼉音陀

題目　李監軍大鬧香山會

正名　四丞相高宴麗春堂

孟德耀舉案齊眉雜劇

第一折

〔外扮孟府尹同老旦王夫人領家僮上詩云〕白髮刁騷兩鬢侵。老來灰却少年心。不思再請皇家俸。但得身安抵萬金。老夫姓孟。雙名從叔。祖居汴梁扶溝縣人氏。嫡親的三口兒家屬。老夫人王氏。所生一女。名曰孟光。小字德耀。老夫幼年間曾爲府尹之職。因年邁告了致仕。閒居已數年矣。老夫有個同堂故友梁公弼。曾與他指腹成親。他所生一男乃是梁鴻。不想公弼夫妻早都下世去了。如今梁鴻學成滿腹文章。争奈身貧如洗。沿門題筆爲生。我待將這門親事悔了來。則道我忘却前言。我待要將女兒聘與他來。他一身也養活不過。若是俺女兒過門之後。那裏受的這般苦楚。老夫人。似此如之奈何也。〔夫人云〕老相公也。還再做個商議。〔孟云〕老夫人。如今此處有個張小員外。是巨富的財主。又有一個馬良甫。是官員家舍人。久已後也是爲官的。如今就請將梁鴻來。着他三人都到俺前廳上。設一酒席管待他。放下斑竹簾兒來。請小姐在簾兒裏邊。看他三個人。隨小姐心中自選一個。他久已後也不怨的我兩口兒。你可意下如何。〔夫人云〕老相公主的是。〔下〕〔孟云〕下次小的每。一壁廂着人請張小員外。馬舍人。和梁秀才來者。若到時。報復我家知道。〔家僮云〕理會的。〔二净扮張小員外馬舍上張詩云〕他是舍人馬良甫。我是豪家張員外。一氣吃餅泥頭酒。則嚼肉鮓不吃菜。自家張小員外便是。這個是我表弟馬良甫。孟相公家請俺二人。不知有甚事。須索走一遭去。可早來到也。門上的報復去。道請的客來了也。〔家僮報科〕〔孟云〕道有請。〔家僮云〕請進去。〔做見科〕〔張云〕老醬棚。呼喚俺兩人。有何說話。若是有酒。快拏出來。打三鍾。〔孟云〕二位且少待。請梁鴻去了。這早晚敢待來也。〔末扮梁鴻上詩云〕三十男兒未濟時。腹中曉盡萬言詩。一朝若遂風雷志。敢折蟾宮第一枝。小生姓梁名鴻。字伯鸞。有父母在日。多蒙嚴教。學成滿腹文章。未曾進取功名。俺父親當初曾與孟府尹家指腹成親。自從父母棄世之後。小生累次使人說親去。他見小生一貧如洗。堅意不肯。今日使人來請。不知爲何。須索走一遭去。門上人報復去。道有梁鴻來了也。〔家僮報見科〕〔梁鴻云〕老相公。呼喚小生。有何見諭。〔孟云〕請坐。下次小的每。擡上果桌來者。〔家僮做擡果桌科〕〔孟低聲分付云〕一壁廂行酒。一壁廂轉報繡房中。請將小姐出來。〔家僮云〕理會的。〔正旦扮孟光領梅香上云〕妾身孟光是也。正在繡房中做針指。父親母親在前廳上呼喚。不知甚事。須索見來。〔梅香云〕小姐。你還不知道。如今老相公見小姐成人長大。未曾招嫁。前廳上請下三個客人。一個是財主張小員外。一個是官宦家舍人馬良甫。一個是窮秀才喚做甚麼梁鴻。着小姐三人裏面自選其偶。相招一個姐夫。小姐。你便喜歡。則是梅香苦惱。〔正旦云〕莫不是指腹成親的梁秀才麼。〔梅香云〕不知是不是。有那窮的。不似他窮的怕人。小姐。則揀那富貴的招一個。又爲人。又受用。〔正旦云〕梅香。你說差了也。〔梅香云〕小姐。我可怎生說的差了。〔正旦做歎科云〕梅

香。你看這暮春天道。好生困人也呵。〔唱〕

【仙吕點絳唇】你看這春滿皇都。落花無數。飄香雨。蝶翅蜂鬚。猶兀自留春住。

〔梅香云〕小姐。這三春天氣。鶯慵燕懶。蝶困蜂忙。我心中只想一覺兒睡。可是怎麼説那。〔正旦唱〕

【混江龍】恰離了蘭堂深處。倩東風扶策我這困身軀。懶設設梳雲掠月。意遲遲傅粉施朱。你道是春睡不禁啼鳥唤。我則待日長偷看古人書。〔梅香云〕老相公唤哩。你也梳粧打扮些兒波。〔正旦唱〕我這裏蕩香塵忙把扇兒遮。踏殘紅軟襯着鞋兒去。再提掇綺羅衣袂。重整頓珠翠冠梳。

〔梅香云〕我梅香看來。小姐則不要嫁那窮秀才好。〔正旦唱〕

【油葫蘆】這須是五百年前天對付。〔梅香云〕這也只憑你自家主意。有什麼天緣在那裏。〔正旦唱〕怎教咱自做主。〔云〕這三人裏面。〔唱〕除梁鴻都是些小人儒。〔梅香云〕小姐。你差了也。這梁鴻窮的怕人子哩。〔正旦唱〕你道他現貧窮合受貧窮苦。他有文章怕没文章福。〔梅香云〕那文章是肚裏的東西。你怎麼就看的出。〔正旦唱〕常言道賢者自賢。愚者自愚。就似那薰蕕般各别難同處。怎比你有眼却無珠。

〔梅香云〕世間多少窮秀才。窮了這一世。不能發跡。你要嫁他。好不頹氣也。〔正旦唱〕

【天下樂】哎。屈沉殺三尺龍泉萬卷書。何也波如。非浪語。便道是秀才每秀而不實有矣夫。想皇天既與他十分才。也注還他一分祿。包的個上青雲平步取。

〔梅香報科云〕老相公。小姐來了也。〔孟云〕着老夫人陪小姐在簾兒裏邊看去。你就問他一個端的。〔梅香云〕理會的。〔做請夫人科〕〔夫人云〕孩兒。你簾兒裏邊看去。你父親請的三位客來。一個是官員。一個是財主。一個是窮秀才。在俺廳上飲酒。任從你意下招選一個。〔正旦云〕母親。您孩兒只嫁那窮秀才。〔夫人云〕嗨。孩兒不肯嫁官員財主。只要嫁那窮秀才。老相公。你可枉着了也。〔孟云〕二位舍人。蔬食薄味。管待不周。且請回宅去。後會有期。〔張云〕老官兒。你請俺吃酒。酒又不醉。飯又不飽。就着俺起身。也等俺家吃個攔門鍾兒去。〔馬云〕君子略嘗滋味。小人吃殺不飽。他既然支調喒家回去。早氣出我個四句來了。〔詩云〕老孟是個真夾腦。酒不醉來食不飽。以後還有何人肯上門。看他做不的孟嘗君一隻脚。〔同下〕〔孟云〕他二人去了也。梁秀才。你暫且迴避者。〔梁鴻云〕小生告退。〔下〕〔孟云〕梅香。喚小姐來。老夫親自問他。〔正旦見科〕〔孟云〕孩兒也。這官員財主秀才。你可要嫁那一個。〔正旦云〕父親。你孩兒只嫁那秀才。〔孟云〕則他便是梁鴻。每日在長街市上題筆爲生的。怎比那兩個是官員財主。你嫁了他。也得受用哩。〔正旦云〕父親。秀才是草裏旛竿。放倒低如人。立起高如人。便嫁他也不誤了孩兒也。〔唱〕

【村里迓鼓】喒爲人且貧且富。爲官的一榮一辱。〔孟云〕做官的有什麼辱來。〔正旦唱〕他請的是皇家俸祿。又科斂軍民錢物。直等待削了官職。賣了田地。散了奴僕。那時節方悔道不知止足。

〔孟云〕那梁鴻是個窮秀才。幾能勾發達日子。你苦苦要嫁他怎的。〔正旦唱〕

【元和令】你道他一介儒。消不的千鍾粟。料應來盡世裏困窮途。嫁他時空受苦。有一日萬言長策獻鑾輿。纔信他是真丈夫。

〔孟云〕他的文章。我也見過他的。如今是這個模樣。到老也不得長進了。〔正旦唱〕

【上馬嬌】這的是時命乖。非是他文學踈。須知道天不負詩書。則看渭水邊吕望將文王遇。哎。怎笑的霜雪也白頭顱。

〔孟云〕這馬家的是官宦。張家是財主。比梁鴻差得多哩。〔正旦云〕父親。〔唱〕

【勝葫蘆】這都是㾕庇驕奢潑賴徒。打扮出謊規模。睁眼苫眉撚鬢鬚。帶包巾一頂。繫環縧一付。怎知他不識字一丁無。

〔孟云〕那張小員外便也罷了。這馬舍的官是他荷包兒裏盛着的。嫁他有甚麽不好。〔正旦唱〕

【幺篇】哎。兀的是豹子峨冠士大夫。何必更稱譽。也非我女孩兒在爺娘行敢抵觸。富時節將親偏許。貧時節把親偏阻。可不道君子斷其初。

〔孟云〕這妮子既然要嫁梁鴻。我如今只問他。要兩件寶貝。有便嫁他。〔正旦云〕父親。可是那

兩件寶貝。〔孟云〕我要那帶秋色羊脂玉。賽明月照夜珠。〔正旦唱〕

【後庭花】他是個守青氈一腐儒。捱黃虀忍餓夫。那裏取帶秋色羊脂玉。賽明月照夜珠。父親阿你壞風俗。枉了你清廉名目。你斷別人家不是處。下財錢要等足。少分文不放出。敢如何違法度。

〔孟云〕可不道在家從父那。〔正旦唱〕

【柳葉兒】我如今在家從父。枉教那窮書生一世孤獨。他家寒冷落無他物。每日沿門兒題詩句。投至的儹下些須。〔帶云〕父親。你則想波。〔唱〕那秀才少不的搜索盡者也之乎。

〔孟云〕我着你嫁一個官員財主。你堅意不肯。則嫁梁鴻。久已後受苦。休得怨我也。〔正旦唱〕

【賺煞】他富則富富不中我志誠心。這秀才窮則窮窮不辱我姻緣簿。我若是合快樂不遭受苦。若是我合受苦強尋一個榮貴處。也只怕無福消除。教人道這喬男女。則是些牛馬襟裾。〔孟云〕孩兒也。有錢的好。〔正旦唱〕父親你原來不敬書生敬財主。我又不曾臨邛縣駕車。他又不曾昇仙橋題柱。早學那卓文君擬定嫁相如。〔同梅香下〕

〔孟云〕老夫人。這事本已有約在先。況兼孩兒又執意定要嫁他。也是他的緣分了。明日是個好日辰。將梁鴻招過門罷。〔夫人云〕老相公主的是。〔孟云〕下次小的每。後花園中打掃書房乾净。

待梁鴻成親之後。就着他攻書。單則梅香送飯。再休着小姐與他對面。久已後老夫自有個主意。〔詩云〕孩兒忒滯泥。不必再沉吟。待他得志後。方顯老夫心。〔同下〕

【音釋】長音掌　慵音蟲　禁平聲　重平聲　福音府　簡音由　禄音路　辱如去聲　物音務　僕邦模切　足臧取切　粟須上聲　應平聲　苫聲占切　撚尼蹇切　盛音呈　譽平聲　觸音楚　妮音尼　阿何哥切　俗詞疽切　目音暮　出音杵　獨東盧切　中去聲　分去聲　泥去聲

第二折

〔梁鴻上云〕小生梁鴻。自從老相公招過門來。七日光景也。並不曾見小姐面皮。則着梅香供茶送飯。今日若來時。我做意惱怒。着幾句言語。他必然去與小姐説知。那小姐是讀書的人。難道不來見我。梅香這早晚敢待來也。〔正旦領梅香上云〕妾身孟光。自從俺父親將梁秀才招贅入門。七日光景。並不曾見面。今日父親母親不在家。梅香。我和你書房中探望梁秀才去來。〔梅香云〕小姐。老相公知道。則怕不中麼。〔正旦云〕若知道呵。有我哩。不妨事。〔梅香云〕這等。我隨着小姐去來。〔正旦唱〕

【正宫端正好】又不是卓文君撫琴悲。又不是秦弄玉吹簫恨。爲甚些家務事曉夜傷神。則爲俺不峥嶸女壻相招進。可着我怎打疊閒愁悶。

〔云〕我也聽的有人説我哩。〔梅香云〕説小姐甚的來。〔正旦唱〕

【滚繡毬】人都道孟德耀有議論。梁秀才甚氣憤。這其間又不是女孩兒暗傳芳訊。父親呵。你瞞人怎瞞過空裏靈神。道當初許了的親。他不曾來謝肯。因此上無主意的爹娘失信。依着他則待要別選高門。依着我寧可亂鋪着雲鬢爲貧婦。怎肯巧畫蛾眉別嫁人。燕爾新婚。

〔云〕可早來到書房門首也。梅香。你過去。看他説甚麽。〔梅香做見科云〕姐夫。〔梁鴻做惱科〕〔梅香出門云〕小姐。姐夫不言語。他好生的惱怒。不知爲何。〔正旦云〕待我自過去咱。〔做見科云〕秀才。你過門七日。誰與你遞茶送飯那。〔梁鴻做不語科〕〔正旦云〕我早猜着你了也。〔唱〕

【笑歌賞】莫不是老嬷嬷欠供待的勤。莫不是小梅香有些的言詞蠢。莫不是太夫人不曾與你相通問。莫不是妾身行做甚的多迴避。莫不是老相公近新來有什麽別處分。你你你只管裏這等不鄧鄧含嗔忿。

〔梁鴻背歎科云〕早知如此掛人心。悔不當初莫相識。〔正旦唱〕

【醉春風】你悔則悔咱須是百年恩。你惱則惱咱須是兩意肯。又不曾强逼你結了婚姻。我當初將你來儘。儘。又不曾五載十年。止不過三朝兩日。便恁般萬愁千恨。

〔云〕秀才。你不言語。我下跪問你咱。〔做跪科云〕秀才。過門七日矣。妾問不答一言。莫非責妾之罪乎。〔梁鴻云〕豈不聞素富貴行乎富貴。素貧賤行乎貧賤。我觀爾非梁鴻之匹。你頭戴珠翠。面施朱粉。身穿錦繡。恰似夫人一般。你試看我身上襤褸。衣服破碎。怎與你相稱。依着我呵。去了衣服頭面。穿戴布襖荆釵。那其間方纔與你成其夫婦也。〔正旦云〕我則道爲甚麽來。這東西我已備之久矣。自今與你改换了衣服。則便了也。〔梁鴻云〕若改了粧。换了衣。這纔是梁鴻之匹。〔正旦换粧科唱〕

【石榴花】往常時畫堂嬌慣數年春。錦繡四時新。凌波羅襪不生塵〔梅香云〕小姐。這個是什麽打扮。你當初嫁那富貴的。可不好來。〔正旦唱〕暗想着當初二人調弄精神。他指望官員財主咱須順。豈知我甘心的則嫁寒門。〔梁鴻云〕似小生這等衣衫襤褸。只怕你也心困哩。〔正旦唱〕你是我親男兒豈怨身貧困。〔梁鴻云〕小姐。你當初何不嫁那富貴的來。〔正旦唱〕我怎肯將顔色嫁他人。

【鬬鵪鶉】重整頓布襖荆釵。收拾起嬌紅膩粉。〔梁鴻云〕小生這幾日好生傷感也。〔正旦唱〕你道是往日堪憐。到今日更親。可不道一夜夫妻百夜恩。我見你便忒認真。須是在夫婦行殷勤。也要去爺娘行孝順。

〔孟暗上云〕隔墻須有耳。窗外豈無人。這小賤人無禮。瞞着老夫。引着梅香去書房中看梁鴻去了。兀的不氣殺老夫也。我到那裏就將他二人趕出去者。〔做見科云〕好大膽的小賤人也。〔正旦唱〕

【上小樓】又不是挑牙料脣。只待要尋争覓釁。〔孟云〕這小賤人辱没殺老夫也。〔正旦唱〕我有甚的敗壞風俗。羞辱爺娘。玷累家門。你將這赤的金。白的銀。饕餮都盡。又道是女孩兒背槽抛糞。

〔孟云〕你這等大膽。在我根前。還敢回話哩。〔正旦唱〕

【幺篇】這不是我言語村。須是你情性緊。我又不曾打罵家奴。欺負良人。抵觸家尊。〔孟云〕小賤人將這頭面衣服不穿不戴。可怎生這般打扮。〔正旦唱〕我收了這珠翠衣。錦繡裙。怕待飾蛾眉緑鬢。〔云〕父親。我孩兒不敢説。你也想波。〔唱〕和他那破襴衫怎生隨趁。

〔孟云〕兀的不氣殺我也。〔正旦唱〕

【十二月】父親呵。你既然恁般發狠。怎教我不要半語支分。這秀才書讀萬卷。有一日筆掃千軍。他須是黄閣宰臣。休猜做白屋窮民。

〔孟云〕我看這窮秀才。一千年不得發跡的。女生外向。怎教我不着惱。〔正旦唱〕

【堯民歌】你道是儒人今世不如人。只合虀鹽歲月自甘貧。直等待鳳凰池上聽絲綸。宫袍賜出緑羅新。青也波雲。男兒一致身。父親呵。那些時你可便休來認。

〔孟云〕則今日便與我趕將出去。〔正旦云〕父親。多共少也與您孩兒些奩房斷送波。〔孟云〕一文也無。你便出去。〔正旦云〕秀才。如今父親將俺趕出門去。如之奈何。〔梁鴻云〕常言道好男不吃婚時飯。好女不穿嫁時衣。小姐放心。小生若出去呵。拚的覓些盤纏。便上朝求官應舉去也。

〔正旦唱〕

【耍孩兒】你看舉頭日遠長安近。則把這讀過的經書自温。當今天子重賢臣。大開着海也似的賢門。早遂了從龍從虎風雲氣。穩受些滋草滋花雨露恩。這是咱逢時運。父親呵休錯認做蛙鳴井底。鶴立雞羣。

〔孟云〕我觀那梁鴻。則當是蓬蒿草底塵土一般。〔正旦唱〕

【煞尾】你看他是蓬蒿草底塵。我覷他是麒麟閣上人。〔云〕則今日辭別了父親出去。久以後不發跡。也不見父親之面了。〔唱〕須有日御簾前高捧三台印。都省裏安身正一品。〔同下〕

〔孟云〕他兩個去了也。我想他此一去。必定往那皋伯通家庄兒上住。那秀才猶可。俺小姐富家生長的孩兒。如何受的這般苦楚。分付管家的嬤嬤。一日送三餐茶飯去。則與小姐食用。休要與梁鴻食用。久已後老夫自有個主意。嬤嬤那裏。〔嬤嬤上云〕堂上一呼。階下百諾。老身是孟老相公宅上嬤嬤的便是。老相公呼喚。須索見來。老相公。呼喚老身。有何分付。〔孟云〕我喚你來。不爲別事。我今日將小姐和梁鴻兩個都趕出去了。你近前來。可是恁般。〔做打耳喑科〕〔嬤嬤云〕理會的。老相公放心都在我身上。老相公。他兩口兒此一去雖然有些兒怪你。只怕久已後謝你也是遲了。我將着這衣服寶鈔鞍馬。不敢久停久住。直到皋大公家庄兒上探望小姐。走一遭去來。

〔下〕〔孟云〕嬷嬷去了也。正是眼觀旌捷旗。耳聽好消息。〔下〕

〔音釋〕行音杭　稱去聲　釁欣去聲　饕音叨　飧湯也切　奩音廉

第三折

〔梁鴻同正旦上詩云〕一去孟從叔。來依皋伯通。將何度朝夕。且與作傭工。小生梁鴻。自從孟老相公趕將俺兩口兒出來。到這皋大公庄兒上居住。俺兩口兒與人家舂米爲生。小姐。你如何受的這等苦楚也。〔正旦云〕秀才。你怎生這般說。豈不聞夫唱婦隨也呵。〔唱〕

【越調鬭鵪鶉】我本生長在仕女圖中。到今日權充在傭工隊裏。剛備下布襖荆釵。又加着這一副苕帚簸箕。〔梁鴻云〕當初你不嫁我。可不好也。〔正旦云〕我嫁你也不爲別。〔唱〕則爲你書劍功能。因此上甘受這糟糠氣息。我避不的人笑恥。人是非。〔梁鴻云〕你看喒住的這房舍麽。〔正旦唱〕住的是灰不答的茅團。鋪的是乾忽剌的葦蓆。

【紫花兒序】恰捧着個破不剌椀內。呷了些淡不淡白粥。喫了幾根兒哽支殺黃虀。〔嬷嬷上云〕老身是孟老相公家嬷嬷。今有小姐趕在皋大公庄兒上住。每日使梅香送飯。梅香與老相公說。有小姐高高的舉案齊眉。伏侍秀才。老相公不信。今日着我送飯。就看他去。老相公暗暗的齎發他綿團襖一領。白銀兩錠。鞍馬一副。則當是老身的。贈與他做盤纏。着他去求官。可早來到也。

小姐在家麽。〔梁鴻云〕小姐。門首有甚麽人叫你哩。〔正旦云〕秀才。我試看去咱。〔唱〕若是别人來不須迴避。怕只怕是俺爹媽皆知。他着你奮志奪魁。剗地在這裏舂着粗糧篩着細米。問時節怎生支對。可不空着你七步文才。只這等是一世衣食。〔梁鴻下〕

〔嬤嬤云〕小姐萬福。〔正旦云〕我道是誰。原來是嬤嬤。往常時梅香送飯。今日着嬤嬤來。〔嬤嬤云〕梅香不中用。我親自送飯來。〔正旦云〕我與你説話。恐怕唾津兒噴在茶飯裏。有失敬夫主之禮。我高高的舉案齊眉。先着俺秀才食用者。〔嬤嬤云〕他有甚麽高官重職。你怎生這般敬他那。〔正旦云〕豈不聞夫乃婦之天。嬤嬤。你道的差了也。〔唱〕

【金蕉葉】你道他有甚的高官重職。也須要承歡奉喜。雖不曾夫貴妻榮。我只知是男尊女卑。

〔嬤嬤云〕我看梁官人也是三十以外的人了。還是這般模樣。幾時能勾發跡也。〔正旦唱〕

【調笑令】你道他發跡。已無期。眼睁睁早虚過了三四十。〔嬤嬤云〕量他打甚不緊〔正旦唱〕你道他根前還講甚尊卑禮。常言道是夫唱婦隨。爲甚那男兒死了喒掛孝衣。這消不的我舉案齊眉。

〔嬤嬤云〕他便有甚聰明智慧在那裏。你這般敬他。〔正旦唱〕

【秃廝兒】你道他無聰明智慧。折莫他便魯莽愚癡。常言道嫁的雞兒則索一處飛。與梁鴻既爲妻。也波相宜。
〔嬤嬤云〕他每日家飯也無的吃哩。〔正旦唱〕
【聖藥王】折莫他從早起。到晚夕。不得口安閒飯食與充饑。雖然是運不齊。他可也志不灰。只等待桃花浪暖蟄龍飛。平地一聲雷。
〔嬤嬤云〕我聞得梁官人替人做傭工。每日舂米爲生。這碓場在那裏。待我去看一看。〔張小員外馬舍上張云〕自小從來好耍笑。家中廣有金銀鈔。兄弟喚做歪廝纏。則我叫做胡廝鬧。自家張小員外的便是。這個是馬良甫。俺兩個打聽的孟光被他父親趕將出來。在皋大公庄兒上住。與人家傭工舂米爲生。俺如今故意的到他那裏。調戲他一番。有何不可。〔做見科云〕我道是誰。原來是孟光小姐。來來來。你與我舂些米兒。舂了米。糠皮兒都是你的。你與我多舂幾遍兒。〔正旦云〕你看這廝甚麼道理。兀那廝。你聽者。〔唱〕
【鬼三台】喒與你甚班輩。自來不相會。走將來磕牙料嘴。〔張云〕兄弟。你看這女人。他這般受苦。倒說喒磕牙料嘴。〔正旦唱〕陪着笑賣查梨。〔馬云〕小姐。你嫁了我時。比別人不強多着哩。〔正旦唱〕調弄他舌巧口疾。這廝村的來恁般村性格。俺窮則窮不曾折了志氣。〔張云〕小姐。你當初嫁了俺呀。可不好那。〔正旦唱〕只管裏故意乾喬。〔張做扯正旦衣服科云〕小姐。向前來。我和你說一句話兒咱。〔正旦推科唱〕去波。你歪纏些怎的。

〔張做跌出起踢門科云〕你久以後是打蓮花落的相識。〔馬云〕喒兩個去罷。你便跌了一交。也落的他親手推這一推。俺又不曾言語。倒吃他一場花白。〔詩云〕我兩個有錢有鈔。天生來又波又俏。鬬孟光不得便宜。空惹他傍人一笑。〔下〕〔梁鴻上云〕小姐。你爲什麽大驚小怪的。〔正旦云〕可不悔氣。被那兩個潑男女羞辱了一場。〔唱〕

【麻郎兒】我窮則窮是秀才的妻室。你窮則窮是府尹的門楣。那些兒輸與這兩個潑皮。白白的可乾受了一場惡氣。

〔梁鴻云〕小姐。這樣人理他則甚。〔正旦唱〕

【幺篇】想起。就裏。事體。〔帶云〕我待和他計較來。〔唱〕與這厮爭甚麽閒是閒非。〔帶云〕我待不計較來。〔唱〕我又做不的那没羞没恥。哎喲天阿。怎生家博得個一科一第。

〔嬷嬷云〕既然如此。怎不教梁官人上朝進取功名去來。若得一官半職。也不受人這等羞辱。〔正旦云〕嬷嬷。你怕説的不是。但我三餐粥飯尚不能勾完全。這一路盤纏出在那裏。不知嬷嬷平日可曾攢下的些私房。不論多少。齎發與秀才前去。此恩異時必當重報也。〔唱〕

【絡絲娘】但得你肯齎發到皇都帝里。我怎敢便忘了你這深恩大德。直將你一倍加增做十倍。也還表不的我相酬之意。

〔嬷嬷虚下取砌末上科云〕小姐。老身無甚麽餽送。止有這綿團襖一領。白銀兩錠。鞍馬一副。你官人此去。若得了官時。休忘了老身也。〔詩云〕堪嘆梁鴻徹骨貧。今朝遠踐洛陽塵。會須金榜標名姓。始信儒冠不誤人。〔下〕〔正旦云〕嬷嬷去了也。虧他送與俺偌多東西。秀才。你則着志者。〔梁鴻云〕小姐放心。若到帝都闕下。小生必然爲官也。〔正旦唱〕

【收尾】只願的丹墀早把千言對。施展你男兒壯氣。休得要做了無名金榜不回歸。空教我斜倚定柴門盼望着你。〔下〕

〔梁鴻云〕多謝嬷嬷。齎助了鞍馬盤纏。則今日好日辰。上朝取應。走一遭去。〔詩云〕昔作五噫歌。今成萬言策。誰知滌器人。即是題橋客。〔下〕

〔音釋〕傭音庸　簸音播　息喪擠切　剌音辣　蓆星西切　食繩知切　職張恥切　跡將洗切　十繩知切　坌滂悶切　夕星西切　蟄音輒　碓音對　疾精妻切　便平聲　室傷以切　德當美切

第四折

〔孟上云〕老夫孟從叔是也。自從趕我女孩兒和梁鴻出門以來。便好道木不鑽不透。人不激不發。果然那梁鴻上朝取應。一舉狀元及第。除授本處縣令。老夫如今牽羊擔酒。與孩兒慶喜。走一遭去來。〔下〕〔梁鴻冠帶引祗從上詩云〕去日曾攜一束書。歸來玉帶掛金魚。文章未必能如此。多是家門積慶餘。小官梁鴻是也。到於帝都闕下。一舉狀元及第。除授扶溝縣縣令之職。今早到任已畢。將的這駟馬高車。着祗從人取夫人去了。這早晚敢待來也。〔正旦引梅香祗從上云〕我孟光誰想有今日也呵。〔唱〕

【雙調新水令】疑怪這叫喳喳靈鵲噪花梢。却元來得除授狀元來到。若不是螢窗文史足。怎能勾虎榜姓名標。誰想今朝。天開眼自然報。

〔祇從報科云〕報的相公得知。有夫人來了也。〔梁鴻出迎科云〕夫人。賀萬千之喜。左右將過來。

〔祇從捧砌末上科〕〔梁鴻云〕夫人。這五花官誥金冠霞帔。你請受了者。〔正旦唱〕

【沉醉東風】我則見這一壁捧着的光閃閃金花紫誥。那一壁捧着的齊臻臻珠翠鮫綃。〔梁鴻云〕夫人。今日纔表的你有冰清玉潔之心也。〔正旦唱〕你道是纔表我冰清玉潔心。〔梁鴻云〕斷稱你雲錦花枝之貌。〔正旦唱〕又道是斷稱我雲錦花枝貌。我今日呵做夫人豈敢粧幺。〔梁鴻云〕夫人請穿上者。〔正旦云〕相公。我不敢穿。〔梁鴻云〕可是爲何。〔正旦唱〕争奈我兩次三番不待着。則怕不穩如荆釵布襖。

〔梁鴻云〕夫人。這是天子所賜。你可穿上。望闕謝了恩者。〔正旦做穿科唱〕

【慶宣和】元來這象簡烏紗出聖朝。若是没福的也難消。只爲俺讀書人受過凄凉合榮耀。因此上把儒衣换了。换了。

〔做同謝恩科〕〔張小員外馬舍上張云〕自家張小員外。這個是馬良甫。縣裏差俺兩個接新官。誰想是孟老相公家女壻梁鴻。做了本處縣令。想着嗒在皋大公庄兒上調戲他渾家。若與俺算起舊帳來。怎生是了。〔馬云〕不妨事。他那裏記的起。嗒每大着膽見他去。〔做見跪科〕〔梁鴻云〕這厮如何不擡頭。〔張云〕直等到二月二哩。〔梁鴻云〕原來是這兩個弟子孩兒。你認的我麽。〔張馬做慌科〕〔梁鴻云〕您是甚麽身役。〔張云〕俺兩個是儒户。縣裏揀選來接待新官的。〔梁鴻云〕今日你接我。可是我接你。既是儒户。與我吟詩。若吟的好。便饒恕你。吟的不好。一百大毛板一個。〔馬云〕這詩須讓咱先吟。〔做念科詩云〕我做秀才。冷酒熱釃。一氣一椀。盪的嘴歪。〔梁鴻云〕你看這廝胡説。左右。拏下去打呀。〔做打科〕〔張云〕我道你不濟。聽我吟。〔詩云〕我做秀才快噇飯。五經四書不曾慣。帶葉青蒜嚼兩根。泥頭酒兒吃瓶半。〔梁鴻云〕一發胡説。左右拏下去打呀。〔做打科〕〔正旦唱〕

【雁兒落】他那曾習讀古聖學。枉惹的儒人笑。今日個折將丹桂來。〔梁鴻云〕這廝你當初可道來。〔張云〕小的不曾道甚麽來。〔正旦唱〕可不道俺則會打蓮花落。

〔張云〕呀。夫人。一句也不曾忘了。休和俺每一般兒見識。只是饒了俺罷。〔正旦唱〕

【得勝令】俺如今行處馬頭高。人面上逞英豪。則俺那美玉十分俊。不似你花木瓜外看好。哎。你個兒曹。誰着你行無道。〔張云〕夫人可憐見。這都是舊話。休題也。〔正旦云〕左右那裏。〔唱〕准備着荆條。將他扣廳階吃頓拷。

〔梁鴻云〕這廝接待不周。好生無禮。發到縣間去。每人杖一百。枷號一個月。打退儒户。永爲農夫。〔祗從云〕理會的。〔張云〕可不是悔氣。他起初要我吟詩。偏生再做不來。如今倒氣出我四句來了。〔詩云〕他家忒煞賣弄。打的屁股能重。燒酒備下三鉼。到家自己煖痛。〔同下〕〔嬷嬷上云〕門上人報復去。道有孟老相公家嬤嬤在於門首。〔祗從做報科〕〔正旦云〕相公。大恩人在門首。喒迎接他去來。嬤嬤請。〔嬤嬤見科云〕您兩口兒索是歡喜也。〔正旦唱〕

【喬牌兒】往常時獨自焦。到今日大家樂。〔帶云〕想在皋大公庄兒上呵。〔唱〕那其間撲頭撲面糠飛遶。今日個玉玲瓏金鳳翹。

〔嬤嬤云〕小姐。你當初受那般苦楚。你可還記的麼。〔正旦唱〕

【掛玉鈎】這的是舉案齊眉有下稍。〔嬤嬤云〕小姐。你如今還守着舊時的節操哩。〔正旦唱〕你道我不改初時操。我從來貧不憂愁富不驕。怎肯敗壞了閨門教。〔云〕嬤嬤請上。受我夫妻一拜。〔唱〕你昔日恩。今朝報。不是你撥散浮雲。怎能勾得上青霄。

〔嬤嬤云〕小姐穩重。有老相公同老夫人在於門首。你接待他去咱。〔正旦云〕我有什麼老相公老夫人。今日要來認我。〔唱〕

【甜水令】趕離了畫閣蘭堂。錦裀繡褥。珠圍翠繞。趕的我無處厮歸着。〔帶云〕想起那時來呵。〔唱〕住的是草舍茅菴。蓬户柴門。陋巷簞瓢。我可也委實難熬。

〔孟夫人同入見做不認科〕〔嬤嬤云〕老相公。他堅意不認您哩。〔孟云〕他不認俺麼。嬤嬤。如今到這其間。你不説等到幾時。〔嬤嬤云〕告大人暫息雷霆之怒。略罷虎狼之威。當此一日。令尊與老相公指腹成親。不想令尊棄世。大人。你一身流落。老相公豈不要就將你招贅爲壻。則怕你貪戀富貴榮華。不肯進取功名。故意的將您逐趕在外。不期春榜動。選場開。老相公暗暗的着我齎發你盤纏鞍馬。上朝取應去。你也看嘴臉。難道我老婆子有這東西不成。你今日上則功名成就。下則夫婦團圓。我説兀的做甚。〔詩云〕困守寒窗數載間。一朝平步上金鑾。非干賤妾能資助。則拜你那皓首蒼鬢老泰山。〔正旦云〕嬤嬤。你早不説。則被你瞞殺我也。〔唱〕

【折桂令】却元來晏平仲善與人交。〔梁鴻云〕這本是嬤嬤齎發俺來。〔正旦唱〕**難道他掩耳偷鈴。則待要見世生苗。**〔云〕相公。認了丈人丈母罷。〔唱〕**俺和你夫婦商量。休教外人把俺評跋。你是個君子人不念舊惡。想一雙哀哀的父母劬勞。他雖然不采分毫。我如今怎敢輕薄。**〔云〕父親母親請上。孩兒則認便了也。〔唱〕**且只索做小伏低。從今後望爹爹權把俺躭饒。**

〔梁鴻正旦跪科梁云〕則被你瞞殺我也。丈人。〔孟云〕則被你傲殺我也。女壻。〔使命上云〕萬里雷霆驅號令。一天星斗煥文章。小官乃天朝使命是也。奉聖人的命。因爲你梁鴻甘貧守志。孟光舉案齊眉。着小官親齎此封丹詔。與他加官賜賞。須索走一遭去。可早來到縣衙門首也。〔見科云〕聖旨到來。梁縣尹你夫婦跪聽者。〔梁鴻云〕張千。快裝香來。〔同正旦跪科〕〔使命云〕我大漢孝章皇帝。正乾坤萬里無塵。尚惓惓勵精圖治。總則要風俗還淳。喜的是義夫節婦。愛的是孝子順孫。你梁鴻本世家子弟。能守志不厭清貧。妻孟光尤爲賢達。舉案處相敬如賓。若天朝不加褒賞。將何以激勸斯人。可超陞本處府尹。更賜予黄金百斤。其妻父能曲成令德。亦堪稱耆舊之臣。並着令題名史册。一家的望闕謝恩。〔衆拜謝科〕〔正旦唱〕

【鴛鴦煞】荷君恩特降黄麻詔。謝天臣遠踐紅塵道。却教我一介書生。早做了極品隨朝。暢道頓首誠惶。瞻天拜表。則俺這犬馬微勞。知甚日能圖效。且自快活逍遥。兩口兒夫妻共諧老。

〔音釋〕從去聲　着池燒切　噇音床　學奚交切　落音澇　樂音澇　跋巴毛切　惡音襖　薄巴毛切　令平聲

題目　梁伯鸞甘貧守志
正名　孟德耀舉案齊眉

包龍圖智勘後庭花雜劇

鄭廷玉撰

第一折

〔冲末扮趙廉訪引祇從上詩云〕一片忠勤抱國憂。漸看白髮已蒙頭。可憐恩賜如花女。非我初心不敢留。老夫汴梁人氏。姓趙名忠。字德方。嫡親的三口兒。夫人張氏。有一箇家生的孩兒。是王慶。爲某居官頗有政聲。加老夫廉訪使之職。今日早間聖人賜老夫一女。小字翠鸞。着他母親隨來。近身伏侍老夫。尚不知夫人意下如何。未敢便收留他。我今着王慶領的去見夫人。看道有何話說。左右那裏。與我喚將王慶來。〔祇候云〕理會的。王慶那裏。老爺呼喚。〔浄扮王慶上云〕自家王慶。在這趙廉訪老相公府内做着箇堂候官。家私裏外。都是我執掌。一應人等。誰不懼怕我。今日老相公呼喚。不知有甚事。須索走一遭去。不必報復。徑自過去。〔做見科云〕老相公呼喚王慶。那廂使用。〔趙廉訪云〕王慶。你近前來。我問你。聖人賜我的那娘兒兩箇。在於何處。〔王慶云〕現在府中。〔趙廉訪云〕你與我喚將來。〔王慶云〕翠鸞子母二人安在。〔旦扮翠鸞同卜兒上詩云〕數日府門下。無緣得自通。承恩不在貌。教妾若爲容。妾身姓王名翠鸞。這是俺母親。聖人將俺子母二人。賜與趙廉訪大人。到此數日。不蒙呼喚。哥哥。你喚俺做甚麽。〔王慶云〕您見相公去。〔見科〕〔趙廉訪云〕王慶。這是那子母兩箇麽。你如今領的他去見夫人。若説甚麽。

便來回老夫的話者。〔下〕〔王慶云〕你子母二人。跟我見老夫人去來。〔同下〕〔旦扮夫人上〕〔詩云〕夫主爲官在汴京。禄享千鍾爵上卿。一生不得閨中力。若個相扶立此名。妾身是趙廉訪的夫人。嫡親的三口兒。有箇家主孩兒王慶。我平昔性不容人。家中内外事務。都來問我。這兩日怎麼不見王慶來。〔王引旦卜上云〕奉老相公言語。教我領他二人見夫人去。您兩個只在門首。待我先見過了夫人。出來喚你。〔旦云〕理會的。〔王見夫人科云〕今有聖人御賜翠鸞女子母二人。伏侍老相公。老相公不敢收留。教王慶領來見夫人。〔夫人云〕你喚來我看。〔王慶云〕您子母二人見夫人去。〔旦卜見科〕〔夫人云〕這年紀小的女孩兒是生的好。教他伏侍老相公。假若得一男半女。那裏顯我。則除是這般。王慶。你來。你如今將他子母二人。或是勒死。或是殺死。我只要死的不要活的。只在你身上幹得停當。待死了呵回我話來。〔下〕〔王慶云〕可有甚麼難處。將他兩個所算了便是。您子母且去這耳房中安下者。〔旦卜下〕〔王慶云〕且住。我欲待害了他兩個。奈我下不的手。如今有一人。乃是李順。他是個酒徒。他渾家與我有些不伶俐的勾當。我如今到他家去。若不在時。和他渾家説句話。我自有個主意。〔下〕〔搽旦扮張氏上云〕妾身姓張。夫主李順。有個孩兒喚做福童。是個啞子。不會説話。我不幸嫁了這箇漢子。他每日只是吃酒。家私不顧。在這衙門中做着箇祗候人。又有個王慶管着俺李順。我與他有些不伶俐的勾當。這兩日怎生不見王慶來。〔王慶上云〕來到門首也。李順在家麼。〔搽旦云〕家裏來。李順不在。〔王見科〕〔搽旦云〕王慶。怎生這幾日不見你。〔王慶云〕這幾日家裏事忙。〔搽旦云〕有甚麼事。〔王慶云〕

如今聖人賜與俺廉訪相公翠鸞子母兩個。伏侍相公。教我領去見夫人。夫人教我所算了他。我可下不的手。我如今待着李順所算他去。〔搽旦云〕王慶你來。欲要喒兩個長久做夫妻呵。我有一計。你如今見了李順。則道夫人着你所算他子母二人。則要死的不要活的。則三日便要回話。他必定領來家中所算他。我見了呵。便道休要害了他。我將他兩個的首飾頭面都拿了。我着他將子母二人放了。到第三日你可來問李順。那子母二人安在。他必然説所算了也。你便説。兀那厮説你要了他首飾頭面。放的他走了。他必然支吾。你便道你渾家必定知情。你便將着大棍子諕我。我便道休打我。俺丈夫要了他首飾頭面。放的他二人走了。你便道是實呵。拖你見夫人去來。那厮害慌。你便道李順你要饒麼。他道可知要饒哩。你道要饒呵。休了你那媳婦。他道休呵誰要。你道我要。若是他休了我呵。喒兩口兒永遠做夫妻如何。〔王慶云〕此計大妙。〔搽旦云〕我回房中去。李順敢待來也。〔正末扮李順上云〕自家李順的便是。衙門中回來到俺家門首也。〔王慶云〕兀那李順。説甚麽哩。你又醉了也。〔正末云〕是王慶哥。唤我做甚麽。〔王打科云〕這厮不辦公事。則是吃酒。〔正末云〕哥。你休打。我不曾吃酒。我若吃酒吃血。〔王慶云〕你看這厮現醉了。只睹咒。〔又打科云〕你這厮則吃酒。不幹公事。〔正末云〕哥也。〔唱〕

【仙吕點絳唇】你但來絮的頭昏。不嫌口困。施呈盡抖擻精神。做一箇熰煎滚。

〔王慶云〕你這厮每日家在那裏來。〔正末唱〕

【混江龍】我從撞鐘時分。〔王慶云〕撞鐘時。你在那裏做甚麽。〔正末唱〕我立欽欽誰敢離衙門。常懷着心驚膽戰。滴溜着脚踢拳墩。哎。你個身着紫衣堂候官。欺負俺這面雕金印射糧軍。〔王慶云〕你這廝緊使着緊不去。慢使着慢不去。〔正末唱〕哥也把小人緊使緊去。慢唤慢來。誰敢道違了方寸。何須發怒。不索生嗔。〔王慶云〕兀那廝。我如今分付你一件事。便與我所算了兩個人去。〔正末云〕哥也。小人不敢去。教别人去罷。〔王慶打科云〕我使着你。怎生不去。〔正末唱〕

【油葫蘆】你直恁的倚勢挾權無事狠。〔王慶打科云〕好打這弟子孩兒。〔正末唱〕脊梁上打到有五六輪。似這等潑差使誰敢道賺分文。〔王慶云〕你這廝有酒肉吃處。便去的緊也。〔正末唱〕我只道喫酒吃肉央的人困。元來是殺生害命揣的咱緊。〔王慶云〕你每日將錢鈔。則是吃酒。〔正末唱〕誰有閒錢補笊籬。〔王慶云〕你這廝貪酒溺脚跟。一世兒不得長俊。〔正末唱〕誰貪酒溺脚跟。若是你那殺人也一地裏將咱尋趁。〔帶云〕若是殺人處。不教别人去。則教李順去。〔唱〕哥也偏怎生我手裏有握刀紋。〔王慶云〕你看這糟頭。則是强嘴。〔正末唱〕

【天下樂】哥也你可甚自己貪盃惜醉人。〔王慶云〕兀那廝。你跟的來。〔正末跟走科〕〔唱〕我罵你個遭瘟。〔王慶做回頭科云〕兀那厮做甚麽。〔正末唱〕哥也你可也唤甚麽村。我將這快刀兒把你來挑斷那脊筋。有一日掂折你腿脡。打碎你腦門。〔王慶云〕兀那廝。你罵誰哩。

〔正末唱〕**我覷你直我甚脚後跟。**

〔王慶云〕兀那廝。我將你罵我的罪過且饒了。如今有老夫人的言語。〔正末做驚科云〕呀。聽的道老夫人呵。諕的我一點酒也無了。敢問哥哥有甚麼事。〔王慶云〕如今有子母二人。在這耳房裏安下。老夫人分付着你領去所算了他。或是勒死。或是殺死。則要死的。不要活的。限三日後便來回話。我去也。〔下〕〔正末云〕似此怎生區處。天色將晚了也。〔唱〕

【醉中天】可又早日落殘霞隱。天色恰黄昏。〔云〕我開開這門。那子母兩個在那裏。〔旦卜見科〕〔旦云〕哥哥做甚麼。〔正末云〕跟我來。快行動些。〔唱〕**喒三個直臨汴水濱。**〔旦云〕哥哥。可憐見咱。〔正末唱〕**你可也枉分説難逃遁。**〔帶云〕這非是我私下來。〔唱〕**我奉着廉訪夫人處分。留不到一更將盡。則登時將你來送了三魂。**

〔云〕你且跟我家中去來。〔做行到科云〕這是我家門首也。你則在這裏。〔做叫科〕〔搽旦引倈兒上云〕李順。你又醉了也。〔正末云〕如今諕的我一點酒也無了。〔搽旦云〕爲甚麽。〔正末云〕如今廉訪夫人分付。教我將那子母兩個所算了。限三日便要回話。我來取一條繩子。將他勒死。也留個安全屍首。〔搽旦云〕李順。你領過來我看咱。〔旦卜見科〕〔旦云〕姐姐萬福。〔搽旦云〕一個好女子也。〔正末云〕孩兒取繩子來。〔倈兒遞繩子〕〔正末做勒旦推科〕〔搽旦云〕好個女孩兒。李順。我和你説。那裏不是積福處。喒如今把他首飾頭面都拿了。放的他走了。有誰知道。這些東西喒一世兒盤纏不了。〔正末云〕噤聲。〔唱〕

【金盞兒】你口快便施恩。則除是膽大自包身。我其實精皮膚捱不過那批頭棍。你大古裏言而有信。你休惱犯那女魔君。可知道錢是人之膽。則你那口是禍之門。〔搽旦云〕便有誰知道。〔正末唱〕豈不聞隔墻還有耳。窗外豈無人。

〔搽旦云〕你則依着我。不妨事。〔正末云〕大嫂也。中也不中。我則依着你。〔搽旦向旦兒云〕兀那小娘子。我對丈夫説饒了你性命。你把你那首飾頭面都拿下來與我。放你兩個走了罷。你心下如何。〔旦兒云〕若肯饒了俺性命呵。這個打甚麽不緊。久後犬馬相報。〔做與首飾科〕〔搽旦云〕李順。你看這釵環頭面咱。〔正末云〕將來我看。〔唱〕

【一半兒】這釵釧委的是金子委的是銀。〔搽旦云〕是金子的。〔正末云〕兀那婆子。我問你咱。〔唱〕你兩個端的是家奴端的是民。〔卜兒云〕哥哥。俺是好百姓。〔正末唱〕似這般俺夫妻心不忍。〔帶云〕大嫂。〔唱〕若有那拿粗挾細踏狗尾的但風聞。這東西一半兒停將一半兒分。

〔云〕兀那婆婆。俺兩個饒了你性命。你可休忘了俺這恩念。你則牢記在心者。〔旦兒云〕哥哥的恩念。俺死生難忘。〔正末唱〕

【後庭花】俺渾家心意真。您母子性命存。那壁廂歡喜殺三貞婦。這壁廂鑊鐸殺五臟神。你可也莫因循。天色兒初更時分。你今宵怎睡穩。俺夫妻同議論。敢教你免禍釁。等來朝到早晨。快離了此郡門。向他州尋遠親。往鄉中投近鄰。向山中影占身。但有日逢帝恩。却離了一庶民。小娘子爲縣君。老婆婆做太郡。食珍羞臥錦裀。列金釵使數人。似這般有福運。

〔旦兒云〕怎敢想望這個福分。但留得性命。便死生難忘也。〔正末唱〕

【青歌兒】呀。是必常思常思危困。我則怕有人有人盤問。夫人意教咱算你二人。我教你遠害全身。放你私奔。則要你好好安存。我使盡金銀。投托你們。説起原因。有活命之恩。那時節你休道不因親者强來親。是必將咱認。

〔旦兒云〕俺娘兒兩個。想哥哥恩念。死生難忘也。〔正末云〕您則今日便索逃走。〔旦兒云〕多謝哥哥。〔正末唱〕

【賺煞】您兩個快離了汴梁城。我與你速出了夷門郡。人問你則推道是探親。你可休淹淚眼新痕壓舊痕。你且粧些古懒温淳。有一日嫁夫君。顯耀精神。將你那緑慘紅愁證了本。俺夫妻口穩。您子母們心順。這其間是必休忘了我這大恩人。〔下〕

〔旦卜走被巡卒冲散科下〕〔卜兒上云〕俺子母兩個。正行中間。被巡城卒驚散。不見了我女兒翠鸞。我不問那裏尋將去。〔下〕〔旦慌上云〕正和俺母親走着。被巡城卒驚散。不見了俺母親。〔做悲科云〕我今不揀那裏尋母親去來。〔詩云〕子母私奔若斷蓬。半途驚散各西東。我今拚死尋將去。

便是黄泉路上要相逢。〔做叫科云〕母親母親。兀的不苦殺我也。〔下〕

〔音釋〕抖音斗　擻音叟　煿音包　賺音湛　噇音床　笊音爪　溺尼叫切　掂店平聲　釧川去聲　鑊音和　鐸多勞切　釁欣去聲　慠音鰲

第二折

〔搽旦上云〕早間李順拿金釵兒賣去了。還不見回來。我這裏等着。敢待來也。〔正末帶酒上云〕衆兄弟少罪少罪。改日回席。恰纔多吃了幾盃。天色將晚了也。我索還家去來。〔唱〕

【南吕一枝花】不覺的日沉西。不覺的天將暮。不覺的身趔趄。不覺的醉模糊。則我這眼展眉舒。蓋因是一由命二由做。我則要千事足百事足。常言道馬無夜草不肥。人不得外財不富。

【梁州第七】他兩個忙忙如喪家之狗。急急似漏網之魚。他兩個無明夜海角天涯去。單注他合有命。俺合粧孤。兀的不歡喜殺俺子父。快活殺俺妻夫。我則道盡今生久困窮途。永世兒陋巷貧居。他他他天也有晝夜陰晴。是是是人也有吉凶禍福。來來來我也有成敗榮枯。〔帶云〕我來到後巷裏舞一回咱。〔做舞科〕〔唱〕自歌。自舞。那些兒教我心寬處。倚仗着花朵般好媳婦。説甚麼九烈三貞孟姜女。他可也不比其餘。

〔做到見搽旦科云〕大嫂。我來家了也。〔搽旦云〕你賣的那金釵呢。〔正末背云〕我是鬭他耍咱。〔回云〕我掉了也。〔搽旦云〕你看這厮波。我家吃的穿的。都靠着他。你怎生掉了那。〔正末云〕我鬭你耍來。我賣了也。〔搽旦云〕你諕我一跳。你賣了呵。那金釵重幾錢。賣了多少鈔。你説來我聽。〔正末唱〕

【牧羊關】那金釵兒重六錢半。三折來該九貫五。你從明朝打扮你兒夫。你與我置一頂紗皂頭巾。截一幅大紅裹肚。與孩兒做一箇單絹褲遮了身命。做一箇布上衣蓋了皮膚。〔搽旦云〕您爺兒兩箇都有了也。怎麽樣打扮我咱。〔正末云〕大嫂。〔唱〕你買取一付蠟打成的銅釵子。更和那金描來的棗木梳。

〔搽旦云〕李順。你有酒了。你歇息咱。〔正末睡科〕〔搽旦云〕這些時怎麽得王慶來纔好。〔王慶上云〕我教李順勒死翠鸞子母二人。今日三日光景。不見來回話。我問那厮去。元來這厮關着門哩。李順。開門來。〔搽旦云〕好了好了。這是王慶來了。〔做叫正末科云〕李順。有人叫門哩。〔正末醒科云〕甚麽人打門。住了你那驢蹄。是您家裏。我來也。〔王慶云〕這厮又醉了。開門來。開門來。〔正末唱〕

【賀新郎】這門前喚的語音熟。莫不是李萬張千。〔搽旦云〕我去開門。〔正末搠搽旦科〕〔唱〕和大嫂你來我去。〔帶云〕好渾家也。常言道家有賢妻。〔唱〕如今有日頭却又早關了門户。他不道的教别人説言道語。〔云〕我開開這門。是誰。好打這厮。〔王慶云〕咄。兀那厮。

你打誰。〔正末見王怕科〕〔唱〕哥哥你有甚事誰敢道是支吾。教把誰所伏便所伏。教把誰虧圖便虧圖。有甚惡差使情願替哥哥做。〔正末跪倒科〕〔王慶云〕你看這廝又醉了也。你待要那裏去。〔正末唱〕遮莫去大蟲口中奪脆骨。驪龍頷下取明珠。

〔王慶云〕這廝又醉了。你怎敢罵我。〔正末云〕哥到小人家吃鍾茶。怕做甚麼。〔王慶云〕兀那廝。你教我去你家吃茶。我這等人可往你家裏去。〔正末云〕若哥哥到小人家裏吃一盃茶兒呵。外人道管李順的官人來他家吃茶。教人也好看波。〔王慶云〕這廝醉則醉。倒說的好。我去你家吃茶。與你家長些節槩。我去吃茶怕做甚麼。〔王入門坐科〕〔正末云〕哥。小人有個醜媳婦。教來拜哥哥咱。〔王慶云〕不中。你的渾家教來拜我。外觀不雅。休教來罷。〔正末云〕哥。不妨事。〔王慶云〕既然你好心。教他來見。〔正末向搽旦云〕大嫂。有管我的那王慶哥來喒家吃茶。你拜他一拜。〔搽旦云〕李順。敢不中麼。〔正末云〕大嫂。不妨事。〔搽旦出見拜科云〕哥哥萬福。〔王慶云〕李順。我分付你的翠鸞母子二人呢。〔正末云〕哥哥分付我的那子母兩個。我怎敢推辭。將兩條繩子勒死他。丟在汴河裏。這其間流三千里遠也。〔王慶云〕兀那廝。有人看見。說你要了他錢鈔。放的他走了。〔正末慌科云〕小人不曾。〔唱〕

【牧羊關】並無一箇人知道。可端的誰告與。你則一聲問的我似沒嘴的葫蘆。〔王慶云〕你怎敢違誤了官司。放了他去。〔正末唱〕小人怎敢違誤了官司。縱放了他子母。〔王慶云〕有人說你受了他買告也。〔正末唱〕若是受了他買告咱當罪。若是有證見便承伏。我可也甘情願餐刀刃。我可也無詞因上木驢。

〔云〕小人並然不敢。若有證見。小人便當罪。〔王慶云〕你不肯招認。他渾家必然知情。叫他渾家過來。〔搽旦上跪科云〕不干我事。〔王慶云〕兀那婦人。你丈夫賣放了人。你必然知情。你若實説呵。萬事罷論。你若不説呵。我不道的饒了你哩。〔做打科〕〔搽旦云〕住住住。你休打我。我與你説。俺丈夫拿了他首飾頭面。放的他子母走了也。〔王慶云〕好也。你道不曾放了他麽。

〔正末唱〕

【哭皇天】好不忍事桑新婦。好不藏情也魯義姑。又不曾麻搥下腦箍。你怎麽口聲的就招伏。〔王慶怒採正末頭髮科〕〔正末唱〕他把我頭稍頭稍揝住。〔帶云〕哥也。小人出於無奈。〔唱〕小人也則爲家私窮暴。妻子熬煎。因此上愛他錢物。釋放了囚徒。待要你十拷九棒。萬死千生。打殺這個射糧軍。哥也你可甚麽那得甚福。〔王慶云〕兀那厮。你要饒你麽。〔正末云〕可知要饒哩。〔王慶云〕兀那厮。你要饒呵。把你那渾家休了者。〔正末云〕一箇醜媳婦子。便休呵誰要。〔王慶云〕你休了呵我要。〔正末唱〕哥也你何須致怒。小人怎敢做主。

〔云〕哥也。小人怕不肯。未知俺那婦人心裏如何。〔王慶云〕你和你那婦人商量去。〔正末唱〕

【烏夜啼】我向前體問俺渾家去。〔向搽旦云〕大嫂。王慶哥哥道。要我饒你。休了你那媳婦者。

我便道休了呵誰要。他便道我要。我不知你心裏肯也不肯。〔搽旦云〕你休顧我。則顧你的性命。〔正末唱〕好也囉枉做了二十年兒女妻夫。這孩兒又不會人言語。他可又性痴愚。不識親疎。你不尋思撇下的我孤獨。天也生扢支的割斷這娘腸肚。這壁廂爺受苦。那壁廂兒啼哭。哥也你可憐見同衙共府。你休要運計鋪謀。

〔王慶云〕兀那厮。快休了者。〔正末云〕小人要寫休書。争奈無筆。〔搽旦云〕我這裏有描花兒的筆。〔正末云〕無紙。〔搽旦云〕有剪鞋樣兒的紙。〔正末云〕無硯瓦。〔搽旦云〕便碟兒也磨得墨。〔正末云〕他可早准備下了也。罷罷罷。〔唱〕

【鬭蝦蟆】我這裏書名字。畫手模。便有你待何如。想着想着做出。真然真然淫欲。瞞着瞞着丈夫。窩盤窩盤人物。説着説着起初。今日今日羞辱。不由我滴羞跌屑怕怖。乞留兀良口絮。他剔抽禿刷斷覷。迷留没亂躊躇。想起來想起來殺人可恕。將咱欺侮。並不糊塗。早則招取。〔云〕醜弟子。你將去波。〔唱〕這一紙絶恩斷義的休書。

〔搽旦假哭科〕〔正末唱〕你休那裏雨淚如珠。可不道鳳凰飛上梧桐樹。見放着開封府執法的老龍圖。必有個目前見血。劍下遭誅。

〔云〕你放心。我直開封府裏告他去。〔搽旦云〕不中。王慶。你可不聽見。〔王慶背云〕那厮説出來。必然做出來。我如今不先下手。倒着他道兒。〔回云〕李順。我不要你這媳婦。我則要你一件東西。〔正末云〕哥也。你要甚麽。〔王慶云〕只要你那顆頭。〔正末云〕可連着筋哩。兀的不有人來也。〔王慶看科〕〔正末走〕〔王拿住科〕〔正末云〕罷罷罷。〔唱〕

【黄鍾尾】早則這没情腸的兇漢衠跛扈。更打着有智量的婆娘更狠毒。難分説。怎分訴。做納下。厮欺負。要行處。便行去。由得你。愛的做。似這般。倚官府。生有地。死有處。奪了俺妻兒。送了俺子父。揉碎胸脯。磕破頭顱。我把那不會雪恨的孩兒覷一覷。我見他手搭着巨毒。把我這三思臺揝住。〔帶云〕我好冤屈也。〔唱〕兀的不没亂殺我這喉嚨我其實叫不出這屈。〔王慶殺正末科下〕

〔王慶云〕殺了他也。將一個口袋來裝了。丢在井裏。大嫂。我和你永遠做夫妻。憑着我這一片好心。天也與我半碗兒飯吃。〔搽旦云〕休説閒話。喒和你後房中快快活活的做生活去來。〔同下〕

〔音釋〕趔郎夜切　趄且去聲　足臧取切　福音府　熟繩朱切　伏房夫切　做租去聲　頷含去聲
刃仁去聲　箍音姑　揝簪上聲　獨東盧切　哭音苦　謀音模　出音杵　欲于句切　物音務
辱如去聲　衠音肫　毒東盧切　磕音可　搭音鬧　屈丘雨切

第三折

〔浄扮店小二上詩云〕酒店門前七尺布。過來過往尋主顧。昨日做了十瓮酒。倒有九缸似頭醋。自家是這汴梁城中獅子店小二哥的便是。開着這一座店。南來北往。經商客旅。都在俺這店中安下。今日天晚。看門前有甚麼人來。〔旦上云〕正走間被巡城卒衝散了俺母親。不知所在。天色晚了。我去這店裏尋一箇宵宿處。〔做見小二科云〕哥哥。我來投宿。〔小二云〕小娘子。頭間房兒乾净。〔旦云〕你與我一箇燈咱。〔小二云〕我與你點上這燈。〔做看科背云〕好箇女子也。天又晚了。人又静了。他又獨自一個。我要他做箇渾家。豈不是好。〔回云〕小大姐。這裏也無人。我和你做一對夫妻如何。〔旦云〕哇。你說那裏話。〔小二云〕你如今落在圈套。飛也飛不出去。我不怕你不與我做夫妻。〔旦云〕我至死也不肯。〔小二云〕你真箇不肯。〔旦云〕我不肯。〔小二背云〕他說不肯。我取出這斧頭來諕他。他是箇女孩兒家。必然害怕。我好歹要了他。〔做拿斧科云〕你真箇不肯。我一斧打死了你。〔旦做倒科〕〔小二云〕怎麼半晌不言語。〔看科云〕原來諕死了。怎生是好。這暴死的必定作怪。我門首定的桃符。拿一片來插在他鬢角頭。將一個口袋裝了。丢在這井裏。〔扶旦下云〕把一塊石頭壓在上面。省得他浮起來。〔卜兒上云〕誰想翠鸞孩兒到處尋覓不見。天色晚了。我且去獅子店裏覓個宵宿去。〔見科云〕小二哥。我來投宿。〔小二云〕後面那間房兒乾净。婆婆你歇息去。〔卜兒云〕我到後面歇息去也。〔下〕〔小二云〕嗨。做這等勾當。我且再坐一坐。怕還有人來。〔外扮劉天義上詩云〕埋頭聚雪窗。文史三冬足。今日一寒儒。明朝食天禄。小生姓劉名天義。洛陽人氏。學成滿腹文章。未曾進取功名。目今春榜動。選場開。收拾琴劍書箱。上朝取應。來到汴京。天色晚了。且去那獅子店中覓一宵宿。〔見净科云〕小二哥。我來求宿。〔小二云〕頭間房裏安歇去。〔劉天義云〕小二哥。與我點一箇燈來。〔小二與燈科云〕燈在此。〔劉天義云〕小二哥。安排些酒殽來。等我自己酌一盃。明日連房錢一併還你。〔小二將酒上云〕酒殽都有了。我自去睡也。〔下〕〔劉天義云〕我關上這門自飲幾盃咱。〔旦魂子上云〕我乃王婆婆的女兒翠鸞。去那店房中點箇燈咱。秀才。開門來。〔劉天義云〕更深夜静。有人唤門。好是奇怪。兀那唤門的是誰。〔旦云〕我是王婆婆女兒。我來點個燈咱。〔劉天義云〕兀那女子。我點與你。門縫較寬。小娘子接燈。〔旦吹滅科云〕秀才。風大刮殺了。〔劉天義云〕我再點與你。〔旦又吹滅科云〕又滅了。〔劉天義云〕我與他燈。兩次三番刮殺了。既然如此。我開門你自己點。〔開門旦入科〕〔劉天義云〕小娘子點燈。我開了門。他可去了。只是鬬小生要來。我還關上這門。〔回身見旦拜科云〕秀才萬福。〔劉天義云〕好一個女子也。小娘子誰氏之家。姓甚名誰。〔旦云〕我是王婆婆的女兒。聞知秀才在此。特來探望。〔劉天義云〕小生有何德能。敢勞小娘子垂顧。若不棄嫌。同席共飲數盃。未審雅意如何。〔旦云〕願從尊命。〔坐科〕〔劉把盞科云〕小娘子滿飲此盃。〔旦飲科云〕敢問秀才姓甚名誰。那裏人氏。因何至此。〔劉天義云〕小生姓劉名天義。洛陽人氏。因上朝取應。天色已晚。到此店中投宿。不期相遇小娘子。實小生之幸也。〔旦云〕敢問秀才告珠玉咱。〔劉天義云〕小生不才。怎敢在小娘子跟前獻醜。聊作後庭花一闋。小生表白一徧。小娘子試聽。〔詞云〕雲鬟堆緑鴉。羅裙欵絳紗。巧鎖眉顰柳。輕勻臉襯霞。小粧鬟。凌波羅襪。洞天何處家。詞寄後庭花。劉天義作。〔旦云〕好高才也。我依韻也和一首。〔寫科云〕寫就了也。

我表白一徧。與秀才聽咱。〔詞云〕無心度歲華。夢魂常到家。不見天邊雁。相侵井底蛙。碧桃花。鬢邊斜插。伴人憔悴殺。詞寄後庭花。翠鸞作。〔劉天義云〕妙哉妙哉。小娘子再飲一盃。〔卜兒上云〕我心中悶倦。再睡不着。起來閒走一閒走。〔做聽科〕〔旦云〕秀才。你則休負心。〔劉天義云〕小生豈敢負心。〔卜兒云〕兀的不是我翠鸞孩兒説話哩。〔做叫科云〕翠鸞翠鸞。〔旦應科走下〕〔卜兒云〕我推開這門。〔見劉科云〕我孩兒在那裏。〔劉天義云〕無有人。小生獨自在此。〔卜見詞科云〕你道無有。這兩篇詞是誰做的。有我女孩兒名字在上。你藏了我女兒。更待干罷。明有王法。我和你見官去來。〔劉天義云〕你看我這命波。〔同下〕〔趙廉訪引祗從上云〕老夫趙忠。前者聖人賜與我翠鸞母子二人。我着王慶領去見夫人。數日光景。不見來回話。左右的。喚王慶來者。〔祗從云〕王慶安在。老爺呼喚。〔王慶上云〕老相公呼喚。不知有甚事。須索見去咱。〔見科〕〔趙廉訪云〕王慶。日前那子母二人。我教你領去見夫人。至今不曾回話。如今那子母二人在那裏。〔王慶云〕王慶領的與了夫人也。〔趙廉訪云〕既然如此。請的夫人來。〔王慶云〕老夫人。相公有請。〔夫人上見科云〕老相公喚妾身。不知爲何。〔趙廉訪云〕夫人。我教王慶領的那翠鸞子母二人見你去。如今在那裏。〔夫人云〕王慶領的那子母二人來見了我。我分付王慶就領去了。〔趙廉訪云〕王慶。夫人説道分付與你了。如今可在那裏。〔王慶云〕是相公教小人領去見夫人。夫人交付與我。我可交付與李順也。〔趙廉訪云〕他説交付與李順。這樁事其中必有暗昧。夫人。且回後堂中去。〔夫人詩云〕一點妬心生。斷送女娉婷。任他没亂煞。只做不知情。〔下〕〔趙廉訪云〕老夫待親自問來。有些難問。則除是開封府尹包待制。此人清廉正直。可問這樁事。左右的。請包府尹來者。〔祗候云〕理會的。府尹大人。老相公有請。〔正末扮包龍圖引張千上云〕老夫姓包名拯。字希文。廬州金斗郡四望鄉老兒村人氏。官拜龍圖閣待制。正授開封府尹。有趙廉訪着人相請。不知甚事。須索去見咱。〔唱〕

【雙調新水令】欽承聖敕坐南衙。掌刑名糾察姦詐。衣輕裘乘駿馬。列祗候擺頭踏。憑着我㦬劣村沙。誰敢道僥倖姦猾。莫説百姓人家。便是官宦賢達。綽見了包龍圖影兒也怕。

〔云〕左右報復去。道包拯來了也。〔祗從報科云〕報的老爺得知。有包待制在於門首。〔趙廉訪云〕請他進來。〔祗從云〕請進。〔見科〕〔正末云〕相公喚包拯。有何分付。〔趙廉訪云〕待制。我煩你一件事。數日前聖人賜我王翠鸞子母二人。我教王慶領去見我夫人。不見回話。我問夫人。夫人道分付與了王慶。王慶又道分付與了李順。這樁事其中必有暗昧。你與我仔細究問。多因是我夫人做下違條犯法也。〔正末唱〕

【沉醉東風】相公道老夫人違條犯法。怎敢就教他帶鎖披枷。〔帶云〕相公。〔唱〕你侯門似海深。利害有天來大。則這包龍圖怕也不怕。老夫怎敢共夫人做兩事家。〔帶云〕若是被論人睁起眼來。〔唱〕枉把村老子就公廳上諕殺。

〔云〕相公。小官職小斷不的。〔趙廉訪云〕你也説得是。與你勢劍銅鍘。限三日便與我問成這樁事。若問成了呵。老夫自有個主意。〔詩云〕這樁事莫得消停。三日裏便要完成。若問出子母下落。我與你寫表箋申奏朝廷。〔下〕〔正末云〕是好一口劍也呵。〔唱〕

【風入松】這劍冷颼颼取次不離匣。這惡頭兒揣與咱家。我若出公門小民把我胡撲搭。莫不是這老子賣弄這勢劍銅鍘。〔帶云〕我出的這門來。〔唱〕覷了王慶呵慌張勢煞。這漢就裏決謅札。

〔云〕王慶。這樁事都在你身上。〔王慶云〕你看這大人。干我甚麼事。〔正末云〕噤聲。〔唱〕

【胡十八】這話兒你休對答。莫虛詐。〔云〕張千。牽馬來。〔張千做牽馬科云〕請大人上馬。〔正末上馬科〕〔唱〕我將這寶蹬來踏。把轡鞚來拿。我扭回頭見他左右眼觀咱。〔云〕張千。與我拿下王慶者。〔張千云〕理會的。〔做拿王慶科〕〔王慶打張千科云〕你敢拿誰。〔正末唱〕您如今直恁般怕他。〔帶云〕三品官尚然到開封府裏。量你到的那裏〔唱〕您一火祇從人。將王慶快拿下。

〔云〕張千。回衙門去來。〔旦魂子上旋風科〕〔正末云〕一陣好大旋風也。〔唱〕

【雁兒落】見一箇旋風隨定馬。不由我展轉生疑訝。〔帶云〕兀那鬼魂聽者。〔唱〕你去到黄昏插狀來。喒兩箇白日裏難説話。

〔云〕兀那鬼魂。到晚間開封府裏來。速走速走。〔旋風下〕〔卜兒扯劉天義上云〕冤屈。相公與老

婆子做主咱。〔正末唱〕

【掛玉鈎】則聽的唱叫揚疾鬧怎麼。我與你覷絶罷。〔帶云〕張千。〔唱〕你教他近向前來我問咱。你休喝掇休驚詫。便膽寒。心驚怕。你與我盡説緣由。細訴根芽。

〔云〕兀那婆子。你告甚麽。〔卜兒云〕這箇秀才藏了我的女孩兒翠鸞。告相公與老婆子做主咱。〔正末云〕誰是翠鸞女的母親。〔卜兒云〕則我便是。〔正末云〕慚愧。一樁問做兩樁事。張千。將這一行人都拿到開封府裏去。〔做到排衙科〕〔正末云〕張千。將那一行人拿過來者。〔張千云〕理會的。〔衆跪科〕〔正末云〕王慶。兀那厮你怎麽不跪。〔王慶云〕我無罪過。〔正末云〕你無罪過。來俺這開封府裏做甚麽。〔王慶云〕我跪下便了也。〔王跪科〕〔正末云〕兀那婆子。説你那詞因。〔卜兒説〕〔王攙科云〕老相公教我領見夫人。夫人分付與王慶。王慶可分付了李順也。〔正末云〕兀那厮。誰問你來。兀那婆子。説你詞因來。〔卜説王又攙科云〕老相公教我領見夫人。夫人分付與王慶。王慶可分付了李順也。〔正末云〕張千。將王慶拿下。與我打着者。〔張千打科〕〔正末唱〕

【川撥棹】我敢搠碎你口中牙。不剌這是你家裏説話。那恰便似一部鳴蛙。絮絮答答。叫叫吖吖。覷了他精神口抹。再言語還重打。

〔云〕張千。着那厮咬着棍子者。〔張千云〕理會的。〔王咬棍子科〕〔正末云〕兀那婆子。你説你那詞因。〔王丟棍子攙説科云〕老相公教我領見夫人。夫人分付與王慶。王慶可分付了李順也。〔正末云〕這厮直恁般好説話。〔卜兒云〕老婆子夜來晚間在獅子店裏安下。只聽的這秀才和我翠鸞孩兒説話。我踏開門不見我女孩兒。明明是他藏了。相公與我做主咱。〔正末云〕兀那厮。可説你那詞因。〔王慶云〕老相公教我領見夫人。夫人分付與王慶。王慶可分付了李順也。〔正末云〕再呢。〔王慶云〕無了也。〔正末云〕似這般怎生是好。〔唱〕

【夜行船】三下裏葫蘆提把我來傒倖殺。〔帶云〕這公事少呵。〔唱〕連累着七八十家。兀的是人命争差。恰便似金剛厮打。佛也理會不下。

〔云〕張千。將王慶監下者。〔張千云〕理會的。〔押王慶下〕〔正末云〕兀那婆子。你説他藏了你女兒。有何見證。〔卜兒云〕有兩首詞在這裏。〔正末云〕將來我看。〔卜兒出詞正末念科云〕雲鬟堆緑鴉。羅裙簌絳紗。巧鎖眉顰柳。輕勻臉襯霞。小粧鬘。凌波羅襪。洞天何處家。詞寄後庭花。劉天義作。〔唱〕

【殿前歡】你道是不曾見他女嬌娃。這的是誰人題下這首後庭花。須不是把你來胡遮剌。莫不我雙眼昏花。〔云〕再看這首詞咱。無心度歲華。夢魂常在家。不見天邊雁。相侵井底蛙。碧桃花。鬢邊斜插。伴人憔悴殺。詞寄後庭花。翠鸞女作。〔正末再念科〕〔唱〕我從頭兒再念咱。〔帶云〕不見天邊雁。相侵井底蛙。〔唱〕我這裏呫詳罷。〔云〕不見天邊雁。相侵井底蛙。嗨。這女孩兒那得活的人也可憐可憐。〔唱〕這孩兒敢死在黄泉下。這官司無頭無尾。那賊人難捉難拿。

〔云〕則除是這般。張千。把這婆子監下者。〔張千云〕理會的。〔押卜兒下〕〔正末云〕兀那劉天義。你休驚莫怕。我放了你。你今夜還去那店裏宿歇。若是那女子來呢。你問他那裏人氏。姓甚名誰。有甚信物。要些來我便饒你。〔劉天義云〕知道。我這一去好歹要些信物來。〔正末唱〕

【沽美酒】爲甚麼將原告人倒監押。哎你個被論人莫驚諕。你與我還似昨宵臨卧榻。你可也若教得見他。用心兒討回話。

【太平令】我見他扭身子十分希詫。須是我賞發與一夜歡洽。喒欲要兩家都罷。赤緊的我領得三朝嚴假。若事發。教咱。救拔。你穩情取功名科甲。

〔云〕兀那秀才。他不是人。是箇鬼魂。〔劉天義怕科〕〔正末唱〕

【鴛鴦煞】我説破陰魂莫更潛身怕。只要你秀才肯做迷心耍。不須今夜遭囚。免了每日隨衙。暢道殺人賊不在海角天涯。我先知一箇七八。〔帶云〕張千。〔唱〕你與我傳語他家。將冤恨都銷化。到明朝管取擒拿。看那鬧市雲陽木驢上剮。〔下〕

〔張千同劉天義行科云〕來到這獅子店裏。兀那秀才。那間房兒是。〔劉天義云〕是這一間。〔張千云〕你自在這裏宿。我明早來討回話。〔下〕〔劉天義云〕天那。兀的不諕殺我也。我則道他是人。誰想他是箇鬼。可早三更了。你聽那墻上土撲簌簌的。房上瓦斯琅琅的。兀的不諕殺我也。〔做睡科〕〔旦魂子上云〕我今夜再望那秀才走一遭去。〔見科〕〔旦云〕秀才秀才。〔劉天義驚走〕〔旦扯住科〕〔劉天義云〕你靠後説。你是箇鬼。〔旦云〕我不是鬼。〔劉天義云〕如今包龍圖大人問你那裏人氏。姓甚名誰。〔旦云〕我是那家。〔劉天義云〕那家可是那裏。〔旦云〕在那家井裏。〔劉天義云〕你有甚麽信物與我些。〔旦云〕我鬢邊有一朵嬌滴滴碧桃花。你自取咱。〔劉取花旦閃下〕〔劉天義云〕兀的不諕殺我也。當真是個鬼。既然有了信物。等不到天明。便回包大人話去。〔詩云〕分明見昨夜嬌娃。取與我鬢上桃花。且休提上朝取應。先諕得膽戰身麻。〔下〕

〔音釋〕簌音速　襯初艮切　髽莊瓜切　娉聘平聲　婷音亭　拯音整　踏當加切　猾呼佳切　達當加切　法方雅切　殺雙鮓切　鍘音查　匣奚佳切　搭音打　煞雙鮓切　謅音鄒　札莊洒切　答音打　詫瘡詐切　擲聲卯切　不音補　剌邦架切　那音拿　抹音罵　娃音蛙　呫店平聲　押奚佳切　榻湯打切　洽奚佳切　發方雅切　拔邦加切　甲江雅切　八巴上聲　剮音寡

第四折

〔正末上云〕老夫包拯。爲這件事用盡心力也呵。〔唱〕

【中吕粉蝶兒】這些時廢寢忘食。眼睁睁一宵無寐。坐早衙便待施爲。唤張千。刑案裏。唤該房司吏。別公事且勿行提。只那樁最兙干繫。

【迎仙客】不由我心似痴。意如迷。那樁事不分箇虚共實。好着我怎參詳。難整理。准備下六問三推。快與我唤過來劉天義。

〔張千同劉天義上跪科〕〔正末云〕兀那秀才。你昨夜看見女子來麽。〔劉天義不語科〕〔正末云〕他

怎生不言語。張千。你着他説。〔張千云〕他還昏迷着哩。〔正末唱〕

【快活三】偏前夜笑吟吟的似魚水。今日箇戰兢兢的怕做夫妻。正是得便宜翻做了落便宜。教你試探那佳人的意。

【朝天子】你可也盡知。就裏。昨夜箇正使着鴛鴦會。〔帶云〕兀那秀才。〔唱〕你從頭至尾説真實。可怎生只恁的難分細。我問在當廳無言抵對。他和你可曾説來歷。你明知是鬼。怕他來纏你。常言道愛他的着他的。

〔云〕兀那秀才。那女子誰氏之家。姓甚名誰。〔劉天義云〕他是那家。〔正末云〕那家可是誰家。好傒倖殺人也呵。〔唱〕

【紅繡鞋】那家居住在東村西地。那家委實的姓甚名誰。似這般幾時得個分明日。你休得要硬抵諱。休得要假疑惑。我索合從頭推勘你。

〔云〕張千。把這厮監下者。等他省時問他。〔張押下〕〔正末云〕張千。拿過王慶來者。〔張千云〕理會的。〔拿王慶上見科〕〔正末云〕兀那厮。將翠鸞女分付與誰了也。〔王慶云〕老相公教我領見夫人。夫人分付與王慶。王慶分付了李順也。〔正末云〕既然分付了李順。張千。拿將李順來者。〔張千云〕李順在逃了。〔正末云〕李順在逃。似此可怎了。張千。且將王慶拿在一邊者。〔押王下〕〔正末云〕張千。李順在逃。須有他家裏人。你去他家看去。或有溝渠。或有池沼。若是有井呵。你就下去打撈。可是爲何。他道李順在逃。不在井裏。却那裏尋他。〔張千云〕理會的。我出的這衙門來。轉過隅頭。抹過裏角。來到李順家裏。也無一箇人。我自進去看。來到這院後。怎麼靜悄悄的。好怕人也。我開開這後門。〔做撞倒科云〕有鬼有鬼。〔做起身科云〕原來是這晒衣服的繩子。倒諕我一跳。我是再看咱。這是一眼井。好包待制通神。真箇一眼井。我試看咱。怎麼這般臭氣。待我下去看。怎生下的去。可有這晒衣服的繩子。我解下來一頭拴在井欄上。一頭料下去。我拽着繩子下去。井裏試看咱。〔做下井看科云〕這是一箇口袋。不知是甚麼東西。我將繩子拴住。等我出到井口上。我再拽上這繩子來。〔做出井拽科云〕拽上這口袋來了。不知是甚麼物件。須索將着見老爺去。〔做背走〕〔倈上扯住科〕〔張千云〕是誰扯住我。〔做回頭看科云〕原來是箇小弟子孩兒。〔做打倈兒下〕〔行科云〕可早來到府中也。〔丢下口袋科云〕稟爺真個通神。是有一眼井。小的下去。打撈出這箇口袋來。不知是甚物件。老爺試看咱。〔正末云〕好好。這厮能幹事。你打開口袋我看。〔張解開科〕〔正末云〕原來是個屍首。張千。你喚那婆子來教他認。〔張千喚科〕〔卜兒上認云〕大人。這屍首不是俺女兒。是一個有髭鬚的。〔正末云〕張千。你怎生撈將一箇有髭鬚的屍首來。〔張千云〕老爺這是井裏的。小的怎生知道。〔正末唱〕

【剔銀燈】聽說道荆棘列半日。猛覷了呆打頦一會。兀那婆婆不是你女孩兒身軀殼且別尋覓。這一箇尸首可是誰的。兀那婆婆你休瞞我。我問你這尸首如何不識。

〔卜兒云〕相公。這尸首不是俺女兒的。〔正末云〕張千。你在誰家井裏撈出這尸首來。〔張千云〕我在李順家井裏打撈出來的。〔正末唱〕

【蔓菁菜】可則去李順家裏訪踪跡。〔帶云〕張千。我再問你。〔唱〕你下井去井根底。那時節有誰人見你。〔張千云〕小的不曾見甚麽人。去到李順家後院内。見一眼井。下的井去。撈出這尸首來。我背着便走。哦。小的想起來了。我見箇小斷來。〔正末云〕張千。兀的不有了也。〔唱〕則去那小斷根前取箇真實。十共九知詳細。

〔云〕張千。你去尋將那小斷來。〔張千云〕理會的。那小斷走了呵。怎生是好。我出的這衙門來。走了一會。我依舊到李順家後院看咱。這是口井。〔見倈兒云〕兀的不是那小斷。你還在這裏。我背着你見老爺去來。〔做背倈行科云〕早到了也。禀爺。這便是那小斷。〔正末云〕張千。休驚諕着他。你看這小斷到這開封府裏。諕的他眼腦剔抽禿刷的。兀那小斷。你近前來。我問你咱。你是誰家的。〔倈打手勢科〕〔正末云〕這小斷是箇啞子。張千。你怎生尋了個啞子來。〔張千云〕這便是李順家裏住的小的。怎生知道他是啞子。〔正末云〕那小的。你雖然啞。你心裏須明白。你認那尸首咱。〔倈兒見尸哭科〕〔正末云〕好可憐人也。〔唱〕

【乾荷葉】他猛見了痛傷悲。兀的不有蹺蹊。〔云〕兀那小的。我問你咱。這個是你甚麽人。〔倈打手勢科〕〔正末云〕似這般可怎生是好。〔唱〕好教我不解其中意。起初道眼迷奚。他如今則把手支持。真箇是啞子做夢説不的。落可便悶的人心碎。

〔云〕那小的。我如今問你。若問的是。你便點頭。若不是。你便擺手。你記着。〔倈做聽科〕〔正末問云〕這個敢是你叔叔。〔倈擺手科〕〔正末云〕是你伯伯。〔倈擺手科〕〔正末云〕是你父親。〔倈點頭就拜科〕〔正末云〕原來是你父親。兀那小的。誰殺了你那父親來。〔倈打手勢科〕〔正末云〕是一條大漢。拽起衣服。扯出刀來殺了你父親。丢在井裏。好可憐人也。兀那小的。我再問你咱。〔唱〕

【上小樓】兒也你親娘如今在那裏。〔倈指科〕〔正末唱〕他可又不知端的。似這般殺壞平人。怎生乾休。他待至死無對。〔倈拖住張千科〕〔張慌科〕〔正末云〕兀那小的。莫不是張千殺了你父親來。〔倈擺手科〕〔正末云〕哦。我知道了。兀那小的。〔唱〕你待要。共張千。相尋相覓。〔張千云〕我和你同出去尋你娘來。〔倈點頭科〕〔張千云〕則被你諕殺我也。〔正末唱〕也是你爲爺娘孝當竭力。

〔云〕張千。你和他尋去。〔張千云〕理會的。兀那小的。我和你尋去。出的這門來。往那裏尋他去。〔搽旦帶酒上云〕我吃了幾盃酒。醉了也。〔倈扯科〕〔張千云〕這正是那婦人。〔張千打科〕〔搽旦云〕哥哥。你爲甚麼打我。〔張千云〕開封府裏勾喚你哩。〔搽旦云〕我又無罪過。我去見便了。〔同見末科〕〔搽旦云〕相公。我又無罪過。喚我來做甚麼。〔正末云〕這婆娘。兀的不醉了也。兀那婦人。你認的那尸首麼。〔搽旦認假哭科云〕兀的不是我丈夫李順。怎生死了來。〔正末云〕兀那婦人。你丈夫死了。你須知道。〔搽旦云〕不知怎生死了俺丈夫來。〔正末唱〕

【滿庭芳】你休推東主西。可甚麼三從四德。那些箇家有賢妻。若是抛一塊瓦兒須要着田地。你與我快説真實。〔云〕兀那婦人。我問你咱。你在家呵。〔唱〕决有些嗔忿忿眉南面北。〔搽旦云〕俺兩口兒並不曾。〔正末唱〕你莫不氣冲冲話不投機。〔搽旦云〕俺夫妻最説的着。〔正末唱〕你休則管裏胡支對。我當廳問你。〔帶云〕我不問你别的。〔唱〕則問你誰是殺人賊。

〔云〕兀那小的。誰殺了你父親來。〔倈依前比手勢科〕〔正末云〕你認的那個人麽。〔倈點頭科〕〔正末云〕張千。將這一行人提在一壁。押過那秀才來。〔張押劉天義上見科〕〔正末云〕兀那劉天義。我教你夜來問那女子個詳細。要他一件信物。你又不將來。這官司都問在你身上。〔劉天義云〕大人。我劉天義問他要一件信物來了。〔正末云〕是甚物件。〔劉天義云〕是一朵嬌滴滴碧桃花。〔正末云〕將來我看。〔劉懷中取出正末接看科云〕原來是一根桃符。上寫着長命富貴。這殺人賊有了也。〔唱〕

【倘秀才】我則道殺人賊不知在那壁。則他這翠鸞女却元來在這裏。他門定桃符辟邪祟。增福禄。畫鍾馗。知他甚娘報門神户尉。

【呆骨朵】兀的是自作自受身當罪。〔云〕張千。〔唱〕你把殺人賊快與我勾追。〔張千云〕着小的去勾唤誰。〔正末唱〕你排門兒則尋那宜入新年。我手裏現放着長命富貴。這言語表出人凶吉。這桃符泄漏春消息。怎瞞那掌東嶽速報司。和這判南衙包待制。

〔云〕張千。你將這一根桃符。與我尋對那一根兒去。〔張千云〕理會的。我出的這門來。轉過隅頭。抹過裹角。來到這飯店門首。桃符都有。來到獅子店門首。我試看咱。可怎生則有宜入新年一個。無那長命富貴。我將這一根比咱。〔做比科云〕正是一對兒。我都拿着見老爺去來。〔做見科云〕禀爺。桃符有了也。〔正末云〕是那裏的。〔張千云〕在獅子店門首。〔正末云〕你與我到獅子店左右看去。若有井便下去打撈。必有下落。〔張千云〕我出的衙門來。早到店中也。呀。後面真個一眼井。我下去打撈咱。〔做撈尸首上科云〕又一個尸首。我將的見老爺去。〔見科云〕禀爺。又一個尸首。〔正末云〕教那婆子來認。〔卜兒上〕〔正末云〕兀那婆婆。你認那尸首。〔唱〕

【倘秀才】這潑官司連累着我哩。敢是這尸首又不是你的。〔卜認科云〕大人。這尸首正是我女孩兒的。〔正末云〕既是呵。張千。你去將那店小二。一步一棍打將來者。〔張千云〕理會的。〔做拿小二打上見科〕〔正末云〕兀那厮。從實說。你怎生所算了這女孩兒來。你若說的是。萬事罷論。若是說的不實呵。張千。准備下大棍子者。〔小二云〕是我殺了來。〔正末云〕這殺人賊既有了。〔唱〕那王慶如何肯招罪。〔云〕張千。〔唱〕你去喚王慶。至堦基。試聽我省會。

〔云〕張千。與我拿過王慶來。〔王慶上云〕喚我做甚麼。〔正末云〕王慶。你歡喜麼。這殺人賊有了也。不干你事。你回去罷。〔王慶云〕可道不是我。我回家去來。〔王走倈上扯住科〕〔正末云〕兀那小的。莫不是他殺你父親來。〔倈打手勢科云〕正是。他與俺母親如此如彼。做出來的。〔正末云〕這厮可不啞了。張千。與我拿下王慶者。〔唱〕

【滚繡毬】我則道連累着我。便教放了你。你可在這壁厢不伶不俐。常言道天網恢恢。

你則待厮摘離。暗歡喜。對清官磕牙料嘴。古自道無憂愁無是無非。怎想這金風未動蟬先覺。暗送無常死不知。准備着拷打凌遲。

〔云〕張千。你領着這一行人。跟着我見廉訪大人去來。〔同下〕〔趙廉訪引祇從上云〕事不關心。關心者亂。我教包府尹問那件事。今三日光景。怎生不見來回話。〔正末引衆上見科〕〔趙廉訪云〕包府尹。那事體如何。〔正末云〕小官問成了也。誰想一樁事問做兩樁事。〔趙廉訪云〕你說我聽。〔正末唱〕

【伴讀書】告相公自知會。這都是王慶把詞因起。他共李順渾家姦情密。教平人正中拖刀計。把兒夫殺在黄泉内。强嚇了休離。

〔趙廉訪云〕這一件可是怎麽。〔正末唱〕

【笑和尚】是是是這一箇開店的。他他他强要人妻室。嗨嗨嗨想這厮狠情理。我我我論到底。休休休待推辭。來來來索請夫人敢與這招伏罪。

〔趙廉訪云〕這樁事元來如此。我盡知了也。一行人聽老夫下斷。〔詞云〕果然是包待制剖决精明。便奏請加原職三級高陞。王婆婆可憐見賞銀千兩。劉天義准免罪進取功名。翠鸞女收骸骨建墳營葬。還給與黄籙醮超度陰靈。這福童着開封府富民恩養。店小二發市曹明正典刑。因王慶平日間姦淫張氏。假官差謀李順致喪幽冥。這兩個都不待秋後取决。纔見的官府内王法無情。便着寫榜文去四門張掛。諭知我軍民共如右施行。〔正末謝科〕〔唱〕

【煞尾】他則待明明將計策施。不承望暗暗的天地知。今日個勘成了因姦致命一兇賊。還報了這負屈銜冤兩怨鬼。

〔音釋〕食繩知切　繫音計　實繩知切　歷音利　的音底　日人智切　惑音回　覓忙閉切　識傷以切　跡將洗切　力音利　德當美切　北邦每切　賊則平聲　壁音彼　辟音匹　祟音歲　馗音葵　尉音謂　吉巾以切　息喪擠切　密忙閉切　室傷以切

題目　老廉訪恩賜翠鸞女

正名　包待制智勘後庭花

死生交范張雞黍雜劇

宫大用撰

楔子

〔正末扮范巨卿同冲末扮孔仲山張元伯浄扮王仲略上正末云〕小生姓范名式。字巨卿。山陽金鄉人也。這一個秀士。姓張名劭。字元伯。是汝陽人氏。我和元伯。結爲死生之交。他有老母在堂。本不樂於遠遊。只因小生勸道。今日君聖臣賢。正士大夫立功名之秋。爲此來就帝學。未及數年。選居上館。聲動朝廷。累次辟召。皆不肯就。蓋因志大。恥爲州縣。又見諂佞盈朝。辭歸閭里。這一個秀士。是小生同鄉人氏。姓孔名嵩。字仲山。是孔宣聖一十七代賢孫。亦同遊學京師。這個秀士。姓王名韜。字仲略。洛陽人氏。乃天官主爵都尉兼學士判院門下女壻。雖無文才。同在帝學。今知小生與元伯歸鄉。故來相别于長亭之上。仲山兄弟。我和你今日作别。不知幾時。再得相會。〔孔仲山云〕您兄弟做下萬言長策。要貢院中獻去。争奈差事在身。哥哥。可爲兄弟覓個方便。央帶的去加一美言咱。〔正末云〕你不早説。仲略泰山見爲學士判院。你將仲山萬言長策獻了。可加一美言。但得一官半職。也是朋友的情。弟兄的意。〔王仲略云〕將來我看。哥哥放心。這等文才。愁甚麽不做大官。仲山不用你去。我獨自去與你梢一官來。纔顯我的面情。我也是個有行止的人。〔孔仲山云〕謝了兄弟。〔張元伯云〕哥哥。今日在此酌别。再幾時相會。

〔正末云〕兄弟今日酌别。直至後二年今月今日。汝陽莊上。拜探老母。〔張元伯云〕哥哥。您兄弟在家殺雞炊黍等待哥哥相會。哥哥。你休失信也。〔正末云〕兄弟。爲人豈敢輕言。可不道信近于義。言可復也。去食去兵。不可去信。大車無輗。小車無軏。其何以行之哉。〔唱〕

【仙吕賞花時】俺本是義烈堂堂大丈夫。況同在成均共業儒。聚首數年餘。今日個臨岐歸去。情惆默意躊躕。

【幺篇】直等到後歲今朝來探汝。參拜白頭堂上母。〔張元伯云〕既然肯來赴約呵。您兄弟隻雞斗酒。等待我的哥哥也。〔正末唱〕何必釀雲腴。若但殺雞炊黍。〔張元伯云〕祇怕路途遥遠。不能俺兩個相會到一處。〔正末唱〕豈避千里遠程途。〔同下〕

〔音釋〕辟音壁　釀尼降切

第一折

〔丑扮賣酒上詩云〕買賣歸來汗未消。上床猶自想來朝。爲甚當家頭先白。日夜思量計萬條。小可是個賣酒的。在這汝陽鎮店開着酒肆。掛上這望子。看有甚麼人來。〔王仲略扮孤上詩云〕朝爲田舍郎。暮登搶攙窗。跌下獅子來。騎上羖羊羊。小官王仲略。自從前歲孔仲山所央我與他獻的萬言長策。不曾替他出力。誰想貢院中有這等利害。我見那秀才每做詩文。諕得我魂飛天外。我連夜將孔仲山的萬言策改了頭尾。則做我的文章。有我泰山與衆官見了甚喜。就除我杭州僉判。走馬赴任。來到這汝陽鎮。一個酒店兒。我買兩鍾酒喫。拴了馬者。小二哥。打二百錢腦兒酒來。若没好酒。渾酒也罷。〔丑云〕官人請坐。有酒有酒。〔王飲酒科〕〔正末騎馬領家僮上云〕小生范巨卿。前歲九月十五日。約張元伯汝陽莊上拜探老母。依期到此。至元伯處尚有數里田地。天色早哩。去這村中且飲一杯。我下的這馬來。盤韁兒繫定。入的這酒店。呀。我道是誰。原來是仲略賢弟得了官也。〔做見科王仲略云〕哥哥。你請起。污了衣服。小官待還禮來。則是壽不壓職。〔正末云〕賢弟那裏遷除。〔王仲略云〕所除杭州僉破。〔正末云〕敢是僉判。〔王仲略云〕您兄弟這兩日説話。有些兒唇緊。〔正末云〕賢弟喜得美除。途路之間。無以慶賀。〔王仲略云〕哥哥。你不必巧語。這裏有的是海郎。打半瓶喫罷。〔正末云〕小二哥。打二百錢酒來。草草權爲作慶。〔正末把酒科云〕賢弟滿飲一杯。〔王仲略云〕拿甌子來。我先喫兩甌。〔做喫酒科云〕哥哥。我要回你酒。待我去看些按酒來。〔做背科云〕嗨。誰想撞將他來。若問起孔仲山的萬言策呵。我可怎生支對。我如今灌上幾鍾。我和他講文。他文才高似我萬倍。我偷學他幾句。到杭州去好和人説。〔回云〕哥哥。想的兄弟文章到的那裏。哥哥才學。與在下不同。有甚麽名人古書。前皇後代。哥哥講説些兒。小官洗耳拱聽。〔正末云〕賢弟。你莫非謙乎。〔王仲略云〕區區實是不濟。不是詐謙。〔正末云〕既不謙呵。想聖人教人。不過仁義禮智。孝悌忠信而已。足下豈可不知。正是以能問于不能。以多問于寡。自天地開闢以來。聖賢相傳之道。試聽小生略説一遍咱。〔王仲

略云〕你説你説。不要梢了。可瞞不過我。〔正末唱〕

【仙吕點絳唇】太極初分。剖開混沌。陰陽運。萬物紛紛。生意無窮盡。

〔王仲略云〕這個我也知道。把那三皇五帝。從頭至尾。你説一遍我聽者。〔正末唱〕

【混江龍】自天地人三皇興運。至軒轅氏纔得垂裳端冕御乾坤。總年數三百二十七萬。稱尊號一百八十餘君。總不如唐虞氏把七政蒐羅成曆象。夏后氏把百川平定粒蒸民。成湯氏東征西怨。文武氏革舊維新。周公禮百王兼備。孔子道千古獨尊。孟子時空將性善説諄諄。怎知道歷齊梁無個能相信。到嬴秦儒風已滅。從此後聖學湮淪。

〔王仲略云〕哥哥。這些話我也省的。這一向我早忘了一半。也只是貴人多忘事。哥哥。你將我朝的故事。再説一遍您兄弟聽咱。〔正末唱〕

【油葫蘆】想高皇本亭長區區泗水濱。將諸侯西入秦。不五年掃清四海絶烽塵。他道是功成馬上無多遜。公然把詩書撇下無勞問。雖則是儒不坑。雖則是經不焚。直到孝文朝挾書律蠲除盡。纔知道天未喪斯文。

〔王仲略云〕哥哥説的是。自古道文章好立身。着我做官人。有人來告狀。則要爛精銀。〔正末唱〕

【天下樂】你道是文章好立身。我道今人都爲名利引。怪不着赤緊的翰林院那夥老子每錢上緊。〔王仲略云〕怎見得他錢上緊。〔正末云〕有錢的無才學。有才學的却無錢。有錢的將着金帛干謁那官人每。暗暗的衙門中分付了。到舉場中各自去省試殿試。豈論那文才高低。〔唱〕**他歪吟的幾句詩。胡謅下一道文。都是些要人錢諂佞臣。**

〔王仲略云〕這話傷將我來也。哥哥。你則猥慵惰懶。不以功名爲念。你這等閒言長語。當的甚麼。〔正末云〕賢弟也。如今人難求仕進。〔王仲略云〕怎麼難求仕進。〔正末云〕只隨朝小小的職名。被這大官人家子弟都占去了。赤緊的又有權豪勢要之家。三座衙門。把的水洩不通。〔王仲略云〕可是那三座衙門。〔正末唱〕

【那吒令】國子監裏助教的尚書。是他故人。祕書監裏著作的參政。是他丈人。翰林院應舉的。是左丞相的舍人。〔帶云〕且莫說甚麼好文章。〔唱〕**則春秋不知怎的發。**〔王仲略云〕春秋這的是莊家種田之事。春種夏鋤。秋收冬藏。喒秀才每管他做甚麼。〔正末云〕不是這等說。是讀書的春秋。〔王仲略云〕小生不曾讀春秋。敢是西廂記。〔正末唱〕**周禮不知如何論。**〔王仲略云〕這的是所行衙門事。自下而上的勾當。縣裏不理州裏去理。州裏不理府上去理。俺秀才每管他怎麼。〔正末云〕不是這等說。是周公制作之書。〔王仲略云〕小生也不曾讀這本書。不省得。〔正末唱〕**制詔誥是怎的行文。**

〔王仲略云〕那兩椿其實不知。這椿兒且是做得滑熟。那告狀的有原告。有被告。〔正末云〕一發說到那裏去了。賢弟。你怎生得這一任官來。〔王仲略云〕這是各人的造物。你管他怎麼。誰不着你學我做官來。〔正末唱〕

【鵲踏枝】我堪恨那夥老喬民。用這等小猢猻。但學得些粧點皮膚。子曰詩云。本待要借路兒苟圖一箇出身。他每現如今都齊了行不用別人。

（王仲略云）哥哥。你從來有些多事。誰不教你求官應舉去來。（正末云）我去不得。（王仲略云）誰攔着你來。去不得。（正末唱）

【寄生草】將鳳凰池攔了前路。麒麟閣頂殺後門。便有那漢相如獻賦難求進。賈長沙痛哭誰偢問。董仲舒對策無公論。便有那公孫弘撞不開昭文館内虎牢關。司馬遷打不破編修院裏長蛇陣。

（王仲略云）俺雖然文章塌撒。也是各人的福分。如今都是年紀小聰明的做官也。（正末云）正是年紀小麽。（唱）

【幺篇】口邊厢妳腥也猶未落。頂門上胎髮也尚自存。生下來便落在那爺羹娘飯長生運。正行着兄先弟後財帛運。又交着夫榮妻貴催官運。（王仲略云）哥哥。你如今雖有文章。可也學不的俺這爲官的受用快活。俺端的靴蹤不離了朝門裏。（正末唱）你大拚着十年家富小兒嬌。也少不的一朝馬死黄金盡。

【六幺序】您子父每輪替着當朝貴。倒班兒居要津。則欺瞞着帝子王孫。猛力如輪。詭計如神。誰識您那一夥害軍民聚斂之臣。（王仲略云）哥哥。俺雖年紀小。那一夥做官的。

箇箇都是棟梁之材。〔正末唱〕現如今那棟梁材平地上剛三寸。你說波怎支撑那萬里乾坤。〔王仲略云〕俺許多官人。怎生無一個棟梁之材。似我才學也勾了。哥。你也少說少說。〔正末云〕有有有。〔唱〕都是些裝肥羊法酒人皮囤。一個個智無四兩。肉重千斤。

【幺篇】這一夥魔軍。又無甚功勳。却着他畫戟朱門。列鼎重裀。赤金白銀。翠袖紅裙。花酒盈樽。羊馬成羣。有一日天打算衣絶禄盡。下場頭少不的吊脊抽筋。〔王仲略云〕哥哥何必致怒。你這等猥惰慵懶。有甚麽好處。〔正末唱〕小子白身。樂道安貧。覷此輩何足云云。滿胸襟拍塞懷孤憤。將雲間太華平吞。〔王仲略云〕好大口也。〔正末云〕賢弟且略别。〔王仲略云〕正歡喜飲酒。可那裏去。〔正末云〕前歲也有你來。約定元伯莊上赴會去。〔王仲略云〕哦。我記得了。哥哥。你饞嘴。爲那一隻雞。半碗飯。幾鍾酒。如今要走一千里路哩。〔正末云〕大丈夫豈爲餔啜而已。大剛來則是赴一信字。〔唱〕想爲人怎敢言而無信。〔王仲略云〕哥哥。爲人不要老實。還是説幾句謊兒好。就失信便怎的。〔正末云〕大丈夫若失了信呵。〔唱〕枉了喒頂天立地。束髮冠巾。

〔王仲略云〕我長這麽大。纔失了一個信兒。〔正末云〕小二哥。還你二百文酒錢。〔王仲略云〕哥哥。你若赴雞黍會。就帶小弟同去如何。〔正末云〕既然賢弟要去。其路也不背。同往赴會去便了。〔同下〕〔老旦扮卜兒同張元伯上詩云〕花有重開日。人無再少年。休道黄金貴。安樂最值錢。

老身姓趙。夫主姓張。不幸夫主蚤年身亡。止留下這孩兒。與山陽范巨卿爲友。情堅金石。終始不改。因見豺狼當道。告歸閭里。却早二年光景也。〔張元伯云〕母親。今日是九月十五日。前歲哥哥約定。今日來拜探母親。俺如今可殺雞炊黍。等待哥哥者。〔卜兒云〕孩兒。二年之後。千里之途。怎生便信的他。〔張元伯云〕母親。俺哥哥是至誠君子。必不失信。〔卜兒云〕孩兒。既是這等呵。我如今便安排下雞黍。你去門外望一望來。〔張元伯云〕理會得。我出的這門來。怎生這早晚不見俺那哥哥來也。〔正末領家僮上云〕小生范巨卿。可早來到也。家僮接了馬者。〔做相見科正末云〕兄弟。我來了也。〔張元伯云〕語未懸口。哥哥真個來了。千里之途。驅馳不易。〔正末唱〕

【金盞兒】想二載隔音塵。千里共消魂。〔張元伯云〕我則道哥哥不來赴會也。誰想有今日。〔正末唱〕我恨不的趁天風飛出山陽郡。想弟兄的情分痛關親。我特來升堂重拜母。尊酒細論文。當初若不因雞黍約。今日個誰識俺志誠人。

〔云〕兄弟。有王仲略得了官。他同我到此。〔王仲略云〕哥哥。你也等我一等。〔正末云〕我在此等候哩。元伯與相公相見咱。〔張元伯云〕請進。賀相公千萬之喜。二位哥哥。受小生兩拜。〔拜科王做受科云〕免禮免禮。小官欲待還禮來。一了說壽不壓職。〔張元伯云〕是是是。〔正末云〕請起請起。元伯。請母親拜見咱。〔張元伯云〕母親在草堂。哥哥。喒和您進去見來。〔做進拜卜兒科〕〔卜兒云〕巨卿千里赴會。真乃信士也。〔正末云〕山陽一介寒儒。荒疎愚野。孤陋寡聞。謝老母不擇。我和兄弟元伯。結爲死生之交。此德此恩。生死難忘。〔卜兒云〕孩兒。你説道今日哥哥决來赴會。真箇來到。這一句話。何其有準也。〔正末唱〕

【醉中天】母親道一句話何其準。您孩兒不錯了半箇時辰。〔卜兒云〕孩兒。將那村酒雞黍飯來。與哥哥喫。〔做擺設科〕〔正末唱〕小子心真你更真。〔張元伯云〕哥哥。俺有甚麼真處。〔正末唱〕你却早備下美饌錫下佳醞。〔云〕家僮將來。山陽淮楚之地。别無異物。新鮓數包。新橙百枚。黄絲絹一疋。荆婦親手自造。萬望老母笑納爲幸。〔卜兒云〕何勞如此重意。〔正末唱〕量這些輕人事您孩兒别無甚孝順。〔卜兒云〕感承重禮。孩兒將酒來。〔正末唱〕何須母親勞頓。〔卜兒云〕巨卿。生受您遠路風塵也。〔正末唱〕您孩兒有多少遠路風塵。

〔王在外做怒科云〕你每説到幾時。早不是臘月裏。不凍下我孤拐來。〔正末云〕呀。忘了仲略兄弟在外厢了。〔卜兒云〕有請有請。〔王進堂科正末云〕相公是杭州僉判。〔卜兒拜科云〕相公請。〔王仲略云〕老母免禮免禮。我待要還禮來。壽不壓職。小官在京師。也帶了些人事來送老母。〔做取喬砌末科正末云〕母親。您孩兒與荆州刺史相約定赴會。不敢失信。來日五更便行。恐晚間酒後不能拜别老母。受孩兒幾拜咱。〔拜科卜兒云〕你寬懷飲數杯。我親自執料去。〔下〕〔正末云〕賢弟將過酒餚來。吾等對此佳景。可以散心儘歡竟暮。來日爲别。〔唱〕

【金盞兒】就着這黄菊吐清芬。白酒正清醇。相逢萬事都休問。想咱人則是離多會少百年身。〔張元伯云〕將黍飯來。〔做食科正末唱〕烹雞方味美。炊黍恰嘗新。我做了箇急喉嚨陳仲子。你便是大肚量孟嘗君。

〔王仲略云〕我們飲不多幾鍾。早天色明了也。行人貪道路。哥哥慢行。您兄弟先行。哥哥。您兄弟無伴當。于道路上自做飯吃。這些果子下飯。您兄弟將去。路上嚷他耍子。〔做取按酒放唐巾內戴上揭衣服取竹筒裝酒科下〕〔張元伯云〕哥哥。今年已過。到來年九月十五日。您兄弟到哥哥宅上赴雞黍會來。〔正末云〕兄弟。你若來時。休到山陽。至荊州郭外尋問我來。尊堂前不敢驚寢了。〔張元伯云〕哥哥。喒和您幾時進取功名去。〔正末云〕男子漢非不以功名爲念。那堪豺狼當道。不如只在家中侍奉尊堂。兄弟。您豈不聞盡忠不能盡孝哩。〔唱〕

【賺煞】禮義乃國之綱。孝悌是人之本。修天爵其道自尊。遶溪上青山郭外村。您與我賸養些不值錢狗彘雞豚。每日家奉萱親。笑引兒孫。便是羲皇以上人。〔張元伯云〕哥哥。若有人舉薦我呵。去也不去。〔正末唱〕便有那送皇宣叩門。聘玄纁訪問。且則可掩柴扉高枕臥白雲。〔同下〕

〔音釋〕秸音吉　秝音里　蒐音搜　長音掌　謅音鄒　長音丈　行音杭　別皮耶切　分去聲　囤音頓　重平聲　華去聲　餔音逋　啜樞説切　趁嗔去聲　篘又搜切　嚷腮上聲　纁音薰　白巴埋切

第二折

〔卜兒同旦兒倈兒扶張元伯抱病上元伯云〕小生張元伯。自從與哥哥相别之後。未經一載。不料染起疾病。百般醫藥。不能療理。眼見的我這病覷天遠。入地近。無那活的人也。大嫂。趁我精細。囑付你咱。母親也近前。〔卜兒云〕孩兒也精細者。〔張元伯云〕母親。我死之後。多留幾日。待巨卿哥哥來主喪下葬。我靈車動口眼閉。若哥哥不到。休想我靈車動。母親。我這會昏沈上來。扶着我者。大嫂。好覷當母親。看我那孩兒者呵。〔詩云〕淚盈盈遺囑自嗟咨。意遲遲懷恨漫尋思。荆釵婦好覷青春子。白頭母先哭少年兒。〔做死科下〕〔卜兒云〕孩兒亡了。則被您痛殺我也。〔旦兒云〕兀的不痛殺我也。〔卜兒云〕孩兒今日囑付的話。要等他哥哥來主喪下葬。千里程途。怎生便得箇書信到他那裏。我且將孩兒停在棺函裏。過了七日之後。選日辰埋葬孩兒。元伯。則被你痛殺我也。〔同下〕〔外扮第五倫引祗從上詩云〕龍樓鳳閣九重城。新築沙堤宰相行。我貴我榮君莫羡。十年前是一書生。老夫覆姓第五。名倫。字百俞。乃京兆長陵人也。自漢光武建武元年。曾爲京兆尹。專領長安事。某平生公直廉介。市無姦枉。後補淮陽王爲醫工長。淮陽入朝。某隨官屬。得見光武。問以政事。某因應對。帝遂大悦。明日復特召入。與語至夕。以某爲扶夷長。未曾到任。尋拜會稽太守。爲政清而有惠。百姓愛之。至明帝即位。改元永平。遷某爲蜀郡太守。至十八年。拜爲司空。今爲吏部尚書。奉聖人的命。爲因選法弊壞。國學書生。多有託故還鄉。不肯求進。况兼各處山間林下。賢人君子。多有隱跡埋名。將賢門閉塞。聖人着小官于荆州等處採訪。各州縣若有能文會武棟梁之材。選取入朝。量材擢用。某到荆州。經年半載。並不見合屬郡縣所舉人材。小官近聞一人。乃山陽金鄉人。姓范名式字巨卿。此人原是國子監生。正爲選法不明。告辭還鄉。遷葬父母。隱于此處。閉户讀書。與官府絶交。某累次遣人持書辟召。皆不肯就。老夫今日閒暇。將印信牒與佐貳官。不避驅馳。就范式宅中。親自訪問。此人若肯爲官。便當薦之朝中。作柱石之臣也。見老夫一點爲國求賢的意思。左右那裏。將馬來。則今日至范式宅中相訪。走一遭去也呵。〔下〕〔正末引家僮上云〕小生范巨卿。自離了山陽。來到這荆州郭外。閉户讀書。與官府絶交。有本郡太守是第五倫。累次聘小生爲掌吏功曹。此意雖善。争奈這豺狼當道。不若隱居山林爲得。吾聞仲尼有言。邦有道則仕。邦無道則卷而懷之。正今日也。〔唱〕

【南吕一枝花】天不生仲尼。萬古如長夜。秦灰猶未冷。漢道復衰絶。滿目姦邪。天喪斯文也。今日個秀才每遭逢着末劫。有那等刀筆吏入省登臺。屠沽子封侯建節。

【梁州第七】如今那蕭丞相争頭鼓腦。便有那魯諸生也索緘口藏舌。將古今人物分優劣。爲吏者矜誇顯達。爲儒者賣弄修潔。舜庭八凱。孔門十哲。更和那漢國三傑。况中興以後三絶。如今那憲臺疎亂滚滚當路豺狼。選法弊絮叨叨請俸日月。禹門深眼睁睁不辨龍蛇。紀綱敗缺炎炎的漢火看看滅。士大夫尚風節。恰便似寸草將來撞巨鐵。枉自摧折。

〔第五倫上云〕説話中間。可早來到也。左右那裏。接了馬者。家僮。報復去。道有第五倫特來相訪。〔家僮報科云〕有五丞相在于門首。〔正末云〕你何不早説。〔唱〕

【隔尾】見高車來俺只索倒屣連忙接。〔第五倫云〕老夫非私來。奉聖人的命。特來敦請賢士。〔正末唱〕聽的道君命至越着俺披襟走不迭。〔云〕相公有請。〔第五倫云〕老夫久聞賢士大名。如雷貫耳。今得一覿。實爲三生之幸。願賢士早脱白衣。同朝帝闕。〔正末云〕小生墮落文章。似賣着一件物事。不能出手。〔第五倫云〕似賣着甚物事。〔正末唱〕賣着領雪練也似狐裘赤緊的遇着那熱。但得本錢兒不折上手來便撇。〔第五倫云〕老夫特來沽之。〔正末唱〕本待要求善價而沽諸。争柰這行貨兒背時也。

〔第五倫云〕賢士休這般説。你自不肯進取功名。想自古至今。運去運來。一進一退。從來有之。何必拘拘然以掛冠爲高。捧檄爲屈哉。〔正末唱〕

【牧羊關】想當日那東都門逢萌冠不掛。〔第五倫云〕賢士何不學那朱雲折檻。〔正末唱〕長朝殿朱雲檻不折。〔第五倫云〕靈輒一飯必酬。真乃壯士也。〔正末唱〕桑樹下食椹子噎殺靈輒。〔第五倫云〕孫叔敖舉于海濱。位至上卿。〔正末唱〕滄海上孫叔敖乾受苦十年。〔第五倫云〕管夷吾霸諸侯。一匡天下。〔正末唱〕囹圄内管夷吾枉餓做兩截。〔第五倫云〕賢士。你只學那張子房功成之後。棄職歸山也不遲哩。〔正末唱〕赤松嶺張子房迷了歸路。〔第五倫云〕豈不見范蠡霸越。泛舟五湖。〔正末唱〕洞庭湖范蠡爛了椿橛。〔第五倫云〕那殷伯夷採薇甘餓首陽。他自有故。〔正末唱〕首陽山殷伯夷撐的肥胖。〔第五倫云〕那楚屈原終日獨醒。投江而死。何足道哉。〔正末唱〕汨羅江楚三閭醉的來亂跌。

〔第五倫云〕賢士乃儒門俊秀。藝苑菁華。何苦屈節于芸窗。甘心于茅舍。依老夫之言。只當進身顯耀。建立功名。纔是正理。〔正末云〕量小生有何才能。敢當相公舉薦。〔唱〕

【隔尾】我待學踰垣的段干木非爲懒。垂釣的嚴子陵不是呆。枉了您個開閤公孫弘到茅舍。〔第五倫云〕傅説板築。高宗封爲太宰。豈非古今盛事。〔正末唱〕量小生才不及傅説。〔第五倫云〕據賢士之才。斷不在蒯徹之下。〔正末唱〕辯不及蒯徹。〔第五倫云〕賢士。老夫此一來專是徵聘賢士爲官。〔正末唱〕我只怕進退無名。着人做笑話兒説。

〔正末做睡科第五倫云〕賢士睡着了也。老夫且去那古樹之下。賞翫一迴。家僮。等你主人醒時。我老夫再來攀話。〔下〕〔張元伯上云〕小生張元伯。自從與范巨卿哥哥相别。不幸死歸冥路。小生曾有遺言。有巨卿哥哥到。方可主喪下葬。我這靈車便動。口眼也閉。哥哥若不來。休想這靈車動。况老母年高。妻嬌子幼。倚門而望。千里之途。怕哥哥不知。今日日當午託一夢與哥哥。説知詳細。可早來到也。〔叫科云〕巨卿哥哥。〔正末做醒科云〕正思想元伯。不期來到。〔唱〕

【罵玉郎】這些時平安信斷連三月。我正心緒不寧貼。猛聽的家僮報喜高聲說。俺兄弟在那裏。我與你親自接。〔做見科唱〕不由人添歡悦。

【感皇恩】兄弟你煞是千里途賒。自從喒兩處離別。〔張元伯云〕哥哥。你靠後。你豈知我心中煩惱也。〔正末云〕兄弟。怎這般煩惱。〔唱〕阻隔着路迢遥。山遠近。水重疊。〔張元伯云〕哥哥靠後些。〔正末唱〕我這裏迎門兒問候。他將我躲閃藏遮。喒兩箇。爲朋友。比外人至親熱。

〔云〕兄弟有請。〔張元伯云〕哥哥。你靠後些。〔正末唱〕

【採茶歌】我恰待向前些。他把我緊攔截。〔張元伯遮面云〕哥哥靠後些。〔正末唱〕只見他摺回衫袖把面皮遮。〔張元伯云〕哥哥。你豈知我心中煩惱。〔正末云〕兄弟。〔唱〕既然道有事關心能哽咽。怎這般無言低首謾傷嗟。

〔張元伯云〕您兄弟特來探望哥哥。〔正末唱〕

【哭皇天】你既是肯相探多承謝。〔張元伯云〕我見了哥哥面。便回程也。〔正末唱〕便回程因甚也。〔張元伯云〕您兄弟就此回去了也。〔正末云〕那裏去。〔唱〕把書房門忙閉上。〔做扯張科唱〕將衣袂緊揪撦。〔張元伯云〕哥哥放手。你是生魂。我是鬼魂。您兄弟死了也。〔正末哭科唱〕誰想你今番今番命絶。想着俺同堂學業。同舍攻書。指望和你同朝帝闕。同建功名。

你如今四旬不到。一事無成。抛離老母。割捨妻男。怎下的撇了您歹哥哥歹哥哥死去也。這回相見。今番永別。

〔做哭科云〕兄弟。我和你幾時再得相見也呵。〔唱〕

【烏夜啼】咱兩個再相逢似水底撈明月。把咱這弟兄情一筆勾絕。〔張元伯云〕您兄弟臨亡時。曾有遺言。囑付老母。多停我幾日。等哥哥來主喪下葬。哥哥若不到時。我靈車不動。不入墳坵。不期老母選後五日出殯。家中老母年高。妻嬌子幼。無處可託。則望哥哥照顧老母和那妻子。便是俺朋友的情分。〔正末唱〕把平生心叮嚀說。你可便不必喋喋。少住些些。〔張元伯推末科云〕哥哥。休推睡裏夢裏。〔下〕〔正末唱〕元來是破莊周一枕夢蝴蝶。〔云〕呀。元來是一夢。家僮多早晚也。〔家僮云〕午時了也。〔正末唱〕正日當卓午非昏夜。〔歎科云〕可惜元伯一代奇才。不能遂志。〔唱〕命矣夫。斯人也。閃的這老親無子。幼子無爺。

〔做悲科云〕兄弟。兀的不痛殺我也。〔第五倫上云〕老夫正撫古樹盤桓片時。則聽的草堂上賢士舉哀。不知爲何。〔見科云〕賢士因何舉哀。〔正末云〕相公恕罪。兄弟張元伯亡了。因此上舉哀。〔第五倫云〕可惜可惜。寄書的人在那裏。〔正末云〕無人寄書信來。〔第五倫云〕既無書信。你怎知張元伯亡了也。〔正末云〕相公不知。小生平昔與汝陽張元伯結爲生死之交。恰纔與相公談話。小生覺一陣昏沈。元伯夢中來報。因病而亡。于後五日下葬。專等小生去。老母妻子在家悲望。小生便索長行也。〔第五倫云〕賢士差矣。你平日間思想你兄弟。所以做這等夢。俗話說夢是心頭想。

此事真假未辨。敢是甚麽邪神外鬼。問你討祭祀來麽。〔正末云〕相公。俺兄弟决不失信。小生持服掛孝。便索奔喪去也。〔唱〕

【三煞】奠楹夢斷陰風冽。薤露歌殘慘日斜。他從來正性不隨邪。凛凛英雄。神道般剛明猛烈。〔第五倫云〕多喒是邪神外鬼問你討祭祀。不可深信。〔正末唱〕他豈似餓鬼暮饕餮。他恰纔白日分明顯化者。我問甚麽是耶非耶。

〔云〕家僮。我囑付你咱。〔唱〕

【二煞】怕少盤纏立文書問隔壁鄰家借。怕無布絹將現錢去長街上鋪内截。〔第五倫云〕既然賢士要去奔喪弔孝。就將小官的從馬。與賢士代步。意下如何。〔正末云〕多謝了。〔唱〕乘騎的鞍馬相公賒。〔第五倫云〕賢士幾時回來。〔正末唱〕則這千里程途至少呵來回得三月。他既值凶事我問甚麽勳業。〔第五倫云〕小官欲待薦舉賢士爲掌吏功曹也。〔正末唱〕這掌吏功曹那箇名缺。請相公别尋箇有政事豪傑。

〔第五倫云〕賢士。你二人相交。怎這般深厚也。〔正末唱〕

【黄鍾尾】俺弟兄比陳雷膠漆情尤切。比管鮑分金義更别。張元伯。性忠烈。范巨卿。信士也。半世交。一夢絶。覺來時淚流血。寸心酸。五情裂。咱功名。已不藉。到來朝。避甚些。披殘星。帶曉月。衝寒風。冒凍雪。披喪服。拽轝車。築墳垢。蓋廬舍。種松楸。蔭四野。那其間。尚未捨。猛思量。在時節。我和他一處行。一處歇。戚同憂。喜同悦。生同堂。死同穴。到黄昏。厮守者。據平生。心願徹。着後人向墓門前高聳聳立一統碑碣。〔第五倫云〕賢士。碑碣上可寫着甚麽那。〔正末唱〕將俺這死生交范張名姓寫。〔下〕

〔第五倫云〕賢士去了也。此一事未審虚實。一壁厢着人打聽。果若有此事。老夫自有主意。左右將馬來。且回私宅去也。〔詩云〕世人結友須黄金。黄金不多交不深。直待巨卿親葬張元伯。方表悠悠生死心。〔下〕

〔音釋〕累上聲　思去聲　絶藏靴切　節音姐　舌繩遮切　劣閭夜切　潔饑也切　哲長蛇切　傑其耶切　月魚夜切　缺區也切　滅迷夜切　折繩遮切　接音姐　迭音爹　熱仁蔗切　撇偏也切　輒張蛇切　囹音苓　圄音語　截藏斜切　撅渠靴切　汨音密　跌音爹　菁音精　呆音爺　悦魚夜切　徹昌偌切　説書惹切　貼湯也切　别邦也切　疊音爹　摺音執　咽衣也切　撦昌惹切　别邦也切　喋音爹　蝶音爹　冽郎夜切　薤音械　烈郎夜切　饕湯也切　從去聲　業音夜　切音且　也音耶　血希也切　裂郎夜切　雪須也切　轝音餘　歇希也切　穴胡靴切　者音遮　碣其耶切

第三折

〔卜兒同旦兒倈兒衆街坊駕轝車上卜兒云〕老身張元伯母親。自從孩兒亡化。却早過了七日。他臨亡時囑付下。直等范巨卿哥哥來主喪下葬。許多路途。又無人寄封信去。今日是個好日辰。且安葬了。等他哥哥來祭奠也無妨。〔衆街坊云〕婆婆。這轝車不肯行。拽不動了也。〔卜兒云〕再幫上幾個親眷。拽一拽。〔衆做拽不動科云〕又添上許多人。越發拽不動了。〔卜兒云〕衆位不知。他臨終時分付下幾句言語。直等待范巨卿哥哥來。靈車動。他纔肯入壙坵。只是千里路途。怎生便得他來。〔衆街坊云〕俺衆人拽不動。老人家你看着。俺衆人且回家裏吃了飯再來拽。〔下〕〔正末騎馬上云〕小生范巨卿。今來與元伯奔喪弔孝。一路上好是凄凉也呵。〔唱〕

【商調集賢賓】兄弟也我和你二十年死生交同志友。咱兩個再相見永無由。一靈兒伴孤雲冥冥杳杳。趁悲風蕩蕩悠悠。恨不的摔碎我袖裏絲鞭。走乏我坐下驊騮。兄弟也爲你呵整整的三晝夜水漿不到口。沿路上幾曾道半霎兒停留。身穿的絲麻三月服。心懷着今古一天愁。

〔云〕這正是心急馬行遲。再加上幾鞭者。〔唱〕

【逍遥樂】打的這馬不剌剌風團兒馳驟。百般的抹不過山腰。盼不到地頭。知他那裏也故塚新坵。仰天號哭破咽喉。更那堪樹梢頭陰風不住吼。恰荒郊雪霽雲收。猛聽的哭聲哽咽。遥望見旛影飄揚。眼見的滯魄夷猶。〔云〕遠遠的聽見許多人鬧。莫非是元伯的靈柩。呀。只見一首旛上面有字。寫着道張元伯引魂之旛。元來果有此事。〔下馬至車前哭科卜兒云〕原來是巨卿哥哥來了。知他是睡裏也那是夢裏。〔正末唱〕

【金菊香】三生夢斷九泉幽。兄弟也誰想你一日無常萬事休。〔卜兒云〕哥哥。許多人拽不動這靈柩。〔正末云〕這靈車不動呵。〔唱〕莫不爲尊堂妻子留。這三件事我索承頭。你身亡之後不須憂。

〔做哭科云〕兄弟。兀的不痛殺我也。〔衆街坊云〕巨卿省煩惱。〔正末云〕母親。安排祭祀來。小生于路上思想兄弟。做了一通祭文。祭祀兄弟咱。〔祝云〕維永平元年。歲次戊午。十月癸亥朔。越五日丁卯。不才范式。謹以清酌庶饈。致祭于張元伯靈柩之前。維公三十成名。四十不進。獨善其身。專遵母訓。至孝至仁。無私無遜。功名未立。壯年壽盡。吁嗟元伯。魂歸九泉。吾今在世。若蒙皇宣。將公之德。薦舉君前。門安綽楔。墓頂加官。二人爲友。萬載期言。嗚呼哀哉。伏惟尚享。〔做哭科唱〕

【梧葉兒】舉孝廉曾三聘。論文才第一流。我道你不拜相決封侯。正滄海魚龍夜。趁西風鵰鶚秋。此一去不回頭。好教我這煩惱越感的天長地久。

〔云〕你衆人打開棺函。我試看咱。〔卜兒云〕哥哥不可。已死過許多時。則怕屍氣撲着你也。〔正

末云〕母親。便有屍氣撲死我。我和兄弟一處埋葬更好哩。〔衆開棺正末看跌倒科唱〕

【掛金索】我見他皮殻骷髏。面色兒黄乾乾渾消瘦。恰便似刀攪我這心腸。痛殺殺難禁受。恨子恨這個月之間。少個人來問候。早知你病在膏肓。我可便捨性命將伊救。

〔卜兒云〕哥哥。千里之途不曾有信。哥哥。你便怎生知道來。〔正末云〕您孩兒正在草堂上與第五倫大人談話。覺一陣昏沈。見兄弟來託一夢。所說身死一事。忽然醒來。乃是一夢。因此上您孩兒星夜前來。俺兄弟先有顯應也。〔卜兒云〕這等異事。古今少有。哥哥。你試說一遍咱。〔正末唱〕

【村裏迓鼓】兄弟也。不争你在黄泉埋没。却教我在紅塵奔走。想着那世人幾個能全德。更幾人全壽。可惜你腹中大才。胸中清氣。都做了江山之秀。閃的我急急如漏網魚。呀呀似失羣雁。忙忙似喪家狗。〔云〕只這一夢呵。〔唱〕不由人不痛心疾首。

〔卜兒云〕除了做夢一節。還有顯應麽。〔正末唱〕

【元和令】數日前落長星大似斗。流光射夜如晝。原來是喪賢人地慘共天愁。空餘下劍掛盡汝陽城外柳。則這青山一帶也白頭。滿街人雨淚流。

〔衆街坊云〕巨卿。上千的人拽不動靈車。誰想有這等靈驗。〔正末唱〕

【上馬嬌】休道是人一舟。便有那力萬牛。百般的拽不動轝車軸。〔帶云〕兄弟。〔唱〕則你那陰魂耿耿將咱候。志已酬。將你那靈聖暫時收。

〔衆街坊云〕好大風也。〔正末唱〕

【遊四門】踈刺刺陰風吹過冷颼颼。支生生頭髮似人揪。靜悄悄荒林曠野申時候。昏慘慘落日墜城頭。早亂紛紛寒雁下汀洲。

【勝葫蘆】都做了野草閒花滿地愁。你爲甚不肯上墳坵。枉教那一二千人都落後。這的是誰親誰舊。誰薄誰厚。〔帶云〕兄弟也。〔唱〕不能勾相守到白頭。

〔云〕再將酒來。我與兄弟澆奠咱。〔唱〕

【後庭花】祭酒奠到五六斗。輓詩吟到十數首。可惜耗散了風雲氣。沈埋了經濟手。咱兩個論交遊。不在諸人之右。播聲名横宇宙。吐虹霓貫斗牛。卧白雲商嶺頭。釣西風渭水秋。笑嚴光傲許由。到如今一筆勾。

〔云〕兄弟。你今日下葬呵。〔唱〕

【青哥兒】雖不曾功名功名成就。早已將世情世情參透。覷的個一介寒儒過如萬户侯。既今日歸休。人死不終留。咱意氣相投。你知我心憂。來歲到神州。將高節清修。向白玉堦前拜冕旒。我與你叮嚀奏。

【柳葉兒】呀。似這般光前裕後。一靈兒可也知不。〔云〕兄弟。你若有靈聖。跟您哥哥到墳頭去來。若無靈聖。只似這般拽不動者。〔做拽靈車科唱〕我親身自把靈車扣。〔衆街坊云〕異事。你看靈車行動了也。〔正末唱〕一來是神明祐。二來是鬼推軸。〔云〕兄弟跟我來。跟我來。

〔唱〕我與你扢刺刺直拽到墳頭。

〔衆街坊云〕可早來這墳院中。埋了這棺槨。一壁厢掩土。燒紙燒紙。〔做葬科卜兒云〕下了葬了。停當了也。哥哥。咱和你回去來。〔正末唱〕

【醋葫蘆】母親你伴魂旛即便回。孀子共姪兒休落後。〔謝辭衆科唱〕我這裏謝相識親友省僝僽。我今夜只伴着衰草白楊在這墳院宿。〔衆街坊云〕巨卿。他的親眷都家去了。你没來由倒在這裏歇。〔正末云〕我不爲别的。〔唱〕自恨我奔喪來後。又不是沽名弔譽没來由。

〔卜兒云〕哥哥。你三晝夜不曾歇息。你若不回家去呵老身也不回去。〔正末唱〕

【幺篇】待不去呵逆不過這老母情。〔云〕着兄弟説。不甫能盼得你來。守不的我一夜。〔唱〕待去呵我又怕應不得兄弟口。想着俺那對寒窗風雨幾春秋。則落得墓門前一杯澆奠酒。從今别後。要相逢則除是枕蓆間夢黄昏。雞報曉五更頭。

〔衆街坊云〕巨卿。咱且回去。改日再來。〔正末云〕衆位你不知。元伯在墳院中。一年四季。怎生捱這等凄楚。〔衆街坊云〕他是個死人。這一年四季。曉得甚麽凄凉。〔正末唱〕

【幺篇】到春來怎聽那杜鵑啼山月曉。到夏來怎禁那亂蟬聲暮雨收。到秋來怎聽那寒蛩啾唧泣清秋。到冬來你看那寒鴉萬點都在老樹頭。這幾般兒經年依舊。漫漫長夜幾時休。

〔衆街坊云〕巨卿。天色晚了也。咱回去來。〔正末唱〕

【高過浪來裏】則被你君章子徵將我緊追逐。並不曾厮離了左右。今日不得已且隨衆還家。到來日絶早到墳頭。道是我與你廬墓丁憂。這一片心雖過當果無虚謬。更那堪朔風草木偃。落日虎狼愁。覷了這四野田疇。三尺荒坵。魂魄悠悠。誰問誰瞅。

〔帶云〕兄弟。〔唱〕空着我欲去也傷心再回首。

〔卜兒云〕巨卿。我豈知元伯孩兒撇了老身并媳婦兒先去了也。〔正末唱〕

【隨調煞】可憐朱顏妻未老。青春子年幼。撇下個白頭老母正堪憂。眼中淚和我心上愁。這兩般兒合輳做一江春水向東流。〔同下〕

〔音釋〕摔音洒　剌音辣　號平聲　郇與村同　楔音屑　骷音枯　髏音婁　禁平聲　肓音荒　軸直由切　過平聲　不甫鳩切　僝鋤山切　僽音驟　宿羞上聲　當去聲

第四折

〔第五倫領祗從上云〕小官第五倫。自從范巨卿與張元伯奔喪去了。我隨着人打聽。果有此事。他如今現在墳院中栽松種柏。築壘墳墻。早已百日有餘也。老夫在聖人前奏過。言巨卿至仁至德。古今無比。就着老夫將頭踏傘蓋。皇宣丹詔。直至汝陽元伯墳内。徵聘此人臨朝。加官賜賞。又着老夫順帶玄纁丹詔。隨路有高才大德。即便舉入朝中重用。老夫既奉朝命。不敢久停久住。直至汝陽徵聘巨卿。走一遭去來。〔下〕〔正末上云〕自從元伯亡過。小生在這墳院中栽松種柏。壘墓修墳。却早過了百日光景。〔詩云〕元伯蕭然一命亡。有才無壽兩堪傷。妻夫鏡裏鸞孤影。朋友叢中雁失行。三尺素絲書姓字。一堆黄土蓋文章。晚來不敢高聲哭。只恐猿聞也斷腸。〔唱〕

【中吕粉蝶兒】直哭的山月蒼蒼。野猿啼老松枝上。滿郊祠風捲白楊。弔英魂。歌楚些。不勝悲愴。若不是築室居喪。枉惹的黄泉下故人失望。

【醉春風】我只待壘高塚卧麒麟。栽長松引鳳凰。〔云〕人都道自古及今。那得兄弟廬墓禮來。〔唱〕這死生交金石友至誠心。怎道的謊。謊。今日箇浮埏。有朝得志。我將你恁時改葬。

【紅繡鞋】我若是爲宰爲卿爲相。〔帶云〕元伯也。〔唱〕我與你立石人石虎石羊。撇下個九歲子四旬妻八十娘。另巍巍分一宅小院。高聳聳蓋一座萱堂。我情願奉晨昏親侍養。

〔第五倫躧馬兒引祇從孔仲山上云〕老夫第五倫是也。奉聖人的命。與范巨卿加官賜賞。説話中間。可早來到也。令人。接了馬者。〔正末云〕只見遠遠的一簇人馬來到這墳前。不知爲何。〔唱〕

【石榴花】我則見蕩晨光一道驛塵黃。鬧吵吵人馬扣墳墻。〔做見五倫科唱〕我這裏曲躬躬叉手問端詳。〔第五倫云〕奉聖人的命。採訪賢士來。〔正末唱〕道當今聖上訪問賢良。〔第五倫云〕賢士接了宣詔者。〔正末唱〕聽的道接皇宣諕的我魂飄蕩。〔第五倫云〕快脱了喪服。〔正末唱〕脱喪服手脚張狂。〔第五倫云〕昔日文王訪太公于磻溪。立周朝之政。賢士比太公何別。〔正末唱〕我又不曾映斜陽垂釣磻溪上。怎生墳院裏遇着文王。

〔第五倫云〕賢士。今日加官賜賞。便好道崢嶸有日。奮發有時。〔正末唱〕

【鬭鵪鶉】人都道我暮景桑榆。合有些崢嶸氣象。可正是樂極悲生。今日個泰來否往。〔第五倫云〕爲你在此築壘墳墻。栽松種柏。百日有餘。小官奏知聖人。特來宣命。〔正末唱〕壘築了這五六板墳墻。奏與帝王。又不曾學傅説作楫爲霖。誤陛下眠思夢想。

〔第五倫云〕賢士不可遲延怠慢。便索臨朝。同見聖人去來。〔正末唱〕

【上小樓】過舉他門下侍郎。落保了也朝中宰相。〔第五倫云〕因賢士高才大德。舉薦爲官。

〔正末唱〕**有甚麽孝廉方正。德行才能。政事文章。**〔第五倫云〕若得賢士爲官。黎民有望也。〔正末唱〕**怎消的一方之地。百萬生靈。將咱倚仗。**〔第五倫云〕賢士。您有尹鐸之才。當以重用。〔正末唱〕**我又無尹鐸才怎生保障。**

〔第五倫云〕請賢士上馬。〔正末云〕念吾弟威靈可表。范式丹誠。本來廬墓。但朝廷有詔。禮不容違。苟得志于朝。必不使吾弟湮滅九泉之下。〔做辭墓科〕〔第五倫云〕祇從人擺開頭踏。慢慢的行。〔孔仲山喝云〕避路。〔正末唱〕

【幺篇】列旌旗一望中。擺頭踏半里長。我則見馬前虞候。志氣昂昂。狀貌堂堂。問姓名。是故人。别來無恙。〔云〕那喝道的敢是孔仲山麽。〔孔仲山云〕然也。〔正末驚問云〕呀。兄弟。你怎做馬前一卒。〔孔仲山云〕因爲王韜賴了我萬言長策。所以不能爲官。您兄弟該當馬前虞候的身役。哥哥。您請穩便。〔正末唱〕**我怎敢恰爲官貴人多忘。**

〔第五倫云〕賢士。他是何人。〔正末云〕相公不知。此人是孔宣聖一十七代賢孫孔仲山是也。這秀才文章勝在下十倍。被判院門下女壻王韜賴了他萬言長策。以此不能爲官。〔第五倫云〕便着人拿王韜來。我奏知聖人。依律重責。賢士。想王韜這厮。則待閉塞賢門。情理可惡。〔正末云〕相公。據孔仲山之才。當以重用。〔第五倫云〕既然賢士説孔仲山才德過人。小官順帶有玄纁丹詔在此。就着孔仲山受了宣詔。俺三人一同上馬。見聖人去來。〔正末云〕既如此。賢弟你可脱了衣服。换了朝章者。〔孔仲山做换衣服科〕〔正末唱〕

【十二月】忙換了麻衣布裳。便穿上束帶朝章。拜受了玄纁一箱。跪聽了丹詔十行。〔第五倫云〕孔仲山。您望闕謝了聖人的恩者。〔正末唱〕面朝着東都洛陽。三舞蹈頓首誠惶。

【堯民歌】多謝你荆州太守漢循良。舉薦我布衣芒屩到朝堂。死生交端不比孫龐。清廉吏須當効龔黃。行藏。行藏。暗酌量。也不是咱虚謙讓。

〔第五倫云〕范巨卿。爲你高才大德。信義雙全。老夫奉聖人的命。與賢士加官賜賞。〔正末唱〕

【耍孩兒】愧微臣敕賜加官賞。〔帶云〕只是張劭呵。〔唱〕他未霑恩我豈敢承當。念生平籍貫在山陽。幼年間父母雙亡。三公若是無伊吕。四海誰知有范張。〔第五倫云〕那張劭的才能德行。比你如何。〔正末唱〕臣比張劭無名望。張劭德重如曾顔閔冉。才高似賈馬班楊。

〔第五倫云〕張劭有多大年紀了。〔正末唱〕

【二煞】犬馬年雖是長。論學問他更强。私心願奉爲宗匠。想漢朝豈無良史書名姓。衆文武自有傍人話短長。臣舉孔仲山可作頭廳相。〔第五倫云〕那孔嵩比你如何。〔正末唱〕似臣呵常人有數。論此人國士無雙。

〔第五倫云〕雖然無了張元伯。可得了孔仲山。却正是得一賢。失一賢。〔正末唱〕

【一煞】雖然是得一賢失一賢。〔孔仲山云〕可惜無了元伯哥哥。〔正末唱〕您也何須的涕兩行淚兩行。得蜀望隴休多想。〔帶云〕死了元伯呵。〔唱〕恰便似攧折了千尋白玉擎天柱。〔帶云〕用了孔仲山呵。〔唱〕賠與你個萬丈黄金架海梁。豈不聞晏平仲爲齊相。乘車人憂心悄悄。倒是御車吏壯志揚揚。

〔第五倫云〕令人。與我拿的王韜安在。〔祗候拿王仲略上云〕稟爺。拿的王韜到了也。當面。〔王仲略不肯跪科祗從云〕你怎麽不跪。〔王仲略云〕壽不壓職。也罷也罷。我跪着。〔第五倫云〕兀那王韜。你怎敢混賴了孔仲山萬言長策。〔王仲略云〕您這個老大人差了。我若不賴他的文章。我可怎麽能勾做官。便總甲我也不得做。〔第五倫云〕您等俱望闕跪者。聽聖人的命。〔斷云〕聖天子思求良輔。下弓旌廣開賢路。何止是聘及山林。但聞名不遺坵墓。汝陽郡張劭雖亡。有范式亟稱其素。可遥封翰院編修。賜母妻並霑榮禄。遺弱息君章子徵。可即授陳留主簿。范式拜御史中丞。其孔嵩尚書吏部。王仲略詐冒爲官。杖一百終身廢錮。見天恩浩蕩無私。與羣臣相安舉錯。

〔正末等謝恩科唱〕

【煞尾】我爲甚覷功名不在心。也則念窮交不忍忘。因此乞天恩先到泉臺上。纔留的這雞黍深盟與那後人講。

〔音釋〕些梭去聲　磻音盤　否滂米切　行去聲　鐸多勞切　忘去聲　屩音皎　蜀繩朱切　錮音固

題目　義烈傳子母褒揚

正名　死生交范張雞黍

玉簫女兩世姻緣雜劇

喬夢符撰

第一折

〔老旦扮卜兒上詩云〕少年歌舞老年身。喜笑常生滿面春。胭粉豈爲無價寶。郎君自是有情人。老身許氏。夫主姓韓。是這洛陽城箇中人家。不幸夫主早亡。止有一個親生女兒。小字玉簫。做個上廳行首。我這女兒吹彈歌舞。書畫琴棋。無不精妙。更是風流旖旎。機巧聰明。但是見他的郎君。無一個不愛的。只是孩兒有一件病。生性兒好吃口酸黄菜。如今伴着一個秀才。是西川成都人。好不纏的火熱。今日是對門王媽媽生辰。我着孩兒去送手帕。只當告箇半日假。他百般不肯去。只要守着那秀才。我索自家走一遭去。〔下〕〔末扮韋皋引正旦扮玉簫梅香同上詩云〕學成折桂手。閒作惜花人。巫峽臺端夢。襄王病裏身。小生姓韋名皋。字武成。祖貫西川成都人也。幼習儒業。博覽羣書。奈生來酷好花酒。不能忘情。先年遊學至此。幸遇大姐韓玉簫不棄。做了一程夫妻。彼此赤心相待。白首相期。只是他母親有些間阻。今日他母親不在。我與大姐排遣一會者。〔正旦云〕解元。我待與王媽媽遞手帕去來。只怕來的遲。教你盼望。着娘替我去了。〔末云〕多謝大姐眷愛。〔正旦云〕梅香。安排酒來。我與您姐夫飲幾盃者。〔梅香云〕酒在此。〔正旦把盞科末云〕大姐。先飲此盃。〔正旦云〕我與解元同飲。〔末云〕咱閒口論閒話。似大姐這般玉質

花容。清歌妙舞。在這歌妓中可是少也。〔正旦云〕解元。俺這門衣食。不知幾時是了也呵。〔唱〕

【仙呂點絳唇】雲鬢花鈿。舞裙歌扇。我却也無心戀。怕不道春正芳妍。只落得人輕賤。

【混江龍】我不比等閒行院。煞教我占場兒住老麗春園。賣虛脾眉尖眼角。散和氣席上尊前。是學的擊玉敲金三百段。常則是撩雲撥雨二十年。這家風願天下有眼的休教見。我想來但得個夫妻美滿。煞强如旦末雙全。

〔末云〕我想大姐如此花貌。如此清音。尚不願樂。有那等老妓萬分不及大姐。似他每怎覓那衣食來。〔正旦唱〕

【油葫蘆】有那等滴溜的猱兒不覓錢。他每都錯怨天。情知那乾村沙怎做的玉天仙。那裏有野鴛鴦眼禿刷的在黃金殿。則這夥木鸜哥嘴骨邦的在仙音院。搽一箇紅頰腮似赤馬猴。舒着雙黑爪老似通臂猿。抱着面紫檀槽彈不的昭君怨。鳳凰簫吹不出鷓鴣天。

【天下樂】哎。也算做閱向秦樓列管絃。〔帶云〕到那三盃酒後呵。〔唱〕覷不的那抓撳。鬏髻偏。便似那披荷葉搭剌着個褐袖肩。〔末云〕他這等模樣。倘那子弟道你歌舞一會咱。他却如何。〔正旦云〕他便道我醉了。歌舞不的了。倘若再三央浼呵。〔唱〕狗沁歌嚎了幾聲。雞爪風扭了半邊。〔云〕投至臨散時。可有一件好處。〔末云〕有甚好處。〔正旦唱〕抓着塊羊骨頭一道煙。

〔末云〕這的不足言了。如大姐這般人物聲價。那子弟每便怎能勾到的根前。〔正旦云〕不是我賣弄。但是郎君每來行走。焉敢造次近傍的我。〔末云〕你是怎的。〔正旦云〕那子弟每到我行呵。〔唱〕

【那吒令】見一面半面。棄茶船米船。着一拳半拳。毁山田水田。待一年半年。賣南園北園。我着他白玉粧了翡翠樓。黄金壘了鴛鴦殿。珍珠砌了流水桃源。

【鵲踏枝】他見我舞蹁躚。看的做玉嬋娟。抹一塊鼻凹裏沙糖。流兩行口角底頑涎。有那等花木瓜長安少年。他每不斟量隔屋攛椽。

〔末云〕大姐。這子弟每得能到你家裏。可是不容易也。〔正旦云〕子弟每來俺家裏。豈止不容易。還有那些着傷哩。〔唱〕

【寄生草】我溜一眼偎着他三魂喪。放一交嚮的他八步遠。如今些浪包嘍難註煙花選。哨禽兒怎入鶯花傳。賺郎君不索桃花片。但來的忽刺刺腦門上喫一箇震天雷。响咻咻心窩裏中幾下連珠箭。

〔末云〕大姐。你怎麽這等利害。〔正旦云〕還不見俺娘更是利害哩。〔唱〕

【幺篇】俺娘休想投空寨。常則待拽大拳。恰便是老妖精曾吵鬧了蟠桃宴。憑着那巧舌頭敢聒噪了森羅殿。拖着條黄桑棒直輪磨到悲田院。藕池中鋸折並頭蓮。泥窩裏搯殺雙飛燕。

〔云〕梅香。將熱酒來。我與您姐夫再把一盞。〔末云〕多承大姐厚愛。我委實吃不的了。〔正旦云〕解元。趁此清暇。好歹多飲幾盃咱。〔唱〕

【得勝樂】將羅袖捲。香醪勸。請學士官人穩便。這的是釀清泉朝來新鏇。直喫的金盞裏倒垂蓮。

〔卜兒上打咳嗽科〕〔正旦唱〕

【醉中天】這些時聒吵到三百遍。要成合只除是九千年。要茶飯揀口兒支分要衣服換套兒穿。那些兒不稱你個婆婆願。我與你積攢下銅斗般家私過遣。每日價神頭鬼面。

〔卜兒云〕兒嘜。娘有話說。〔正旦唱〕怎生的將我來直恁熬煎。

〔末云〕媽媽有甚見教。〔卜兒云〕韋姐夫。不是我老婆子多言。你忒没志氣。如今朝廷掛榜招賢。選用人材。對門王大姐家張姐夫。間壁李二姐家趙姐夫。都趕選登科去了。你還只在俺家纏。俺家愛你那些來。不過爲着這個醋瓶子。不争别人求了官來。對門間壁都有些酸辣氣味。只是俺一家兒淡不剌的。知道的便説你没志氣。不知道的還説俺家誤了你的前程。〔末向旦云〕大姐。你娘支我哩。〔正旦云〕解元放心。見有我哩。睬他怎的。〔末云〕小生在此。實難久住。不如趁此離門。倒也好看。〔正旦云〕解元。你怎便下的捨了我去也。〔末云〕男子漢也有個立身揚名時節。既是黄榜招賢。我索走一遭去。倘得一官半職。大姐。則你便是夫人縣君也。〔正旦云〕解元既去。待我與你收拾些盤費。更到十里長亭餞一盃咱。〔旦打悲科云〕天那。都只爲愛錢的娘。阻隔了人也。〔做送行科唱〕

【後庭花】今日在汴河邊倚畫船。明日在天津橋聞杜鵑。最苦是相思病。極高的離恨天。空教我淚漣漣。凄凉殺花間鶯燕。散東風榆莢錢。鎖春愁楊柳煙。斷腸在過雁前。銷魂向落照邊。苦懨懨恨怎言。急煎煎情慘然。

〔打悲科唱〕

【青歌兒】天那。人在這離亭離亭開宴。酒和愁怎生怎生呑嚥。狠毒娘下的也麼天。情緒綿綿。想柳畔花邊。月下星前。共枕同眠。攜手凭肩。離暮雨亭軒。望落日山川。問離鞍何日是歸年。俺和你重相見。

〔末云〕大姐。你放心者。我此一去得了官。便來取你。〔正旦云〕解元。你若得官呵。便休負了我也。〔末云〕我怎敢負了大姐。〔正旦唱〕

【賺煞】眼見的天闊雁書遲。赤緊的日近長安遠。則怕我受官誥的緣薄分淺。則愿的一舉成名在日邊。〔帶云〕你寄音書呵。〔唱〕休愛惜象管鸞箋。〔末云〕大姐。屈着指頭兒數。

不出三年。我便來也。〔正旦唱〕則願的早三年。人月團圓。休教妾常倚東風泣斷絃。你休戀京師帝輦。別求夫人宅眷。把咱好姻緣翻做了惡姻緣。〔下〕

〔音釋〕旖音以　旎音你　行音杭　十繩知切　猱音撓　鷓音柘　鴣音姑　抓莊瓜切　掀音軒　鬏音狄　沁侵去聲　躚音仙　凹汪卦切　涎徐煎切　攛粗酸切　哨雙罩切　啉音床　中去聲　鋸音遽　掐音恰　釀尼降切　鏇旋去聲　餞音賤　莢音結　輦連上聲

第二折

〔正旦扮病梅香扶上云〕自從韋秀才去後。早已數年。杳無音信。妾身思成一病。雖是不疼不痒。却又不茶不飯。則被這相思病害殺我也。〔梅香云〕姐姐。進些湯藥咱。〔正旦云〕你不知。我這病癥非湯藥能醫。〔卜兒上云〕兒嚛。你害的是甚的病。怎麽這等憔悴了。我則願咱家一年勝似一年。兒嚛。你怎麽一日不如一日。你娘憑着誰過日子。兒嚛。好歹閙閧些兒。〔正旦云〕娘呵。不要吵聒我。省些話兒罷。我盹睡咱。〔旦做睡作醒科云〕梅香。我恰纔待睡一會。是甚麽驚覺我來。〔梅香云〕姐姐。不是這窗前花影。敢是那樓外鶯聲。〔正旦唱〕

【商調集賢賓】隔紗窗日高花弄影。聽何處囀流鶯。虛飄飄半衾幽夢。困騰騰一枕春醒。趁着那遊絲兒恰飛過竹塢桃溪。隨着這蝴蝶兒又來到月榭風亭。覺來時倚着這翠雲十二屏。恍惚似墜露飛螢。多嗒是寸腸千萬結。只落的長嘆兩三聲。

【逍遥樂】猶古自身心不定。倚遍危樓。望不見長安帝京。何處也薄情。多應戀金屋銀屏。想則想於咱不志誠。空説下磣磕磕海誓山盟。赤緊的關河又遠。歲月如流。魚雁無憑。

〔梅香云〕姐姐。你這等情況無聊。我將管絃來。你略吹彈一回消遣咱。〔扶旦看砌末科〕〔旦長吁云〕與我拿在一邊者。〔唱〕

【尚京馬】我覷不的雁行絃斷卧瑶箏。鳳嘴聲殘冷玉笙。獸面香消閒翠鼎。門半掩悄悄冥冥。斷腸人和淚夢初醒。

〔卜兒上云〕兒嚛。你這病勢却是何如。〔正旦唱〕

【梧葉兒】火燎也似身軀熱。錐剜也似額角疼。即漸裏瘦了身形。這幾日茶飯上不待吃。睡卧又不甚寧。〔卜兒云〕我請醫者看看你這脈息。知他是甚麽癥候。〔正旦唱〕若將這脈來憑。多管是廢寢忘餐病癥。

〔卜兒云〕梅香。好生伏事您姐姐。我下邊看些湯藥來。〔虚下〕〔梅香云〕姐姐。你怎麽這等想俺姐夫。〔正旦云〕我實瞞不的你。據着他那人物才學。如何教我不想也。〔唱〕

【醋葫蘆】看了他容貌兒實是撑。衣冠兒别樣整。更風流更灑落更聰明。唱一篇小曲兒宫調清。一團兒軟款温柔情性。兀的不坑了人性命引了人魂靈。

【金菊香】想着他錦心繡腹那才能。怎教我月下花前不動情。信口裏小曲兒編捏成。端的是剪雪裁冰。惺惺的自古惜惺惺。

〔梅香云〕俺姐夫這等知音。可知姐姐想他哩。〔正旦云〕你還不曾見他在我身上那樣的疼熱哩。〔唱〕

【浪裏來】假若我乍吹簫別院聲。他便眼巴巴簾下等。直等到星移斗轉二三更。入門來畫堂春自生。緊緊的將咱摟定。那温存那將惜那勞承。

〔帶云〕解元呵。想起你那般風韻。害殺我也。〔唱〕

【後庭花】想着他和薔薇花露清。點胭脂紅蠟冷。整花朵心偏耐。畫蛾眉手慣經。梳洗罷將玉肩凭。恰似對鴛鴦交頸。到如今玉肌骨減了九停。粉香消没了半星。空凝盼秋水横。甚情將雲鬢整。骨岩岩瘦不勝。悶懨懨扮不成。

〔卜兒上云〕兒嚛。我辦了些湯水來。你吃上幾口兒咱。〔正旦云〕妳妳。不拘甚麽飲食。我吃不下去了。但覺這病越越的沉重了。你拿幅絹來。我待自畫一個影身圖兒。寄與那秀才咱。〔做對砌末畫像科唱〕

【金菊香】怕不待幾番落筆强施呈。争奈一段傷心畫不能。腮斗上淚痕粉漬定。没顔色鬢亂釵横。和我這眼皮眉黛欠分明。

〔云〕我再做一首詞。一併將去。詞名長相思。〔詞云〕長相思。短相思。長短相思楊柳枝。斷腸千萬絲。生相思。死相思。生死相思無了時。寄君腸斷詞。梅香。將鏡兒來我照一照。則怕近日容顏不似這畫中模樣了也。〔覽鏡長吁科唱〕

【柳葉兒】兀的不寂寞了菱花粧鏡。自覷了自害心疼。將一片志誠心寫入了冰綃幀。這一篇相思令。寄與多情。道是人憔悴不似丹青。

〔對卜兒云〕妳妳。你將些盤費。倩一箇人把我這幅真容和這篇詞。往京師尋那韋秀才去。〔卜兒云〕王小二在那裏。〔丑扮王小二上云〕只我便是王小二。妳妳。你叫我做甚麼。〔卜兒云〕俺那女兒要央你去京師尋那韋秀才。你去的麼。〔小二云〕天下路程。我都曾走過。〔卜兒引見旦分付畫科云〕小二哥。你到京師。好生尋着那韋秀才。道我心事咱。〔唱〕

【浪裏來】你道箇題橋的没信行。駕車的無準成。我把他漢相如厮敬重不多爭。我比那卓文君有上稍没了四星。空教我叫天來不應。秀才呵豈不聞舉頭三尺有神明。

〔小二云〕大姐。你自將息。我到京師尋着韋秀才。就和他來也。〔正旦打悲科云〕縱是來時。我也不得見了。〔唱〕

【高過隨調煞】心事人拔了短籌。有情人太薄倖。他説道三年來到如今五載不回程。好教咱上天遠。入地近。潑殘生恰便似風内燈。〔帶云〕小二哥。〔唱〕比及你見俺那虧心的短命。則我這一靈兒先飛出洛陽城。〔做死科下〕

〔卜兒云〕玉簫孩兒已是死了。我索高原選地。破木爲棺。葬埋了者。兒喋。則被你閃殺我也。〔下〕

〔音釋〕鬧争上聲　閡音儐　盹敦上聲　囀專去聲　酲音呈　磣森上聲　剜碗平聲　漬音恣　黛音代　峥争去聲

第三折

〔末戎裝引卒子上詩云〕萬里功名衣錦歸。當年心事苦相違。月明獨憶吹簫侶。聲斷秦樓鳳已飛。自家韋皋的便是。自離了玉簫大姐。到的京都。一舉狀元及第。蒙聖恩除爲翰林院編修之職。後因吐蕃作亂。某願爲國家樹立邊功。乃領兵西征。一戰而收西夏。又蒙聖恩加爲鎮西大元帥。鎮守吐蕃。安制邊疆。自得官至于今日。早已十有八年。想我當初與玉簫臨别之言。期在三年以裏相見。初則以王命遠征。無暇寄個音信。及至坐鎮時節。方纔差人取他母子去。〔作掩面悲科云〕不想那玉簫爲我憂念成疾。一卧不起。他那媽媽亦不知其所在。某想念其情。至今未曾婚娶。日夜憂思。不覺鬢髮斑白。我看這駟馬香車。五花官誥。可教何人請受也。今聖恩詔某班師回朝。路過荆州。節度使張延賞乃某昔年同學故人。不免探望他一遭。傳與前軍。望荆州進發者。〔卜兒上云〕老身韓媽媽是也。自我玉簫孩兒身死之後。我將他自畫的那幅真容。往京師尋韋秀才去。不想秀才應過舉得了官。蒙朝廷欽命領兵西征吐蕃去了。我欲往那裏尋他。一來途路迢遥。二來干戈擾攘。况我是個老婦人家。怎受的那般驅馳辛苦。以此不曾去的。今聞得他班師回朝。我不免就軍門前見他者。大哥煩你通報元帥知道。有韓媽媽特來求見。〔卒子報見科〕〔末云〕媽媽。你在那裏來。〔卜兒云〕萬苦千辛。非一言可盡。有我女兒遺下的真容。你自看者。〔末對砌末發悲科云〕大姐。教你痛殺我也。媽媽就留在軍中。待我回朝之日。與你養贍終身便了。〔並下〕〔外扮張延賞引卒子上詩云〕披文握武鎮荆襄。立地擎天作棟梁。寶劍磨來江水白。錦袍分出漢宮香。老夫姓張名權。字延賞。祖貫西川人氏。幼習儒業。兼讀兵書。早年一舉成名。蒙聖恩見我人材器識。尚以太平公主。官拜虞部尚書。後因邊關不靖。出爲荆襄節度使。兼控制西川。有一個義女。小字玉簫。原是優門人家。善吹彈歌舞。更智慧聰明。每開家宴。或是邀會親貴高賓。出以侑酒。無不傾醉。今有鎮西大元帥韋皋。蒙詔頒師。路經于此。此人乃幼年同學故人。某頗有一日之長。他今駐節城外。聞説乘晚要來拜望老夫。我早已差人邀請去了。不免大開夜宴。待兄弟來時。就出玉簫佐酒。以叙十數年渴懷。左右。待韋元帥來時。報我知道。〔末上云〕自家韋皋。早至荆州。即欲投拜延賞哥哥。奈以軍情事重。未敢擅離。他却早差人來邀我。我須乘此夜色。帶的數十騎親隨人去。會見哥哥一遭。把門的。報復去。道有韋元帥來也。〔卒子報見科〕〔張延賞云〕多承元帥屈尊降臨。有失迎迓。願乞恕罪。〔末云〕久違尊顔。復得瞻拜。何幸何幸。〔張延賞云〕多謝元帥不棄。將酒來我與元帥奉一盃咱。〔作樂行酒科〕〔末云〕量你兄弟有何德能。着哥哥如此管待。〔張延賞云〕教左右喚出女孩兒來勸酒者。〔末云〕哥哥。既蒙置酒張筵。何勞又出愛女相見。此禮怕不中麽。〔張延賞云〕你我異姓兄弟。有何不可。〔喚旦科〕〔正旦扮玉簫上云〕妾身張玉簫。乃節度使之義女也。聞的堂前呼喚。不免走一遭去。不知又管待甚人。好個夜宴也呵。〔唱〕

【越調鬬鵪鶉】翡翠窗紗。鴛鴦碧瓦。孔雀金屏。芙蓉繡榻。幕捲輕綃。香焚睡鴨。燈上上。簾下下。這的是南省尚書。東牀駙馬。

〔云〕好整齊也。〔唱〕

【紫花兒序】帳前軍朱衣畫戟。門下士錦帶吳鈎。坐上客繡帽宫花。本教坊歌舞。依内苑奢華。板撒紅牙。一派簫韶准備下。則兩行美人如畫。有粉面銀筝。玉手琵琶。

〔末云〕哥哥。夜已深了。免教令愛出來也。不勞多賜酒殽。〔張延賞云〕蔬酌不堪供奉。待孩兒出來。勸上一盃。〔正旦入見科〕〔張延賞云〕這位是你叔父。乃征西大元帥。不比他人。與你叔父把一盃者。〔奏樂旦把酒科〕〔唱〕

【金焦葉】則見那宫燭明燒絳蠟。我這裏纖手高擎玉斝。見他那舉止處堂堂儁雅。我在空便裏孜孜覷罷。

〔做打認科〕〔唱〕

【調笑令】這生我那裏也曾見他。莫不是我眼睛花。手抵着牙兒是記咱。〔帶云〕好作怪也。〔唱〕不由我心兒裏相牽掛。莫不是五百年歡喜冤家。何處緑楊曾繫馬。莫不是夢兒中雲雨巫峽。

〔張延賞云〕孩兒。好生與你叔父滿把一盃。〔旦把盞末低首偷叫科云〕玉簫。〔正旦低應科云〕有。〔張延賞見科云〕你不好生把酒。説些甚的。〔正旦慌科唱〕

【小桃紅】玉簫吹徹碧桃花。端的是一刻千金價。〔末偷視科〕〔正旦唱〕他背影裏斜將眼稍抹。諕的我臉烘霞。〔張延賞云〕再滿斟酒者。〔旦把盞科唱〕俺主人酒盃嫌殺春風凹。〔末低云〕小娘子多大年紀。曾許配與誰。〔正旦低唱〕俺新年十八。未曾招嫁。〔末云〕小娘子是他親生女兒麽。〔正旦唱〕俺主人培養出牡丹芽。

〔張延賞云〕韋皋。我道你是個有道理人。教孩兒與你把盞。你如何因而調戲。看承的我爲何人。〔末云〕實不相欺。我有已亡過的妻室。乃洛陽角妓。與此女小字相同。面貌相類。因此見面生情。逢新感舊。〔正旦云〕好可憐人也。〔唱〕

【鬼三台】他説起淒涼話。和我也淚不做行兒下。兜的喚回我心猿意馬。我是朵嬌滴滴洛陽花。呀。險些的露出風流話靶。〔張延賞云〕你這等胡説。你道與你亡妻相類。不道與你做了媳婦罷。〔正旦唱〕這言詞道耍來不是耍。這公事道假來不是假。〔末云〕委實似我亡妻。非爲借言調戲。〔正旦唱〕他那裏拔樹尋根。〔張延賞云〕韋皋。這是我親生女兒。你做何人看承。〔正旦唱〕便似你指鹿道馬。
〔末云〕令愛既不曾許聘于人。末將自亡妻室以來。亦不曾再娶。倘蒙不棄。也不辱你駙馬門庭。
〔張延賞云〕休的胡説。我與你是故人。纔敢出妻見子。你如何見面生情。似你這等人。外君子而中小人。貌人形而心禽獸。即當和你絶交矣。〔正旦云〕主公息怒。〔張延賞云〕這妮子也向着他。兀的不氣殺我也。〔正旦唱〕
【禿厮兒】我勸諫他似水裏納瓜。他看覷咱如鏡裏觀花。書生自來情性耍。怎生調戲他好人家。嬌娃。
〔張延賞怒云〕如此惡客。請他做甚的。左右。將筵席撤了。〔做鬧起科〕〔正旦唱〕
【聖藥王】怎救搭。怎按納。公孫弘東閣鬧喧譁。散了玳瑁筵。漾了鸚鵡斝。踢翻銀燭絳籠紗。〔張延賞拔劍科〕〔正旦唱〕翻扯三尺劍離匣。
〔張聿殺科云〕我好意請你。你倒起這樣歹念頭。我先把你殺死。待我面奏聖人去。〔正旦云〕主公不可造次。〔唱〕
【麻郎兒】他如今管領着金戈鐵甲。簇擁着鼓吹鳴笳。他雖是違條犯法。咱無甚勢劍銅鍘。
【么篇】怎麽。性大。便殺。他有罪呵御堦前吃幾金瓜。他掌着百十萬軍權柄把。建奇功收伏了西夏。

〔末出外科云〕大小三軍。與我圍了宅子。拿出老匹夫來。碎屍萬段者。〔軍士作喊圍宅科〕〔正旦唱〕

【絡絲娘】不争你舞劍的田文意差。惱的個絶纓會將軍怒發。〔覷末科唱〕那裏有娶媳婦當筵廝喑啞。也合倩個官媒打話。

〔張延賞仗劍做意科〕〔正旦云〕主公息怒。待玉簫自去。同他只消的兩三句。可着他散了軍馬。〔出見末科云〕元帥。你須是讀書之人。何故躁暴。〔末云〕老匹夫無禮。小娘子本爲義女。他却詐作親生。其間必有暗昧。我求親事。他不許我還可。乃敢輒自拔劍將我趕殺。我如今只着他片時間寸草無遺。〔三軍作喊殺科〕〔正旦唱〕

【東原樂】俺家裹酒色春無價。休胡説生香玉有瑕。他丈人萬萬歲君王當今駕。這的是玉葉金枝宰相衙。你這般廝踏踏。惡噷噷在碧油幢下。

【拙魯速】論文呵有周公禮法。論武呵代天子征伐。不學雲間翔鳳。恰似井底鳴蛙。你這般摇旗吶喊。簸土揚沙。蕟蕟磨磨。叫叫喳喳。你這般耀武揚威待怎麽。將北海尊罍做了兩事家。你賣弄你那搊扎。你若是指一指該萬剮。

〔末云〕匹夫欺我太甚。我先殺此匹夫。歸朝面奏天子。我也有收伏西夏之功。當的將功折罪。

〔正旦云〕元帥不可。你奉聖旨破吐蕃。定西夏。班師回朝。便當請功受賞。如何爲求親不成。輒敢矯詔。劫殺節使。罪不容誅。豈不聞周易有云。師出以律。失律凶也。夫子云。暴虎馮河。死而無悔者。吾不與也。元帥請自思之。〔末云〕末將不才。便求小娘子以成秦晋之好。亦不玷辱了他。他如何便不相容。〔正旦云〕元帥果要問親。當去朝廷奏准。來取妾身。豈不榮耀。便俺駙馬亦豈敢違宣抗敕。不思出此。而擅自相殺。計亦左矣。〔末云〕這也説的是。大小三軍。可即解了圍者。〔正旦云〕可不好也。〔唱〕

【收尾】從來秀才每個個色膽天來大。險把我小膽兒文君諕殺。〔張延賞云〕若不看着故人分上。我必殺汝以雪吾之恥。〔正旦唱〕息怒波忒火性卓王孫。〔末云〕待我奏過朝廷。那時不道和你干休了哩。〔領衆下〕〔正旦唱〕噤聲波强風情漢司馬。〔下〕

〔張延賞云〕請的好客。請的好客。兀的不氣殺我也。我想他此一去。必然面奏朝廷。你去的。我也去的。大家奏。大家奏。〔下〕

〔音釋〕贍傷佔切　慧音惠　榻湯打切　鴨羊架切　蠟那架切　罣音賈　峽奚佳切　抹音罵　靶音霸　搭音打　納囊亞切　匣奚佳切　甲江雅切　笳音加　法方雅切　鐁音查　殺雙鮓切　發方雅切　喑音音　啞鴉上聲　踏當加切　噉歆上聲　幢音床　伐扶加切　簸音播　蓌徐靴切　搊音鄒　扎莊洒切

第四折

〔卜兒上云〕老身韓媽媽。聞得韋元帥道。張節度使家歌女玉簫。與我家孩兒面貌一個樣兒。他因求親不成。反與張節使怪怒一場。如今奏准朝廷。取張家回京。成此親事。今日蒙元帥教我將着我女兒這幅真容。當個美人圖兒。向他駙馬府前賣去。且看有人來買麼。〔叫賣畫科〕〔張延賞上云〕老夫張延賞。昨在荆州因請韋皋。着小女玉簫出而勸酒。倒惹那廝一場羞辱。不想他班師回朝。倒將此事奏知官裏。蒙聖旨詔我攜家回京。與他成此親事。此係聖人天語。誰敢違背。不免入朝走一遭者。〔作見卜科云〕是甚人喧鬧。〔左右云〕是個賣畫的婆子。〔張延賞云〕叫他過來。你這老婆子賣的是甚麼畫兒。〔卜兒云〕是幅美人圖。〔張延賞云〕將來我看。〔作看科云〕呀。好是奇怪。怎麼與俺玉簫女兒一個模樣。兀那婆子。你這美人圖兒却是甚人畫的。〔卜兒云〕是我亡過的女兒韓玉簫他親手畫的真容。寄與他夫主韋皋秀才。我來京師尋他。人說他領兵鎮守西蕃。我在此等他。早已十八年了。囊篋使的罄盡。我不免拏此當做一幅美人圖兒。賣些錢鈔作盤費。〔張延賞云〕元來如此。可知韋皋他日前見面生情也。〔卜兒云〕老爺恰纔說甚的韋皋。〔張延賞云〕你這婆子不知。你這畫中美人。與我養女玉簫一般模樣。我前在荆州請韋皋。教我女兒與他把盞。他却恁的無禮。被老夫怪怒一場。他今回朝奏知官裏。我今日正欲與他面奏此事。你就將這畫兒賣與我。可要多少錢鈔。〔卜兒云〕既我女壻見在。我待將去與他哩。便與我千金也賣不成了。〔張延賞云〕左右將這婆子帶者。與他同入朝去。見的此事真實。那韋皋不爲欺我也。〔作帶卜兒下〕〔外扮唐中宗引末一衆上云〕寡人唐中宗是也。昨有征西大元帥韋皋班師回京。奏道駙馬張延賞養女玉簫。與他亡妻韓玉簫面貌一般。他欲求成這段婚姻。寡人特取駙馬還朝。與他兩家成就此好事。不免宣的駙馬入朝。對衆文武前聽寡人裁斷。〔内侍宣科〕〔張延賞上云〕今蒙官裏宣喚。不免入朝見駕去來。〔做見駕科〕〔駕云〕駙馬。韋皋在你家欲求一門親事。不知你意下何如。〔張延賞云〕陛下。臣家見有玉簫女兒。宣的他來。教他自説。〔駕云〕宣來。〔内侍喚旦科〕〔正旦上云〕妾身張玉簫。蒙聖人恩旨。隨駙馬爹爹還朝。要與韋元帥成就親事。今聞官裏宣喚。不免見駕走一遭者。〔入見駕科〕〔駕云〕玉簫。你説當日荆州張駙馬。怎麽請那韋元帥來。〔正旦唱〕

【雙調新水令】當夜呵。那裏是太平公主家夜筵排。恰只是請了個宴鴻門殢虞姬的樊噲。拖地錦是鳳尾旗。撞門羊是虎頭牌。倚仗着御筆親差。征西夏大元帥。

〔駕云〕玉簫。你是駙馬親生女兒麽。〔正旦唱〕

【沉醉東風】玉簫習學就詩山曲海。生長在柳陌花街。燕鶯集每日忙。鴛鴦社逐朝賽。

〔駕云〕你可怎麽入的駙馬家裏。〔正旦唱〕俺那老虔婆見錢多賣。一札脚王侯宰相宅。誰敢道半米兒山河易改。

〔駕云〕玉簫。你認的那韋皋麽。〔正旦云〕妾曾會過。見時尚自認的。〔駕云〕你向班部中試認者。

〔旦起認末科〕〔唱〕

【喬牌兒】見他裹着烏紗帽那氣概。秉着白象笏那尊大。寬綽綽紫羅袍偏稱金魚帶。氣昂昂立在白玉階。

〔駕云〕玉簫。只怕不是他麽。〔正旦唱〕

【水仙子】這公曾絶纓會上戲裙釵。〔末云〕我在那裏來。〔正旦唱〕也曾細柳營中大會垓。〔末云〕我却怎生鬧起來。〔正旦唱〕你將個相公宅看覷似鶯花寨。〔末云〕是他先怒了我來。〔正旦唱〕你道是他不該。便活佛也惱下了蓮臺。〔末云〕我是大元帥。他如何便敢欺我。〔正旦唱〕也是俺官官相爲。你可甚賢賢易色。〔末云〕我是好意求親。他怎敢恁的。〔正旦唱〕因此上不遠千里而來。

〔駕云〕駙馬。他兩個説的是與不是。〔張延賞云〕陛下。朝門外有個賣畫婆子。可作一個證人。〔駕云〕宣來。〔内侍宣卜兒科〕〔見旦作悲科云〕玉簫兒嚛。你怎麽到的這裏。〔駕做意科云〕這個婆子。怎麽就認的是玉簫。如何這等煩惱。〔正旦唱〕

【攪箏琶】衆文武都驚怪。不由咱心下轉疑猜。這個即世婆婆。莫不是前世的妳妳。小字兒喚的明白。絮叨叨怨怨哀哀。似緑窗前喚回我春夢來。和我也雨淚盈腮。

〔駕云〕那個婆子。你怎麽便見這女兒。就認的他。〔卜兒云〕妾有一幅畫兒。是我女兒玉簫的真容。所以認的。〔駕云〕將來看咱。〔掛砌末衆驚科云〕怎麽這個畫中美人。和這女兒如一個模兒脱的一樣。〔正旦云〕有這等異樣的事。〔唱〕

【雁兒落】都一般胭脂桃杏腮。都一般金粉芙蓉額。都一般爲雲爲雨情。都一般傾國傾城態。

【得勝令】恰便似一個印盒兒脱將來。因春瘦骨厓厓。〔卜兒云〕這是我孩兒臨危之時畫的真容。寄與他夫主韋秀才的。〔正旦唱〕那裏是寄心事丹青幀。則是個等身圖煙月牌。出落在長街。猶古自還不徹風流債。得幾貫錢財。恰便是放從良得自在。

〔駕云〕玉簫。你既是韋元帥之妻。你如何尚在。猶是青春。〔正旦唱〕

【甜水令】他説的是。十八年前。三千里外。因此上弄玉錯投胎。〔駕云〕玉簫。你原來死後投胎。到今一十八歲。你是青春幼女。韋元帥他是已過中年的人了。你肯與他做夫妻麽。〔正旦跪云〕人命修短不齊。焉知妾不死于元帥之先。〔唱〕陛下道我。正在青春。他雖年邁。也都是天地安排。

〔駕云〕玉簫。你既願意。就配與元帥爲夫人者。〔正旦扯末做謝駕科唱〕

【折桂令】兀的不桃源洞枯樹花開。他是那八輔官員。生的來一品人材。〔卜兒云〕孩兒。你這等年貌不齊。何不别求佳壻。〔正旦唱〕他也年未衰殘。聖恩匹配。相守頭白。〔張

〔延賞云〕我是貴戚宰相之家。爲女求配。必得少年佳客。爲何嫁此老夫。〔正旦唱〕遮莫你廣成子吹簫鳳臺。姜太公流水天台。情願琴瑟和諧。連理雙栽。生則同衾。死則同埋。

〔駕云〕韋元帥。就此謝了駙馬。作岳父者。〔旦扯末科〕〔末云〕臣官居一品。位列三台。何處求婚不遂。怎肯拜他。〔正旦唱〕

【落梅風】可知可知賣弄那金花誥。〔扯張科云〕過來過來。〔唱〕休觸抹着玉鏡臺。秀才價做的來虀鹽黄菜。温太真更做道情性乖。怎敢向晋明行大驚小怪。

〔末云〕他誇他家勳貴。却又棄嫌老夫。倘事不濟。倒惹的傍人恥笑。〔正旦唱〕

【沽美酒】你麟閣上論戰策。鳳池裏試文才。〔帶云〕元帥。你煩惱怎麽。〔唱〕摇椿厮挺春風門下客。更怕甚宋弘事不諧。放心波今上自裁劃。

〔張延賞云〕則是我養女兒的不氣長也。我與你做個丈人。便一拜也落不的你哩。〔正旦唱〕

【太平令】也是他買了個賠錢貨無如之奈。笑你個强項傒不伏燒埋。那壁似狼吃了幞頭般寧耐。這壁如草地裏毬兒般打快。不索你插釵。下財納采。有甚消不的你展脚伸腰兩拜。

〔旦末共謝科〕〔駕云〕既是婚姻已就。各自歸家。做慶喜筵席。朕回宫去也。〔下〕〔正旦唱〕

【絡絲娘煞尾】不争你大鬧西川性窄。翻招了個笑坦東牀貴客。

〔張延賞云〕天下喜事。無過夫婦團圓。何况今日以兩世之姻緣。諧三生之配合。尤爲人間奇異。今古無雙。便當殺羊造酒。做個大大筵席慶賀者。〔詩云〕詔遣成親入帝都。老夫焉敢惜鸞雛。男婚女嫁尋常有。兩世姻緣自古無。

〔音釋〕殢音膩　噲音快　宅池齋切　爲音畏　色篩上聲　白巴埋切　額崖去聲　策釵上聲　客音楷　劃胡乖切　窄齋上聲

題目　韋元帥重諧配偶

正名　玉簫女兩世姻緣

宜秋山趙禮讓肥雜劇

秦簡夫撰

第一折

〔冲末扮趙孝正末趙禮擡老旦卜兒上〕〔卜兒詩云〕漢季生民可奈何。深山無處避兵戈。朝來試看青銅鏡。一夜憂愁白髮多。老身姓李。夫主姓趙。是這汴京人氏。所生下兩個孩兒。大的趙孝。小的趙禮。兩個十分孝順。争奈家業飄零。無升合之粟。方今漢世中衰。兵戈四起。士民逃竄。似此亂離。只得隨處趁熟。兩個孩兒不知擡着老身到這甚麽去處。〔趙孝云〕母親。這是宜秋山下。〔正末云〕哥哥。似這等艱難。何以度日呵。〔唱〕

【仙吕點絳唇】這些時囊篋消乏。又值着米糧增價。憂愁殺。一日三飡。幾度添白髮。

〔趙孝云〕母親。想俺弟兄兩個。空學成滿腹文章。俺只在這山中負薪。兄弟採些野菜藥苗。似此充饑。幾時是俺弟兄們發達的時節也。〔正末云〕哥哥。母親年紀高大。俺正是家貧親老。如之奈何。〔唱〕

【混江龍】待着些麤糲。眼睁睁俺子母各天涯。想起來我心如刀割。題起來我淚似懸麻。餓殺人也無米無柴腹内饑。痛殺人也好兒好女眼前花。恢恢天網。漫漫黄沙。

我一身餓死。四海無家。眼看得青雲兄長事無成。可憐我白頭老母年高大。壓的我這雙肩苦痛。走的我這兩腿酸麻。〔趙孝云〕兄弟。俺二人擡着母親。來到這宜秋山下。是好一派山景也。〔正末云〕哥哥。看了這郊外景致。好是傷感人也呵。〔唱〕

【油葫蘆】子母哀哉苦痛殺。恨轉加。我這裏舉頭一望好嗟呀。傷心老母難安插。空對着賞心山色堪圖畫。故園風落花。荒村水褪沙。俺只見斜陽一帶林梢掛。掩映着茅舍兩三家。〔卜兒云〕孩兒。你看那日落山腰。漸漸的晚了也。〔正末唱〕

【天下樂】我則見落日平林噪晚鴉。天涯。何處家。則俺那弟兄每日月好是難過咱。母親也年紀高。觔力乏。被這些窮家活把他没亂煞。〔云〕哥哥。如今有那等官員財主每。朝朝飲宴。夜夜歡娱。他每那裏知道俺這窮儒每苦楚也。〔趙孝云〕俺這窮的如此。富的可是怎生。兄弟略說一遍咱。〔正末唱〕

【那吒令】想他每富家。殺羊也那宰馬。每日裏笑恰。飛觥也那走斝。俺百姓每痛殺。無根椽片瓦。那裏有調和的五味全。但得個充饑罷。母子每苦痛哎天那。〔趙孝云〕兄弟。富豪家如此般受用。兀的不苦殺俺這窮儒百姓也。〔正末唱〕

【鵲踏枝】他可也忒矜誇。忒豪華。争知俺少米無柴。怎地存札。子母每看看的餓殺。天那。則虧着俺這百姓人家。

〔卜兒云〕孩兒每。似這般饑餒。如之奈何也。〔正末云〕母親。〔唱〕

【寄生草】餓的這民饑色。看看的如蠟渣。他每都家家上樹把這槐芽掐。他每都村村沿道將榆皮剮。他每都人人遶户將糧食化。〔趙孝云〕兄弟。俺如今衣不遮身。食不充口。兀的不窮殺俺也。〔正末唱〕現如今弟兄衣袂不遮身。可着俺貧寒子母無安下。

〔云〕我安排些飯食。與母親食用咱。〔趙孝云〕兄弟。你則在這裏守着母親。我安排去。〔正末云〕哥哥陪侍母親説話。你兄弟去。〔卜兒云〕你兩個孩兒休去。老身安排去。〔正末云〕母親坐的。您孩兒去這轎兒後面。還有一把兒米。就着這澗泉水。我淘了這米。拾的一把兒柴。兀的那一家兒人家。我去討一把兒火。莊院裏有人麽。〔丑扮都子開門科云〕是誰喚門哩。〔正末云〕我來討一把兒火來。〔都子云〕兀的是火。等你做罷飯時。剩下的刷鍋水兒留些與我。〔正末云〕你要做甚麽。〔都子云〕我要充饑哩。〔下〕〔正末云〕俺窮則窮。更有窮似俺的。我吹着這火。可早粥熟了也。哥哥。請母親食用。這一碗與哥哥食用。〔趙孝遞粥科〕〔卜兒云〕趙禮孩兒有麽。〔正末云〕母親。您孩兒有。〔趙孝云〕兄弟。你有麽。〔正末云〕哥哥。您兄弟有了也。〔唱〕

【醉扶歸】我喫的這茶飯有難消化。母親那肌膚瘦力衰乏。〔卜兒云〕可怎生孩兒碗裏無粥湯。〔正末云〕母親。你孩兒喫了也。〔趙孝云〕母親。你看兄弟拿着個空碗兒哩。〔正末云〕哥哥。

您兄弟有。〔唱〕量這半杓兒粥都添了有甚那。我轉着這空碗兒我着這匙尖兒刮。我陪着個笑臉兒百般的喜洽。〔背云〕母親今日喫了這些粥湯。明日喫甚麽那。〔唱〕不由我淚不住行兒下。

〔都子倈兒上云〕這個莊户人家喫飯哩。我叫化些兒咱。〔正末云〕母親你見麽。則道喒三口兒受貧。又有艱難似俺的也。〔唱〕

【後庭花】我則見他番穿着綿納甲。斜披着一片破背褡。你覷他泥污的腌身分。風梢的黑鼻凹。〔都子云〕爹爹妳妳。有殘湯剩飯。與俺這小孩兒一口兒喫也好那。〔正末唱〕他抱着個小娃娃。可是他鬔鬆着頭髮。歪簑笠頭上搭。麤棍子手内拿。破麻鞋脚下靸。腰纏着一綹兒麻。口咽着半塊瓜。一弄兒喬勢煞。饑寒的怎覷他。

〔都子云〕可憐見。叫化些兒。〔正末云〕母親。哥哥。〔唱〕

【青哥兒】他一聲聲向咱向咱抄化。我羞答答將甚些甚些齎發。可憐我也萬苦千辛度命咱。現如今心似油煠。肉似鉤搭。死是七八。那個提拔。〔帶云〕母親。哥哥。〔唱〕似這般凄凄凉凉波波渌渌今夜宿誰家。多管在茅簷下。

〔都子云〕孩兒也。俺回去來。〔倈兒云〕爹爹。我肚裏饑。〔都子云〕你肚裏饑麽。〔倈兒云〕我肚裏饑。可喫些甚麽。〔都子云〕他也没的喫。喒别處尋討去來。〔都子倈兒下〕〔卜兒云〕孩兒每。

收拾了。喒趁熟去來。〔正末唱〕

【賺煞尾】我口不覺開合。脚不知高下。我則見天轉山摇地塌〔跌科卜兒云〕孩兒。你敢無食力麽。〔正末云〕母親。您孩兒没用。倒諕着母親也。〔唱〕不是我無食力身軀閃這一滑。多管是少人行山路凹凸。〔帶云〕母親。〔唱〕你莫便叫吖吖。你孩兒水米不曾粘牙。看來日饑時俺喫甚麽。不凍殺多應餓殺。眼見的山間林下。可憐身死野人家。〔同下〕

〔音釋〕竄倉算切　趁嗔去聲　乏扶加切　殺雙鮓切　髮方雅切　糲那架切　長音掌　插抽鮓切　煞雙鮓切　恰强雅切　觥古横切　罣音賈　那音拿　洒商鮓切　札莊洒切　掐强雅切　食繩知切　杓繩昭切　刮音寡　洽奚佳切　行音杭　納囊亞切　甲江雅切　褡音打　腌音淹　凹汪卦切　蔓音萬　搭音打　靸殺賈切　綹音柳　發方雅切　牒音查　八巴上聲　拔邦加切　合奚佳切　塌湯打切　滑呼佳切　凹音妖　凸當加切

第二折

〔卜兒上詩云〕花有重開日。人無再少年。老身兩個孩兒。趙孝趙禮。大孩兒每日山中打柴爲生。小的孩兒每日山中採野菜藥苗。俺三口兒充饑。兩個孩兒山中去了。老身家中做下些飯食。等兩個孩兒回來食用咱。〔下〕〔正末上云〕小生趙禮。哥哥趙孝。因趁熟來到這南陽宜秋山下。蓋了一間草房居止。哥哥每日山中打柴。小生提着籃兒採些野菜藥苗。與母親哥哥充饑。趙禮也。空

學成滿腹詩書。何日是你那發跡的時節也呵。〔唱〕

【正宮端正好】則我這身似病中鶴。心若雲間鶚。我本待要駕清風萬里扶搖。半生四海無着落。空着我窮似投林鳥。

【滾繡毬】文章教爾曹。詩書訪先覺。我如今居無安食無求飽。慕顔回他也有一個陋巷簞瓢。掙着我這餓肚皮。拳攣着我這凍軀殼。我道來學好也囉。〔帶云〕似趙禮這等受窘呵。〔唱〕我道來不學的也好。似這般無經營日月難熬。可不道人無舉薦窮無奈。説甚麼貧不憂愁富不驕。赤緊的衆口嗷嗷。

〔云〕來到這山中。採些野菜。與老母食用波。〔唱〕

【倘秀才】我遶着這淺水深山尋些個中喫無毒的藥苗。我行過這高嶺長堤採些個葉嫩枝新的野蒿。喫了呵則願的年老的尊堂得安樂。捱日月。度昏朝。我猛轉過山林隘角。

【脱布衫】見騰騰的鳥起林梢。〔内僂儸打鼓科〕〔唱〕聽鼕鼕的鼓振山腰。〔敲鑼科唱〕璫璫的一聲鑼響。〔打哨科〕〔唱〕颼颼的幾聲胡哨。

〔衆僂儸出圍住科〕〔正末唱〕

【小梁州】我則見齊臻臻的强人擺列着。〔云〕不中。我與你走走走。〔馬武領僂儸衝上科〕你走那裏去。〔正末唱〕諕的我肉戰身搖。黑黯黯殺氣震青霄。〔馬武云〕與我拿住那厮者。〔正末唱〕他那裏高聲叫。多喒是得命也無毛。

〔馬武云〕這的是俺的地面。你怎敢擅便到此那。〔正末唱〕

【幺篇】這的是您占來水泊山林道。〔馬武云〕這所在則許俺打圍射獵也。〔正末唱〕則許您官人每射獵漁樵。〔馬武云〕你這些不合來。〔正末唱〕小生也是不合信脚行。差來到。〔馬武云〕這個是你的不是了也。〔正末唱〕這的是小生的違拗。告太僕且躭饒。

〔馬武云〕小校。與我拿上山來者。〔拿到寨科云〕某中酒也。小僂儸打下泉水。磨的刀快。待某親自剖腹剜心。做個醒酒湯兒喫。〔衆僂儸云〕理會的。〔正末唱〕

【倘秀才】我見他料綽口凹凸着面貌。眼嵌鼻䶌撓着臉腦。這厮那不劣缺的心腸决姦狡。寬展那猿猱臂。側坐着虎熊腰。雄糾糾施呈那燥暴。

〔馬武云〕小僂儸。我請他喫筵席來。去了那厮巾幘者。〔正末云〕太僕請息雷霆之怒。〔唱〕

【滚繡毬】則是這塵蒙了的貢禹冠。〔馬武云〕剥了那厮衣服者。〔正末唱〕止不過霜侵了的季子袍。〔馬武云〕有甚麽金珠財寶。將來買命。〔正末唱〕我又無那鄧通鑄的錢那裏取金珠財寶。〔馬武云〕某親自下手也。〔正末唱〕又不是比干心七孔三毛。〔馬武云〕這厮倒喫的好哩。〔正末唱〕止不過黑林侵的肌體羸。又無那紅馥馥的皮肉嬌。我這裏骨崖崖欲行還倒。我是個餓損的人有甚麽脂膘。我這裏戰欽欽膝跪和莎草。〔馬武云〕小僂儸。與我把那刀磨的快者。〔衆僂儸云〕理會的。〔正末唱〕他那裏磣可可的人磨着帶血刀。諕的我怯怯僑僑。

〔馬武云〕好是奇怪。我這虎頭寨上。但凡拿住的人呵。見了俺喪膽亡魂。今朝拿住這厮。面不改色。兀那厮。你有甚麽話説。〔正末云〕小生有一句話。可是敢對太僕説麽。〔馬武喝云〕嗯。兀那厮。你説某聽咱。〔正末云〕小生是個窮秀才。家中有老母兄長。母親年紀高大。哥哥軟弱。太僕可憐見。告一個時辰假限。辭别老母兄長。上山來受死。〔馬武云〕噤聲。我跟前調喉舌。我和你有個比喻。便似那小孩兒籠裏盛着個鵲兒。那鵲兒在那籠裏東撞西撞。不能勾撞出那籠去。不曉事的小的開了那籠門兒。那鵲兒忒楞楞飛在那樹上。那小的可害慌也。點手叫那鵲兒。你入籠裏來。他可是肯入來麽。我如今拿住你。要殺了你。你告一個時辰假限。下山辭别老母兄長。我放了你去呵。你可是肯來也不肯來。你辭呵待怎的。不辭呵待如何。你説某聽咱。〔正末唱〕

【呆骨朵】我辭一辭呵着俺那年高老母知一個消耗。〔帶云〕太僕。〔唱〕豈不聞道是哀哀父母劬勞。〔馬武云〕你辭那母親怎的。〔正末唱〕争奈俺老母年高。家兄軟弱。〔馬武云〕對你哥哥説些甚麽。〔正末唱〕我着俺哥哥行仁孝。將俺那老母恩臨報。〔馬武云〕某不放你去。〔正末唱〕你做的箇損别人安自己。母親也。你可甚麽養小來防備老。

〔馬武云〕我放你去呵。你有甚麽質當。〔正末云〕有小生當下這個信字。〔馬武云〕這個信字打甚麽不緊。〔正末云〕俺秀才每仁義禮智信。惟有個信字不敢失了。天無信四時失序。地無信五穀不生。人無信而不立。大車無輗。小車無軏。其何以行之哉。既是孔子之徒。豈敢失信于人乎。〔馬武云〕既然如此。我放你下山去。〔正末云〕索是謝了太僕。〔下〕〔馬武云〕小僂儸。那廝去了也。若是來呵。喒取一面笑。若不來呵便罷。小僂儸。俺後山中飲酒去來。〔下〕〔卜兒上云〕老身是趙孝趙禮的母親。兩個孩兒不在家。一個孩兒負薪。一個孩兒採野菜藥苗去了。不知兩個孩兒有甚麽勾當。老身這一會兒肉似鈎搭。髮似人揪。身心恍惚。不見兩個孩兒回來。〔正末慌上云〕走走走。〔唱〕

【倘秀才】走的我這口枯渴熱烘烘面皮上渾如火燎。走的我遍體汗濕淥淥渾如水澆。〔云〕到家中。母親道孩兒你來了也。〔唱〕我可甚麽買賣歸來汗未消。〔云〕母親。開門來。開門來。你孩兒來了也。〔見科卜兒云〕孩兒。你這般慌做甚麽。〔正末唱〕我入門來他問個端的。我欲待要説根苗。〔云〕您孩兒恰纔山中撞。〔卜兒云〕孩兒。你撞着甚麽來。〔正末唱〕一句話到我這舌尖上我便噤了。

〔卜兒云〕孩兒。你這般慌呵。爲着甚麽。〔正末唱〕

【滚繡毬】您兒恰纔山中覓喫食。不想疎林外遇着賊盜。他那片殺人心可敢替天行道。他便待下山來將您兒緊緊的相邀。他那裏茶飯忒整齊。筵席忒寬綽。這恩臨可端的殺身難報。他有那管夷吾德行才學。在先結下知心友。我可敢道今日番爲刎頸交。

也是我命運相招。〔卜兒云〕孩兒。有誰人怎的你來。你說咱。〔正末云〕我說則說。母親。你則休煩惱。〔卜兒云〕孩兒也。你說。我不煩惱。〔正末云〕你兒恰纔採野菜藥苗。不想遇着一夥賊盜。拿我到虎頭寨裏。待要殺壞了我。我告了一個時辰假限。下山來辭別了母親哥哥。上山受死去也。〔卜兒云〕孩兒。痛殺老身也。作不去呵也罷。等你哥哥來。俺三口兒親身告他去。〔正末云〕母親。告他去也不濟事了。〔唱〕

【二煞】你道是辦着一個耐心兒三口親身告。惱犯那賊人瞪睛把俺來殺壞了。我寧可身做身當。自遭自受。我怎肯愁死愁生。向他行求免求饒。〔帶云〕母親。〔唱〕你省可裏啼啼哭哭。怨怨哀哀。懒懒焦焦。我奈家貧也那親老。窮火院怎生熬。〔云〕母親。俺哥哥何處去了。〔卜兒云〕你哥哥打柴去了。便回來也。〔正末云〕我眼見的不能勾見俺哥哥一面了也。〔做哭科唱〕

【一煞】我共俺哥哥半生情分干休了。〔帶云〕母親。〔唱〕這的是你養兒女一世前程無下梢。我不能勾進取功名。乾撇下母親兄長。割捨我七尺身軀。和這滿腹文學。〔云〕母親請坐。受您孩兒幾拜。〔唱〕我這裏拜辭在堦下。知咱每相見在何年。不想我死在今朝。〔卜兒云〕孩兒也。等哥哥見一面去也好。〔正末唱〕我也等不的哥哥來到。怎肯失口信與兒曹。

【隨煞尾】我猛然拜罷那雙脚。〔卜兒哭云〕兒也。則被你痛殺我也。〔正末唱〕哎呀。不隄防腦背後番身喫一交。〔帶云〕母親。〔唱〕那殘病的身軀省懊惱。鼻痛心酸兩淚拋。腹熱腸慌亂刀絞。我想他毒害的强賊我今日死不可逃。母親也。則您這生分的孩兒我其實送不的你那老。〔哭下〕

〔卜兒云〕孩兒受死去了也。不見大的個孩兒來。怎生是好。〔趙孝上云〕小生趙孝。山中打柴去來。不知家中有甚麽勾當。肉如鈎搭。髮似人揪。心中恍惚。來到門首也。見母親去來。〔見科云〕母親。您孩兒來家也。母親。你這般慌做甚麽。〔卜兒云〕孩兒。你不知道。有你兄弟山中遇着一夥强賊。要殺壞了您兄弟。他告了一個時辰假限。辭别了老身。等不見你來。怕誤了假限。上山受死去了也。〔趙孝云〕是真個。母親。你則在家中。他是我一父母的親兄弟。兄弟有難。要我做甚麽。可不道兄弟如同手足。手足斷了難續。捨了我這性命。不管那裏。我救兄弟去走一遭也。〔下〕〔卜兒云〕誰想有這場事。兩個孩兒都去了也。要我這老性命做甚麽。我掩上這門。我一步一跌也趕將去。救兩個孩兒性命走一遭。孩兒也。兀的不痛殺我也。〔下〕

〔音釋〕鶴音豪　鶚音傲　落音澇　覺音皎　簞音丹　孿音聯　殼音巧　樂音澇　角音皎　哨雙罩切　着池燒切　黯衣減切　拗音要　嵌欺岩切　軀枯斐切　猱音撓　莎音梭　磣森上聲　僑音喬　劬音渠　弱饒去聲　輗音移　軏音越　恍呼廣切　惚音忽　綽超上聲　學奚交切

瞪音澄　㒶音鰲　分去聲　脚音皎　難去聲

第三折

〔馬武引僂儸上詩云〕澗水灣灣遶寨門。野花斜插滲青巾。帶糟濁酒論盆飲。葉子黄金整秤分。某姓馬名武。字子章。乃鄧州人氏。學成十八般武藝。當年應武舉去來。嫌某形容醜叉。以此上不用某。某今在這宜秋山虎頭寨。落草爲寇。也是不得已而爲之。每一日要喫一副人心肝。今日拿住一頭牛。欲待殺壞他。他哀告某。告一個時辰假限。下山辭别他那老母兄長去了。這早晚敢待來也。〔正末上云〕走走走。誤了時辰也。〔唱〕

【越調鬭鵪鶉】好着我東倒西歪。失魂喪魄。北去南來。〔帶云〕苦也囉。苦也囉。〔唱〕只恁的天寬地窄。你也好别辨個賢愚。怎麽的不分個皂白。俺母親年紀高。筋力衰。怎當他一迷裏胡爲。百般家揣擺。

【紫花兒序】投至得長營大寨。我可甚麽樂道安貧。〔帶云〕天那。天那。〔唱〕怎遭這場横禍非災。則你那睡魂不醒。怪眼難開。哀哉只我這七尺身軀本貫世才。你剗的將我似牛羊般看待。我又不曾樂極悲生。那裏是苦盡甘來。

〔云〕可早來到山中也。不免見太僕去。〔跪見科〕〔馬武云〕兀那厮。你來了也。〔正末云〕太僕。

小生來了也。與個快性。殺殺殺。〔唱〕

【凭闌人】由你將我身軀七事子開。由你將我心肝一件件摘。我道來我道來。除死呵無大災。

〔趙孝慌上云〕那裏不尋我那兄弟。兀那裏不是我兄弟。〔趙孝見正末哭科云〕兄弟。痛殺我也。〔馬武云〕好好好。又走將一頭牛來了也。〔正末唱〕

【調笑令】兀的不快哉。好着我痛傷懷。不倈。這的是那裏每哥哥走到來。喒兩個好心實無賽。一任將俺肉折皮開。將俺這殘零骨殖兒休要損壞。將俺這弟兄每一處裏藏埋。

〔卜兒上云〕遠遠的一簇人鬧。敢是我那兩個孩兒麽。〔卜兒做見哭科〕〔馬武云〕又走將一頭牛來了也。〔正末云〕兀的不是母親來了也。〔唱〕

【禿厮兒】至死也休將口開。誰着你殺人處鑽出頭來。這搭兒裏問甚好共歹。也是我年月日時衰。應該。

【聖藥王】誰着你頭不擡。眼倦開。大踏步走向捨身崖。不索你三個爭。那個乖。也是前生注定血光災。〔帶云〕好也囉。〔唱〕今日早福謝一時來。

〔馬武云〕你來了也。我不殺你。是我失信。你若不來呵。便是你失信。〔拿正末科云〕我殺了這廝者。〔趙孝云〕太僕。可憐見。小生肥。留着兄弟。殺了我者。〔馬武云〕好好好。留着你兄弟。我則殺你。〔拿趙孝科〕〔正末云〕太僕。可憐見。小生肥。殺了小生者。留着我哥哥。侍奉母親。殺了小生者。〔馬武拿正末科云〕好好好。我殺了這廝者。〔卜兒云〕太僕。可憐見。兩個孩兒尋覓將來的茶飯。都是老身喫了。老身肥。留着兩個孩兒。殺了老婆子者。〔馬武云〕好好好。我則殺了這個老婆子者。〔趙孝同正末云〕太僕。可憐見。留着老母。俺兩個肥。殺了俺兩個者。〔馬武怒科云〕噤聲。你看他波。殺着這廝。這大的道太僕可憐見。留着兄弟。侍養母親。殺了我者。殺這大的。那小的道。留着哥哥。侍養老母。殺了我者。殺這兩個小廝。這婆子道。老婆子肥。殺了我者。我不殺你。你倒殺了我罷。馬武也。你尋思波。兀的不是兄愛弟敬。爲母者大賢。爲子者至孝。你家中也有一爹二娘。三兄四弟。五姊六妹。知他死在誰人劍鋒之下。塡于草野溝壑之中。說兀的做甚。〔詩云〕從頭一一說行藏。和我腮邊淚兩行。我是個殺人放火搊搜漢。則他這孝心腸感動我這鐵心腸。罷罷罷。我不殺你。我饒了你。放你回去。〔正末謝科云〕謝了太僕。〔唱〕

【絡絲娘】我只道你殺人刀十分的利害。元來這活人心依然尚在。便做道俺兩個該死的遊魂甚躭待。也則是可憐見白頭妳妳。

〔馬武云〕你母子三個。我都不殺了。快回去罷。〔卜兒同趙孝正末再拜謝科〕〔正末唱〕

【東原樂】敢道是凶年歲。瘦骨骸。便剮將來也塡不滿一餐債。因此在餓虎喉中乞得這免死牌。蒙恩貸。從今後遥望着你的營門常常禮拜。

〔做行科〕〔馬武云〕你回來。〔正末云〕太僕莫不番悔麽。〔馬武云〕男子漢一言已出。豈有番悔。敢問賢士姓甚名誰。〔正末云〕小生趙禮。哥哥趙孝。〔馬武云〕誰是趙孝趙禮。〔正末云〕小生二人便是。〔馬武云〕莫非是漢朝中三請不至的麽。〔正末云〕然也然也。〔馬武云〕我尋賢士覓賢士。原來在于此處。賢士請坐。受馬武幾拜。〔正末云〕太僕年紀大。如何倒拜小生。〔馬武云〕我拜德不拜壽。我把哥哥擒于山寨。觸犯着賢士休怪。請賢士穩穩安坐。受取馬武八拜。〔正末還禮科云〕壯士請起。敢問壯士姓甚名誰。〔馬武云〕某姓馬名武。字子章。〔正末云〕壯哉壯哉。聞名不曾見面。壯士爲甚麽不下山應武舉去。〔馬武云〕某也曾應舉來。嫌某醜叉不用。不得已而爲之。小僂儸。將那衣服一套。金銀一秤。白米一斛。與兩個賢士侍養老母。休嫌輕微也。〔正末云〕壯士。你若肯去進取功名。到于帝都闕下呵。〔唱〕

【收尾】穩情取馬步禁軍都元帥。骨剌剌兩面門旗展開。〔帶云〕寫着道是風高放火。月黑殺人。圖財致命。你死我活。〔唱〕我將你九江四海是非心。〔帶云〕倒换做腰懸金印。身掛虎符。名標青史。圖像麒麟。〔唱〕兀的萬古千年那姓名來改。〔並下〕

〔馬武云〕誰想今日遇着賢士。兀那小僂儸每。有父母的探望父母去。無父母的跟着我應武舉去來。〔下〕

〔音釋〕滲森去聲　論平聲　又去聲　魄鋪買切　窄責上聲　白排上聲　看平聲　摘責上聲

第四折

〔外扮鄧禹引衆將官祗從上詩云〕少小生來膽氣雄。曾將長劍倚崆峒。凌烟閣上丹青畫。肯着他人第一功。某姓鄧名禹。字仲華。輔佐光武皇帝。平定天下。官拜高密侯之職。如今建武元年。着某在丞相府差定二十八個開國功臣。只有銅刀馬武。是他戰功獨多。封爲天下兵馬大元帥。以下各隨次第加官賜賞。這且不在話下。某又奉聖人的命。道各處盜賊已滅。思得賢士。以佐太平。已曾分付功臣馬武等。但有所知。即便舉薦入朝。聽某擇用。怎麽這幾時還不見有甚賢士到來。令人。你與某請將馬武來者。〔祗從云〕理會的。馬武安在。〔馬武上詩云〕男兒立事業。何用好容顏。銅刀安社稷。匹馬定江山。某乃銅刀馬武是也。自從離了宜秋山虎頭寨。來到京師。謝聖恩可憐。用某爲將。討滅了赤眉銅馬大盜。屢立戰功。現如今某爲兵馬大元帥之職。奉鄧老丞相分付。着某等舉薦賢士。佐理太平。想得當今賢士。再無有過如趙禮趙孝的。已曾將他名姓。着令所在地方。安車蒲輪。傳送入朝去了。今日老丞相呼喚。不知更有何事。須索見去。可早來到也。不必報復。某自過去。〔見科云〕老丞相呼喚末將。那厢調遣。〔鄧禹云〕即今聖人卧寐求賢。好生懸望。前者分付汝等保舉的賢士如何。〔馬武云〕據末將所知。有趙禮趙孝二人。節義無虧。堪充保舉。〔鄧禹云〕這賢士今在何處。〔馬武云〕末將已令人請去了。這早晚敢待來也。〔鄧禹云〕你且一壁住者。待他來時。看道可認的你麽。令人。只等賢士到來。報復我知道。〔祗從云〕

理會的。〔正末同母兄上云〕小生趙禮是也。母親哥哥。誰想有今日也呵。〔唱〕

【雙調新水令】賢臣良將保鑾輿。正遇着得收成太平時序。一人元有慶。四海永無虞。頓首山呼。顯見的聖天子百靈助。

〔趙孝云〕兄弟。我和你安車駟馬。一路傳送到京。全不似擡着母親。到宜秋山下這段光景也。

〔正末唱〕

【沉醉東風】想當時受盡了千辛萬苦。誰承望有今日駟馬安車。隨着這同胞共乳兄。將着俺皓首蒼顏母。穩請受皇家俸禄。煞强似一片荒山掘野蔬。纔得個平生願足。

〔云〕可早來到丞相府了也。令人。報復去。道有趙孝趙禮母子三人。在于門首。〔祗從報見科〕

〔鄧禹云〕二位賢士。你敢是趙禮趙孝麽。〔正末云〕小生便是。〔鄧禹云〕這裏有你個大恩人在班中。你自認他去。〔正末做認科唱〕

【喬牌兒】對着這兩班文共武。排頭兒認將去。則俺那大恩人是甚的親和故。〔馬武云〕賢士躧了脚也。〔正末唱〕猛擡頭好教我添怕怖。

【掛玉鈎】諕的我手兒脚兒滴羞蹀躞戰篤速。〔馬武云〕賢士。你怕甚麽。〔正末唱〕想着你那摘膽剜心處。〔馬武云〕宜秋山下不成一個管待。至今猶自慚愧。〔正末唱〕當日個管待殺我也峨冠士大夫。誰想道這搭兒重相遇。多謝你個架海梁。擎天柱。生死難忘。今古誰如。

〔云〕左右。將那禮物過來。白米一斛。金銀一秤。衣服一套。權送將軍。做答賀之禮。〔馬武云〕這是宜秋山虎頭寨我與你的東西。怎生不用。留到今日。〔正末云〕老母嚴教。斷然不用。〔唱〕

【雁兒落】休道是莽將軍不重儒。肯放我潑書生還奉母。既當日你金銀曾受來。我如今這酬答何推拒。

〔馬武云〕賢士。敢道我這東西是打劫人的。故此不用。你只合就將來。首告官中。也不該私留盜臟在家。做的個知情不舉。〔正末唱〕

【得勝令】我可也須識報恩珠。怎敢便不飲盜泉餘。若非你肯發慈悲念。誰替咱存留凍餓軀。〔馬武云〕賢士。你兩個那孝順不必說了。久聞你學問過人。文章蓋世。直到今日。舉薦入朝。也是遲哩。〔正末唱〕嗟吁。還説甚有學問千金賦。躊躇。乾着了薦賢良一紙書。

〔卜兒云〕我母子若非得老丞相保奏。豈有今日。請受妾身和兩個孩兒幾拜。〔正末唱〕

【沽美酒】離家鄉萬里途。要囊篋一文無。本是桑間一餓夫。今日做朝中宰輔。享榮華改門户。

〔鄧禹云〕賢士。這就是馬武元帥舉薦你來。老夫何功之有。〔正末唱〕

【太平令】我只道保奏的是當朝鄧禹。却原來是馬武一力吹噓。但平生我和他有何知遇。多則是天也有安排我處。自語。甚福。託賴着帝主。則願的萬萬歲民安國富。

〔鄧禹云〕賢士。你一家兒望闕跪者。聽聖人的命。俺大漢建武中興。滅羣盜四海昇平。雲臺上二十八將。一個個圖畫丹青。有元帥銅刀馬武。舉薦你賢士來京。道宜秋山讓肥争死。似這般節義堪稱。封趙孝翰林學士。弟趙禮御史中丞。其老母猶爲賢德。着有司旌表門庭。更賜予黄金千兩。助薪水永耀清名。示羣臣各加策勵。休辜負聖代恩榮。

〔音釋〕差抽支切　禄音路　足臧取切　躞音屑　蹀音迭　速蘇上聲　剜碗平聲　重平聲　推退平聲　福音府　辜音姑　榮餘平切

題目　虎頭寨馬武仗義

正名　宜秋山趙禮讓肥

鄭孔目風雪酷寒亭雜劇

楊顯之撰

楔子

〔冲末扮李府尹引張千上〕〔詩云〕寒蛩秋夜忙催織。戴勝春朝苦勸耕。若道官民無統屬。不知蟲鳥有何情。小官李公弼是也。官拜鄭州府尹之職。今日陞廳。坐起早衙。張千。説與那六房司吏。有事禀復。無事轉廳。〔張千云〕理會的。六房司吏。老爺分付。有事禀復。無事轉廳。〔外扮鄭孔目上詩云〕人道公門不可入。我道公門好修行。若將公直無顛倒。脚底蓮花步步生。小生姓鄭名嵩。嫡親的四口兒家屬。渾家蕭縣君。一雙兒女。僧住賽娘。我在這衙門中做着個把筆司吏。今日相公陞廳坐衙。有幾樁禀復的事。須索走一遭去。〔做見科〕〔孔目云〕相公。小人有幾樁事。禀相公知道。〔李尹云〕有何事。〔孔目云〕有護橋龍宋彬打死平人。解到了也。〔李尹云〕與我拿過來。〔孔目云〕張千。拿過來。〔丑扮解子押正末宋彬上云〕兀那厮。行動些。〔宋彬云〕自家護橋龍宋彬是也。因帶酒路見不平。拳頭上無眼。致傷人命。今日司房中呼喚。須索見去。〔做見科〕〔孔目云〕你便是護橋龍宋彬。〔宋彬云〕小人便是。〔孔目云〕你爲甚麽打死平人。〔宋彬云〕小人因帶酒拳頭上無眼。打死平人。哥哥與小人做主咱。〔孔目云〕兀那漢子。我有心待救你。到那邊你則説誤傷人命。不至于死。你意下如何。〔宋彬云〕煞是多謝了哥哥。〔做見科〕〔孔目云〕相公。這人是宋彬。〔李尹云〕你是宋彬。你怎生打死平人。你實招來。〔宋彬云〕小人因在街市上閒行。見個年紀小的打那年紀老的。小人勸他不從。搬過來則一拳打死了年紀小的。〔孔目云〕相公。這個是路見不平。拔刀相助。則是誤傷人命。〔李尹云〕既不該死。決杖六十。刺配沙門島去。〔孔目云〕張千。拿下去決杖者。〔張千打科〕〔李尹云〕張千。就着的當人押解他迭配沙門島去。疾去早來者。〔宋彬出門科云〕這一場多虧了孔目哥哥。等他出來。我謝一謝咱。〔孔目云〕兀那漢子。若不是我呵。那得你性命來。〔宋彬云〕哥哥。小的打死平人。罪當至死。多虧了哥哥救拔。得這性命。你是我重生父母。再長爺娘。〔孔目云〕你多大年紀了。〔宋彬云〕小人二十五歲。〔孔目云〕我雖然大你幾歲。你肯與我做兄弟麼。〔宋彬拜云〕哥哥不棄嫌。情願與哥哥做個兄弟。〔做拜科〕〔孔目云〕兄弟免禮。我這裏有些零碎銀子。與你做盤纏去。到前面無災無難。回來家裏住罷。〔宋彬云〕謝了哥哥。小的死生難忘也。〔唱〕

【仙吕賞花時】若不是孔目哥哥救了宋彬。這其間喫劍餐刀作鬼魂。我待學晋靈輒古今聞。他爲甚甘心趙盾。將臂膊代車輪。

【幺篇】他則是報答桑間一飯恩。存得堂堂七尺身。也不敢望遂風雲。報讎雪恨。則願的積趲下金贈有恩人。〔下〕

〔孔目云〕兄弟去了也。我看此人不是忘恩負義的。日後必得其力。〔詩云〕他本犯罪該刑一死灰。重翻招案却因誰。正是當權若不行方便。如入寶山空手回。〔搽旦扮蕭娥上云〕自家蕭娥是也。自小習學談諧歌舞。無不通曉。當了三年王母。我如今納下官衫帔子。我嫁人去也。〔做見孔目科云〕孔目哥哥萬福。我當了三年王母。如今納了官衫帔子。改嫁良人去也。〔孔目云〕你跟將我來。〔引搽旦見官科云〕相公。這個蕭娥。當了三年王母。如今他要改嫁良人去。〔李尹云〕前官手裏有這例麼。〔孔目云〕這個是舊例。〔李尹云〕既有例。禮案中除了名字。着他改嫁良人去。〔搽旦叩謝出門科云〕孔目哥哥。多謝了。〔孔目云〕大姐。你回去。我便來你家討茶吃。〔搽旦云〕我先去。你便來。〔下〕〔孔目云〕相公無甚事。請轉廳。〔李尹云〕既然無事。張千。將馬來。我回私宅去也。〔下〕〔孔目云〕相公去了也。我往蕭娥家裏討茶吃去。〔下〕

【音釋】蛩音窮　嵩音松　彬音賓　盾豚去聲　膊音博

第一折

〔孔目同搽旦上云〕小生鄭嵩。自到大姐家住許多時。難得大姐赤心相待。争奈我那渾家害的重了。我家中看一看去。〔搽旦云〕那裏去。再住幾日去。怕有甚麽事。〔净扮高成上云〕頭頂軍資庫。脚踏萬年倉。若將來撒鏝。不勾幾時光。小可高成的便是。在這衙門中做着個祗候。我平生只是貪花戀酒。我今到蕭娥家討一鍾茶吃去。〔做見孔目科云〕呀。孔目在此。我回去也。〔孔目云〕高成。你這個村弟子孩兒。你來這裏怎的。〔高成云〕孔目。這等人家。你來的我也來的。〔孔目打高科云〕哏。你似個吊桶。我似個井。這吊桶常落在井裏。我若尋你些風流罪過。一頓拷下你下半截來。快走。〔高成云〕我去便了。我出的這門來。他打我倒罷了。他說我是吊桶。他是井。則有吊桶落在井裏。鄭嵩。你若犯下事。可是我當直。我一下起你一層皮。那時井可落在我吊桶裏。〔正末扮趙用引倈兒賽娘僧住上云〕自家姓趙名用。南京人氏。在這鄭州衙門裏。當着個祗候。有孔目鄭嵩。因蕭行首當了三年王母。與他除了名字。做了良人。這幾日則在他那裏住下。不肯回來。他嫂嫂也姓蕭。百般的着人喚他。他只不肯回家。今日他嫂嫂央我到蕭行首家。對孔目則說他嫂嫂死了也。我如今領着他兩個孩兒。去賺將他來。孩兒行動些。〔唱〕

【仙吕點絳唇】俺嫂嫂連夢交雜。水米不下。將亡化。只等孔目來家。有幾句遺留話。

【混江龍】這幾日公文不押。嚇魂臺緊傍着相公衙。那裏管詳刑折獄。每日價卧柳眠花。戀着那送舊迎新潑弟子。全不想生男育女舊嬌娃。眼睜睜現放着家私上半點兒不牽掛。可不怕夫妻間阻。男女爭差。

〔云〕可早來到門首也。〔做見孔目科〕〔倈兒云〕爹爹。俺妳妳死了也。〔孔目悲科云〕大嫂。兀的不痛殺我也。〔搽旦云〕你家裏哭去。張着大口號甚麽。〔正末云〕這是甚麽言語。〔唱〕

【油葫蘆】道不的猿鎖空房猶性耍。哥哥也喒須是官宦家。怎麽好人家娶這等攬蛆扒。〔搽旦向孔目云〕你老婆若死了。我就嫁你。〔正末唱〕怕不待傾心吐膽商量嫁。都是些瞞神謊鬼求食話。哥哥你休勸他。他敢和我便怒發。你看承似現世的活菩薩。則待戀定潑煙花。

〔孔目云〕姐姐看我面。讓他幾句。〔搽旦云〕他是那個。我讓他。〔正末唱〕

【天下樂】他不比尋常賣酒家。詳也波察。怎便信殺。有錢財似你恁作塌。不將那官事理。終日家偎戀他。久以後無根椽和片瓦。

〔搽旦云〕孔目你放心。我如今一壺兒酒。一條兒肉。替你慶喜吃三鍾。〔孔目云〕我死了老婆。與我慶甚麼喜。〔正末唱〕

【醉中天】他如今尸首停在牀榻。喪孝現居家。剗地揀一個日頭慶喜咱。恨不的嘴縫上拳頭打。我待揪扯着他。學一句燕京厮駡。入没娘老大小西瓜。

〔孔目云〕大姐。你休怪。我領孩兒家去也。〔同下〕〔搽旦云〕好道兒。他丢了我就去了。我如今借一身重孝穿上。我直哭到他家中。他若是死了。就與他弔孝。若不曾死。我這一去氣死那箇醜弟子孩兒。〔下〕〔旦兒扮蕭氏上云〕妾身蕭縣君是也。頗奈鄭孔目終日只在蕭娥家。氣的我成病。眼見的無那活的人也。我着孩兒叫他去了。怎麼許久還不見回來。〔孔目同末倈上云〕兄弟也。那孝堂中物件。你可曾准備下麽。〔正末唱〕

【後庭花】做下個東身白木匣。剪下些迎神雪柳花。人鬧處休啼哭。我則怕當街裏人笑話。〔孔目哭入門見旦科云〕好也。他原來不曾死。兄弟。你這般説謊。〔正末唱〕誰不知你這吏人猾。若不説妻兒亡化。你這令史每有三千番厮調發。

〔搽旦哭上云〕我穿着這一身孝服。可無眼淚。我這裙帶裏這都是白礬。到那裏望眼裏則一抹。眼

淚便下來。我那姐姐嚛。〔正末云〕你來怎的。〔搽旦云〕我來弔孝哩。〔正末唱〕

【金盞兒】這婆娘忒奸猾。不賢達。走將來淚不住行兒下。則你這無端弟子恰便似惡那吒。他夫妻每纔廝守。子母每恰歡洽。你不脱了喪孝服。戴甚麼紙麻花。

〔搽旦云〕我那幹家做活的姐姐好也。他原來不曾死。你怎麼説謊。好不賢惠的臉。〔孔目云〕怪不的他説。他當街裏哭將來。〔旦兒云〕我這場氣。無那活的人也。您兩口兒近前來。將這十三把鑰匙交付與你。好覷一雙兒女者。〔旦做死科下〕〔孔目云〕大嫂。則被你痛殺我也。〔搽旦云〕你張口哭甚麼。老婆有便治。無便棄。〔孔目云〕這是甚麼話。兄弟。破木造棺。高原選地。埋殯了大嫂者。〔張千上云〕孔目。相公叫你攢造文書。往京師去哩。〔孔目云〕我停喪在家。着别人去罷。〔張千云〕要你去哩。〔孔目云〕兄弟。怎生是好。喒便收拾攢造文書。往京師去來。〔正末唱〕

【賺煞尾】准備着送靈車。安排着裝衣架。擺列些高馱細馬。走去衙門自告咱。問官人借對頭踏亂交加。奠酒澆茶。但見的都將你做話靶。滿城人將你來怨煞。街坊都罵。罵你個不回頭呆漢活氣殺大渾家。〔下〕

〔孔目云〕大姐。你與我照管家中。我便索長行也。〔倈兒云〕爹爹。我跟了你去罷。〔孔目云〕兒也。我怎生帶得你去。大姐。則一件。家緣家計。都交付了你。你則是好看我一雙兒女。我便放心也。〔搽旦云〕你自去。這都在我身上。〔倈兒云〕爹爹。我則跟了你去。〔孔目云〕孩兒。我怎麽帶得你去。大姐。孩兒癡頑。待打時你駡幾句。待駡時你處分咱。〔搽旦云〕你不放心。馬屁眼上帶將去罷。則管裏囑付。〔孔目云〕罷罷罷。我去也。我待不去。上司的言語。待去。又怕這婦人折倒這一雙兒女。也是我出於無奈。孩兒。兀的不痛殺我也。〔下〕〔搽旦云〕您老子去了。等我吃的飽飽的。慢慢的打你。〔下〕〔倈兒哭下〕

【音釋】雜音咱　押羊架切　娃音蛙　發方雅切　薩殺賈切　察抽鮓切　殺雙鮓切　塌湯打切　榻湯打切　匣奚佳切　猾呼佳切　達當加切　那音挪　吒音渣　洽奚佳切　踏當加切　靶音霸　煞與殺同

第二折

〔搽旦同倈兒上云〕我把你兩個小弟子孩兒。你老子在家駡我。我如今洗剥了。慢慢的打你。待我關上門。省的有人來打攪。〔正末上云〕自家趙用。跟着哥哥攢造文書上京師去。行到半途。遺剩了一紙文書。只得重回家中。取那文書走一遭去也呵。〔唱〕

【越調鬭鵪鶉】俺家裏少東無西。可着我走南嘹北。俺哥哥纔娶的偏房。新亡了正室。撇下個幼女嬌男。可又没甚的遠親近戚。我這裏仔細的尋思起。他則待卧柳眠花。怎知道迷妖着鬼。

【紫花兒序】想着他親娘在日。見這般打駡凌辱。不由的感嘆傷悲。我一心似箭。兩脚如飛。走的我氣喘狼藉。恨不得一步奔來城市裏。早行至哥哥門内。則聽的大叫高呼。元來又打得他女哭兒啼。

〔搽旦云〕如今酒又不醉。飯又不飽。我慢慢的打你這兩個小弟子孩兒。〔正末云〕兀的不打孩兒哩。〔唱〕

【小桃紅】則問你賽娘僧住爲何的。他可也有甚麽閒炒刺。〔云〕嫂嫂。開門來。〔搽旦云〕這個是趙用的聲音。你兩個且起去。揩了淚眼。我買饊饊你吃。我開了這門。〔見末科云〕小叔叔。你怎的回來。有甚麽勾當。〔正末見倈兒科云〕嫂嫂。你爲甚麽打這孩兒。〔搽旦云〕阿彌陀佛。頭上有天。我爲甚麽打他。〔正末云〕嫂嫂。我試猜咱。〔唱〕莫不是少柴無米苦央及。〔搽旦云〕柴米都有。一箇不肯上學。一個不肯做生活。我逗他耍來。〔正末唱〕便休題伶牙俐齒相支對。想着他親娘在日。看承似神珠寶貝。〔搽旦云〕天也。我愛的是這一雙兒女。〔正末唱〕怎禁他佯孝順假慈悲。

〔搽旦云〕你爲甚麽回家來。〔正末云〕哥哥遺剩了一紙文書。説在背閣板上。〔搽旦云〕你自家取去。〔正末取科云〕有了文書。我去也。〔倈兒哭扯末科云〕叔叔。我跟將你去罷。你去了呵。他又打我也。〔正末云〕嫂嫂看着哥哥面皮。休打孩兒。〔唱〕

【天净沙】我急忙忙取得文移。趲程途不敢耽遲。怎禁他這孩兒倒疾。緊拽住咱家衣袂。則待要步步追隨。

【調笑令】這孩兒。便頑癡。有十分不是傷觸着你。可憐他親娘不幸先辭世。剛抛下一雙的業種無知。你也則看覷他爺這面皮。再休打的他哭哭啼啼。

〔搽旦云〕哎喲。小叔你放心去。我怎肯打孩兒。〔正末云〕謝了嫂嫂。我去也。〔倈兒扯住末科云〕叔叔。我則是跟了你去。〔正末云〕嫂嫂。你道是不曾打呵。〔唱〕

【禿厮兒】爲甚麽適纔間吖天叫地。都一般汪汪的淚眼愁眉。他和你又沒甚殺爺娘的讎共隙。怎這般苦死的。怕相依。也波堪悲。

〔倈兒哭科云〕叔叔。我則是跟着你去。〔正末唱〕

【聖藥王】俺只見兒又啼。女又啼。哭的俺是鐵人石意也酸嘶。他待要來也隨。去也隨。恰便似螞蝗釘了鷺鷥飛。寸步不教離。

〔云〕嫂嫂。你是必看哥哥面上。休打這孩兒者。〔搽旦云〕有你。我便不敢打。兩次三番聒氣。〔做推末出門科云〕你去。我關上這門。打這小弟子孩兒。〔正末云〕這婦人推出我來。關上門。我待去了。出不的這口惡氣。街坊鄰舍聽者。〔詞云〕勸君休要求娼妓。便是喪門逢太歲。送的他人離財散家業破。鄭孔目便是傍州例。這婦人生的通草般身軀。燈心樣手脚。閒騎蝴蝶傍花枝。被風吹在粧梳閣。蜘蛛網内打筋斗。鵝毛船上邀朋友。海馬兒馱行。藕絲兒牽走。有時蘸水在秤頭秤。定盤星上何曾有。這婦人搽的青處青。紫處紫。白處白。黑處黑。恰便似成精的五色花花

鬼。他生的兔兒頭。老鼠嘴。打街坊。駡鄰里。則你是個腌腌臢臢潑婆娘。少不得瓦礶兒打翻在井水底。〔唱〕

【寨兒令】我駡你這歪刺骨。我駡你這潑東西。你生的來兔兒頭老鼠嘴。長則待吵是尋非。叫駡過日。怎做的好人妻。

【幺篇】這都是俺哥哥命運低微。帶累你兩個孩兒受盡禁持。我本待好心腸苦勸你。你倒惡狠狠把咱推。來來來。我便死也拚得和你做頭敵。

【收尾】我如今一脱氣直走向京都地。一句句向哥哥說知。有一日鄭孔目到來時。不道肯輕輕的素放了你。〔下〕

〔搽旦云〕好也。着趙用這村弟子孩兒。駡我這一場去了。我如今且不打你。等我吃的酒醉飯飽了。慢慢的打你。〔倈兒哭隨下〕

〔音釋〕洗先上聲　剩音盛　嘹音料　北邦每切　室傷以切　戚倉洗切　喘穿上聲　藉精妻切　刺倉洗切　𫄧音魔　及更移切　逗音豆　疾精妻切　蘸知濫切　日人智切　敵丁梨切

第三折

〔丑扮店小二上詩云〕曲律竿頭懸草稕。綠楊影裏撥琵琶。高陽公子休空過。不比尋常賣酒家。自家是店小二。在這鄭州城外。開着個小酒店。今早起來掛了酒望子。燒的鏇鍋兒熱着。看有甚麽人來。〔孔目上云〕自家鄭孔目。攢造文書已回。我一路上來多聽的人説。我那渾家有姦夫。折倒我那一雙兒女。未審虚實。遠遠的是一個酒店。這城裏人家事務。他都知道。我試問他一聲。賣酒的有麽。〔小二云〕有。官人要打多少酒。〔孔目云〕你這廝不爽利。張保在那裏。你叫他來。〔小二云〕官人請坐。我叫他去。張保。有人尋你哩。〔正末扮張保上云〕來也。買賣歸來汗未消。上牀猶自想來朝。爲甚當家頭先白。曉夜思量計萬條。小人江西人氏。姓張名保。因爲兵馬嚷亂。遭驅被擄。來到回回馬合麻沙宣差衙裏。往常時在侍長行爲奴作婢。他家裏吃的是大蒜臭韭。水答餅。秃秃茶食。我那裏吃的。我江南吃的都是海鮮。曾有四句詩道來。〔詩云〕江南景致實堪誇。煎肉豆腐炒東瓜。一領布衫二丈五。桶子頭巾三尺八。他屋裏一個頭領。罵我蠻子前。蠻子後。我也有一爺二娘。三兄四弟。五子六孫。偏是你爺生娘長。我是石頭縫裏迸出來的。謝俺那侍長見我生受多年。與了我一張從良文書。本待回鄉。又無盤纏。如今在這鄭州城外開着一個小酒店兒。招接往來客人。昨日有個官人買了我酒吃。不還酒錢。我趕上扯住道。還我酒錢來。他道你是甚麽人。我道也不是回回人。也不是達達人。也不是漢兒人。我説與你聽者。〔唱〕

【南吕一枝花】我是個從良自在人。賣酒饒供過。務生資本少。醖釀利錢多。謝天地買賣和合。憑老實把衣食掇。俺生活不重濁。不住的運水提漿。炊盪時燒柴撥火。

【梁州第七】也强如提關列窨。也强如斡擔挑籮。滿城中酒店有三十座。他將那醉仙高掛。酒器張羅。我則是茅菴草舍。瓦甕瓷鉢。老實酒不比其他。論清閒壓盡鳴珂。又無那胖高麗去往來迎。又無那小扒頭濃妝豔裹。又無那大行首妙舞清歌。也不是我獎譽太過。這黄湯强如醇醪糯。則爲我釃酒漿水刺破。麪米相停無添和。那説起玉液金波。

〔做見科〕〔孔目云〕張保。你在那裏來。這早晚纔來。你打二百錢的酒來。〔正末云〕打二百錢的酒。篩的熱。着孔目自己吃。〔孔目云〕酒且慢慢的吃。你這裏有甚麽新事。〔正末云〕有新事。一貫鈔買一個大燒餅。别的我不知道。〔孔目云〕不是這個。這裏有個鄭孔目。娶了一個小婦。折倒他前家一雙兒女。〔正末云〕官人這個我知道。你聽我説。〔唱〕

【賀新郎】前家兒招了個後堯婆。小媳婦近日成親。大渾家新來亡過。題名兒駡了孜孜的唾。駡那無正事頽唆。則待折損殺業種活撮。〔孔目云〕那婦人折倒他一雙兒女。他那街坊可駡鄭孔目麽。〔正末唱〕這厮掌刑法做令史。覓錢來養嬌娥。送的他人離財散家緣破。那賤人也不是魯義姑。這厮也不是漢蕭何。

〔孔目云〕我聽的説。那小婦人不與他兩個孩兒飯吃。那兩個孩兒只在長街上討吃。有這話麽。〔正末唱〕

【紅芍藥】道偷了米麪把瓮封合。揀的些冷飯兒。又被堯婆劈手把碗來奪。孩兒每雨淚如梭。黄甘甘面皮如蠟堝。前街後巷叫化些波。那孩兒靈便口嘍囉。且是會打悲阿。

【菩薩梁州】湯水兒或少或多。乾糧兒一箇兩箇。米麪兒一撮半撮。捨貧的姐姐哥哥。他娘在誰敢把氣兒呵。糖堆裏養的偌來大。如今風雪街忍着十分餓。他不愛惜倒折挫。常言道灰不如火熱。多敢怕我信口開合。

〔孔目云〕張保。聽的人説。那堯婆有姦夫。作踐了鄭孔目的家私。你可常去他家送酒。這等勾當。却是有也無。〔正末云〕當日那堯婆來問張保買酒。張保送去。進入後門。我張保在那裏等出家火。那堯婆教那兩個孩兒燒着火。那婆娘和了麪。可做那水答餅。煎一個。吃一個。那兩個孩兒在竈前燒着火。看着那婆娘吃。孩兒便道。妳妳。肚裏饑了。那婆娘將一把刀子去盤子上一劃。把一箇水答餅劃做兩塊。一箇孩兒與了半個。那孩兒歡喜。接在手裏。番來番去。吊在地下。那婆娘説兩個争嘴。官人。他只是怕熱。〔唱〕

【駡玉郎】把孩兒風流罪犯尋些箇。吊着脚腕又不敢將脚尖那。當日紛紛雪片席來大。衣服向身上剥。井水向堦下潑。肐膝兒精磚上過。

【感皇恩】他將那門户關合。怎生結磨。顫欽欽跪在堦基。可丕丕心驚懼。撲簌簌淚滂沱。當日箇天時凜冽。怎能勾身上温和。孩兒每縮着脖項。拄着下頦。聳着肩窩。

【採茶歌】僧住將手心兒搓。賽娘把指尖兒呵。凍的他戰篤速打頦歌。他可也性子利害母閻羅。〔孔目云〕他可喚做甚麽。〔正末唱〕則他是上廳行首喚做燒鵝。〔孔目云〕敢是蕭娥。〔正末云〕哦。是蕭娥。〔孔目云〕張保。那鄭孔目的孩兒。也常到你這裏來麽。〔正末云〕他早晚便來也。〔孔目云〕等他來時。你引來見我。〔倈兒上云〕我是鄭孔目的孩兒。沿門叫化了。回張保店裏去。〔做見末科〕〔正末云〕兩個孩兒。這裏有個官人。你見他去。〔倈兒見孔目科〕〔哭云〕兀的不是俺爹爹。〔孔目云〕兀的不是我兩個孩兒。則被你痛殺我也。〔正末唱〕

【哭皇天】我與你打鬧處先趓過。拿笠兒忙蓋合。心驚的我面没羅。〔孔目云〕張保。〔正末云〕你是張保。〔孔目云〕我喚你哩。〔正末云〕我喚你哩。〔孔目云〕你看這廝波。你如何這等荅應我。〔正末唱〕小人幾曾離了鏇鍋。我是王留一般弟兄兩個。〔帶云〕官人也。〔唱〕你莫不是眼摩挲。錯認了你這親眷。你却是姓甚麽。〔孔目云〕張保。我便是鄭孔目。〔正末唱〕

【烏夜啼】謝天地小人剛道的這淫邪貨。並不曾道甚孔目哥哥。〔孔目云〕你也駡的我勾了。你説他有姦夫。是那一個。〔正末唱〕要姦夫略數與你三十箇。盡都是把手爲活。對酒當歌。鄭州浪漢委實多。〔云〕那姦夫姓高。〔孔目云〕高甚麽。〔正末唱〕高陽公子休空過。憑着我在口言是亡身禍。言多語少。小人有些九伯風魔。

〔孔目云〕既然那婦人有姦夫。把我這一雙兒女寄在你這店中。我今夜晚間越墻而過。把姦夫淫婦都殺了罷。〔正末唱〕

【黄鍾尾】潤紙窗把兩個都瞧破。拽後門將三簧鎖納合。捕巡軍快拿捉。急開門走不脱。到官司問甚麽。取了招帶枷鎖。建法場把市郭。上木驢。着刀剁。萬剮了堯婆。兀的不痛快殺我。〔下〕

〔孔目云〕天色晚了。我殺那姦夫淫婦去來。〔下〕〔搽旦同高成上云〕高成。我老公不在家。我和你永遠做夫妻。可不受用。〔高成云〕難得你這好心。我買條糖兒請你吃。〔孔目云〕天色晚了。我來到這後園墻下。攀着這柳枝。跳過這墻。來到卧房門首。我試聽咱。〔高成云〕我怎麽有些心跳。把這吊窗開着。有人來時我好走。〔孔目云〕可知有姦夫。我踏開這門進去。〔高成慌科云〕不中。有人來了。走走走。〔下〕〔孔目云〕兀的不是姦夫也。〔搽旦云〕姦夫在那裏。〔孔目云〕這等婦人要做甚麽。不如殺了罷。〔搽旦云〕救人也。〔孔目殺科〕〔搽旦下〕〔孔目云〕我待走了。可不帶累鄰舍。我索官司中出首去來。〔下〕

〔音釋〕稕准去聲　爽霜上聲　八音巴　迸逋夢切　醞音韻　釀泥降切　合音何　掇音朵　濁之娑切　盪湯去聲　窖音叫　斡烏括切　瓷音慈　缽波上聲　他音拖　釃音篩　液音逸　唾拖去聲　唆音梭　撮磋上聲　奪音多　堝音窩　阿何哥切　劃音畫　腕碗去聲　顫音戰　簌音速　滂鋪忙切　沲音陀　頦音孩　搓音磋　赸山去聲　娑音梭　活音和　瞧音樵　簧音

黄 捉之左切 脱音妥 麼眉波切 郭音果 副音寡

第四折

〔李尹引張千上云〕小官李公弼。見任鄭州府尹。今日陞廳坐起早衙。張千。喝攛廂。〔張千云〕在衙人馬平安。擡書案。〔孔目上跪科〕〔李尹云〕兀的不是孔目鄭嵩。你告甚麼。〔孔目云〕小人去京師攢造文書回來。撞見姦夫在妻子房内。我踏門進去。姦夫走脱。小人將妻子殺了。今來出首。〔李尹云〕鄭嵩。你怎做的執法人。拿姦要雙。拿賊要贓。走了姦夫。你可殺了媳婦。做的箇無故殺妻妾。該杖八十。迭配遠惡軍州。張千。拿下去打着者。〔張千云〕小人行杖。〔高成云〕今日該我當日。我行杖。〔高成打科云〕六十。七十。八十。〔孔目云〕那行杖的可是高成。則被他打殺我也。〔李尹云〕與他臉上刺了字。迭配沙門島。張千。着一個能行快走的解子。便解將去。〔高成云〕小人解去。〔李尹云〕只今日就行。〔高成押出門科〕〔孔目云〕我和你有甚麼冤讎。你打的我這般狠。〔高成云〕你今日這井可也落在弔桶裏麽。〔孔目云〕天那。有誰人救我也。〔同下〕〔李尹云〕今日無事且轉廳。〔詩云〕非我不憐他。他罪原非小。姑免赴雲陽。且配沙門島。〔下〕〔正末扮宋彬引僂儸上詩云〕虎着痛箭難舒爪。魚遭密網怎翻身。運去劍誅無義漢。時來金贈有恩人。自家護橋龍宋彬。自從解出鄭州。到的半路。被我扭開枷鎖。打死了解子。就在這山中落草爲寇。好是快活也呵。〔唱〕

【雙調新水令】我如今向槽房連甕掇將來。償還了我弟兄每口債。酒斟着醇糯醅。膾切着鯉魚胎。今日開懷。直吃的沉醉出山寨。

（云）小僂儸斟酒來。（僂儸進酒科云）哥哥滿飲一杯。（正末唱）

【沉醉東風】兄弟每滿滿的休推莫側。直吃的醉醺醺東倒西歪。把猪肉來燒。羊羔來宰。你可便莫得遲捱。直吃到梨花月上來。酒少呵您哥哥再買。

（云）嗨。我幾乎忘了。我當初犯罪之時。若不是鄭孔目哥哥救我性命。豈有今日。近來聞得俺哥哥也犯了罪。迭配沙門島去。我想這等遠惡軍州。莫説到得那裏。只在路上少不得是死的。古人有言。有恩不報。非丈夫也。小僂儸。徹了酒者。（唱）

【落梅風】只管裏貪戀着酒如泉。可頓忘了他恩似海。萬一個在中途被人謀害。可不乾着了當初救命來。則問你護橋龍宋彬安在。

（云）我如今點起五百名僂儸。直到鄭州地面。若是俺哥哥解在中途。正好迎着。一同回還山寨。若是未經解出。捹的劫牢。定要救俺哥哥者。（做上路科）（倈兒上云）俺兩個僧住賽娘便是。俺父親迭配沙門島。如今在酷寒亭上。俺叫化些殘羹剩飯。與他充饑去。（做見僂儸拿住科）（正末云）這兩個叫化小孩兒是誰家的。（倈兒跪科云）俺是鄭孔目的孩兒賽娘僧住。將軍可憐見波。（正末唱）

【喬牌兒】俺這裏見孩兒添驚怪。破衣服怎遮蓋。凍的他兩隻手似冬凌塊。誰救你爹爹脱杻械。

〔倈兒云〕我叫化些殘茶剩飯。與俺父親吃。〔正末云〕你父親在那裏。〔倈兒云〕俺父親因拿姦夫。殺了淫婦。被官司問遣迭配沙門島去。如今在酷寒亭上哩。〔正末云〕小僂儸跟了我。就到酷寒亭上。救俺哥哥走一遭去。〔同下〕〔高成押孔目上科〕〔孔目云〕哥哥且慢行者。我兩個孩兒尋覓些茶飯去了。我在那酷寒亭上等一等。避過這雪。慢慢的再行將去。〔高成云〕你這兩個小業種。少不得先結果了他。方纔慢慢的處置你。既是雪大。且避過了這雪再走。〔正末引僂儸同倈兒上〕〔唱〕

【川撥棹】這兩個小嬰孩。引三軍何處來。赤緊的雲鎖冰崖。風斂陰霾。雪灑塵埃。則半合兒早粉畫樓臺。玉砌衢街。俺軍中也做了銀粧甲鎧。俺哥哥在酷寒亭怕不活凍煞。

〔云〕兀的不是俺哥哥。小僂儸。休教走了解子。且打開哥哥的枷鎖者。〔做解科〕〔唱〕

【七弟兄】莫猜。快來。把枷鎖疾忙開。將哥哥左右相扶策。在鬼門關奪轉得這凍形骸。向酷寒亭展脚輪腰拜。

〔孔目云〕兀的不諕殺我也壯士。你是誰。〔正末云〕哥哥。則我就是護橋龍宋彬。〔唱〕

【梅花酒】喒兩個自間隔。爲殺了裙釵。攬下非災。不得明白。沙門島程途怎地捱。酷寒亭風雪如何奈。從别離三二載。睡夢裏記心懷。天對付巧安排。

〔孔目云〕兄弟。是我當日救你命來。今日你却做我的大恩人也。〔正末唱〕

【收江南】呀。誰承望月明千里故人來。則被這潑煙花送了你犯由牌。狠公人又待活燒埋。到今日救解。早收拾了那一點淚沾腮。

〔孔目云〕兄弟。你救我咱。則這解子高成。便是姦夫。〔高成云〕我死也。〔正末云〕小僂儸。將這姦夫與我綁了。替哥哥報讎。〔高成云〕不干我事。我吃長齋的。肯做這勾當。〔孔目云〕兄弟。教我怎生是好。〔正末云〕哥哥休謊。同兩個孩兒權到山寨上住幾日。再作計較。〔唱〕

【鴛鴦煞】從今後深讎積恨都消解。且到我荒山草寨權停待。暢道是本姓難移。三更不改。做一場白日胸襟。轟雷氣概。將這廝吃劍喬材。任逃走向天涯外。我也少不得手到拿來。則做死羊兒般弔着宰。

〔云〕小僂儸。把那廝先綁上山去。就安排果卓。請哥哥到寨中做慶喜筵席。將那廝萬剮凌遲。以報冤恨者。〔詞云〕今天下事勢方多。四下裏競起干戈。其大者攻城略地。小可的各有巢窠。非是我甘心爲盜。故意來啜賺哥哥。眼見得這場做作。官司裏怎好兜羅。且共我同歸草寨。徐觀看事勢如何。肯容他高成走脱。早拏來綁縛山坡。先下手挑筋剔骨。慢慢的再剖胸窩。也等他現報在眼。纔把你讎恨消磨。待幾時風塵寧静。我和你招安去未是蹉跎。

〔音釋〕醅鋪梅切　膾音貴　側齋上聲　杻音丑　械音薤　霾音埋　煞雙債切　策釵上聲　隔皆上聲　白巴埋切　轟音烘　啜昌說切　賺音湛　蹉音嗟　跎音陀

題目　後堯婆淫亂辱門庭
　　　潑姦夫狙詐占風情
正名　護橋龍邂逅荒山道
　　　鄭孔目風雪酷寒亭

桃花女破法嫁周公雜劇

楔子

〔老旦扮卜兒上詩云〕衣止三丈布。食唯半升粟。但得一子孝。便爲萬事足。老身本姓李。夫主姓石。人口順都喚我做石婆婆。祖居洛陽人氏。我們住的村坊。也有百十多家。出名的止有三姓。一姓彭。一姓任。一姓石。却好依年紀兒排房去。那姓彭的名彭祖。叫彭大公。姓任的名任定。叫任二公。我夫主名石之堅。叫石三公。這三姓人家。有無相濟。真個是異姓骨肉一般。只是子孫少。那彭大公寸男尺女皆無。任二公養得一女。喚做桃花。單則我家有個孩兒。喚做石留住。今年二十歲了。我夫主亡化之後。全虧這孩兒早起晚眠。營幹生理。養活老身。自春初收拾些貲本。着孩兒販南商做買賣去。至今杳無音信。想我河南人出外經商的。可也不少。怎生平安字稍不得一箇回來。我常常見彭大公説。他主人周公開着座卦舖。但經他算的。無不靈驗。我如今不免尋彭大公去。割捨幾文錢。算其一卦。看我孩兒幾時回家。可不好也。〔下〕〔冲末扮周公引外彭大上詩云〕洛陽老翁無所適。上天下地鶴一隻。除却人間問卜時。滴露研朱點周易。老夫周公是也。自幼攻習周易之書。頗精八卦之理。在於洛陽居住。渾家早年亡逝已過。嫡親的三口兒家屬。孩兒學名增福。今年二十一歲。還不曾與他定得親事。女兒小字臘梅。止得十三歲。也還不曾許人。以下亦無甚麼家僮使女。止有一個傭工的喚做彭祖。自從老夫在城中開個卦舖。整整三十年。此人便在我家做工。每年與他五兩銀子。此人勤謹老實。又不懶惰。又不偷盜。我家中甚是少他不的。所以年年僱他。也有三十多年了。近因年老。做不的甚麼重大生活。只教他管舖。無非開舖面。掛招牌。抹桌櫈。收課錢。這輕省的事。不是老夫誇口說。真箇陰陽有准。禍福無差。我出着大言牌。寫道一卦不着。甘罰白銀十兩。這三十年來並無一個算差了。被人拿了我那銀子去。彭祖。今日開開卦舖。掛起招牌。將這一個銀子挑出去。看有什麼人來。〔彭大云〕理會的。〔做挑銀子科云〕兀那一街兩巷。過來過往的人。您都聽着。俺這周公。陰陽有准。禍福無差。但是一卦算不着。甘罰這一箇銀子。你要算吉凶的。蚤些兒來也。〔卜兒上云〕轉過隅頭。抹過屋角。此間有個卦舖。不知可是周公的。怎得彭大公出來。便好問他。〔彭大做出見科云〕呀。石婆婆。你那裏去。〔卜兒云〕你常對我說周公的卦算得有准。我因要問我兒子幾時回家。特特算卦來。〔彭大云〕這就是周公的卦舖。你隨我見去。〔卜兒做入見科〕〔彭大云〕老爹。這石婆婆是我的鄰舍。有個兒子做買賣去了。半年多不見音信。要你與他算一卦。看道幾時得回家來。〔周公云〕這等。教他說那兒子的生年八字來。〔卜兒云〕我兒子今年二十歲。三月十五日午時生。〔周公做算科云〕乾坎艮震巽離坤兑。〔做拍桌科云〕嗨。便好道陰陽不順人情。我說則說。你休煩惱。你那兒子注着壽夭。〔卜兒云〕便壽短也罷了。只要得他回來。也等我得見他一面。〔周公做搖頭科云〕你要見面不能勾。這卦中該今夜三更前後。三尺土底下板殭身死也。〔卜兒云〕老爹。

你敢是要我麽。還再與他算算看。〔周公做冷笑云〕你這婆婆。怎麽説我作耍。我的陰陽有准。禍福無差。若是算不着。我甘罰這一個銀子與你。〔彭大云〕嗨。好可憐也。石婆婆。俺周公的卦斷生斷死。斷了三十年。不曾差了一個。你那孩兒定無活的人也。你快回家打點復三去。〔卜兒云〕老爹休怪。這一分銀子。送你做課錢。〔周公云〕婆婆。你將的去。我不要你的。〔卜兒做謝別悲科云〕天那。天那。兀的不煩惱殺人也。〔詞云〕聽説罷流淚悲傷。恰便似刀攪心腸。不争兒板殭身死。天那。着誰人送我無常。〔下〕〔周公云〕今日清早起開鋪。就算着這一卦。好不順當。我也不起卦了。彭祖。與我關上鋪門。我注周易去也。〔同彭祖下〕〔正旦扮桃花女上云〕妾身任二公家桃花女是也。我待繡幾朵花兒。可没鍼使。急切裏等不得貨郎擔兒來買。我想石婆婆家小大哥是販南商的。常有江西好鍼在家裏。我如今到石婆婆處。與他討一兩根咱。〔卜兒哭上云〕我那兒阿。兀的不痛殺我也。〔正旦做見科云〕呀。石婆婆。你在那裏來。〔卜兒云〕我到周公卦鋪裏起課來。〔正旦云〕婆婆。你爲何這般煩惱。〔卜兒云〕兒也。你可不知。我因爲孩兒做買賣出去了。半年多不見回還。我心中有些恍惚。去到周公卦鋪裏算了一卦。他道我孩兒注該今夜三更前後。三尺土下板殭身死。怎教我不煩惱也。〔正旦云〕婆婆。便好道陰陽不可信。信了一肚悶。你小大哥那裏便犯這般横禍。你信他怎的。〔卜兒云〕人都説周公的卦。無有不靈驗的。不由我不信。只是我那兒阿。知道你今夜死在那裏。好收拾你骨殖去也。〔做悲科〕〔正旦云〕婆婆。你且省煩惱。説你那小大哥的生年月日來。等我與他掐算者。〔卜兒云〕他是二十歲。三月十五日午時生的。〔正旦做掐指科云〕嗨。周公能算也。真箇該今夜三更前後。三尺土底下板殭身死。只是也還可解禳哩。婆婆。我救你小大哥咱。〔卜兒云〕你若救得我孩兒性命。等他回來。多多的謝你也。〔正旦云〕我教與你。到今夜晚間三更前後。你倒坐着門限上。披散了你頭髮。將馬杓兒去那門限上敲三下。叫三聲石留住哥哥。他便不死了也。〔唱〕

【仙吕端正好】我說與你自心知。休對着別人道。我可憐見你皓首年高。你省可裏添煩惱。只等的一鼓盡二鼓交。驟雨過猛風飄。坐着門桯披着頭稍。將小名兒喚。馬杓兒敲。捱今夜。待明朝。〔帶云〕婆婆。你則牢記者。〔唱〕穩情取做買賣的那兒來到。〔卜兒云〕兒也。可有這等事麽。〔正旦云〕難道我哄你。只依着我的話去做。包你小大哥明蚤回來也。〔卜兒云〕呀。我倒忘了。你適纔到我家來做什麽。〔正旦云〕婆婆。我不爲別的。要和婆婆討個江西鍼兒繡花。〔卜兒云〕鍼兒有。等明日孩兒回來。我就帶着鍼兒同孩兒來謝你也。〔正旦云〕這等。婆婆我去也。〔下〕〔卜兒云〕桃花女去了也。我不免依着他的説話。等到三更前後。風止雨息。倒坐在門限上。披散了頭髮。將馬杓兒去那門限上敲三敲。叫三聲石留住。搭救孩兒則個。〔下〕〔小末扮石留住上詩云〕耕牛無宿草。倉鼠有餘糧。萬事分已定。浮生空自忙。自家石留住的便是。春間辭別了母親。出來做一場買賣。謝天地利增十倍。今日回家來到這裏。争奈天色已晚。又遇着風雨。前不巴村。後不着店。怎生是好。〔做看科云〕兀的不是一座破瓦窑。權躲在窑内。捱過一夜。明蚤回見母親去。我入的這窑來。且歇息些兒咱。〔做睡科〕〔卜兒上云〕

這蚤晚是時候了。待我披開頭髮。倒坐門限上。把馬杓兒敲三敲。叫三聲石留住待。〔做敲叫三科下〕〔石留住做三應科云〕是那個叫我。出的這窑來。又不見個什麽人。〔做驚科云〕呀。我石留住好險也。我纔出的這窑來。這窑忽的倒了。争些兒把我壓死在窑底下哩。如今風雨已息。天色漸明。我不敢久停久住。趕回家見我母親去。可蚤來到家門首也。母親。開門來。開門來。〔卜兒做開門石留住入見科云〕母親。您孩兒來家了也。〔卜兒云〕你是人也是鬼。〔石留住云〕您孩兒怎麽是鬼。〔卜兒云〕你若是人。我叫你一聲。你應我一聲高似一聲。若是鬼呵。一聲低似一聲。〔卜兒做叫科云〕石留住待。〔石留住做應科云〕哎。〔卜兒再叫科云〕石留住待。〔石留住再應科云〕哎。〔卜兒三叫科云〕石留住待。〔石留住云〕我哄母親咱。〔做低應科云〕哎。〔卜兒做怕科云〕是鬼是鬼。〔石留住云〕母親爲何如此。〔卜兒云〕孩兒你不知。因你離家許久。老身放心不下。這城中有個周公。善能算卦。出着大言牌。上面寫道。一卦不着。罰銀一錠。是他算你該昨夜三更前後。三尺土底下板殭身死也。〔石留住云〕母親。這周公也算的着。昨夜晚間。孩兒在破瓦窑中歇息。三更前後。不知是什麽人叫我三聲。我在睡夢中應了三聲。慌忙走出窑來看時。這窑便忽的倒了。争些兒壓死在窑底下哩。〔卜兒云〕孩兒也。你道周公算的着。還有一個算的着。我昨日算卦回來。適值任二公家桃花女來到我家借鍼兒。是他見我有些煩惱。問其緣故。我將前事説與他。他問了你生年八字。掐算了一偏。他説不妨。這箇是有救的。教我到三更前後。披開頭髮。倒坐門限上。敲着木馬杓。叫你三聲石留住。我依了他這般做。不想你今早果然無事回來。

着我歡喜不盡。〔石留住云〕母親。這等看來。周公算不着了。待孩兒去問他。要這個銀子何如。〔卜兒云〕你去恐怕他不服。不肯罰這銀子。我同你去來。〔並下〕〔彭大做笑科上云〕你道我彭大公爲何發這笑來。只好笑我家主人周公。開着卦舖。但是人來算卦的。少不的吉也斷。凶也斷。生也斷。死也斷。昨日算我隔壁石婆婆的兒子石留住該死。道是不利市。到今蚤日將晌午。方纔着我開舖面。掛起那大言牌。你道好淡麽。〔卜兒同石留住上云〕彭大公。你周公算我孩兒昨夜三更三尺土下板殭身死。我孩兒今日可怎生無事回來。算不着。我來問他要這挑出的一錠銀子。〔彭大做驚科云〕哎喲。石小大哥果然没事。是他算不着了也。我周公在卦舖裏面。你自喚他出來。白他謊。討他銀子去。〔周公上做見科云〕你這婆婆又來怎的。〔卜兒云〕老爹。你算我孩兒昨夜身亡。算不着。你將那罰的銀子與我。〔周公云〕我豈有算不着的。〔卜兒云〕這個不是我孩兒石留住。是今蚤回來的。〔周公云〕敢不是你兒子。私下借倩這個小厮。要我的銀子。來壞我的買賣。〔卜兒云〕我只有的這個孩兒。彭大公也認的他哩。〔彭大云〕是他的親兒子。與他銀子去罷。〔周公云〕住住住。教他兒子自説生年八字來。等我再算。〔石留住云〕我今年二十歲。三月十五日午時生。〔周公云〕是這八字。〔做再算驚科云〕怪哉。這命本等該昨夜三更前後三尺土底下板殭身死。今日算來。有個恩星臨時進命。救他無事。怎麽昨日没這恩星。今日便有恩星救命。這小後生一定不是石婆婆的兒子。〔彭大云〕你這老人家。他在我隔壁住。從小裏看生見長的。怎麽不是。説話在前了。我只除下這挑出的銀子與他去罷。〔做與砌末科〕〔卜兒云〕孩兒。

得了這銀子。俺們回家去來。〔下〕〔周公做悶科云〕我算了三十年卦。不曾差了。今日可怎生差算。被人罰了銀子去。兀的不悶殺我也。〔彭大云〕想是你老了。不濟事了。教一街兩巷過來過往的人。都説周公算不着。被人罰了這挑出的一個銀子去。下次再不要他算了。您好知道麽。您常在我根前賣弄這陰陽有准。禍福無差。今日如何。好惶恐人也。毛毛毛。〔周公云〕這一個銀子不打緊。只是掛了三十年。今朝被人拿去。真個惶恐。彭祖。與我關上舖門。我也不去註周易了。〔詩云〕獨擅陰陽三十秋。猶餘妙理未窮搜。饒君掬盡西江水。難洗今朝這面羞。〔彭大同下〕

〔音釋〕傭音容　夭音杳　殭音姜　當去聲　横去聲　禳仁張切　杓繩昭切　桯音汀　分去聲　晌音賞

第一折

〔周公同彭大上〕〔彭大云〕老官人。不要怪我老人家多嘴。你自從開這卦舖已來。也賺的勾了。剛剛吃拿了一個銀子去。便關上舖門。何等小器。我聞的古人有言。智者千慮。必有一失。你算了三十年的卦。從不曾算差了。止差的一個。也不爲多。你的名頭傳播的遠了。那算卦的人。難道爲這一個不着便不來要你算。若如此别家起課的。鬼也没的上門了。如今這青天白日。關着舖門。像什麽模樣。便好道一日不害羞。三日喫飽飯。我們靠手藝的買賣。怎害得許多羞。老官人。你依我説。到厢子角兒裏再取出個銀子來。待我依舊開了舖面。掛上招牌。挑出這甘罰的銀子去。怕做甚的。〔周公云〕你可不是這等説。我這一個挑着三十年了。如今被人拿去。我是出大言牌的。教我有甚嘴臉。好見那火算卦的人。不若且關舖門幾日。等他一街兩巷的人再三求我算卦。然後重開舖面。方纔好看。我在此悶坐。甚是無事。你説你那年月日時來。等我與你閒算咱。〔彭大云〕你要算我的命。被別人拿了你銀子去。拿我來襯舖兒。老官人。你不濟事。不要算我罷。〔周公云〕你這老弟子孩兒。我好意與你掐算掐算。講這等胡話。你説你那年月日時來。〔彭大云〕你左右算不着。我説與你知道。我今年六十九歲了。〔周公云〕幾時生的。〔彭大云〕五月初五日戌時生。〔周公做算科云〕乾坎艮震巽離坤兑。嗨。可是兩個兒也。彭祖。你今日安然。明日無事。到後日午時。合該土炕上板殭身死。〔做哭科〕〔彭大云〕你家裏盛廂滿籠放着銀子。纔喫人拿的一個去。便是這等啼哭。這銀子想是你的命哩。〔周公云〕我哭你哩。〔彭大云〕誰呢。〔周公云〕你到後日。日當卓午。土炕上板殭身死。〔彭大云〕好説。我可怎麽得死。我不死。你死。〔周公云〕我這陰陽有准也。〔彭大云〕是你這陰陽有准。石留住不活了。老官人。你把這陰陽收拾起罷。你這陰陽是哈叭狗兒咬蛇蚤。也有咬着時。也有咬不着時。我不信你了。〔周公云〕來來來。你伏侍我多年。只今日放你回去。打點送終之具。〔做與砌末科云〕分外與你一兩銀子。買些酒肉吃。辭別了你那親識朋友。你死之後。我好好殯送你也。〔下〕〔彭大云〕老官人。你回來再與我算一算。可有甚恩星救麽。〔做哭科云〕我又不曾要他算。平白地問了我八字。説我只在後日午時。土炕上板殭身死。打緊的我又怕死。這板殭的板字。教我怎當的起。待不信他來。他可陰陽有准。待信他來。我已是死的人了。那個救得。恰纔他與我一兩銀子。着我買些酒肉吃的醉飽。辭别了一班兒親識朋友去。我有什麽親識朋友在那裏。只有隔壁任二公。我今日先辭他一辭。就帶這銀子去與他喫一鍾。〔做哭科云〕天呵。教我怎當的這板字也呵。〔下〕〔外扮任二公上〕〔詩云〕急急光陰似水流。等閒白了少年頭。月過十五光明少。人到中年萬事休。老漢姓任名定。人口順都叫我做任二公。婆婆亡逝已過。别無甚麽得力兒男。止有一個女兒。長成一十八歲。未曾許聘他人。這孩兒生下來左手上有桃花紋兒。因此上唤做桃花女。今日無事。我到門前閒看去咱。〔彭大上云〕恰好任二公正在門首。待我見去。〔做見科云〕兄弟。今日特來辭别你去也。〔任二公云〕哥哥。你要辭我往那裏去。〔彭大云〕兄弟不知。今日周公算我一卦。道我到後日午時身亡。以此先來辭你。〔做哭科〕〔任二公云〕哥哥且省煩惱。這陰陽事信他怎麽。那裏便准。〔彭大云〕那周公算的卦。從來没個不准。教我怎不煩惱。他今日與我一兩銀子。買些酒肉吃。辭别了一班兒親識朋友去。我銀子現帶在這裏。待我買壺酒來。與兄弟吃一鍾。〔任二公云〕你到我家。倒吃你的。只等我女孩兒回來。安排些酒肉。與哥哥食用咱。〔正旦上云〕妾身桃花女的便是。蚤間石婆婆送了我鍼兒。適纔到街市上配些絨線回來。謝天地今年好收成也呵。〔唱〕

【仙吕點絳唇】俺則見四野田疇。禾苗豐茂。登場後。鼓腹歌謳。現如今無士馬絶征鬭。

【混江龍】雖然是農家耕耨。感謝得天公雨露有成收。則俺這村居野疃。那羡您畫閣朱樓。你道官人每出來的乘駿馬。怎如俺那牧童歸去倒騎牛。俺可也比每年多餘黍麥。廣有蠶桑。囤塌細米。垛下乾柴。端的個無福也難消受。您穿的是輕紗異錦。俺穿的是坌絹的這麤紬。

〔做見科云〕伯伯萬福。〔背云〕你看他爲何這般煩惱。莫不是與我父親有什麽言語來。〔唱〕

【油葫蘆】你兩個自小兒相隨到白頭。端的是老故友。但同行共坐笑無休。我則道別逢閒漢頻搖手。你可也敢則是飽諳世事慵開口。俺則見這壁廂悶悶的迎。那壁廂鬱鬱的憂。〔帶云〕伯伯。〔唱〕你爲甚麽這等悄無言則辦的眉兒皺。泪簌簌不住點兒流。

〔云〕伯伯。我去整治些酒菜兒來。與俺父親飲幾杯去。〔唱〕

【天下樂】却不道一盞能消萬古愁。則俺這村也波坊。不比那府共州。那裏取笙歌綺羅擁上樓。這快樂俺這裏無。這快樂您那裏有。伯伯也俺這裏止不過是村務酒。

〔正旦暫下〕〔任二公云〕哥哥。我女孩兒取酒去了也。我勸你開着懷抱。那陰陽則不要信他。便准殺也是後日的事。常言道。今朝有酒今朝醉。明日愁來明日當。你到後日。再看如何。且管今日喫個醉去也。〔彭大云〕酒元是我要吃的。只是心頭被他這個卦兒當着。教我怎生喫的下去。〔正旦捧酒上做送酒科云〕伯伯。滿飲此杯。〔彭大做接酒不飲科〕〔正旦云〕伯伯。你接着酒。則是不飲。可也爲何。〔唱〕

【寄生草】俺這裏有的是黄雞嫩。白酒熟。伯伯也你莫不爲茅簷草舍庄家陋。〔彭大云〕俺每都是庄農人家。一村疃兒居住的。有甚麽好房子在那裏。〔正旦云〕我也道來。〔唱〕也一般兒青山緑樹風光秀。〔帶云〕况我父親呵。〔唱〕又和你傾心吐膽交情厚。〔彭大云〕兒也。你不知道。我家主人周公。今日與我算一卦。道我没壽。以此喫酒不下。〔正旦云〕伯伯。你没壽今年也六十九歲了。〔唱〕但願的樂豐年醉倒有百千場。何必要鍊丹砂學取那松喬壽。

〔彭大做歎氣科云〕兒也。你勸我喫酒。豈不是你好意。但那周公的算卦。打着個大言牌説道。陰陽有准。禍福無差。若一卦算不着。甘罰白銀十兩。我見他開鋪三十多年。剛則是那石婆婆的孩兒石留住一個。可也算錯了。被他要了這錠銀子去。今番他在舖裏問我的生年八字。與他掐算一卦。道是今日安然。明日無事。到後日午時。該在那土炕上板殭身死。因此來辭别你父親。〔做哭科云〕兒也。這板殭的板字。教我怎生當那。〔正旦云〕伯伯。你説你的生年八字來。等我也替你掐算咱。〔任二公云〕哥哥。我這孩兒也説道會起課。常常在手兒上掄掄掐掐。胡言亂話的。一般有准處。你説與他算波。〔彭大云〕兄弟。你這女孩兒家怎麽算的周公過。我今年六十九歲。五月初五日戌時生。〔正旦做掐指科云〕嗨。周公好能算也。真個注定後日日當卓午。土炕上板殭身死也。〔彭大做哭科云〕我可道周公算的有准。則隔明日一日。兄弟。我便與你永無會期。我是死的人了也。〔正旦唱〕

【後庭花】你則管裏絮叨叨説事頭。舌剌剌不住口。你便待准備着哭啼啼長休飯。伯伯也咱與你換上這喜孜孜歡慶酒。休得要泪交流。我着你依前如舊。包管你病羊兒犇似虎彪。困魚兒脱了鈞鈎。〔彭大云〕我那周公開了三十年卦鋪。止算差的一個。你怎麼道他又算差了。〔正旦唱〕倒將咱佯不瞅。説周公百事有。轉陰陽得自由。更山川變宇宙。〔彭大云〕我伏侍他三十多年。實見他的卦無有不靈。無有不驗。真個是光前絶後。古今無比。你教我怎生不信他。〔正旦云〕伯伯。〔唱〕

【柳葉兒】你賣弄他光前光前絶後。不由我不鄧鄧火上澆油。〔彭大云〕如今世上。除了那周公一人妙算。再無敵對哩。〔正旦唱〕你道是周公世上無敵手。蚤激的我嗔難忍。怒難收。伯伯也則教他到我行納下降籌。

〔彭大云〕兒也。你可怎生降着他來。〔正旦云〕伯伯。我今番救了你性命。則教他算不着。你意下如何。〔彭大云〕你若救了我老命得不死呵。我雖没甚麽報答你。我當口中銜鐵。背上披鞍。報答你也。〔正旦云〕明日晚間正當北斗星官下降。你買七分兒香紙花果。明燈浄水供養着。等到三更三點。那七位星官下降之時。受了你香紙花果明燈浄水。再要一領浄席。做一個席囤。你悄悄的躲在那裏頭。等星官每臨去。你就跳出那席囤來。你休害怕。不揀那個星官。扯住一個。他問你要官呵。你便道我不要。他問你要禄呵。你便道我不要。他道你都不要。你可要什麽。你便道我則要些壽歲。恁的呵。便好救你的性命不死了也。〔彭大云〕此言有准麽。〔正旦云〕怎麽不准。〔彭大云〕假若星官不來呵。你着我等到多蚤晚也。〔正旦唱〕

【賺煞】直等的月轉矮墻西。人約黄昏後。擺祭物澆茶奠酒。只待那七位星官來領受。伯伯也蚤諕的你顫篤簌魂魄悠悠。那其間你可便休落了芒頭。要記的語句兒滑熟。〔彭大云〕那星官是什麼形相。我可害怕。怎生告他來。〔正旦唱〕忍着怕擔着驚告北斗。比似你做陰司下鬼囚。争似得他這天堂上陽壽。〔帶云〕伯伯。則今夜且和俺父親喫一個爛醉者。〔唱〕管着你笑吟吟同做醉鄉侯。〔下〕

〔彭大云〕兄弟。我如今依着孩兒説。辦些素果齋食。香花燈燭。等到三更半夜。拜告北斗星官去。若得不死呵。我依舊拿這一兩銀子與你做東道吃。天那。則願得所言有准。保全我的老命也。〔任二公云〕哥哥。你只管依着他做去。吉人天相。到後日我同女孩兒來賀你也。〔同下〕

〔音釋〕重平聲　襯初艮切　過平聲　耨囊鬪切　疃湯短切　囤音頓　垜音朵　坌蒲悶切　諳音庵　慵音蟲　簌蘇上聲　那上聲　熟常由切　剌音辣　犇音奔　啾音啾　更音京　行音杭　降奚江切　顫音戰　相去聲

第二折

〔彭大做持祭物科上云〕自家彭大公的便是。那桃花女説今夜晚間。是北斗星官下降之日。我依着他的説話。擺下這七分香紙花果。明燈凈水。拜告星官。又買了一領新席。做個席囤。着我躲在那席囤裹面擺的這祭物都停當了也。我聽上衙更鼓咱。〔做聽科云〕是三更時分了。覺一陣風過。吹的我毛森骨立。敢是星官下來也。我且躲在這席囤裏去咱。〔外七人扮星官引小星兒上詩云〕莫瞞天地莫瞞心。心不瞞人禍不侵。十二時中行好事。災星變作福星臨。吾神乃北斗七星是也。今夜吾神當降臨凡世。糾察人間善惡。來到此處。不知甚麼修善之人。虔心敬意。安排下七分香紙花果。明燈净水。接待吾神。合該領受他供養波。〔做拂袖科云〕吾神去也。〔彭大做跳出扯住科云〕上聖可憐見。救小人咱。〔星官云〕你扯住我。莫不要官麼。〔彭大云〕我不要官。〔星官云〕莫不要禄麼。〔彭大云〕我不要禄。〔星官云〕官禄好受用哩。你都不要。你要些甚麼。〔彭大叩頭云〕小人叫做彭祖。今年六十九歲了。明日午時該死。只望上聖可憐見。與小人些壽歲咱。〔星官云〕這個不打緊。我受了你香燈祭祀。與你名下勾抹了該死的册籍。注上三十歲。有九十九歲壽。〔彭大叩頭云〕勾了勾了。〔星官下〕〔小星兒躲桌下科〕〔彭大云〕恰纔我明明數着八位星官下來。可怎麼則見的七位。這一位到那裏去了。〔做掇桌見科云〕呀。却原來在這裏躲着。〔小星做走彭大扯住科云〕上聖可憐見。〔小星云〕你扯住我要些甚麼。〔彭大云〕我要些壽歲。〔小星做嘆科云〕啐啐啐。〔彭大云〕不是這個啐。我要些壽歲。〔小星云〕你可不蚤說。我七位星官與了你多少。〔彭大云〕他與了我三十歲。〔小星云〕你今年多少年紀。〔彭大云〕我六十九歲了。〔小星云〕這等我也與你一歲。凑做一百歲何如。〔詩云〕彭祖一百歲。牙齒拖着地。飯也吃不的。教他活受罪。衆星官去遠了。我趕上去也。〔下〕〔彭大做伸舌科云〕有這等異事。星官下降也是真的。受了我香燈祭祀也是真的。但不知與我這三十一歲可也是真的。〔内雞鳴科〕〔云〕呀。雞鳴了。天色明了也。只等捱過午時不死。我到周公家討他銀子去。周公也。我替你愁哩。〔下〕〔周公上云〕閻王注定三更死。並不留人到四更。今日是第三日了。可憐那彭祖在我家勤勤謹謹。伏侍了三十多年。如今已過午時。一定是土炕上板殭身死了。我待親去埋殯他。也見的我一點不忘故舊之意。〔彭大上云〕老官人。你這等盛情。我已心領了。你這大言牌在我手裏掛起放倒。三十多年。須不好賴得。這一錠銀子。快拿出來與我。〔周公云〕有鬼有鬼。你靠後些。〔彭大云〕老官人。我行有影。衣有縫。怎麽是鬼。只是你時運倒了。前日算差了石留住。今日又算差了我哩。〔周公云〕只怕你説差了八字。你説真的來。〔彭大云〕我今年六十九歲。五月初五日戌時生。〔周公云〕八字不差。〔掐算科云〕這命不死。有些蹺怪。必是有人破了我的法。要搶我的買賣。〔彭大云〕是你老了不濟事。有那個來破你的法。你前日與了我一兩銀子。如今只與我九兩便是。〔周公云〕銀子不打緊。你跟我進來。待我關上門。〔做打科云〕你不説那個破我的法。我就打殺你。看你可活得成。〔彭大云〕住住住。你這陰陽本慢帳。自家算不着。倒怪人來破你的法。你前日打發我去拜辭親識朋友。我可有甚麽親識朋友。只有我隔壁任二公。去辭別他。説你算我該今日午時身死。那任二公有個桃花女。也與我算一算。説不死。是有救的。明夜三更時分。該北斗七星下降。你備下香燈祭祀。着我躲在席囤兒裏。只等星官領受了臨去之時。便跳出囤來。扯住一個。問他要些壽歲。我依着他。果然有七位星官。被我扯住。與了我三十歲。臨了又有一個油嘴小星兒。也與我一歲。説我整整的一百歲。因此上我得不死。便是那石留住小孩子。也是那桃花女救的。〔周公做算科云〕乾坎艮震巽離坤兑。果然這一夜北斗星官下降。可知道破了我這陰陽。則除是這般。〔做取砌末付彭大云〕我不失信。這十兩銀子與你去。只是你在我家這許多年。我也不曾歹看承你。有一件事你可與我做去。〔彭大云〕是什麽事要我做去。〔周公云〕明日我備下花紅酒禮。要你將到任二公家。只説謝桃花女的。等他受了時。我自有個主意。〔彭大云〕你對我説這主意。我便去。〔周公云〕我不瞞你。我在這洛陽城裏算卦。則有我高。如今桃花女甚有意思。我那個增福孩兒。還不曾定得親事。只等任二公受了我花紅酒禮時。我便好央媒去説親。不怕他不許我。若得他到我家做媳婦。可不顯的我家越有人了。這樁事都在你身上。我還要謝你多如那媒人的哩。〔彭大云〕這個是喜事。我該去。只是任二公與我老兄弟。那桃花女又是救我性命的。這花紅酒禮本等是你的。怎麽認做我的謝禮。我老人家可也不會説謊。〔周公做怒云〕你這些謊不肯説。不肯完成我這樁親事。我這門還是關的。我再打你。〔彭大云〕老官人。不要慄暴。我替你去便了。〔詞云〕勸周公莫便生嗔。將酒禮强勒成親。不争我藏頭露尾。可甚的知恩報恩。〔下〕〔周公云〕彭祖去了也。此事不宜遲慢。就去街市上唤個媒婆來。着他去任二公家説親。定要娶這桃花女做媳婦。我想有這桃花女。怎顯我的陰陽。只等問成了親事時。不怕不斷送在我手裏。正是强中更有强中手。惡人終被惡人磨。〔下〕〔任二公上云〕自家任二公的便是。俺桃花女着彭大公昨夜晚間。等北斗星官降臨。乞求壽歲。今日已過午時不死。想是不死了。〔彭大持砌末上云〕兄弟。非但不死。倒與我添了三十一歲壽哩。〔做謝科云〕兄弟。你女兒的掐算。靈驗的不可當。昨夜果然三更時分。有七個北斗星官下降。我依着你女兒扯住他告壽。七位星官與了我三十歲。臨了一個油嘴小星兒也與我一歲。直活到一百歲。我今日特備些酒禮來致謝。〔做遞酒科云〕兄弟請飲一杯。〔任二公云〕這也難得。我吃我吃。〔做遞三杯俱飲科〕〔彭大云〕這一段兒紅。送與你女兒做件衣服穿。〔任二公云〕酒便好吃。這紅忒重了也。〔彭大笑云〕這是我買命的。也不爲重。〔任二公做受謝科〕〔丑扮媒婆上云〕自家媒婆的便是。奉周公言。命着我到任二公家求親。可蚤來到門首也。無人報復。徑自進去。〔做見科云〕任二公。你喜也。〔任二公云〕我老人家有甚的喜。〔媒婆云〕今有周公他的大官人二十一歲了。他家事又富。女壻又生的俊。我特來與你家姐姐説這門親事。你姐姐到他家時。用不了。使不了。穿不了。着不了。啉不了。嚷不了。有得好哩。〔任二公云〕等我問女孩兒肯也不肯。我不好自做主。〔媒婆云〕任二公。這事只在你做主。怎麽倒憑你家姐姐。適纔周公家肯酒你也喫了。紅定你也收了。怎還推辭得那。今日説了親。後日是個大好日辰。就要娶你家姐姐做媳婦哩。〔任二公云〕我那裏受他花紅酒禮來。親事也不曾許。就要過門做媳婦。這等容易。〔媒婆云〕你道不曾受他花紅酒禮。那彭大公將來的不是。〔任二公云〕哥哥。你適纔那紅酒。是你拿來謝我的。怎説是周公的。〔彭大云〕我本意自來謝你。那周公見説。替我備這紅酒。我是窮漢。巴不得他替我備禮。豈知他這酒是肯酒。紅是紅定。〔任二公云〕哥哥。你好歹也。我女孩兒救了你性命。不指望你來謝他。倒着你賣了他那。〔彭大云〕

兄弟。你也知我在周公家傭工三十年了。豈無些主人情分。便是我曉得他要求親的意思。也該替他攛掇。一來你女兒也長成。該嫁人了。二來周公是個財主。他增福哥一表人物。儘也配得你女兒過。兄弟。不如依我說。許了他罷。〔任二公做氣科云〕你們裝這圈套。來强娶我女孩兒。兀的不氣殺我老漢也。〔正旦上云〕妾身桃花女。到東庄討鏡兒去。心中有些恍惚。須索趕回家來。看是怎麼。〔唱〕

【正宮端正好】則爲這鏡兒昏。我可也難梳裹。就東庄頭巧匠明磨。去時節大齋時急回來可蚤日頭兒末。不知俺家中有甚的人焦聒。

【滾繡毬】我頭直上髮似揪。耳輪邊熱似火。我行行裏袖傳一課。急慌忙把脚步兒頻挪。我這裏穿大道桑柘林。穿小徑荆棘科。〔帶云〕蚤來到門首也。〔唱〕則見亂交加不知是那個。則聽的沸滾滾熱鬧鑊鐸。〔任二公云〕彭大公。你使這等見識。我揜的和你做一場。〔正旦唱〕俺父親揎拳攞袖因何事。〔彭大云〕你要打我麼。由你打。由你打。只要許了這親事便罷。〔正旦云〕元來是彭大公。〔唱〕他這般唱叫揚疾不倈便可也爲甚麼。〔彭大做見正旦科云〕好好好。女孩兒來了也。我有說話。要和你講哩。〔正旦唱〕有甚的好話評跋。

〔云〕父親。你爲甚麼這般嚷鬧那。〔任二公云〕孩兒也。你可不知。有彭大公今日午時不死。拿着些酒禮來謝你。因你不在家。他把酒來勸我吃了三鍾。又拿一段兒紅絹送你做件衣服穿。誰知是周公着他來。要求你親事做他媳婦的。他道我吃了他肯酒。受了他紅定。現今領着媒婆在這裏。約定後日是吉日良辰。一頭下財禮。一頭就要你過門。這可不是把我生做起來。這都是彭大公使的見識。因此上和他唱叫。〔彭大云〕我委實不知。怎麼屈怪我。〔媒婆云〕這個是喜事。五百年前注定的。姐姐。你許了罷。〔正旦唱〕

【倘秀才】那問親的無禮法將我來劫奪。若是我不許聘我可有甚麼罪過。〔彭大云〕哎喲。你這小孩子家就學得放潑那。〔正旦唱〕知他是您行兇也那我放潑。〔媒婆云〕喜事不要嚷。姐姐。你則許了罷。〔正旦唱〕你休言語。怎成合。可正是望梅止渴。

〔彭大云〕孩兒也。周公家這門好親事。我可着你受用一世兒哩。我就與你做個落花的媒人。也不虧了你。〔正旦云〕誰聽你這話來。〔唱〕

【滚繡毬】則你這媒人一個個。啜人口似蜜鉢。都只是隨風倒舵。索媒錢嫌少争多。女親家會放水。男親家點着火。你將那好言語往來收撮。則辦得兩下裏挑唆。你將那半句話搬調做十分事。一尺水翻騰做百丈波。則你那口似懸河。

〔云〕父親。那周公家怎知有我來。〔任二公云〕這是彭大公說的。〔彭大云〕我幾曾說來。想是你救石婆婆的兒子。被他曉得了。〔正旦唱〕

【叨叨令】你道是石哥哥我不合救了他亡身禍。因此上被周公家知道我這賠錢貨。我則道多是你這撮合山要賺松紋錁。那裏管赤繩兒曾把姻緣縛。兀的不氣殺人也波哥。

兀的不氣殺人也波哥。〔帶云〕彭大公。你好歹也。〔唱〕我則問你個彭大公怎麽的也這等迎風簸。

〔任二公云〕常言道衆生好度人難度。孩兒也。你前日救了彭大公的性命。他把這樁親事報答你哩。〔正旦唱〕

【呆骨朵】想當日泪漫漫哭的你那喉嚨破。怕不眼睁睁的待見閻羅。周公也他算着你身亡。我端的救了你命活。〔彭大云〕兒也。你是我的恩人。怎忘得你。〔正旦唱〕哎。你個彭大公纔得消磨難。倒着我桃花女平白地遭摧挫。〔彭大云〕這是周公家要求媳婦。干我甚事。〔正旦唱〕也是我不合搭救你。你將這惡言詞展賴我。

〔彭大云〕兒也。你可不要嚷那。我曉得周公是財主人家。他下的聘財。比别家必然富盛。你到他家裏。穿的好。喫的好。受用一世。你若不許呵。只怕乾老了你也。〔正旦唱〕

【伴讀書】你休則管裏閒擸掇。休則管裏空擔荷。我如今緑鬢朱顔如花朵。我又不蒼顔皓首年高大。到來日你可便牽羊擕酒來相賀。〔帶云〕大公也。〔唱〕你看道是誰家結下絲蘿。

〔媒婆云〕姐姐。彭大公説話須不誤。你若許了這親呵。你居蘭室。住畫閣。重裀卧。列鼎食。有的受用哩。不是我媒婆説謊。他後日下的財禮。這樣高。這樣大。雪花銀子有三十個。不比别人

家寒酸。你只滿口兒許了他罷。〔正旦唱〕

【笑和尚】我我我不戀您居蘭堂住畫閣。我我我不戀您列鼎食重裀臥。我我我不戀您那雪花銀三十個。〔媒婆云〕那周公算的好周易課。只有他家大官人曉得。再不傳别人的。姐姐。你過門之後。他還要傳這周易課與你哩。〔正旦唱〕他他他論陰陽少講習。我我我論卦爻多參破。休休休我根前〔做推媒婆跌科唱〕還賣弄甚麽周易的課。

〔彭大云〕兒也。你看我老人家面上。許了這親事罷。〔正旦云〕父親。便許了他。也不妨事。〔任二公云〕孩兒也。我若是蚤知他們的見識。也不受他這紅酒來。常言道的好。男大須婚。女大須嫁。既是你肯許了。我也許。〔媒婆云〕元來這姐姐口强心不强。只是我做媒的吃虧。被他推這一跌。〔正旦背云〕周公也。你休見差了。〔唱〕

【煞尾】則怕我到家來有危有難如何躲。我勸你所作依公莫太過。投至得到我根前問個定奪。討個提掇。決個死活。哎。周公俫你便有靈驗的陰陽敢可也近不的我。

〔下〕

〔彭大云〕兄弟。你女兒已許下親事。我便與媒婆回周公話去也。〔做别科〕〔任二公做扯住科云〕哥哥也。還喫鍾喜酒去。〔媒婆云〕任二公不勞了。周公在那裏懸望。要准備下財禮迎娶過門。許多事務。都只在明日一日。放彭大公蚤些去罷。〔任二公云〕這等。一發待成親之後。同你來吃喜酒便了。〔同下〕

〔音釋〕糾音九　縫去聲　思去聲　懆音竄　咻音床　噴賽去聲　末魔去聲　聒音果　柘遮去聲
鑊音和　鐸東挪切　揎音宣　攞羅上聲　倈郎爹切　跛音波　奪音多　潑音頗　合音何
渴音可　啜樞悅切　鉢波上聲　撮搓上聲　唆音梭　錁音課　縛浮卧切　簸音播　衆平聲
活音和　難去聲　摧慈隨切　掇音朵　荷去聲　大音惰　閣科上聲　强音絳

第三折

〔周公上云〕老夫周公。昨日使了個智量。着彭祖拿那紅酒去謝了任二公。隨後着媒婆去説親。要求他桃花女做媳婦。喜的他已許允了。今日是第三日。我准備下綵段財禮。已着彭祖喚媒婆去了。只等他兩個來時。好送到任二公家。一邊輛起坐車兒。兩傍擺着鼓樂。吹打將去。准要今日取那桃花女過門。這早晚彭祖媒婆敢待來也。〔彭大上云〕媒婆那裏。我周公家喚你哩。〔媒婆上做打撞科云〕啐。你也睜開驢眼。今日吉日。周公家下財禮。是我媒婆的身上事。要你來喚。〔做入見科〕〔周公云〕我這娶親的禮物。一應已都齊備了。你們領着快去。不要誤了我好日辰。〔彭大云〕這等我們就去。媒婆。到他門首。讓你先入去。通知行禮的事。我隨後進來。〔媒婆云〕彭大公。你怎麽到讓我先入去。〔彭大云〕那任二公的女兒性子。好生利害。倘或禮物有些不臻。打將起來。我在後面好溜。〔媒婆笑云〕我做了一世的媒婆。再不曾着新人打了。我們快去。〔周公云〕且住。〔做背科云〕待我算一算。乾坎艮震巽離坤兑。今日他出門之時。正與日遊神相觸。便不至死。也要帶傷上車。又犯着金神七殺上路。又犯着太歲。遭這般凶神惡煞。必然板殭身死了也。〔彭大做偷聽科云〕嗨。元來周公懷這等惡意。我只道他娶桃花女做媳婦。那知要害他性命。則他陰陽是有准的。〔做掩泪科云〕兒嚛。眼見得無那活的人也。〔媒婆云〕彭大公去罷。〔下〕〔周公云〕彭祖媒婆去了也。我只在門前等候凶信咱。〔下〕〔彭大媒婆引人衆捧財禮并車燈鼓樂上云〕你每捧財禮的。捧的齊整着。把車兒拽起着。花燈點亮着。兩邊鼓樂吹動着。到任二公家娶親去來。〔媒婆云〕時辰到了。請新人蚤些兒上車者。〔正旦引石留住凈挑擔兒上云〕妾身桃花女的便是。我想周公好狠也。他今日那裏是娶媳婦。無過怪我破了他的法。要擇此凶神惡煞的時日。來害我性命。只是你的陰陽怎麼出得我這手裏。我一樁樁早已預備下了。今日清蚤起來。先拜過了家堂。辭別了父親。着他不要送我上車去。避過了他那惡煞。隨即到隔壁去別了石婆婆。與他借小大哥來送我。着他與我解救咱。哎。周公。你可枉用這一場歹心也呵。〔唱〕

【中吕粉蝶兒】別人家聘女求妻。也索是兩家門對。寫婚書要立官媒。下花紅。送羊酒。都選個良辰吉日。大綱來爲正禮當宜。那裏取這不明白强人婚配。

【醉春風】你去那周易内顯神通。怎如我六壬中識詳細。也不待到家門就要算的我一身虧。你道波可有這個理。理。由你有百般的陰謀。千般的巧計。怎當我萬般的隄備。

〔彭大云〕兒也。時辰到了。你請出門上車兒者。〔媒婆做扶行科〕〔正旦云〕且慢者。這出門的時辰。正犯着日神。又犯着金神七殺。有這兩重惡煞。争些的着他道兒也。石小大哥取我那花冠來。待我帶上。再取那篩子來。你拿着在我前面先行咱。〔石留住云〕理會的。〔取冠與正旦戴持篩子先行科〕〔正旦唱〕

【迎仙客】他道是日遊神爲禍祟。我桃花女受災危。怎知有千隻眼先驅能辟鬼。〔媒婆做扶出門科〕〔正旦唱〕我行出宅門前。離得這闈閣裏。我呵若不是粧束巍巍。險些兒被金神打的天靈碎。

〔彭大做看正旦科云〕好也。被他蚤掙過兩重兒也。輛起車兒。媒婆扶新人上車者。〔正旦云〕住住。這時辰正衝着太歲。我想太歲最是一個凶神。若不避着他。那裏得我這性命來。石小大哥。你等我上了車。分付拽車的人。先把車兒倒拽三步。不許他便往前走。〔媒婆扶旦上車科〕〔石留住云〕推車的聽着。新人分付。先把車倒拽三步。方向前走。〔衆應做倒拽三步科〕〔正旦云〕我這袖中有個手帕兒。待我取出來。兜在頭上。〔做兜帕科唱〕

【醉高歌】坐車兒倒背我這身奇。手帕兒遮幪了我面皮。〔彭大云〕怎麼這新人車兒不向前走。倒往後褪那。〔正旦唱〕大公也你可怎生不解其中意。我則怕撞着那凶神的這太歲。

〔彭大做看正旦科云〕這一會怎麼孩兒不言語了。我是看咱。〔正旦云〕伯伯。你看我怎麼。〔彭大云〕没。〔周公上做望科云〕新人的車兒來了也。〔問彭大云〕如何。〔彭大云〕不濟事。〔周公云〕我算他板殭身死。〔彭大云〕他是活活兒的哩。〔周公云〕他怎麼活了來。〔彭大云〕你有這許多算法。

他可有許多的解法哩。他出門時。他教人先拿着一個千隻眼在頭裏走。〔周公云〕那千隻眼是什麽東西。〔彭大云〕是篩子。〔周公云〕那千隻眼在前。可不把日遊神先趕過一壁去了。這金神七殺又怎麽解。〔彭大云〕他又帶上一頂花冠。層層都是神道。粧的似天帝一般。方纔出門。〔周公云〕這等可知金神七殺。倒要避他了也。這太歲凶神。他可又怎麽解。〔彭大云〕他上了車。不許推車的就走。將車倒拽三步。他袖兒裏取出個手帕兒。兜在頭上。蓋殺了面。以此無事。〔周公云〕你可不要聽他説把這車兒倒拽。豈不死了。〔彭大云〕新人的言語。那個不遵聽他。你先對我説不得。〔周公云〕嗨。這妮子好强也。〔彭大云〕你可不濟哩。〔周公云〕等我再算一課。乾坎艮震巽離坤兑。彭祖。如今去請他下車兒來。正踏着黑道。我着他登時板殭身死。〔下〕〔彭大做掩淚科云〕罷了。兒噪。這遭可死了也。媒婆。請新人下車兒咱。〔媒婆做扶正旦科〕〔正旦云〕且慢者。今日是黑道日。新人踏着地皮。無不立死。則除是恁的。石小大哥。與我取兩領净席來。鋪在車兒前面。我行一領倒一領。〔石留住云〕理會的。〔取席鋪地科〕〔正旦做下科〕〔唱〕

【石榴花】今日是會新親待客做筵席。倒准備着長休飯永别杯。莫不我拜先靈打着面豹纛旗。你暢好是下的。使這般狡倖心機。娶新人指望成佳配。結百年諧老夫妻。怎麽未成親先使這拖刀計。蚤難道人善得人欺。

【鬭鵪鶉】你送的我九死一生。哎。周公也枉壞了你那三財的這六禮。〔做倒席行科彭大云〕你只管裏把這兩領席。倒來倒去。是甚麽主意。〔正旦唱〕這的是我避難的機謀。趓災的見識。爲甚麼走走行行鋪下净席。則要你蓋了這裏。他揀定這黑道的凶辰。〔帶云〕我將這净席呵。〔唱〕與他換過了黄道的吉日。

〔彭大云〕這一會兒可不聽的他言語了。待我看咱。〔做看正旦科〕〔正旦云〕伯伯。你看我怎的。〔彭大云〕没。〔周公上問彭大科云〕如何。〔彭大云〕不濟事。〔周公云〕這一番准着他板殭身死。〔彭大云〕他還活活兒的哩。〔周公云〕他怎生活了來。〔彭大云〕他早知道了。説今日是黑道日。他把兩領净席。鋪在地下。行一領倒一領。換過黄道走了。因此他可不死。還是活活兒的哩。〔周公云〕嗨。這妮子好强也。〔彭大云〕你可不濟哩。〔周公云〕等我再算一卦。乾坎艮震巽離坤兑。如今他該入門了。正是星日馬當直。新人犯了他。跑也跑殺。踢也踢殺。怕他不板殭身死。彭祖。你去請新人入門咱。〔下〕〔彭大做摇頭科云〕周公。你好忒狠也。媒婆。扶着新人入門者。〔正旦云〕且慢者。今日是星日馬當直。我過的這門限去。正湯着他脊背。可不被這馬跑也跑殺。踢也踢殺。那裏取我的這性命來。石小大哥。與我取馬鞍一副。搭在這門限上波。〔石留住做搭馬鞍科〕〔彭大云〕他把門限上放上這馬鞍子。又做甚麼勾當。〔正旦唱〕

【上小樓】你争知就裏。陰陽兇吉。現如今星日馬當日。降臨凡世。正是該期。我可也怎敢的。擅便道。湯他脊背。先與他停停當當鞁上這一重鞍轡。

〔彭大云〕嗨。這一會兒我可不聽見他言語了。〔做看正旦科〕〔正旦云〕伯伯。你看我怎的。〔彭大云〕没。〔周公上問彭大科云〕如何。〔彭大云〕罷麼。我道你老了不濟事了。〔周公云〕他可板殭身死了麽。〔彭大云〕老官人。他還活活兒的哩。〔周公云〕他怎的活了來。〔彭大云〕我去請他入門。他道今日是星日馬直日。把一副鞍子來搭在門限上。那馬便順順的伏了。他跑也不敢跑一跑。踢也不敢踢一踢。因此不死。還活活兒的哩。〔周公云〕這妮子好強也。〔彭大云〕我説道。你可不濟事哩。〔周公云〕等我再算一卦。乾坎艮震巽離坤兑。我如今請他入這墻院子來。却是鬼金羊昴日雞當直。這兩個神祇巡綽。若見了新人呵。雞兒啄也啄殺他。羊角兒觸也觸殺他。必然板殭身死也。〔下〕〔彭大做掩泪科云〕兒嚛。這一番可送了孩兒的性命也。媒婆。請新人。入墻院子來。〔媒婆做請科〕〔正旦云〕且慢者。這早晚正值鬼金羊昴日雞兩個神祇巡綽。我入這墻院子去。必受其禍。石小大哥。取一面鏡子來。與我照面。再取那碎草米穀。和這染成的五色銅錢。等我行一步。與我撒一步者。〔石留住云〕兀的不是鏡子。我便撒那碎草米穀去。〔正旦做取鏡自照科〕〔石留住做撒草穀科〕〔彭大云〕這孩兒有許多瑣碎。〔媒婆做扶入墻院科〕〔正旦云〕伯伯。你可那裏知道。〔唱〕

【幺篇】我着這草喂了羊。穀喂了雞。〔帶云〕這銅錢呵。〔唱〕着小孩兒每。吵吵鬧鬧。鬪爭相戲。趁閧裏。向堂前。將身平立。哎。周公也可蚤則頽氣了你那巽離坤兑。

〔正旦做立科〕〔彭大云〕孩兒。這一會不言語。可敢死了。我試看咱。〔正旦云〕伯伯。你看我怎的。〔彭大云〕没。〔周公上問彭大云〕如何。〔彭大云〕我説你不濟事。就不濟事了。〔周公云〕難道這一次他也不死。〔彭大做抓臉科云〕他還活活兒的哩。〔周公云〕他怎生活了來。〔彭大云〕他可先算計了。道是這時候該鬼金羊昴日雞巡綽。把些碎草米穀。撒一步行一步。又撒下些五色銅錢。等小孩子們去相争相搶的。他自家把個鏡子照了臉。打鬧裏走進墻院子。如今在堂上立着哩。〔周公云〕都是你這老弟子孩兒。你不要與他這草穀。可不死也。〔彭大云〕你家那裏有草穀五色銅錢與我帶去哩。都是他自家預備的。〔周公云〕便是他備的。你也不要與他撒纔是。〔彭大云〕老官人。他的算計比你高的多。他央着石留住與他做事哩。〔周公云〕嗨。這妮子好强也。〔彭大云〕你可不濟哩。〔周公云〕等我再算一卦。乾坎艮震巽離坤兑。他如今入的這第三重門。正是喪門吊客當直。新人這一番入門來。不板殭身死。我也再不算卦了也。〔下〕〔彭大做歎科云〕嗨。兒嚛。這遭無那活的人也。〔媒婆云〕請新人入第三重門去。〔做扶科〕〔正旦云〕且慢者。這第三重門恰是喪門弔客當直。這神煞是犯他不得的。石小大哥。取那弓箭來。等我入第三重門時。與我射三箭者。〔石留住云〕理會的。〔彭大云〕弓箭也備的有。倒好做個貨郎擔兒。〔正旦唱〕

【普天樂】我這裏説真實。言端的。今日是犯着喪門吊客。我蚤把弓箭忙射。弓拽開似明月彎。箭發去似流星墜。〔石留住云〕關上門者。等我射箭。一箭。兩箭。三箭。〔正旦唱〕我這裏笑吟吟挪身來宅内。周公也可不教我直挺挺板死在門闈。羞殺你曉三才的孔明。知六壬的鬼谷。畫八卦的伏羲。

〔彭大云〕這一遭他敢逃不去了。待我看咱。〔正旦云〕伯伯。你看我怎的。〔彭大云〕没。〔周公上問彭大科云〕如何。〔彭大云〕不濟事。〔周公云〕我算定他一准是板殭身死也。〔彭大云〕他還活活兒的哩。〔周公云〕這一番他怎生活了來。〔彭大云〕他説道入這第三重門。是犯着喪門吊客。便教石留住取弓箭來。先射三箭。方纔入門。怎麼不活。〔周公云〕這妮子好强也。〔彭大云〕乾坎艮震。〔周公云〕你怎麼先攙了我的那。〔彭大云〕眼見的你又是這句兒。〔周公云〕如今入這卧房中。在白虎頭上鋪床。我在外面響動鼓樂來。驚起這白虎。怕他躲到那裏去。我着他板殭身死也。〔下〕〔彭大云〕兒嚛。這遭可躲不過了。媒婆。請新人到卧房中坐床去者。〔媒婆請科〕〔正旦云〕且慢者。我如今入卧房去。這床正坐在白虎頭上。他那裏響動鼓樂。驚起白虎。那裏取我的性命來。伯伯。〔彭大云〕你的解着。都是石留住預備下哩。〔正旦云〕伯伯。我不爲别的。我有些害怕。他家有甚麼小孩兒。着一個來與我做伴咱。〔彭大云〕我也道這小孩子可放不得在貨郎擔兒裏的。周公家有個小姑娘。叫做臘梅。今年十三歲了。我着他來伴陪你如何。〔正旦云〕好波。你着他來。〔彭大云〕小姑娘有請。〔搽旦扮臘梅上云〕你叫我做甚麼。〔彭大云〕我和媒婆要前後執料去。要你來伴新人坐一坐。〔臘梅云〕哎喲。他是嫂嫂。還不曾見面哩。怎麼好去陪他。〔彭大云〕小孩子家怕些甚的。你則陪他去。等他坐過了床。還要出堂行禮。見你爹爹哩。〔同媒婆下〕〔臘梅做見正旦科云〕嫂嫂萬福。〔正旦云〕姑姑萬福。你穿着我這鶴袖兒。在這裏坐一坐。我往後面更衣去便來。〔虛下〕〔外動鼓樂科〕〔白虎上咬臘梅科〕〔臘梅做倒科〕〔正旦更衣上坐科〕〔彭大云〕這一會不聽的孩兒言語。敢是死了也。我試看咱。〔做看科〕〔正旦云〕怎麼小姑娘臘梅死了也。〔彭大云〕呀。果然小姑娘死了。周公快來。〔周公上云〕如何。〔彭大云〕小姑娘死了也。〔周公云〕新人在那裏。〔彭大云〕他兩個同坐着哩。不知怎麽新人不死。是小姑娘死了。〔周公做哭科云〕桃花女。你好促恰也。〔媒婆慌上云〕周公家死了人。你們還吹打些什麽。我看那周公和這桃花女一不做。二不休。少不得弄出幾個人命來。我媒人錢不曾賺得。倒要陪工夫吃官司。受他這等連累。我們不如溜了的是。〔同衆散下〕〔正旦唱〕

【快活三】我則怕這雷霆白虎威。因此上要一個做相陪。忽被那鼓聲驚動怎支持。倒惹下你的悽惶泪。

〔彭大云〕這都是俺那周公的陰陽有准。應在小姑娘身上了也。〔正旦唱〕

【鮑老兒】買弄殺周易陰陽誰似你。還有個未卜先知意。〔周公云〕若有妨礙。你也該與小姑娘説一聲兒。怎麽眼睁睁的看他死了也。〔正旦唱〕**不争我小桃叮嚀説與臘梅。又則怕泄漏了春消息。**〔帶云〕周公也。〔唱〕**怎這般哀哀怨怨。煩煩惱惱。哭哭啼啼。**

〔彭大云〕兒也。這小姑娘還好救得麽。〔正旦云〕你問俺公公。可要他活哩。〔周公云〕可知要活哩。〔正旦云〕這等。有净水取一碗來。〔彭大取水科云〕兀的不是净水。〔正旦接水用手掐訣念呪云〕天啉啉。地啉啉。魔啉啉。唵啉啉。吾奉九天玄女。急急如律令攝。〔做噴水三科云〕你不活怎麽那。〔臘梅做醒科云〕父親也。乾坎艮震。〔周公云〕怎麽你也學我。〔臘梅云〕你下次再休弄這虚頭了也。〔正旦唱〕

【尾煞】算人間死與生。較陰陽高共低。再休提天文地理星家曆。周公也你在我桃花女根前如何過去得。〔下〕

〔周公做歎科云〕直被這妮子幾乎氣殺我也。〔彭大云〕老官人。我勸你罷了。等桃花女滿月之後。將這座卦鋪讓他開去。可不還准似你。〔周公云〕我怎麼放的他過。等我再算一卦。乾坎艮震巽離坤兑。彭祖。你到明日拿着一把快斧頭。出到城外東南角上。有一科小桃樹。正是這桃花女的本命。你不要着一個人看見。也不要開言。悄悄裏一徑砍倒這科桃樹。我着那桃花女板殭身死。〔彭大云〕這個我去不得。我這老性命也是他救我的。不指望我去報答他。倒做這等魘鎮事。欺心刺刺的。我不去。我不去。〔周公云〕你不去麼。待我關上門。先打殺你。〔彭大云〕我死不如他死。我去我去。〔周公云〕一計不成。又有一計。看他明朝。怎生躲避。〔同下〕

【音釋】輛音亮　煞音殺　解上聲　日人智切　强欺養切　隄音低　祟音歲　辟音闢　閤音葛　幪音蒙　解音械　踏音渣　席星西切　别邦爺切　纛東盧切　的音底　識傷以切　吉巾以切　韈音備　轡音配　祇音其　鬨烘去聲　立音利　實繩知切　射繩知切　息喪擠切　曆音利　得亨美切　魘音掩

第四折

〔彭大上云〕昨日周公着我磨了斧頭。到城外砍那小桃樹去。這桃花女在我面上有活命之恩。本等不好去得。被那周公逼勒不過。只得應承了他。我想他揀的日辰都是凶神惡殺。尚且没奈他何。他是個人叫做桃花女。須不是那桃樹。莫説砍倒這樹枝。便連根掘了來。難道這桃花女真個便板殭身死了不成。敢是這老頭兒没時運。倒了竈也。我如今且瞞着桃花女。腰着斧頭。往城外東南角上。走一遭去來。〔正旦衝上云〕伯伯。你這般鬼促促的。在這裏自言自語。莫不要出城去砍那桃樹麽。〔彭大驚云〕嗨。真個好能也。孩兒。你也忒心多。我不砍甚麽桃樹。我自要劈些柴兒來燒。〔正旦云〕伯伯。你怎麽哄我。那城外東南角上有一科小桃樹。我今年一十八歲。這桃樹也種十八年了。那周公道是與我同年的就是我的本命。因此上教你砍取他來。只要傷害我性命。怎知我昨日已預先知道也呵。〔唱〕

【雙調新水令】則問你爲甚麽腰横利斧出城東。怎生的我根前還來打哄。我心間無限事。盡在不言中。不由我忿氣冲冲。謝得公婆家將俺來厮知重。

〔彭大云〕兒也。實不相瞞。委的是周公着我砍桃樹兒去哩。〔正旦云〕伯伯。想當初是我救你來。今日可要你救我。〔彭大云〕兒也。你着我今日可怎生救你。〔正旦云〕伯伯。你砍那桃樹去。休要傷了他根兒。你只半中間砍折。你若拿這桃枝進門。那時節我須死了。只要你記着我的言語。將那桃枝去門限上敲一敲。着周公家死一口。〔彭大云〕敲兩敲呢。〔正旦云〕着周公家死兩口。〔彭大云〕敲三敲呢。〔正旦云〕死三口。〔彭大云〕這等我直敲到晚。只是你不死。我與你報冤便好。你也死了。就把周公家七代先靈都死絶了。你怎得見。〔正旦云〕只等周公死後。你向我耳朵根邊高叫三聲。桃花女快蘇醒者。我便得還魂也。〔彭大云〕這話有准麽。〔正旦云〕豈有不准之理。〔彭大云〕孩兒放心。我牢記着哩。我如今砍桃樹去也。〔下〕〔正旦唱〕

【沉醉東風】我只道受了些千驚萬恐。那裏便埋没我四德三從。怎知你會把持。能搬弄。不則這日惡時凶。逼的我難躲難逃一命終。做一個虚名兒婦塚。

〔正旦做伏几死科〕〔彭大做背桃枝上云〕我出的城門。到這東南角上打一望。只見茫茫蕩蕩。一剗都是荆榛草莽。並不見什麽小桃樹在那裏。元來被一個棘鍼科遮着哩。嗨。周公好算也。我走到這小桃樹下。記起孩兒的説話。不要傷了他根。只把上半截桃枝一斧頭砍將下來。如今背回去。不知我孩兒性命。可是如何。待我看咱。〔做放下桃枝看科云〕呀。果然死了。孩兒。你好苦也。周公。你好狠也。我記的孩兒曾説他死了時。將這桃枝去門限上敲一下。周公家死一口。敲兩下死兩口。敲三下死三口。我可不信。待我叫周公出來試驗咱。〔做叫科云〕周公快來。桃花女死了也。〔周公領小末扮增福臘梅上看科云〕小鬼頭。你今日板殭身死了也。彭祖。快去買具棺木來裝了他。與我擡在一壁者。〔彭祖云〕這老弟子孩兒好狠也。我是敲咱。〔做取桃枝敲科〕〔臘梅倒科〕〔周公驚云〕呀。怎麽女孩兒也死了。〔再敲增福倒科〕〔周公云〕呀。怎麽孩兒也死了。你莫不爲没了媳婦那。我另娶一個好的與你。〔三敲周公倒科〕〔云〕真個周公也死了也。〔做連敲科云〕你看一火隨邪的弟子孩兒都死了也。只是這桃花女怎的他活。我記得了。他教我周公死後到他耳朵根邊。高叫三聲。桃花女快蘇醒者。他便活起來。待我叫咱。〔做三叫科〕〔正旦做醒科

云）一覺好睡也。（唱）

【雁兒落】我這裏困騰騰睡正濃。則聽的鬧嚷嚷聲驚動。還不勾半竿日影斜。蚤喚醒一枕遊仙夢。

【得勝令】呀。笑殺那注易的老周公。枉了也砍折這小桃紅。他道是推休咎憑他用。怎如我轉陰陽妙不窮。他道是英雄。要把我殘生送。我如今從也波容。也等他一家兒似夢中。

（彭大云）兒也。你怎生救得周公一家兒。也是你的陰騭哩。（正旦云）據他這一片狠心。可也該死。（彭大云）那周公是該死的。這增福小官人。一些兒不干他事。他可也不該死。（正旦云）這等。你要救他活麽。（彭大云）他死了。我這工錢問那個討。可知要他活哩。（正旦云）伯伯。有净水取一盞過來。（彭大做取水付正旦科）（正旦接水用手揑訣念呪科）（先噴周公水科云）你不活怎麽。（周公做醒科）（彭大云）呀。真個也活了。（正旦云）公公也。可不道乾坎艮震。（周公云）你也學我的話那。媳婦兒。這都是我不是了也。你則可憐見。救我兩個孩兒咱。（正旦唱）

【川撥棹】你須是俺公公。比傍人自不同。我實指望承奉歡容。扶助家風。怎知你逞盡頑凶。設就牢籠。不許我身安壽永。到今日爻與卦兩無功。

（周公云）媳婦兒。你則可憐見。救我兩個孩兒咱。（正旦再用水噴增福科）（增福做醒科）（正旦唱）

【七弟兄】非是我指空。話空。做這等巧神通。也只爲結婚姻本待諧鸞鳳。因此上噀法水不惜救童蒙。到底個想前情尚覺傷心痛。

〔周公云〕增福是你女壻。你可救活了。這小姑娘你一發可憐見。救了命咱。〔正旦再用水噴臘梅科〕〔臘梅做醒科云〕爹爹也。好乾坎艮震。送的我兩遭兒也。〔彭大云〕三口兒都活了。這喜酒我有的吃哩。〔正旦唱〕

【梅花酒】呀。還説甚列瓊筵捧玉鍾。這都是我蹇命相衝。惡業偏逢。争些兒凶吉難同。〔周公云〕不是我誇口説。你做我家媳婦兒。管着你一生豐衣足食。也不虧負你哩。〔正旦唱〕您脱空衠脱空。我朦朧打朦朧。再休誇家道豐。衣能足食能充。權放下翠眉峯。且消停泪珠涌。

【收江南】呀。今日個桃花依舊笑春風。再不索樹頭樹底覓殘紅。多謝你使心作倖白頭翁。若不是這些懵懂。怎能勾一家兒團聚喜融融。

〔周公云〕媳婦兒。你也不要怪我了。當初一日。這洛陽城中。則有我的陰陽高。誰想兩番兒被你破了我的法。可不有了你。就不顯了我。以此心中不忿。要與你做個對頭。如今百般的被你識破。况我三口兒眼睁睁都是你救活的。我怎敢再來算計你。我則今日卧翻羊。窨下酒。教彭祖去請那任二公并石婆婆母子兩個。都到我家裏來吃慶喜筵席。可不好也。〔彭大云〕我也道來。昨日你家做一場親事。也不曾新人兩箇。同拜天地。也不曾拜見公公。親眷每也不曾接來會會。喜酒也不曾擺幾桌。没酒没漿。不成道場。也被人笑話。老官人。你今日説的纔是個説話。我就請客去也。〔做行又轉科云〕媒婆也要請來。好扶新人拜堂。〔周公云〕説的是。你去一同請了來罷。〔彭大下〕〔任二公石婆婆石留住媒婆同彭大上云〕我每同到周公家吃喜酒去來。〔做入見科〕〔周公云〕媒婆。你先扶新人和新郎拜謝天地者。〔正旦同增福暫下更衣上媒婆扶行禮謝天地交拜科〕〔正旦同增福拜周公周公受科〕〔次拜任二公周公攙任二公受科〕〔次拜石婆婆石留住同回拜科〕〔周公送酒科〕〔正旦送周公酒科〕〔周公云〕今日是媳婦兒喜事。待老夫讚歎幾句。列位親眷都喫一個爛醉者。〔詞云〕我老夫在洛城算卦多年歲。端的個論陰陽靈驗從無對。聞知有桃花女妙法更通玄。因此上與孩兒下聘成婚配。非是我選時日故生毒害心。實則要比高低試道他知未。果然他六壬課又出我之先。我只待服降他低頭甘引罪。想則是我周公家道日當興。纔得這好兒孫後輩超前輩。今日裏草堂中羊酒大張筵。願諸親共與我開懷喫個醉。〔任二公云〕親家説的好。我每拚喫的爛醉。盡興方歸也。〔正旦唱〕

【鴛鴦煞尾】從今後再休提一求一肯機謀中。越顯你千占千驗聲名重。也不索家貯神龜。户納錢龍。暢道術似君平。財如鄧通。贏的個車馬填門四遠裏人傳頌。你知我爲甚的所事兒玲瓏。則我這桃花元是那上天的種。

〔音釋〕哄烘去聲　從音匆　騭音質　噀荀去聲　銜准平聲　中去聲　種上聲

題目　七星官增壽延彭祖
正名　桃花女破法嫁周公

陳季卿誤上竹葉舟雜劇

范子安撰

楔子

〔冲末扮陳季卿上詩云〕慚愧微名落禮闈。飄零不異燕孤飛。連天大厦無棲處。來歲如今歸未歸。小生姓陳。雙名季卿。武林餘杭人氏。幼習儒業。頗有文名。只因時運未通。應舉不第。流落不能歸家。况值暮冬天道。雨雪雖霽。寒威轉添。似小生這等舉目無親。怎免饑寒之歎。〔做歎科云〕嗨。我陳季卿好命薄也。我想起來那終南山青龍寺。有個惠安長老。他與小生同鄉。甚是交好。他曾屢次寄書。約我到寺中相會。或者他肯濟助我。也未見得。則索向終南山投謁惠安長老。走一遭去來。〔下〕〔外扮傑郎惠安領丑行童上詩云〕明心不把幽花撚。見性何須貝葉傳。日出冰消原是水。回光月落不離天。貧僧乃終南山青龍寺惠安和尚是也。原籍餘杭人氏。自幼攻習儒業。中年落髮爲僧。偶因遊方到此終南山青龍寺。悦其山水。遂留做此寺住持。貧僧有一同窗故友。叫做陳季卿。此人飽諳經史。貫串百家。真有經天緯地之才。吸露凌雲之手。只爲功名未遂。一時流落。不能歸家。貧僧也曾屢次寄書。請他到來寺中相會。並無一字回我。行者。你到山門前望去。倘那陳解元來時。快報我知道。〔行童云〕理會的。〔陳季卿上詩云〕纔離紫陌上。便入白雲中。可蚤來到青龍寺門首也。小和尚。你惠安長老在家麼。〔行童云〕呸。你也睁開驢眼看看。我這等長的和尚。還教做小和尚。全不知些禮體。我看起來。你穿着這破不剌的舊衣。擎着這黄甘甘的瘦臉。必是來投託俺家師父的。却怎麽這等傲氣。〔陳季卿云〕嗨。小生好背時也。〔做揖科云〕小師父恕罪。煩報你惠安長老。道有故人陳季卿特來相訪。〔行童云〕你這先生。這纔是句説話。怪不得自古以來。儒門和俺兩家做對頭的。罷罷罷。你站在一邊。我替你報復去。〔做報科云〕且住。待我鬭這禿厮耍子。〔做入見科云〕師父。外面有個故人。自稱耳東禾子即夕。特來相訪。〔惠安云〕這厮胡説。世上那有這等姓名的人。〔行童云〕你這老禿厮。你還要悟佛法哩。則會在看經處偷眼兒瞧人家老婆。〔惠安云〕這厮敢風魔了。再出去問明白了來説。〔行童云〕有什麽不明白。是耳東禾子即夕特來相訪。〔惠安云〕我不省的。〔行童云〕你請出師父娘來。他便知道。〔惠安云〕哏。〔行童云〕我説與你。這個叫做折白道字。耳東是個陳字。禾子是個季字。即夕是個卿字。却不是你的故人陳季卿來了也。〔惠安云〕快請進來。〔行童出見科云〕陳先生。恰纔俺師父再四不肯認你。虧我一頓老禿厮駡的肯了。如今請你哩。〔陳季卿做入見科云〕小生數年光景。有失拜謁。〔惠安云〕貧僧久知仁兄文場不利。累次寄書相請。今日俯臨。實乃貧僧之萬幸也。〔陳季卿云〕長老。累蒙書召。小生非不心感。但是我螢窗雪案。辛苦多年。自謂功名唾手可拾。豈知累科下第。惶恐難歸。以此拜訪無顔。只望長老勿罪。〔惠安云〕仁兄差矣。豈不聞古人有云。無學之謂貧。學而不能行之謂病。據仁兄這等宏才積學。何患不得功名。昔伊尹耕於有莘。傅説困於板築。後來皆遇明主。居師相之位。仁兄今日雖然薄落。一朝運至時來。爲師

爲相。做出那伊尹傳說的事業。又何難哉。〔陳季卿云〕好說。小生告回了。〔唱〕

【仙呂賞花時】我則爲十載螢窗苦學文。慚愧殺萬里鵬程未致身。因此上甘流落在風塵。我可也幾迴家闇哂。則是個無面目見鄉人。〔下〕

〔惠安云〕仁兄。你怎麽就去了。請轉來呀。真個去了。行者。你快請他轉來。説貧僧還有話講。〔行童云〕我就趕出山門外請他去。只怕師父娘不肯留他哩。〔下〕〔惠安云〕你看這秀才功名心急。想是要回下處温習經史去哩。我荒刹雖則凄凉。尚也不缺饘粥。不若留他在此。資其衣食。以待選場。一則遂了他風雲之志。二則也見我這點鄉曲之情。有何不可。〔詩云〕故人昔未遇。借此山中居。則恐登樞要。何曾問草廬。〔下〕

【音釋】厦音下　諳音庵　吸音隙　累上聲　剌音辣　唾拖去聲　刹音察　饘音氈　樞昌書切

第一折

〔陳季卿上云〕小生陳季卿。感蒙惠安長老念同鄉的義分。留我在寺中。温習經史。等候選場。這是小生不幸中之幸也。今日無甚事。待惠安長老出定來。要他指引我到什麽古蹟去處遊翫遊翫。消遣我旅況咱。〔惠安引行童上相見科云〕仁兄。你屈留在此。山寺荒凉。甚多簡慢。莫不有些見責麽。〔陳季卿云〕長老説那裏話。小生連月打攪。感激不盡。只是小生久聞終南山是天下第一座名山。中間勝景必多。乞長老指引。容小生瞻仰一番。可也不枉。〔惠安云〕既如此。待貧僧引路。仁兄隨喜便了。〔陳季卿做看寺科云〕委的好一座寺也。你看殿侵碧落。樹拂層雲。水遶漢陂。峯臨紫閣。真個觀之不足。翫之有餘。〔做望科云〕長老。這東南角上隱隱一條水路。是通着那裏的。〔惠安云〕這條水是渼陂通出去的。從此入漢江。就是我們的故鄉歸路。〔陳季卿做歎科云〕長老。小生對此不覺歸思頓發。有筆硯乞借過來。待小生賦滿庭芳一詞。書於素壁之上。可乎。〔惠安云〕貧僧願觀。行者。取文房四寶過來。〔行童云〕兀的不是文房四寶。你這先生自揣做的好。寫的好便寫。不然。你莫寫。省得人笑你杭州阿獃。〔陳季卿做寫科云〕長老。待小生表白與你聽者。〔詞云〕坐破寒氈。磨穿鐵硯。自誇經史如流。拾他青紫。唾手不須憂。幾度長安應舉。萬言策曾獻螭頭。空餘下連城白璧。無計取封侯。可憐復失意。羞還故里。懶駐皇州。感君情重。僧舍暫淹留。暇日相攜登眺。憑高處共豁吟眸。家山遠。如何歸去。都付夢中遊。〔惠安云〕好高才也。〔行童云〕通得。〔惠安云〕你曉的什麽。快去看茶來。〔行童下〕〔正末扮呂洞賓提荆籃上云〕世俗人。跟貧道出家去來。我着你人人了道。個個成仙。這裏可也無人。我姓呂名岩。字洞賓。道號純陽子是也。因應舉不第。道經邯鄲。得遇正陽子師父。點化黄粱一夢。遂成仙道。今奉吾師法旨。爲世間有一人陳季卿。餘杭人氏。有神仙之分。教我來度脱他。貧道按落雲頭。見一道青氣。此人正在終南山。不免到青龍寺走一遭去也呵。〔唱〕

【仙呂點絳唇】恰離了北海蒼梧。可又蚤歲華幾度。成今古。歎世事榮枯。誰識的這長生路。

【混江龍】量那些二一陀兒寰土。經了些前朝後代戰争餘。俺從這劈開混沌。踏破空虛。俺不用九轉丹成千歲壽。俺不用一斤鉛結萬年珠。也不採甚麽奇苗異草。也不佩甚麽寶篆靈符。只要養的這精神似水。煉的這骨髓如酥。常日把那心猿意馬牢拴拄。一任教陵移谷變。石爛的這松枯。

〔行童上云〕我且到山門首看咱。〔正末云〕可早來到青龍寺門首也。兀那小和尚。你進去。説與那陳季卿。道有一仙長到來相訪。〔行重云〕呸。我今日造化低。頭裏一個窮秀才叫我小和尚。如今這個牛鼻子又叫我小和尚。我這小和尚馱你家娘哩。兀那牛鼻子。陳季卿不在我這裏。〔正末云〕貧道望氣。知道他在你寺裏。〔行童云〕望你娘頹氣疝氣。你是太上老君漢鍾離吕洞賓。便會望氣。我也不替你報。我自去方丈裏吃燒酒狗肉去也。〔下〕〔正末云〕小和尚不肯通報。我自過去。〔做入見科云〕秀才。長老。稽首。貧道是一雲遊道者。此來不爲别事。單要度一個徒弟。跟貧道出家去。〔陳季卿云〕你這道者差矣。此位是惠安長老。仙釋不同教。是做不得徒弟的。難道你要度我麽。〔正末云〕可知道來。秀才。你今日是個落第的舉子。若跟了貧道出家去。明日便是一個神仙也。不辱没了你秀才。你可辭别了長老。跟隨貧道出家去來。〔陳季卿云〕你這道者。我與你素不相識。怎生便着我跟你出家。小生學成滿腹文章。正要打點做官哩。老實對你説。小生出不的家。〔正末唱〕

【油葫蘆】歎你這千丈風波名利途。端的個枉受苦。便做道佩蘇秦相印待何如。你則看凌煙閣那個是真英武。你則看金谷鄉都是些喬男女。〔陳季卿云〕這也要辨個賢愚。怎麼一概都說是假的。〔正末唱〕你可也辨甚麼賢。辨甚麼愚。折莫將陶朱公貴像把黃金鑄。倒底也載不的西子泛江湖。

〔陳季卿云〕我做官的。身上穿的是紫羅襴。頭上戴的是烏紗帽。手裏拿的是白象笏。何等榮耀。你們出家的。無過是草衣木食。到得那裏。〔正末唱〕

【天下樂】早經了一將功成萬骨枯。哎。你區區。文共武。說甚麼榮耀人也紫羅襴烏紗帽白象笏。爭如我誦黃庭道德經。諷金精太素書。倒落的播清風一萬古。

〔行童捧茶上云〕你看中間一個老禿厮。左邊一個牛鼻子。右邊一個窮秀才。攀今攬古的。比三教聖人還張智哩。〔送茶科〕〔陳季卿云〕我飯也不曾吃。被這個道者可纏殺人也。〔正末云〕秀才。你肯誦黃庭經。便不饑寒。〔行童云〕你這先生不要聽這牛鼻子說謊。我每日誦經到晚。肚裏常是餓的支支叫哩。〔正末云〕難道真個誦了經。便不饑寒。只是誦了經成了仙道。便不饑寒了也。〔陳季卿云〕道者。你說古來有那個是成仙了道的。〔正末云〕待貧道略說一兩個。與你聽者。〔唱〕

【那吒令】豈不聞有一個列御寇。駕泠風徧八區。〔陳季卿云〕是一個了。再有誰呢。〔正末唱〕有一個張子房。追赤松別帝都。〔陳季卿云〕再呢。〔正末唱〕有一個葛仙翁。採丹砂入洞府。他雖則土木骸。這都是神仙骨。不似你肉眼凡夫。

〔陳季卿云〕敢問道者。神仙那裏可有甚的景致麼。〔正末云〕怎麽没有。〔唱〕

【鵲踏枝】我那裏號蓬壺。近天都。一剗是貝闕珠宫。霞徑雲衢。則除是大羅仙没揣的過去。〔陳季卿云〕這等。你到我這下界來怎麽。〔正末唱〕我今日下塵寰也則爲點化你這頑愚。

〔陳季卿云〕道者。你不要這些大話。你則老實的説。你仙鄉何處。〔正末云〕你要問我仙鄉何處。我便説與你。也尋我不着哩。〔唱〕

【寄生草】枉踏破你那遊仙履。怎尋的着我這鍊藥鑪。我則是任來任去隨緣住。無風無雨難傾覆。不脩不壘常堅固。那裏有洞門深鎖遠山中。端的個白雲滿地無尋處。

〔云〕秀才。你跟我出家去罷。〔陳季卿云〕我要做官的人。怎麽勸我跟你出家。這等絮絮叨叨。好話不投機也。〔做不理科〕〔正末云〕秀才。你休想那富貴榮華。只跟我出家去罷。〔陳季卿做反手看圖科云〕這壁上是華夷圖。待我看波。〔正末云〕這秀才不理我。去看華夷圖。待我就這圖上題詩一首。與他看波。〔做題科〕〔陳季卿云〕這道者也會做詩。待我念來。〔詩云〕閒觀九域志。如同咫尺間。縣排十萬鎮。州隱五千山。幽燕當北望。吴越向南看。雖無歸去路。神往不爲難。好高才也。道者。只是你怎生知道我要歸家來。〔正末云〕我怎麽不知。你題的那滿庭芳詞。説道家山遠如何歸去。都付夢中遊。這不是你要歸家的意思。〔陳季卿做歎科云〕嗨。只是小生流落於此。不知幾時得回家去也。〔正末做笑科云〕秀才。你若肯跟我出家。我就借你一隻船。送還家去。可也不難。〔惠安云〕道兒你這船在那裏。好借與我故人去那。〔陳季卿云〕道者。你幾曾見我這滿庭芳詞來。〔正末云〕你題時咱就見了也。〔唱〕

【醉中天】這詞呵。勝王粲登樓賦。似宗炳卧遊圖。〔做取竹葉黏壁上科〕〔唱〕你覷這渺渺滄波一葉蘆。〔云〕疾。秀才。兀的不是一隻船了也。〔陳季卿云〕恰纔是一片竹葉兒。黏在壁上。怎麼就變成了一隻船。可也奇怪。〔惠安云〕道兒。這船也小。只怕借不得我故人回去。〔正末云〕呆漢。正好借去。〔唱〕休猜做野水無人渡。你本待挾三策做公孫應舉。眼見的不及第學淵明歸去。怎知道這兩椿兒都則是一夢華胥。

〔云〕秀才。你可看見你回家的路徑麼。〔陳季卿云〕我小生在華夷圖上早看見了也。〔正末云〕秀才。你覷波。〔唱〕

【金盞兒】你不見遠樹蔽荆吴。闇水泛歸艫。從教他風濤洶湧蛟龍怒。你則是緊閉着雙目。穩跕着身軀。一任的棹穿江月泠。帆掛海雲孤。寒煙生古渡。兀良便是你茅舍舊鄉閭。

〔行童云〕莫説這隻船是竹葉兒做的。就當真一隻船。只消我一脚早踹翻了也。〔正末云〕秀才。你則閉了眼者。休迷了正道。〔陳季卿做呵欠科云〕怎麼這一會兒精神疲倦。只待要睡哩。〔做伏几睡科〕〔正末云〕這呆漢睡了也。我着他大睡一覺。〔拂袖科〕〔唱〕

【賺煞】我與你踢倒鬼門關。打開這槐安路。把一枕南柯省悟。再休被利鎖名韁相纏住。急回頭又蚤則暮景桑榆。你若是做吾徒。我與你割斷凡俗。怕甚麽苦海茫茫難跳出。趁煙霞伴侣。乘着這浮槎而去。兀的不朗吟飛過洞庭湖。〔留荆籃下〕

〔惠安云〕好奇事也。恰纔這一個風魔道士將一片竹葉。黏在壁上。變做小小的一隻船兒。倒也好個戲法。那陳季卿又睡着了。行者。你可安排下茶飯。等候他睡醒時食用者。俺回方丈坐禪去也。〔詩云〕持心只在前窗下。不管人間是與非。〔行童隨下〕〔陳季卿打夢做醒科云〕這一覺好睡也。我如今上的這船。趁便風回家去來。〔下〕

〔音釋〕分去聲　渼音美　陂音杯　獃帶平聲　螭音癡　邯音寒　鄲音丹　相去聲　將去聲　笏音虎　泠音靈　骨音古　覆音赴　燕平聲　看平聲　思去聲　艫音盧　目音暮　柯音哥　俗詞疽切　出音杵　槎音茶

第二折

〔正末引外扮列御寇張子房葛仙翁上云〕貧道吕洞賓。這一位是列御寇。這一位是張子房。這一位是葛仙翁。貧道爲陳季卿一人。親到終南山青龍寺裏度脱他。争奈此人迷戀功名。略不省悟。被貧道將一片竹葉。黏於壁上。戲成一隻小船兒。他便要上船。趁便風趕回家見父母妻子去。列位上仙。我們在此等候。他來時慢慢的點化他。歸於正道。與他閻王殿上除生死。仙吏班中列姓名。指開海角天涯路。引的迷人大道行。〔列御寇云〕兀那呆厮陳季卿。這蚤晚好待來也。〔正末

唱〕

【雙調新水令】五湖四海自遨遊。則俺這拂天風兩枚袍袖。喚靈童採瑞草。同仙子下瀛洲。似這等蕩蕩悠悠。歎塵世幾昏晝。

〔列御寇云〕道兄。我看世俗之人。貪嗔愛慾。如青蠅之嗜血。似羣蟻之慕羶。只利趨前。竟忘溺死。好愚迷也。〔正末云〕上仙。我看陳季卿本有神仙之分。則是他塵心太重。兩次三番再不省悟。何時得成正道也呵。〔唱〕

【駐馬聽】仙苑優遊。物換星移幾度秋。將玄關參透。經了些夕陽西下水東流。一生空抱一生愁。千年可有千年壽。則合的蚤回頭。和着那閒雲野鶴常相守。

〔陳季卿上云〕小生陳季卿。在青龍寺惠安長老處。遇一風魔道士。則管裏勸我出家。他將片竹葉兒黏於壁上。戲成小船。我不合一時間引動家鄉之思。就上這船。趁着便風回去。到的這裏。迷蹤失路。前後又没個人兒可問。怎生是了也。〔正末云〕陳季卿。你來這裏。有何事幹那。〔陳季卿做驚顧科云〕呀。那裏有人叫我哩。〔正末唱〕

【雁兒落】你急煎煎誤吞他名利鉤。虛飄飄竟忘了我這煙霞叟。白茫茫窮途何處歸。眼睜睜苦海無人救。

〔陳季卿云〕叫我的是那個。你可指引我一條大路。等我好歸去波。〔正末云〕呆漢。〔唱〕

【得勝令】呀。你不道經史習如流。青紫不須憂。怎不將連城璧丹墀奏。博一個取凌陽萬户侯。今日個啾啾。這是你爲官的偏生受。倒不如休也波休。爭隨我出家兒得自由。

〔陳季卿做見科云〕呀。元來就是寺中相遇的道者。你可救我咱。〔正末云〕噤聲。〔唱〕

【掛玉鈎】你道我不是知音話不投。只去把九域志閒窮究。翻惹動你一點鄉心泪闇流。滴滿了征衫袖。現如今路又迷。途難叩。你則認那畫裏家山。怎知是夢裏神遊。

〔陳季卿云〕却元來還有三位。願通姓名。〔正末云〕他都是我的道友。這一位是列御寇。這一位是張子房。這一位是葛仙翁。〔陳季卿云〕小生一時愚昧。不知三位是何朝代人物。何因得成仙道。請各自陳。小生拱聽。〔列御寇云〕貧道列御寇。鄭國人也。當穆公時見子陽爲相。專尚刑罰。貧道因此辭禄歸耕。後遇廣成子。傳其大道。遂得成仙。〔張子房云〕貧道張良。韓人也。九世相韓。秦始皇無道。滅我韓國。貧道私結壯士。闇擊始皇於博浪沙中。誤中副車。大索三日。貧道亡匿下邳。後因漢祖兵起。仗劍歸漢。興劉蹙項。得報韓讎。漢祖封貧道爲留侯。只爲漢祖誅殺功臣。棄其侯印。隨赤松子入山。遂成仙道。〔葛仙翁云〕貧道葛洪。吴興人也。晋明帝時爲勾漏令。因採丹砂。得遇羅浮真人。授以九轉之術。從此棄官修道。遂得成仙。〔陳季卿云〕小生失瞻了。據三位説來。都是棄官修道。得列仙班的。但小生十載寒窗。受過多少辛苦。如今正想做官。説不得這等迂闊話哩。〔正末云〕呆漢。〔唱〕

【沽美酒】你道是困螢窗年歲久。只待要題雁塔姓名留。壯志騰騰貫斗牛。巴的個風雲會偶。肯落在他人後。

【太平令】你則説做官的金章紫綬。我則説出家的三島十洲。你則説做官的功成名就。我則説出家的延年益壽。你呵罷手。閉口。只看我這道友。呀。那一個不棄官如垢。

〔陳季卿云〕你道這三位都是做官的。小生在史書上也曾見來。可是你這道者也做過官那。〔正末唱〕

【甜水令】俺也曾鳳闕躋攀。龍門踴躍。馬蹄馳驟。高折桂枝秋。偶然間經過邯鄲。逢師點化。黄粱醒後。因此上把塵心一筆都勾。

〔陳季卿云〕可知你不曾做官來。〔正末唱〕

【折桂令】早則不頽氣了你這獨占鰲頭。〔陳季卿云〕道者。你不做官。怎知那做官的快樂。〔正末云〕呆漢。你的官在那裏。〔唱〕早則不羞還故里。懶住皇州。〔陳季卿云〕我如今正要歸家哩。〔正末唱〕早則不阮籍迴車。劉蕡下第。王粲登樓。終南山故人聚首。青龍寺暇日舒眸。棹一葉扁舟。泛幾曲江流。分明是一枕槐安。怎麽的倒做了兩下離愁。

〔列御寇云〕秀才。這做仙的雖然是天生下仙肌道骨。也要異人傳授。纔得成仙了道。今日我這道友再三再四的度脱你出家。你則不省悟。可不連我等都乾着了也。〔陳季卿云〕列位不知。不是我小生不肯隨他出家去。則是小生出家不得。這應舉不第。不消説了。小生家中有父母年高。妻子嬌幼。怎生出的家。待小生口占臨江仙一詞。表白與列位聽者。〔詞云〕一自長安來應舉。本圖他富貴榮華。誰知不第却歸家。妻兒年稚小。父母鬢霜華。中道迷蹤何處問。遇羣仙下訪乘槎。低迴無語漫嗟呀。斷腸俱失路。延首各天涯。〔列御寇云〕秀才。你認這父母妻子是與你相守到底的。好愚迷也。〔陳季卿云〕道者。你則指引我一條大路回去。看我這遭來穩穩的奪個狀元中咱。〔正末云〕呆漢。〔唱〕

【川撥棹】我笑你這呆頭。便奪得個狀元來應了口。受用着後擁前騶。畫閣朱樓。舞袖歌喉。也做不得功施宇宙。〔做指列科唱〕怎如俺這馭清風列御寇。〔做指張科唱〕

【七弟兄】怎如俺這運籌。決謀。漢留侯。〔指葛科唱〕怎如俺這煉丹砂葛令辭勾漏。你則看玉溪邊煙水不停流。翠岩前風月長依舊。〔陳季卿云〕道者。你則指引我去路。休得要等老了人也。〔正末唱〕

【梅花酒】你可也休待兩鬢秋。與天子分憂。歎歲月難留。蚤白了人頭。你獻長楊臨紫陌。我尋大藥返丹丘。共三人歸去休。這一個倚銀箏步瀛洲。這一個吹鐵笛卧巖幽。這一個彈錦瑟上孤舟。

【收江南】呀。則俺呵曾經三醉岳陽樓。踏罡風吹上碧雲遊。枉了俺這大羅仙來度脱你個報官囚。空笑殺城南老柳。則教你做一場蝴蝶夢莊周。〔列御寇云〕秀才。你既不肯跟隨我等出家。不可久留在此。你回去罷。〔陳季卿云〕只是小生迷着路哩。〔正末云〕呆漢。前途不遠。你到家近了也。只要你休忘了正道。〔唱〕

【鴛鴦煞尾】你則爲功名兩字相迤逗。生熬得風波千里親擔受。憑着短劍長琴。遊徧赤縣神州。唱道幾處笙歌。幾家僝僽。不勾多時蚤餓的你似夷齊瘦。爭如我與世無求。再不向紅塵道兒上走。〔四人同下〕

〔陳季卿云〕他四個都去了也。那風魔道士説我到家已近。休忘了正道。我想正道者。大路之謂也。我如今只依着大路趲行幾步。回我家鄉去來。〔詩云〕漸覺鄉音近。翻增旅況悲。途遥歸夢繞。心急步行遲。〔下〕

〔音釋〕羶扇平聲　中去聲　十繩知切　醒平聲　蕡音墳　騶音鄒　罡音剛　迤音拖　逗音豆　僝鋤山切　僽音驟

第三折

〔外扮孛老引老旦卜兒旦兒倈兒上云〕老漢餘杭人氏。姓陳。因爲家中有幾貫錢鈔。人皆稱我做陳員外。嫡親的五口兒家屬。這婆婆方氏。媳婦兒鮑氏。孫兒阿勝。那個應舉去的叫做陳季卿。我那孩兒。一去許久。再不見個音信回來。使我一家好生懸念。婆婆。你且在家中閉門坐着。待我到長街市上。訪問消息去來。〔卜兒云〕我知道。〔孛老俱下〕〔正末改扮漁翁上詩云〕江上撐開一葉舟。竿頭收起釣魚鈎。箬笠簑衣隨意有。斜風細雨不須憂。俺這打漁人。好不快活也呵。〔唱〕

【南呂一枝花】這矮蓬窗新織成。細網索重編就。恰纔個背西風收絲釣。又蚤則對明月棹扁舟。煙水悠悠。自釀下黄花酒。親提着這斑竹篘。拚的個醉酕醄斗轉參横。受用些閒快活天長也那地久。

【梁州第七】管甚麼有程期夕陽西下。一任他没心情江水東流。常則是淡煙疎雨迷前後。經了些村橋野店。沙渚汀洲。俺自有簑衣斜掛。箬笠輕兜。後來這打漁人少悶無愁。相伴着浴鷺眠鷗。恰離了陶朱公一派平湖。抹過了蜀諸葛三江渡口。蚤來到漢嚴陵七里灘頭。你道那幾個是咱故友。無過是滄波老樹知心舊。楚江萍勝肥肉。還有那縮項的鯿魚新上鈎。喫的不醉無休。

〔陳季卿上云〕我陳季卿。來到此間。是一個截頭渡了。怎生得一個船來。渡我過去纔好。〔做望科云〕遠遠望見不是個漁船。待我喚咱。〔做招手科云〕兀那漁翁。撐船來。〔正末做不應科〕〔唱〕

【隔尾】你莫不是燃犀温嶠江心裏走。你莫不是鼓瑟湘靈水面上遊。却教我呆鄧鄧葭蒲邊耐心守。這裏又不是關津隘口。又不是你家前院後。怎麽的喚渡行人在那搭兒有。

〔陳季卿做叫科云〕漁翁。你撑船來渡我咱。〔正末云〕你要到那裏去。〔陳季卿云〕你問我怎的。〔正末唱〕

【賀新郎】你道俺打漁人不索問根由。俺則問你是做買賣經商。〔陳季卿云〕不是。〔正末唱〕是探故鄉親舊。〔陳季卿云〕不是。〔正末唱〕既不吵你怎生在長江側畔將咱候。〔陳季卿云〕我是要過江去的。〔正末唱〕你莫不是楚三閭懷沙自投。你莫不是伍子胥雪父寃讎。你莫不是李謫仙撈月去。你莫不是鄭交甫弄珠遊。〔陳季卿云〕我要去的急。怎當這漁翁攀今攬古。只管裏盤問我這許多。好生聒絮。漁翁。你猜的可也都不是。你只渡我過江去罷。〔正末云〕這等。你是什麼樣人。要我渡你。若不説呵。我也不渡。〔陳季卿云〕我是個應舉落第的秀才。如今要回家去哩。〔正末唱〕原來是趕科場應舉的村學究。若及第呵驟春風五花驄馬轡。不及第則待泛滄浪一葉小漁舟。〔陳季卿云〕是了。我如今要趕回武林餘杭去。見我父母妻子一面。就趁你這船。還要重來應舉。我多與你些船錢如何。〔正末云〕這也使的。你快上來。我便開船也。〔陳季卿做上船科〕〔正末唱〕

【駡玉郎】則被一天露濕漁簑透。摇短棹下中流。過得這横橋獨木龍腰瘦。見輕鷗廝趁逐。粧點秋江秀。

【感皇恩】雲影油油。風力颼颼。轉出這緑楊隄。芳草岸。蓼花洲。〔陳季卿云〕漁翁。這是那裏。〔正末唱〕行盡了秦淮界首。不覺的吴越分流。可早則近鄉閭。臨故里。莫停留。

〔陳季卿云〕好奇怪。早到家門了也。〔做聽更鼓科云〕這些時纔打三更哩。〔正末唱〕

【採茶歌】你不索問更籌。則看這水雲收。半輪明月在柳梢頭。〔做住船科云〕秀才。我這船只在此。等你見了你父母妻子。你可便來。〔唱〕我這裏將半㰖孤樁船纜住。則聽得汪汪犬吠竹林幽。〔同陳季卿暫下〕

〔孛老卜兒旦兒倈兒上孛老云〕好煩惱人也。孩兒應舉去了。我在長街市上打聽音信不着。婆婆。且關上門者。〔卜兒做關門科〕〔正末同陳季卿上云〕兀的不是你家裏。〔陳季卿云〕待我叫門咱。漁翁。我見了父母妻子。還要應舉去。你這船不要那裏去了。〔正末云〕只要你蚤些下船。我没這閒工夫久等你哩。〔陳季卿做叩門科云〕大嫂。開門來。開門來。〔旦兒云〕誰人唤門。待我開開這門看咱。〔做見科云〕我道是誰。元來是季卿來了也。〔陳季卿云〕父親母親在那裏。〔旦兒云〕在堂上哩。〔陳季卿做入拜科云〕父親母親。您孩兒回家了也。〔孛老云〕孩兒。你得了官也不曾。〔陳季卿云〕您孩兒時運不通。不曾得官。因此羞歸。一向流落在外。有缺甘旨之奉。如今可又開選場。您孩兒特來探望父親母親。依舊要應舉去也。〔孛老云〕孩兒。你離家多年。纔得回來。且住幾日去。〔陳季卿云〕父親母親。日子近了。則怕趕不上科場。〔孛老云〕既然日子近了。下次

小的每。將酒來與孩兒送行者。〔正末做笑科云〕陳季卿。快些去罷。〔唱〕

【牧羊關】你剗的席上歌金縷。樽前捧玉甌。這其間可不是炊黃粱鍋内纔熟。你則合早辭了白頭爺娘。割捨了青春配偶。〔帶云〕陳季卿。你此時不去。還待怎的。〔唱〕則你個不聰明愚濁漢。枉教做疾省悟俊儒流。不争你戀斑衣學老萊舞。怎發付這艤烏江亭長舟。

〔陳季卿云〕大嫂。我還赴科場去也。〔旦兒云〕秀才。你纔得歸家。如何便割捨的去了。〔做悲科〕〔陳季卿云〕大嫂。我夫妻之情。怎生捨的。只是試期迫近。轉眼便錯三年。如之奈何。〔正末唱〕

【哭皇天】則管裏絮叨叨將他鬬。泪漕漕不住流。快隨他齊臻臻鵷鷺侶。權撇下嬌滴滴鳳鸞儔。則不如准備着綸竿綸竿釣舟。向富春渚側。渭水河邊。伴煙波漁父。風月閒人。倒落得個散誕逍遥逍遥百不憂。遮莫的山崩海漏。烏飛也那兔走。

〔陳季卿云〕大嫂。你將筆硯來。待我口占一詩。做留別者。〔做寫科〕〔正末唱〕

【烏夜啼】你從今緊閉談天口。休想我信風波東潤東流。〔陳季卿云〕詩寫就了也。待我表白一徧。與你聽咱。〔做念科〕〔詩云〕月斜寒露白。此夕最難禁。離歌嘶象管。別思斷瑶琴。酒至連愁飲。詩成和淚吟。明夜懷人夢。空床閒半衾。〔旦兒云〕季卿。此詩悽惋多情。使妾讀之。潸然淚

下。兀的不痛殺我也。〔陳季卿做拜别科云〕父親母親。您孩兒應舉去也。〔正末唱〕隨你便意徘徊

詩吟就。怎寫的出一段離愁。兩處凝眸。這一個裊金鞭遥拂酒家樓。那一個泣陽關

闇滴香羅袖。蚤去來。休生受。則我這麻縧草履。不傲殺你肥馬輕裘。

〔陳季卿云〕父親母親。您孩兒應舉去也。〔旦兒做送出門科〕〔陳季卿云〕大嫂。你回去罷。〔做出科云〕漁翁。船在那裏。〔正末云〕快上船來。要我等這幾時。〔孛老云〕孩兒趕科場去了也。婆婆。你且關上門者。眼望旌旗捷。耳聽好消息。〔卜兒旦兒倈兒並下〕〔正末同陳季卿上云〕秀才。蚤到這大江了也。〔唱〕

【三煞】趁着這響咿啞數聲柔艣前溪口。早看見明滴溜幾點漁燈古渡頭。〔陳季卿云〕漁翁。把船摇近岸些。兀的不起了風也。〔正末唱〕則見秋江雪浪拍天浮。更月黑雲愁。疎刺刺風狂雨驟。這天氣甚時候。〔陳季卿云〕漁翁。這等風雨。波浪陡作。兀的不諕殺我也。〔正末唱〕白茫茫銀濤不斷流。那裏也騎鶴揚州。

【二煞】忽聽的雷盤絶壁蛟龍吼。又則見電繞空林鬼魅愁。似這等翻江攪海怒陽侯。諕的他怯怯喬喬。怎隄防傾覆。這性命有誰救。争些兒踏破漁翁一釣舟。做的個水上浮漚。

〔陳季卿云〕哎喲。船壞了也。漁翁。你救我咱。〔做念經科云〕太乙救苦天尊。〔正末唱〕

【黃鍾尾】你枉了告玄冥禮河伯頻叉手。只要你安魂魄定精神緊閉眸。風陡作。水倒流。排三山。蕩九州。撼天關。動地軸。諕的你戰兢兢。似楚囚。死臨侵。一命休。不能彀。葬故坵。從今後萬古千秋。誰與你奠一盞兒北邙墳上酒。

〔陳季卿做墜水科云〕救人。救人。〔做驚醒科〕〔行童云〕先生。俺師父請你吃齋飯哩。〔陳季卿云〕這道者那裏去了。〔行童云〕你在這裏睡。我在這裏請你喫齋。知他這風魔道士到那裏去。〔陳季卿云〕我方纔回家去。他在半路裏等我。又引着幾個道友。再四勸我出家。這個道者有些古怪。待我趕他去。〔做趕見荆籃科云〕元來那道者留下一個荆籃在此。待我看咱。這荆籃內別無一物。止有一紙書。看他寫着甚麽。〔做念科〕〔詩云〕一葉逡巡送客歸。山光水色自相依。纔經屈子行吟處。又過嚴陵下釣磯。親舍久慚疎奉養。粧臺何意重留題。別來慟哭黃昏後。將謂仙翁總不知。〔做驚駭科云〕怎麽夢中的事他都知道。必然是個仙人。我想人身難得。中土難生。異人難遇。怎好當面錯過。料這道者去亦未遠。小師父。你與我多拜上長老。我齋飯也不喫了。提着這荆籃趕那道者去也。〔下〕〔行童云〕這秀才也是個傻廝青天白日。餓肚裏睡了一覺。不知做個什麽夢。慌慌忙忙的醒來。便要趕那道士去。從來的風僧狂道。有什麽究竟。知道那裏趕他。我自回師父話去。餓出這傻廝的屎來。也不干我的腿事。〔下〕

〔音釋〕重平聲　釀泥降切　篘叉搜切　酕音毛　醄音桃　肉柔去聲　嶠音叫　葭音家　捫音門　轡音配　逐直由切　熟常由切　艤音以　潸音山　咿音衣　啞音鴉　陡音斗　吼呵苟切

魅音昧　漚音歐　撼含去聲　軸直由切　邙音忙　逡蛆荀切　傻商鮓切

第四折

〔列御寇引張子房葛仙翁執愚鼓簡板上詩云〕昨日東周今日秦。咸陽燈火洛陽塵。百年一枕滄浪夢。笑殺崐崙頂上人。貧道列御寇的便是。因爲純陽子要度陳季卿。央貧道和張子房葛仙翁三人勸他入道。只他塵心太重。一時不得回頭。那純陽子顯其法力。另做一個境界。與他看見。必然省悟了也。如今陳季卿尚未來。我等無事。暫到長街市上。唱些道情曲兒。也好警醒世人咱。〔張子房云〕如此最好。仙長請。〔列御寇唱〕

【村裏迓鼓】我這裏洞天深處。端的是世人不到。我則待埋名隱姓。無榮無辱無煩無惱。你看那蝸角名。蠅頭利。多多少少。我則待夜睡到明。明睡到夜。睡直到覺。呀。蚤則似刮馬兒光陰過了。

【元和令】我吃的是千家飯化半瓢。我穿的是百衲衣化一套。似這等麤衣澹飯且淹消。任天公饒不饒。我則待竹籬茅舍枕着山腰。掩柴扉静悄悄。歎人生空擾擾。

【上馬嬌】你待要名譽興。爵位高。那些兒便是你殺人刀。幾時得舒心快意寬懷抱。常則是。焦蹙損兩眉梢。

【勝葫蘆】你則待日夜思量計萬條。怎如我無事樂陶陶。我這裏春夏秋冬草不凋。倚晴窗寄傲。杖短笻凝眺。看海上熟蟠桃。

〔列御寇云〕這道情曲兒還未曾唱完。純陽子蚤來了也。〔張子房云〕我等且退下一壁者。〔下〕〔正末唱〕

【正宮端正好】俺不去北溟遊。俺不去東山卧。得磨跎且自磨跎。打數聲愚鼓向塵寰中坐。這便是俺閒功課。

【滾繡毬】歎光陰似擲梭。想人生能幾何。急回首百年已過。對青銅兩鬢皤皤。看王留撇會科。聽沙三嘲會歌。送了些乾峥嶸貪圖呆貨。到頭來得了個甚麽。你不見窗前故友年年少。郊外新墳歲歲多。這都是一枕南柯。

〔陳季卿提荆籃慌上科云〕師父。弟子有眼如盲。只望師父救度咱。〔正末唱〕

【倘秀才】則見他荆棘律忙忙走着。〔做摇手科唱〕哎。你個癡呆漢休來趕我。〔陳季卿趕上扯住科云〕大仙。只望你普度慈悲。指引弟子長生之路。〔做拜科〕〔正末唱〕則問你搗蒜似街頭拜怎摸。俺是個窮貧道。住山阿。怎將你儒生度脱。

〔陳季卿云〕你留下這荆籃。内有詩一首。把我到家見父母妻子的情狀。盡都知道。豈不是個神仙。如今情願跟隨出家。做個弟子去也。〔正末云〕呆漢。你這一遭趕科場去。奪一個狀元中。則

管拜我怎的。〔唱〕

【滚繡毬】你一心待遇君王登甲科。怎倒來叩神仙求定奪。〔陳季卿云〕師父。弟子看了這詩。如今不願做官了也。〔正末唱〕你道是看詩句把玄機參破。俺則怕紫霜毫錯判斷山河。〔云〕呆漢。你如今真悟了麽。〔陳季卿云〕弟子省悟了也。〔正末唱〕你既知這榮華似水上沫。這功名似石内火。可怎生講堂中把面皮搶攞。〔陳季卿做拜科云〕弟子愚眉肉眼。怎知道真仙下降。只望高擡貴手。與我拂除塵俗者。〔正末唱〕我如今與你拂塵俗將聖手搓挲。便説殺九重天子明光殿。怎如俺三島仙家安樂窩。再不要碌碌波波。

〔列御寇三人上云〕道兄。那陳季卿可肯跟你出家麽。〔陳季卿上云〕元來三位大仙。都也在此。〔做拜科〕〔正末云〕俺每爲這一個呆漢。到塵世走了三遭兒也。〔唱〕

【倘秀才】你昨日呵攞不去金枷玉鎖。你今日呵蚤掙上朝元證果。知他道誰是逍遥誰轗軻。舉頭山色好。入耳水聲和。這便俺仙家的過活。

〔陳季卿云〕師父。我弟子想來。這三位大仙不消説了。昨日這一個漁翁渡我歸家的。敢就是大仙一化哩。〔正末云〕呆漢。〔唱〕

【滚繡毬】你道俺駕扁舟泛碧波。執漁竿披緑簑。這就是仙家使作。你可也争些兒暴虎憑河。〔陳季卿云〕師父。你既肯度脱弟子成仙了道。怎生又要把我掉在大江之中。險喪性命。

你好促掐也。〔正末做指列御寇科唱〕俺若不是打這訛。怎生着衆仙真收這科。俺舊交遊還有弟兄七個。〔陳季卿云〕師父。你這上八界洞府。却在那裏。〔正末做手指科唱〕問洞府還隔的蓬嶺嵯峨。〔帶云〕要舞呵。〔唱〕自有霓裳羽袖纖腰舞。〔帶云〕要歌呵。〔唱〕自有絳樹青琴皓齒歌。莫更蹉跎。

〔陳季卿云〕師父。你那裏有甚麽景致。説與弟子知道。〔正末唱〕

【叨叨令】俺那裏有蒼松偃蹇蛟龍卧。有青山高聳煙嵐潑。香風不動松華落。洞門深閉無人鎖。俺和你去來也麽哥。俺和你去來也麽哥。修真共上蓬萊閣。

〔冲末扮東華帝君執符節引張果漢鍾離李鐵柺徐神翁藍采和韓湘子何仙姑上〕〔陳季卿云〕呀。許多大仙來了。弟子一個也不認得。望師父説與弟子知道。〔正末指張科〕〔唱〕

【十二月】這一個倒騎驢疾如下坡。〔陳季卿云〕元來是張果大仙。〔做拜科〕〔正末指徐科唱〕這一個吹鐵笛韻美聲和。〔陳季卿云〕是徐神翁大仙。〔做拜科〕〔正末指何科唱〕這一個貌婷笊籬手把。〔陳季卿云〕是何仙姑大仙。〔做拜科〕〔正末指李科唱〕這一個鬢蓬鬆鐵柺橫拖。〔陳季卿云〕是李鐵柺大仙。〔做拜科〕〔正末指韓科唱〕這一個籃關前將文公度脱。〔陳季卿云〕是韓湘子大仙。〔做拜科〕〔正末指藍科唱〕這一個綠羅衫拍板高歌。〔陳季卿云〕是藍采和大仙。〔做拜科〕〔正末指鍾離科唱〕

【堯民歌】這一個是雙丫髻常喫的醉顔酡。〔陳季卿云〕是漢鍾離大仙。〔做拜科云〕敢問師父姓甚名誰。〔正末云〕呆漢。俺不説來。〔唱〕則俺曾夢黄粱一晌滾湯鍋。覺來時蚤五十載閻消磨。〔陳季卿云〕師父已曾説過。弟子真個忒愚迷。〔做拜科云〕今日可也拜的着哩。〔正末唱〕纔知道吕純陽是俺正非他。〔云〕呆漢。只怕你也做夢哩。〔陳季卿云〕弟子如今委實省悟。不是做夢了也。〔正末唱〕你自去評跋評也波跋。休教咱冷笑呵。只要你覷的那名利場做些娘大。

〔東華帝君云〕奉上帝敕旨。陳季卿既有神仙之分。做吕純陽弟子。可着羣仙引領西去。共赴蟠桃宴者。〔詞云〕西望瑶池集衆真。東來紫氣徹天門。從今王母瓊筵上。共獻蟠桃增一人。〔陳季卿同衆共拜科〕〔正末唱〕

【煞尾】會瑶池慶賞蟠桃果。滿捧在金盤獻大羅。增俺仙家福壽多。保俺仙家永快活。你將這鶴氅烏巾手自摩。葛履環縧整頓過。青色騾兒便撒和。駕一片祥雲俺同坐。便有那十萬里鵬程。怕甚麼海天闊。

〔音釋〕蝸音蛙　覺音叫　竾音窮　皤音婆　着池何切　摸音摩　阿何哥切　脱音妥　奪音多　沫音磨　攞羅上聲　㲉音梭　轗音坎　軻音可　活音和　作音左　嵐音藍　潑音頗　落羅去聲　閣哥上聲　娉聘平聲　婷音亭　笊音罩　晌音賞　他音拖　跋音波　大音墮　氅音敞

過平聲　和去聲　闊科上聲

題目　呂洞賓顯化滄浪夢
正名　陳季卿誤上竹葉舟

布袋和尚忍字記雜劇

鄭廷玉撰

楔子

〔冲末扮阿難上詩云〕明性不把幽花撚。見心何須貝葉傳。日出冰消原是水。回光月落不離天。貧僧乃阿難尊者是也。我佛在於靈山會上。聚衆羅漢講經説法。有上方貪狼星。乃是第十三尊羅漢。不聽我佛講經説法。起一念思凡之心。本要罰往酆都受罪。我佛發大慈悲。罰往下方汴梁劉氏門中。投胎託化爲人。乃劉均佐是也。恐防此人迷却正道。今差彌勒尊佛化做布袋和尚。點化此人。再差伏虎禪師。化爲劉九兒。先引此人回心。後去嶽林寺修行。可着定慧長老傳説與他大乘佛法。若此人棄却酒色財氣。人我是非。功成行滿。貧僧自有個主意。則爲他一念差罰去塵埃。貪富貴不捨資財。發慈悲如來點化。功行滿同赴蓮臺。〔下〕〔正末扮劉均佐領旦兒倈兒雜當上正末云〕自家汴梁人氏。姓劉名圭。字均佐。嫡親的四口兒家屬。妻乃王氏。某今年四十歲。所生一兒一女。小厮兒喚做佛留。女孩兒喚做僧奴。我是汴梁城中第一個財主。雖然有幾文錢。我平日之間。一文也不使。半文也不用。若使一貫錢呵。便是挑我身上肉一般。則爲我這般慳悋苦尅上。所以積下這家私。如今時遇冬天。紛紛揚揚下着國家祥瑞。有那般財主每紅爐暖閣。賞雪飲酒。恁般受用快樂。我劉均佐怎肯這般受用。却是爲何。則怕破敗了這家私也。〔旦兒云〕員外。常言道風雪是酒家天。雖然是這等。堪可飲幾杯也。〔正末云〕大嫂。我待不依你來。可又不好。待依你來呵。又要費用。罷罷罷。喒將就的飲幾杯。〔旦兒云〕員外。飲幾杯可不好那。〔正末云〕小的們。打些酒來。我與妳妳喫一杯。你來。我和你説。你休打多了。則打兩鍾兒來勾了。〔雜當云〕理會的。〔遞酒科〕〔旦兒云〕員外。你先飲一杯。〔正末飲酒科云〕再將酒來。大嫂。你也飲一杯。〔旦兒飲酒科云〕再將酒來。〔雜當云〕無了酒也。〔旦兒云〕則斟了兩鍾兒。便無了酒。再打酒來。〔正末云〕酒勾了也。老的每説來。酒要少飲。事要多知。俺且在這解典庫裏閒坐。看有甚麼人來。〔外扮劉均佑上詩云〕腹中曉盡世間事。命裏不如天下人。小生洛陽人氏。乃劉均佑也。讀幾句書。因遊學到此。囊篋消乏。時遇冬月天道。下着大雪。我身上無衣。肚裏無食。兀的不是一箇大户人家。我問他尋些茶飯喫。早來到這門首。無計所奈。唱箇蓮花落咱。一年家春盡一年家春。兀的不天轉地轉我倒也。〔做倒科〕〔正末云〕大嫂。俺雖然在這裏飲酒。俺門首凍倒一箇人。孩兒每。那裏與我扶將那君子進來。討些火炭來盪些熱酒與他喫。劉均佐也要尋思波。大嫂。我平日不是箇慈悲人。每常家休道是凍倒一箇。便凍倒十箇。我也不管他。這箇人好關我心也。我試問他咱。兀那君子。你這一會兒比頭裏可是如何。〔劉均佑云〕這一會覺過來了些兒也。〔正末云〕君子。你那裏人氏。姓甚名誰。因甚麼凍倒在俺門首。你試説一遍咱。〔劉均佑云〕長者。小生洛陽人氏。姓劉名均佑。也讀幾句書。因遊學到此。囊篋消乏。身上無衣。肚中饑餒。見長者在此飲酒。無計所柰。唱箇蓮花落。不想凍倒在員外門首。若不是員外救了小生。

那得有這性命來。〔正末背云〕劉均佐。你尋思波。我問他那裏人氏。他道是洛陽人氏。姓劉名均佑。可不道一般樹上無有兩般花。五百年前是一家。既是關着我這心呵。兀那劉均佑。我有心待認義你做個兄弟。不知你意下如何。〔劉均佑云〕員外休鬬小生耍。〔正末云〕我不鬬你耍。〔劉均佑云〕既是這般呵。休道是兄弟。在家中隨驢把馬。願隨鞭鐙。〔正末云〕兄弟。我便是你親哥哥一般。這箇便是你親嫂嫂哩。你拜你拜。〔劉均佑拜科云〕嫂嫂請坐。受您兄弟兩拜咱。〔旦兒云〕小叔叔免禮。〔正末云〕兩個孩兒過來。拜你叔叔者。〔倈兒拜科〕〔劉均佑云〕不敢。不敢。免禮。〔旦兒云〕員外。你與小叔叔共話。我回後堂執料茶飯去也。〔下〕〔正末云〕兄弟。我今日認義了你。我有件事與你說。〔劉均佑云〕哥哥有甚事。對您兄弟說咱。〔正末云〕你恰纔在雪堆兒裏凍倒了。你若不是我呵。那裏得你那性命來。我又認義你做兄弟。你心裏便道這個員外必是箇仗義疎財的人。你若是這等呵。你差了也。您哥哥爲這家私。早起晚眠。喫辛受苦。積成這箇家私。非同容易。聽您哥哥說一遍咱。〔劉均佑云〕哥哥說一遍。與您兄弟聽咱。〔正末唱〕

【仙吕賞花時】如今人則敬衣衫不敬人。不由我只共錢親人不親。恰纔那風凛凛。這雪紛紛。你在長街上便凍損。〔云〕兄弟。我是個財主。認義你這等窮漢做兄弟。你自尋思波。〔唱〕我可也忒富貴你可忒身貧。

〔劉均佑云〕您兄弟身上襤褸。則怕人笑話哥哥麽。〔正末唱〕

【幺篇】你貧呵生受凄凉活受窘。我富呵廣有金珠勝有銀。〔云〕兄弟。家私裏外勤苦。要你早晚用心。〔劉均佑云〕您兄弟理會的。〔正末唱〕**你在這解典庫且安身。**〔云〕兄弟也。不争我今日認義你做兄弟。我是好心。若俺那一般的財主每便道。你看那劉均佐。平日之間。一文不使。半文不用。這等慳悋苦尅。平白的認了個閒人。〔唱〕**一任教傍人將我來笑哂。罷罷罷。我權破了戒今日箇養閒人。**〔同下〕

〔音釋〕撚尼蹇切　行去聲　長音掌　窨君上聲　哂身上聲

第一折

〔劉均佑領雜當上云〕小生劉均佑。自從哥哥認義我做兄弟。可早半年光景也。原來我這哥哥平日是個慳悋苦尅的人。他一文不使。半文不用。放錢舉債都是我。今日是哥哥生日。他平昔間不肯受用。我如今卧翻羊。安排酒果。只説道是親戚朋友街坊鄰舍送來的。他纔肯食用。他若知道是我安排的。就心疼殺他。小的每。酒果都安排了也不曾。〔雜當云〕都停當了。〔劉均佑云〕既然都停當了。請哥哥嫂嫂出來。哥哥嫂嫂有請。〔正末同旦兒倈兒上云〕自家劉均佐。自從認義了兄弟。可早半年光景也。我這兄弟十分的幹家做活。早起晚眠。放錢舉債。如此般殷勤。我心中甚是歡喜。大嫂。今日是我生辰之日。大嫂。你知道的。我每年家不做生日。你休對兄弟説。他知道呵。必然安排酒食。可不破費了我這家私。〔旦兒云〕今日你兄弟請。不知有甚事。你見兄弟去來。〔正末見科云〕兄弟請俺兩口兒有甚事。〔劉均佑云〕哥哥請坐。今日是哥哥生辰之日。您兄弟安排下些酒食。拜哥哥兩拜。盡您兄弟的心。〔正末云〕嗨。大嫂。如何。我説兄弟知道了。安排酒食。可不費了我這家私。兀的不痛殺我也。〔劉均佑云〕哥哥。你不知道。這東西都是親戚朋友街坊鄰舍送來的。不是喒將錢買的。我恰纔管待他每。都回去了。如今擺將來。都是見成桌面。請哥哥嫂嫂喫幾杯。〔正末云〕哦。原來如此。你可早説波。既然是這等呵。喒飲幾杯。〔旦兒云〕員外。你直是這等慳恡。喫用的多少也。〔劉均佑云〕將酒來。我與哥哥遞一杯。則願的哥哥福壽綿綿。松柏齊肩者。〔正末云〕有勞兄弟。〔唱〕

【仙吕點絳唇】感謝知交。五更絶早都來到。他道我福壽年高。着我似松柏齊肩老。

【混江龍】觥籌交錯。我則見東風簾幙舞飄飄。則聽的喧天鼓樂。更和那聒耳笙簫。〔劉均佑云〕哥哥滿飲一杯。〔正末云〕兄弟。好酒也。〔唱〕**俺只見玉盞光浮春酒熟。金爐烟裊壽香燒。**〔云〕説與那放生的。〔唱〕**着他静悄悄。休要閙吵吵。**〔劉均佑云〕小的每。説與那放生的。着他遠着些。不要在此喧閙。〔正末云〕兄弟。您哥哥爲甚積攢成這個家私來。〔唱〕**則爲我平日間省錢儉用。到如今纔得這富貴奢豪。**

〔外扮布袋和尚領嬰兒姹女上云〕佛佛佛。南無阿彌陀佛。〔做笑科偈云〕行也布袋。坐也布袋。放下布袋。到大自在。世俗的人。跟貧僧出家去來。我着你人人成佛。個個作祖。貧僧是這鳳翔府嶽林寺住持長老。行脚至此。此處有一個劉均佐。是個巨富的財主。争奈此人貪饕賄賂。慳恡苦尅。一文不使。半文不用。貧僧特來點化此人。這是他家門首。兀那劉均佐看財奴。〔做笑科劉均佑云〕哥哥。門首是甚麼人大驚小怪的。我試看咱。〔見布袋科云〕好個胖和尚也。〔布袋笑科云〕凍不死的叫化頭。你那看財奴有麼。〔劉均佑背云〕我凍倒在哥哥門首。他怎生便知道。〔布袋云〕你那看財奴在家麼。〔劉均佑云〕我對俺哥哥説去。〔見正末笑云〕哥哥。笑殺我也。〔正末云〕兄弟。你爲何這般笑。〔劉均佑云〕哥哥。你説我笑。你出門去。見了你也笑。〔正末云〕我試看去。〔見科〕〔布袋云〕劉均佐看財奴。〔正末笑科云〕哎呀。好個胖和尚。笑殺我也。〔布袋云〕你笑誰哩。〔正末云〕我笑你哩。〔布袋念偈云〕劉均佐。你笑我無。我笑你有。無常到來。大家空手。〔正末云〕兄弟。笑殺我也。這和尚喫甚麼來。這般胖那。〔唱〕

【油葫蘆】猛可裏擡頭把他覷覷了。將我來險笑倒。〔布袋云〕嬰兒姹女。休離了左右也。〔正末唱〕引着些小男小女將他厮搬調。〔云〕他這般胖呵。我猜着他也。〔唱〕莫不是香積厨做的齋食好。〔布袋云〕你齋我一齋。〔正末唱〕更和那善人家齋得禪僧飽。他腰圍有籰來麤。肚皮有三尺高。便有那駱駝白象青獅豹。〔布袋云〕要那駱駝白象青獅豹做甚麼。〔正末唱〕敢可也被你壓折腰。

〔布袋云〕他嗓嗑貧僧哩。〔正末唱〕

【天下樂】這和尚肉重千斤不算膘。〔云〕他喫甚麼來。〔唱〕我這裏量度。將他比並着。〔布袋云〕將我比並着甚麼。〔正末唱〕恰便似快活三恰將頭剃了。〔云〕兀那和尚。你這般胖。似兩個古人。〔布袋云〕我似那兩個古人。〔正末唱〕你肥如那安禄山。更胖如那漢董卓。〔云〕

你這般胖。立在我這解典庫門首。知的囉是箇胖和尚。不知的囉。〔唱〕則道是箇夯神兒來進寶。

〔布袋云〕劉均佐。你愚眉肉眼。不識好人。則我是釋迦牟尼佛。〔正末云〕誰是釋迦牟尼佛。〔布袋云〕我是釋迦牟尼佛。〔正末云〕你是釋迦牟尼佛。比佛少多哩。〔唱〕

【那吒令】你偌來胖箇肉身軀呵。你怎喂的飽那餓鳥。你偌來贏的腿脡呵。你怎穿的過那蘆草。你偌來大箇光腦呵。你怎壘的住那雀巢。〔布袋云〕貧僧憂你這塵世的人。不聽俺如來教。〔正末唱〕你道爲俺這塵世的人。不聽你這如來教。都空喫飯不長脂膘。

〔布袋云〕劉均佐。貧僧非是凡僧。我是箇禪和尚。兩頭見日。行三百里田地哩。〔正末唱〕

【鵲踏枝】你不敢向佛殿遶周遭。你不敢禮三拜朝。〔云〕你這等肥胖呵。〔唱〕你穩情取滚出山門。踹上青霄。〔布袋云〕劉均佐。你齋貧僧一齋。〔正末唱〕這裏面要飽呵得多少是了。〔云〕和尚。你這般胖呵。有一樁好處。〔布袋云〕有那一樁好處。〔正末唱〕你端的便不疲乏世不害心嘈。

〔布袋云〕劉均佐。貧僧神通廣大。法力高强。則我便是活佛也呵。〔正末唱〕

【寄生草】呀。你道是神通大。可惜你這肚量小。〔云〕兀那和尚。你聽者。〔唱〕不想這病維摩入定參禪早。誰想你是箇瘦阿難結果收因好。不想你箇沈東陽削髮爲僧了。

〔云〕兀那和尚。我憂你一半兒。愁你一半兒。〔布袋云〕你憂我甚麽。愁我甚麽。〔正末唱〕**我愁呵愁你去南海南挾不動柳枝瓶。我憂呵憂你去西天西坐損了那蓮花萼。**

〔布袋云〕劉均佐。你若齋我一齋呵。我傳與你大乘佛法。〔正末云〕如何是大乘佛法。〔布袋云〕將紙墨筆硯來。我傳與你大乘佛法。〔正末云〕我無紙。〔劉均佑云〕哥哥有紙。我取一張來。〔正末云〕兄弟也。一張紙又要一箇錢買。則喫你破壞我這家私。〔布袋云〕既無紙呵。將筆硯來。就手裏傳與你大乘佛法。〔劉均佑磨墨科〕〔正末唱〕

【醉中天】我見他墨磨損烏龍角。〔布袋做蘸筆科〕〔正末唱〕**他那裏筆蘸着一管紫霜毫。**〔布袋云〕將你手來。我傳與你大乘佛法。〔正末云〕我與你手。〔布袋做寫科云〕劉均佐。則這個便是大乘佛法。〔正末做看科云〕我倒好笑。〔唱〕**我只見刃字分明把一箇心字挑。**〔布袋云〕這忍字是你隨身寶。〔正末唱〕**他道這忍字是我隨身寶。**〔云〕寫下這個忍字。又要我費哩。〔布袋云〕可費你些甚麽。〔正末唱〕**又費我半盆水一錠皂角。巧言不如直道。我謝你箇達磨倈把衣鉢親交。**

〔布袋云〕劉均佐。你齋貧僧一齋。〔劉均佑云〕哥哥放着許多的家私。喒齋他一齋。怕做甚麽。〔正末云〕兄弟。你看他那肚皮。兩石米的飯也喫他不飽。〔劉均佑云〕我這裏無有素齋。〔布袋云〕貧僧不問葷素。便酒肉貧僧也喫。〔正末云〕那箇出家人喫酒肉來。〔劉均佑云〕有酒肉拿來與他喫。〔正末云〕兄弟。將一盞酒來與他喫。〔劉均佑斟酒科正末云〕兄弟。淺着些。忒滿了也。

〔布袋云〕將來我喫。〔奠酒科〕南無阿彌陀佛。〔正末云〕嗨。可惜了。百米不成一滴。可怎生澆奠了也。〔布袋云〕劉均佐。再化一鍾兒喫。〔正末云〕無了酒也。〔劉均佑云〕哥哥。再與他一鍾喫。〔正末云〕則喫你這等。〔劉均佑斟酒科正末云〕兀的喫喫喫。〔布袋云〕貧僧不喫。與我那徒弟喫。〔正末回頭科〕在那裏。〔布袋云〕兀的不是。〔下〕〔正末云〕呀。可那裏有人。和尚。那壁無人。可怎生連他也不見了。〔劉均佑云〕哥哥。那和尚那裏去了。〔正末云〕好是奇怪也呵。

〔唱〕

【河西後庭花】他賺的咱回轉頭。又不曾那動脚。我恰纔斟玉斝相邀命。呀呀呀他可早化金光不見了。〔云〕好奇怪也。〔唱〕**我這裏自猜着。多管是南方在道他故將人來厮警覺。**

〔云〕兄弟。我正要喫酒。走將箇胖和尚來。攪了俺一席好酒也。〔劉均佑云〕哥哥。風僧狂道。信他做甚麽。喒家裏飲酒去來。〔正末云〕那胖和尚去了也。要這忍字做甚麽。將些水來洗去了。〔劉均佑云〕小的每將水來。與哥哥洗手。〔正末洗科云〕可怎生洗不下來。將肥皂來。〔劉均佑云〕有。〔正末擦洗科云〕可怎生越洗越真了。將手巾來呀。兄弟也。可怎生揩了一手巾忍字也。〔劉均佑云〕真個蹊蹺。〔正末云〕好是奇怪也。〔唱〕

【金盞兒】這墨又不曾把鰾膠來調。這字又不曾使繡鍼來挑。可怎生洗不下擦不起揩不掉。這和尚故將人來擻皂。直寫的來恁般牢。我若是前街上猛撞見。若是後巷裏

斷逢着。我着兩條漢拿到官。直着一頓棒拷折他腰。

〔劉均佑云〕哥哥。信他做甚麽。〔正末云〕兄弟。是好奇怪也。喒且到解典庫中閒坐一坐咱。〔浄扮劉九兒上云〕衆朋友每。你則在這裏。我問劉均佐那弟子孩兒討一貫錢便來也。劉均佐看財奴。少老子一貫錢。怎麽不還我。〔劉均佑云〕是甚麽人這般大驚小怪的。我去看咱。〔見科劉九兒云〕劉均佑叫化頭。你家看財奴少老子一貫錢。怎生不還我。〔劉均佑云〕這個窮弟子孩兒。要錢則要錢。題名道姓怎的。哥哥聽了又生氣也。我對俺哥哥説去。〔見正末云〕哥哥。門首有那叫化頭劉九兒。説哥哥少他一貫錢。〔正末云〕兄弟。你過來。我看去。〔見劉九科云〕劉九兒。爲甚麽在我這門首大驚小怪的。〔劉九云〕劉均佐看財奴。還老子一貫錢來。〔正末云〕你看我那造物波。恰纔那胖和尚攪了我一場。又走將一個窮弟子孩兒來。兀那劉九兒。你和人説。我是個萬貫財主。倒少你這窮弟子孩兒一貫錢。〔劉九云〕你有錢。你學老子這等快活受用。你敢出你那解典庫來麽。〔正末云〕你敢進我家裏來麽。〔劉九云〕我便來。你敢把我怎的。〔正末打科云〕我不敢打你那。〔劉九做倒科〕〔正末云〕這個窮弟子孩兒。我倒少你的錢。你倒在地下賴我。兀的不氣殺我也。〔劉均佑云〕哥哥。休和他一般見識。你請坐。兀那廝。你起來。你要錢怎生毀駡人。〔做驚科云〕哥哥。你打的他口裏無了氣也。〔正末云〕你看這廝。我推了他一推便死了。我不信。〔劉均佑云〕哥哥你看去。〔正末云〕過來。我看去。這廝輕事重報。〔叫科云〕劉九兒。討錢便討錢。你又駡我。則少一貫錢。你好好的討。起來起來。〔摸劉九口科云〕兄弟。真箇死了也。〔唱〕

【河西後庭花】我恰纔胸膛上撲地着。他去那甎街上丕的倒。不争你這窮性命登時死。哎。將我這富魂靈險諕掉了。只見他鼽嘍嘍的冷涎潮。他可早血流出七竅。冷冰冰的僵了手脚。

〔云〕兄弟也。爲一貫錢打死了這個人。我索償他性命。兄弟。可憐見救您哥哥咱。〔劉均佑云〕哥哥放心。人命事您兄弟替哥哥當。哥哥。這死的人心上還熱哩。不得死。等我看去。〔看科云〕哥哥。他胸前印下箇忍字也。〔正末云〕兄弟。真箇。你過來。我看去。〔看科云〕兄弟。真印下箇忍字也。〔唱〕

【憶王孫】這字他可便背書在手掌恁般牢。〔云〕兄弟。你看我手裏的和他胸前的一般哩。〔唱〕可怎生番印在他胸脯可怎生便無一畫兒錯。兩箇字肯分的都一般大小。〔帶云〕到的官司三推六問呵。〔唱〕我索把罪名招。〔劉均佑云〕哥哥放心。我替你承當去。〔正末云〕兄弟。你替不的我也。〔唱〕你看赤緊的我手裏將咱自證倒。

〔云〕兄弟也。我將這家業田産嬌妻幼子都分付與你。你好生看管。我索逃命去也。〔布袋衝上云〕劉均佐。你打殺人。走到那裏去。〔正末云〕師父。救您徒弟咱。〔唱〕

【金盞兒】我從今後看錢眼辨箇清濁。愛錢心識箇低高。我從今後棄了家財禮拜你個真三寶。〔布袋云〕我着你忍着。你怎生打殺人也呵。〔正末唱〕自從這個忍字在手内寫。今日個業果眼前招。〔布袋云〕你肯跟我出家去麽。〔正末唱〕您徒弟再不將狠心去錢上用。凡火向我腹中燒。學師父清風袖裏藏。做師父明月在杖頭挑。〔布袋云〕劉均佐。我着你忍着。你怎生不忍。打殺人。劉均佐。〔偈云〕你得忍且忍。得耐且耐。不忍不耐。小事成大。我救活了他。你跟我出家去麽。〔正末云〕師父若救活這箇人。我便跟師父出家去。〔布袋云〕要道定者。休要番悔。〔布袋叫劉九科〕疾。劉九兒。〔劉九起見衆科云〕一覺好睡也。〔布袋念佛云〕南無阿彌陀佛。〔劉九云〕劉均佐。還老子一貫錢來。〔正末云〕兄弟。快與他一貫錢。〔劉均佑與錢科劉九云〕可原來還老子一貫錢。衆兄弟每。我可討了一貫錢。跟我喫酒去來。〔下〕〔正末云〕兄弟。他去了也。與了他多少錢。〔劉均佑云〕與了他一貫錢。〔正末云〕嗨。兄弟也。既是活了。與他五百文也罷。〔布袋云〕劉均佐。跟我出家去來。〔正末云〕師父可憐見。我怎生便捨的這家業田產。嬌妻幼子。您徒弟則在後園中結一草菴。在家出家。三頓素齋。念南無阿彌陀佛。則便了也。〔布袋云〕劉均佐。你捨不的出家。凡百事則要你忍着。只念南無阿彌陀佛。〔正末云〕師父。您徒弟理會的。兄弟也。我將這家緣家計。且分付與你。則好生看我這兒女也。〔劉均佑云〕哥哥只管放心。都在我身上。〔正末唱〕

【賺煞】則這欠債的有百十家。上解有三十號。〔帶云〕我爲這錢呵。〔唱〕使的我晝夜身心碎了。將我這花圃樓臺并畫閣。我今蓋一座看經修煉的團標。我也不怕有賊盜。隄防着水火風濤。〔帶云〕劉均佐。你自尋思波。〔唱〕我看着這轉世浮財則怕你守不到老。

〔做看忍字科〕〔唱〕我將這忍字來覷了。謝吾師指教。〔布袋云〕只要你忍的。〔正末云〕師父。我忍者。我忍者。〔唱〕哦。原來俺這貪財人心上有這殺人刀。〔下〕

〔布袋云〕誰想劉均佐見了小境頭。如今在家出家。等此人凡心去後。貧僧再來點化。〔偈云〕學道如擔擔上山。不思路遠往難還。忽朝擔子兩頭脱。一個閒人天地間。〔下〕〔劉均佑云〕那師父去了也。俺哥哥在家出家。將家緣家計都交付與我。我須往這城裏外索錢走一遭去。〔下〕

【音釋】觥古横切　錯音草　饕音叨　賄音誨　賂音路　看平聲　那音拿　嗓桑上聲　嗑音渴　膘音標　度多勞切　着池燒切　卓之卯切　夯音亨　臕音標　阿何哥切　蕚音傲　角音皎　倈離靴切　那音挪　脚音皎　斝音賈　覺音皎　揩楷平聲　鰾邦妙切　鍼與針同　推退平聲　齁阿勾切　涎徐煎切　脯音蒲　分去聲　濁雖梢切　閣音杲　賊則平聲　擔去聲

第二折

〔正末上云〕自家劉均佐。自從領了師父法旨。在這後花園中結下一個草菴。每日三頓素齋食。則念南無阿彌陀佛。過日月好疾也呵。〔唱〕

【南呂一枝花】恰纔那花溪飛燕鶯。可又早蓮浦觀鵝鴨。不甫能菊天飛塞雁。可又早梅嶺噪寒鴉。我想這四季韶華。撚指春回頭夏。我想這利名心都畢罷。我如今硬頓開玉鎖金枷。我可便牢拴定心猿意馬。

【梁州第七】每日家掃地焚香念佛。索强如恁買柴糴米當家。〔帶云〕若不是師父呵。我劉均佐怎了也呵。〔唱〕謝諸尊菩薩摩訶薩。感吾師度脱。將俺這弟子來提拔。我如今不遭王法。不受刑罰。至如我指空説謊瞞咱。這一場了身脱命虧他。我我我謝俺那雪山中無榮無辱的禪師。是是是傳授與我那蓮臺上無岸無邊的佛法。來來來我做了個草菴中無憂無慮的僧家。一回家火發。我可便按納。心頭萬事無牽掛。數珠在手中掐。我這裏静坐無言嘆落花。獨步煙霞。

〔云〕南無阿彌陀佛。我這裏静坐者。〔倈兒上云〕自家是劉均佐的孩兒。俺父親在後園中修行。俺叔叔與俺妳妳每日飲酒做伴。我告知俺父親去。開門來。開門來。〔正末云〕是甚麽人喚開門哩。〔唱〕

【罵玉郎】我將這稀剌剌斑竹簾兒下。俺這裏人静悄不喧譁。那堪獨扇門兒砑。〔倈兒云〕開門來。〔正末唱〕我這裏疑慮絶。觀覷了。聽沈罷。

〔倈兒云〕開門來。〔正末唱〕

【感皇恩】呀。他道是年小渾家。這些時不曾把他門踏。我將這異香焚。急將這衣服整。忙將這數珠拿。〔倈兒云〕開門來。〔正末唱〕莫不是誰來添净水。莫不是誰來獻新茶。我這裏侵階砌。傍户牖。近窗紗。

〔倈兒云〕開門來。〔正末云〕可是甚麼人。〔唱〕

【採茶歌】日耀的眼睛花。莫不是佛菩薩。〔倈兒云〕開門來。〔正末開門見科唱〕呀。原來是癡頑嬌養的這小寃家。必定是他親娘將孩兒無事打。我是他親爺腸肚可憐他。

〔云〕孩兒也。你來這裏做甚麼來。〔倈兒云〕您孩兒無事不來。自從父親修行去了。俺母親和俺叔叔每日飲酒做伴。我特來告與父親知道。〔正末云〕哦。你娘和叔叔在房中飲酒做伴是真個。〔倈兒云〕是真箇。不説謊。〔正末怒科云〕這個凍不死的窮弟子孩兒。好無禮也。想着你在雪堆兒裏凍倒。我救活了你性命。我又認義做兄弟。我見他家私裏外。倒也着意。將這萬貫家財都與他掌管着。我恨不的手掌兒裏擎着。〔見忍字科云〕嗨。孩兒。你且耍去。〔倈兒云〕爹爹。你只回家去罷。〔正末唱〕

【牧羊關】你休着您爺心困。莫不是你眼花。〔倈兒云〕我不眼花。我看見來。〔正末唱〕他莫不是共街坊婦女每行踏。〔倈兒云〕無別人。則有俺妳妳和叔叔飲酒。〔正末唱〕這言語是實麼。〔倈兒云〕是實。〔正末唱〕你休説謊咱。〔倈兒云〕不敢説謊。〔正末怒科云〕是實。我真箇忍不的也。〔唱〕也不索一條粗鐵索。也不索兩面死囚枷。不索向清耿耿的官中告。〔帶云〕忍不的了也。〔唱〕放心波我與你便磣可可的親自殺。〔並下〕

〔劉均佑同旦兒上云〕自家劉均佑的便是。自從哥哥到後花園中修行去了。如今這家緣過活兒女。都是我的。倒大來索是受用快活也。〔旦兒云〕叔叔。正是這等説。我早安排下酒食茶飯。兩口兒快樂飲幾杯。可不是好。〔劉均佑云〕我正要飲幾杯哩。我關上這卧房門飲酒者。〔飲科〕〔正末上云〕我手中無刃器。厨房中取了這把刀在手。來到這門首也。我試聽咱。〔旦兒云〕叔叔。這家私裏外。早晚多虧你。滿飲一杯。〔劉均佑云〕嫂嫂之恩。我死生難忘也。嫂嫂請。〔正末云〕原來真個有這勾當。兀的不氣殺我也。〔唱〕

【哭皇天】見無吊窗心先怕。他若是不開門我脚去踏。不由我怒從心上起。刀向手中拏。〔做看科云〕我試看咱。〔旦兒云〕叔叔。你再飲一杯。〔正末唱〕他兩個端然在那坐榻。〔云〕開門來。〔劉均佑云〕兀的不有人來了也。〔下〕〔布袋暗上〕〔旦兒開門科云〕員外。你來家了也麽。〔正末唱〕我把這房門來緊靠。把姦情事親拏。〔旦兒云〕你要拏姦情。姦夫在那裏。街坊鄰舍。劉均佐殺人哩。〔正末唱〕何須你唱叫。不索你便高聲。〔拏旦兒叫科〕〔正末唱〕呀。來來來我和你箇浪包婁。〔推旦兒科〕〔唱〕浪包婁兩箇説話咱。〔見刀靶上忍字科〕〔唱〕呀。猛見這忍字畫畫兒更不差。

【烏夜啼】我則見黑模糊的印在鋼刀靶。天那則被你纏殺我也忍字冤家。〔旦兒云〕好。出家人如此行凶。劉均佐殺人哩。〔正末唱〕你可休叫吖吖一迷裏胡撲搭。噤可便休論王法。且論家法。〔旦兒云〕劉均佐。可不道你出家來。你看經念佛。剗地殺人。〔正末唱〕那裏有皂直掇披上錦袈裟。那裏也金刀兒削了青絲髮。休厮纏。胡遮刺。我是你的丈夫。你須是我的渾家。

〔云〕我且不殺你。那姦夫在那裏。〔旦兒云〕你尋姦夫在那裏。〔下〕〔布袋在帳幔裏打唏科〕〔正末云〕這厮原來在這裏面趓着哩。更待干罷。〔唱〕

【紅芍藥】我一隻手將繫腰來採住向前掐。可便不着你趓閃藏滑。〔布袋云〕劉均佐。你忍着。〔正末見布袋科〕〔唱〕我這裏猛擡頭覷了自驚呀。諕的我這兩手便可剌答。恨不的心頭上將刀刃扎。〔布袋云〕劉均佐。心上安刃呵。是箇甚字。〔正末想科云〕心上安刃呵。〔唱〕哦。他又尋着這忍字的根芽。把姦夫親向壁衣拿。眼面前海角天涯。

〔云〕我恰來壁衣裏拿姦夫。不想是師父。好蹺蹊人也。〔唱〕

【菩薩梁州】兩模兩樣鼻凹。一點一般畫畫。磕頭連忙拜他。則被你蹺蹊我也救苦救難菩薩。些兒失事眼前差。先尋思撇掉了家私罷。待將爺娘匹配的。妻兒嫁。便恩斷義絶罷。雖然是忍心中自詳察。〔布袋云〕劉均佐。休了妻。棄了子。跟我出家去。〔正末云〕他着我休了妻子出家去。〔唱〕我且着些箇謊話兒瞞他。

〔布袋云〕劉均佐。我着你忍着。你又不肯忍。提短刀要傷害人。可不道你在家出家。則今日跟我出家去來。〔正末云〕師父。劉均佐一心待跟師父出家去。争奈萬貫家緣。嬌妻幼子。無人掌管。但有箇掌管的人。我便跟師父出家去。〔布袋云〕劉均佐。你道無人掌管家私。但有掌管的人來。

你便跟我出家去。你道定者。〔劉均佑上云〕自家劉均佑。恰纔索錢回來。見哥哥走一遭去。〔見科〕哥哥。您兄弟索錢回來了也。〔正末云〕兄弟。便遲些兒來也罷。〔布袋云〕劉均佐。兀的不管家私的人來了也。便跟我出家去。〔正末云〕兄弟。索錢如何。〔劉均佑云〕都討了來也。〔正末云〕好兄弟。不枉了幹家做活。兄弟。我試問你咱。〔布袋云〕劉均佐。忍着念佛。〔正末云〕是是是。南無阿彌陀佛。〔唱〕

【牧羊關】這分兩兒輕和重。〔劉均佑云〕也有十兩五錢不等。〔正末唱〕**金銀是真共假。**〔劉均佑云〕俱是赤金白銀。〔正末唱〕**他可是肯心肯意的還咱。**〔劉均佑云〕都肯還。若不肯還呵。連他家鍋也拿將來。〔正末云〕正是恩不放債。南無阿彌陀佛。兄弟。將一箇來我看。〔劉均佑遞銀科云〕哥哥。雪白的銀子你看。〔正末接銀子印忍字驚科〕〔唱〕**我這裏恰纔便湯着。却又早印下。又不曾有印板。也須要墨糊刷。**〔布袋云〕這忍字須當忍者。〔正末唱〕**師父道忍呵須當忍。**〔劉均佑云〕這個銀子又好。〔正末唱〕**擡去波我可是敢拿也不敢拿。**

〔布袋云〕劉均佐。管家私的人來了也。你跟我出家去。劉均佐。你聽者。〔偈云〕休戀足色金和銀。休想夫妻百夜恩。假若是金銀堆北斗。無常到來與別人。不如棄了家活計。跟着貧僧去修行。你本是貪財好賄劉均佐。我着你做無是無非窗下僧。〔正末云〕罷罷罷。自從認義了兄弟。我心中甚是歡喜。我爲一貫錢。打殺一個人。平白的拿姦情也没有。争些兒不殺了一個人。我如今將這家緣家計。嬌妻幼子。都交付與兄弟。我跟師父出家去也。兄弟。好生看管我這一雙兒女。

我跟師父出家去。罷罷罷。〔唱〕

【黄鍾尾】我説的是十年塵夢三生話。我啜的是兩腋清風七盞茶。非自談非自誇。我是這在城中第一家。我道喫了窮漢的酒。閒漢的茶。笑看錢奴忒養家。嘆看錢奴忒没法。謝吾師度脱咱。我將家緣盡齎發。將妻兒配與他。謝兄弟肯留納。我將那撥萬論千這回罷。深山中將一箇養家心來按捺。僧房中將一箇修行心來自發。〔布袋云〕你念佛。〔正末云〕依着師父。每日則念南無阿彌陀佛。〔唱〕到大來無是無非快活殺。〔下〕

〔布袋云〕誰想劉均佐又見了一個境頭。將家計都撇下。跟我往嶽林寺出家去。那其間貧僧再傳與他大乘佛法便了。〔下〕

〔音釋〕鴨羊架切　薩殺賈切　拔邦加切　法方雅切　罰扶加切　發方雅切　納囊亞切　掐强雅切　踏當加切　磣森上聲　踏音渣　砑音訝　榻湯打切　靶音霸　搭音打　剌那架切　袈音加　裟音沙　髮方雅切　滑呼佳切　答音打　扎莊洒切　凹汪卦切　畫音畫　察抽鮓切　刷雙寡切　腋音逸　齎祭平聲　捺囊亞切　殺雙鮓切

第三折

〔外扮首座上詩云〕出言解長神天福。見性能傳佛祖燈。自從一掛袈裟後。萬結人緣不斷僧。貧僧乃汴梁嶽林寺首座定慧和尚是也。想我佛門中。自一氣纔分。三界始立。緣有四生之品類。遂成萬種之輪迴。浪死虛生。如蟻旋磨。猶鳥投籠。累劫不能明其真性。女人變男。男又變女。人死爲羊。羊死爲人。還同脱袴着衣。一任改頭換面。若是聰明男女。當求出離于羅網。人身難得。佛法難逢。中土難生。及早修行。免墮惡道。想我佛西來傳二十八祖。初祖達磨禪師。二祖慧可大師。三祖僧燦大師。四祖道信大師。五祖弘忍大師。六祖慧能大師。佛門中傳三十六祖五宗五教正法。是那五宗。是臨濟宗。雲門宗。曹溪宗。法眼宗。潙山宗。五教者乃南山教。慈恩教。天台教。玄授教。祕密教。此乃五宗五教之正法也。〔偈云〕我想學道猶如守禁城。晝防六賊夜惺惺。中軍主將能傳令。歲歲年年享太平。今奉我佛法旨。此處有一人姓劉名圭字均佐。此人平昔之間。好賄貪財。只戀榮華富貴。不肯修行。今被我佛點化。着此人看經念佛。參禪打坐。這早晚不見到來。劉均佐誤了功果也。〔正末上云〕南無阿彌陀佛。自家劉均佐。跟師父出家。每日則是看經念佛。師父有個大徒弟。着他看管我修行。我若凡心動。他便知道就打。如今須索見他走一遭去。〔見科〕〔首座云〕劉均佐。我奉師父法旨。着你清心寡慾。受戒持齋。不許凡心動。如若凡心動者。只打五十竹篦。凡百的事則要你忍。你聽者。忍之爲上。〔偈云〕忍之一字豈非常。一生忍過却清涼。常將忍字思量到。忍是長生不老方。念佛念佛。忍着忍着。〔做睡科〕〔正末云〕是。忍着。念南無阿彌陀佛。南無阿彌陀佛。他睡着了也。嗨。劉均佐。我當初一時間跟師父出家。來到這寺中。每日念佛。雖我口裏念佛。想着我那萬貫家緣。知他是怎的也。〔首座喝云〕哏。劉均佐。那個坐禪處有甚萬貫的家緣。便好道萬般將不去。只有業隨身。我師父法旨。教你參禪打坐。抖擻精神。定要討個分曉。不可胡思亂想。須要綿綿密密。打成一片。只如害大病一般。喫飯不知飯味。喫茶不知茶味。如癡似醉。東西不辨。南北不分。若做到這些功夫。管取你心華發現。徹悟本來。生死路頭。不言而到。生死事大。無常迅速。如十人上山。各自努力。便好道。〔偈云〕人人有個夢。千變萬化鬧。覺來細思量。一切惟心造。息氣受境禪。迷惑若顛倒。發願肯修行。寂滅真常道。念佛念佛。忍者忍者。〔睡科〕〔正末云〕是。念佛。南無阿彌陀佛。南無阿彌陀佛。又睡着了也。天那。萬貫家緣不打緊。棄了一個花朵兒渾家。〔首座云〕哏。劉均佐。那個坐禪處有甚麼花朵兒渾家。我師父着你修行養性。要鎖住心猿。拴住意馬。呆漢。〔偈云〕自理會。自理會。自不理會誰理會。十二時中自着肩。莫教落在邪魔隊。一點靈光是禍胎。做出不良空懊悔。我笑世人閒理會。争人争我情不退。損他利己百千般。生鐵心腸應粉碎。眼光落地業根深。爐炭鑊湯難躲避。閻羅老子無人情。始覺臨期難理會。劉均佐。念佛念佛。忍者忍者。〔睡科〕〔正末云〕是。念佛忍者。南無阿彌陀佛。南無阿彌陀佛。他又睡着了也。花朵兒渾家不打緊。有魔合羅般一雙男女。知他在那裏。〔首座云〕哏。劉均佐。那個坐禪處有甚麼魔合羅般孩兒。我師父着你修行。先要定慧心。定慧爲本。不可迷着。定是慧體。慧是定用。即慧之時定在慧。即定之時慧在定。若識此言。即是慧定。學道者莫言先慧而發定。定慧有如燈光。有燈即光。無燈即暗。燈是光之體。光是燈之用。名雖有二。體用本同。此乃是定慧了也。

念佛念佛。忍者忍者。〔正末捽數珠科〕師父。我忍不的了也。〔唱〕

【雙調新水令】我如今跳離人我是非鄉。〔帶云〕師父也。想俺那妻子呵。〔唱〕到大來間別無恙。我識破這紅塵戰白蟻。都做了一枕夢黄粱。我這般急急忙忙。今日個都打在我頭上。

〔首座云〕劉均佐。你聽者。你那一靈真性。湛若太虚。五藴色身。死如幻夢。果是頂門具眼。便知虚裏無花。直下圓成。永超生滅。染緣易就。道業難成。不了前因。萬緣差别。風景浩浩。凋殘功德之林。心火炎炎。燒壞菩提之種。道念若同情念。自然佛法時時現前。爲衆如同爲身。怕不煩惱塵塵解脱。〔偈云〕便好道。念佛彌陀福最强。刀山劍樹得消亡。自作自招還自受。莫待臨時手脚忙。念佛念佛。忍者忍者。〔正末云〕是。念佛。南無阿彌陀佛。南無阿彌陀佛。〔睡科〕〔首座云〕劉均佐睡着了也。着他見個境頭。疾。此人魔頭至也。〔旦兒同俫兒上云〕自家劉均佐渾家便是。我看員外去。〔見科云〕員外。〔正末云〕大嫂。你那裏來。〔旦兒云〕員外。我領着孩兒望你來。〔正末云〕大嫂。則被你想殺我也。〔唱〕

【雁兒落】不由我不感傷。不由我添悲愴。喒須是美眷姻。争奈有這村和尚。

〔旦兒云〕你怕他做甚麽。〔正末云〕大嫂。你那裏知道。〔唱〕

【得勝令】他則待輪棒打鴛鴦。那裏肯吹玉引鸞凰。〔旦兒云〕員外。則被你苦痛殺我也。〔正末唱〕你道是痛苦何時盡。我將你這恩情每日想。〔印忍字旦兒手上科〕〔旦兒云〕你看我手上印下個忍字也。〔正末唱〕我這裏斟量。恰便似刀刃在心頭上放。不由我參詳。大嫂也我的是絶恩情的海上方。

〔旦兒云〕兩個孩兒都在這裏看你來也。〔正末云〕孩兒也。想殺我也。〔唱〕

【水仙子】眉尖眼角恰纔湯。〔做印忍字倈兒眉額上科〕〔唱〕也似我少吉多凶歹字樣。更做道壺中日月如翻掌。大嫂也我則看你手梢頭不覷手背上。〔見忍字科〕〔唱〕如今這天台上差配了劉郎。孩兒印在眉尖上。女兒印在眼角傍。〔看忍字科〕〔唱〕忍的也你生割斷了俺子父的情腸。

〔首座云〕速退。〔旦兒同倈兒下〕〔布袋同旦兒倈兒上轉一遭下〕〔正末見科云〕師父。纔來的那個。不是俺老師父。〔首座云〕是俺師父。〔正末云〕那兩個夫人是誰。〔首座云〕是俺大師父娘。二師父娘。〔正末云〕那兩個小的是誰。〔首座云〕是師父一雙兒女。〔正末怒科云〕好和尚也。他着我休了妻。棄了子。抛了我銅斗兒家私。跟他出家。兀的不氣殺我也。師父。休怪休怪。我也不出家了。我還我家中去了也。〔唱〕

【川撥棹】他原來更荒唐。好也囉你可便坑陷了我有甚麼强。我有那稻地池塘。魚泊蘆場。旅店油房。酒肆茶坊。錦片也似房廊畫堂。我富絶那一地方。那一日因賤降。相識每重重講。

〔云〕正飲酒間。兄弟道。哥哥。門首一個胖和尚。〔唱〕

【七弟兄】我出的正堂。庫房。正看見你這和尚。没來由喫的偌來胖。把這個劉員外賺入火坑傍。〔首座云〕忍者。〔正末云〕休道我。〔唱〕便是釋迦佛惱下蓮臺上。

【梅花酒】你送了我這一場。休了俺那紅粧。棄了俺那兒郎。他倒有兩個婆娘。好打這點地脚。他可甚麽出山像。又攬下這師長。〔首座云〕劉均佐。忍者休慌。〔正末唱〕你不慌我須慌。〔首座云〕忍者。你休忙。〔正末唱〕你不忙我須忙。我從來可燒香。他着我禮當陽。我平生愛經商。他着我守禪床。我改過這善心腸。他做出那惡模樣。吾師行得明降。

〔云〕師父。這出家人。尚然有妻子呵。〔唱〕

【喜江南】天那送的我人離財散怎還鄉。不想這釋迦佛倒做了畫眉郎。想俺糟糠的妻子倚門傍。今日箇便往免了他短金釵畫損在緑苔墻。

〔首座云〕劉均佐。你不修行。你往那裏去。〔正末云〕師父。你休怪。我不出家了。則今日還我那汴梁去也。〔首座云〕你既要回你那家鄉去呵。你則今日便索長行也。〔正末唱〕

【鴛鴦煞】我早知道他有妻孥引入銷金帳。我肯把金銀船沈入那驚人浪。他劃地抱子攜男。送的我家破人亡。暢道好教我懶出這山門。羞歸我那汴梁。映衰草斜陽。回

首空惆悵。我揣着個羞臉兒還鄉。從今後我參甚麽禪宗聽甚講。〔下〕

〔首座云〕嗨。誰想劉均佐見了些小境頭。便要回他那汴梁去。這一去。見了那酒色財氣。人我是非。貪嗔癡惡後。遇我師父點化。方能成道。〔偈云〕我佛將五派分開。參禪處討個明白。若待的功成行滿。同共見我佛如來。〔下〕

【音釋】解音械　慧音惠　潙音圭　篦邦迷切　抖音斗　擻音叟　間去聲　種上聲　重平聲　行音杭　剗音産　白巴埋切

第四折

〔浄扮孛老領俫兒上云〕老漢汴梁人氏。姓劉名榮祖。年八十歲也。我多有兒孫。廣有田産。我是這汴梁第一個財主。我的父親曾説。我那祖公公劉均佐。被個胖和尚領着他出家去了。手心裏有個忍字。是俺祖公公的顯證。至今我家裏留下一條手巾。上面都是忍字。我滿門大小。拜這手巾。便是拜俺祖公公一般。時遇着清明節令。我帶着這手巾去那祖宗墳上。燒紙走一遭去。〔下〕

〔正末上云〕自家劉均佐便是。誰想被這秃厮。閃我這一閃。須索還我家中去也。〔唱〕

【中吕粉蝶兒】好教我無語評跋。誰想這脱空禪客僧瞞過。乾丟了銅斗兒家活。則俺那子和妻。心意裏。定道我在蓮臺上穩坐。想必我坑陷的人多。着這個看錢奴受這一場折挫。

【醉春風】我堪恨這寺中僧。難消我心上火。則被他偌肥胖那風魔。倒瞞了我。我。趕不上龐居士海内沈舟。晋孫登蘇門長嘯。我可甚麽謝安石東山高卧。〔云〕我自離了寺中數日。這搭兒是俺祖上的墳。可怎生別了。我再認咱。險些兒走過去了。正是俺的祖墳也。我入的這墳來。〔唱〕【迎仙客】我行來到墳地側。〔云〕怎生這等荒疎了。〔唱〕長出些棘針科。〔云〕去時節那得偌大樹來。〔唱〕去時節這一科松柏樹兒高似我。至如道是長得疾。莫不是雨水多。我去則有三箇月期過。可怎生長的有偌來大。〔云〕去這墳裏面看一看。我走了一日光景也。我這裏坐一坐咱。〔孛老上云〕老漢劉榮祖。可早來到這墳前也。一個後生。在那裏坐着。我試問他咱。兀那後生。你來俺這裏做甚麽。〔正末云〕是俺家的墳。不許我在這裏坐那。〔孛老云〕這弟子孩兒。是俺家的墳。你在這裏坐。你倒又説是你家的墳。〔正末云〕這老子無禮也。俺家的墳。不由我坐。〔孛老云〕怎生是你家墳。你説我聽者。〔正末唱〕【上小樓】我和你個莊家理説。也不索去官中標撥。誰着你便石虎石羊周圍邊箱。種着田禾。〔孛老云〕既是你家墳。有多少田地。〔正末唱〕這裏則是五畝來。多大一堝。你常好是心麤膽大。你把俺這墳前地倚强耕過。

〔孛老云〕是俺家的墳。〔正末云〕是俺家的墳。〔孛老云〕既是你家的墳。可怎生排房着哩。〔正末唱〕

【么篇】正面上排祖宗。又不是安樂窩。割捨了我打會官司。唱叫揚疾。便待如何。〔孛老云〕兀那弟子孩兒。你敢打我不成。〔正末云〕我便打你呵。有甚麼事。〔唱〕我這裏便忍不住。氣撲撲向前去將他扯攞。休休休我則怕他衣衫襟邊又印上一箇。

〔云〕既是你家祖墳。你可姓甚麼。〔孛老云〕我姓劉。〔正末云〕你姓劉。可是那個劉家。〔孛老云〕我是劉均佐家。〔正末云〕是那個劉均佐家。〔孛老云〕被那胖和尚引去出家的劉均佐家。〔正末背云〕恰是我也。〔回云〕那劉均佐是你的誰。〔孛老云〕是我的祖公公哩。〔正末云〕你這墳前可怎生排着哩。〔孛老云〕這個位兒是俺祖公公劉均佐的虛塚兒。〔正末云〕這個位是誰。〔孛老云〕這是我祖公公的兄弟劉均佑。〔正末云〕敢是那大雪裏凍倒的劉均佑麼。〔孛老云〕呀。你看這廝怎生這般說。〔正末云〕這個是誰。〔孛老云〕是我的父親。〔正末云〕可是那佛留麼。〔孛老云〕可怎生喚俺父親的小名兒。〔正末云〕這個位兒是誰。〔孛老云〕是我的姑娘。〔正末云〕可是僧奴那妮子麼。〔孛老云〕你收着俺一家兒的胎髮哩。〔正末云〕你認的你那祖公公劉均佐麼。〔孛老云〕我不認的。〔正末云〕睜開你那眼。則我便是你祖公公劉均佐。〔孛老云〕我是你的祖爺爺哩。你怎生是我的祖公公。〔正末云〕我說的是。你便認我。我說的不是。你休認我。〔孛老云〕你試說我聽咱。〔正末云〕當日是我生辰之日。被那個胖和尚。在我手心裏寫個忍字。水洗不下。揩也揩不掉。印了一手巾忍字。我就跟他出家去了。我當初去時。留下一條手巾。上面都是忍字。可是有也是無。〔孛老云〕手巾便有。則怕不是。〔正末云〕你取那手巾我認。〔孛老云〕兀的不是手巾。你認。〔正末認科云〕正是我的手巾。怕你不信呵。你看我手裏的忍字。與這手巾上的可一般兒。〔孛老云〕正是我的祖公公。下次小的每都來拜祖公公。〔衆拜科〕祖公公。你可在那裏來。〔正末云〕你起來。〔唱〕

【滿庭芳】您可便一齊的來拜我。則俺這親親眷眷。鬧鬧和和。您當房下輩兒誰年大。〔孛老云〕則我年長。〔正末唱〕他可便髮若絲窩。〔云〕這個是誰。〔孛老云〕公公。這個是俺外甥女兒哩。〔正末唱〕則這外甥女倒老如俺嬷嬷。〔云〕這個是誰。〔孛老云〕這個是重孫子哩。〔正末唱〕則我這重孫兒倒做得我哥哥。將此事都參破。人生幾何。恰便似一枕夢南柯。

〔孛老云〕公公。你怎生年紀不老也。〔正末云〕你肯依着我念佛。便不老。〔孛老云〕怎生念佛。〔正末云〕你則依着我念南無阿彌陀佛。嗨。劉均佐也。原來師父是好人。我跟師父去了三個月。塵世間可早百十餘年。弄的我如今進退無門。師父。你怎生不來救您徒弟也。〔唱〕

【十二月】師父你疾來救我。這公事怎好收撮。我想這光陰似水。日月如梭。每日家不曾道是口合。我可便剩念了些彌陀。

【堯民歌】呀。那裏也脱空神語浪舌佛。我倒做了個莊子先生鼓盆歌。師父也不争你昇天去後我如何。〔云〕罷罷罷。要我性命做甚麽。〔唱〕我則索割捨了殘生撞松科。〔撞松科布袋上云〕劉均佐。你省了也麽。〔正末云〕師父。您徒弟省了也。〔布袋云〕徒弟。你今日正果已成。纔信了也呵。〔正末唱〕説的是真也波哥。皆因忍字多。〔云〕師父。你再一會兒不來呵。

〔唱〕這坨兒連印有三十個。

〔布袋云〕劉均佐你聽者。你非凡人。乃是上界第十三尊羅漢賓頭盧尊者。你渾家也非凡人。他是驪山老母一化。你一雙男女。一個是金童。一個是玉女。爲你一念思凡。墮于人世。見那酒色財氣。人我是非。今日個功成行滿。返本朝元。歸于佛道。永爲羅漢。你認的貧僧麽。〔正末云〕不認的。師父是誰。〔布袋偈云〕我也不是初祖達摩。我也不是大唐三藏。則我是彌勒尊者。化爲做布袋和尚。〔正末拜科云〕南無阿彌陀佛。〔唱〕

【煞尾】不争俺這一回還了俗。却原來倒做了佛。想當初出家本爲逃災禍。又誰知在家也得成正果。〔同下〕

〔音釋〕跛音波　活音和　過平聲　大音惰　撥波上聲　堝音窩　攞羅上聲　嬷音姆　柯音戈　撮磋上聲　合音何　剩音盛　佛浮波切　坨音陀　驪音梨

題目　乞兒點化看錢奴

正名　布袋和尚忍字記

謝金蓮詩酒紅梨花雜劇

張壽卿 撰

第一折

〔冲末扮劉太守引張千上詩云〕寒蛩秋夜忙催織。戴勝春朝苦勸耕。人若無心治家國。不知蟲鳥有何情。小官姓劉名輔。字公弼。幼習儒業。頗看詩書。自中甲第以來。累蒙擢用。今除洛陽太守。某有同窗故友。乃是趙汝州。離別久矣。近日捎將一封書來與小官。書中的意思。說有謝金蓮者。欲求一見。小官在此。不知此女子是何人。張千。你近前來。我問你咱。謝金蓮是甚麼人。〔張千云〕好着相公知道。這謝金蓮是一個上廳行首。〔太守云〕原來如此。張千。你近前來。我分付你。〔做打耳喑科云〕趙秀才來時。則說謝金蓮嫁了人也。門首覷者。若來時。報復我知道。〔張千云〕理會得。〔外扮趙汝州上〕〔詩云〕雖是文章出衆前。若無風月也徒然。請君試把嫦娥問。何事偏生愛少年。小生姓趙。雙名汝州。我有同窗故友是劉公弼。在洛陽做太守。我先將一封書。寄與哥哥。欲求謝金蓮相會一面。今日來到此處。則這裏便是哥哥私宅。門上人。報復去。道有兄弟趙汝州。特來相訪。〔張千報科云〕禀相公得知。有趙汝州在於門首。〔太守云〕道有請。〔張千云〕請進。〔做見科〕〔太守云〕兄弟。別來久矣。請坐。〔趙汝州云〕不敢。〔太守云〕張千。安排酒來。與兄弟把一杯拂塵者。〔趙汝州云〕哥哥。不勞賜酒。前日書中所云。專求謝金蓮一見。哥哥意下如何。〔太守云〕張千。喚將謝金蓮來。與兄弟相見。〔張千云〕相公不知。謝金蓮嫁人多時了也。〔趙汝州云〕這等無緣。既如此。小生告回。〔太守云〕兄弟。你可不爲我來。且休要去。張千。收拾後花園中書房裏。着兄弟安下。慢慢安排酒餚。與兄弟相叙去來。〔下〕〔張千引趙汝州至後園科〕〔趙汝州云〕嗨。我此一來。專爲要見謝金蓮而來。不想他嫁了人。哥哥便留我在書房中安住。也没什麽興味。天色晚了也。張千。點過燈來。〔張千云〕燈在此。酒飯齊備了。請相公慢慢的自吃晚飯。小人回去也。〔下〕〔趙汝州云〕張千回去了。小生自飲幾杯咱。〔正旦扮謝金蓮引梅香上云〕妾身謝金蓮是也。奉相公的鈞旨。教我假粧做王同知女兒。往後花園逗引那趙秀才。梅香。這是那裏。〔梅香云〕這是太守家花園。〔正旦云〕梅香。喒去來。這早晚多早晚也。〔梅香云〕姐姐。這早晚初更時分了。〔正旦云〕是好花也呵。〔唱〕

【仙吕點絳唇】恰纔箇滿目繁華。可又早落紅飛下。春瀟灑苔徑輕踏。香襯凌波襪。

【混江龍】則在夕陽西下。黄昏啼殺後棲鴉。看一庭花月。幾縷烟霞。暮雨有情霑杏蕊。春風無處不楊花。我裙拖翡翠。鞋蹙鴛鴦。行過低矮矮這個荼蘼架。我則見花穿曲徑。草接平沙。

〔趙汝州云〕我恰纔飲了幾杯酒。閒行幾步看花去。〔正旦見趙科云〕一個好秀才也。梅香。我久以後嫁人呵。則嫁這等風風流流的秀才。〔梅香云〕没來由嫁那秀才做甚麽。他有甚麽好處。〔正旦云〕這妮子是甚麽言語那。〔唱〕

【油葫蘆】秀才每從來我羨他。提起來偏喜恰。攻書學劍是生涯。秀才每受辛苦十載寒窗下。久後他顯才能一舉登科甲。秀才每習禮義。學問答。哎。你一個小梅香今後休奸詐。只說那秀才每不當家。

〔梅香云〕秀才每幾時能勾發達。〔正旦唱〕

【天下樂】你豈知他那有志題橋漢司馬。怎不教人嗔怒發。是和非你心中自監察。端的個無禮法。只管裏抵觸咱。梅香你記着我這一頓打。

〔梅香云〕姐姐。你待要嫁人。没來由煩惱。怎麼便要打我。我有甚麼罪過。〔正旦云〕這妮子。誰煩惱也。〔梅香云〕你煩惱哩。〔正旦唱〕

【那吒令】這妮子我問着呵。没些兒個勢沙。這妮子道着呵將話兒對答。這妮子使着呵。早粧聾做啞。潑賤才。堪人罵。再休來利齒能牙。

〔梅香云〕我說甚的來。〔正旦唱〕

【鵲踏枝】你可又不謙下。可又不賢達。迸定個腤臢不良鼻凹。醜嘴臉渾如蠟渣。直恁般性格兒謅吒。

〔云〕梅香。你那裏知道秀才每事。聽我和你說咱。〔唱〕

【寄生草】我這裏從頭說。你那裏試聽咱。有吴融八韻賦自古無人壓。有杜甫五言詩蓋世人驚訝。有李白一封書嚇的那南蠻怕。你只説秀才無路上雲霄。却不道文官把筆平天下。

〔趙汝州做驚見旦科云〕呀。一個好女子也。不知誰氏之家。怎生得説一句話。可是好也。〔正旦唱〕

【後庭花】俺將俏書生去問他。又怕這劣梅香瞧見咱。俺這裏有意傳心事。他那裏無言指落花。争奈我是女孩兒家。做這一場話靶。可不的被傍人活笑殺。

〔趙汝州云〕請問小娘子誰氏之家。姓甚名誰。〔正旦唱〕

【金盞兒】這秀才忒撑達。將我問根芽。妾身住處兀那東直下。深村曠野不堪誇。俺那裏遮藏紅杏樹。掩映碧桃花。兀良山前五六里。林外兩三家。

〔趙汝州云〕小娘子。你端的誰氏之家。〔正旦云〕妾身是王同知之女。今夜晚間。因看花來到太守花園裏。不想遇着秀才。敢問秀才姓甚名誰。〔趙汝州云〕小生是太守相公的表弟趙汝州是也。小娘子既到此處。到我書房中飲幾盃。有何不可。〔正旦云〕既然如此。同到書房中攀話去咱。〔做進書房科〕〔趙汝州云〕小娘子不嫌褻瀆。請滿飲一杯。〔正旦云〕秀才請。〔趙汝州云〕難得小娘子到此。多飲幾杯。〔正旦唱〕

【醉中天】笑哈哈捧流霞。我羞怯怯怎酬答。也不知前世今生甚的緣法。相會在花枝下。可知道劉郎喜殺。又值着我玉真未嫁。抵多少香飯胡麻。

〔趙汝州云〕小娘子。今夜幸得相會。但不知後會何時。實難爲别。〔正旦云〕妾明夜晚間。將一樽酒一瓶花。與秀才回禮。〔趙汝州云〕小生來日晚間專望也。〔正旦唱〕

【賺煞】這早晚二更過。初更罷。撲粉面香風颯颯。夜静歸來路兒滑。露溶溶濕潤衣紗。哎。你個解元㗒。覷着這幾朵梨花。更一片銀河隔彩霞。貪和你書生打話。暢好是兜兜搭搭。因此上不知明月落誰家。〔下〕

〔趙汝州云〕小生慚愧。有緣遇這個小娘子。許我明夜再會。果然若來時。和他吃幾杯兒酒。添些春興。扢搭幫放翻他。小娘子。只怕你苦哩。〔下〕

〔音釋〕蛩音窮　弼薄密切　逗音豆　踏當加切　襪忘罵切　翡肥去聲　妮女夷切　恰强雅切　甲江雅切　答音打　發方雅切　察抽鮓切　法方雅切　達當加切　迸逋夢切　腤音庵　臢音簪　凹汪掛切　謅之搜切　吒音渣　壓羊架切　靶音霸　哈五鴉切　殺雙鮓切　颯殺賈切　滑呼佳切　搭音打

第二折

〔趙汝州上云〕小生趙汝州是也。昨夜晚間。遇王同知家的小姐。他約道今夜晚間再來。如今天已晚了也。怎生還不見小姐來。〔正旦同梅香捧花上云〕梅香。將這一樽酒一瓶花。與那秀才回禮去。〔梅香云〕喒和你去來。〔正旦云〕風清月白。端的好天氣也呵。〔唱〕

【南吕一枝花】花梢月正高。院宇人初静。爲憐才子約。嫌煞月兒明。俺忍怕躭驚。悄悄的穿芳徑。怕人來更犬驚。花陰裏躡足行行。柳影中潛身等等。

【梁州第七】不離了這花陰柳影。也强如繡幃中冷冷清清。想才郎没半米兒塵俗性。他比着那謝東山後嗣。杜工部門生。潘安仁顔貌。曹子建才能。他生的才貌相應。雖不設海誓山盟。他他他端的有千種風情。俺俺俺辦着個十分志誠。敢敢敢成合了一世的前程。對着這良宵。媚景。玉纖重把羅衣整。露濕的繡鞋兒冷。遶偏園池過小亭。怎敢稍停。

〔梅香云〕姐姐。夜深了。俺慢慢的行。〔正旦唱〕

【隔尾】我爲甚直抄過緑徑慌忙迸。我則怕遲到藍橋淹了尾生。則這竊玉偷香的急心性。冷落了那畫屏。香消了寶鼎。這其間倚定鴛鴦枕頭兒等。

〔梅香云〕姐姐。可早來到也。俺和你過去。〔趙汝州慌迎科云〕小娘子來了也。〔正旦云〕秀才。妾身無甚麽禮物。則這一樽酒一瓶花兒。來與你回禮。〔趙汝州云〕小娘子。小生久等多時了也。〔正旦云〕梅香。你先回去。則怕夫人問着。你可支吾咱。〔梅香云〕理會得。我先回去也。〔下〕〔正旦云〕秀才。你認的這瓶花麽。〔趙汝州云〕小娘子。這瓶花是甚麽花。〔正旦云〕你試猜咱。〔趙汝州云〕敢是海棠花麽。〔正旦唱〕

【哭皇天】待道是海棠呵杜子美無詩興。〔趙汝州云〕敢是桃花麼。〔正旦唱〕若是桃花呵怕阮肇却早共你争。〔趙汝州云〕敢是石榴花麼。〔正旦唱〕那石榴花夏月開。這其間未過清明。〔趙汝州云〕敢是山茶花麼。〔正旦唱〕若論山茶花却是冬暮景。〔趙汝州云〕敢是刺梅花麼。〔正旦唱〕刺梅花初開未盛。〔趙汝州云〕敢是碧桃花麼。〔正旦唱〕若説着碧桃花那裏討墻外誰家鳳吹聲。〔趙汝州云〕我也猜不着。〔正旦唱〕枉將伊徯倖。説與你便省。

【烏夜啼】這的是一朵紅梨花休猜做枯枝杏。恰便似佳人面暈微醒。他三春獨掌着花權柄。枝葉兒青青。顔色兒熒熒。且休説四季牡丹亭。更休過黄花徑。這花與燈偏相稱。燈光閃爍。花影輕盈。

〔趙汝州云〕小娘子。既有如此好花。何不作一首詩。〔正旦云〕我單提着紅梨花作詩一首。〔趙汝州云〕小娘子。你就表白咱。〔正旦念詩科云〕本分天然白雪香。誰知今日却濃粧。鞦韆院落溶溶月。羞覩紅脂睡海棠。〔趙汝州云〕妙妙妙。小生也做一首。〔念詩科云〕换却冰肌玉骨胎。丹心吐出異香來。武陵溪畔人休説。只恐夭桃不敢開。〔正旦云〕好高才也。〔唱〕

【賀新郎】聽絶詩句猛然驚。早是他内性兒聰明。才調兒清正。這兩般消的人欽敬。不枉了風流俊英。詩提着花酒爲名。花嬌如玉軟。酒色似冰清。世間花酒詩人興。酒斟金瀲灎。花列玉娉婷。

〔趙汝州云〕對這好花好酒。又好良夜。知音相遇。豈不美哉。〔正旦唱〕

【四塊玉】我剔的這燈燄兒光。那的這花瓶兒正。我對着這燭底花前説叮嚀。則願的燈休滅花休謝人休另。這知音人存着志誠。似花枝常在瓶。似燈兒分外明。

〔净扮嬤嬤上云〕老身是這王同知的嬤嬤是也。夜深了。老夫人不見小姐。着我尋去。敢在太守家花園裏。〔做見科云〕您做的好勾當也。〔正旦云〕嬤嬤來了。怎生是好。〔唱〕

【罵玉郎】莫不是安排着消息踏着應。便這等怒忿忿没人情。雖然奉着俺尊堂命。〔嬤嬤扯趙科云〕您做的好勾當也。〔正旦唱〕怎敢緊揝住他角帶鞓。走將來。尋争競。

【感皇恩】嬤嬤也老不以筋力爲能。咱須是負屈高聲。俺賞的這上陽花。飲的這長壽酒。燒的這短檠燈。正是銀河耿耿。玉露泠泠。對着那一輪月。千里風。滿天星。

【採茶歌】俺從那期程。伴着這書生。直吃的碧桃花下月三更。你個嬤嬤夫人心休硬。便有合該罪犯俺招承。

〔云〕我央及嬤嬤。你先回去。我便來也。〔嬤嬤云〕小姐。我先回去。你便來。你若來遲呵。老夫人行我替你愁哩。〔下〕〔正旦云〕秀才。我回去也。〔趙汝州云〕小娘子。這一去幾時能勾再來。

〔正旦唱〕

【一煞】你休愁我衾寒枕剩人孤另。我則怕你酒醒燈昏夢不成。佳期漏泄無乾净。慌出蘭堂。四下裏天如懸鏡。夜氣撲人冷。一片閒雲近玉繩。空餘着銀漢澄澄。

〔趙汝州云〕小娘子。你回去呵。倘老夫人有些嗔責。小娘子。你也則是爲小生而來。教小生如何放心得下。小娘子。見老夫人是必善回話咱。〔正旦云〕秀才。你放心者。〔唱〕

【尾煞】我把一枝翠柳將身映。〔趙汝州云〕小娘子。你可仔細走。〔正旦唱〕這裏不比十二瑶臺獨自行。曲欄傍月光凈。粉墻邊晚風勁。〔云〕呀。兀的不有人來也。〔唱〕只聽的撲簌簌鞋底鳴。諕的我顫兢兢手脚冷。俺只索立定身軀注着眼睛。〔帶云〕原來不是人呵。〔唱〕可正是雲破月來花弄影。〔下〕

〔趙汝州云〕小娘子去了也。恰纔共他詩詞酧和。正是有情。不想嬷嬷走將來。把小娘子唤的回去了。依舊留下小生一個在此。小娘子。則被你思量殺我也。〔詩云〕全憑着花月爲媒。共佳人倡和傳杯。被嬷嬷逼將回去。把一天喜都做傷悲。〔下〕

【音釋】躡音聶　迸音柄　肇音兆　吹去聲　暈音韻　熒音盈　爍燒上聲　潋離店切　灧音艷　娉批明切　婷音亭　嬷音姆　揩簪上聲　鞓音汀　檠其行切　泠音凌　剩音盛　另凌去聲　顫音戰

第三折

〔太守引張千上云〕自從兄弟趙汝州來到。我着他在後花園書房裏安下。我如今待要下鄉勸農去也。則怕那秀才上朝應舉去的忙。等不的我回來。留下花銀兩錠。全副鞍馬一匹。春衣一套。你與秀才説知。道老夫再三傳示。若是他去遲呵。等我回來。親自送他。〔張千云〕理會的。〔同下〕〔趙汝州上云〕自從那夜嬤嬤將小娘子喚將回去。並無一箇信音。小娘子。幾時得和你再能勾相見也。今日在書房中獨坐。連張千也不見來問我的茶飯。好生納悶。〔正旦扮賣花三婆上云〕老身是賣花的三婆是也。今日去太守家裏花園中去採幾朵花兒。長街市上貨賣的些錢物。養贍老身。須索走一遭去也呵。〔唱〕

【中呂粉蝶兒】則爲我年老也甘貧。攜着個匾籃兒儼然斯趁。賣幾朵及時花且度朝昏。則被這牡丹枝。薔薇刺。將我這袖梢兒抓盡。見如今節遇三春。都不如洛陽丰韻。

【醉春風】這蜂惹的滿頭香。蝶翻的兩翅粉。原來是賣花人頭上一枝春。把蜂蝶來引。引。紅杏芳芬。碧桃初綻。海棠開噴。

〔云〕來到這太守家花園裏也。我與你採這幾般花兒去貨賣。採幾朵桃花。採幾朵海棠。採幾枝竹葉。採幾枝嫩柳。都放在這花籃裏。我且回去。〔趙汝州做見科云〕三婆。你那裏去。你回來。〔正旦做慌科云〕呀。兀的不諕殺我也。老身不知秀才哥哥在這裏。〔趙汝州云〕你偷的我這花兒那裏去。〔正旦云〕三婆不敢。〔趙汝州云〕你採這竹葉那裏去。〔正旦云〕哥哥。不爭你提這竹葉來呵。〔唱〕

【迎仙客】諕的我湘娥般灑淚痕。你休節外把咱嗔。虛心兒告他折了你甚本。也則爲揉損了青枝。諕的我慌搓玉笋。你那裏便至本從根。哎。這葉兒又不曾傳芳信。

〔趙汝州云〕你採的我這桃花兒那裏去。〔正旦云〕不爭你提起這桃花來。三婆也有一節說。〔唱〕

【紅繡鞋】堪笑春風幾陣。一簾紅雨紛紛。飄香流水遶孤村。親引上俺天台路。得見恁武陵人。哎。你一個阮郎直恁般狠。

〔趙汝州云〕你採這海棠何用。〔正旦云〕這海棠花不可戀他。〔唱〕

【石榴花】胭脂着雨色猶新。粧點出豔陽春。嬌滴滴似帶酒微醺。若是他夢魂。遇着東君。這花也端的多風韻。倚闌干睡足精神。也曾高燒銀燭争窺認。則爲他無興上惱了詩人。

【鬬鵪鶉】這花兒曾鶯燕邀留。更有那蜂蝶鬬引。嬌似嫣紅。嫩如膩粉。你看何處園林不是春。我可便自暗哂。哎。你個折桂的書生。怎放不過偷花的婦人。

〔趙汝州云〕你要楊柳做甚麽。〔正旦云〕這楊柳。三婆也有説話。〔唱〕

【快活三】這柳呵則會在長亭畔裊暗塵。陽關外送行人。渭城客舍鬬清新。休惹起我離愁悶。

【鮑老兒】我待請去章臺上做個故人。不倈乘着些柳色黄金嫩。若近柴門映着水濱。枉把你箇五柳先生問。伴的是和風習習。輕雲冉冉。落絮紛紛。

〔趙汝州云〕這幾般花。有甚麼好處。〔正旦云〕這幾般花兒。都不必戀他。聽三婆說咱。〔唱〕

【十二月】我和那海棠最親。羨的是柳葉眉顰。喜的是桃花噴火。愛的是竹葉如雲。四般兒都值的幾文。則被你央煞俺窮民。

【堯民歌】你去那百花園内逞精神。哎。你個惜花人刁蹬煞賣花人。你一春莫厭買花頻。纔見春來又殘春。繽也波紛。飛花滿緑茵。有多少東風恨。

〔趙汝州云〕三婆。我有一瓶花。我看你認得麼。〔正旦云〕你將來我看着。〔趙汝州做取花科云〕兀的不是。三婆你看。〔正旦看科云〕有鬼也。有鬼也。〔趙汝州云〕三婆。你見了這花。可怎生說有鬼也。你見甚麼來。〔正旦唱〕

【亂柳葉】則這一瓶花諕了我魂。悒悒的把身軀兒褪。俺孩兒正青春。猶兀自未三旬。直被他送的個病纏身。這便是災星進。

〔趙汝州云〕你這等慌做甚麼。〔正旦云〕誤了三婆賣花也。明日來和你說。〔趙汝州云〕三婆且休去。你且說與我。〔正旦云〕我說與你。則休害怕。〔趙汝州云〕你說來。我不怕。〔正旦云〕你道這花園是誰家的花園。〔趙汝州云〕這個是太守家的花園。〔正旦云〕不是太守家的花園。可是王同知家的花園。王同知有個女孩兒。爲他要看那花。自家蓋了這所花園。到的是春間天道。萬花開綻。墻裏一個佳人。墻外一個秀才。和那小姐四目相覷。各有春心之意。不能結爲夫婦。那小姐到的家中。一卧不起。害相思病死了。那小姐爺娘。捨不的他。埋在這花園背後。他那一靈不散。怨氣難消。長起一棵樹來。開的可是紅梨花。那小姐陰靈。近新來則纏攪的年紀小的。秀才。你道我是誰。〔趙汝州云〕你是賣花的三婆。〔正旦云〕我是李府尹的渾家。我有一個孩兒李秀才。爲那城中熱鬧。無處看書。也借了他這花園看書。正看書裏。到這一更無事。二更悄然。到那三更前後。起了一陣怪風。一個如花似玉的小娘子。和我那孩兒四目相窺。各有春心之意。同到書房中。飲了幾杯酒。那小娘子便要起身。對秀才說。我無甚麼。明夜一樽酒一瓶花。與你回禮。到那第二晚間。俺那孩兒。又這般等他。到那一更無事。二更悄然。三更前後。那小姐引着一個梅香。將着一樽酒一瓶花。可來與俺孩兒回禮。在那書房裏詩詞歌賦。正飲酒中間。被他那嬷嬷撞見。那小姐一直的去了。我那孩兒不知道他是鬼。在那書房中一卧不起。害相思病死了。俺那孩兒在時。曾問他甚麼模樣。怎生打扮。我說與你聽咱。〔唱〕

【上小樓】他粧梳的異樣兒新。眉分八字真。口吐櫻桃。眼轉秋波。鬢挽烏雲。那小姐。怕不有。千般兒淹潤。秀才也說着呵老身心困。

〔趙汝州云〕這一會兒。不由的我也害怕起來。〔正旦云〕呸。有鬼。有鬼。〔唱〕

【幺篇】足律律起陣旋風。刮起那黄登登幾縷塵。正是那個婆娘。纏俺孩兒。狠毒冤魂。向這裏。又將待。要咱親近。拚的打您娘五千桃棍。

〔趙汝州云〕三婆。你不説。我那裏知道。兀的不諕殺我也。〔趙汝州做扯住旦科〕〔正旦云〕我回去也。〔趙汝州云〕這花園不乾净。得你在這裏伴我一伴也好。〔正旦云〕可不誤了我賣花。〔唱〕

【煞尾】俺孩兒一年來不得託生。秀才也你三更裏撞着鬼魂。俺孩兒三年光景無人問。〔帶云〕哎。且喜波。〔唱〕可早有替代你的生天路兒穩。〔下〕

〔趙汝州云〕三婆去了也。可怎生不見張千來。〔張千上云〕我往書房中看秀才去。〔見科〕〔趙汝州云〕張千。相公在那裏。〔張千云〕相公下鄉勸農去了。〔趙汝州云〕相公曾分付你甚麽來。〔張千云〕相公去時。分付我來。説公事忙。有好幾時未得回哩。留下物件。着我交付與你。是花銀兩錠。春衣一套。全副鞍馬一匹。〔趙汝州云〕既有此物。張千。多多的拜上您相公。則今日我就上朝取應去也。〔張千云〕相公還有分付。説秀才去的遲。便等相公回來。與你面别。〔趙汝州云〕我只是不等他了。〔詩云〕我不别仁兄不爲過。只爲後花園裏難存坐。萬一紅梨花下那人來。可不與李家孩兒凑兩個。〔張千隨下〕

【音釋】贍傷佔切　趁嗔去聲　抓莊瓜切　揉音柔　搓音磋　嫣音煙　哂身上聲　蹬音鄧　繽音賓　褪吞去聲

第四折

〔太守引張千上云〕老夫劉公弼。自從去歲有兄弟趙汝州。來探望小官。後來不辭而去。不想今年他擸過卷子。一舉成名。得了頭名狀元。所除在這洛陽爲縣令。是老夫屬官。今日來參見老夫。令人。准備酒餚。這早晚敢待來也。〔趙汝州上云〕滿腹詩書七步才。綺羅衫袖拂香埃。今朝坐享逍遥福。不是讀書何處來。小官趙汝州是也。自到京都闕下。攛過首卷。一舉狀元及第。所除洛陽縣令。今日須索拜見太守去。可早來到也。左右。報復去。道有新縣令特來參見。〔張千報科云〕有新縣令來參見相公。〔太守云〕道有請。〔張千云〕請進。〔見科〕〔太守云〕賢弟功名得意。可喜可賀。張千。收拾花園亭子上。安排酒餚。與縣令拂塵咱。〔趙汝州云〕不敢重勞。您兄弟適纔在衙門裏飲過幾盃酒也。〔太守云〕再飲不妨。喒去來。〔趙汝州走太守扯科云〕將酒來。兄弟滿飲此盃。〔趙汝州云〕小官酒勾了。醉了也。〔做睡科〕〔太守云〕縣令睡着了也。張千。與我喚將妓女。伏侍相公。〔張千云〕妓女每走動。〔正旦謝金蓮上云〕相公呼喚妾身做甚麽。〔太守云〕你拏着一把扇子。折一枝紅梨花。插在那扇子上。與縣令招風打扇。小心在意者。〔正旦云〕理會的。〔太守下〕〔正旦云〕知他俺那趙汝州在那裏也呵。〔唱〕

【雙調新水令】這紅梨花依舊豔陽天。則不見那生之面。往常我樽前歌宛轉。席上舞蹁躚。生疎了品竹調絃。不承望侍歡宴。

【沉醉東風】想着他風流少年。曾和俺在月下花前。雖不曾共繡衾。雖不得同羅薦。也兩個詩酒留連。今日個將小扇輕紈出畫筵。可知是非吾所願。

〔張千云〕相公分付。好生打扇哩。〔正旦云〕這扇呵。〔唱〕

【雁兒落】堪宜桂影圓。可愛丹青面。清風隨手生。皓月當胸現。

【得勝令】呀。錯認做陶令酒中仙。幾時得豁這班女腹中冤不枉了十載寒窗下。則願他清名四海傳。哎。天也波天。天與人行方便。我這裏輕搧。你箇颩風小狀元。

〔云〕將一枝紅梨花。插在扇上。〔做插花扇上科〕〔趙汝州見驚科云〕有鬼也。有鬼也。兀那婦人。你是妖精鬼魅。靠後。休近前來。〔正旦云〕兀的不是趙汝州。〔趙汝州云〕你是鬼也。〔正旦唱〕

【掛玉鈎】我和他邂逅春風甚可憐。只道是有情人偏得多情眷。怎知他別後些兒沒掛牽。竟不記的梨花面。倒着我莫近前。須避遠。直恁般醉眼模糊。認不周全。

〔趙汝州云〕賣花三婆說。你是鬼。如今白日都出來了。好怕人也。〔正旦唱〕

【川撥棹】不甫能見英賢。又道我是鬼魂兒在眼邊。諕的他對面無言。有似風顛。驚急力前合後偃。便有那張天師怎斷遣。

【七弟兄】別不上一年。兩年。說不盡恨綿綿。負心人這搭兒裏重相見。初相逢看我似蕊珠仙。你今朝待送我到驅邪院。

【梅花酒】呀。我恨殺這狀元。我本是畫閣嬋娟。怎道我鬼魅相纏。今日箇有口難言。我衣有縫身有影。敢是你無情我無緣。兩下裏各茫然。不能似扇團圓。

〔趙汝州云〕兀的不是紅梨花。我曉的這是你墓間之物。你不要纏我。待明日我做些好事。超度你生天便了。〔正旦唱〕

【收江南】呀。你可爲甚麽一春常費買花錢。那些兒色膽大如天。把活人生扭做死人纏。這相逢也枉然。幾時得笙歌引至畫堂前。

〔太守上云〕縣令。你這般慌甚麽。〔趙汝州云〕這婦人是妖精鬼魅。〔太守云〕賢弟全然不知。聽我説與你聽。當初你寄書來。要見謝金蓮。元來是個妓女。我怕你迷戀烟花。墮了你進取之志。是我分付張千。則説謝金蓮嫁了人也。賢弟。你在後花園中書房裏安下。我却暗暗的着此婦人。只做採花。與你相見。他不是别人。則他便是謝金蓮。着他隱姓埋名。假説做王同知的女兒。後來又着三婆説他是鬼。迷死了他的兒子。以此賢弟吃驚。不辭而去了。我將這婦人樂籍上除了名字。另置别館。今日賢弟來到。伏侍你。猶然不認的他。説兀的做甚。〔詩云〕自别佳人又一年。今朝着您兩團圓。他不是下方作鬼同知女。正是上廳行首謝金蓮。〔趙汝州云〕哥哥。則被你瞞殺您兄弟也。〔太守云〕則今日好良辰。就此席上。成合了你兩口兒。〔正旦同趙汝州謝科云〕多謝了相公。〔唱〕

【水仙子】則我是洛陽城裏謝金蓮。好把宫花簪帽偏。玳瑁筵好作瓊林宴。脱白襴好將紫綬穿。祇候人也得升遷。雖然是劉公弼使的機變。趙汝州偏能顧戀。到底是紅梨花結果了這一段姻緣。

〔音釋〕攛粗酸切　蹁音篇　躚音仙　搧扇平聲　颩音磋　邂音械　逅音後　嬋音蟬　娟音涓

題目　趙汝州風月白紈扇

正名　謝金蓮詩酒紅梨花

鐵枴李度金童玉女雜劇

賈仲名撰

第一折

〔老旦扮王母引外扮鐵枴李上〕〔王母詩云〕閬苑仙家白錦袍。海中銀闕宴蟠桃。三更月下鸞聲遠。萬里風頭鶴背高。子童乃九靈大妙金母是也。爲因蟠桃會上。金童玉女。一念思凡。罰往下方。投胎託化。配爲夫婦。他如今業緣滿足。鐵枴李。你須直到人間。引度他還歸仙界。不可遲也。〔鐵枴云〕貧道既領仙旨。便索往下方引度他二人走一遭去。〔詩云〕領仙旨按落雲頭。到女直度脱凡流。全憑我這條枴神通變化。不由他不隨我共返丹丘。〔同下〕〔正末扮金安壽同旦兒童氏家僮梅香上云〕自家女直人氏。叫做金安壽。嫡親的兩口兒。别無甚碎小。俺小姐夾谷人氏。童家女兒。小字嬌蘭。娶爲妻室。十年光景。甚是綢繆。託祖宗福廕。這的是夫妻福齊者。今日是小姐的好日頭。共小姐天地根前。燒香點燭。祖宗根前。祭祀了也。下次孩兒每卧番羊者。動着細樂。大吹大擂。慢慢的做個筵席。俺看了這笙歌羅列。是好受用也呵。〔唱〕

【仙吕八聲甘州】花遮翠擁。香靄飄霞。燭影摇紅。月梁雲棟。上金鈎十二簾櫳。金雀屏開玳瑁筵。緑蟻光浮白玉鍾。爽氣透襟懷。滿面春風。

〔鐵枴上云〕貧道按落雲頭。來到女直地面。這裏就是金安壽家。我去與他添壽化齋。看他説甚麽。〔見科云〕稽首。貧道特來化齋添壽。〔正末云〕一個先生來化齋求利市。不知先生從那裏來。〔鐵枴云〕從三島來。〔正末云〕往那裏去。〔鐵枴云〕特來度你爲神仙。往蓬萊去。〔正末云〕休胡説那。〔唱〕

【寄生草】俺圍珠翠冰綃内。勝蓬萊閬苑中。他淡昏昏半窗明月梨花夢。我謾匆匆滿溪流水天台夢。你嘆空空一襟清露游仙夢。〔鐵枴云〕貧道昨日蕊珠宫醉倒。今日却在這裏。〔正末笑科〕〔唱〕你昨宵個夜沉沉醉卧蕊珠宫。今日煖融融誤入桃源洞。〔鐵枴云〕金安壽嬌蘭。你二人跟我出家。長生不滅。〔正末云〕休胡説。看了我這等受用快活。如何肯跟你出家。去吃菜根也。着我那歌兒舞女過來。〔扮歌兒引細樂上舞科〕〔唱〕

【滿堂紅】鳳凰臺下鳳凰臺也波臺。鳳凰臺上鳳凰來也波來。天籟地籟聞人籟也波籟。八音諧。緑雲裁。翠烟開。月明吹徹海山白。

【大德歌】碧泠泠。玉鏗鏗。七政匏爲定。攢紫霞。嵌曉星。箜篌點點皆相應。善吹的是子晋董雙成。

【魚游春水】自嶰谷起遺風。定雌雄。十二筒。律應黄鍾。梅落江清吹三弄。聲動關山感歸夢。伴漁翁引牧童。

【芭蕉延壽】韻清徹。高山流水野猿嘶。楚雨湘雲塞雁飛。清風明月孤鶴唳。春融

和。鶯亂啼。〔下〕

〔正末云〕你看我是好受用也。〔唱〕

【村里迓鼓】擺窈窕翠娥紅袖。出蒲萄紫駝銀甕。聽嘹喨笙簧聒耳。間一派。仙音齊動。你看那梅香小玉。了鬟使數。相隨相從。鸞簫吹。象板敲。皓齒歌。細腰舞。琉璃鍾。琥珀醲。呀。簇捧定可喜娘風流萬種。

〔鐵拐云〕金安壽。這是你塵世快樂。不如俺仙家受用也。〔正末云〕你更不見我受用處。你聽我說。〔唱〕

【元和令】繡幙張翠靄濛。錦堂晃曉雲籠俺小姐纖纖十指露春葱。寶釵横螺髻聳。腮桃眉柳頞芙蓉。點星眸秋水同。

【上馬嬌】日高也花影重。風香也酒力湧。寶篆裊博山銅。羅裙輕拂湘紋動。儂半札鳳頭弓。

【勝葫蘆】恰便似銀漢星迴一道通。嫦娥出素華宮。弦管聲中更漏永。千般婉轉。萬般調弄。不覺夜將終。

【幺篇】可正是歌盡桃花扇底風。人面映和花紅。兩下春心應自懂憐香惜玉。顛鸞倒鳳。人在錦衚衕。

〔鐵枴云〕你今跟我出家去。脱離塵寰。便登仙界。乘蒼鸞。跨彩鳳。穩坐瑶池紫府。俯視三茅太華。可不好那。〔正末唱〕

【後庭花】隨着你墜天花滿太空。飄璚香散九重。登隱隱金霞殿。游巍巍碧落宫。上蒼穹。把鸞驂鶴控。俯三茅太華峯。伴千年長壽松。逐鍾離。跟吕公。尋安期。訪葛洪。赴蟠桃仙界中。脱塵寰凡世冗。

〔鐵枴云〕金安壽。你這裏快樂有盡。跟我出家去。無窮受用。〔正末云〕你更不曾見我受用處。我推開卧房門。先生你看者。〔唱〕

【青歌兒】争似俺花濃花濃柳重。更和這雨魂雨魂雲夢。曲閣層軒錦繡擁。香温玉軟叢叢。珠圍翠繞重重。鼉皮鼓兒鼕鼕。刺古笛兒喁喁。琵琶慢撚輕攏。歌音换羽移宫。助人笑口歡容。幾多密意幽悰。只這等朝朝暮暮樂無窮。煞强似你那白雲洞。

〔鐵枴云〕你這凡世快樂。打甚麽緊。在我根前賣弄。〔正末云〕待我再説一遍。〔唱〕

【金盞兒】珠琭簌玉玲瓏。金蹀躞翠籠愡。錦斑斕畫堂富貴人相共。光燦爛。碧天邊月色溶溶。麝蘭香縹緲。環珮玉丁東。酒斟金錯落。花列繡蒙茸。

〔鐵枴云〕金安壽。你只跟我出家去。不生不死。受用快活。〔正末唱〕

【賺煞尾】枉了你費精神。休則管相攔縱。怎撇的玉天仙風流愛寵。〔鐵枴云〕這尢物要他怎麽。〔正末唱〕端的個魚水夫妻兩意同。少年人興味偏濃。繡幃中淡蕩春風。紅浪輕翻翠被重。玉繩拽遥天半空。銀漏逐梅花三弄。直喫的斗杓回月影轉梧桐。〔同旦下〕

〔鐵枴云〕這兩箇業畜。正在不省之鄉。必須再用心點化。直待指開海角天涯路。引得迷人大道行。〔下〕

〔音釋〕瑁音妹　稽音豈　閬音浪　籟音賴　白巴埋切　匏音袍　嵌音闞　嶰音械　塞音賽　唳音利　窈音杳　窕音調　萄音桃　從去聲　醲音濃　衚音胡　衕音同　璚與瓊同　穹區容切　鼉音陀　喁音濃　煞與殺同　琭音鹿　簌音速　蹀音迭　躞音屑　惚音鬆　茸音戎　杓音標

第二折

〔正末同旦家僮梅香上云〕某金安壽是也。被一箇風魔道士。每日上門上户。要我跟他出家。時遇春天。一來共小姐郊外踏青散心。二來躲那先生。〔做行科云〕來到這郊外。是好春和景致也呵。〔唱〕

【南吕一枝花】花谿音樂喧。竹塢人家小。香車游上苑。寶馬滿東郊。雜雜嘈嘈。一程程錦繡似花枝繞。一處處管絃般鳥語調。垂楊院賣花人一聲聲叫過紅樓。杏花村題詩客一箇箇醉眠芳草。

【梁州第七】看春江鴨頭緑皺。接行雲雁翅紅嬌。酒旗向青杏園林挑。佳人鬬草。公子粧幺。鞦韆料峭。鼓吹遊遨。上新黄柳曳金條。綻嫣紅花簇冰綃。芳叢内採嫩蕊粉蝶隊隊身輕。迴塘畔點香芹。紫燕翩翩翅裊。碧陰中弄清音流鶯恰恰聲交。難描。怎描。便那女娘行心思十分巧。其實的刺不成繡不到。丹青手雖然百倍高。也畫不出這重疊周遭。

〔帶云〕我想俺這一對好夫妻。也非今世姻緣。是前生配定也。〔唱〕

【四塊玉】他碾香輪將芳徑穿。我催駿騎把絲鞭裊。俺這對美愛夫妻宿緣招。俊庞兒落雁沉魚貌。俺兩口兒恰便似地長就並蒂花。水養成交頸鴛。天生下比翼鳥。

〔鐵柺上攔住馬科云〕金安壽。你躲的我好也。〔正末唱〕

【罵玉郎】他將我這馬頭攔住高聲叫。纚揪住黄金勒。鞭挽住紫藤梢。〔鐵柺鼓掌大笑云〕你愚眉肉眼。怎識的貧道那。〔正末唱〕見他風風魔魔攔着手。佯推笑。〔鐵柺云〕棄了家業。快逃性命。着你不生不滅。跟我出家去。〔正末唱〕你着我將家業抛。性命逃。便是朝聞道。

〔鐵柺云〕我着你跨青鸞。乘彩鳳。上丹霄。做神仙可不好也。〔正末唱〕

【感皇恩】你覷花枝般淹潤妖嬈。我更筭條般風流年少。你着我跨青鸞。乘彩鳳。上丹霄。怎如我那花柔柳嫩。玉軟香嬌。恨不的心窩裏放。手掌中擎。眼皮上閣。

〔鐵枴云〕你欲心太重。早棄家緣。跟我出家。教你做大羅神仙哩。〔正末唱〕

【採茶歌】你着我戲仙瓢。過金橋。怎肯生拆散碧桃花下鳳鸞交。伴着你個鐵枴雲游同去也。可不閃的俺玉人何處教吹簫。

〔鐵枴云〕金安壽。下馬來。我與你説話。跟我出家去。教你到十洲三島。同赴蟠桃。可不快活。〔正末云〕我去不得。〔唱〕

【側磚兒】我怎肯尋真誤入蓬萊島。向羣仙隊裏會蟠桃。早難道好者爲之樂。〔鐵枴云〕棄了家緣。跟貧道出家去。〔正末唱〕怎捨的俺銅斗般錦窠巢。

【竹枝歌】看了俺胸背攙絨宮錦袍。〔鐵枴云〕俺出家的藤冠衲襖。草履麻縧。長生不老。比你還受用哩。〔正末唱〕怎繫這等續斷濫麻縧。你則看他江梅風韻海棠標。櫻桃樊素口。楊柳小蠻腰。你可也徒勞。怎把蘭蕙性浪比蓬蒿。

〔鐵枴云〕出家兒參祖師。遵徑道。其中清味。玄中又玄。做大羅神仙。你休要迷了正道。〔正末唱〕

【玄鶴鳴】遵徑道。達玄妙。參祖師。習鴻寶。説殺你駕青牛。乘赤鯉。驂白鹿。騎黄鶴。怎如俺這寶馬雕鞍最好。〔鐵枴云〕你有甚快樂。快快跟我出家去。〔正末云〕我去不的。〔唱〕俺春風桃李。夏月葵榴。秋天金菊。冬雪江梅。一年中景物饒。料你那茅菴草舍。争似俺蘭堂畫閣。

〔鐵枴云〕你不知盧生的故事。不勾一餐。黄粱飯熟。能得幾多光景。〔正末唱〕

【烏夜啼】我平生不識邯鄲道。料黄粱怎比羊羔。〔鐵枴云〕俺那裏香風不動松花老。跟我出家。可不快活。〔正末唱〕休誇你香風不動松花老。争如俺月夜花朝。雨媚雲嬌。〔鐵枴云〕跟我去赴蟠桃會好的多哩。〔正末唱〕跟你去九重春色醉仙桃。争如俺一生花柳從吾好。白玉池。瓊花島。將我度爲道友。這便是你善與人交。

〔鐵枴詩云〕俺那裏洞門無鎖鑰。自有白雲封。從他天地老。容顔只似童。比你好得多哩。〔正末唱〕

【黄鍾尾】你那裏白雲封洞燒丹竈。争似俺錦水流香泛碧桃。我這頭巾上珍珠砌成文藻。玉兔鶻金厢繫繡袍。紫絲韁金鞍駿馬驕。葵花鐙靴尖斜款挑。虞候親隨護從着。茶褐羅傘雲也似繞。絳蠟紗燈月也似皎。重裀卧鋪陳换副兒交。列鼎食珍羞揀口兒餸。你止不過掘黄精和土斲。砍青松帶葉燒。蒸雲腴煮藜藿。飲澗泉吃仙藥。這兩般可是那件兒好。〔鐵枴云〕則這般他也不肯。須用仙術再點化他。金安壽。你見我手中鐵枴麽。

我輕輕摇動。化道金光去也。疾。〔下〕〔正末唱〕見他顯神通將鐵柺輕摇。早化一道金光不見了。〔下〕

〔音釋〕塢音五　挑上聲　嫣音烟　豌音冤　厖音忙　轡音配　摑乖上聲　閣高上聲　巢鋤昭切　攙初銜切　鶴音豪　邯音寒　鄲音丹　鶻紅姑切　鐙登去聲　着池燒切　炰音袍　剗音沼　藿音好　藥音耀

第三折

〔鐵柺上詩云〕一足剛蹺一足輕。數莖頭髮亂鬅鬙。世人不識蒼蒼柺。攪的黄河徹底清。貧道點化金安壽。未得回頭。今番第三遭也。若再不省呵。貧道自有道理。〔下〕〔正末同旦梅香上云〕小姐。那先生纏定喒。把前後門重重閉上。喒去卧房坐下。他須不能勾進來。喒慢慢的飲幾杯酒。託天地祖宗。好是快活。趁着這夏景清和。避暑乘凉。好受用也呵。〔唱〕

【商調集賢賓】黄梅細絲江上雨。碧沼内翠荷舒。受用的是瑪瑙盤蔗漿酪粉。珊瑚枕藤簟紗厨。黍新包似裹黄金蒲細剉如攢白玉。詠離騷歌楚些誰弔古。奪錦標擢畫槳似飛鳧。繫同心長命縷。佩辟惡赤靈符。

【逍遥樂】蘭湯試浴。納水閣微凉。避風亭倦午。乘竹陰槐影桐疎。疊冰山素羽青奴。

剪綵仙人懸艾虎。開南軒奇峯雲布。瓜分金子。鱠切銀絲。茶煮雲腴。

【春歸怨】夫貴妻榮。多來大福。畫堂羅列錦模糊。妻才子禄前生注。慶有餘。美滿歡娱。配鳳友對鸞雛。

（梅香云）小哥。據你風流浪子。聰明俊俏。怎生出家者。（正末唱）

【雁兒落】賦新聲詠樂府。歌古調達音律。是一朵没包彈嬌柔解語花。是一塊無瑕玷温潤生香玉。

【得勝令】簾低簌碧鰕鬚。沉細爇紫金爐。霜瓦密鴛鴦甃。雲軒高翡翠鋪。俺同坐着香車。似地長就連枝樹。雙並着驊騶。似膠粘成比目魚。

（旦云）梅香。你把重門閉上。慢慢飲酒。（鐵枴上云）金安壽嬌蘭。他把重門閉了。我便進不去。這裏顯些神通。就從虚空墜落在地。看他説甚麽。（做見科云）稽首。（正末驚科云）呀。你從何而來。（鐵枴云）我徑來尋你。跟我出家去。教你長生不老。（正末云）我何消的出家。你則看我和小姐打扮。可也不俗。（唱）

【賢聖吉】縷金鞓玉兔鶻。七寶嵌紫珊瑚。墨錠髭髯。撚絨繩打着鬢鬚。皂紗巾珠琭簌。錦襖子金較輅。花難比玉不如。卷雲靴跟抹緑。銀盆面膩粉團酥。

（云）我那小姐打扮呵。（唱）

【河西後庭花】翠娉婷衠不俗。美嬋娟嬌豔姝。似對月嫦娥並。如臨溪雙洛浦。

（鐵枴云）金安壽。早早跟我出家去來。（正末云）大古裏你吃了風藥來也。（唱）

【幺篇】他笑呵似秋蓮恰半吐。他悲呵似梨花春帶雨。行呵似新雁雲邊落。話呵似雛鶯枝上語。醉呵似晚風前垂柳翠扶疎。浴呵似海棠擎露。立呵渲丹青仕女圖。坐呵觀世音自在居。睡呵羊脂般卧着美玉。吹呵韻清音射碧虛。彈呵拂冰絃斷復續。歌呵白苧宛意有餘。舞呵綵雲旋掌上珠。

【雙雁兒】團衫纓絡綴珍珠。繡包髻鸂鶒袱。翠鸞翅内粧束。玉搔頭掩鬢梳。喜相逢蟬對舞。

（鐵枴云）元來他再不省悟。看了這等。如何捨的。先磨了嬌蘭。然後金安壽容易點化。（做手指科云）嬌蘭。你不過來。等甚麼哩。（旦云）師父稽首。弟子省悟了也。（正末驚科）（唱）

【望遠行】叵奈這無端的鐵枴使機謀。不知怎生用些道術。將俺同坐香車。迷惑來去赴玄都。揣揣揣扯碎俺姻緣簿。忽剌八掘斷俺前程路。空没亂椎胸跌足。揉腮瞪目。將一朵並頭蓮磣可可分兩處。生拆散燕鶯孤。吉丁當摔碎連環玉。

【梧葉兒】據情理難容恕。論所爲忒狠毒。忍不住我怒氣夯胸脯。一隻手揪着執袋。一隻手揝住道服。俺將他緊揪捽。向明鏡也似官府告去。

〔正末扯旦云〕那裏去。〔旦不睬科〕〔正末云〕我怎麽這一會也昏倦起來。扎掙不得。〔做睡科〕〔鐵枴云〕金安壽睡着了也。〔引旦虛下〕〔正末夢科云〕好奇怪。恰纔共小姐飲酒。前後門閉的鐵桶相似。那先生不知從那裏來。將小姐迷將去了。小姐先生都不見。這裏知他是那裏。則見高山遠澗。老樹横橋。静巉巉的無一個人。好怕人也。〔唱〕

【賀聖朝】陡澗高山。嶮峻崎嶇。教我手脚慌亂無是處。流水横橋。眼暈心虚。蟠巨蟒老樹枯。滲金睛猛虎伏。且躲避在林莽。掩映我身軀。〔正末做慌科〕〔鐵枴叫云〕金安壽。〔正末疑科云〕是那個叫。〔唱〕

【鳳鸞吟】聽的將金安壽名字呼。我這裏低首拜伏。〔鐵枴云〕金安壽。你怎生得到俺這裏。〔正末唱〕這塢裏雲水林巒。甚麽去處。〔鐵枴云〕這裏是洞天福地。但能到此。吃仙桃。飲甘露。伴猿鶴。與龜鹿齊壽。〔正末唱〕呀。元來這琳宫紺宇。是仙居洞府。食仙桃飲瓊漿甘露。朱頂鶴。獻果猿。緑毛龜。銜花鹿。壽長生玉篆丹書。〔云〕你將我小姐來。〔鐵枴云〕這業畜重濁難悟。則除這般。將他本身嬰兒姹女。心猿意馬。現形點化。較省些氣力。疾。〔嬰兒姹女猿馬上追趕〕〔正末慌科〕〔鐵枴云〕金安壽。養白雪黄芽。竦金枷玉鎖。悟你初來路徑。休迷了正道。〔正末唱〕

【牡丹春】嬰兒姹女趣。黄芽白雪枯。被金枷玉鎖緊相拘。將心猿意馬牢拴住。雖然是得省悟。你可也回首認當初。

〔鐵柺云〕疾。嬰兒姹女。心猿意馬。趕上拿住者。〔正末云〕連天峻嶺。萬丈懸厓。趕到跟前。如之奈何。〔做驚醒科云〕好奇怪。我正和小姐飲酒。那先生來迷惑了小姐。我得了一夢。中間光景都見了。跌下澗去。覺來還是舊處。呵。可改變的別了。頹垣壞屋。枯木昏鴉。檐楹下站着個先生。不知是甚麽人。我是叫他問個端的。兀那先生。兀那先生。〔鐵柺云〕金安壽。你省悟麽。恰纔蓬萊一夢。塵世早四十年。你原有仙風道骨。尋你那本來面目。休迷了正道。〔正末唱〕

【涼亭樂】迅速光陰過隙駒。一夢華胥。走兔飛烏緊相逐。晝夜催寒暑。便道你本來面目。仙風道骨。争如俺鼉鼓笛兒者刺古。歌鸚鵡。舞鷓鴣。

〔鐵柺云〕他尚俗牽未盡。再有道理。金安壽。你看那百花爛熳。春景融和。〔正末云〕是好景也。〔鐵柺云〕可早炎天似火。暑氣煩蒸。〔正末云〕好熱也。〔鐵柺云〕你覷黄花偏野。紅葉紛飛。〔正末云〕好慘也。〔鐵柺云〕又早朔風凜洌。瑞雪飄揚。〔正末云〕好冷也。〔鐵柺云〕金安壽。你省的麽。〔正末云〕兀的不傒倖殺我也。正是春天。又臨夏暑。頃刻秋霜。逡巡冬雪。天地中造化。難曉難參。〔詩云〕纔見垂楊緑。俄然麥又黄。蟬聲猶未盡。寒雁已成行。〔唱〕

【小梁州】恰纔個東風四友盡喧呼。正青春紫翠模糊。却早碧池緑水映芙蕖。承炎暑。又早是落葉曉霜鋪。

【幺篇】正蛩吟清露滋黄菊。便怎生水晶寒雪瑩冰壺。暗裏將流年度。怎不想個歸根之處。直待臨死也做工夫。

〔鐵枴云〕你可省了也麽。〔正末云〕弟子省了。師父。你待着我那裏去。〔鐵枴云〕金安壽記者。望你那來處來。去處去。休差了念頭。休迷了正道。〔正末云〕稽首。弟子知道了也。〔唱〕

【啄木兒尾】拜辭了翠裙紅袖簇。朱唇皓齒扶。夢回明月生南浦。向無何深處。步瑤池。游閬苑。到蓬壺。〔下〕

〔音釋〕蹺音敲　莖音形　鬅音朋　鬙音僧　簟音店　玉于句切　辟音匹　浴于句切　福音府　律音慮　簌蘇上聲　爇如夜切　甃音湊　鞓音汀　輅音路　緑音慮　衡音諄　俗詞疽切　姝音朱　渲疎選切　續詞疽切　綴音贅　袱房夫切　翹音喬　束音暑　叵音頗　謀音模　術繩朱切　足臧取切　揉與撓同　瞪音橙　目音暮　磣森上聲　摔音洒　毒東盧切　夯音亨　揩簪上聲　服房夫切　捽音祖　攙初銜切　陡音斗　嶮與險同　崎音欺　嶇音區　暈音韻　滲森去聲　伏房夫切　堝音窩　紺甘去聲　鹿音路　姹倉詐切　迅音信　逐長如切　骨音古　蛩音窮　菊音矩　簇音粗

第四折

〔王母引衆仙上詩云〕曉入瑤池霧氣清。忽聞天籟步虛聲。雲衢不用吹簫侶。獨駕青鸞朝玉京。俺西池金母。爲金童玉女思凡。謫生下方爲人。如今他業債滿徹。復還仙界。着他過來者。〔正末同旦上云〕小姐。今日得省悟也。見西池金母去來。〔唱〕

【雙調新水令】你如今上丹霄赴絳闕步瑶臺。比紅塵中别是一重境界。我靈光回閬苑。他慧性到蓬萊。當日個染了凡胎。誰承望填還這場債。

〔金母云〕金童玉女。爲你思凡。致使吾令鐵枴。親往塵世度你等重還仙界。你從今後。休動凡心者。〔正末旦拜云〕再不敢了。〔正末唱〕

【慶宣和】不是俺忒踈狂性格乖。也則是業緣裏合該。今日個一雙雙跪在金堦。乞仙真痛責。

〔金母云〕您兩個思凡塵世。託生女直地面。配爲夫婦。女直家多會歌舞。您兩個帶舞帶唱。我試看咱。〔正末同旦舞科唱〕

【早鄉詞】墮塵埃。爲貴客。託生在大院深宅。儘豪奢衡氣概。忒聰明更精彩。對着俺撒敦家顯耀些擡頦。

【掛搭沽】則俺那頭巾上珍珠砌成界。畫拖四葉飛霞帶。繡胸背攙絨可體裁。玉兔鶻堪人愛。把翠葉貼。將奇花摘。趁着這緑鬢朱顏。不負了杏臉桃腮。

【石竹子】鼉鼓鼕鼕聲和凱。縷管輕輕音韻諧。女直家筵會實難賽。直吃的梨花月上來。

〔金母云〕再有何好處。説來咱聽。〔正末唱〕

【山石榴】紫雲娘。多嬌色。腰肢一搦東風擺。謫仙女臨凡界。
【幺篇】佩雲肩。玉項牌。鳳頭鞋。羞花閉月天然態。香串結同心帶。
【醉也摩挲】啗和你同離瑤臺也波臺。同離瑤臺也波臺。楊柳形骸。海棠顏色。端的是可憎才。
【相公愛】恰便似並蒂池蓮一處栽。春水游魚兩和諧。疑猜。恐青春不再來。挨甚麽時光待。
【胡十八】花鎭榮。月常在。人不老。酒頻釃。榮華富貴已定排。金安壽俊才。嬌蘭又美愛。俺則是天上有也者。料人間決無賽。

〔金母笑科云〕人世光陰。如同斬眼。你兩個只爲差了一念。謫下塵凡。還不早早回頭。圖他歡樂。這等迷戀。你且再說我聽。〔正末唱〕

【一錠銀】趁着這千樹桃花雲錦開。向流水天台。動簫韶仙音一派。可不是前世裏得修來。
【阿納忽】酒捧金臺。春滿瑤階。鬱巃嵸翠微仙界。罩祥雲隔斷浮埃。
【不拜門】偏舞天錢滿眼來。霞彩飄飄幢旛蓋。金釵。金釵兩下擺。共奏着雲璈天籟。
【慢金盞】猛想起步香堦。露濕弓鞋。宿世該。前生載。淡塗着花額。眉分着翠黛。

玉簪着鳳釵。粉襯着蓮腮。和這畫堂金谷豪華客。軟款情。温柔態。

【大拜門】正是女貌郎才。斷親斷愛。這一段風流意脈。題詩在緑苔。吹簫在鳳臺。似牛女在銀漢邊雙排。

〔金母云〕你兩個有這許多受用。可知道沉迷難得省悟。〔正末云〕我等如今。却省悟了也。〔唱〕

【也不囉】從今後碧雲齋。道心開。無障隔無遮礙。紅塵不到黄金界。去弱水三千外。

【喜人心】看松雲掩靄。聞桂風瀟灑。竹影藤花月色。紫府金壇放毫彩。醉舞狂歌。長笑高吟。疎散情懷。他壺内天無壞。咱静裏神長泰。

【風流體】臨清流。臨一帶心快哉。玩明月。玩一輪情舒解。枕黄石。枕一塊意豁開。卧白雲。卧一片身自在。

【忽都白】翠壁丹崖。玉殿金堦。再不必猜也麽猜。我如今丫髻環縧。椰瓢執袋。麻袍寬快。布襪芒鞋。饑後餐松柏。渴來清泉解。

【唐兀歹】安樂窠修真好避乖。翠林巒金碧樓臺。納頭一覺回光入玄界。暢好是清也波哉。

〔金母云〕金童玉女。您離瑶池多時。您則知您女直家會歌舞。可着俺八仙。舞一會你看。〔八仙上歌舞科〕〔共唱〕

【青天歌】真仙聚會瑶池上。仙樂和鳴鸞鳳降。鸞鳳雙飛下紫霄。仙鶴共舞仙童唱。仙童唱歌歌太平。嘗得蟠桃壽萬齡。瑞靄祥光滿天地。羣仙會裏説長生。長生自知微妙訣。番口開口應難説。不妨洩漏這玄機。驚得虚空長吐舌。舌端放出玉毫光。輝輝朗朗照十方。春風只在花梢上。何處園林不豔陽。豔陽時節採靈苗。莫等中秋月色高。顛倒離男逢坎女。黄婆拍手喜相招。相招相喚配陰陽。密雨濃雲入洞房。十載靈胎生個子。倒騎白鹿上穹蒼。穹蒼顥氣罡風健。吹得璇璣從左轉。三辰萬象總森羅。三界仙官朝玉殿。玉殿金堦列衆仙。蟠桃高捧獻華筵。仙酒仙花映仙果。長生不老億千年。

〔正末唱〕

【川撥棹】今日個暢情懷。縱神遊遍九垓。慧眼睁開。道性明白。依舊是風魂月魄。悟春從天上來。

【七弟兄】銀槐翠柏洞天開。擊法鼓雷動滄瀛海。扣金鐘霞散閬風臺。敲碧磬雲繞松花蓋。

【梅花酒】呀。俺如今便去來。既换骨抽胎。早降福消災。也不須守戒持齋。昨日過今日改。玉面猿戲丹澤。緑毛龜枕碧苔。銀斑鹿踐香埃。朱頂鶴守仙宅。金睛獸護蒼崖。衆毛女喜顔開。共道侶笑咍咍。獻蟠桃筵會排。度金童上丹臺。引玉女列仙堦。

【收江南】呀。兀的不是月明千里故人來。抵多少一場春夢喚回來。今日個滿堂和氣醉歸來。賢賢易色。再休提洛陽花酒一齊來。

〔金母云〕今日金童玉女。歸于正道。你聽者。〔詞云〕你本是大羅神仙。在人間三十餘年。今日個功成行滿。隨羣仙證果朝元。〔正末同旦拜謝科〕〔正末唱〕

【鴛鴦煞】從來個天堂本與塵寰隔。誰承望凡人重把神仙拜。感謝得金母提攜。識認了羣真風彩。唱道漢鍾離緑蟻醺酣。唐呂公紅顔不改。韓湘子頃刻花開。張果老倒騎的驢兒快。藍采和達道詼諧。李先生四海雲游。全憑着這條柺。

〔音釋〕慧音惠　責齋上聲　客音楷　宅池齋切　畫胡乖切　摘齋上聲　色篩上聲　搦囊帶切　灑音篩　巄音籠　嵷音宗　罩嘲去聲　幢音床　璈音敖　額崖去聲　脈音買　隔皆上聲　柏音擺　顥音浩　璇音旋　魄鋪買切　澤池齋切　咍海平聲

題目　金安壽收意馬心猿

正名　鐵柺李度金童玉女

包待制智賺灰闌記雜劇

李行道撰

楔子

〔老旦卜兒上云〕老身鄭州人氏。自身姓劉嫁的夫主姓張。蚤年亡逝已過。止生下一兒一女。孩兒喚做張林。也曾教他讀書寫字。女兒喚做海棠。不要説他姿色儘有。聰明智慧。學得琴棋書畫。吹彈歌舞。無不通曉。俺家祖傳七輩是科第人家。不幸輪到老身。家業凋零。無人養濟。老身出於無奈。只得着女兒賣俏求食。此處有一財主。乃是馬員外。他在俺家行走。也好幾時了。他有心看上俺女孩兒。常常要娶他做妾。俺女孩兒倒也肯嫁他。只是俺這衣食飯碗。如何便割捨得。且待女孩兒到來。慢慢的與他從長計議。有何不可。〔冲末扮張林上云〕自家張林的便是。母親。俺祖父以來。都是科第出身。已經七輩。可着小賤人做這等辱門敗户的勾當。教我在人前。怎生出入也。〔卜兒云〕你説這般閒話做甚麽。既然怕妹子辱没了你呵。你自尋趁錢來養活老身。可不好那。〔正旦扮海棠上見科云〕哥哥。你要做好男子。你則養活母親者。〔張林云〕潑賤人。你做這等事。你不怕人笑。須怕人笑我。我打不得你個潑賤人那。〔做打正旦科〕〔卜兒云〕你不要打他。你打我波。〔張林云〕母親。不要家煩宅亂。枉惹的人恥笑。我則今日辭了母親。我往汴京尋我舅舅。自做個營運去。常言道男兒當自强。我男子漢七尺長的身子。出門去便餓死了不成。兀那小賤人。我去之後。你好生看覷母親。若有些好歹。我不道的輕輕饒了你哩。〔詩云〕匆匆發忿出家門。別尋生理度寒温。男兒有軀長七尺。不信天教一世貧。〔下〕〔正旦云〕母親。似這等唱叫。幾時是了。不如將女孩兒嫁與馬員外去罷。〔卜兒云〕兒也説的是。只等馬員外來時。我就許下這親事。則便了也。〔副末扮馬員外上云〕小生姓馬名均卿。祖居鄭州人氏。幼習儒業。頗通經史。因家中有幾貫貲財。人皆以員外呼之。則是我平昔間酷愛風流。躭情花柳。此處有個上廳行首張海棠。與小生作伴年久。兩意相投。我要娶他。這不消説了。他也常常許道要嫁我。被他母親。百般板障。只是不肯通口。我想他也無過要多索些財禮意思。聞得海棠近日。與他哥哥張林。唱叫了一場。那張林離了家門。到汴京尋他舅子去了。料得一時間也未必就回。今日恰好是一個吉日良辰。我不免備些財禮求親去。若是有緣分。得成全這一樁好事。豈不美哉。呀。姐姐正在門首。這也是個彩頭。待我見去。〔做見正旦行禮科〕〔正旦云〕員外。你來了也。我再四與母親説。不如趁我哥哥不在家。許了這門親事。磨了半截舌頭。母親像有許的意思了。我和你見母親去。〔馬員外云〕妳妳既有此意。也是我修的緣到了。〔做入見科〕〔卜兒云〕員外。我今日爲孩兒張林不孝順。與老身合氣。你討些砂仁來送我。做碗湯吃。〔馬員外云〕妳妳。自家孩兒。有甚麼氣。我如今特備白金百兩。專求令愛的親事。過門之後。但是你家缺柴少米。都是我來支持。定不教你愁没錢使。今日是個大好日辰。妳妳。你接了財禮。許了這親事罷。〔卜兒云〕左右我的女兒在家。也受不得這許多氣。便等他嫁了人去。倒也静辦。員外。只是你家裏有個大渾家哩。我女孩兒過門來。倘或受他欺負。又不如在家的好。也要與員外説個明白。一發講倒了。纔好許你這親事。〔馬員外云〕妳妳放心。莫説我馬均卿不是那等人。便是我大渾家。也不是那等人。令愛到家時。與我大渾家只是姊妹稱呼。並不分甚大小。若是令愛養得一男半子。我的家緣家計。都是他掌把哩。妳妳。再不要你憂慮別的。〔卜兒云〕員外。只要説定了。我受了你的財禮。我家女兒。便是你馬家媳婦。只今日便過門去。孩兒也。不是我做娘的割捨得你。你可也做人家媳婦去。再不要當行首了也。〔正旦云〕員外。你那大渾家處。凡百事你須與我做主咱。〔唱〕

【仙呂賞花時】憑着我皓首蒼顏老母親。待着我盡世今生不嫁人。〔云〕員外。我可也不愛你別的。〔馬員外云〕姐姐。你愛我些甚的來。〔正旦唱〕**我只愛你性兒軟意兒真。我今日尋的個前程定准。**〔帶云〕我着那一班姊妹道。張海棠嫁了馬員外。可也不枉了。〔唱〕**從此後不教人笑我做辱家門。**〔同馬員外下〕

〔卜兒云〕今日將俺女孩兒。嫁馬員外去了也。受着他這一百兩財禮。也勾老身下半世快活受用哩。如今別無甚事。尋俺舊時姑姊妹們。到茶房中吃茶去來。〔下〕

〔音釋〕慧音惠　當去聲　行音杭　思去聲　分去聲　姊音子

第一折

〔搽旦上詩云〕我這嘴臉實是欠。人人讃我能嬌豔。只用一盆凈水洗下來。倒也開的胭脂花粉店。妾身是馬員外的大渾家。俺員外取得一個婦人。叫做什麼張海棠。他跟前添了個小厮兒。長成五歲了也。我瞞着員外。這裏有個趙令史。他是風流人物。又生得驢子般一頭大行貨。我與他有些不伶俐的勾當。我一心只要所算了我這員外。好與趙令史久遠做夫妻。今日員外不在家。我叁使人喚他去了。這早晚敢待來也。〔凈扮趙令史上詩云〕我做令史只圖醉。又要他人老婆睡。畢竟心中愛者誰。則除臉上花花做一對。自家姓趙。在這鄭州衙門。做個令史。州裏人見我有些才幹。送我兩個表德。一個叫做趙皮鞋。一個叫做趙哈達。這裏有個婦人。他是馬均卿員外的大娘子。那一日馬員外請我吃酒。偶然看見他大娘子。這嘴臉可可是天生一對。地產一雙。都這等花花兒的。甚是有趣。害得我眠裏夢裏。只是想慕着他。豈知他也看上了我。背後瞞着員外。與我做些不伶俐的勾當。今日他使人喚我。不知有甚事。須索去走一遭。來到此間。徑自過去。大嫂。你唤我有何計議。〔搽旦云〕我喚你來。不爲别事。想俺兩個偷偷摸摸的。到底不是個了期。我一心要合服毒藥。謀殺了馬員外。俺兩個做永遠夫妻。可不好麼。〔趙令史云〕你那裏是我搭識的表子。只當是我的娘。難道你有此心。我倒没此意。這毒藥我已備下多時也。〔做取藥付搽旦科云〕兀的不是毒藥。我交付與你。我自到衙門中辦事去也。〔下〕〔搽旦云〕趙令史去了也。我且把這毒藥。藏在一處。只等覰個空便。纔好下手。呀。我争些兒忘了。今日却是孩兒的生日。教人請員外來。和他到各寺院燒香。佛面上貼金。走一遭去來。〔下〕〔正旦上云〕妾身張海棠。自從嫁了馬員外。可早五年光景。俺母親也亡化了。連哥哥也不知那裏。至今没個消耗。我跟前所生孩兒。叫做壽郎。自生下這孩兒來。就在那褥草之上。則在姐姐跟前擡舉。如今長成五歲了也。今日是我孩兒的生日。員外和姐姐領着孩兒。到那各寺院燒香。佛面上貼金去了。下次小的每安排下茶飯。等員外姐姐來家食用。張海棠也。自從嫁了員外。好耳根清净也呵。〔唱〕

【仙吕點降唇】月户雲窗。繡幃羅帳。誰承望。我如今棄賤從良。拜辭了這鳴珂巷。

【混江龍】畢罷了淺斟低唱。撇下了數行鶯燕佔排場。不是我攀高接貴。由他每説短論長。再不去賣笑追歡風月館。再不去迎新送舊翠紅鄉。我可也再不怕官司勾唤。再不要門户承當。再不放賓朋出入。再不見鄰里推搶。再不愁家私營運。再不管世事商量。每日價喜孜孜一雙情意兩相投。直睡到暖溶溶三竿日影在紗窗上。伴着個有疼熱的夫主。更送着個會板障的親娘。

〔云〕怎麽這早晚。員外姐姐還不回來。我出門前看波。〔張林上詩云〕腹中曉盡世間事。命裏不如天下人。我張林自從和妹子唱叫了一場。出門去尋俺舅子。誰想他跟着一個什麽經略相公种師道。到延安府去了。一來投不着主兒。二來又染了一場凍天行的病證。不要説盤纏使盡。連身上的衣服也典賣盡了。走回家來。母親也亡化了。居房也没了。教我怎麽好。聞得妹子嫁了馬員外。那員外是好家計。他肯看顧親眷。要擡舉我舅子。有何難處。我如今一徑的去投託他。問他借些盤纏使用。可早來到馬家門首了。可可的我妹子正在門前。待我去相見咱。妹子祗揖。〔正旦見云〕我道是誰。元來是哥哥。我看你容顏肥胖。倒宜出外。〔張林云〕妹子。你可番頭一句話兒也。〔正旦云〕哥哥。你敢替母做七來。起墳來。還是弔孝來。〔張林云〕妹子。你不見我吃的則看我穿的。自家的嘴也養不過。有什麼東西與母親做七起墳那。〔正旦云〕哥哥。俺母親亡化。一應送終的衣衾棺槨之費。那些兒不虧了馬員外來。〔張林云〕妹子。這雖是馬員外把我母親發送。還是多虧了你。我知道了也。〔正旦唱〕

【油葫蘆】自喪了親爺撇下個娘。偏你敢不姓張。怎教咱辱門敗户的妹子去支當。〔張林云〕妹子。不必敲打我了。我也知道。多多的虧了你也。〔正旦唱〕到今日你便安排着這一句甜話兒來尋訪。〔張林云〕妹子。我今日特來投託。你怎做下這一個冷臉兒那。〔正旦唱〕也不是俺便做下的這一個冷臉兒難親傍。想當日你怒烘烘的挺一身。急煎煎的走四方。〔張林云〕妹子。這舊話也休提了。〔正旦唱〕我則道你怎生發跡身榮旺。怎還穿着這藍藍縷縷的這樣舊衣裳。

〔張林云〕妹子。我和你是一父母生的兄妹。你哥哥便有甚的不是。你也將就些兒。不要記怨了。〔正旦唱〕

【天下樂】哥哥也你便有甚臉今朝到我行。聽説罷這衷也波腸。〔張林云〕妹子也。我也是出於無奈。特特投奔你來。没奈何。不論多少。賫發些盤纏使用。等我好去。〔正旦唱〕**口聲聲道是無奈向。哥哥也你既無錢呵怎生走汴梁。**〔張林云〕妹子。你也不必多説了。你不賫發我。教那個賫發我。〔正旦唱〕**你今日投奔我個小妹子。只要我賫發你個大兄長。**〔帶云〕你不道來。〔唱〕**可不道是男兒當自强。**

〔張林云〕妹子。你不曾忘了一句兒也。打落的我勾了。你則是賫發我去者。〔正旦云〕哥哥不知。俺這衣服頭面。都是馬員外與姐姐的。我怎做的主好與人。除這些有甚的盤纏好賫發的你。哥哥。你則回去了罷。休來這門首也。〔做不禮入門科〕〔張林云〕妹子。你好狠也。你是我同胞親妹子。我特投逩着你。一文盤纏也不與我。倒花白了我這許多。我如今也不回去。只在這門首等着。待他馬員外來。或者有些面情。也不見得。〔搽旦上云〕我是馬員外的大渾家。領着孩兒燒香。我先回來了。呀。怎麽我家解典庫門首。立着個教化頭。你在此有甚麽勾當。〔張林云〕姐姐休罵。小人是張海棠的哥哥。來尋我妹子的。〔搽旦云〕原來你是張海棠的哥哥。這等是舅舅了。你可認的我麽。〔張林云〕小人不認的那壁姐姐。〔搽旦云〕則我便是馬員外的大渾家。〔張林云〕我小人眼拙不認的。大娘子是必休怪。〔做揖科〕〔搽旦云〕舅舅。你要尋你妹子怎麽。〔張林云〕説也惶恐。因爲貧難。無以度日。要尋我妹子。討些盤纏使用。〔搽旦云〕他與你多少。〔張林云〕他道家私裏外。都是大娘子掌把着哩。自做不得主。一些没有。〔搽旦云〕舅舅不知。自從你妹子到我家來。添了一個孩兒。如今也五歲了。這是你的外甥。現今我家大小家私。都着他掌把。我是沒兒子的。〔做敲胸科云〕一些也沒分了。你是張海棠的哥哥。便是我親哥哥一般。我如今過去。問他討些盤纏與你。若有呵。你也休歡喜。若無呵。你也休煩惱。只看你的造化。你且在門首待者。〔張林云〕小人知道。好一個賢慧的婦人也。〔正旦見搽旦科云〕姐姐。你先回來了。勞動着姐姐哩。〔搽旦云〕海棠。門首立着的是什麼人。〔正旦云〕是海棠的哥哥。〔搽旦云〕哦。原來是你的哥哥。他來這裏做甚麼。〔正旦云〕他問妹子討些盤纏使用。〔搽旦云〕你便與他些不得。〔正旦云〕我這衣服頭面。都是員外和姐姐與我的。教我可什麼與他。〔搽旦云〕這衣服頭面與了你。就是你的了。便與你哥哥也何妨。〔正旦云〕姐姐。敢不中麼。倘員外查起我這衣服頭面。教我說甚的那。〔搽旦云〕員外查時。我替你說。還再做些與你。快解下來。送與你哥哥去罷。〔正旦做解下科云〕既是姐姐許了。我便脫了這衣服。除下這頭面。與我哥哥去。〔搽旦云〕怕我拿了你的。將來。待我送他去。〔做取砌末出見科云〕舅舅。則爲你這盤纏。連我也替你惱起來。那知道你家妹子。這般個狠人。放着許多衣服頭面。一些兒不肯與你。只當剮他身上的肉一般。這幾領衣服。幾件頭面。是我爹娘陪嫁我的。送與舅舅。權做些兒盤纏使用。舅舅。你則休嫌輕道少者。〔張林收科云〕多謝大娘子。小人結草銜環。此恩必當重報。〔做謝科搽旦回禮云〕舅舅。員外不在家。不好留的你茶飯。休怪也。〔下〕〔張林云〕我則道這衣服頭面。是我妹子的。那知是他大娘子的。你是我一父母所生的親妹子。我討些盤纏使用。並無一文。倒花白我一場。這大娘子我與他是各白世人。賫發我衣服頭面。我想他家中大妻小婦。必有争差。少不得要告狀打官司的。我如今將這頭面。兑換些銀兩。買個窩兒。做開封府公人去。妹子。你常揀吉地上行。吉地上坐。休要喒兩個軸頭兒廝抹着。若告到官中。撞見我時。我一杖子起你一層皮哩。〔下〕〔搽旦見正旦科云〕海棠。你這衣服頭面。與你哥哥去了也。〔正旦謝云〕索是生受姐姐來。只怕員外回時。若問起呵。望姐姐與我方便一聲。〔搽旦云〕不妨事。放着我哩。〔正旦下〕〔搽旦云〕海棠也。你哥哥將那衣服頭面去。怕不歡喜。只是員外問起時。我倒替你愁哩。〔馬員外引倈兒上云〕我馬均卿。自從娶了張海棠添了這個孩兒。叫做壽郎。可早五歲也。今日是壽郎的生日。到各寺院燒香去。見子孫娘娘廟。有傾頹去處。捨些錢鈔。與他修理。因此又躭閣了一會。可蚤來到門首也。〔搽旦同正旦迎科〕〔正旦云〕員外回來了。索是辛苦也。我去取茶來者。〔下〕〔馬員外云〕大嫂。那海棠的衣服頭面。怎生都不見了那。〔搽旦云〕員外不問。我也不好說。你因爲他生了孩兒。十分的寵用着他。誰想他在你背後。養着姦夫。常常做這不怜悧的勾當。今日我和員外燒香去了。他把這衣服頭面。都與姦夫拿去。正要另尋什麼衣服頭面。胡亂遮掩。被我先回來撞破了。是我不許他再穿衣服。重戴頭面。只等員外回來。自家整理。這須不是我妬他。是他自做出來的。〔馬員外云〕原來海棠將衣服頭面與姦夫去了。可知道來。他是風塵中人。有這等事。兀的不氣殺我也。〔做喚正旦打科云〕我打你這不良的賤人。〔搽旦攛調科云〕員外打的好。似這等辱門敗户的賤人。要他何用。則該打死他罷。〔正旦云〕我這衣服頭面。本不肯與俺哥哥將去。都是他再三攛掇我來。誰想到員外跟前。又說我與了姦夫。着我有口難分。這都是張海棠自家不

是了也。〔唱〕

【那吒令】我當初自傷。別無甚忖量。別無甚忖量。將他來不防。將他來不防。可送咱這場。俺越打得手脚兒慌。他越逞着言詞兒謗。端的個狠毒世上無雙。

〔馬員外氣科云〕你是生兒子的。做這等没廉恥的事。兀的不氣殺我也。〔搽旦云〕員外。你氣怎的。只是打殺他便了帳也。〔正旦唱〕

【鵲踏枝】普天下有的婆娘。誰不待要佔些獨强。幾曾見這狗行狼心。攪肚蛆腸。〔帶云〕你養着姦夫。倒着我有這屈事也。〔唱〕倒屈陷我腌臢勾當。〔帶云〕也怪不得他贓埋我來。〔唱〕也只是我不合自小爲娼。

〔搽旦云〕可知道你這賤人。舊性復發。把衣服頭面。與了姦夫去。瞞着夫主。做這等勾當哩。〔正旦唱〕

【寄生草】便是那狠毒的桑新婦。也不似你這個七世的娘。倒說我實心兒主意瞞家長。〔搽旦云〕誰着你背地裏養着姦夫。還强嘴那。〔正旦唱〕他道我共姦夫背地常來往。他道我會支吾對面舌頭强。不争將濫名兒揣在我跟前。姐姐也便是將個屎盆兒套住他頭上。

〔馬員外做不快科云〕則被這小賤人直氣殺我也。大嫂。怎生這一會兒。我身子甚是不快。你可煎一碗熱湯兒我吃。〔搽旦云〕這都是海棠的小賤人。氣出員外病來。海棠。你快些去。熱熱的煎碗

湯來。與員外吃。〔正旦云〕理會的。〔唱〕

【後庭花】恰纔我脊梁上捱了棍棒。又索去厨房中煎碗熱湯。一任他男子漢多心硬。大剛來則是俺這婆娘每不氣長。〔做下捧湯上云〕姐姐。兀的不是湯。〔搽旦云〕拿湯來。我試嘗咱。〔做嘗科云〕還少些鹽醬。快去取來。〔正旦應下〕〔搽旦云〕前日這一服毒藥。待我取將來。傾在這湯兒裏。〔做傾藥科云〕海棠。快來。〔正旦上唱〕怎這般忒慌張。連催鹽醬。〔云〕姐姐。兀的不是鹽醬。〔搽旦做調湯科云〕海棠。你將去。〔正旦云〕姐姐。你將去波。怕員外見了我越氣也。〔搽旦云〕你不去。員外又道你惱着他哩。〔下〕〔正旦云〕理會得。員外。你吃口湯兒波。〔員外做接吃科〕〔正旦唱〕則見他悶沉沉等半晌。苦懨懨口內嘗。〔員外做死科〕〔正旦驚云〕員外。你放精細者。〔唱〕爲甚的黄甘甘改了面上。白鄧鄧丢了眼光。

【青哥兒】呀。諕的我膽飛魂喪。不由不兩泪千行。眼見的四體難收一命亡。撇下了多少房廊。幾處田莊。兩個婆娘。五歲兒郎。從今後無捱無靠。母子每守孤孀。孩兒也你將個誰依仗。

〔正旦哭云〕姐姐。員外死了也。〔搽旦哭上云〕我那員外也。忍下的就撇了我去也。海棠。你這小賤人。適纔員外是個好好的。怎生吃你這一口湯。便會死了。這不是你藥死的。是那個弄死的。〔正旦云〕姐姐。這湯你也嘗過來。偏是你不藥死。則藥死員外。〔做哭科云〕天那。兀的不苦痛殺我也。〔搽旦云〕下次小的每。那裏與我高原選地。破木造棺。把員外埋殯了者。〔做家僮上擡員外下科搽旦云〕海棠。你這小賤人。則等送了員外出去。我慢慢的擺佈你。看你好在我家裏過得那。〔正旦哭云〕姐姐。員外無了。這家私大小。我都不要。單則容我領了孩兒去罷。〔搽旦云〕孩兒是那個養的。〔正旦云〕是我養的。〔搽旦云〕你養的。怎不自家乳哺了。一向在我身邊。煨乾避濕。嚥苦吐甜。費了多少辛勤。在手掌兒上擡舉長大的。你就來認我養的孩兒。這等好容易。你養了姦夫。合毒藥謀殺了員外。更待乾罷。你要官休。還是要私休。〔正旦云〕怎生是官休。怎生是私休。〔搽旦云〕你要私休。將一應家財房廊屋舍帶孩兒都與了我。只把這個光身子走出門去。你要官休呵。你藥死親夫。好小的罪名兒。我和你見官去。〔正旦云〕我原不曾藥死親夫。怕做甚麼。情願和你見官。〔搽旦云〕明有官防。你不怕告官。我就拿你去。〔正旦云〕我不怕。告官去。告官去。〔唱〕

【賺煞】且休問你真實。休問咱虛謊。現放着剃胎頭收生的老娘。則問他誰是親娘誰是繼養。〔搽旦云〕我是孩兒的的親親的親娘。這孩兒是我的的親親的親兒。是娘的心肝。娘的腤子。娘的脚後跟。那一個不知道的。〔正旦唱〕怎瞞得過看生見長的街坊。〔搽旦云〕你合毒藥謀死員外。也是我贓埋你的。〔正旦云〕這毒藥呵。〔唱〕你平日裏預收藏。闇闇的傾下羹湯。〔搽旦云〕明明是你下這毒藥在湯兒裏。怎賴得我。怕你不去償命。〔正旦唱〕這的是誰藥死親夫可要將性命償。你暢好是不良。送的人來冤枉。則普天下大渾家那裏有你這片歹心

腸。〔下〕

〔搽旦云〕如何。中了俺的計也。眼見得這家私大小帶孩兒。都是我的。〔做沉吟科云〕嗨。事要三思。免勞後悔。你也合尋思波。這孩兒本等不是我養的。他要問那剃胎頭收生的老娘。和那看生見長的一起街坊鄰舍做證見。若到官呵。他每不向我。可不乾着這一番。我想來。人的黑眼珠子。見這白銀子没個不要的。則除預先安頓下他。見人頭。與他一個銀子。就都向着我了。則是衙門官吏。也要安置停當。怎得趙令史到來。和他商量告狀的事。可也好那。〔趙令史上云〕纔説姓趙。姓趙便到。我趙令史。數日不曾去望馬大娘子。心裏癢癢的。好生想他。只是丟不下。如今到他門首。他家没主人了。怕做甚的。徑自入去。〔見搽旦科云〕大娘子。只被你想殺我也。〔搽旦云〕趙令史。你不知道馬員外被我藥死了也。如今和海棠兩個打官司。要争這家緣家計。連這小斷。你可去衙門打點。把官司上下。布置停當。趁你手裏。完成這樁事。我好和你做長遠夫妻也。〔趙令史云〕這個容易。只是那小斷。原不是你養的。你要他怎的。不如與他去的乾净。〔搽旦云〕你也枉做令史。這樣不知事的。我若把這小斷與了海棠。到底馬家子孫。要來争這馬家的家計。我一分也動他不得了。他無過是指着收生老娘。和街坊鄰里做證見。我已都用銀子買轉了。這衙門以外的事。不要你費心。你只替我打點衙門裏頭的事便了。〔趙令史云〕大娘子説的是。這等你番些來告狀。我自到衙門打點去也。〔下〕〔搽旦云〕趙令史去了。則今日我封鎖了房門。結扭了海棠告狀去走一遭。〔詞云〕常言道人無害虎心。虎有傷人意。我説道人見老虎誰敢

傷。虎不傷人吃個屁。〔下〕

【音釋】長音掌　合音鴿　空去聲　推退平聲　种音冲　傍去聲　行去聲　腌音庵　臢音簪　强音絳　晌音賞　中去聲

第二折

〔淨扮孤引祗從上云〕小官鄭州太守蘇順是也。〔詩云〕雖則居官。律令不曉。但要白銀。官事便了。可惡這鄭州百姓。欺侮我罷軟。與我起個綽號。都叫我做模稜手。因此我這蘇模稜的名。傳播遠近。我想近來官府儘有精明的。作威作福。却也壞了多少人家。似我這蘇模稜。闒闒的不知保全了無數世人。怎麼曉得。今日坐起蚤衙。左右。與我擡放告牌出去。〔祗從云〕理會的。〔搽旦扯正旦倈兒上云〕我和你見官去來。寃屈也。〔正旦云〕你且放手者。〔唱〕

【商調集賢賓】火匝匝把衣服緊揝着。〔搽旦云〕你藥死親夫。該死罪的。我放了你。倒等你逃走去了。〔正旦唱〕你道我該死罪怎生逃。〔帶云〕張海棠也。〔唱〕我則道嫁良人十成九穩。今日個越不見末尾三稍。則我這負屈的有口難言。赤緊的原告人見世生苗。這一場沒揣的罪名除非天地表。〔搽旦云〕可知道你藥死了親夫。自有個天理神明鑒察。〔正旦唱〕我將這虛空中神靈來禱告。便做道男兒無顯跡。可難道天理不昭昭。

〔搽旦云〕小賤人。這裏是開封府門首了。你若經官發落。這綳扒吊拷。要椿椿兒捱過。不如認了私休。也還好收拾哩。〔正旦云〕便打殺我也説不得。我情願和你見官去。〔唱〕

【逍遥樂】你道是經官發落。怎的支吾這場棒拷。我則道人命事須要個歸着。怎肯把藥死親夫罪屈招。平白地落人圈套。拚守着七貞九烈。怕甚麽六問三推。一任他萬打千敲。

〔搽旦叫云〕冤屈也。〔孤云〕什麽人在衙門首叫冤屈。左右。與我拿過來。〔祗從拿進科云〕當面。〔搽旦正旦倈兒跪見科〕〔孤云〕那個是原告。〔搽旦云〕小婦人是原告。〔孤云〕這等。原告跪在這壁。被告跪在那壁去。〔各跪開科〕〔孤云〕喚原告上來。你説你那詞因。等我與你做主。〔搽旦云〕小婦人是馬均卿員外的大渾家。〔孤做驚起云〕這等。夫人請起。〔祗從云〕他是告狀的。相公怎麽請他起來。〔孤云〕他説是馬員外的大夫人。〔祗從云〕不是什麽員外。俺們這裏有幾貫錢的人。都稱他做員外。無過是個土財主。没品職的。〔孤云〕這等着他跪了。你説詞因上來。〔搽旦云〕這個叫做張海棠。是員外娶的個不中人。〔祗從喝科云〕嗯。敢是個中人。〔搽旦云〕正是個中人。他背地裏養着姦夫。同謀設計。合毒藥藥殺了丈夫。强奪我所生的孩兒。又混賴我家私。告大人與小婦人做主咱。〔孤云〕這婦人會説話。想是個久慣打官司的。口裏必力不剌説上許多。我一些也不懂的。快去請外郎出來。〔祗從云〕外郎有請。〔趙令史上云〕我趙令史。正在司房裏趲造文書。相公呼唤我。必是有告狀的。又斷不下來。請我去幫他哩。〔做見科云〕相公。你整理甚麽事不下來。〔孤云〕令史。有一起告狀的在這裏。〔趙令史云〕待我問他。兀那婦人告甚麽。〔搽旦云〕告張海棠藥殺親夫。强奪我孩兒。混賴我家私。可憐見與我做主咱。〔趙令史云〕拿過那張海棠來。你怎生藥殺親夫。快快從實招來。若不招呵。左右。與我選下大棍子者。〔正旦唱〕

【梧葉兒】廳階下。膝跪着。聽賤妾説根苗。〔趙令史云〕你説。你説。〔正旦唱〕**狼虎般排着祇從。神鬼般設着六曹。**〔趙令史云〕你藥殺親夫。這是十惡大罪哩。〔正旦唱〕**若妾身犯下分毫。相公也我情願喫那殺丈夫的繃扒弔拷。**

〔趙令史云〕你當初是什麽人家的女子。怎生嫁與那馬員外來。你説與我聽波。〔正旦唱〕

【山坡羊】念妾身求食賣笑。本也是舊家風調。則爲俺窮滴滴子母每無依靠。捱今宵。到明朝。謝的個馬均卿一見投他好。下錢財將妾身娶做小。他鸞燕交。咱成就了。

〔趙令史云〕原來是個娼妓出身。便也不是個好的了。你既然馬員外娶到家。可曾生得一男半女麽。〔正旦唱〕

【金菊香】我與他生男長女受劬勞。〔趙令史云〕你家裏有什麽人。也還往來麽。〔正旦唱〕**俺哥哥因爲少喫無穿來投託。曾被我趕離門恰和他兩個斷撞着。**〔趙令史云〕是你的哥哥。便和他斷見。也不妨事。〔正旦云〕俺姐姐道。海棠。既是你哥哥來投逩你時。你便没銀子。何不解下這衣服頭面。與他做盤纏使用去。〔趙令史云〕這般説也是他好意。〔正旦云〕我信了他。將這些衣服頭面與哥哥去了。等的員外回來。問道海棠的衣服頭面。爲何不見。他便道。瞞着員外。都與姦夫了也。〔唱〕**豈知他有兩面三刀。向夫主厮搬調。**

〔搽旦云〕哎喲。我是這鄭州城裏第一個賢慧的。倒説我兩面三刀。我搬調你甚的來。〔趙令史云〕這都小事。我不問你。只問你爲何藥死了親夫。强奪他孩兒。混賴他家私。一一的招來。〔正旦唱〕

【醋葫蘆】俺男兒氣中了。丕地倒。醒來時俺姐姐自扶着。〔帶云〕他道。海棠。員外要湯吃。你去煎來。〔唱〕**煎的一碗熱湯來又道是鹽醬少。**〔帶云〕他賺的我取鹽醬去呵。〔唱〕**誰承望閤傾着毒藥。**〔帶云〕員外纔把這湯吃不的一兩口。就死了也。相公。你試尋思波。〔唱〕**怎便登時間火焚了屍首葬在荒郊。**

〔趙令史云〕這毒藥明明是你的了。你怎麼又要强奪他孩兒。混賴他家私。有何理説。〔正旦云〕這孩兒原是我養的。相公。你只喚那收生的劉四嬸。剃胎頭的張大嫂。并鄰里街坊問時。便有分曉。〔趙令史云〕這個也説的是。左右。快去拘喚那老娘街坊來者。〔孤做票臂科〕〔祗從出喚云〕老娘街坊人等。衙門中喚你哩。〔二凈扮街坊二丑扮老娘上凈云〕常言道。得人錢財。與人消災。如今馬員外的大娘子。告下來了。喚我們做證見哩。這孩兒本不是大娘子養的。我們得過他銀子。則説是他養的。你們不要怕打。説的不明白。〔凈丑等云〕這個知道。〔做隨祗從入跪科云〕當面。〔趙令史云〕你是街坊麼。這孩兒是誰養的。〔二凈云〕那馬員外是個財主。小的每平日也不往來。五年前因他大娘子養了個兒子。小的們街坊鄰里。各人三分銀子與他賀喜。那員外也請小的每吃滿月酒。看見倒生的一個好哇哇。以後每年兒子生日。那員外同着大娘子。領了兒子到各寺院燒香去。這是一城人都看見的。也不只是小的們這幾個。〔趙令史云〕這等明明是他大娘子養的了。〔正旦云〕相公。這街坊都是他用錢買轉了的。聽不得他說話。〔二净云〕我每買不轉的。都是傾心吐膽說真實的話。若有半句說謊。你嘴上害碗大的疔瘡。〔正旦唱〕

【幺篇】現放着收生的劉四嬸。剃胎頭的張大嫂。俺孩兒未經滿月蚤問道我十數遭。今日個浪包婁到公庭混賴着您街坊每常好是不合天道。得這些口含錢直恁般使的堅牢。

〔云〕相公。則問這兩個老娘。他須知道。〔趙令史云〕兀那老娘。這個孩兒是誰養的。〔劉丑云〕我老娘收生。一日至少也收七個八個。這等年深歲久的事。那裏記得。〔趙令史云〕這孩兒只得五歲。也不爲久遠。你只說實是誰養的。〔劉丑云〕待我想來。那一日産房裏。關得黑洞洞的。也不看見人的嘴臉。但是我手裏摸去。那産門像是大娘子的。〔趙令史云〕哏。張老娘你說。〔張丑云〕這一日他家接我去與小厮剃胎頭。是大娘子抱在懷裏。則見他白鬆鬆兩隻料袋也似的大妳妳。必定是養兒子的。纔有這妳食。豈不是大娘子養的。〔正旦云〕你兩個老娘。怎麽都這般向着他也。〔唱〕

【幺篇】老娘也那收生時我將你悄促促的喚到卧房。你將我慢騰騰的扶上褥草。老娘也那剃頭時堂前香燭是誰燒。你兩個都不爲年紀老。怎麽的便這般没顛没倒。對官司不分個真假辨個清濁。〔趙令史云〕何如。兩個老娘。都説大娘子養的。可不是你强奪他的孩兒了。〔正旦云〕相公。街坊老娘。都是得過他錢買轉了的。這孩兒雖則五歲。也省的人事了。你則問我孩兒咱。〔搽旦扯倈兒云〕你説我是親娘。他是妳子。〔倈兒云〕這個是我親娘。你是我妳子。〔正旦云〕可又來。我的乖乖兒㖸。〔唱〕

【幺篇】哎兒也則你那心兒裏自想度。自暗約。見您娘苦懨懨皮肉上捱着荆條。則你那出胞胎便將人事曉。須記的您娘親三年乳抱。怎禁這桑新婦當面鬧抄抄。

〔趙令史云〕這孩子的話。也不足信。還以衆人爲主。只一個孩兒。還要强奪他的。這混賴家私。一發不消説了。你快把藥殺親夫一事招了者。〔正旦云〕這藥殺親夫。並不干我事。〔趙令史云〕這頑皮賊骨。不打不招。左右。與我採下去。着實打呀。〔祗從做打正旦發昏科〕〔搽旦云〕打的好。打的好。打殺了可不干我事。〔趙令史云〕他要詐死。左右。與我採起來。〔祗從做採科〕〔正旦做醒云〕哎喲。天那。〔唱〕

【後庭花】我則見颼颼的棍棒拷。烘烘的脊背上着撲撲的精神亂。悠悠的魂魄消。他每緊揝住我頭梢。〔祗從云〕哏。快招了者。不强似這等受苦。〔正旦唱〕則聽的耳邊廂大呼小叫。似這般惡令史肯恕饒。狠公人顯懆暴。〔趙令史云〕你招。那姦夫是誰。〔孤云〕他又不肯招。待我權認了罷。〔正旦唱〕被官司强逼着。指姦夫要下落。

【雙雁兒】我向那鬼門關尋覓到有兩三遭。您這般順人情。有甚好。則我這膿血臨身要還報。有錢的容易了。無錢的怎打熬。

〔趙令史云〕左右。再與我打着者。〔正旦云〕我也是好人家兒女。怎麼捱得這般打拷。只得屈招了罷。相公。是妾身藥殺了丈夫。強奪他孩兒。混賴他家私來。天那。兀的不屈殺我也。〔趙令史云〕我屈千屈萬。纔屈的你一個兒哩。既是招了。左右。着那張海棠畫了字。上了長枷。點兩個解子。押送開封府定罪去。〔孤云〕左右。將那新做的九斤半的大枷與他帶。〔祗從云〕理會的。〔做上枷科〕〔祗從云〕犯人上枷。〔正旦云〕天那。〔唱〕

【浪裏來煞】則您那官吏每忒狠毒。將我這百姓每忒凌虐。葫蘆提點紙將我罪名招。我這裏哭啼啼告天天又高。幾時節盼的個清官來到。〔趙令史云〕掌嘴。我這衙門裏問事。真個官清法正。件件依條律的。還有那個清官清如我老爺的。〔正旦哭科唱〕**則我這潑殘生怎熬出這個死囚牢。**〔同祗從下〕

〔趙令史云〕這事問成了也。干證人都着寧家去。原告保候。聽開封府回文發落。〔衆叩頭同下〕〔趙令史云〕我問了一日事。肚裏饑了。回家吃飯去也。〔下〕〔孤云〕這一樁雖則問成了。我想起來。我是官人。倒不由我斷。要打要放。都憑趙令史做起。我是個傻厮那。〔詩云〕今後斷事我不嗔。也不管他原告事虛真。笞杖徒流憑你問。只要得的錢財做兩分分。〔下〕

〔音釋〕罷與疲同　揝音昝　着池燒切　落音澇　從去聲　捱去聲　劬音渠　託音討　調平聲　藥

音耀　濁雖稍切　度多勞切　約音耀　懆音竈　虐音要　傻商鮓切

第三折

〔丑扮店小二上詩云〕我家賣酒十分快。乾净濟楚没人賽。茅廁邊厢埋酒缸。褲子解來做醉袋。自家是個賣酒的。在這鄭州城十里鋪上。開着個酒務兒。但是南來北往。經商客旅。都來我這店裏吃酒。我今日開開這店門。燒的這鏇鍋兒裏熱着。看有什麽人來。〔二净扮解子同正旦上〕〔正旦做跌起坐科〕〔董净云〕小子是鄭州衙門裏有名的公人。叫做董超。這個兄弟叫做薛霸。解這婦人張海棠。到開封府定罪去。嗯。兀那婦人。你也行動些兒。你看這般大風大雪哩。肚中饑餓了。有什麽盤纏使用。也拿些出來。等我們買碗酒吃。好趲路去。〔做打科〕〔正旦做起科云〕哥哥。你休打我。我是屈受罪的人。死在旦夕。那討半分盤纏送你。只望可憐見咱。〔董净云〕兀那婦人。你當初怎生藥殺親夫。混賴他孩兒來。你慢慢的説與我聽波。〔正旦云〕則我這身上罪何日開除。腹中冤向誰訴與。被他人混賴了我孩兒。更陷我毒殺夫主。吃不過吊拷绷扒。撞不着清廉官府。〔薛净云〕我兄弟兩個。曾見你半厘鏨口兒。是那個要了你銀子。説清廉不清廉。〔正旦云〕那個是見義當爲。肯憐咱這般苦楚。濕浸浸棒瘡疼痛。哽噎噎千啼萬哭。空蕩蕩那討一餐。薄怯怯衣裳藍縷。沉點點鐵鎖銅枷。軟揣揣婆娘婦女。哎。你個惡狠狠解子怎知。哥哥也。我委實的銜冤負屈。〔董净云〕便説殺冤屈。須不是我們帶累你的。教我怎生可憐你。雪越大了。行動些。

〔正旦唱〕

【黄鍾醉花陰】頭上雪何曾住半霎。摧林木狂風亂刮。我這裏躭煩惱受嗟呀。走的來力盡筋乏。又加上些膿撼撼的棒瘡發。〔薛净云〕着我們當這等苦差。還不走哩。〔做打科〕

〔正旦唱〕怎當這嘖忿忿叫吖吖。但走的慢行的遲他可便捨命的打。

〔董净云〕你當初不招也罷。誰着你招了來。〔正旦云〕哥哥。不嫌煩絮。聽我説咱。〔唱〕

【喜遷鶯】遭這場無情的官法。方信道漫漫黄沙。怎當的他家將咱苦打。逼勒得將招伏文狀押。到今日有誰來憐見咱。似這等銜冤負屈。空喫盡吊拷繃扒。

〔董净云〕兀那婦人。你打挣些。轉過這山坡去。我着你坐一會再走。〔正旦唱〕

【出隊子】蚤來到山坡直下。凍欽欽的難立扎。〔做走跌科唱〕脚稍天騰的喫個仰刺叉。

〔董净喝云〕起來。〔正旦唱〕哎。你個火性緊的哥哥厮覷暇。須是這光出律的冬凌田地滑。

〔薛净云〕千人萬人走不滑。偏是你走便滑。待我先走。若是不滑呵。我打折你這腿。〔做走跌科云〕真個這裏有些滑。〔張林上云〕自家張林的便是。在這開封府當着個衹候。今有包待制西延邊賞軍。差着我去迎接回來。好大雪也。天那。也住一住兒波。〔正旦做見科云〕這一個走的。好像俺哥哥張林。〔唱〕

【刮地風】綽見了容顏敢是他。莫不我泪眼昏花。再凝睛仔細觀瞻罷。却原來正是無差。我這裏挺一挺聳着肩胛。擺一擺摩着腰胯。緊待趕更那堪帶鎖披枷。〔張林做看見云〕這一個帶鎖披枷的婦人。是那裏解將來的。〔正旦叫云〕哥哥。〔唱〕哥哥也。且住咱。將妹子怎生提拔。〔叫云〕哥哥。〔唱〕你是個洛伽山觀世的活菩薩。這裏不顯出救人心待怎麽。

〔叫云〕哥哥。救你妹子咱。〔張林云〕你是誰。〔正旦云〕我是你妹子海棠。〔張林做打推科云〕這潑娼根。那一日謝你好賫發我也。〔做走科〕〔正旦做哭趕科唱〕

【四門子】我道他爲甚的聲聲把我娼根駡。似這等無明火難按納。却原來正是他。見了咱。思量起在前讎恨殺。正是他。見了咱。不鄧鄧嗔生怒發。

〔張走正旦趕上做扯衣服張林做捽科正旦叫云〕哥哥也。〔唱〕

【古水仙子】他他他不認咱。我我我捨性命向前趕上他。恰恰恰待扯住他衣服。〔董浄做扯正旦髮科云〕被這婦人定害殺人也。〔正旦唱〕早早早又被揪撏了頭髮。〔張林云〕潑娼根放手。〔正旦唱〕告告告狠爹爹寧耐吵。來來來聽妹子細説根芽。〔張林云〕你這潑娼根。你早知今日。當初那衣服頭面。把些兒與我做盤纏不得。〔正旦唱〕他他他坑殺人機謀狡猾。你你你是將我這頭面金釵插。我我我因此上受波查。

〔云〕哥哥。你妹子這場天來大禍。都在這衣服頭面上起的。你妹子當初不敢便將衣服頭面。與你做盤纏使用。也則怕那婦人來。豈知他教我解下來與哥哥將的去。待員外回時。却說我養着姦夫。將衣服頭面。都送他去了。氣的員外成了病。又將毒藥闇地謀死。倒把你妹子拖到官司。問了個藥殺親夫。混賴孩兒的罪名。天那。可憐冤屈殺人也。〔張林云〕這衣服頭面是誰的。〔正旦云〕是你妹子的。〔張林云〕是你的。這歹弟子孩兒説道是他爺娘陪嫁的。這等我錯怪了你。前面有所酒店。我和你且吃鍾酒去來。〔同解子到酒店科云〕賣酒的將酒來。〔丑扮店保上云〕有有有。請裏面坐。〔張林云〕兀那解子。我是開封府五衙都首領。叫做張林。這個就是我的親妹子。我如今也接包待制回去。你一路上與我好生看覷咱。〔董净云〕哥哥不勞分付。只要到府時。早些打發我批迴。〔張林云〕這個容易。妹子。那個婦人。我只道他賢慧。却原來有這般狠毒。你可怎生放得下他。〔正旦唱〕

【古寨兒令】那婆娘面子花花。你則道所事賢達。搬調的男兒問咱家。他便逞俐齒。弄伶牙。對面説三般話。

【古神仗兒】他道我將男兒藥殺。又道我將家私來盡把。又道我要混賴他孩兒。拖我去州衙中告發。也不管難捱難熬。只一味屈敲屈打。活斷送在劍頭刀下。這的是誰做就死冤家。哎。都是那攬蛆扒。

〔云〕哥哥。你在這裏。我要見風去也。〔下〕〔趙令史同搽旦上云〕自家趙令史的便是。如今將張海棠解上開封府去。我想那海棠。又無什麽親人討命。不若到路上結果了他。何等乾浄。因此特特揀兩個能事的公人董超薛霸解去。起身時節。每人與了五兩銀子。教他不必遠去。只在僻静處所。便好下手。怎麽不見來回話。事有可疑。只得和大嫂親自打聽一遭去來。〔搽旦云〕這等雪天。走了這一會。好生寒冷。我們且到酒店中買碗酒吃。煖煖寒再走。〔趙令史云〕大嫂説的是。〔做進店正旦見科云〕好也。他同姦夫趕到這裏。待我對哥哥説來。〔唱〕

【節節高】這婆娘好生心狠。好生膽大。相趕到這裏。要乾罷如何乾罷。〔云〕哥哥。姦夫姦婦。都在這店裏。喒和你拿他去來。〔張林云〕兄弟。你撮哺着。我拿那姦夫姦婦去也。〔正旦唱〕忙出去。休驚散。快捉拿。這的是誰風情誰當罪法。

〔張林同正旦出捉科〕〔二浄做攞手令走科〕〔正旦扯住搽旦科〕〔搽旦迸脱同趙令史走科〕〔正旦唱〕

【掛金索】我這裏揝住衣服。則被他撇撒我階直下。因此上走了婆娘。空做一場話。枉着我哥哥。氣力有天來大。只恨那攞手的公人。倒説道放了姦夫罷。

〔張林云〕兀那解子。你這精驢禽獸。你和他一衙門中人。你攞着手教他走了。我是開封府五衙都首領。就打你一頓。怕你告了我來。〔做打科〕〔董浄云〕你是上司弓兵打得我。這婦人恰是我管的囚人。我可打得他。〔做打正旦科〕〔正旦唱〕

【尾聲】他是奉命官差將我緊監押。不争你途路上兩下争差。〔張林揪董浄髮科〕〔董浄揪正旦髮科〕〔正旦唱〕把我個病懨懨的罪囚没亂殺。

〔酒保攔住科云〕你們還了酒錢去。〔薛净云〕哇。有什麽酒錢還你。〔踢倒科同下〕〔酒保云〕你看我這悔氣。今日在店門首等了半日。等得三四個人來買酒吃。不知爲何打將起來。把兩個好主兒。也打了去。一文錢也不曾賣的。我如今也不開這酒店。另尋個買賣做罷。〔詩云〕這椿營生不爽快。常常被人欠酒債。我今放倒望竿關上門。不如去吊水鷄也有現錢賣。〔下〕

〔音釋〕濟上聲　醡音詐　塹才敢切　哭音苦　屈丘雨切　霎雙鮓切　刮音寡　乏扶加切　撼含去聲　發方雅切　法方雅切　押羊架切　綳音崩　扎莊灑切　剌音辣　嘏音呀　滑呼佳切　胛江雅切　拔邦加切　伽音茄　納囊亞切　殺雙鮓切　撏詞纖切　髮方雅切　啰音沙　猾呼佳切　插抽鮓切　達當加切　直征移切

第四折

〔冲末扮包待制引丑張千祇候上〕〔張千喝云〕喏。在衙人馬平安擡書案。〔包待制詩云〕當年親奉帝王差。手攬金牌勢劍來。盡道南衙追命府。不須東岳嚇魂臺。老夫姓包名拯。字希文。乃廬州金斗郡四望鄉老兒村人氏。爲老夫立心清正。持操堅剛。每皇皇於國家。恥營營於財利。唯與忠孝之人交接。不共讒佞之士往還。謝聖恩可憐。官拜龍圖待制天章閣學士。正授南衙開封府府尹之職。敕賜勢劍金牌。體察濫官污吏。與百姓伸冤理枉。容老夫先斬後奏。以此權豪勢要之家。聞老夫之名。盡皆斂手。兇暴姦邪之輩。見老夫之影。無不寒心。界牌外結繩爲欄。屏墻邊畫地成獄。官僚整肅。戒石上鎸御製一通。人從森嚴。廳階下書低聲二字。緑槐陰裏。列二十四面鵲尾長枷。慈政堂前。擺數百餘根狼牙大棍。〔詩云〕黄堂盡日無塵到。唯有槐陰侵甬道。外人誰敢擅喧譁。便是烏鵲過時不啅噪。老夫昨日見鄭州申文。説一婦人唤做張海棠。因姦藥死丈夫。强奪正妻所生之子。混賴家私。此係十惡大罪。决不待時的。我老夫想來。藥死丈夫。惡婦人也。常有這事。只是强奪正妻所生之子。是兒子怎麽好强奪的。况姦夫又無指實。恐其中或有冤枉。老夫已暗地着人吊取原告。并干證人等到來。以憑覆勘。這也是老夫公平的去處。張千。擡聽審牌出去。各州縣解到人犯。着他以次過來。待老夫定罪咱。〔正旦同解子張林上〕〔張林云〕妹子。你到官中。少不得問你。只要説的冤枉。這包待制就將前案與你翻了。若説不過時。你可努嘴兒。我幫你説。〔正旦云〕我這冤枉。今日不訴。更待何日也。〔董净云〕待制爺爺陞廳久了。須要趕牌解到。快進去。〔正旦唱〕

【雙調新水令】則我這腹中冤枉有誰知。剛餘的哭啼啼兩行情淚。恨當初見不蚤。到今日悔何遲。他將我後擁前推。何曾道暫歇氣。

〔張林云〕妹子。這是開封府前了。待我先進。你隨解子入來。這包待制是一輪明鏡。懸在上面。問的事就如親見一般。你只大着膽自辯去。〔正旦云〕哥哥。〔唱〕

【步步嬌】你道他是高懸明鏡南衙内。拚的個訴根由直把冤情洗。我可也怕甚的。則爲帶鎖披枷有話難支對。萬一個達不着大人機。哥哥也你須是搭救你親生妹。

〔張林做先進科〕〔正旦同二净跪見科〕〔董净云〕鄭州起解女囚一名張海棠解到。〔張千云〕刑案司吏。與解子批文。打發回去。〔包待制云〕留下在這裏。待審過了。發批回去。〔張千云〕理會的。〔包待制云〕張海棠。你怎麼因姦。藥殺丈夫。强奪正妻所生之子。混賴他家私。你逐一從頭訴與老夫聽咱。〔正旦做努嘴看張林科〕〔張林云〕妹子。你説麼。嗨。他出胞胎可曾見這等官府來。我替你説罷。〔跪云〕禀爺。這張海棠是個軟弱婦人。並不敢藥殺丈夫。做這般歹勾當哩。〔包待制云〕你是我衙門裏祗候人。怎麼替犯人禀事。好打。〔張林起科〕〔包待制云〕兀那婦人。你説那詞因來。〔正旦再努嘴科〕〔張林跪云〕禀爺。這張海棠並無姦夫。他不曾藥殺丈夫。也不曾强奪孩兒。也不曾混賴家私。都是他大渾家養下姦夫趙令史。告官時又是趙令史掌案。委實是屈打成招的。〔包待制云〕兀那厮。誰問你來。張千。拿下去。與我打三十者。〔張千拿張林打科〕〔張林叩頭云〕這張海棠是小的親妹子。他從來不曾見大官府。恐怕他懼怯。説不出真情來。小的替他代訴。〔包待制云〕可知道爲兄妹之情。兩次三番。在公廳上胡言亂語的。若不是呵。就把銅鍘來切了這個驢頭。兀那婦人。你只備細的説那實話。老夫與你做主。〔正旦云〕爺爺阿。〔唱〕

【喬牌兒】妾身在廳階下忙跪膝。傳台旨問詳細。怎當這虎狼般惡狠狠排公吏。爺爺也你聽我一星星説就裏。

〔包待制云〕兀那張海棠。你原是什麼人家的女子。嫁與馬均卿爲妾來。〔正旦唱〕

【甜水令】妾身是柳陌花街。送舊迎新。舞姬歌妓。〔包待制云〕哦。你是個妓女。那馬均卿也待的你好麼。〔正旦唱〕與馬均卿心厮愛做夫妻。〔包待制云〕這張林說是你的哥哥。是麼。〔張林云〕張海棠是小的妹子。〔正旦唱〕俺哥哥只爲一載之前。少喫無穿。向我求覓。〔包待制云〕這等你可與他些甚的盤纏麼。〔正旦唱〕是是他將去了我這頭面衣袂。〔張林叩頭云〕小的買窩銀子。就是這頭面衣服倒换的。〔包待制云〕難道你丈夫不問你這頭面衣服。到那裏去了。〔正旦云〕爺爺。俺員外曾問來。就是這大渾家攛掇我與了哥哥將的去。却又對員外說我背地送了姦夫。教員外怎的不氣死也。〔唱〕

【折桂令】氣的個親男兒唱叫揚疾。〔包待制云〕既是他氣殺丈夫。怎生又告官來。〔正旦唱〕没揣的告府經官。喫了些六問三推。〔包待制云〕你夫主死了。那强奪孩兒。又怎麼說。〔正旦唱〕一壁厢夫主身亡。更待教生各札子母分離。〔包待制云〕這孩兒說是那婦人養的哩。〔正旦唱〕信着他歹心腸千般妬嫉。〔包待制云〕那街坊老娘。都說是他的。〔正旦唱〕他買下了衆街坊。所事兒依隨。〔包待制云〕難道官吏每再不問個虚實。〔正旦唱〕官吏每更不問一個誰是誰非。誰信誰欺。〔包待制云〕你既是這等。也不該便招認了。〔正旦唱〕妾身本不待點紙招承。也則是喫不過這棍棒臨逼。

〔包待制云〕那鄭州官吏。可怎生臨逼你來。〔正旦唱〕

【雁兒落】怎當他官不威牙爪威。也不問誰有罪誰無罪。早則是公堂上有對頭。更夾着這祗候人無巴壁。

【得勝令】呀。廳階下一聲叫似一聲雷。我脊梁上一杖子起一層皮。這壁廂喫打的難捱痛。那壁廂使錢的可也不受虧。打的我昏迷。一下下骨節都敲碎。行杖的心齊。一個個腕頭有氣力。

〔張千稟云〕鄭州續解聽審人犯。一起解到。〔包待制云〕着他過來。〔搽旦倈兒并街坊老娘入跪科〕〔張千云〕當面。〔包待制云〕兀那婦人。這孩兒是誰養的。〔搽旦云〕是小婦人養的。〔包待制云〕兀那街坊老娘。這孩兒是誰養的。〔衆云〕委實大娘子養的。〔包待制云〕此一樁則除是恁般。喚張林上來。〔做票臂張林做出科下〕〔包待制云〕張千。取石灰來。在階下畫個闌兒。着這孩兒在闌内。着他兩個婦人。拽這孩兒出灰闌外來。若是他親養的孩兒。便拽得出來。不是他親養的孩兒。便拽不出來。〔張千云〕理會的。〔做畫灰闌看倈兒跕科〕〔搽旦做拽倈兒出闌科〕〔正旦拽不出科〕〔包待制云〕可知道不是他所生的孩兒。就拽不出灰闌外來。張千。與我採那張海棠下去。打着者。〔張千做打正旦科〕〔包待制云〕着兩個婦人。再拽那孩兒者。〔搽旦做拽倈兒出科〕〔正旦拽不出科〕〔包待制云〕兀那婦人。我看你兩次三番。不用一些氣力拽那孩兒。張千。選大棒子與我打着。〔正旦云〕望爺爺息雷霆之怒。罷虎狼之威。妾身自嫁馬員外。生下這孩兒。十月懷胎。三年乳哺。嚥苦吐甜。煨乾避濕。不知受了多少辛苦。方纔擡舉的他五歲。不争爲這孩兒。兩家硬奪。中間必有損傷。孩兒幼小。倘或扭折他肐膊。爺爺就打死婦人。也不敢用力拽他出這灰闌

外來。只望爺爺可憐見咱。〔唱〕

【掛玉鈎】則這個有疼熱親娘怎下得。〔帶云〕爺爺。你試覷波。〔唱〕孩兒也這臂膊似麻稭細。他是個無情分堯婆管甚的。你可怎生來參不透其中意。他使着僥倖心。咱受着腌臢氣。不爭俺兩硬相奪。使孩兒損骨傷肌。

〔包待制云〕律意雖遠。人情可推。古人有言。視其所以。觀其所由。察其所安。人焉廋哉。人焉廋哉。你看這一個灰闌。倒也包藏着十分利害。那婦人本意要圖佔馬均卿的家私。所以要强奪這孩兒。豈知其中真假。早已不辯自明了也。〔詩云〕本爲家私賴子孫。灰闌辯出假和真。外相温柔心毒狠。親者原來則是親。我已着張林拘那姦夫去了。怎生這蚤晚還不到來。〔張林拿趙令史上跪科云〕喏。稟爺。趙令史拿到了也。〔包待制云〕兀那趙令史。取得這等好公案。你把這因姦藥殺馬均卿。强奪孩兒。混賴家私。并買囑街坊老娘。扶同硬證。一樁樁與我從實招來。〔趙令史云〕哎喲。小的做個吏典。是衙門裏人。豈不知法度。都是州官。原叫做蘇模稜。他手裏問成的。小的無過是大拇指頭撓癢。隨上隨下。取的一紙供狀。便有些什麽違錯。也不干吏典之事。〔包待制云〕我不問你供狀違錯。只要問你那因姦藥殺馬均卿。可是你來。〔趙令史云〕難道老爺不看見的。那個婦人滿面都是抹粉的。若洗下了這粉。成個什麽嘴臉。丢在路上。也没人要。小的怎肯去與他通姦。做這等勾當。〔搽旦云〕你背後常説我似觀音一般。今日却打落的我成不得個人。這樣欺心的。〔張林云〕昨日大雪裏。趙令史和大渾家。趕到路上來。與兩個解子打話。豈不是姦夫。只審這兩個解子。便見分曉。〔董浄云〕早連我兩個都攀下來了也。〔包待制云〕張千。採趙令史下去。選大棒子打着者。〔張千云〕理會的。〔做打趙令史科〕〔正旦唱〕

【慶宣和】你只想馬大渾家做永遠妻。送的我有去無歸。既不吵你兩個趕到中途有何意。喒與你對嘴。對嘴。

〔趙令史做死科〕〔包待制云〕他敢詐死。張千。採起來。噴些水者。〔張千噴水醒科〕〔包待制云〕快招上來。〔趙令史云〕小的與那婦人往來。已非一日。依條例也只問的個和姦。不至死罪。這毒藥的事。雖是小的去買的藥。實不出小的本意。都是那婦人自把毒藥放在湯裏。藥死了丈夫。這强奪孩兒的事。當初小的就道。别人養的不要他罷。也是那婦人說。奪過孩兒來。好圖他家緣家計。小的是個窮吏。没銀子使的。買轉街坊老娘。也是那婦人來買。囑解子要路上謀死海棠。也是那婦人來。〔搽旦云〕呸。你這活教化頭。蚤招了也。教我說個甚的。都是我來。都是我來。除死無大災。拚的殺了我兩個在黄泉下。做永遠夫妻。可不好那。〔包待制云〕一行人聽我下斷。鄭州太守蘇順。刑名違錯。革去冠帶爲民。永不叙用。街坊老娘人等。不合接受買告財物。當廳硬證。各杖八十。流三百里。董超薛霸。依在官人役。不合有事受財。比常人加一等。杖一百。發遠惡地面充軍。姦夫姦婦。不合用毒藥謀死馬均卿。强奪孩兒。混賴家計。擬凌遲。押付市曹。各剮一百二十刀處死。所有家財。都付張海棠執業。孩兒壽郎。攜歸撫養。張林着與妹同居。免其差役。〔詞云〕只爲趙令史賣俏行姦。張海棠負屈銜冤。是老夫灰闌爲記。判斷出情理昭然。受

財人各加流竄。其首惡斬首階前。賴張林拔刀相助。纔得他子母團圓。〔正旦同張林叩頭科唱〕

【水仙子】街坊也却不道您吐膽傾心説真實。老娘也却不道您歲久年深記不得。孔目也却不道您官清法正依條例。姐姐也却不道您是第一個賢慧的。今日就開封府審問出因依。這幾個流竄在邊荒地。這兩個受刑在鬧市裏。爺爺也這灰闌記傳揚得四海皆知。

〔音釋〕甬音勇　啅音琢　膝喪擠切　覓忙閉切　疾精妻切　逼兵迷切　壁音彼　力音利　得亨美切　稽音皆　的音底　廋音搜　實繩知切

題目　張海棠屈下開封府

正名　包待制智勘灰闌記

崔府君斷冤家債主雜劇

楔子

〔冲末扮崔子玉上詩云〕天地神人鬼五仙。盡從規矩定方圓。逆則路路生顛倒。順則頭頭身外玄。自家晋州人氏。姓崔名子玉。世人但知我滿腹文章。是當代一箇學者。却不知我秉性忠直。半點無私。以此奉上帝敕旨。屢屢判斷陰府之事。果然善有善報。惡有惡報。如同影響。分毫不錯。真可畏也。我有一箇結義兄弟。叫做張善友。平日儘肯看經念佛。修行辦道。我曾勸他早些出家。免墮塵障。争奈他妻財子禄。一時難斷。如何是好。〔歎科云〕嗨。這也何足怪他。便是我那功名兩字。也還未能忘情。如今待上朝取應去。不免到善友宅上。與他作别走一遭。正是勸人出世偏知易。自到臨頭始覺難。〔下〕〔正末扮張善友同老旦扮卜兒上云〕自家姓張。是張善友。祖居晋州古城縣居住。渾家李氏。俺有箇八拜交的哥哥是崔子玉。他要上朝進取功名。説在這幾日間。過來與我作别。天色已晚。想是他不來了也。渾家。你且收拾歇息者。〔卜兒云〕是天色晚了。俺關了門户。自去歇息咱。〔做睡科〕〔净扮趙廷玉上詩云〕釜有蛛絲甑有塵。晋州貧者獨吾貧。腹中曉盡世間事。命裏不如天下人。自家姓趙。雙名廷玉。母親亡逝已過。我無錢殯埋。罷罷罷。我是箇男子漢家。也則出於無奈。學做些兒賊。白日裏看下這一家人家。晚間偷他些錢鈔。埋葬我母親。也表我一點孝心。天阿。我幾曾慣做那賊來。也是我出於無奈。我今日在那賣石灰處。拿了他一把兒石灰。你説要這石灰做甚麽。晚間掘開那墻。撒下些石灰。若那人家不驚覺便罷。若驚覺呵叫道拏賊。我望着這石灰道上飛跑。天阿。我幾曾慣做那賊來。我今日在蒸作鋪門首過。拿了他一箇蒸餅。你説要這蒸餅做甚麽。我尋了些亂頭髮折針兒。放在這蒸餅裏面。有那狗叫。丢與他蒸餅吃。簽了他口叫不的。天阿。我幾曾慣做那賊來。來到這墻邊也。隨身帶着這刀子。將這墻上剜一箇大窟籠。我入的這墻來。（做撒石灰科云）我撒下這石灰。（做瞧科云）關着這門哩。隨身帶着這油罐兒。我把些油傾在這門柏裏。開門呵便不聽的響。天呵。我幾曾慣做那賊來。（内云）你是賊的公公哩。（趙做聽科）（正末云）渾家。試問你咱。我一生苦挣的那五箇銀子。你放在那裏。（卜兒云）我放在牀底下金剛腿兒裏。你休問。則怕有人聽的。（正末云）渾家。你説的是。喒歇息咱。（趙做偷銀子出門科云）我偷了他這五箇銀子。不知這家兒姓甚麽。今生今世。還不的他。那生那世。做驢做馬填還你。（做叫科云）有賊。地方快起來拏賊呀。（下）（正末驚科云）渾家。兀的不有賊來。你看那箱籠咱。（卜兒云）箱籠都有。（正末云）看喒那銀子咱。（卜兒做看科云）呀。不見了銀子。可怎了也。（正末云）我説甚麽來。天色明了也。且不要大驚小怪的。悄悄裏去緝訪賊人便了。（外扮和尚上詩云）積水養魚終不釣。深山放鹿願長生。掃地恐傷螻蟻命。爲惜飛蛾紗罩燈。貧僧是五臺山僧人。爲因佛殿崩摧。下山來抄化了這十箇銀子。無處寄放。此處有一箇長者。是張善友。我將這銀子寄與他家去。這是他門首。善友在家麽。〔正末云〕誰喚門哩。我試去看咱。〔做見科云〕師父從那裏來。〔和尚云〕我是五臺山僧人。抄化的十箇銀子。一向聞知長者好善。特來寄放你家。待别處討了布施。便來取也。〔做交砌末科〕〔正末云〕寄下不妨。請師父吃了齋去。〔和尚云〕不必吃齋。我化布施去也。〔下〕〔正末云〕渾家。替師父收了這銀子。〔卜兒云〕我知道。〔背云〕我今日不見了一頭錢物。這和尚可送將十箇銀子來。我自有分曉。〔正末云〕渾家。恰纔那師父寄的銀子。與他收的牢着。我今日到東岳聖帝廟裏燒香去。倘或我不在家。那和尚來取這銀子。渾家。有我無我。你便與他去。他若要齋吃。你就整理些蔬菜。齋他一齋。也是你的功德。〔卜兒云〕我知道。〔正末云〕我燒香去也。〔下〕〔卜兒云〕豈不是造化。我不見了五箇。這和尚倒送了十箇。張善友也不在家。那和尚不來取便罷。若來呵。我至死也要賴了他的。那怕他就告了我來。〔和尚上云〕貧僧抄化了也。我可去張善友家中。取了銀子回五臺山去。張善友在家麽。〔卜兒云〕敢是那和尚來了也。我出去看咱。師父那裏去來。〔和尚云〕善友在家麽。〔卜兒云〕俺家裏無甚麽善友。你來怎的。〔和尚云〕我恰纔寄下十箇銀子。特來取去。〔卜兒云〕這箇師父。你敢錯認了也。俺家裏幾時見你甚麽銀子來。〔和尚云〕我早起寄在你家。大嫂。你怎麽要賴我的。〔卜兒云〕我若見你的呵。我眼中出血。我若賴了你的呵。我墮十八重地獄。〔和尚云〕大嫂你聽者。我是十方抄化來的布施。我要修理佛殿。寄在你家裏。你怎麽要賴我的。你今生今世賴了我這十箇銀子。到那生那世少不得填還我。你聽者。我本爲修因化得十錠銀。我着你念彼觀音力。久已後還着與本人。哎喲。這一會兒害起急心疼來。我且尋太醫調理去也。〔下〕〔卜兒云〕和尚去了也。等善友來家呵。我則説還了他銀子。善友敢待來也。〔正末上云〕渾家。我燒香回來也。那和尚曾來取銀子麽。〔卜兒云〕剛你去了。那和尚就來取。我兩手交付與他去了。〔正末云〕既是還了他呵。好好好。渾家。安排下茶飯。則怕俺崔子玉哥哥來。〔崔子玉上云〕轉過隅頭。抹過裏角。可早來到張家了。善友兄弟在家麽。〔正末出云〕哥哥請家裏來。〔做見科崔子玉云〕兄弟。我覷你面色。敢是破了些財。〔正末云〕雖然破了些。也不打緊。〔崔子玉云〕你媳婦兒氣色。倒像得些外財的。〔卜兒云〕有甚麽外財那。〔崔子玉云〕兄弟。我今日要上朝求官應舉去。一徑的與你作別來。〔正末云〕哥哥。兄弟有一壺水酒。就與哥哥餞行。到城外去來。〔做同行科云〕渾家。斟過酒來。送哥哥一杯。〔做送酒崔子玉回酒科云〕兄弟。我和你此一別。又不知幾年得會。我有幾句言語。勸諫兄弟。你試聽者。〔詩云〕得失榮枯總在天。機關用盡也徒然。人心不足蛇吞象。世事到頭螳捕蟬。無藥可延卿相壽。有錢難買子孫賢。甘貧守分隨緣過。便是逍遥自在仙。〔正末云〕多承哥哥勸戒。只是你兄弟善緣淺薄。出不得家。也有幾句兒言語。誦與哥哥聽。〔詞云〕也不戀北疃南主。也不戀高堂邃宇。但容膝便是身安。目下保寸男尺女。冷時穿一領布袍。饑時餐二盂粳粥。除此外別無狂圖。張善友平生願足。〔唱〕

【仙吕憶王孫】麤衣淡飯且淹消。養性修真常自保。貧富一般緣分了。任白髮不相饒。但得箇稚子山妻。我一世兒快活到老。〔同卜兒下〕

〔崔子玉云〕兄弟同媳婦兒回家了也。俺自登途去咱。〔詩云〕此行元不爲功名。總是塵根未得清。傳語山中修道侶。好將心寄白雲層。〔下〕

〔音釋〕甑晶去聲　阿何哥切　剜烏官切　罩嘲去聲　疃湯短切　邃音歲　粥音主　足臧取切

第一折

〔正末同卜兒净扮乞僧丑扮福僧二旦上〕〔正末云〕老夫張善友。離了晋州古城縣。搬到這福陽縣。一住三十年光景也。自從被那賊人。偷了我五箇銀子去。我這家私。火焰也似長將起來。婆婆當年得了大的箇孩兒。唤做乞僧。年三十歲也。以後又添的這廝。是第二箇。唤做福僧。年二十五歲也。這箇媳婦兒是大的孩兒的。這箇媳婦是第二箇的。這大的箇孩兒。披星帶月。早起晚眠。這家私多虧了他。老夫不知造下什麽孽來。輪到這小的箇孩兒。每日則是吃酒賭錢。不成半分兒器。兀那廝。我問你咱。恁的呵幾時是了也。〔福僧云〕父親。你孩兒幼小。正好受用。有的是錢。使了些打什麽緊。〔乞僧云〕兄弟。你怎生這等把錢鈔不着疼熱使用。可不疼殺我也。〔正末歎科云〕這都是命運裏招來的。大的箇孩兒。你不知道。聽我説與你咱。〔唱〕

【仙吕點絳唇】濁骨凡胎。遞生人海。三十載。也是我緣分合該。〔帶云〕正爲這潑家私呵。〔唱〕我也曾捱淡飲黄虀菜。

【混江龍】俺大哥一家無外。急巴巴日夜費籌劃。營辦着千般活計。積儹下萬貫貲財。

俺大哥儘半世幹家私强掙起。也是我在前生種陰德苦修來。俺大哥爲人本分。不染塵埃。衣不裁綾羅段匹。食不揀好歹安排。爹娘行十分孝順。親眷行萬事和諧。若説着這禽獸。知他是甚情懷。每日向花門柳户。舞榭歌臺。鉛華觸眼。酒肉堆頞。但行處着人駡惹人嫌。將家私可便由他使由他敗。這的是破家五鬼。不弱如横禍非災。

〔乞僧云〕父親。這家私費了我多少辛苦。積儹就的。到那兄弟手裏。多使去了。兀的不疼殺我也。〔正末云〕大哥。這家私都虧了你。兀那廝。我問你咱。你這幾時做什麼買賣來。〔福僧云〕偏我不曾做買賣。我打了一日雙陸曲的腰節骨還是疼的。你可知道我受這等苦哩。〔正末唱〕

【油葫蘆】賊也你搭手在心頭自監解。這家私端的是誰鬧闔。則你那二十年何曾道覔的半文來。你你你則待要抹着的當了拿着的賣。也不管鬆時節做了急時節債。你你你無花呵眼倦開。無酒呵頭也不擡。引着些箇潑男潑女相扶策。你你你則待每日上花臺。

〔福僧云〕父親。你孩兒趁着如此青年。受用快活。也還遲哩。〔乞僧云〕可知你受用快活。單只苦了誰也。〔正末唱〕

【天下樂】賊也這的是安樂窩中且避乖。這廝從來。會放歹。我若不官司行送了你和姓改。〔云〕我老夫還不曾道着俺婆婆便道老子。他也好囉。〔唱〕做爹的道不才。做娘的早喝采。慣的這廝千自由百自在。

〔云〕兀那廝。你曾少人的錢鈔來麽。〔福僧云〕呸。長進阿我並不曾少人錢鈔。〔凈扮雜當上云〕張二舍。你少我五百瓶的酒錢。快些拿出來還我。〔乞僧云〕父親。兄弟欠了人家酒錢。在門首討哩。〔正末云〕你説不少錢。門首有人索酒錢那。〔福僧云〕還了他便罷。打什麽不緊。〔乞僧云〕還有什麽不還了他。只虧了你。〔卜兒云〕大哥。你還了他罷。〔乞僧云〕罷罷罷。我還我還。兀的不心疼殺我也。〔做發付科〕〔雜當下〕〔丑扮雜當上云〕張二舍。你少我爺死錢。只管要我討。還不拿出來。〔乞僧云〕父親。門首討什麽爺死錢。在那裏嚷。〔正末云〕什麽爺死錢。〔福僧云〕你看。這老頭兒。這些也不懂的。父親在日。問他借了一千貫鈔。父親若死了。還他二千貫鈔。堂上一聲舉哀。堦下本利相對。這不是爺死錢。〔正末歎科云〕嗨。有這樣錢借與那廝使來。〔唱〕

【那吒令】你看這倚勢口。囉巷拽街。氣的我老業人亡魂喪魄。你看這少鈔臉。無顔落色。〔福僧云〕這也只使得自己錢。有什麽妨礙。〔正末云〕禽獸。你道是使了錢是自己的。〔唱〕怎做的自己錢。無妨礙。兀的不氣夯破我這胸懷。

【鵲踏枝】一會家上心來。怎生出這癡騃。氣的我手脚酸麻。東倒西歪。賊也你少不的破了家宅。倒不如兩下裏早早分開。

〔福僧云〕就分開了。倒也乾凈。隨我請朋友耍子。〔正末唱〕

【寄生草】你引着些幫閒漢。更和這喫劍才。你只要殺羊造酒將人待。你道是使錢撒鏝令人愛。你怎知囊空鈔盡招人怪。氣的我老業人目下一身亡。〔帶云〕我死了呵。〔唱〕恁時節可也還徹你冤家債。

〔云〕大哥。這也没奈何。你還了者。〔乞僧云〕父親。你孩兒披星帶月。做買做賣。一文不使。半文不用。怎生儹下這家私。都着他花費了也。〔卜兒云〕大哥。你還他罷。〔乞僧云〕我還我還。〔做發付科云〕還了你去罷。〔雜當云〕還了我錢。我回家去也。〔下〕〔正末云〕婆婆。趁俺兩口兒在。將這家私分開了罷。若不分開呵。久已後吃這廝凋零的無了。〔卜兒云〕老的。這家私分他怎麽。還是着大哥管的好。〔正末云〕只是分開了罷。大哥。你將應有的家私。都搬出來。和那借錢鈔的文書。也拿將出來。〔乞僧云〕理會的。〔正末云〕婆婆。家私都在這裏。三分兒分開者。〔福僧云〕分開這家私倒也好。省的絮絮聒聒的。〔卜兒云〕老的。怎生做三分兒分開。〔正末云〕他弟兄每兩分。我和你留着一分。〔卜兒云〕這也説的是。都依着你便了。〔正末唱〕

【賺煞】你待要沙暖睡鴛鴦。我則會歲寒知松柏。你將我這逆耳良言不採。這家私虧煞俺爺娘生受來。我便是釋迦佛也惱下蓮臺。想這廝不成才因此上各自分開。隨你商量做買賣。常言道山河易改。本性兒還在。我則怕你有朝福過定生災。〔同下〕

〔音釋〕長音掌　孽音揑　載上聲　分去聲　劃胡乖切　行音杭　鬧去聲　鬮音債　策釵上聲　魄鋪買切　色篩上聲　夯音享　騃音諧　宅池齋切　應平聲　柏音擺

第二折

〔崔子玉冠帶引祗候上詩云〕滿腹文章七步才。綺羅衫袖拂香埃。今生坐享皇家禄。不是讀書何處來。小官崔子玉是也。自與兄弟張善友別後。到於京都闕下。一舉狀元及第。所除磁州福陽縣令。誰想兄弟也搬在這縣中居住。聞説他大的孩兒。染了一箇病證。未知好歹若何。今日無甚事。張千。將馬來。小官親身到兄弟家中。探病走一遭去。〔詩云〕駿馬慢乘騎。兩行公吏隨。街前休喝道。跟我探親知。〔下〕〔净扮柳隆卿丑扮胡子轉上詩云〕不養蠶來不種田。全憑説謊度流年。爲甚閻王不勾我。世間刷子少我錢。小子叫做柳隆卿。這箇兄弟是胡子轉。在城有張二舍。是一箇真傻厮。俺兩箇幫着他賺些錢鈔使用。這幾日家中無盤纏。俺去茶坊裏坐下。等二舍來。有何不可。〔胡净云〕你在茶坊裏坐的。我尋那傻厮去。這早晚敢待來也。〔福僧上云〕自家張二舍。自從把家私分開了。好似那湯潑瑞雪。風捲殘雲。都使的光光蕩蕩了。如今則有俺哥哥那分家私。也吃我定害不過。俺哥哥如今染病哩。好幾日不曾見我兩箇兄弟。到茶坊裏問一聲去。〔做見二净科云〕兄弟。這幾日不見你。想殺我也。〔胡净云〕小哥。我正尋你哩。茶坊裏有柳隆卿在那裏等你。我和你去來。〔相見科〕〔福僧云〕兄弟好麽。〔柳净云〕小哥。一箇新下城的小娘子。生的十分有顏色。俺一徑的來尋你。你要了他罷。不要等別人下手。先搶去了。〔福僧云〕你去總承別人罷。我可無錢了。〔胡净云〕你哥哥那裏有的是錢。俺幫着你到那裏討去來。〔福僧云〕這等我與你去。〔同下〕〔正末引雜當上云〕自從將家私做三分兒分開了。二哥的那一分家私。早凋零的没一點兒了。大哥見二哥是親兄弟。又將他收留在家中住。不想那廝將大哥的家私。又使的無了。大哥氣的成病。一卧不起。求醫無效。服藥無靈。看看至死。教我没做擺佈。小的喒和你到佛堂中燒香去來。〔雜當云〕爹。咱就燒香去。〔正末唱〕

【商調集賢賓】自分開近併來百事有。這的是爲兒女報官囚。閃的箇老業人不存不濟。則俺這養家兒千死千休。這的是天網恢恢。果然道疎而不漏。〔帶云〕若俺大哥有些好歹呵。〔唱〕怎發付這無主意的老業人張善友。三十年一夢莊周。恰便似俞陽般服藥酒。恰便似莊子歎骷髏。

【逍遥樂】我則索仰神靈保佑。爲孩兒所事存心我怎肯等閒罷手。兒也閃的我來有國難投。忍不住兩淚交流。莫不是我前世裏燒香不到頭。我則索把神靈來禱呪。只願的滅罪消災。絶慮忘憂。

〔云〕來到這佛堂前也。我推開佛堂門。〔做跪科云〕小的每將香來。家堂菩薩。有這大的個孩兒。多虧了他早起晚眠。披星帶月。掙揣下這箇家私。今日可有病。小的箇孩兒。吃酒賭錢。不成半器。他可無病。家堂爺爺。怎生可憐見老漢。着俺大的箇孩兒。這病痊可咱。〔做拜科〕〔唱〕

【梧葉兒】小的箇兒何曾生受。他則待追朋趁友。每日家無月不登樓。大的箇兒依先如舊。常則待將無做有。巴不得敗子早回頭。〔帶云〕聖賢也。〔唱〕你怎生則揀着這箇張善友心疼處倒下手。

〔雜當報云〕爹爹。大哥發昏哩。〔正末云〕既然大哥發昏。小的跟着我看大哥去來。〔同下〕〔大旦扶乞僧同卜兒上乞僧云〕娘也。我死也。〔卜兒云〕大哥。你精細着。〔乞僧云〕我這病覷天遠入地近。眼見的無那活的人也。〔卜兒云〕孩兒。你這病。可怎生就沉重了也。〔乞僧云〕娘也。我這病你不知道。我當日在解典庫門前。適值那賣燒羊肉的走過。我見了這香噴噴的羊肉。待想一塊兒吃。我問他多少鈔一斤。他道兩貫鈔一斤。我可怎生捨的那兩貫鈔買吃。我去那羊肉上將兩隻手捏了兩把。我推嫌羊瘦。不曾買去了。我却袖那兩手肥油。到家裏盛將飯來。我就那一隻手上油㖭幾口。吃了一碗飯。我一頓吃了五碗飯。吃得飽飽兒了。我便瞌睡去。留着一隻手上油待吃晌午飯。不想我睡着了。漏着這隻手。却走將一箇狗來。把我這隻手上油都吮乾净了。則那一口氣。就氣成我病。我昨日請一箇太醫把脈。那廝也説的是。道我氣裏了食也。〔卜兒云〕孩兒既是這等起的病。你如今只不要氣。慢慢的將養。〔乞僧云〕唤的我父親來。我分付他咱。〔正末同雜當上云〕婆婆。大哥病體如何。〔乞僧云〕父親。我死也。〔正末做悲科云〕兒嚛。則被你痛殺我也。〔唱〕

【醋葫蘆】你胸脯上着艾灸。肚皮上用手揉。俺一家兒燒錢烈紙到神州。請法師唤太醫疾快走。將那俺養家兒搭救。則教我腸慌腹熱似澆油。

〔乞僧云〕父親。我顧不得你。我死也。〔做死科〕〔正末同卜兒哭科云〕兒也。你忍下的便丢了我去。教我兀的不痛殺了也。〔唱〕

【幺篇】我則見他直挺挺僵了脚手。冷冰冰禁了牙口。俺一家兒那箇不啼啼哭哭破咽喉。則俺這養家兒半生苦受。〔帶云〕天那。〔唱〕常言道好人倈不長壽。這一場煩惱怎乾休。

〔云〕婆婆。大哥死了也。將些什麽供養的來。一壁厢着人報與崔縣令知道者。〔雜當云〕理會的。〔崔子玉上云〕小官崔子玉。去看張善友的孩兒。可早來到也。張千。接了馬者。〔見科云〕呀。元來善友的孩兒死了也。兄弟你可省煩惱波。〔正末云〕哥哥。大的箇孩兒已死。眼見兄弟的老命也不久了也。〔崔子玉云〕兄弟常言道死生有命。富貴在天。這也是箇大數。且省煩惱。〔福僧同二浄上〕〔柳浄云〕小哥。説你哥哥死了。到家中看有什麽東西。你拿與俺兩箇拿着先走。〔福僧云〕説的是。你跟將我來。拿着壺瓶臺盞便走。我可無眼淚。怎麽啼哭。〔柳浄云〕我手帕角頭。都是生薑汁浸的。你拏去眼睛邊一抹。那眼淚就尿也似流將出來。〔做遞砌末福僧哭科云〕我那哥哥也。你一文不使。半文不用。可不乾死了你。我那爹也。你不偏向我那哥哥也。我那娘也。你如今只有的我一箇也。我那嫂嫂也。我那老婆也。〔做怒科云〕怎生没箇睬我的。看起來我是傻廝那。〔正末唱〕

【幺篇】只見那兩箇幫閒的花滿頭。這一箇敗家的面帶酒。你也想着一家兒披麻帶孝爲何由。故來這靈堂裏尋鬭毆。直恁般見死不救。莫不是你和他没些瓜葛没些憂。
〔云〕兀那厮。大哥死了。消受不的你奠一盞兒酒。〔福僧云〕老人家不要絮聒。等我澆奠。〔做奠酒〕〔將臺盞與净〕〔卜兒奪科云〕你將的那裏去。〔福僧推卜兒科云〕你們自去。〔柳净云〕有了東西也。俺跑跑跑。〔同胡下〕〔卜兒云〕兀的不氣殺我也。〔做死科〕〔乞僧做起叫科云〕我那臺盞也。〔正末云〕孩兒。你不死了來。〔乞僧云〕被那兩箇光棍搶了我臺盞去。我死也怎麽捨得。〔正末云〕婆婆。由他將的去罷。呀。婆婆死了也。天那。可是老漢造下什麽孽來。大的箇孩兒死了。婆婆又死了。天那。兀的不痛殺老漢也。〔崔子玉云〕兄弟少煩惱。這都是前生註定者。〔正末做悲科〕〔唱〕
【窮河西】你道死和生都是天數周。怎偏我子和娘拔著短籌。我如今備棺槨將他殯。不知我這業屍骸又著那箇收。
〔云〕下次小的每將婆婆和大哥扶在一壁厢。是兩箇棺槨。埋殯了者。〔雜當云〕理會的。〔做扶下〕〔正末悲科唱〕
【鳳鸞吟】怎不著我愁。這煩惱甚日休。天那偏是俺好夫妻不到頭。怎不著我愁。這煩惱甚日休。天那偏是俺養家兒没福留。〔崔子玉云〕兄弟。你的壽算也還遠哩。這家私便破散了些。打甚麽不緊。且省煩惱波。〔正末唱〕想人生到中年以後。這光陰不久。還望甚家緣成就。隨你便儹黄金過北斗。只落的乾生受。天那早尋箇落葉歸秋。

〔云〕老漢大的箇孩兒死了。婆婆又死了。我老漢不知造下甚麼孽來。〔崔子玉云〕兄弟。你休煩惱者。〔正末唱〕

【浪來里煞】這煩惱神不知鬼不覺。天來高地來厚。本指望一家兒相守共白頭。到如今夫妻情父子恩都做了一筆勾。落得箇自僝自僽。〔做悲科云〕天那。〔唱〕則除非向來生重把那生修。〔下〕

〔崔子玉歎科云〕嗨。誰想他大的孩兒連婆婆都亡化了。我那兄弟。還不省哩。〔詩云〕善友今年命運低。妻亡子喪兩重悲。前生注定今生業。天數難逃大限催。〔下〕

〔音釋〕傻商鮓切　盛音呈　揉音柔　僝鋤山切　僽音驟　重平聲

第三折

〔正旦扶福僧上〕〔福僧云〕哎喲。害殺我也。怎麼不見父親來。〔二旦叫云〕大娘。你與我請將父親來者。〔大旦做應請正末領雜當上云〕自從大的箇孩兒死了。婆婆又死了。家私又散盡了。如今小的箇孩兒又病的重了。教老漢好生煩惱也呵。〔唱〕

【中呂粉蝶兒】活計蕭疎。正遭逢太平時序。偏是我老不著暮景桑榆。典了庄宅。賣了田土。銷乏了幾多錢物。委實的不曾半霎兒心舒。一天愁將我這兩眉攢聚。

【醉春風】恨高似萬重山。淚多似連夜雨。眼見的兒亡妻喪又有箇病着床。老業人你暢好是苦。苦。則俺這小的箇孩兒倘有些好歹。可著我那埚兒發付。

（做見科云）二哥。你這病證如何。（福僧云）父親。我死也。（正末云）老漢則有這小的箇孩兒。可又病的重。天阿。怎生可憐見老漢。留下小的箇孩兒。送老漢歸土。可也好那。（唱）

【紅繡鞋】禱祝了千言萬語。天阿則願的小冤家百病消除。兒也便使的我片瓦根椽一文無。但存留的孩兒在。就是我護身符。又何必滿堂金纔是福。

（云）二哥。你這早晚面色不好。你有什麼遺留言語。分付我咱。（福僧云）父親。你不知道我這病。別人害的是氣蠱水蠱。我害的是米蠱。（正末云）如何是米蠱。（福僧云）若不是米蠱呵。怎生偌大一箇栲栳。父親。我顧不的你也。（做死伏科）（正末做哭科云）兒嚛。則被你痛殺我也。

（唱）

【迎仙客】還只道沉沉的卧著床褥。誰知他悠悠的赴了冥途。空把我孩兒叫道有千百句。閻君也你好狠心腸。土地也你好歹做處。閃的我鰥寡孤獨。怎下的便撇了你這爹先去。

（云）二哥也死了。下次小的每買一具棺木來。埋葬了者。（雜當云）理會的。（扶福僧下）（正末云）兩箇媳婦兒。你來。兩箇孩兒都亡了。我的婆婆又亡了。我無兒不使婦。你兩個可也有爺和娘在家裏。不如收拾了一房一卧。各自歸宗去罷。要守孝也由的你。便要嫁人也由的你。（兩旦做悲科云〕哎呀。痛殺俺也。俺妯娌二人。收拾一房一卧。且回爺娘家守孝去。男兒也。只被你痛殺我也。〔詩云〕俺妯娌命運低微。將男兒半路抛離。拚的守孤孀一世。斷不肯向他人再畫蛾眉。〔同下〕〔正末做悲科云〕兩箇孩兒死了。兩箇媳婦兒又歸宗去了。我婆婆又亡了。則撇下老業人獨自一箇。我仔細想來。不干別人事。都是這當境土地和這閻神。勾將俺婆婆和兩箇孩兒去了。我如今待告那崔縣令哥哥。着他勾將閻神土地來。我和他對證。有何不可。不免拽上這門。我首告他走一遭去。〔下〕〔崔子玉引張千祗候上〕〔詩云〕鼕鼕衙鼓響。公吏兩邊排。閻王生死殿。東岳嚇魂臺。小官崔子玉是也。今日升廳。坐起早衙。張千。喝攛廂。〔張千云〕在衙人馬平安擡書案。〔正末上跪科〕〔崔子玉云〕堦下跪着的不是張善友兄弟。你告什麽。〔正末云〕哥哥與老漢做主咱。〔崔子玉云〕是誰欺負你來。你説那詞因。我與你做主。〔正末云〕我不告別人。我告這當境土地和閻神。哥哥。你差人去勾將他來。等我問他。俺兩箇孩兒和婆婆。做下什麽罪過。他都勾的去了。〔崔子玉云〕兄弟。你差了也。這是陰府神祇。你告他怎的。〔正末起科〕〔唱〕

【白鶴子】他本是聰明正直神。掌管著壽夭存亡簿。怎不容俺夫婦到白頭。〔帶云〕我那兩箇孩兒呵。〔唱〕也著他都死因何故。

〔崔子玉云〕兄弟。陽世間的人。便好發落。他陰府神祇。我如何勾的他來。便勾了來。我也斷不的。〔正末云〕哥哥。你斷不的他。從古以來。有好幾箇人。都也斷的。怎生哥哥便斷不的。〔崔子玉云〕兄弟。那幾箇古人斷的。你試説與咱聽。〔正末唱〕

【幺篇】哎。想當日有一箇狄梁公曾斷虎。有一箇西門豹會投巫。又有箇包待制白日裏斷陽間。他也曾夜斷陰司路。

〔崔子玉云〕兄弟。我怎比得包待制。日斷陽間。夜斷陰間。你要告到别處告去。〔正末云〕俺婆婆到這年紀。便死也罷了。難道俺兩箇孩兒。留不的一箇。〔唱〕

【上小樓】俺孩兒也不曾訛言謊語。又不曾方頭不律。俺孩兒量力求財。本分隨緣。樂道閒居。閻神也有向順。土地也不胡突。可怎生將俺孩兒一時勾去。害的俺張善友牽腸割肚。

〔崔子玉云〕你兩箇孩兒和你的渾家。必然有罪犯注定該死的。你要問他。也好癡哩。〔正末云〕俺那婆婆和兩箇孩兒呵。〔唱〕

【幺篇】又不曾觸忤著那尊聖賢。踏踐了那座廟宇。又不曾毁謗神佛。冒犯天公。墮落酆都。合著俺子共母。妻共夫。一家兒完聚。〔做悲科云〕俺兩箇孩兒死了。婆婆又死了。兩箇媳婦兒也歸宗去了。〔唱〕可憐見送的俺滅門絶户。

〔做跪科云〕望哥哥與我勾將閻神土地來。我和他折證咱。〔崔子玉云〕兄弟。我纔不説來。假如陽世間人。我便斷的。這陰府神祇。我怎麽斷的他。你還不省哩。快回家中去。〔正末起科唱〕

【耍孩兒】神堂廟宇偏誰做。無過是烈士忠臣宰輔。但生情發意運機謀。早明彰報應非誣。〔云〕哥哥。這樁事你不與我斷。誰斷。〔唱〕難道陽世間官府多機變。陰府內神靈也混俗。把森羅殿都做了營生鋪。有錢的免了他輪迴六道。無錢的去受那地獄三塗。

【二煞】我如今有家私誰管顧。有錢財誰做主。我死後誰澆茶誰奠酒誰啼哭。誰安靈位誰齋七。誰駕靈車誰挂服。只幾箇忤作行送出城門去。又無那花棺彩轝。多管是蓆捲椽舁。

【煞尾】天那最苦的是清明寒食時。別人家引兒孫祭上祖。只可憐撇俺在白楊衰草空山路。有誰來墓頂上與俺重添半杯兒土。〔下〕

〔崔子玉笑云〕張善友去了也。此人雖是箇修行的。却不知他那今生報應。因此愚迷不省。且待他再來告時。我著他親見閻君。放出兩箇孩兒和那渾家。等他厮見。說知就裏。〔詩云〕方信道暗室虧心。難逃他神目如電。今日箇顯報無私。怎倒把閻君埋怨。〔下〕

〔音釋〕物音務　霎音殺　堝音窩　福音府　鰥音關　獨東盧切　妯音逐　娌音里　首去聲　祇音其　訛音娥　律音慮　突東盧切　謀音謨　俗詞疽切　哭音苦　轝音裕　舁音余

第四折

〔正末上云〕老漢張善友。昨日到俺哥哥崔子玉跟前告狀來。要勾他那土地閻神。和俺折證。怎當俺哥哥千推萬阻。只説陰府神靈。勾他不得。今日到那城隍廟裏再告狀去。有人説道。城隍也是泥塑木雕的。有甚麼靈感在那裏。你哥哥不比他人。日斷陽間。夜理陰間。還賽過那包待制。你怎麼不告去。因此只得又往這福陽縣裏。走一遭去來。〔下〕〔崔子玉引祇從上詩云〕法正天須順。官清民自安。妻賢夫禍少。子孝父心寬。我崔子玉爲何道這幾句。只因我兄弟張善友。錯怨土地閻神。屈勾了他妻兒三命。要我追攝前來。與他對證。我只説一箇斷不得。回他去了。料他今日必然又來。我自有箇主意。張千。今日坐早衙。與我把放告牌擡出去者。〔祇從云〕理會的。〔正末上云〕哥哥可憐。與兄弟做主咱。〔崔子玉云〕兄弟。你説那詞因上來。〔正末云〕我老漢張善友。一生修善。便是俺那兩箇孩兒和婆婆。都也不曾做什麼罪過。却被土地閻神。屈屈勾將去了。只望哥哥准發一紙勾頭文書。將那土地閻神。也追的他來。與老漢折證一箇明白。若是果然該受這業報。我老漢便死也得瞑目。〔崔子玉云〕兄弟。你好葫蘆提也。我昨日不曾説來。陽世間的人。我便斷的。陰府神祇。我怎麼斷的。〔正末云〕哎喲。一陣昏沉。我且暫睡咱。〔做睡科〕〔崔子玉云〕此人睡了也。我著他這一番似夢非夢。直到森羅殿前。便見端的。〔虛下〕〔鬼力上云〕張善友。閻神有勾。〔正末驚起科云〕怎生閻神有勾。我正要問那閻神去哩。〔下〕〔閻神引鬼力上詩云〕蕩蕩威靈聖敕差。休將閒事惱心懷。空中若是無神道。霹靂雷聲那裏來。吾神乃十地閻君是也。今有陽間張善友。爲兒亡妻喪。告着俺土地閻神。鬼力。與我攝將那張善友過來。〔鬼力云〕理會的。〔鬼力做拿正末上科〕行動些。〔正末唱〕

【雙調新水令】一靈兒監押見閻君。閃的我虚飄飄有家難奔。明知道空撒手。怕甚麽業隨身。託賴著陰府靈神。得見俺那陽世間的兒孫。便死也亦無恨。

【駐馬聽】想人生一剗的錢親。呆癡也豈不聞有限光陰有限的身。喒死後只落得半坵兒灰襯。這的是百年誰是百年人。都被那業錢財無日夜費精神。到如今這死屍骸雖富貴誰埋殯。活時節不肯使半文。死了也可有你那一些兒分。

〔鬼力云〕過去跪着。〔正末見跪科閻神云〕張善友。你知罪麽。〔正末云〕上聖。我張善友不知罪。〔閻神云〕你推不知。你在陽間。告著誰來。〔正末云〕我告閻神土地。他把我婆婆和兩箇孩兒。犯下甚麽罪過。都勾的去了。我因此上告他。〔閻神云〕兀那張善友。你要見你兩箇孩兒麽。〔正末云〕可知要見哩。〔閻神云〕鬼力。將他兩箇孩兒攝過來者。〔鬼力云〕理會的。〔喚乞僧福僧上〕〔正末見驚科云〕兀的不是我兩箇孩兒。大哥。你家去來。〔乞僧云〕我是你甚麽孩兒。我當初是趙廷玉。不合偷了你家五箇銀子。我如今加上幾百倍利錢。還了你家的。和你不親。不親。〔正末云〕兒也。我爲你呵。哭的我眼也昏了。你今日剗的道和我不親。兒也。你好下的也呵。〔唱〕

【沽美酒】你怎生直恁的心性狠。全無些舊情分。可便是親者如同那陌路人。只爲你哭的我行眠立盹。〔見福僧科云〕二哥。喒家去來。〔福僧云〕誰是你孩兒。〔正末云〕你是我第二的孩兒。〔福僧云〕我是你的兒。老的。你好不聰明。我前身元是五臺山和尚。你少我的來。你如今也加倍還了我的也。〔正末做歎科〕〔唱〕兩下裏將我來不倸問。

〔云〕這生忿忤逆的賊也。罷了。大哥。你也須認的我。〔唱〕

【太平令】他平日裏常只待尋争覓釁。兒也你怎的也學他背義忘恩。這忤逆賊從來生忿。你須識一箇高低遠近。〔云〕大哥。跟我家去來。〔乞僧云〕我填還了你的。俺和你不親了也。〔正末唱〕你道我不親。强親。喒須是你父親呀。好教我一言難盡。

〔閻君云〕着這兩箇速退。〔鬼力引乞僧福僧下〕〔閻君云〕你要見你那渾家麽。〔正末云〕可知要見哩。〔閻君云〕鬼力。與我開了酆都城。拿出張善友的渾家來。〔鬼力押卜兒上見科〕〔正末云〕婆婆。你爲什麽來。〔卜兒做哭科云〕老的也。我當初不合混賴了那五臺山和尚十箇銀子。我死歸冥路。教我十八層地獄。都遊徧了也。你怎生救我咱。〔正末做歎科云〕那五臺僧人的銀子。我只道還他去了。怎知賴了他的來。〔唱〕

【水仙子】常言道莫瞞天地莫瞞人。莫作瞞心與禍鄰。你如今苦也囉刀山劍嶺都遊盡。怎做的閻羅王有向順。擺列着惡鬼能神。〔卜兒云〕我受苦不過。你好生超度我咱。〔閻君云〕鬼力。還押入酆都去。〔正末唱〕纔放出森羅殿。又推入地獄門。哎喲。你暢好是下的波閻君。

〔鬼力押卜兒哭下〕〔閻君云〕張善友。你有一箇故人。你可要見麽。〔正末云〕可知要見哩。〔閻君云〕我與你去請那尊神來。與你相見咱。〔下〕〔崔子玉上〕〔正末做見科云〕何方聖者。甚處靈神。通名顯姓咱。〔崔子玉云〕張善友。休推夢裏睡裏。〔正末做覺科云〕好睡也。〔崔子玉云〕兄弟。

你適纔看見些甚麽來。〔正末云〕哥哥。你兄弟都見了也。〔唱〕

【雁兒落】我也曾有三年養育恩。爲甚的没一箇把親爺認。元來大的兒是他前生少我錢。小的兒是我今世償他本。

【得勝令】這都是我那婆婆也作業自殃身。遺累及兒孫。再休提世上無恩怨。須信道空中有鬼神。〔崔子玉云〕兄弟。你省悟了麽。〔正末云〕哥哥。張善友如今纔省悟了也。〔唱〕總不如安貧。落一箇身困心無困。這便是修因。也免的錢親人不親。

〔崔子玉云〕兄弟你直待今日。方纔省悟。可是遲了。兄弟。你聽者。聽下官從頭細數。犯天條合應受苦。則爲你奉道看經。俺兩人結爲伴侶。積攢下五箇花銀。争奈你命中没福。大孩兒他本姓趙。做賊人將銀偷去。第二箇是五臺山僧。寄銀兩在你家收取。他到來索討之時。你婆婆混賴不與。撚指過三十餘春。生二子明彰報復。大哥哥幹家做活。第二箇荒唐愚魯。百般的破敗家財。都是大孩兒填還你那債負。兩箇兒命掩黄泉。你那脚頭妻身歸地府。他都是世海他人。怎做得妻財子禄。今日箇親見了陰府閻君。纔使你張善友識破了冤家債主。〔下〕

〔音釋〕襯初艮切　盹敦上聲　釁欣去聲　去上聲　復音府　負付上聲　禄路上聲

題目　張善友告土地閻神

正名　崔府君斷冤家債主

㑳梅香騙翰林風月雜劇

鄭德輝撰

楔子

〔末扮白敏中上詩云〕黄卷青燈一腐儒。九經三史腹中居。試看金榜標名姓。養子如何不讀書。小生姓白。雙名敏中。乃白樂天之弟。本貫太原人也。五歲讀書。七歲能文。九歲貫通六經。諸子百家。無不通曉。但出詩一章。士庶遞相傳寫。皆以爲文才不在我兄樂天之下。先父是白參軍。曾與晋公裴度。征討淮西。戰經百陣。不期被賊兵圍困。晋公在鎗刀險難之中。我父親挺身赴戰。救他一命。身中六鎗。因此上與俺父親結爲生死之交。後來俺父親金鎗瘡發。晋公親來問病。對俺父親道。萬一不諱。有何遺囑。俺父親回言。别無所囑。止有一子。是白敏中。年少勤學。願相公量才提拔。某死而無憾矣。晋公泣下。對俺父親道。願將軍調護金瘡爲意。此子但勿掛懷。倘有不諱。某有一女。小字小蠻。與你令嗣敏中爲妻。就將官裏所賜玉帶一條。留與爲信。不意父親逝後。晋公亦辭世。某爲家事相羈。一向不曾去的。我如今一來進取功名。二來弔孝。將着玉帶就問親事。走一遭去。〔詩云〕收拾琴書踐路程。一鞭行色上西京。全憑玉帶爲媒證。錦片姻緣指日成。〔下〕〔老旦扮裴夫人引院公上云〕老身姓韓。乃韓文公之姊也。夫主姓裴名度。官拜晋國公之職。不幸亡逝已過。俺先夫臨危時。曾對老身説。昔日征討淮西。不期被賊兵所困。多虧步將白參軍。挺身赴戰。殺退賊兵救我。後來白參軍金瘡舉發。俺親身探病。説是將軍果如辭世。願將小女小蠻。與令嗣爲妻。就將官裏所賜玉帶爲信。後因白敏中居喪。不曾成就。我今日又病得重了。我死之後。那孩兒必然奔喪。若不來呵。等的他服滿。你便着人尋將那孩兒來。成合了這親事者。人有大恩。不可不報。你若違背了我的遺言。死不瞑目。言畢而逝。後來不想白敏中。不曾來弔喪。也不通個信息。想必路途遥遠。雲山迢遞。且慢慢的打聽那孩兒在那裏時。着人尋將他來。成合了這姻眷。老身止有這一女。年一十九歲。生的天資淑慎。沈重寡言。更兼智慧聰明。無書不覽。無詩不讀。更有一個家生女孩兒。小字樊素。年一十七歲。與小姐做伴讀書。他好生的乖覺。但是他姐姐書中之意。未解呵他先解了。那更吟詠寫染的都好。一番家使他王公大人家裏道上覆去呵。那妮子並無一句俗語。都是文談應對。内外的人。没一個不稱賞他的。因此上都喚他做㑳梅香。常記的這孩兒學言語時。舍弟韓退之。曾對老身言道。姐姐。那樊素神俊可愛。待他成人時。與您姪兒阿章做個媳婦兒罷。老身笑道。且等妮子長大着看。嗨。光陰好疾也。今日怎生不見那兩個孩兒來講書。〔正旦扮樊素同旦兒扮小蠻上〕〔旦兒云〕樊素。喒背書去來。〔正旦云〕姐姐。喒過去來。〔做見科〕〔夫人云〕孩兒。你講的是甚麼書。〔旦兒云〕您孩兒請問。孟子云。西子蒙不潔。人皆掩鼻而過之。一章。正意何如。〔夫人云〕此章大意説。人雖終身爲善。不可少有點染。人雖墮落惡道。亦可勉勵自新。這是聖賢勉人謹身與人改過的意思。〔正旦云〕敢問男女授受不親。禮也。此章正意。爲何而説。〔夫人云〕此章大意。

說士君子雖則要達權通變。亦須審己量時。不可造次。〔白敏中上云〕小生白敏中。可早來到西京也。問人來。則這個便是晉府。門裏人通報一聲。有白敏中特來拜見。〔院公報科〕〔夫人云〕正思念之間。不想孩兒來了也。〔旦兒收書科云〕既有人來。俺且迴避咱。〔夫人云〕不索迴避。着白敏中孩兒。過來厮見咱。〔院公云〕秀才請進。〔白見科云〕先相國捐館。小子禮合奔喪。爭奈路途遥遠。音信不通。老夫人不以怠慢見責。實乃萬幸。〔白拜科〕〔夫人云〕孩兒免禮。令參軍棄世。老身亦不曾弔喪。聞知足下廬墓三年。其孝至矣。〔白敏中云〕小子執喪三年。乃人子當爲。然亦不敢廢學也。〔夫人云〕大丈夫學優登仕。正宜如此。秀才請坐。〔白敏中云〕不敢。小子當執洒掃應對進退之節。安敢對太君侍坐。〔夫人云〕休得太謙。請坐。〔白敏中云〕既然老夫人賜坐。敏中豈敢固辭。告坐了。〔坐科〕〔夫人云〕兩個孩兒近前來。拜了你哥哥者。〔二旦拜科〕〔敏中還禮科〕〔夫人云〕兩個妹妹拜哥哥。何故還禮。〔白敏中云〕斷然不敢。先相國臨終。不曾言兄妹之禮。小生見將着玉帶一條爲信物哩。怎敢受禮。〔夫人云〕秀才是甚休題。兩個孩兒。且拜了你哥哥者。〔白還禮科〕〔夫人云〕將茶來。〔正旦遞茶科〕〔夫人云〕秀才不遠千里而來。則說偌大一個相國家。没一盞酒。却與一盞茶吃。秀才不知。自從相國辭世後。老身和這家下的人。都戒絶這酒。秀才休要見責。〔白敏中云〕老夫人説的是。何須用酒。况小子亦不能飲。〔夫人云〕兩個孩兒。辭了哥哥。回繡房中去者。〔旦兒背云〕不知夫人主何意。却着俺拜他做哥哥。〔正旦云〕嗨。此一遍相見。議論揖讓。真如競敵也呵。〔唱〕

【仙吕賞花時】那生他文質彬彬才有餘。和俺這相府潭潭德不孤。更怕甚文不在兹乎。合着俺三移的孟母。應對不塵俗。

【幺篇】更壓着漢宫裏尊賢曹大家。帷幔底論文董仲舒。都則是問安否意何如。往復間交談了數語。幾乎間講遍九經書。〔二旦下〕

〔白敏中云〕小生辭了老夫人。往旅店中去也。〔夫人云〕秀才。休往旅店中去。就向後花園中萬卷堂上安歇呵。可也便當。〔白敏中云〕既然老夫人垂顧。小子收拾了行裝便來也。〔下〕〔夫人云〕院公。好生收拾安歇卧處潔净者。但是合用的物件。休教缺少。飲食茶飯上。休得失節。等他安歇的停當了時。我親自探望他去。〔詩云〕静肅閨門志節真。持家教女意殷勤。先夫晋國聲名大。留得清芳萬古聞。〔下〕

〔音釋〕㑳音炒　思去聲　捐音元　俗詞疽切　家音姑

第一折

〔白敏中上詩云〕寂寞琴書冷竹牀。硯池春煖墨痕香。男兒未遂風流志。剔盡青燈苦夜長。自從昨日在緑野堂上。見了夫人。不知主何意。將親事全然不題。則説着小姐拜哥哥。被我回言道。先相國在日。並不曾言兄妹之禮。况兼小子見將着玉帶爲信物。夫人急忙回言。秀才是甚休題。則説着孩兒拜了哥哥者。我不免受了小姐的禮。我見小姐容儀。遠視而威。近視而美。端的可爲貴人之妻。老子云。不見可欲。使心不亂。信有之也。我當初不見也罷了。自見小姐之後。朝則忘餐。夜則廢寢。其心飄飄然如有所失。小子安歇在萬卷堂上。夫人相待雖厚。終非小生本願。區區豈爲餔啜而來。小生累次教人問這親事。夫人回言。終不還個明白。如之奈何。恰纔又使院公去。說小生要辭夫人。回家拜掃去。看他有甚的言語。我再做商量者。〔下〕〔旦兒上云〕好悶倦人也呵。我常記的。我父親臨命終時。對我母親說。我征淮西。被賊圍困。刃將及首。皆賴白參軍挺身殺退賊兵。救我一命。因此將女孩兒許與參軍之子白敏中爲妻。就將玉帶一條爲信。兀那時節。我纔十二三歲也。父親遺言。明白如此。在後不想白氏音問不通。以此不曾成就這親事。我前日和樊素在母親行講書。院公報道白敏中來了。我欲迴避。不知母親主何意。却着我拜他做哥哥。那生回言道。先相國存日。並不曾言兄妹之禮。母親便道。秀才是甚休題。我一見那生。眉疎目秀。容止可觀。年方弱冠。才名已遍天下。若進取功名。何所不至。好着我放心不下。此非有甚狂意。乃前程所關。况兼先人之語。銘注肺腑。萬一背却前言。俺母親有何面目見先人于九泉之下乎。近日又聽的那生。要辭夫人回家拜掃去。我仔細尋思來。不争他回家去呵。路途遥遠。關山阻隔。這親事幾時得就。我兩日前。悄悄的繡下一個香囊兒。上面有一首詩。詩中多有包含的意思。我又不敢使人送去。惟有伴我讀書的樊素。與我不離半步兒。那妮子生的聰明曉事。諸餘可愛。則是性兒飄逸些。今這事他若知道呵。便說的一家都知道了。怎生是好。這兩日樊素累累的對我說道。姐姐。後花園中看花去來。被我罵將去了。今夜點上燈。不做生活。和他講書。若得他開口呵。我便和他後花園中看花去。我將這香囊兒。撇在那生書房門首。若是那生拾得。看了這詩呵。便知道我的意思。倘別人拾了呵。我則推不知。非是我心多。豈不聞人無遠慮。必有近憂。這早晚樊素敢待來也。〔正旦上云〕妾身樊素。自從緑野堂上。和小姐在夫人行正講書中間。有白敏中到來。夫人不知主何意。使小姐拜他做哥哥。自此之後。偷視俺小姐。似乎不樂。必有所感。俺小姐是個知禮的人。未嘗出那繡房門。爲他這般呵。連我也不曾離他半步。我數次勸他後花園中看花去。他堅意的不去。如今正是三月望日。又值清明節近。恰纔院公説道。後花園中羣花爛熳。萬卉争妍。我不管怎生。勸他走一遭去。〔見旦兒科〕〔旦兒云〕樊素。你那裏去來。我正等你講書哩。〔正旦背云〕小姐剗的待要講書哩。〔旦兒云〕樊素。我想河出圖。洛出書。陰陽判而八卦生。自伏羲神農。傳至孔孟。到秦始皇坑儒焚典。其禍烈矣。魯共王壞孔子故宅。于壁中得詩書六經。以傳後世。蓋天之未喪斯文也。每覽一書。頓覺胸臆開豁。終日無倦。我是一女子。不習女工。而讀書若此。不爲癖癥乎。〔正旦云〕小姐。但開卷與聖人對面。受益多矣。〔唱〕

【仙吕點絳唇】書喪秦嬴。道絶孔聖。坑灰冷。漢代儒生。他每都撥煨燼尋蹤影。

【混江龍】孔安國傳中庸語孟。馬融集春秋祖述著左丘明。演周易關西夫子。治尚書魯國伏生。校禮記舛謞楊子雲。作毛詩箋註鄭康成。無過是闡大道發揚中正。紀善言問答詳明。咱祖父乃文林華胄。況外戚是儒業簪纓。哀先相幾乎絶嗣。使小姐振厥家聲。又何須懸頭刺股。積雪囊螢。那裏也齊家治國。顯姓揚名。但只要動天機。合天理。識天時。順天道。盡天心。知天命。寸陰是競。萬理咸精。

〔旦兒云〕我和你再講一篇書。〔正旦云〕小姐還要講書哩。小姐。恰纔樊素和老夫人去後花園中燒香。見那景物。多有好處。趁此好天良夜。不去賞玩。却不辜負了這春光。不索講書。喒遊玩去來。〔旦兒云〕聖人云。吾十有五而志于學。何況我輩乎。〔正旦背云〕似此文魔。可怎生奈何。則除是恁的。〔唱〕

【油葫蘆】小姐你罷女工留心在九大經。吾日三省。〔旦兒云〕日月逝矣。歲不我與。你爲甚麼不講書。〔正旦唱〕則他那匆匆節序又清明。這其間風光老盡芳菲景。今夜個月明閒殺鞦韆影。〔旦兒云〕樊素。你到後花園中來麼。〔正旦云〕小姐。且休説那後花園中的景致。你則聽者。〔旦兒云〕教我聽甚麼那。〔正旦唱〕你聽波杜鵑聲到耳清。聞波梨花香拂鼻馨。小姐你把看書心權作遊春興。暫離了三尺短檠燈。

〔旦兒云〕樊素。不争俺和你閒行。老夫人知道。可怎了也。〔正旦唱〕

【天下樂】這其間燕寢夫人夢未醒。〔旦兒云〕老夫人着你伴我讀書。你倒搬逗我廢學。〔正旦云〕若老夫人知道呵。我便道不干小姐事。都是樊素來。〔唱〕樊素到天明。親負荆。〔帶云〕樊素搬逗小姐廢學。〔唱〕比着那終南山割席學管寧。〔旦兒云〕不知你主何意。這早晚只往後花園中去那。〔正旦唱〕不是我主意兒別。啜賺的你早晚行。〔云〕豈不聞春宵一刻值千金。〔唱〕你休辜負了鶯花三月景。

〔旦兒云〕恁的呵。我依着你走一遭去。這事都是你承當。今夜覺有些春寒。等我再添件衣服。你引的我去。〔正旦云〕喒一同去來。〔同下〕〔白敏中上詩云〕半似明珠半似花。翠翹雲鬢總堪誇。自從識得嬌柔面。魂夢悠悠會楚峽。小生白敏中是也。自從前日。見了小姐一面。恰便似玉天仙的容貌。西施女的妖嬈。着小生這兩日眠思夢想。茶不茶。飯不飯。老夫人絶然不題這門親事。今夜晚間。月朗風清。小生比及在這書房中悶坐。我將過這琴來撫一曲咱。琴也。我哀告你咱。想我與足下湖海相隨數載。我今撫一曲。都在你個仙人肩。玉女腰。蛇腹斷紋。嶧陽焦尾。金徽玉軫。七條冰絃之上。天那。怎生借一陣順風兒。將我這琴聲。吹入俺那玉糊成粉捏就的小姐耳朵裏面去。將你這琴高閣起。四時祭祀。不敢有失。謹當下拜。〔撫琴科云〕我撫一曲咱。〔正旦上云〕小姐。喒悄悄的行將去。〔旦兒云〕樊素。休要大驚小怪的。俺捏住這玉珮。慢慢的行將去。

〔正旦唱〕

【那吒令】搖玎玲玉聲。蹴金蓮步輕。蹴金蓮步輕。踏蒼苔月明。踏蒼苔月明。浸凌波襪冷。〔云〕小姐。你看花紅似錦。柳緑如烟。端的是好春光也。〔旦兒云〕是好景致也。〔正旦唱〕九十日春意濃。千金價春宵永。端的個樂事難併。

〔云〕看了這桃紅柳緑。是好春光也呵。〔唱〕

【鵲踏枝】花共柳笑相迎。風與月更多情。醖釀出嫩緑嬌紅。淡白深青。對如此良辰美景。可知道動騷人風調才情。

〔云〕小姐。樊素見這美景良辰。偶成數句。幸勿笑咱。〔旦兒云〕願聞。〔正旦唱〕

【寄生草】此景翰林才吟難盡。丹青筆畫不成。覷海棠風錦機摇動鮫綃冷。芳草烟翠紗籠罩玻璃净。垂楊露緑絲穿透珍珠迸。池中星有如那玉盤亂撒水晶丸。松梢月恰便似蒼龍捧出軒轅鏡。

〔白彈琴科〕〔旦兒云〕樊素。那裏這般琴聲響亮。〔正旦云〕必然是白敏中那生撫琴哩。〔旦兒云〕樊素。他這琴中彈的是何調也。〔正旦云〕喈悄悄的向那窗兒外聽去。〔白敏中云〕對此佳景。我作歌一首。〔歌曰〕月明涓涓兮夜色澄。風露凄凄兮隔幽庭。美人不見兮牽我情。鱗鴻杳杳兮信難憑。腸欲斷兮愁越增。曲未成兮淚如傾。故鄉千里兮身飄零。安得于飛兮離恨平。〔旦兒聽科云〕這生作的詞。好傷感人也。〔正旦唱〕

【幺篇】他曲未終腸先斷。〔帶云〕連我也傷感起來。〔唱〕俺耳纔聞愁越增。一程程捱入相思境。一聲聲總是相思令。一星星盡訴相思病。不争向琴操中單訴着你飄零。可不道腮兒外更有個人孤另。

〔白又彈科〕〔歌云〕孤鳳求凰兮空哀鳴。離凰何處兮聞此情。〔正旦云〕你别彈一曲也罷呵。〔唱〕

【六幺序】則管裏泣孤鳳琴中語。怨離凰指下生。〔云〕小姐。喒回去來。〔旦兒云〕樊素。你慌做甚麼。〔正旦唱〕這公他也不是個老實先生。〔做驚科云〕小姐。兀的不有人來也。〔旦兒云〕人那裏來。〔正旦唱〕踈刺刺竹弄寒聲。撲簌簌花墜殘英。忒楞楞宿鳥飛騰。〔做聽科唱〕聽沉了半晌空傒倖。静無人悄悄冥冥。〔旦兒云〕樊素。做甚麼大驚小怪的。那得人來。你好踈狂也。〔正旦唱〕不是我心憍怯。非是我踈狂性。〔笑科云〕呵呵呵。倒着我笑了一回。〔旦兒云〕樊素。你笑怎麼。〔正旦唱〕恰纔嗤的失笑。喑的吞聲。

〔白敏中云〕這牕外恰便似有人說話。莫不是聽琴的麼。我開開這書房門看咱。〔正旦唱〕

【幺篇】聽呀的門扃。似擦的人行。驀的聞聲。魆的潛行。猛的凝睛。淅的零零。煞的風清。却元來羣花弄影。他將我來諕一驚。〔云〕小姐。喒回去罷。則怕有人來也。〔旦兒云〕再聽一曲。怕做甚麼那。〔正旦唱〕這的是小姐分明。樊素實曾。搬調的在後園中。夤夜閒行。只恐怕老夫人知道無乾净。别引逗出半點兒風聲。夫人他治家嚴肅狠情性。〔云〕若老夫人知道呵。他道不干别人事。都是樊素這小賤人。喚過來跪者。〔唱〕至少呵有三十拄杖。去來波我其實怕的是你那七代先靈。

〔云〕夜深了也。喒回去來。兀的不有人來了也。〔旦兒云〕喒回去來。〔正旦唱〕

【賺煞】你道信步出蘭庭。庭院悄人初静。〔旦兒云〕這早晚有誰出來。〔正旦云〕不是别人。

〔唱〕靜聽是彈琴的那生。〔白咳嗽科〕〔旦兒云〕他便知道呵。怎知俺來這裏做甚麼。〔正旦唱〕生猜咱無情似有情。〔旦兒云〕怎知無情似有情。〔正旦唱〕情知喒甚意來聽。〔云〕夜深了。喒回去來。〔旦兒云〕這早晚甚麼時候了。〔正旦唱〕聽沉罷過初更。更闌也休得消停。〔旦兒云〕你要來便來。你要去便去。再待些兒怕甚麼。〔正旦唱〕停待甚忙將那脚步兒行。〔旦兒云〕行到那裏去。〔正旦唱〕行過那梧桐樹兒邊金井。〔旦兒云〕因甚麼往那裏去。〔正旦唱〕井闌邊把身軀兒掩映。〔旦兒云〕你前面行。我後面跟將去呵。〔正旦唱〕映着我這影兒呵。〔旦兒云〕樊素。你則道我不看見你哩。〔正旦唱〕好着我嫌殺月兒明。〔下〕

〔旦兒云〕我瞞着樊素。將這香囊兒撇下。撇在那生書房門首。那生若出來呵。他自然看見也。〔詩云〕亂落桃花流水去。引將劉阮入天台。〔撇香囊下〕〔白敏中出門見科云〕嗨。原來是小姐在此聽琴。可怎生去了。我這裏趕將去。嗨。争奈去的遠了也。莫非是來偷望小生。我須不知。一定惱將去了。嗨。則是小生無緣。我且回書房中去。這月明之下。是甚物件。〔拾起看科云〕呀。原來是個香囊兒。這個是小姐故意遺下的。我拿去書房中。仔細看咱。我剔的這燈明亮。上下是兩個合歡同心結子。這香囊兒上綉着一把蓮滿池嬌。更有兩個交頸鴛鴦兒。這上面有一首詩。我看咱。〔詩云〕寂寂深閨裏。南容苦夜長。粉郎休易別。遺贈紫香囊。原來這香囊兒是小姐故意遺下與小生的。我仔細詳解一遍咱。上面這同心結子。他道與我同心合意。中間是一把蓮。蓮心爲藕。他要與小生成其配偶。下面有兩個交頸鴛鴦兒。他意中與小生同衾共枕。遂成交頸。這一首詩中。説道寂寂深閨裏。他道在深閨。無人知道的去處。南容苦夜長。南容者。古之美婦也。爲甚比他做爲南容。爲他小字小鸞。故比南容也。粉郎休易別。爲小生姓白。故説粉郎。休易別。爲我累次要辭夫人回家去。他教我休便去了。遺贈紫香囊。故意留與小生爲信物。原來小姐向小生却如此留意。從今日起頭。那有心彈琴講書。只索每日晨參暮禮。將此香囊供養者。香囊呵。少不的爲你害殺小生也。〔詩云〕香囊意重勝黄金。惹的相思透骨侵。則爲多情愁悶冗。何如歡會稱其心。〔下〕

〔音釋〕餔音逋　啜樞説切　累上聲　行音杭　冠去聲　推退平聲　卉音毀　剗音産　共音公　熌音威　燼音信　伏房夫切　舛音喘　譌音蛾　闡昌展切　螢音盈　馨音興　興去聲　檠其行切　醒平聲　賺音湛　翹音喬　峽奚加切　嶧音驛　蹴音促　永于景切　併平聲　醞音韻　釀尼降切　罩嘲去聲　迸方孟切　境音景　憍音喬　嗤抽支切　喑音蔭　扃居名切　驀音陌　魆許屈切　夤音寅　聽平聲

第二折

〔夫人同正旦上詩云〕相府堂堂仕宦家。重門深鎖碧桃花。治家不用聲名振。惟願安閒度歲華。老身韓夫人。自從緑野堂上。與孩兒每講書之間。不期白敏中到來。就題他這親事。老身着言語阻住了。則着小姐拜他做哥哥。就着他在後花園中萬卷堂上攻書。不想白秀才每日則是煩惱。老身想來。這孩兒是個孝順的人。必是思想他那亡化的父母。因此上在書房中染病。一卧不起。老身欲待親自探望。争奈他是個病人。則怕勞碌着他。如今先着樊素。傳着老身的言語。去書房中探望。然後着箇良醫調治。有何不可。樊素。你到書齋去。探望秀才病體如何。再請良醫調治。早些來回我話者。〔正旦云〕理會的。〔同下〕〔白敏中抱病上詩云〕身軀如削骨如柴。怨雨愁雲撥不開。沉沉不死如癡夢。每日佳期事未諧。自從得了小姐這個香囊兒。第二日一卧不起。我每日將這個香囊兒。高高的供養着。焚香禮拜。思想小姐。香囊兒。則被你害殺我也。〔睡科〕〔正旦上云〕妾身樊素。不知情是人間何物。至于違父母棄功名。損身軀赴湯火。想昔日漢皋解佩。韓壽偷香。沈約詠賦。相如絃歌。蓋有自來矣。皆爲兩相留戀。故終始不能忘也。不似這生一見小姐之面。一日忘餐。二日廢寢。三日成病。四日不起。普天下不曾見這般害相思病的。豈不可笑。恰纔領老夫人言語。遣妾身問那生病癥。須索走一遭去也呵。〔唱〕

【大石調念奴嬌】驚飛宿鳥。蕩殘紅。撲簌簌胭脂零落。〔云〕可早來到書房門首了也。〔唱〕**門掩蒼苔書院悄。**〔云〕我且着這唾津兒。潤破紙牕。我試看咱。〔唱〕**潤破紙牕偷瞧。**〔望白科云〕兩日不見。便病的這般瘦了。好可憐人也。〔唱〕**這生則爲那一操瑶琴。一番相見。又不曾言期約。似這般多情多緒。等閒間早害得來肌膚如削。**

【六國朝】這生他不思獻賦。不想題橋。則俺那卓文君。本無心把這個漢相如乾病倒。〔云〕我入這書房中去。先生萬福。〔白敏中慌摟旦科云〕小姐。來了也。〔正旦云〕你怎的。〔白羞科云〕羞殺我也。小生病在身。害的我是這般。小娘子休怪。〔正旦云〕你認的是着。〔白敏中云〕小娘子爲何至此。〔正旦云〕夫人致意先生。未知經宿病體康勝否。〔唱〕**教解元善服湯藥。把貴體和調。**〔白敏中云〕小姐可有甚傳示。〔正旦唱〕**且只去苦志攻經史。休把那文章來墮落。**〔白敏中云〕小姐還有甚心腹說話麽。〔正旦掩白口科唱〕**你省可裏胡言亂語。**〔白敏中云〕害的小生魂夢顛倒也。〔正旦唱〕**誰教你夢斷魂勞。**〔白敏中云〕小姐端的曾想念小生來麽。〔正旦云〕俺小姐道來。怕足下病篤時。〔唱〕**着碗來大的艾焙燒。**〔云〕怕哥哥死時。削一條柳椽兒。〔白敏中云〕削一條柳椽兒。可是爲何。〔正旦唱〕**把你來火葬了。**

〔白敏中云〕可怎生下的把小生火葬了。這裏又無別人。止有小生和小娘子在此。小生有一句話。只索對小娘子行實訴咱。〔正旦云〕你有何話說。〔白跪訴科云〕小生區區千里而來。只爲小姐這門親事。不想夫人違背先相國遺言。不肯成就。自從那日在綠野堂上。見了小姐如此般人物。所以得了這般病癥。如今着小生行思坐想。廢寢忘餐。我有甚麽心腸。看這經書。小生命在頃刻。只除小娘子。方可救的小生。若不然。此命必不可保矣。〔正旦云〕是何言語。大丈夫生于天地之間。當以功名爲念。進取爲心。立身揚名。以顯父母。以君之才。乃爲一女子棄其功名。喪其身軀。惑之甚矣。豈不聞釋氏云。色即是空。空即是色。老子云。五色令人目盲。五音令人耳聾。夫子云。戒之在色。足下是聰明達者。况相國小姐。禀性端方。行止謹恪。至于寢食舉措。未嘗失于禮度。亂于言語。真所謂淑德之女也。今足下一見小姐。便作此態。恐非禮麽。〔白敏中云〕

知他怎生。不由的則是想念小姐。〔正旦笑云〕這等秀才。只好休教他上門來。〔白敏中云〕小生別無所告。只索將這肺腑之言。實訴與小娘子。〔正旦唱〕

【初問口】不爭你先輩顛狂。枉惹的吾儕恥笑。你戀着這尾生期改盡顔回樂。〔白敏中云〕小生今生不能成雙。死于九泉之下。也要相會呵。〔正旦唱〕又不曾薦枕席。便指望同棺槨。只想夜偷期不記朝聞道。

〔白敏中云〕小娘子可憐見。成就了這門親事。小生必有犬馬之報。〔正旦云〕先生既讀孔聖之書。必達周公之禮。老夫人使妾身探病。如何只管胡言。是何禮也。〔唱〕

【歸塞北】則你那年紀小。有路到青霄。有一日名掛在白玉樓頭龍虎榜。愁甚麼碧桃花下鳳鸞交。早掙個束帶立於朝。

〔云〕先生宜加調治。妾身回夫人話去也。〔白敏中跪下科云〕小生無可調治。只除小娘子肯憐見。方纔救得小生一命。〔正旦云〕先生請起。爲個婦人。折腰于人。豈不聞聖人云。吾未見好德如好色。信有之也。〔白跪不起科云〕休道小生跪這一跪。若是小娘子肯通一句話呵。小生跪到明日。也不辭。〔正旦云〕俺小姐幼小。妾身常侍從左右。深知其詳。幼從慈母所訓。貞慎自保。年方及笄。割不正不食。席不正不坐。不啓偏行。不循私欲。雖尊上不可以非禮相干。下人之言。安敢犯乎。枉變了臉。我委實做不的。〔白敏中再跪科云〕小生現在顛沛之間。小娘子爭忍坐視不救。〔正旦云〕足下請起。妾身且慢慢的着小姐動静。若得空呵。我假以他端。聊發一言。肯與不肯。

見乎語言顏色。稍有好音。即當飛報。但恐先生情緣淺薄。反致其怒。如之奈何。〔白敏中云〕既然小娘子見許呵。我有一物件與你將去。教你放心。〔白取香囊與旦科云〕這物件是小姐遺下與我做信物的。你將着去。不妨事。〔正旦接香囊看科云〕這個香囊兒。端的是小姐自綉的生活。莫不真個有此意麽。小姐也。你瞞着我多哩。雖然如此。未審虛實。我將此物。試與足下通報咱。〔白敏中云〕我還有個簡帖兒。寫下多時了。〔白取簡念科云〕詞寄清平樂。旅懷蕭索。腸斷黃昏約。不似相思滋味惡。縈絆騷人瘦却。凄凉夜夜高堂。教人怎不思量。若得那人知道。爲他憔悴何妨。薄倖河東白敏中百拜。申意芳卿小娘子粧次。〔哭科云〕若今生不遇。願相見于地下。〔正旦接簡科云〕萬一有成。先生之幸。倘事不諧。妾身不免于箠楚。那時先生争忍乎。我回老夫人話去也。〔詩云〕雲情雨意心間事。盡在今朝一簡中。〔下〕〔白敏中云〕小娘子去了也。若是他將着我的簡帖兒。到的那裏。見了小姐。一言便允。是小生有幸。倘若有些間阻呵。白敏中也。有何面目立于人世。此事成與不成。小生之命。則在一時半霎。相思病呵。則被害殺我也。〔下〕〔旦兒上詩云〕燕語鶯啼事偶然。蜂媒蝶使苦留連。當爐卓氏心何愧。嬴得芳名萬古傳。這幾日好是神思不寧。自從那後花園中。遺下那個香囊兒呵。逗引的那生害病。我又不敢使人問他。恰纔聽的夫人。使樊素問病去了。待他回來時。我只做個不知道。試問他。看他説甚麽。〔正旦上云〕妾身樊素是也。恰纔回老夫人説話。我將這簡帖兒。送與姐姐去。看他説甚麽。〔見科〕〔旦兒云〕樊素。你那裏去來。〔正旦云〕夫人遣妾身探白敏中病去來。〔旦兒云〕那生病體如何。〔正旦背云〕我説的重着些。〔回云〕那生病體甚是沉重。看看至死。〔旦兒背云〕怎生便病的這般了也。我又不敢着意問他。怎生奈何。〔正旦背云〕適間小姐所問。頗見其意。這般呵不妨事。〔回云〕小姐。恰纔樊素探白敏中病去來。他着我將數字來。申意小姐。不知上面寫着甚麽。〔旦兒接簡看做怒科云〕這小賤人好大膽也。〔正旦云〕呀。可怎了也。〔旦兒云〕樊素。你過來跪者。〔正旦云〕樊素無罪。不跪。〔旦兒云〕你這等辱門敗户的小賤人。這裏是那裏。你敢這等無禮。我更不中呵。須是相國之家。我是個未出嫁的閨女。你與他將着這等淫詞來戲我。倘或我風火性的夫人知道呵。教你立地有禍。我本將搣破你個小賤人的口來。又道我是個女孩兒家。惡叉白賴。我只將這簡帖兒告與夫人去。把你這小賤人。拷下你下半截來。〔正旦跪笑科云〕我則跪便了也。那生着我將來。我又不知上面寫着甚麽哩。〔唱〕

【雁過南樓】呀。他將那不犯觸的龎兒變了。將我這奈搶白的臉兒難描。他撲騰騰怒怎消。我可丕丕心頭跳。手脚兒滴羞篤速不知一個顛倒。忙哀告膝跪着。强扎挣剛陪笑。〔帶云〕小姐。若告老夫人去呵。〔唱〕則被你送了人也乾相思洛陽年少。

〔旦兒云〕小賤人好大膽也。〔正旦將出香囊科云〕小姐。且休惱波。〔唱〕

【六國朝】梅香嗏省鬧。小姐哎你休焦。〔帶云〕這物件。也要個下落。〔唱〕你道是那物件要歸着。〔帶云〕打睃。〔唱〕這東西索尋個下落。〔旦兒見香囊背云〕嗨。怎生落在他手裏。

〔正旦云〕你不道來。大膽小賤人。這裏是那裏。〔唱〕這須是先相國的深宅院。怎敢將小姐來便搬調。〔帶云〕小姐是誰哩。〔唱〕小姐是未出嫁的閨中女。怎敢把淫詞來戲謔。至如那風火的夫人性緊。把我這壞家門罪犯難招。請侍長快疾行。〔帶云〕到夫人行去來。〔唱〕教奴胎喫頓拷。

〔旦兒云〕樊素。喒和你且慢慢的商量。〔正旦云〕先相國治家嚴整。僕妾不敢輕出入。今小姐不從母訓。不修女德。背慈母以寄簡傳書。期少年而踰墻鑽穴。以身許人。以物爲信。近日慵粧倦綉。推稱春困。原來爲此。今已獲贓。當小心將身請罪。恁的呵。倒有一個商量。反以罪過。加責于我。是何相待。我且不問你别的。這香囊上綉着兩個交頸鴛鴦兒。煞主何意思那。〔唱〕

【喜秋風】虧你也用工描。〔帶云〕這的是一把蓮。〔唱〕却不是無心草。恁的般好門庭倒大來惹人笑。〔做走科唱〕我將這紫香囊待走向夫人行告。〔旦兒扯住科云〕我恰纔鬬你耍來。你便要將到那裏去。〔正旦唱〕你是個女孩兒家端的可是甚爲作。

〔旦兒扯住科云〕是我的不是了也。〔正旦云〕小姐。你可不要拷下我下半截來。〔唱〕

【歸塞北】請放了。〔旦兒云〕樊素。你且躭待着些。〔正旦云〕那壁是小姐。〔唱〕怎生向賤妾行告躭饒。〔旦兒云〕是我的不是了也。〔正旦云〕小姐。你恰纔不要打我來。〔唱〕你却不摑綻我這櫻桃樊素口。〔旦兒云〕樊素。你打我兩下波。〔正旦云〕誰敢湯着你那楊柳小蠻腰。〔帶云〕你過來跪者。〔唱〕今番輪到我粧幺。

〔云〕小姐你慌麽。〔旦兒云〕我可知慌哩。〔正旦云〕小姐你怕麽。〔旦兒云〕我可知怕哩。〔正旦云〕小姐。你休慌莫怕。我也鬬你耍哩。〔旦兒云〕則被你諕殺我也。〔正旦云〕小姐。你實說。這香囊兒端的是你授與那生的來。〔旦兒云〕然也。〔正旦云〕你如何瞞着我。〔旦兒云〕我怕人知道。因此上不敢對你說。〔正旦云〕不爭小姐因而作戲。那生實心希望。以致卧病不起。命垂頃刻。事不獲已。方對梅香說破。再三叩頭頓首。申意小娘子。果今生不遇。願相期于地府。言與泣下。使妾不覺垂淚。因而不避雷霆之怒。冒瀆玉顏。敢通佳信。以妾愚見。那生貌如玉立。腮若塗硃。詞藻並驅于賈馬。文翰不讓于鍾王。異日當决策登科。覷富貴如探囊取物。若小姐誠有此心。是佳人得配才子。有何不可。那生見今含情荏苒。真欲就死。小姐是仁者愛人。於心豈安哉。〔旦兒云〕伴讀。你言之錯矣。豈不聞聘則爲妻。奔則爲妾。况兼我乃相國之女。背慈母而與少年野合。將來有何面目。立于天地之間。那生爲一女子。棄功名。違尊親。損天理。成疾病。自喪其軀。此乃人而不仁。我何救哉。〔正旦云〕若顧小節。誤人性命。亦未爲得也。惟小姐熟思之。〔旦兒云〕伴讀。你休說。我决然不肯。〔正旦云〕論語云。人而無信。不知其可也。那生四海無家。一身流落。小姐以物爲信。以詩見許。今却失信。豈爲女子之道。既然姐姐堅意不肯。我則將這香囊兒。告與老夫人行去。〔旦兒云〕且住者。和你再做商量。〔正旦云〕千求不如一諕。〔旦兒云〕這裏也放刁。既然這般呵。等我再尋思咱。〔正旦云〕救人一命。勝造七級浮圖。不索多慮。小姐有何台旨。着樊素回那生話去。〔旦兒云〕等我寫數字。你稍去回他。他見了便知我的意思。〔與正旦簡科〕〔正旦云〕我便將的去也。〔旦兒云〕你將的那裏去。〔正旦云〕我送的與老夫人去。〔旦兒云〕姐姐。你是必送與那生去。若與夫人呵。枉送了我也。〔正旦云〕小姐休慌。我送與那秀才去也。〔旦隨下〕〔白敏中上云〕恰纔樊素小娘子。將簡帖兒和香囊。到小姐行去了。良久杳無音信。則這一時間如十年相似。倘或有些阻礙。可怎生奈何。我且凭几假睡咱。〔正旦上〕〔白起身摟科云〕小姐。你來了也。〔正旦云〕你又來了也。〔白敏中云〕呸。我錯認了。那事如何。〔正旦唱〕

【怨別離】梅香今日有功勞。〔白敏中云〕那簡帖兒。小姐收了也不曾。〔正旦彈指科唱〕將一個小小的機關兒把你來完備了。〔白敏中云〕有甚好音信。教我知道咱。〔正旦唱〕有他那親筆寫的情詞揣着吟藁。〔白敏中云〕小姐的回音。我看咱。〔正旦懷裏取不見科唱〕呀。那裏每不見了。〔白敏中云〕你怎麼不小心。等他不見了。天那。我可死了也。〔正旦唱。〕哎。你個不了事的呆才。可元來在這手兒裏搦着。

〔白敏中云〕兀的不諕殺我也。〔正旦與白簡科〕〔白跪接云〕小姐有書。怎敢輕褻。待我焚上一罏香。小娘子替我喝拜咱。〔正旦云〕我不會。〔白敏中云〕你不肯。我自喝咱。〔拜興科〕〔正旦云〕見你娘也不似這般呵。〔唱〕

【歸塞北】這簡帖兒方勝小。見甚景像便待把香燒。不争你這狂客謹心參尺素。可待學文王下馬拜荆條。見娘書信倒看的喬。

〔白敏中云〕我拆開看。元來上面四句詩。〔詩云〕寂寂深閨裏。翻爲今夜春。還將寫詩意。憐取眼前人。慚愧。誰想有今日也。着小娘子這般用心。將何以報。〔正旦云〕我適纔爲先生。幾乎狼狽。一言難盡。〔白敏中云〕小姐約我今夜赴期。不知多早晚來也。〔正旦云〕他有囑付的話哩。

〔唱〕

【凈瓶兒】他想着書舍裏人蕭索。恰便似陽臺上路迢遥。〔白敏中云〕今夜小姐怎生擺布。〔正旦唱〕他則待收拾雲雨。怕洩漏春嬌。待和你今宵。〔白敏中云〕今宵和小生怎的。〔正旦忍住不説科唱〕一句話到我這舌尖上却嚥了。〔白敏中云〕可怎生却嚥了。快説波。教小生喜懽咱。〔正旦唱〕不説破把先生且悶着。〔白敏中云〕小姐怎生分付你來。〔正旦唱〕他着我對你便低低道。〔白敏中云〕道甚麽。〔正旦唱〕他教你夜深時休睡。〔白敏中云〕今夜我那裏得那睡來。〔正旦云〕着你等。〔白敏中云〕怎麽又不説了。着小生等甚麽。〔正旦唱〕着你等等等到明朝。

〔白敏中云〕小娘子休要耍。快些兒説波。〔正旦唱〕

【好觀音】上覆你個氣咽聲絲張京兆。他待填還你枕剩衾薄。待着你帽兒光光過此宵。〔白敏中云〕天色晚了。日頭敢落了也呵。〔正旦唱〕恰正午怎盼的日頭落。不曾見這急色的呆才料。

〔白敏中云〕小姐委實多早晚來也。〔正旦唱〕

【隨煞尾】你聽那禁鼓鼕鼕將黄昏報。等的宅院裏沉沉都睡却。悠悠的聲揭譙樓品畫角。瑲瑲的水滴銅壺玉漏敲。刷刷的風颭芭蕉鳳尾摇。厭厭的月上花梢樹影高。悄悄的私出蘭房離繡幕。擦擦的行過闌干上甬道。霍霍的摇動珠簾你等着。巴巴的彈響牕櫺恁時節的是俺來了。〔下〕

〔白敏中云〕小娘子去了。兀的不懽喜殺小生也。不枉了害這幾日相思病。恰纔得了小姐這個簡帖兒。小生好懽喜也。這一會兒肚皮裏有些饑上來了。小生喫一頓好茶飯。打扮的齊齊整整。等待小姐到來。同諧魚水之懽。共效于飛之樂。那時節只怕小姐你苦哩。〔下〕

〔音釋〕落音澇　約音耀　削音小　藥音耀　焙音備　樂音澇　㮧活卯切　笄音肌　箠吹上聲　間去聲　霎音殺　摑音國　厖音忙　着池燒切　謔音曉　長音掌　慵音蟲　作音早　荏壬上聲　苒音冉　搦囊帶切　索音嫂　薄巴毛切　却音巧　譙音樵　角音皎　刷雙寡切　颭占上聲　厭平聲　幕音冒　甬音勇　櫺音苓

第三折

〔白敏中上詩云〕萬籟無聲自寂寥。一輪明月上花梢。庭堦竚立癡心望。盼殺姮娥下九霄。小生白敏中。感蒙小姐不棄。許我今宵赴約。這早晚還不見來。小娘子。你若不來呵。我這病覷天遠入地近。眼見的無那活的人也。〔看天科云〕日頭可也還早哩。我且看幾行書咱。天也。我有甚麽心腸看這書。這早晚不知是甚麽時候。我試看咱。呀。纔午時也。天也。偏生今日這樣長。我試吟詩咱。讀書繼晷怕黄昏。不覺西沉强掩門。欲赴海棠花下約。太陽何故又生根。呀。可早未時也。我且坐一坐。〔坐科云〕我怎生坐的住。我再看咱。天也。可怎生還是未時我央及你咱。我與你唱喏。怎生不動。我與你下跪又不動。我與你下拜也不動。呸。鰾膠粘住你哩。潑毛團好無禮也。小生不才殺波。也是個白衣卿相。今日用着你。故意的不晚。你則道我不認的你哩。當日堯王時。有十個日頭。被后羿在崐崙山頂上。射落九個。止留你一個。你曉來夜去。催迫了多少好人。你若是懽喜呵。腆着你那紅馥馥的臉兒。你若惱了呵。雲生在東南。霧長在西北。你聽者。無端三足烏。團團光閃爍。安得后羿弓。射此一輪落。呀。便好道人有善願。天必從之。頭裏未曾鬧他時。還是未時。方纔鬧了呵。可早日頭落了也。呀。鼓樓上可早發擂也。可早撞鐘也。小生在此。等候小姐。這早晚敢待來也。〔正旦上云〕妾身樊素。我收拾下香卓兒了。請俺小姐燒香去來。我想白敏中可謂端謹之士。從見小姐。荏苒成病。幾乎喪命。將平日所學。一旦廢矣。正好道只因天下美人面。改盡世間君子心。此事若非妾在其中説誘騙嚇。焉能成得。如今瞞着夫人。推燒夜香。着俺小姐和那生赴約去。正是一股金釵半邊鏡。世間多少斷腸人。〔唱〕

【越調鬭鵪鶉】想着那星斗文章。幾回家逢咱稽顙。只爲那花月精神。一見了教人斷腸。用了我説六國喉舌。下三齊智量。不甫能添了晚粧。推燒夜香。如此般月白風清。花濃氣爽。

【紫花兒序】月溶溶梨花庭院。風淡淡楊柳樓臺。霧濛濛芳草池塘。如此般好天良夜。淑女才郎。相將。意廝投門廝對户廝當。成就了隻鳳孤凰。這一個夜月南樓。那一個窺視東墻。

【小桃紅】那生敢倚書牕想像赴高唐。〔白敏中向前摟旦科云〕小姐。你來了也。〔正旦慌科云〕是誰。〔白敏中云〕是我。〔正旦唱〕嚇得我可撲撲小鹿兒心頭撞。偌早晚是誰人敢無狀。〔白敏中云〕我則道是小姐來了。〔正旦唱〕可怎生恁風狂。〔白敏中云〕我不想是小娘子。你恕罪咱。〔正旦云〕可早是我哩。是夫人呵。可怎生了也。〔唱〕若是俺夫人撞見如何講。〔白敏中云〕是小生病的這般昏了也。〔正旦唱〕便道是害的你神魂蕩漾。你也合將眼皮開放。你常好是熱蟒也沈東陽。

〔云〕先生。你且在那廂等着。俺小姐便來也。〔旦兒上云〕天色晚了也。我燒香去。〔正旦云〕小姐。你燒香咱。〔旦兒云〕樊素。將香盒兒來者。〔正旦云〕小姐。香盒兒在此。〔旦兒云〕我拈香咱。此一炷香。願亡過父親。早生天界。第二炷香。願在堂老母安康。〔正旦背云〕我聽小姐這一炷香可願誰。〔旦兒云〕我没的願。〔正旦云〕我與小姐説明。這一願。則願的俺小姐嫁一個風風流流。可可喜喜。標標致致好姐夫也。拖帶樊素咱。〔旦兒云〕你看這賤人。〔正旦向白云〕先生。

那花陰之下。燒香的不是俺小姐。〔白敏中云〕小生敢去也不敢去。〔正旦云〕先生。你去不妨。
〔白敏中云〕小生讀聖賢之書。昬夜與女子相期。莫是非禮麽。〔正旦唱〕
【鬼三台】呸。這的是赴約的風流況。須不是樂道的顔回巷。〔白敏中云〕子釣而不綱。弋不射宿。〔正旦唱〕哎。那裏也歪談亂講。〔白敏中云〕小生敢去麽。〔正旦云〕先生。我問你咱。〔白敏中云〕問小生些甚麽。〔正旦唱〕你因甚麽病在膏肓。〔白敏中云〕小生則爲小姐來。〔正旦云〕你既爲小姐呵。你過去波。〔白敏中云〕是好月色也。〔正旦唱〕百忙裏賣弄甚麽風清月朗。〔白敏中云〕我向小姐跟前去。怎麽百般的那不動這脚步也。〔正旦唱〕當初那不能勾時害的來狂上狂不甫能得相見諕的來慌上慌。〔白敏中云〕見了小姐。不由的我心頭忒忒的怕將起來。〔正旦唱〕見他時膽戰心驚。把似你無人處休眠思夢想。
〔白敏中云〕過去不妨麽。〔正旦云〕你過去不妨事。〔唱〕
【金蕉葉】這的是桃源洞花開艷陽。須不比祆廟火烟飛浩蕩。〔正旦推白云〕去。〔旦兒叫云〕是甚麽人。〔白慌科云〕是小生。〔正旦唱〕陽臺上雲雨渺茫。可做了藍橋水洪波泛漲。
〔旦兒怒科云〕却原來是白敏中。你既讀孔聖之書。必達周公之禮。你這般行逕。是何相待也。〔白敏中云〕兀的不羞殺小生也。〔正旦云〕呀。小姐變了卦也。白敏中。你那背地裏嘴那裏去了。〔唱〕

【調笑令】劈面的便搶。和俺那病襄王。呀。怎生來翻悔了巫山窈窕娘。滿口兒之乎者也無攔當。用不着恭儉温良。諕的那有情人恨無個地縫兒藏。〔帶云〕毛毛羞麽。〔唱〕羞殺我也傅粉何郎。

〔白敏中云〕百忙中你也花白我。〔正旦唱〕

【秃厮兒】請學士休心勞意攘。俺小姐則是作耍難當。〔旦兒打正旦科云〕誰着你這早晚引將他來。〔正旦云〕小姐休閃了手。〔笑科唱〕這的是我傳書寄簡請受的賞。誰承望。向咱行。倒有風霜。

〔旦兒怒科云〕這一場都是樊素辱門敗户的小賤人。〔正旦唱〕

【聖藥王】他道是這一場。這一樁。都是這辱門敗户小婆娘。〔旦兒云〕我告夫人去也。〔正旦冷笑科唱〕殺人呵要見傷。拿賊呵要見贜。〔白怕跪科云〕望小姐憐小生咱。〔正旦唱〕請起來波多愁多病俏才郎。〔出香囊科〕〔帶云〕打睃。〔唱〕這是誰與他的紫香囊。

〔旦兒云〕好姐姐。我鬬你耍哩。〔正旦云〕我却疼哩。〔白起身科云〕則被你諕殺我也。〔旦兒云〕有人來也。〔夫人撞上咳嗽衆做慌科〕〔正旦唱〕

【麻郎兒】這聲音九分是你令堂。〔夫人云〕這一定是樊素小賤人。〔正旦唱〕呀。頭一句先抓攬着梅香。〔旦兒慌科云〕是誰。〔正旦云〕小姐。悄悄的。是老夫人來了。〔旦兒云〕樊素。直被你引的老夫人來。可怎了也。〔正旦唱〕**您吵鬧起花燭洞房。自支吾待月西厢。**

〔旦兒云〕樊素。老夫人問我。可着我推甚麼。〔正旦扯旦兒科〕〔唱〕

【幺篇】哎。不妨。〔白敏中云〕小娘子可怎了也。〔正旦指白科唱〕**莫慌。**〔指自科唱〕**我當。**

〔夫人云〕先喚過樊素那小賤人來。〔白敏中向旦云〕小姐。望你遮蓋俺咱。〔正旦云〕小姐。你受責呵。理之當然。我可圖些甚麼來。〔旦兒云〕罷麼。好姐姐。你先過去。你自回的好着麼。〔正旦云〕由他。你兩個只在這裏。我過去見夫人。若説得過呵。你休歡喜。説不過呵。你休煩惱。〔見夫人科〕〔夫人云〕小賤人跪者。〔正旦跪科〕〔夫人云〕小賤人你知罪麼。〔正旦云〕我不知罪。〔夫人打科云〕這小賤人。你還説不知。你做的好勾當哩。〔正旦唱〕**親生女非比他行。家醜事不可外揚。**

〔夫人云〕誰着你引着小姐。往後花園中。看白敏中去來。你若實説呵。我便饒了你。你若不實説呵。我打死你個小賤人。〔正旦云〕誰見來。〔夫人打科云〕我親自撞見。你還强嘴。〔正旦云〕老夫人休打閃了手。此非妾之罪。皆夫人之過也。〔唱〕**你索取一箇治家不嚴的招狀。**

〔夫人云〕這小賤人。連我也指攀着。〔正旦云〕請夫人息雷霆之怒。容賤妾陳是非之由。當日先相國臨終遺言。道夫人將小姐納白敏中爲壻。爲報參軍救死之恩。如違我之遺言。我死不瞑目。言猶在耳。白敏中到來。不審夫人何意。却令小姐以兄妹之禮相見。既然如此。只合將白敏中送于别館安下。厚贐他還鄉。以絶其望。却留在後花園中萬卷堂上居住。使佳人才子。臨風對月。心非木石。豈無所思。妾身之罪。固不可逃。夫人之愆。亦不可免也。〔夫人云〕我却有甚罪。

〔正旦云〕夫人有四罪。〔夫人云〕我有那四罪。〔正旦云〕不從相國遺言。罪之一也。不能治家。罪之二也。不能報白氏之恩。罪之三也。不能蔽骨肉之醜。罪之四也。〔唱〕

【絡絲娘】自尋思識禮義尊嚴使長。〔云〕我想孟母爲子三遷。陵母爲子伏劍。陶母爲子剪髮。曾母爲子投梭。古來賢者。後代揚名。〔唱〕幾曾做這般出醜腤臢勾當。〔夫人云〕你這般説呵。罷了那。〔正旦唱〕罷不罷休不休乞個明降。〔夫人云〕罷罷罷。這妮子倒連我也指下來。想起來則是我養女兒不氣長。都是我的不是了也。〔正旦唱〕既恁的呵只合着他兩個同歸鴛帳。

〔夫人打科云〕小賤人倒只由你那。我不饒你。與我喚過小蠻來。〔正旦起出見旦云〕小姐。且喜老夫人將那棍子。則是滴溜溜的打在我這身上。被我比長比短。一遍説過了。老夫人如今叫你過去哩。〔旦兒云〕羞人答答的。怎麽去見母親。〔正旦云〕娘跟前。有甚麽羞。你見去則閉了眼者。〔旦見夫人跪科〕〔夫人云〕好小賤人。你羞麽。我怎麽擡舉你來。豈不聞男婚女配。古之常禮。你今日做下這等勾當。我是個不戴頭巾的男子。兀的不氣殺我也。〔做喝科云〕小賤人。且回房中去。明日和你理會。喚過那小禽獸來。〔旦下〕〔正旦見白科云〕先生。俺小姐招了也。老夫人着你過去哩。〔白敏中云〕小生惶恐。怎麽見老夫人。〔正旦云〕不妨事。休佯小心。老着臉子過去。〔白見夫人科〕〔夫人云〕小禽獸。你羞麽。怎麽做那讀書人。我着你兄妹爲之。却做下這等勾當。有那般賢明父母。生下你這不肖兒男。我待聲揚呵。知道的是你個小禽獸無理。不知道的説俺家忘了人大恩。我若不看你那亡過的父親面呵。喚宅院裏人來打壞了你。等到天明鐘聲罷。便離了我家去。呸。小後生家不存心于功名。却向那女色上留心。我看你再有甚麽臉見我來。〔下〕〔正旦背聽科〕〔白敏中云〕羞殺我也。這裏不可久留。等待五更鐘聲罷呵。便索離他家門去也。〔正旦云〕先生。你休煩惱。〔唱〕

【雪裏梅】你好壯臉也畫眉郎。〔白敏中云〕都着你的道兒。〔正旦唱〕並不曾干多口小紅娘。〔白敏中云〕我這裏不敢再住。須索上朝應舉去也。你叫小姐見我一面兒去也好。〔正旦唱〕俺姐姐道足下不須悒怏。好事也從來魔障。〔帶云〕俺小姐道來。〔唱〕只教你把心兒放長。

〔白敏中云〕小姐既有此心。休傒落我也。〔正旦唱〕

【青山口】哎。不妨不妨你走將來效鸞凰。女孩兒須是慌。〔白敏中云〕這都是小生命薄。偏生逢着夫人走將來的快也。〔正旦唱〕左想右想全不想。可可的老夫人偏撞上。你便有口呵怎對當。好羞慚做這場。教你收拾書箱。打迭行裝。便赴科場。獻策君皇。兩袖天香。一部笙簧。宴罷瓊林出建章。車蓋軒昂。衹候成行。鄉也麽鄉却還鄉。堂也麽堂拜高堂。子母商量。舊約難忘。錦屏前花燭輝煌。那時節也替我撮合山粧一箇謊。

〔白敏中云〕小姐別有甚麽囑付小生的言語。〔正旦云〕小姐贈與足下玉簪一枝。金鳳釵一隻。你知道其意麽。〔白敏中云〕不知。小姐送我玉簪金釵。却主何意。〔正旦唱〕

【收尾】俺小姐情堅如碧玉簪。心赤如黃金鳳。意不別你個白衣相。〔白敏中云〕小姐還有甚麽分付小生來。〔正旦云〕呀。争些兒把來忘了。〔唱〕兩件事教先生行拜上。〔白敏中云〕那兩件事那。〔正旦云〕小姐道。你若是鳳墀得志。雁塔題名。可早來呵。〔唱〕做俺這有情的相國狀元郎。〔白敏中云〕那一件却是甚麽。〔正旦云〕則不要教人罵你。〔唱〕罵你做薄倖的長安少年黨。〔下〕

〔白敏中云〕天色明了也。小生收拾行裝。求取功名。走一遭去。〔詩云〕纔見開花驟雨催。團圓明月忽雲迷。漁翁偶入荷花蕩。打散鴛鴦各自飛。〔下〕

〔音釋〕籟音賴　晷音癸　强欺癢切　鰾邦妙切　羿音意　腆天上聲　馥音伏　蟒忙上聲　肓音荒　祆音軒　漲音帳　窈音杳　窕條去聲　當上聲　縫去聲　抓莊瓜切　攬音覽　贐音盡　腤音菴　臢音簪

第四折

〔外扮李尚書引祗從上詩云〕捧持日月受皇恩。掌握經綸四十春。海内盡皆知姓字。昔年龍虎榜中人。老夫姓李名絳。字深之。自進士及第。累蒙擢用。隨朝數載。因老夫廉能清幹。謝聖恩可憐。官封監察御史。正授吏部尚書之職。今有一人。乃是白參軍之子白敏中。攛過卷子。日不移影。應對百篇。聖人見喜。加爲翰林院大學士。則他亡父在日。與晋國公裴節度征討淮西。曾被賊兵圍困。有白參軍挺身步戰。身被六鎗。殺退賊兵。救得裴節度。後白參軍金瘡舉發。將欲垂命。裴相國就問。有何遺囑。參軍曰。小官別無他囑。止有一子。名唤白敏中。少習儒業。願相國量才提拔。某雖死而無憾矣。相國答曰。足下但勿動念。某有一女。小字小蠻。就許令嗣敏中爲妻。以報足下救死之恩。次後彼各辭世。今日白敏中一舉狀元及第。奉聖人的命。將裴相國家屬老小。取到京師。賜宅住坐。着老夫主婚。令白敏中早完這門親事。老夫如今唤個官媒婆來。着他就題這門親事去。左右的。與我唤一個官媒婆來。〔祗從云〕理會的。官媒婆。相公唤你哩。〔浄扮媒婆上云〕來了來了。自家是個官媒婆。這京城内外。官宦人家。都是俺説合親事。門首有人唤我。我見他去。是誰唤我。〔祗從云〕相公唤你哩。〔官媒云〕哦。是相公唤我。我和你同去。〔祗從報科云〕相公。唤的官媒婆來了也。〔李尚書云〕着他過來。〔官媒見科云〕相公唤媒婆。那廂使用。〔李尚書云〕兀那媒婆。你去那奉命搬取來的裴相國家説親去。道有聖人命。着老夫主婚。着他那小蠻小姐。招今春狀元爲壻。則今日好日辰。便要成親哩。不可延遲。〔官媒云〕理會的。〔李尚書云〕左右。你再叫一個山人。那裏去下親。老夫隨後便來了也。〔同下〕〔夫人同旦正旦引院公上云〕老身韓氏。今蒙聖人恩命。將俺子母二人。搬取來京。賜宅一所居住。皆賴先夫積德也。院公。門首覷者。若有人來時。報復我知道。〔官媒上詩云〕我做媒婆古怪。人人説我嘴快。窮的我説他有錢。醜女我説他嬌態。講財禮兩下欺瞞。落花紅我則憑白賴。似這等本分爲人。定圖個前程遠大。妾身乃官媒婆。奉聖命往裴相國家説親去。可早來到也。院公報復去。有官媒婆在于門首。〔院公報科〕〔夫人云〕着他過來。〔官媒見科云〕妾身乃官媒婆。奉聖人的命。差吏部李尚書主婚。將今春狀元。招與小姐爲壻。則今日好日辰。就要成這門親事。着俺官媒婆來説知。准備花紅酒食。這早晚敢待來也。〔夫人云〕媒婆你説去。俺家小姐。已有婚了。不敢應。〔媒婆云〕老夫人差矣。我奉聖人的命。你怎敢違宣抗敕。則今日便要成親。〔丑扮山人上云〕小子姓黄名孔。是這在城人氏。做着個山人。今日奉吏部李尚書鈞旨。着我去裴相國家去下親。院公報復去。道有山人來了也。〔院公報科〕〔夫人云〕着他過來。〔山人見科云〕老夫人磕頭。奉李尚書的命。着俺山人來下親。〔夫人云〕誰想有這場蹊蹺的事。如之奈何。〔旦兒云〕嗨。如今可怎了也。〔官媒云〕好教小姐知道。今日便要過門成親事哩。那狀元説來。他穿的是三品公服。你家也没甚人。休想他下拜。那裏爲個婦人折腰于人。你每准備着。這早晚狀元敢待來也。〔正旦云〕嗨。誰想有今日這場異事。如今奉聖人的命。敕賜一個狀元。來俺家做女壻。不争這般呵。那裏發付那生也呵。〔唱〕

【雙調新水令】今日個洞房中敕賜與棟梁材。〔云〕小姐。我可是敢問你麽。〔唱〕則你那寄香囊故人安在。〔旦兒云〕説這狀元好才學哩。〔正旦唱〕都因他七步才及第了。〔旦兒云〕説那人有些㑳㒓囉。〔正旦唱〕帶得那一塊㑳過門來。他承恩在玉殿金堦。更堪那蘭省烏臺。似這般相貌胎孩。〔帶云〕他今日到咱門呵。〔唱〕休想肯拜俺先代。

〔山人云〕兀那媒婆。你説去。時辰到了豫備香花果品。紙燭千張。壇斗弓箭。五穀寸草。這早晚新狀元敢待來也。〔白敏中冠帶引祗候上詩云〕宮錦宮花躍紫騮。誇官三日鳳城遊。不知結彩樓中女。若個争先擲繡毬。小官白敏中。誰想有今日也。我自到貢院中。攛過卷子。金鑾殿上。聖人親試。日不移影。應對百篇。聖人言曰。前朝李翰林。不過如此。將小生一舉狀元及第。一日加某十三級。官至翰林大學士。今奉聖人的命。教我去裴相國家門下爲壻。雖然如此。想當日被老夫人那場羞辱。有何面目見之。我待不去來。奈聖人的命。不敢有違。我如今左使機關。到他家裏。則推素不相識。看他認的我麼。〔行科山人唱科詩云〕錦城一步一花開。專請新人下馬來。今日鸞凰成配偶。美滿夫妻百歲諧。〔白將牙笏遮面與旦並坐科山人云〕將五穀寸草來。〔官媒云〕要做甚麼。〔山人云〕先把新女壻撒和撒和。不認生。〔官媒云〕你正是精驢。休要胡説。〔白敏中云〕山人去罷。〔山人下〕〔正旦云〕我待不言語來。他道俺不理會的。我着這秀才。喫我幾句兒咱。小姐。梅香尋思來咯。人只要得志。便好了也。若是不得志呵。〔唱〕

【駐馬聽】頭刺在萬丈深崖。苦志捱時怎的捱。〔帶云〕那窮酸每一投得了官呵。〔唱〕**胸胦在九霄雲外。可正是春風來似不曾來。**〔白坐不穩科〕〔正旦云〕他爲甚麼坐不穩。〔唱〕**則他那窮骨頭消不得相公宅。**〔白敏中云〕哎。我肚裏好飽也。〔正旦云〕你直恁般豪氣那。〔唱〕**則是你那饑肚皮不尅化黄虀菜。儘教他休要睬。不到那二更過敢掙破了天靈蓋。**

〔官媒云〕樂人每好生動樂者。〔白敏中云〕休動樂。關雎樂而不淫。哀而不傷。動他做甚麼。〔官媒云〕將酒來。與狀元飲個交盃盞兒。〔白敏中云〕甚的是交茶換酒。好人呵殢酒。我但嘗一點酒。昏沈三日。天生不飲酒。〔官媒云〕夫婦婚禮。少不得用些酒兒。〔白敏中云〕我一生不待見婦人面。但與婦人相見。腦裂三分。〔官媒云〕却不道夫唱婦隨。〔正旦笑科云〕我若不花白他呵。這人直胡說。到明日他將我做何等看待。却不道天有酒星。地有酒泉。聖人云。惟酒無量不及亂。幾曾教人不飲酒來。且休說上古賢人。則說近代李翰林。飲酒一斗。作詩百篇。稱爲謫仙。這狀元却說但嘗一點。昏沉三日。〔唱〕

【喬牌兒】哎。你可甚麼酒量寬似海。〔云〕男子生而願爲之有室。女子生而願爲之有家。他說一生不待見婦人之面。〔唱〕豈不聞無後最爲大。着何時重解香羅帶。吾未見好德如好色。

【豆葉黄】他看書呵秉燭在寒齋。幾曾畫眉呵走馬到章臺。〔白敏中云〕若不是聖人教我來呵。休道是個妮子。你便是玉天仙誰愛他。〔正旦云〕他道非聖人敕命呵。〔唱〕便做道玉天仙也不愛。〔白敏中云〕男子大丈夫以功名爲念。要這媳婦做甚麼。〔正旦云〕小姐呵。〔唱〕今夜比宋弘十分事不諧。天地有混沌初開。日月有昏晝推排。男女有夫婦和諧。他待將大道沈埋。正義全乖。那些兒配合三才。便做有位列三台。也須要燮理陰陽。調和鼎鼐。

〔云〕這狀元把牙笏半遮其面。未知他生的如何。我試看咱。〔唱〕

【滴滴金】據他這般㑳㑳軒昂。決然生的清奇古怪。〔云〕我向前望那生一望咱。〔唱〕我這裏推剪燭傍銀臺。〔白敏中云〕媒婆。那裏燒着花燭也。〔正旦望笑科〕〔旦兒云〕你笑怎麽。〔正旦唱〕不是我見景生情。須是我便。併贓拏賊。我爲甚的喜笑咍咍。

〔旦兒云〕你怎麽這等好笑。〔正旦唱〕

【折桂令】今夜個有朋自遠方來。〔旦兒云〕是那個親眷。〔正旦唱〕你今日對上菱花。配上金釵。〔旦兒云〕你說波是誰。〔正旦唱〕當日個趕的他羞臉兒離門。如今個氣昂昂日轉千堦。從今後秦弄玉休登鳳臺。早則是漢劉郎悮入天台。〔旦兒云〕敢不是麽。〔正旦唱〕不索疑猜。我認的明白。是少欠你無萬數相憶相思。他步蟾宮將桂枝折得回來。

〔旦兒云〕您且慢些懽喜。休錯認了。〔白敏中云〕兀那小奴才。你說誰哩。我待不言語來。忍不的你這般胡說亂道。你則道我不認的你。你近前來。我試問你咱。〔正旦云〕小姐。我道你休說波。〔唱〕

【雁兒落】呀。惱了這春風門下客。〔白敏中云〕你道我不敢打你麽。〔正旦云〕你便是新狀元呵。也則是俺家新女壻。怎生要打我那。〔唱〕則是我少欠你那膿血債。〔白敏中云〕你則管胡言亂道。端的是說誰。〔正旦唱〕據梅香胡口開。〔白敏中云〕我既是你家女壻。也是你的侍長。我怎生不敢打你。〔正旦唱〕**告學士高擡手權躭待。**〔白將牙笏待觸科〕〔正旦云〕你打誰哩。〔白敏中云〕兀的不是樊素。小娘子你可休怪。〔正旦笑科〕〔唱〕

【得勝令】這壁廂是没上下的小奴胎。〔白敏中云〕那壁廂莫不是小姐麼。〔正旦唱〕**那壁廂是搶白你的女裙釵。**〔白敏中云〕那一夜小姐則被他搶白殺小生也。〔正旦唱〕**那的是俺小姐存貞烈。**〔白敏中云〕都是老夫人阻了佳期也。〔正旦唱〕**是俺那老夫人使的計策。把好事衝開。教你掙閡一個金魚袋。**〔白敏中云〕樊素。今日有聖人的命。可將我提出麼。〔正旦唱〕**雖然是御筆親差。你可也索安排着玉鏡臺。**

〔白敏中云〕請岳母拜見咱。〔夫人上云〕我道是誰來。原來却是白敏中。〔見科〕〔白敏中云〕請岳母穩坐將酒來我與岳母把盃呵。〔正旦云〕住者。〔唱〕

【落梅風】俺夫人從來天戒。〔白敏中云〕夫人既不飲。小生横飲幾盃。〔正旦云〕你便休要飲。甚的是交茶换酒。好人呵肯殢酒。你説但嘗一點。昏沈三日也。〔唱〕**你道你酒量窄。**〔白敏中云〕筵前無樂。不成歡樂。樂人每動樂者。〔正旦云〕休動樂。關雎樂而不淫。哀而不傷。動他怎麼。〔唱〕**聽不的亂宫商大驚小怪。**〔白放下盞對夫人云〕岳母請坐。受你女壻兩拜咱。〔正旦云〕住者。休拜。〔正旦扶住科〕〔唱〕**我見他參岳母向前忙扶策。**〔白敏中云〕我拜岳母。你又扶我做甚麼。〔正旦云〕你不道來。〔白敏中云〕我道甚麼來。〔正旦云〕那裏有那爲個媳婦折腰于人的。

〔唱〕**你穿的是朝君王紫袍金帶。**

〔白敏中云〕你都不曾忘了一句兒。〔夫人云〕白狀元你休怨我。不是老身趕你去呵。焉能有今日。

〔白敏中云〕當日蒙老夫人垂顧。今日恩榮。共享富貴了也。〔正旦云〕先生是狀元才子。不辱相國門楣。〔唱〕

【沽美酒】漢相如志已諧。卓文君笑盈腮。〔旦兒云〕今日樊素也歡喜了也。〔正旦唱〕**這的是一段姻緣天上來。現如今名揚四海。正淑女配多才。**

【太平令】俺小姐這一個有千般嬌態。新狀元有萬種襟懷。荷皇恩榮陞寵賚。成配偶不勝感戴。端的個美哉。壯哉。這都是聖裁。〔院公上云〕喏。報的夫人狀元知道。有天朝使命到了。〔白敏中云〕快排香案。接待天使。〔正旦唱〕**願萬萬載民安國泰。**

〔李尚書上云〕小官李絳。奉聖人的命。到晉國公宅上。成合這門親事。加官賜賞。走一遭去。可早來到也。白敏中。你一家兒望闕跪者。聽聖人的命。只爲你父參軍。曾救裴晉公之難。許小蠻爲妻。以報大恩。今白敏中登科及第。成就此親。官封三代。裴夫人賜金千兩。你聽者。〔詞云〕晉國公開國勳臣。遺玉帶許結婚姻。白敏中果登雲路。奉聖命匹配成親。賜小蠻鳳冠霞帔。賜夫人萬兩金銀。今日個加官賜賞。一家門共戴天恩。

〔音釋〕擸粗酸切　㥮音炒　憋音必　宅池齋切　薹祭平聲　過平聲　殢音膩　色篩上聲　爕音屑

鼐音奈　賊池齋切　咍音台　白巴埋切　客音楷　策釵上聲　閶音債　窄齋上聲　賚音賴

題目　挺學士傲晉國婚姻
正名　㑳梅香騙翰林風月

尉遲恭單鞭奪槊雜劇

尚仲賢 撰

楔子

〔冲末扮徐茂公引卒子上詩云〕少年錦帶掛吴鈎。鐵馬西風塞草秋。全仗匣中三尺劍。會看唾手取封侯。某姓徐。雙名世勣。祖居京兆三原人也。自降唐以來。謝聖恩可憐。特蒙委任爲軍師。諸將皆出吾下。今因山後定陽劉武周。不順俺大唐。劉武周不强。他手下有一員上將。覆姓尉遲名恭。字敬德。此人使一條水磨鞭。有萬夫不當之勇。今奉聖人的命。着唐元帥領十萬雄兵。某爲軍師。劉文靖爲前部先鋒。在美良川交戰。被俺統兵圍住介休城。唐元帥數次招安敬德。此人不肯降唐。回言道某有主公劉武周。見在定陽。豈肯降汝。某忽思一計。着劉文靖直至沙沱。使一反將計。將劉武周首級標將來了。某即今日將劉武周首級。請唐元帥直至城下。招安敬德。走一遭去來。〔下〕〔浄扮尉遲敬德引卒子上詩云〕幼小曾將武藝攻。鋼鞭烏馬顯英雄。到處争鋒多得勝。則我萬人無敵尉遲恭。某覆姓尉遲。名恭。字敬德。朔州善陽人也。輔佐定陽劉武周麾下。某使一條水磨鞭。有萬夫不當之勇。今因唐元帥領兵前來。與我相持在美良川交鋒。某與唐將秦叔寶。交戰百餘合。不分勝敗。某因追趕唐元帥。到此介休城。誰想他倒下座空城。被唐兵圍住。裏無糧草。外無救兵。有唐元帥數次招安。我怎肯降唐。左右。城上看着。若有唐兵來打話呵。報復某家知道。〔下〕〔正末扮唐元帥同徐茂公引卒子上云〕某姓李。名世民。見爲大唐元帥。如今領兵在美良川。與尉遲敬德交戰。被我將敬德引至介休城中圍住。軍師。某若得敬德投降俺呵。覷草寇有如翻掌耳。〔徐茂公云〕元帥數次招安敬德。他言稱道。有他主公劉武周在沙陀。他不肯背其主。某今使一反將計。着劉文靖直至沙陀。把劉武周首級標將來了也。〔正末云〕軍師。此計大妙。喒就將着首級。招安敬德去來。〔徐茂公云〕早來到城下了也。兀那小校。報與您那尉遲恭說。俺唐元帥請他打話。〔卒子報科云〕喏。報的將軍得知。有唐兵在城下。請打話哩。〔尉遲云〕我與他打話去。〔做上城科云〕唐元帥。你有何話說。〔徐茂公云〕敬德。你見俺雄兵圍的鐵桶相似。你若肯降唐呵。着你列座諸將之右。你若不降呵。俺衆兵四下裏安環。八下裏拽砲。提起這城子來摔一個粉碎。你自尋思咱。〔尉遲云〕徐茂公。你說的差了也。可不道一馬豈背兩鞍。單輪豈碾四轍。烈女豈嫁二夫。俺這忠臣豈佐二主。見有我主公在定陽。我怎肯投降你。〔徐茂公云〕將軍。你主公劉武周。已被我殺了也。你不信。有首級在此。〔尉遲云〕俺主公有認處。鼻生三竅。腦後雞冠。你拿首級來我看咱。〔徐茂公云〕小校。將鍬钁板弔上那首級去。着他認。〔做弔上尉遲做認科云〕嗨。原來真個是俺主公首級。可怎生被他殺了也。〔做哭科〕〔徐茂公云〕將軍。你主公已是死了。你不投降。更待何時。豈不聞高鳥相良木而棲。賢臣擇明主而佐。背暗投明。古之常理。〔正末云〕敬德。你若肯投降呵。我奏知聖人。將你重賞封官。你若不降呵。俺這裏雄兵百萬。戰將千員。你如何飛得出這介休城去。〔尉遲云〕嗨。誰想我主公被他殺了。我待不降呵。如今統着大勢雄兵。我又無了主人。可不道能狼安敵衆犬。好漢難打人多。罷罷罷。唐元帥。我降可降。你依的我一件事。我便投降。〔徐茂公云〕休道一件事。便是十件也依的。你説。〔尉遲云〕等我主公服孝三年滿時。我便投降您。〔徐茂公云〕軍情事急。怎等三年。等不的。〔尉遲云〕既然這等呵。等三個月孝滿可投降。〔徐茂公云〕也等不得。〔尉遲云〕罷罷罷。男子漢勢到今日。也一日準一年。等我三日服孝滿。埋殯追薦了我主公之時。那其間我大開城門。投降何如。〔正末云〕將軍此言有準麽。〔尉遲云〕大丈夫豈有謬言。你若不信。將我這火尖鎗。深烏馬。水磨鞭。衣袍鎧甲。您先將的去。權爲信物。三日之後。我便投降也。〔徐茂公云〕既是這等。你可將來。小校收了者。〔正末云〕軍師。似尉遲恭這等一員上將。端的世之罕有。〔徐茂公云〕元帥。果然是好一員虎將也。〔正末唱〕

【仙呂端正好】他服孝整三年。事急也權那做三日。此事着後代人知。則這英雄能盡君臣禮。待他投降後凱歌回。卸兵甲載旌旗。還紫禁到丹墀。做個龍虎風雲會。〔同下〕

〔尉遲云〕誰想俺主公死在唐將之手。一壁廂做個木匣兒。一般埋殯了。主公。則被你痛殺我也。〔下〕

【音釋】勣與績同　降奚江切　竅敲去聲　日人智切

第一折

〔尉遲引卒子上云〕某尉遲恭。今日是第三日也。小校大開城門。待唐兵來時。報復某家知道。〔卒子云〕理會的。〔正末同徐茂公上云〕軍師。今日第三日了。尉遲敬德敢待來也。〔徐茂公云〕元帥賀喜。今日却收伏一員虎將也。〔正末云〕軍師。投至俺得這尉遲恭。非同容易也呵。〔唱〕

【仙呂點絳脣】天數合該。虎臣囚在。迷魂寨。請的他來。似兄弟相看待。

【混江龍】因窺關隘。自從那美良川引至介休來。俺想着先王有道。後輩賢才。若不是周西伯能求飛虎將。誰把一個姜太公請下釣魚臺。他可也幾曾見忽的旗展。豁的門開。鼕的鼓響。瑲的鑼篩。投至得這個千戰千贏尉遲恭。好險也萬生萬死唐元帥。到今日回憂作喜。降福除災。

〔云〕軍師。傳下軍令。着大勢雄兵。擺的嚴整者。〔徐茂公云〕衆將。都與我刀劍出鞘。弓弩上弦。把七重圍子。擺的嚴整。〔正末唱〕

【油葫蘆】傳將令疾教軍佈擺。休覷的如小哉。則他這七重圍子兩邊排。〔徐茂公云〕元帥。量敬德一人。兵器袍鎧鞍馬俱無。怕做甚麼。〔正末唱〕雖然他那身邊不掛狻猊鎧。腰間不繫獅蠻帶。跨下又無駿騌。手中又無器械。你覷那巖前虎瘦雄心在。休想他便肯納降牌。

〔卒子報科云〕報元帥得知。尉遲敬德來降了也。〔尉遲做綁縛跪科云〕量尉遲恭只是一個麤魯之夫。在美良川多有唐突。乞元帥勿罪。〔正末云〕將軍既已歸降。便當親解其縛。〔徐茂公做解科〕〔正末唱〕

【天下樂】縱便有鐵壁銀山也撞開。哎。你個英也波才。休浪猜。你既肯面縛歸降。我也須降階接待。請將軍去了服。罷了哀。俺今日與將軍慶賀來。

〔尉遲云〕元帥請坐。受尉遲恭幾拜。〔做拜科〕〔正末云〕將軍請起。〔尉遲云〕量尉遲恭有何德能。蒙元帥這般寬恕。敢不終身願隨鞭鐙。〔正末唱〕

【那吒令】看尉遲人生的。威風也那氣概。腹隱着。兵書也那戰策。可知道名震着。乾坤也那世界。俺這裏雖然是有紀綱。知興敗。那裏討尉遲這般樣一個身材。

〔尉遲云〕元帥。豈不聞晏平仲善與人交。久而敬之。〔正末唱〕

【鵲踏枝】説話處調書袋。施禮數傲吾儕。據着你斬虎英雄。不弱如那子路澹臺。則怕俺弟兄每心不改。可不道有朋自遠方來。

〔云〕左右將酒來。我與將軍遞一盃咱。將軍滿飲一盃。〔把酒科〕〔尉遲云〕元帥先請。量尉遲恭無過是個武夫。着元帥如此重待。則一件。想當日在赤瓜峪與三將軍元吉相持。打了他一鞭。今日尉遲恭降了唐。則怕三將軍記那一鞭之讎麽。〔正末云〕將軍但放心。某如今奏知聖人。自有加

官賜賞。誰敢記讎。〔唱〕

【寄生草】你道是赤瓜峪。與咱家曾會垓。馬蹄兒撞破連環寨。鞭梢兒早抹着天靈蓋。也則爲主人各佔邊疆界。這的是桀之犬吠了帝堯來。便三將軍怎好把你尉遲怪。

〔尉遲云〕韓信棄項歸劉。蕭何舉薦。掛印登壇。想尉遲恭雖不及韓信之能。料元帥不弱沛公之量也。〔正末唱〕

【後庭花】你是個領貔貅天下材。畫麒麟閣上客。想當日漢高祖知人傑。俺準備着韓淮陰拜將臺。把筵宴快安排。俺將你真心兒酬待。則要你立唐朝顯手策。立唐朝顯手策。

【青哥兒】呀。據着你英雄英雄慷慨。堪定那社稷社稷興衰。憑着你文武雙全將相才。則要你掃蕩雲霾。肅靖塵埃。將勇兵乖。那其間掛印懸牌。便將你一日轉千階。非優待。

〔徐茂公云〕元帥。俺如今屯軍在此。差人往京師奏知聖人。説尉遲恭降了唐也。聖人必有加官賜賞哩。〔正末云〕軍師。你與三將軍在此。看守營寨。某親自見聖人奏知。就將的敬德將軍牌印來也。〔徐茂公云〕這等。元帥領二十騎人馬去路上防護者。〔正末唱〕

【賺煞】則今日赴皇都。離邊塞。把從前冤讎事解。直至君王御案上拆。一件件稟奏的明白。便道不應該。未有甚汗馬差排。且權做行軍副元帥。〔云〕軍師。〔唱〕你與我整三軍器械。緊看着營寨。則我這手兒裏將的印牌來。〔下〕

〔徐茂公云〕元帥去了也。敬德將軍。喒與你營中去來。〔尉遲云〕軍師。想敬德降唐。無寸箭之功。元帥去取某印牌去了。我必然捨這一腔熱血。與國家出力。方顯某盡忠之心也。〔詩云〕我背暗投明離舊主。披肝瀝膽佐新君。憑着我烏錐馬扶持唐社稷。水磨鞭打就李乾坤。〔下〕

〔音釋〕搪音唐　猊音移　騗音冤　策釵上聲　峪音裕　貔音疲　貅音休　客音楷　霾音埋　塞音賽　拆釵上聲　白巴埋切　應平聲

第二折

〔净扮元吉同丑扮段志賢卒子上詩云〕朝爲田舍郎。暮登天子堂。出的朝陽門。便是大黄莊。自家不是別人。三將軍元吉是也。這個將軍。是段志賢。我哥哥唐元帥。領兵收捕劉武周。與尉遲交戰。被我將尉遲引至介休城。將軍兵圍住。我則想殺了這匹夫。不想俺哥哥收留了他。如今俺哥哥親自去京師。奏知聖人。要與他加官賜賞。兄弟。你可知我恨他。〔段志賢云〕三將軍。你爲何恨他。〔元吉云〕兄弟也。想當此一日在赤瓜峪。我與尉遲交戰時。他曾打了我一鞭。打的我吐血數里。他如今可降了唐。我這冤仇。幾時得報。〔段志賢云〕三將軍要報這一鞭之仇。也容易。〔元吉云〕哥。你有甚計策。〔段志賢云〕如今唐元帥往京師去了。你守着營寨。你喚尉遲恭來。

尋他些風流罪過。則説他有二心。將他下在牢中。所算了他性命。等唐元帥回來時。則説他私下領着本部人馬。還要回他那山後去。被我趕上拏回來。下在牢中。那廝氣性大的。這一氣就氣殺了也。這個計較。可不好那。〔元吉云〕此計大妙。你那裏是我的哥。便是我親老子。也設不出妙計來。左右。那裏喚將尉遲恭來者。〔卒子云〕尉遲恭安在。〔尉遲云〕某尉遲恭。自從降了唐。有三將軍元吉呼喚。不知甚事。須索走一遭去。〔卒子報科云〕敬德來了也。〔元吉云〕着他過來。〔見科尉遲云〕三將軍呼喚敬德。那廂使用。〔元吉云〕敬德。你知罪麼。〔尉遲云〕敬德不知罪。〔元吉云〕你剗地不知罪哩。你昨日夜晚間。和你那本部下人馬商量。還要回你那山後去是麽。〔尉遲云〕三將軍。想敬德初降唐。無寸箭之功。唐元帥如此重待。又去京師奏知聖人。取我牌印去了。某豈有此心也。〔元吉云〕這廝强嘴哩。左右。把這匹夫下在牢中去。〔卒子拏科〕〔尉遲云〕罷罷罷。我尉遲恭當初本不降唐來。都是唐元帥徐茂公。説着我降唐。今日將我下在牢中。這元吉當初在赤瓜峪。我曾打了他一鞭。他記舊日之仇。陷害我性命。天也教誰人救我咱。〔下〕〔段志賢云〕三將軍。此計何如。〔元吉云〕老段。好計。我如今分付看守的人。則要死的不要活的。若是死了尉遲恭。則顯我老三好漢。憑着我這一片好心。天也與我箇條兒糖吃。〔下〕〔外扮單雄信上云〕某單雄信是也。幼習韜略之書。長而好武。無有不拈。無有不會。使一條狼牙棗槊。有萬夫不當之勇。在俺主公洛陽王世充麾下。今有唐元帥無禮。要領兵前來。偷覷俺洛陽城。更待乾罷。是俺奏知主公。就着俺統領十萬雄兵。擒拏唐元帥走一遭去。大小三軍。聽吾將令。

〔詩云〕他逞大膽心懷奸詐。入洛陽全然不怕。若趕上唐將元戎。我和他決無乾罷。〔下〕〔正末上云〕某唐元帥。自從收捕了尉遲恭。某自往京師。奏知聖人去來。到這途中。後面塵土起處。兀的不有人馬趕將來也。〔徐茂公慌上云〕某徐茂公。自從唐元帥去了。不想元吉思舊日之仇。如今把敬德下在牢中。我須親趕唐元帥回來。救敬德之難。兀那前面不是元帥。元帥且住者。我有説的話。〔正末云〕軍師。你爲何趕將來。〔徐茂公云〕自從元帥去了。不想三將軍記舊日之仇。如今把敬德下在牢中。誣言他有二心。思量重回山後去。若是敬德有些好歹。顯的俺等言而無信了。因此一逕的趕元帥回去。救敬德之難也。〔正末云〕軍師。我觀敬德。豈有此心也呵。〔唱〕

【正宮端正好】是他新。喒頭舊。没揣的結下寃讎。你道他尉遲恭又往那沙陀走。喒可也慢慢的相窮究。

【滚繡毬】他有投明棄暗的心。拿雲握霧的手。休猜做人中禽獸。論英雄堪可封侯。憑着他相貌搊。武藝熟。上陣處只顯的他家馳驟。都是我幾遭兒撫順的情由。據着他全忠盡孝真良將。怎肯做背義忘恩那死囚。乾費了百計千謀。

〔徐茂公云〕元帥。你且休往京師去。疾回營中。救敬德去來。〔正末云〕咱便回營。救敬德去也。〔下〕〔元吉同段志賢上詩云〕我元吉天生有計謀。生拿敬德下牢囚。只待將他盆吊死。單怕他一拳打的我做春牛。自從把尉遲下在牢裏。我則要所算了他性命。又被這不知趣的徐茂公。左來右去打攪。怎生是好。〔段志賢云〕三將軍你不知。如今軍師見你把敬德下在牢裏。親自趕唐元帥去了。〔元吉云〕不妨事。便唐元帥回來問我時。我自有話說。〔正末同徐茂公上云〕可早來到營門首也。左右接了馬者。〔徐茂公云〕報復去。你說唐元帥同軍師下馬也。〔卒子云〕喏。有唐元帥同軍師下馬也。〔段志賢云〕如何。我說軍師趕元帥去了也。〔元吉云〕不妨事。我接待去。〔見科云〕呀。哥哥來了也。請坐。〔正末云〕三將軍。敬德安在。〔元吉云〕哥哥。你說敬德那厮。他是個忘恩背義的人。想俺怎生看待他來。剛剛你去了。他領着本部人馬。夜晚間要私奔還他那山後去。早是我知道的疾。我慌忙領着些人馬。趕到數里程途。着我拿得回來。我待殺壞了。爭奈元帥你可不在。且將他下在牢中。則等元帥回來。把這厮殺了罷。若不殺了他。久已後也是去的。〔正末云〕兄弟。我觀敬德敢無此心。〔元吉云〕哥也。知人知面不知心。你道無二心呵。他怎生背了劉武周。投降了俺來。這等人到底不是個好的。不殺了要他何用。〔正末云〕兄弟。投至俺得這敬德呵。非同容易。你若殺了他。可不做的個閉塞賢路麼。〔元吉云〕元帥。想昔日劉沛公手下。英布。彭越。韓信。立起什大功勞。後來蕭何定計。誅了英布。醢了彭越。斬了韓信。你道三個將軍有甚麼罪過。尚然殺壞了。量這敬德打甚麼不緊。趁早將他哈喇了也還便宜。你早些結果了他。哥也。我買條兒糖謝你。〔正末云〕兄弟。你則知其一。不知其二。〔唱〕

【倘秀才】那一個彭越呵他也曾和舍人出口。那一個韓信呵他也曾調陳豨執手。那一個英布呵他使一勇性强占了九州。可不道千軍容易得。一將最難求。怎學那蕭何的做手。

〔徐茂公云〕元帥。你只喚出敬德來。自問他詳細。便見真假。〔正末云〕這也説的是。小校。喚將敬德來。〔元吉云〕拿將敬德來。〔尉遲帶杻上云〕事要前思。免勞後悔。想當日降唐之後。唐元帥往京師去了。不想三將軍元吉。他記我打了他一鞭之讎。將我下在牢中。不期唐元帥半路回來。我今見元帥去。〔見科〕〔尉遲云〕元帥。可不道招賢納士哩。〔正末云〕三將軍。敬德有何罪。將他下在牢中。〔元吉云〕元帥。你不知。自你去後。他有二心。領着他那本部人馬。要往本處山後去。早是我趕回來。想敬德。我有何虧負着他來。〔尉遲云〕元帥。三將軍記那一鞭之讎。敬德並無此心。〔正末云〕既然這般。我親釋其縛。我欲待往京師奏知聖人。取將軍牌印來。誰想將軍要回去。可不道心去意難留。留下結寃讎。〔尉遲云〕我敬德並無此心。〔正末云〕軍師。安排酒菓來。〔元吉云〕倒好了他。他有二心。要回山後去。這等背義忘恩。又饒了他不殺壞。又與餞行。那裏有這等道理。〔正末唱〕

【脱布衫】他斷知重不敢擡頭。我再相逢争忍凝眸。君子人不念舊惡。小人兒自來悔後。

〔云〕左右。將酒來。我與敬德遞一盃送行。〔把酒科云〕將軍滿飲一盃。〔唱〕

【小梁州】我這裏親送轅門捧玉甌。將軍你莫記寃讎。〔云〕左右。將一餅金來。〔卒子云〕金在此。〔尉遲云〕元帥要這金做甚麽。〔正末云〕將軍。〔唱〕這金權爲路費酒消愁。指望待常相守。誰承望心去意難留。

〔尉遲云〕我敬德本無二心。元帥既然疑我。男子漢既到今日。也罷也罷。要我這性命做甚麼。我不如撞階而死。〔正末扯科云〕哎。敬德又説無此心。三將軍又是那樣説。〔向元吉云〕兄弟。如今我也難做主張。叫你那同去趕那敬德的軍士們來。我試問他一番。待他説出真情來。便着敬德也肯心服。〔元吉背云〕這個却是苦也。他那裏曾走。我那曾趕他。他便走。我也不敢趕他去。如今叫軍士們説出實話來。却是怎了。也罷。我有了。〔回云〕哥哥。你差了也。那時節聽的這廝走了。還等的軍士哩。我只騎了一匹馬。拿着個鞭子。不顧性命趕上那敬德。他道你來怎的。我道你受我哥哥這等大恩。你怎逃走了。你下馬受死。他惱將起來。咬着牙拿起那水磨鞭。照着我就打來。哥哥。那時節若是別個。也着他送了五星三。誰想是你兄弟老三。我又没甚兵器。却被我側身躲過。只一拳瑲的一聲。把他那鞭打在地下。他就忙了。叫三爺饒了我罷。我也不聽他説。是我把右手帶住馬。左手揪着他眼扎毛。順手牽羊一般牽他回來了。〔尉遲云〕那有這事來。〔正末云〕敬德他一員猛將。如何這等好拿。我且問軍師咱。〔向茂公云〕軍師你聽者。想是敬德真個走來。〔徐茂公云〕敬德也是個好漢。三將軍平日却是個不説謊的。〔元吉云〕我若不説謊就遭瘟。〔徐茂公云〕如今與元帥同到演武場。着敬德領人馬先走。着三將軍後面單人獨馬趕上去。拏的轉來。這便見三將軍是實。拏不來。便見敬德是實。〔元吉背云〕老徐却也忒潑賴。這不是説話。這是害人性命哩。〔正末云〕此説最是。〔元吉云〕那時也只乘興而已。倖者不可屢僥。哥哥要饒他便罷。不消來勒揹我。〔尉遲云〕三將軍也不消慌的。我如今單人獨馬前行。你拏槊來。你捉的住。我情愿認罪。你剌的死。我情愿死。〔元吉笑科云〕我老三不是誇口。我精神抖擻。機謀通透。平日曾怕那個。我和你便上演武場去。〔入場敬德先行科元吉剌槊被奪墜馬科〕〔元吉云〕我馬眼叉。〔換馬如前科〕〔元吉云〕我手雞爪風兒發了。〔又趕如前科〕〔元吉云〕俺肚裏又疼。且回去吃鍾酒去着。〔正末云〕元來如此。敬德。則今日俺與你同見聖人去來。〔尉遲云〕這般呵。謝了元帥。〔正末唱〕

【幺篇】我和你如今便往朝中奏。〔尉遲云〕則是三將軍記那一鞭之讎。〔正末唱〕**將從前事一筆都勾。**〔元吉云〕我也不和他一般見識。〔正末唱〕**將軍你莫讎。從今後。休辭生受。則要你分破帝王憂。**

〔卒子慌上報科云〕喏。報的元帥得知。有王世充手下前部先鋒單雄信。特來索戰。〔尉遲云〕元帥。那單雄信只消差三將軍去拿他。也不用多撥人馬。只一人一騎。包拿來了。〔元吉云〕何如。我道你也伏了我老三的手段。〔正末云〕是。就撥五千人馬。着兄弟做先鋒。與我擒拏單雄信去來。〔唱〕

【上小樓】你道是精神抖擻。又道是機謀通透。雄信兵來。索要相持。你合承頭。想着你單鞭的。拿敬德。這般誇口。又何况那區區洛陽草寇。

〔元吉云〕適纔你兄弟説耍。當真就差我交鋒去。〔做叫疼科云〕哎喲。一時間肚疼起來。待我去營中略睡一睡。〔做出科〕〔詩云〕老三做事忒搊搜。差去争鋒不自由。如今只學烏龜法。得縮頭時且縮頭。〔下〕〔尉遲云〕元帥。想尉遲恭初來降唐。無寸箭之功。情願引領本部人馬。與他交鋒去。〔正末云〕不必將軍去。我正要看洛陽城池。如今領百十騎人馬。同段志賢打探。就觀看洛陽城去。〔唱〕

【幺篇】我正待看洛城。窺戰守。因此上息却鉦鼙。偃却旗旛。減却戈矛。〔尉遲云〕元帥休小覷了單雄信。他人又强馬又肥。使一條狼牙棗木槊。有萬夫不當之勇。若只是這等。恐怕有失。〔正末云〕不妨事。〔唱〕**雖然他人又强。馬又肥。也拚的和他歹鬬。難道我李世民便落人機彀。**

〔徐茂公云〕既然這般。元帥。你要觀看他洛陽城。元帥先行。我與敬德將軍隨後來接應元帥來。〔正末云〕軍師說的是。我與段志賢先行。軍師與敬德隨後來接應者。〔尉遲云〕我就跟的元帥去。可不好那。〔正末唱〕

【隨煞尾】則這割雞焉用牛刀手。小將那消大帥收。管教六十四處征塵一掃休。十八處改年號的出盡了醜。〔徐茂公云〕元帥。這一去則願你鞭敲金鐙也。〔正末唱〕**那時節將軍容再脩。將凱歌齊奏。你可也早些兒准備安排着這個慶功的酒。**〔下〕

〔段志賢云〕雖然如此。還要與三將軍一別。三將軍安在。〔元吉上云〕我適纔到營帳裏打的一個盹。這肚就不疼了。正待要去厮殺。我哥哥便等不得自家去了。〔段志賢云〕三將軍。軍師勿罪。我同元帥先去也。〔元吉云〕老段。則要你小心在意者。〔段志賢下〕〔徐茂公云〕三將軍。你領兵合後。我與敬德先接應元帥去來。〔元吉云〕軍師先行。我在後領兵再來接應你。敬德據理來饒你不得。看俺哥哥面上。你且寄頭在項。此一去若有疎失呵。我不道的饒了你哩。〔尉遲云〕三將軍。別人不知。你可知我那水磨鞭來。我這一去遇着那單雄信呵。只着他鞭稍一指。頭顱早粉碎也。〔詩云〕捨生容易立功難。誰似吾家力拔山。則這水磨鋼鞭一騎馬。不殺無徒誓不還。〔徐同下〕〔元吉云〕我要殺了這匹夫來。不想俺哥哥回來救了。也罷。我這一去好歹要害了他。若殺了敬德呵。纔報的我這一鞭之仇。軍師着我做合後。我只是慢慢的去。等他救應不到。必有疎失。豈不是一計。〔下〕

〔音釋〕槊聲卯切　握音杳　搊音鄒　熟裳由切　醢音海　豨音希　餞音賤　僥音交　鉦音征　韇音疲　盹敦上聲

第三折

〔單雄信蹦馬引卒子上云〕某單雄信是也。聽知的唐元帥領着段志賢觀看我洛陽城。更待乾罷。某領三千人馬趕去來。〔下〕〔段志賢蹦馬上云〕某段志賢。我唐元帥。觀看他洛陽城。不想單雄信領兵趕將來了。怎好也。〔單雄信趕上科云〕段志賢。及早下馬受降。〔調陣科〕〔段志賢云〕我近他不的。跑跑跑。〔下〕〔單雄信云〕這廝走了也。更待乾罷。不問那裏趕將去。〔下〕〔正末蹦馬上慌科云〕怎生是好。我正觀看洛陽城。不想撞着單雄信領兵趕將來。段志賢不知在那裏。可怎生

是好。〔單雄信上云〕李世民少走。你那裏去。及早下馬受降。〔正末唱〕

【越調鬭鵪鶉】人一似北極天蓬。馬一似南方火龍。他那裏縱馬横鎗。將咱來緊攻。他急似雷霆。我疾如火風。我這裏走的慌。他可也趕的兇。似這般耀武揚威。争强奮勇。

【紫花兒序】我恨不的脅生雙翅。項長三頭。他道甚麽休走唐童。恰便似魚鑽入絲網。鳥撲入樊籠。匆匆。馬也少不的上你淩煙第一功。則要得四蹄那動。只聽的喊殺聲聲。更催着戰鼓逢逢。

〔單雄信云〕趕入這榆科園來了也。你待走的那裏去。〔正末唱〕

【耍三台】待把我征驍縱。殘生送。〔徐茂公踹馬慌上云〕兀的不是元帥。〔做揪雄信科〕〔徐茂公云〕將軍且暫住一住。〔單雄信云〕我道是誰。元來是徐茂公。你放手。〔正末唱〕呀。原來是軍師茂公。〔徐茂公云〕元帥。你快逃命走。〔單雄信云〕徐茂公。你放手。〔正末唱〕他道我已得命好從容。且看他如何作用。則要你拿雲手緊將袍袖封。談天口説轉他心意從。你便是騙英布的隨何。説韓信的蒯通。

〔單雄信云〕徐茂公。你放手。往日咱兩個是朋友。今日各爲其主也。〔徐茂公云〕將軍看俺舊交之情。〔單雄信云〕你兩次三番則管裏扯住我罷。我拔出劍來你見麽。我割袍斷義。你若再趕將

來。我一劍揮之兩段。〔徐茂公云〕似此可怎生了也。〔正末唱〕

【調笑令】見那廝不從。支楞楞扯出霜鋒。呀。我見他盡在嘻嘻冷笑中。我見他割袍斷袖絕了朋情重。越惱的他忿氣冲冲。不争這單雄信推開徐茂公。天也誰搭救我這微躬。

〔徐茂公云〕不中。我回營中取救軍去來。〔下〕〔單雄信云〕徐茂公去了也。李世民。你及早下馬受降。〔正末云〕我手中有弓可無箭。兀那單雄信。你知我擅能神射。我發箭你看。〔單雄信云〕他也合死。手中有弓無箭。量你到的那裏。〔正末唱〕

【小桃紅】手中無箭慢張弓。頻把這虛弦控。元來徐茂公臨陣不中用。〔敬德跚馬上叫云〕單雄信慢走。〔正末唱〕則聽的語如鐘。喝一聲響亮春雷動。縱然他有些耳聾。乍聞來也須怕恐。〔尉遲云〕單雄信勿傷吾主。〔正末云〕元來是敬德救我哩。〔唱〕高叫道休傷俺主人公。

〔單雄信云〕那裏走將這個賣炭的來。這廝剗馬單鞭。量你何足道哉。〔尉遲云〕單雄信休得無禮。

〔做調陣科〕〔正末唱〕

【禿廝兒】尉遲恭威而不猛。單雄信戰而無功。我見他格截架解不放空。起一陣殺氣黑濛濛。遮籠。

【聖藥王】這一個鎗去疾。那一個鞭下的猛。半空中起了一個避乖龍。那一個雌。這一個雄。琣玎璫鞭槊緊相從。好下手的也尉遲恭。

〔尉遲打雄信下云〕元帥。若不是我尉遲恭來的早呵。險些兒落在他勾中。被某一鞭打的那厮吐血而走。被我奪了那厮的棗木槊也。〔正末云〕若不是將軍來呵。那裏取我這性命。則今日我與將軍同見聖人去來。〔尉遲云〕量尉遲恭有何德能。則是仗元帥虎威耳。〔正末云〕壯哉壯哉。不枉了好將軍也。〔唱〕

【收尾】我則見忽的戰馬交出的棗槊起颼的鋼鞭重。把一箇生硬漢打的來渾身盡腫。哎。則你個打單雄信的尉遲恭。不弱似喝叓煩他這個霸王勇。〔同下〕

〔音釋〕那音挪　逢音蓬　從音匆　楞盧登切　猛蒙上聲　解上聲

第四折

〔徐茂公上詩云〕帥鼓銅鑼一兩敲。轅門裏外列兵刀。將軍報罷平安喏。緊捲旗旛再不搖。某乃徐茂公是也。今唐元帥與單雄信在榆科園交戰。某見唐元帥大敗虧輸。忙差尉遲恭接應唐元帥去了。未知輸贏勝敗。使的那能行快走的探子看去。這早晚敢待來也。〔正末扮探子上云〕一場好厮殺也呵。〔唱〕

【黃鍾醉花陰】大路上難行落荒裏踐。兩雙脚驀嶺登山快撚。走的我一口氣似攛椽。

若見俺軍師一一的都分辯。〔見科云〕報報報。〔徐茂公云〕好探子。他從那陣上來。你只看他喜氣旺色。那輸贏勝敗早可知了也。〔詩云〕我則見雉尾金環結束雄。腰間斜插寶雕弓。兩脚能行千里路。一身常伴五更風。金字旗拿畫桿赤。長蛇鎗拂絳纓紅。兩陣相當分勝敗。盡在來人啓口中。兀那探子。單雄信與唐元帥怎生交鋒。你喘息定了。慢慢的説一遍咱。〔探子唱〕聽小人話根源。只説單雄信今番將手段展。

【喜遷鶯】早來到北邙前面。猛聽的鑼鼓喧天。那軍不到三千。擁出個將一員。雄糾糾威風武藝顯。是段志賢立陣前。一個待功標汗簡。一個待名上凌煙。

〔徐茂公云〕元來是單雄信與某家段志賢交馬。兩員將撲入垓心。不打話來回便戰。三軍發喊。二將争功。陣上數聲鼙鼓擂。軍前兩騎馬相交。馬盤馬折。千尋浪裏蝎波龍。人撞人冲。萬丈山前争食虎。一個似摔碎雷車霹靂鬼。一個似擘開華岳巨靈神。端的是誰輸誰贏。再説一遍。〔探子唱〕

【出隊子】兩員將刀回馬轉。迎頭兒先輸了段志賢。唐元帥敗走恰便似箭離弦。單雄信追趕似風送船。尉遲恭傍觀恰便似虎視犬。

〔徐茂公云〕誰想段志賢輸了也。背後一將厲聲高叫道。單雄信不得無禮。你道是誰。乃尉遲敬德出馬。好將軍也。〔詩云〕他是那虎體鳶肩將相才。六韜三略貯胸懷。遇敵只把單鞭舉。救難慌騎剗馬來。捉將似鷹拏狡兔。挾人如母抱嬰孩。若非真武臨凡世。便應黑煞下天臺。俺尉遲敬德與

單雄信怎生交戰。探子。你喘息定了。慢慢的再説一遍咱。〔探子唱〕

【刮地風】揣揣揣加鞭。不剌剌走似煙。一騎馬𩦎到跟前。單雄信棗槊如秋練。正望心穿。見忽地將鋼鞭疾轉。骨碌碌怪眼睁圓。尉遲恭身又驍。手又便。單雄信如何施展。則一鞭偃了左肩。滴流撲墜落征駹。不甫能躲過唐童箭。呀。早迎着敬德鞭。

〔徐茂公云〕元來敬德手掿着竹節鋼鞭。與單雄信交戰。好鋼鞭也。〔詩云〕軍器多般分外别。層層疊疊攢霜雪。有如枯竹節攢成。渾似烏龍尾半截。千人隊裏生殺氣。萬衆叢中損英傑。饒君披上鎧三重。抹着鞭梢骨節折。敬德舉鞭在手。喝聲着。單雄信丢了棗槊。口吐鮮血。伏鞍而走。好將軍也。扶持宇宙。整頓江山。全憑着打將鞭。怎出的拿雲手。鞭起處如烏龍擺尾。將落馬似猛虎離巢。胡敬德世上無雙。功勞簿堪書第一。此時俺主唐元帥却在那裏。探子。你喘息定了。慢慢的再説一遍咱。〔探子唱〕

【四門子】俺元帥勒馬親回轉。展虎軀驟駿駹。看他一來一往相交戰。是誰人敢占先。那一個犇。這一個趕。將和軍躲的偌近遠。剛㡾裏藏。休浪裏潛。馬兒上前合後偃。

〔徐茂公云〕單雄信輸了也。〔詞云〕他只待拋翻狼牙箭。扯斷寶雕弓。撞倒麒麟和獬豸。冲開猛虎與犇熊。好敬德也。他有那舉鼎拔山力。超羣出世雄。鋼鞭懸鐵塔。黑馬似烏龍。殺人無對

手。上陣有威風。壯哉唐敬德。歸來拜鄂公。今若敬德不去。俺主唐元帥可不休了。兀那探子。你再說一遍咱。〔探子唱〕

【古水仙子】呀呀呀猛望見。便便便鐵石人見了也可憐。他他他袋内有彎弓。壺中無隻箭。待待待要布展怎地展。錚錚錚兩三番迸斷了弓弦。走走走一騎馬逃入榆科園。來來來兩員將遶定榆科轉。見見見更狠似美良川。

〔徐茂公云〕單雄信大敗虧輸。俺尉遲恭贏了也。探子。無甚事賞你一隻羊。兩㙾酒。一個月不打差。你回營中去罷。〔探子唱〕

【煞尾】俺元帥今年時運顯。施逞會剗馬單鞭。則一陣殺的那敗殘軍急離披走十數里遠。

〔徐茂公云〕尉遲恭鞭打了單雄信。俺這裏贏了也。此一番回去。可不羞殺了三將軍元吉。一壁廂椎翻牛。窨下酒。做個大大的筵宴。等元帥還營。一來賀喜。二來賞功。已早分付的齊備了也。

〔詩云〕胡敬德顯耀英雄。單雄信有志無功。聖天子百靈相助。大將軍八面威風。

〔音釋〕驀音陌　剌音辣　賸音盛　重平聲　犇與奔同　㡛音撏　窨音蔭

題目　單雄信斷袖割袍

正名　尉遲恭單鞭奪槊

呂洞賓三度城南柳雜劇

谷子敬 撰

楔子

〔正末扮呂洞賓上云〕貧道姓呂名岩字洞賓。道號純陽子。隱于終南山。遇鍾離師父。授以長生之術。得道成仙。昔日師父曾説。這岳州城南一株柳樹。生數百餘年。有仙風道骨。教我度脱他。如今來到這岳州地面。不免扮做一個貨墨的先生。去訪問咱。哦。遠望城南一片緑陰。就是那株樹了。原來在岳陽樓邊。且往這樓上一看。〔做到樓科〕〔叫云〕酒保何在。〔丑扮酒保上云〕老漢姓楊。在這岳陽樓下開着一箇酒店。今日没甚麽客。只有一個先生在樓上。我試問咱。〔做見科云〕師父。買幾多錢的酒。〔正末云〕買五十文錢的酒。相饒些下酒來。〔酒保云〕這先生真是個乞化的。買得五十文錢酒。怎生又要案酒。兀的酒在這裏。實是遲了。没什麽下酒。〔正末云〕有酒無殽。怎生吃的下。我這墨籃裏有王母賜的蟠桃一顆。將來下酒。〔飲酒啖桃科云〕嗒凭欄看這柳樹。果有仙風道骨。争奈他土木之物。如何做得神仙。必然成精之後。方可成人。成人之後。方可成道。我恰纔吃的這顆桃。本是仙種。我將桃核抛于東墻之下。長成之後。教他和這柳樹俱成花月之妖。結爲夫婦。那其間再來度脱他。也未遲哩。〔做下樓科云〕這桃終是仙種。頃刻間可早開了花也。你聽我囑付咱。〔唱〕

【仙呂賞花時】今日箇嫩蕊猶含粉臉羞。密葉空攢翠黛愁。誇豔冶逞風流。結上些鶯朋燕友。可索及早裏便抽頭。

【幺篇】休則管惱亂春風卒未休。恐怕你憔悴秋霜非是久。只等的紅雨散緑雲收。我那其間尋花問柳。重到岳陽樓。〔下〕

〔音釋〕黛音代　卒粗上聲

第一折

〔旦扮桃花精浄扮柳樹精同上〕〔桃云〕妾身乃天上仙桃。此乃城南柳樹。昔日吕洞賓師父到此。有意度脱這老柳。將我種向鄰墻。與老柳配作夫婦。以此成爲精靈。俺兩個都是妖物。白日裏不敢出來。則去深山裏潛藏。晚夕方敢來這樓上宿歇。似這等風吹日晾。雪壓霜欺。知他幾時能勾脱生。如今天明了也。俺兩個又索往深山中潛藏去來。〔下〕〔正末上云〕貧道吕岩。自從他天上仙桃配上城南老柳。貧道不自去點化他。如何成人。則索離了仙府。又往人間走一遭去也呵。

〔唱〕

【仙呂點絳唇】别却蓬壺。坦然獨步。塵寰去。回首仙居。兀良在縹緲雲深處。

【混江龍】仙凡有路。全憑着足底一雙鳧。翱翔天地。放浪江湖。東訪丹丘西太華。

朝游北海暮蒼梧。暫離真境。來混塵俗。覷百年浮世。似一夢華胥。信壺裏乾坤廣闊。嘆人間甲子須臾。眨眼間白石已爛。轉頭時滄海重枯。箭也似走乏玉兔。梭也似飛困金烏。看了這短光陰。則不如且入無何去。落的個詩懷浩蕩。醉眼模糊。

〔云〕可早來到岳陽樓也。且買幾杯酒吃。酒保何在。〔酒保上云〕師父要多少錢酒。〔正末云〕打一百錢酒。〔酒保云〕酒在此。〔正末云〕是好高樓也。我且看景致咱。〔唱〕

【油葫蘆】高聳聳雕闌十二曲。接太虛。層梯百尺步雲衢。一會家望齊州則索低頭數。只恐怕近天宮不敢高聲語。這樓襟三江。帶五湖。更對着君山千仞青如許。喒這裏不飲待何如。

【天下樂】拚着箇醉倒黃公舊酒壚。笑三也波閭。楚大夫。如今這汨羅江有誰曾弔古。怕不待騎鯨的飛上天。荷鍤的埋入土。則問你獨醒的今在無。

〔酒保云〕這先生買了一百錢酒。則管要添。料這窮道人。那裏討錢還我。没了酒也。〔正末云〕他怕我無錢。就説無了酒。我飲興方濃。怎生是好。〔酒保云〕你要酒先數錢來。〔正末云〕我委實無錢了也。〔酒保云〕便無錢有甚麽隨身物件來當。〔正末云〕道人有何物。〔唱〕

【金盞兒】俺道人呵隻身軀走江湖。量隨行有甚希奇物。止不過墨籃琴譜藥葫蘆。則你那尊中無緑蟻。皆因我囊裏缺青蚨。怎做得神仙留玉珮。卿相解金魚。

〔做解劍科云〕將這劍當下如何。〔酒保云〕我不要他。〔正末云〕我這劍非同小可。〔唱〕

【幺篇】這劍六合砌爲鑪。二氣鑄成模。呼的風喚的雨驅的雲霧。屠的龍誅的虎滅的魅魍。霜鋒如巨闕。冰刃勝昆吾。光摇牛斗暗。氣壓鬼神伏。

〔云〕你當下這劍有用他處。〔酒保接劍掛背上科云〕這劍是有用處。也好切菜。先生。酒不打緊。如今天色晚了。這樓上有兩個精怪。到晚便出來迷人。酒客晚間不敢在這樓上吃酒。〔正末云〕有甚麼精怪。我不怕他。〔酒保云〕你有甚麼術法。却不怕他。〔正末唱〕

【醉中天】我比你無些懼。你問我有何術。〔指劍科〕則是這袖裏青蛇膽氣麤。怕甚麼妖精物。我若是拔向尊前起舞。手到處百靈咸助。怎容他山鬼揶揄。

〔酒保云〕既然先生不怕。我與你酒自斟自飲。我下樓去也。〔下〕〔桃柳精上云〕俺二人恰從山中出來。如今天色晚也。咱去樓上宿歇去來。〔做上樓驚拜科云〕不知上仙在此。合當萬死。〔正末唱〕

【後庭花】原來是逞妖嬈嬌豔姝。弄精神老匹夫。玄都觀爲頭樹。彭澤莊第一株。〔云〕我問你咱。〔唱〕你待何如。敢又去迷人害物。〔柳云〕弟子不敢。〔正末唱〕索問甚榮與枯。無知的衰朽木。反不如花解語。

〔帶云〕桃呵。〔唱〕

【醉扶歸】你自一點芳心苦。〔柳云〕弟子幾時得度脱。〔正末云〕柳呵。〔唱〕幾時得萬結翠眉舒。〔桃柳各長吁科〕〔正末唱〕您兩箇對月臨風自嘆吁。正是你緑慘紅愁處。〔桃云〕我這等仙種。師父如何配與我柳樹。〔正末唱〕只合與妖桃共居。天生下連枝樹。

〔柳云〕師父。弟子端的幾時得托生。〔正末云〕你要托生。你只在老楊家成人。〔桃云〕弟子却是如何。〔正末云〕你也索跟將他去。〔柳云〕師父別有甚遺下言語。〔正末云〕你聽我說。〔詩云〕獨自行來獨自坐。無限世人不識我。惟有城南柳樹精。分明知道神仙過。〔唱〕

【賺煞】爲甚麽桃臉破紅顔。柳眼垂青顧。認得俺東君是主。堪笑時人空有目。如盲般豈辨賢愚。這火凡夫都是些懵懂之徒。不識回仙元姓呂。則不如把紅塵跳出。袖白雲歸去。我則待朗吟飛過洞庭湖。〔下〕

〔柳云〕師父不肯度脱。俺去了也。我想師父說。教俺老楊家成人。必是老楊在師父跟前唆說。不肯度脱咱兩個。等老楊上樓來。把他迷殺了。却不是了當。兀的不是老楊來也。〔酒保背劍上云〕天色晚了。我上樓收拾咱。〔見科叫云〕有鬼。有鬼。〔桃柳向前科〕〔酒保云〕我可也不怕他。有師父當下的劍。將來砍這妖怪。〔做拔劍砍科砍中柳科柳走下〕〔又砍桃科桃走下〕〔酒保云〕天色昏黑。不知砍着甚麽東西。只是各各的響。我試點火來照一照。〔做照科云〕原來砍着門前那老柳樹。墻邊桃樹。哦。元來就是這兩件物成精作怪。明日把柳樹截作繫馬樁。埋在門前。把桃樹鋸做桃符。釘在門上。着他兩個替我管門户。把這劍挂在樓上。鎮着家宅。我想那當劍先生也是高人。他曾說這劍有用處。果應其言。等他來贖劍時。請他吃一個爛醉。也當是我的謝意。〔下〕

〔音釋〕晾音諒　𡵋音巫　翺音敖　俗語疸切　眨側洽切　曲丘雨切　汨音密　鍤音插　物音務
魅音蘇　魋音吾　刃仁去聲　伏房夫切　術繩朱切　揶音爺　揄音余　木音暮　目音暮
懵夢上聲　出音杵　唆音梭

第二折

〔正末上云〕光陰好疾也。自離了岳陽樓。來山中住得一兩日。世上早二十年也。自從城南桃柳成其精靈。貧道故將寶劍留與老楊。着他手砍了他土木形骸。教柳樹就托生在楊家爲男子。教桃托生在鄰舍李家爲女子。他兩個成人。結爲夫婦。且教他酒色財氣裏過。方可度脱他成仙了道。則爲你這花和柳。教我走三遭也。〔唱〕

【正宮端正好】不争我三入岳陽城。又則索再出蓬萊洞。跨黄鶴拂兩袖天風。到世間不是我塵緣冗。則被這花共柳相搬弄。

【滚繡毬】怕不你柳色濃。花影重。色深沉暮煙偏重。影扶疎曉日方融。柳呵少不的半樹枯。半樹榮。桃呵少不的一片西。一片東。燕剪就亂絲也無用。鶯擲下碎錦也成空。幾曾見柳有千年緑。都説花無百日紅。枉費春工。

〔帶云〕衆神仙都也笑我忙些甚麽。〔唱〕

【倘秀才】那裏也清陰半空。何處也紅芳萬種。原來昨日今朝事不同。尋舊跡覓遺蹤。空留下故塚。

〔云〕我上樓試看咱。〔做坐定科云〕怎生不見人來。〔桃柳精改扮同上〕〔净云〕自家是岳陽樓下賣酒老楊的兒子。生下來頭髮便白。因此人皆叫我做老柳。我今年二十歲了。娶得個渾家。是東鄰李家女兒。名喚做小桃。和我同年同月同日生。我父親亡故多年。我獨自管着這酒樓。不知怎生。俺這婦人常不言語。可似啞的。我十分愛他。他却不愛我。這家緣全然不管。恰纔有個酒客上樓去了。我去問他。娘子。你好生看着門户。〔做上樓見正末科〕〔正末云〕老柳。你在這裏。你認的我麽。〔净云〕我不認的你。〔正末云〕二十年前我和你厮見來。〔净云〕這先生你敢錯認了。我恰纔二十歲。這二十年前那裏得我來。你認的是俺父親老楊。如今死過多年了。〔正末背云〕他是不認的。我去他身上。帶意兒説上幾句。看他省的省不的。〔唱〕

【滚繡毬】當日死了你那老太公。怎麽生下你這個小業種。樗散材怎能勾做梁作棟。你這片歲寒心不到的似柏如松。留下一枝兒繼你祖宗。那取五株兒做你弟兄。槁木般病形骸更没些沉重。乾柴般瘦身軀直恁麽龍鍾。枉將你翠眉顰損閒愁甚。空自把青眼睜開不認儂。我須是昔日仙翁。

〔云〕你看這掛的劍。原是我昔日當下的。今日特來回贖哩。〔净云〕先生休胡説。這口劍不曾生我時。有個神仙留下。我父親説這口劍曾除了樓上兩個妖精。以此掛着鎮宅。你怎麽説是你的。

你比那神仙多幾歲。〔正末云〕我不與你説。唤你渾家來。他便認的我。〔净云〕奇話。俺那渾家從不曾出來賣酒。他那裏認的你。我唤他出來。看認的你麽。〔做唤科〕〔旦上見正末拜科〕〔正末云〕小桃。你也在這裏。〔唱〕

【脱布衫】則見他烏雲墜蟬鬢鬅鬆。秋波困醉眼矇矓。酒力透冰肌色濃。枕痕印粉腮香重。

【小梁州】爲甚這兩朵桃花上臉紅。須是你本面真容。想着那去年今日此門中。你將我曾迎送。這搭裏再相逢。

〔旦云〕師父。怎這許多時不見師父來買酒喫。〔正末唱〕

【幺篇】恰便似漢劉郎誤訪桃源洞。奈惜花人有信難通。〔净看旦笑科〕〔正末唱〕他頻將柳眼窺。你把花心動。怕不年高德重。人則道臨老入花叢。

〔净云〕好是蹺怪。俺這渾家見了這先生。就會説話了。又似認的他一般。〔正末云〕老柳。再打酒來。不少你錢。〔净取酒上云〕今日見了師父。俺渾家又會説話。我喜之不勝。俺夫妻二人伏侍師父。只管吃醉。不要還酒錢。〔正末唱〕

【滚繡毬】我待從容飲巨觥。他可殷勤捧玉鍾。出紅妝主人情重。强如列珍羞炮鳳烹龍。〔净云〕師父。我會舞。等渾家也唱一個曲兒。替師父送酒何如。〔做舞唱科〕〔正末唱〕你看尊中酒不空。筵前曲未終。怎消得賢夫婦恁般陪奉。〔浄云〕師父。俺兩口兒這般歌舞。堪做一對兒。〔正末唱〕你那小蠻腰敢配不上樊素喉嚨。休看那舞低楊柳樓心月。且聽這歌盡桃花扇底風。倚翠偎紅。

〔云〕感你兩個好意。我雖醉有句話與你兩個説。想人生青春易過。白髮難饒。你兩個年紀小小的。則管裏被這酒色財氣迷着。不肯修行辦道。還要等甚麼。〔唱〕

【白鶴子】年光彈指過。世事轉頭空。則管苦戀兩枝春。可怎生不悟三生夢。

〔云〕你跟我出家去罷。〔浄云〕跟你去呵怎生。〔正末云〕跟我去呵。〔唱〕

【幺】學長生千歲柏。不老萬年松。我將你柳向玉堂栽。花傍瑶池種。

〔浄云〕不跟你去却怎生。〔正末唱〕

【快活三】少不的葉凋也翠幕傾。花落也錦機空。管取你一般瀟灑月明中。棲不得鸞和鳳。

【鮑老兒】那其間白雪飄飄灞岸東。飛絮將斜陽弄。紅雨霏霏漢苑中。殘英把春光送。老了錦鶯。愁翻粉蝶。怨殺遊蜂。芳菲渺渺。韶光苒苒。歲月匆匆。

〔浄云〕師父怕不如此説。我怎生捨得這家緣過活。夫婦恩情。便跟隨你去。〔旦云〕他不肯去。小桃情愿跟師父出家。〔正末唱〕

【啄木兒尾】怕不你霜凝時剛挨得秋。雪飄怎過冬。覷了這没下稍的枯楊成何用。想你那南柯則是一夢。争如俺桃花依舊笑春風。〔同旦下〕

〔浄云〕這潑婦真個跟了那先生去了。我也顧不的家緣活計。取下這劍來。帶着赶將去。賊道。我不到的放過你哩。〔下〕

〔音釋〕擲音直　㮕昌書切　顰音頻　鬅音朋　鬆思宗切　叢音從　觥音公　炮音袍

第三折

〔正末改扮漁翁上云〕老夫漁翁是也。駕着一葉扁舟。是俺平生活計。誰似俺漁人快活也呵。〔唱〕

【南吕一枝花】蠅頭利不貪。蝸角名難戀。行藏全在我。得失總由天。甘老江邊。富貴非吾願。清閒守自然。學子陵遁跡在嚴灘。似吕望韜光在渭川。

【梁州第七】雖是箇不識字烟波釣叟。却做了不思凡風月神仙。儘他世事雲千變。實丕丕林泉有分。虚飄飄鐘鼎無緣。想着那鬧吵吵東華門外。怎敵得静巉巉西塞山前。脚蹤兒不上凌烟。夢魂兒則想江堧。覷了那忘生捨死的將軍過虎豹關中。躭驚受恐的朝士擁麒麟殿前。争如俺少憂没慮的儂家住鸚鵡洲邊。苟延。數年。我其實怕見紅塵面。雲林深市朝遠。遮莫是天子呼來不上船。飲興陶然。

【隔尾】旋沽村酒家家賤。自釣鱸魚箇箇鮮。醉與樵夫講些經傳。春秋有幾年。漢唐事幾篇。端的誰是誰非喒兩個細敷演。

〔云〕因和那樵夫飲了幾盃酒。不覺的醉了。咱脱下這簑衣來鋪着。就這磯頭上睡一覺咱。〔睡科〕〔浄上云〕不想俺那渾家跟着先生去了。我隨後赶來。到這渡頭。原來是個截頭路。兀的見一隻漁船流將下來。我帶住這船。等有人尋時。教他渡過我去。〔做帶船〕〔正末醒科云〕怎生不見了漁船。〔唱〕

【牧羊關】恰纔共野老清辰飲。因此伴沙鷗白晝眠。覺來時怎生這釣魚船不見。這其間黄蘆岸潮平。白蘋渡水淺。莫不在紅蓼花新灘下。莫不在緑楊樹古堤邊。則見那人影裏牽回棹。原來是柳陰中纜住船。

〔背云〕那裏有什麽漁翁。就是我故意變化了的。教他不認得。〔做叫科云〕兀那漢子。這漁船是老夫的。〔浄云〕這船原來是那漁翁的。我將這船還你。借問漁翁曾見個出家的先生。引着個年小的婦人。從這裏過去麽。〔正末云〕是。見有兩箇人過去。〔唱〕

【隔尾】見一箇龐眉老叟行在前面。見一箇絶色佳人次着後肩。恰渡過芳洲早望不見。多管在竹林寺邊。桃花塢前。便趁着東風敢去不遠。

〔浄云〕他端的是那裏去了。〔正末唱〕

【牧羊關】他去處管七十二福地。轄三十六洞天。這河與弱水相連。山號崑崙。地名閬苑。須不是繫馬郵亭畔。送客渭城邊。離你那汴河隄早程三百。隔您那灞陵橋有路八千。

〔浄云〕遮莫他恁地遠。我也要趕上他。漁翁。怎生渡的我過去。〔正末云〕要我渡你也容易。你息得心上無明火。便渡你過去。〔浄云〕有何難處。我若趕上他。則不傷害他便了。〔正末云〕你帶着劍做甚麽。〔浄云〕這劍是那先生當下的。我如今送還他去。〔正末云〕既如此渡你過去。〔浄上船正末收簑衣開船科云〕這等的風雪滿天。没奈何渡你過去。〔唱〕

【罵玉郎】覷了這瓊花頃刻飄揚徧。銀海島玉山川。滄波萬頃明如練。龍鱗般雲外飄。鵝毛般江上剪。蝶翅般風中旋。

【感皇恩】可早漫地漫天。更撲頭撲面。雪擁就浪千堆。雪裁成花六出。雪壓得柳三眠。〔浄云〕這雪看看下得大了。好冷也。〔正末唱〕你這般愁風怕雪。甚的是帶雨拖烟。你索拳雙足。瞑雙目。聳雙肩。

〔浄云〕我起去搖櫓。借你簑衣披着。〔做借簑衣科〕〔正末唱〕

【採茶歌】他將我緑簑穿。他把那櫓繩牽。兀的是柳絲搖拽晚風前。那裏是雪片紛紛大如手。須是楊花滾滾亂如綿。

〔云〕船到岸了。你脱簑衣還我。你上岸去。〔浄脱簑衣科云〕漁翁。我這一去尋得俺那渾家着尋

不着。〔正末唱〕

【哭皇天】誰着你鎖鴛鴦繫不緊垂楊線。今可去覓鸞膠續斷絃。遮莫你上碧霄下黄泉。赤緊的天高地遠。你若不依着我正道。我若不指與你迷途。柳呵你便柔腸百結。巧計千般。渾身是眼。尋不見花枝兒般美少年。枉將你腰肢擺困。怎得你眉頭放展。

〔净云〕我不認的去路。漁翁。指引我去咱。〔正末唱〕

【烏夜啼】見放着一條捷徑疾如箭。索甚麼指路金鞭。管教得見你那春風面。行處休俄延。坐處莫留連。要問時則問那昔年劉阮洞中猿。待尋呵再休尋舊時王謝堂前燕。那裏也白玉樓。黄金殿。休看做亞夫營裏。陶令門前。

〔净云〕那裏是什麼所在。俺渾家知他是有也無。〔正末唱〕

【賀新郎】那搭兒别是一重天。盡都是翠柏林巒。那裏取緑楊庭院。數聲鶴唳呵不比那兩箇黄鸝囀。縱有那驚俗客雲間吠犬。須無那聒行人風外鳴蟬。你休錯認做章臺路。管取你誤入武陵源。那裏有碧桃千樹都開徧。你去那叢中尋配偶。便是花裏遇神仙。

〔净云〕多謝漁翁指引。若尋得俺渾家回來。還再謝你。〔正末云〕正道不遠。只在這裏便是。〔唱〕

【煞尾】天寬呵無由得遇青鸞便海闊也有信難通錦鯉傳。也不索登長空。臨巨淵。過重山。涉大川。只隔得一片白雲便相見。天涯在你目前。海角在你足邊。不比你那送行處。西出陽關路兒遠。〔下〕

〔淨云〕幸得這漁翁渡我過來。又指引我正道。則索依着他前面去。走了許遠。只見四面雲山。重重疊疊。知他是那裏。兀那松陰下有個洞門。裏面必定有人。我索問一聲。〔做敲門旦上開門科問云〕是誰。〔淨做見科云〕我那裏不尋。那裏不覓。元來你却在這裏。喒和你回去來。〔旦云〕這便是家。我那裏去。師父在裏面等我。〔淨云〕這歪剌骨無禮。我偌遠趕來尋你。你不回去。只戀着那先生。是甚麼緣故。這等潑賤。不殺了要他何用。〔做拔劍殺旦科云〕我把這死屍丟在洞門前水裏流將去。我藏了這劍。等那先生出來。也殺了他。方纔出的我這一口臭氣。〔外扮公人上云〕殺人賊。那裏去。〔淨慌走公人趕上拿住科云〕咱拿殺人賊。見官去來。〔左右報復云〕〔外扮孤上云〕今日升衙。是誰這等吵鬧。〔公人云〕拏得殺人賊在此。犯人當面。〔孤云〕這厮如何白日殺人。〔淨云〕小人不曾殺人。我的渾家被一個先生引到這裏。小人尋見了。教他跟我回去。被那先生把我渾家殺了。不干小人事。〔孤云〕你認的那先生麼。〔淨云〕小人認的。〔孤云〕左右。押這厮去尋那先生來對理。〔押淨下〕

〔音釋〕蝸音蛙　韜音叨　巉初銜切　塼口專切　轄音狎　閬音浪　旋去聲　唳音利

第四折

〔正末上云〕貧道吕岩。若不引小桃到此。怎能賺得老柳也到這裏。我着小桃出洞相迎。眼見的老柳將小桃殺了。他如今已入長生之境。如何殺得他。老柳必然逃避。遮莫你走到那裏。貧道要尋你。有何難哉。〔唱〕

【雙調新水令】恰攛的半堤烟雨過瀟湘。有心待栽培在九重天上。誰想從朝不見影。到晚要陰涼。空教我立盡斜陽。臨岐處漫凝望。

〔柳上云〕兀的不是那先生。〔公人云〕恰纔拿住這賊。他道這婦人是他渾家。指攀你殺了來。〔正末唱〕

【駐馬聽】則爲你體性顛狂。柳絮隨風空自忙。可憐芳魂飄蕩。撇得桃花逐水爲誰香。你是箇入天台逞大膽的莽劉郎。掃蛾眉下毒手的喬張敞。只待學賺神女楚襄王。送的下巫峽你却在陽臺上。

〔公人云〕同見官去。你兩個折證咱。〔行科孤上做見科〕〔正末云〕貧道稽首。〔孤云〕兀那道人。那厮指你殺了他媳婦。端的是誰殺來。〔正末云〕他渾家跟我修行辦道。這厮尋見。將他殺了。不干貧道事。〔凈云〕是他殺了。〔正末云〕則看誰有刀仗。便是殺人的。〔孤云〕這個説的是。左右搜看。〔公人搜凈見劍科〕〔正末唱〕

【喬牌兒】自古道捉賊先見贓。索甚當官與招狀。覷了這殘紅數點在龍泉上。眼見的小桃花劍下亡。〔孤云〕這廝白晝殺人。合該償命。又不合妄指平人。就着這先生親手殺他。〔正末指劍科云〕你可還我劍也。〔浄哭云〕誰想我死在今朝也。〔正末唱〕

【雁兒落】枉了你千條翠帶長。萬縷青絲飏。不將意馬拴。却把心猿放。

【得勝令】呀。推倒老孤樁。横在小池塘。未做擎天柱。先爲架海梁。你看一寸春光。能有幾日柔條旺。犯着咱三尺秋霜。管教你登時落葉黄。〔做殺浄閉目科〕〔正末背劍打漁鼓簡子孤公人各改扮衆仙上〕〔正末云〕弟子如今省了也。〔浄開目科云〕恰纔殺了我。如何又活了。呀。原來我是城南柳樹精。可知頭上生出柳枝來。〔做打稽首云〕師父。原來這官府公人都是神仙。可是那幾位。〔正末云〕這七人是漢鍾離。鐵拐李。張果老。藍采和。徐神翁。韓湘子。曹國舅。〔唱〕

【水仙子】這個是攜一條鐵拐入仙鄉。這個是袖三卷金書出建章。這個是敲數聲檀板游方丈。這個是倒騎驢登上蒼。這個是提笊籬不認椒房。這個是背葫蘆的神通大。這個是種牡丹的名姓香。〔浄云〕這七位神仙都認的了。師父可是誰。〔正末唱〕貧道因度柳呵道號純陽。

〔浄云〕弟子恰纔省了也。師父是吕真人。弟子是城南柳樹精。〔正末云〕既知你本來面目。我今番度你成道。如今跟俺羣仙。同赴瑶池西王母蟠桃會去。如何不見桃花仙女。來此獻桃。〔旦捧桃上云〕因師父度脱成仙。將自家結了的仙桃。王母娘娘行獻壽去來。〔見科〕〔正末云〕恰纔殺了的是他幻身。他是瑶池仙種。已入長生不死之鄉。只爲你老柳是土木之物。難以入道。因此教他塵世走這一遭。〔唱〕

【落梅風】則爲你臨官路。出粉墻。常只是轉眼間花殘花放。引的箇呆崔護洞門前來謁漿。且喜你桃源故人無恙。

〔衆仙行科〕〔旦扮王母引金童玉女上云〕小聖乃西池金母是也。今日設下蟠桃宴。請八洞神仙都來赴會咱。〔衆仙見科〕〔正末云〕今日吕岩度的老柳小桃。特來娘娘前祝壽。你兩個過來參見娘娘者。〔做見科〕〔旦獻桃浄進酒衆仙奏樂科〕〔正末唱〕

【滴滴金】看了這仙袂飄飖。仙姿綽約。仙音嘹喨。人在五雲鄉。更有那寶殿參差。蓬山掩映。瑶池摇漾。全不比半畝方塘。

【折桂令】端的是隔紅塵景物非常。上面有彩鳳交飛。青鳥翺翔。和那瑶草爲鄰。靈椿共茂。丹桂同芳。只教你占斷風清月朗。根盤的地老天荒。我爲甚折取垂楊。移向扶桑。但能勾五千歲遐齡。索强如九十日韶光。

〔王母云〕蟠桃宴罷。老柳。你既成仙。可隨洞賓去。小桃只在小聖左右。衆仙聽我剖斷他兩個咱。〔詞云〕柳共桃今番度脱。再不逞妖嬈嬝娜。說與你金縷千條。道與你紅雲一朵。你休去灞岸拖烟。你休去玄都噴火。柳絲把意馬牢拴。桃樹把心猿緊鎖。你做了酒色財氣。你辭了是非人我。今日個老柳惹上仙風。和小桃都成正果。〔旦浄謝科〕〔正末唱〕

【隨尾】從此後溪花喜有人相傍。岩枝怕甚風搖蕩。今日箇繁華夢恰纔醒。翠紅鄉再休想。

〔音釋〕賺音湛　颺音樣　笊音爪　嘹音僚　喨音亮　參抽森切　差抽支切　脱音妥　嬝音鳥　娜挪上聲

題目　岳陽樓自造仙家酒

　　　截頭渡得遇垂綸叟

正名　西王母重餐天上桃

　　　吕洞賓三度城南柳

須賈大夫誶范叔雜劇

楔子

〔净扮魏齊領卒子上詩云〕自從分晋列爲侯。天下雄兵數汴州。誰想馬陵遭敗後。至今説着也還羞。某乃魏齊是也。佐於魏國。爲丞相之職。想俺先祖魏斯。與那趙籍韓虔。同爲晋大夫。三分其地。我魏國建都於大梁。今天下并爲七國。是秦齊燕趙韓楚和俺魏國。各據疆土。倚强凌弱。不肯相下。俺魏國與齊國有積世之讎。前年齊國遣孫臏統領軍馬。明稱救韓。暗來襲魏。被他詐敗佯輸。添兵減竈。在馬陵山下。削木爲號。衆弩俱發。射死大將龐涓。擄了長兄公子申歸齊。俺魏國從此不振。曾許他三年一進貢。屈指之間。早是三年了也。近日俺惠王病染不安。命俺權國。欲遣一文武全備能言快語之士。往聘齊國。一來還他三年貢物。二來求放公子申還朝。重修兩國之好。永爲唇齒之邦。俺國中惟有中大夫須賈其人。可以任使。已曾奏知俺主。着他前去。他説今日起程。必來辭别。可怎生這早晚還不見來。左右。與我門首覷者。若須賈來時。報復我知道。〔卒子云〕理會的。〔冲末扮須賈上云〕小官魏國中大夫須賈是也。俺主惠王不豫。魏齊權國。令小官奉使於齊。奈小官生而拙訥。不能應對。恐誤兩國之好。小官家中有一辯士。乃是范雎。此人深懷妙策。廣覽羣書。問一答十。堪充其任。小官欲舉此人同去。也見俺魏國多才。有何不可。此間正是相府門首。小校報復去。道有須賈來了也。〔卒子做報科〕〔魏齊云〕道有請。〔卒子云〕請進。〔做見科〕〔魏齊云〕大夫。你來了也。今日爲何還不登程。〔須賈云〕須賈行李已發。還有一事未敢擅便。特此禀知。〔魏齊云〕大夫有何事。但説不妨。〔須賈云〕須賈平日拙口鈍辭。猶恐應對有誤。家中有一辯士。名曰范雎。得與此人同行。凡事計議。萬無一失。須賈未敢自專。請老相國裁奪。〔魏齊云〕你説那范雎在於何處。〔須賈云〕現在舍下。〔魏齊云〕既然如此。何不就着此人來見俺波。〔須賈云〕左右。請將范先生來者。〔卒子做喚科云〕范先生安在。〔正末扮范雎上云〕小生姓范名雎。字叔。本貫魏國人氏。幼習儒業。兼看兵書。不幸父母早年亡化。在此中大夫須賈門下做着個門館先生。今日着人呼喚。不知有甚事。須索走一遭去。〔做見須賈科云〕大夫呼喚小生。有何事分付。〔須賈云〕今小官奉使往齊。特舉先生爲副。萬一請得魏中公子還國。先生必有重用。俺適纔已禀過魏相了。同去見來。〔正末云〕既如此。大人請先。小生隨後。〔須賈做入見科云〕禀上老相國。則此人便是范雎。〔正末拜科〕〔魏齊云〕辯士免禮。恰纔須賈大夫舉薦你同入齊爲使。若保的俺長兄公子無事還於本國。那其間自有重賞加官也。〔正末云〕大人放心。小生自今日入齊爲使。管教公子無事還國也。〔唱〕

【仙吕端正好】憑著俺仲尼書。蒼頡字。周公禮。子産文辭。奈家貧不遇人驅使。怎肯道是無用也於才思。

〔魏齊云〕只要你保的公子還國。必有重用。〔正末唱〕

【幺篇】常則是半生忙不遂我平生志。居陋巷甘分隨時。今日箇和使臣冠蓋相隨次。離魏國。到臨淄。憑喉舌。決雄雌。休戰陣。免興師。〔帶云〕大人放心。憑范雎三寸之舌。包請俺公子歸國便了。〔唱〕管成就這公事。〔下〕

〔須賈云〕須賈就此告行。上託宗廟之靈。君主之福。下賴公子之德。相國之威。管取兩國和好。無負此一番使命也。〔做拜別科〕〔魏齊云〕大夫。則要你小心在意者。〔須賈做出門科云〕左右那裏。收拾行裝。輕車一輛。從者六七人。與范雎先生同往齊邦爲使。則今日走一遭去。〔詩云〕從來使命本非輕。猶喜相知共此行。三寸舌爲安國劍。一函書作固邊城。〔下〕〔魏齊云〕令人。安排酒果。到於十里長亭。與須賈大夫餞行去來。〔下〕

〔音釋〕臏音鬢　使去聲　雎音疽　頡奚耶切　思去聲　分去聲　從去聲　函音銜　餞音箭

第一折

〔外扮騶衍領張千上詩云〕形據瑯琊勝。財歸渤海肥。七雄誰第一。什二在東齊。小官乃齊國中大夫騶衍是也。方今周室既衰。列國諸侯。互相吞併。號曰七雄。是秦齊燕趙韓楚魏。先年間俺國與魏邦有隙。皆因魏邦倚恃龐涓之勢。屢次侵犯俺國。後來遣卜商大夫往魏進茶。聞知孫子大賢。在茶車裏暗藏他歸國。俺主公拜爲軍師。是時龐涓伐韓。孫子口稱救韓。却引兵徑去襲魏。詐敗佯輸。添兵減竈。龐涓大喜曰。我固知齊軍怯入我境。士卒亡者過半矣。竟被孫子將那龐涓賺到馬陵山下誅了。連他公子申也被擄了。魏邦因此許俺三年進貢。今經第三年也。魏邦使臣。乃是須賈。帶一副使。名爲范雎。這范雎果然是箇能言巧辯之士。俺主公見他一席話。不勝大喜。遂放公子申還國。兩邦修好。永爲唇齒。俺主公特遣小官在驛亭中擺設筵宴。管待范雎。更有偌多賞賜禮物。表俺主公敬賢之意。張千。門首覷者。若賢士來時。報復某知道。〔正末上云〕小生范雎。隨着須賈大夫到此齊國爲使。見了齊君。被小生幾句話打動的他心歡意悅。就釋放俺公子申無事回還。今日有齊國中大夫騶衍。在驛亭中令人相請。須索去走一遭。想俺學成文武全才。虛淹半世。幾時是那崢嶸發達時節也呵。〔唱〕

【仙呂點絳唇】日月煎熬。利名牽擾。人空老。今日明朝。則俺這愁思知多少。

【混江龍】若依着先王典教。貧而無諂富無驕。俺可甚一身流落。半世辛勞。常只是白首相知猶按劍。枉了也朱門先達有同袍。猛回頭則落的紇地微微笑。倒不如癡呆懵懂。甘守着陋巷的這簞瓢。

〔云〕可早來到驛亭也。令人報復去。道有范雎在於門首。〔張千做報科云〕報的大人得知。有范雎來了也。〔騶衍云〕道有請。〔張千云〕請進。〔做見科〕〔騶衍云〕賢士。小官奉主公命令。在此相候良久。賢士請坐。〔正末云〕量小生有何德能。勞大王如此重待。〔騶衍云〕賢士有如此大才。久後必有大用也。〔正末唱〕

【油葫蘆】自古書生多命薄。端的可便成事的少。你看幾人平步躡雲霄。便讀得十年書也只受的十年暴。便曉得十分事也抵不得十分飽。至如俺學到老。越着俺窮到老。想詩書不是防身寶。剗地着俺白屋教兒曹。

〔正末唱〕

〔騶衍云〕賢士。如今這秀才每但讀些書。便去求官應舉。賢士有如此大才。何不進取功名也。

【天下樂】他每只是些趓避當差影身草。自古來文章。可便將人都誤了。〔騶衍云〕我想古人都是靠着文章出身的。怎見得就誤了人來。〔正末唱〕勸今人休將前輩學。〔騶衍云〕學便如何。〔正末唱〕學卞莊斬虎的入虎穴。學呂望釣魚的近池沼。學太康放鷹鶻拿燕雀。

〔騶衍云〕賢士。你不學古人。待要怎生也。〔正末唱〕

【那吒令】我論着那斬虎的。則不如去斬蛟。〔騶衍云〕這釣魚的。可是如何。〔正末唱〕釣魚的。則不如去釣鰲。〔騶衍云〕這放鷹的可是如何。〔正末唱〕放鷹的。則不如去放鵰。調大謊往上躦。抱纛腿向前跳。倒能勾祿重官高。

〔騶衍云〕賢士。如今世上都是只敬衣衫不敬人的時節。也須穿着那鮮明衣帽。打扮的齊整些纔好。〔正末唱〕

【鵲踏枝】但有些箇好穿着。好靴脚。出來的苫眼鋪眉。一箇箇納胯那腰。説謊的今時可便使着。天那則俺這誠實的管老死蓬蒿。

〔騶衍云〕賢士。你何不尋幾箇相識朋友。告求些齎發去。〔正末唱〕

【寄生草】本待要尋知契。謁故交。見十家九家門關了。起三陣五陣簷風哨。有千片萬片梨花落。但得箇一頃半頃洛陽田。誰待想七月八月長安道。

〔騶衍云〕張千。將酒來。〔張千云〕酒到。〔騶衍云〕賢士。小官奉命將着那牛酒管待賢士。請滿飲此杯者。〔做遞酒科正末云〕大人請。〔騶衍云〕賢士請。〔正末云〕恭敬不如從命。小生飲這杯酒咱。〔做飲酒科〕〔騶衍云〕小官奉主公的命。在此驛亭中管待賢士。須要盡醉方歸。張千。喚將那歌兒舞女來者。着他席間伏侍賢士。〔張千云〕歌兒舞女走動。〔二旦上動樂科〕〔騶衍云〕賢士。如今暮冬天道。紛紛揚揚下的是國家祥瑞。更接着這歌兒舞女。嬌喉細細。紅袖翩翩。賢士請放開懷抱。滿飲一杯者。〔正末云〕大人。委的是好受用也。〔唱〕

【金盞兒】俺只見瑞雪舞鵝毛。美酒泛羊羔。這陰風不透重簾幙。兩行絃管列妖嬈。頻敲白象板。輕品紫鸞簫。〔騶衍云〕賢士。此處比門外又是一般天氣。〔正末唱〕抵多少地寒氈帳冷。殺氣陣雲高。

〔騶衍再遞酒科云〕小官想來。據賢士有經綸濟世之才。補完天地之手。文通三略。武解六韜。只合早決功名。立取榮耀。剗地困於窮途。可不枉了你也。〔正末云〕大人。我范雎幼年失教。不諳經史。想爲官者要忠勤廉正。去暴除貪。量范雎是一愚瞽之夫。則可待時守分。知命安身。未敢希望功名也。〔唱〕

【醉扶歸】俺則待手把着嚴陵釣。耳洗着許由瓢。不圖他頂冠束帶立於朝。但得箇身安樂。〔騶衍云〕賢士。你怎麽説這等没志氣的話。人生功名富貴。皆由自取。也不專是天數。〔正末唱〕則這的便是俺一斟一酌。再休題富貴也有箇輪來到。

〔騶衍云〕賢士。你看俺爲官的。喫堂食。飲御酒。佳人捧臂。壯士擎鞭。出則高牙大纛。入則峻宇雕梁。堂上一呼。堦下百諾。何等受用。似你這閒居的。麤衣淡飯。草履麻絛。有甚麽好處。〔正末云〕大人。則您這爲官的。怎比俺清閒快樂也。〔唱〕

【金盞兒】你爲官的剛量度今朝。又早想來朝。您幾時學得俺齁嘍嘍一枕頭鷄叫。〔騶衍云〕倒是你那閑居的好。〔正末唱〕閒居的無事那逍遥。喫的是醽醪一醉酒。直睡到紅日半竿高。則俺這無憂愁青衲襖。索强如你躭驚怕紫羅袍。

〔騶衍云〕賢士再飲一杯。〔正末做醉科云〕大人。酒勾了也。〔做睡科騶衍云〕賢士敢有酒睡着了也。左右休大驚小怪的。等賢士醒來時。再飲幾杯者。〔須賈上云〕不如意事常八九。可與人言無二三。小官須賈。自至齊國賴得范雎之力。在齊王座間反覆辯論。范雎對答如流。辭無凝滯。齊王大喜。厚賜回聘禮物。又放俺公子申還國。永爲唇齒之邦。豈不可喜。小官今早謝過了齊王。止有中大夫騶衍尚未面别。聞知他在驛亭待客。不若就彼處告辭。令人。騶大夫在此麽。〔張千云〕俺大夫在此待客哩。〔須賈云〕有勞報復一聲。道有魏須賈還國。特來告别。〔張千做報科〕〔騶衍云〕你説管待賢士。着他回去。明日來辭。〔張千做回科云〕俺大夫管待賢士哩。着你明日來辭。〔須賈云〕公子和行李都已先去了。怎生是好。令人。有勞再說一聲。道須賈不能久待。〔張千云〕俺大夫着你明日來辭。我怎敢又過去。〔須賈云〕沒奈何。再央你過去說一說。〔張千云〕也罷。你且等着。待我與你再稟。〔張千做稟科云〕有須賈他說即刻要辭別。不能久待。〔騶衍做怒科云〕這廝好打。說道管待賢士哩。着他明日來。我沒有私宅的。這裏也不是他告辭處。你休出去。一壁有者。〔張千做侍立科〕〔須賈云〕小官在此門下。伺候良久。不見回音。莫不那祗候人不肯通報麼。天色漸晚。恐怕誤了程途。待不辭來。又恐怕大夫見罪。他說管待賢士。不知管待的是何賢士。我自過去。有何不可。〔做入門科云〕這是儀門前。且莫過去。我試看咱。〔做見正末驚科云〕我道大夫管待甚的賢士。可是俺那范睢。此席爲何而設。我過去覷破此人。看他說甚麼。〔做進見正末驚起科云〕呀。大夫到此也。〔須賈云〕范睢。你也在這裏那。〔正末云〕是小生被召在此。〔須賈云〕須賈奉使。多謝大夫周方。今日還國。特來告辭。〔騶衍云〕須賈。你來是拜辭。還是撞席。我沒有私宅的麼。這驛亭中豈是你辭別去處。我若不看賢士之面。我將你囚於齊國。着你終身不能回去也。〔須賈做怕科云〕小官得罪了也。小官在門外聽候。〔騶衍云〕住者。須賈。着你道大雪中來辭我。怎生無一杯酒與你喫。看着賢士面上。令人將酒來。〔張千做斟酒騶衍遞科云〕須賈。滿飲一杯。〔須賈云〕小官謹領。〔騶衍云〕住者。賢士不曾飲過哩。須賈。你怎敢先飲。〔須賈做低頭科云〕是是是。〔騶衍云〕賢士。滿飲此杯者。〔正末云〕小生怎敢先飲。〔騶衍云〕賢士。恭敬不如從命。賢士飲了者。〔正末云〕小生飲。〔做飲酒科〕〔騶衍云〕

令人將酒來。須賈。你滿飲一杯。〔須賈做接酒科〕〔騶衍云〕住者。你慌做甚麼。大甕家釀着酒哩。你喫多少。靠後。賢士。一隻脚兒來。兩隻脚兒來。賢士請箇雙杯。〔正末做飲酒科云〕小生飲。〔騶衍云〕令人將酒來。須賈。你飲這杯酒。〔須賈做接酒科〕〔騶衍云〕住者。幾年不曾見那酒。兩隻手撈鈴一般相似。靠後。賢士。可不道三杯和萬事。一醉解千愁。〔正末云〕小生酒勾了也。〔騶衍云〕賢士既不用酒。叫左右將禮物來。〔卒子做托砌末上科〕〔騶衍云〕賢士。小官奉主公之命。有黄金千兩。權爲路費。少助行色。莫嫌輕微也。〔正末云〕大夫。小生多蒙大王厚禮。這等牛酒管待。尚且難消。又賜黄金千兩。斷然不敢叨受。〔騶衍云〕賢士。俺主公所賜之物。賢士不受。莫非嫌輕麼。〔正末唱〕

【賺煞】我可也敢嫌輕。〔騶衍云〕莫非爲少麼。〔正末唱〕非爲少。〔騶衍云〕賢士不受。可是爲何那。〔正末唱〕則俺這窮命裏消他不了。〔騶衍云〕蔬菜薄味。不成管待。〔正末唱〕百味珍羞食又飽。〔騶衍云〕賢士有酒哩。再飲幾杯波。〔正末唱〕便做道酒腸寬沉醉醄醄。俺這裏下堦道。〔做行復立科云〕范雎。你不辭而回。是何禮也。〔做回謝科唱〕屈脊低腰。承管待深恩甚時報。〔騶衍云〕賢士。這黄金是主公所賜。請收了者。〔正末唱〕這千金敢叨。〔須賈云〕大夫見賜。安得而辭。〔正末唱〕斷然的不要。〔須賈云〕可不道富與貴人之所欲也。〔正末云〕不義而富且貴。於我如浮雲。〔唱〕俺則待麤衣淡飯且淹消。〔下〕

〔騶衍云〕賢士去了麼。〔張千云〕去了也。〔騶衍云〕須賈。你知罪麼。〔須賈云〕小官不知罪。〔騶衍云〕須賈。你豈不聞任賢則昌。失賢則亡。故秦用百里奚而秦霸。鄭用子産而鄭强。吴去子胥而吴衰。越去范蠡而越滅。如你魏國。可謂失賢矣。前者不用孟子爲相。却用龐涓爲帥。所以馬陵之戰。你國公子申被擄於此。如今有一范睢。又不能用而爲相。却用你爲大夫。俺主公釋放你公子申還國者。專爲范睢之賢也。兀那須賈。你到於本國。便能辭官謝罪。讓位范睢。萬事罷論。倘若挾冤記讎。須賈。你覷者。俺這裏雄兵百萬。戰將千員。有一日兵臨城下。將至濠邊。四下裏安環。八下裏拽砲。人平了你宅舍。馬踐了你庭堂。將你魏國踏踏的粉碎。那其間則怕你悔之晚矣。須賈。〔詩云〕你也曾讀古聖文章。須知蔽賢者謂之不祥。莫等待兵臨城下。方纔懊悔道自取其殃。〔下〕〔須賈云〕我正疑怪范睢今日臨行不見。却在此間飲酒。我乃魏國中大夫。受命爲使。倒不得與此宴。范睢是一從者。反受他牛酒管待。又賜黄金千兩。我若非親身至此。怎知有這等事。我想范睢本是一箇貧士。因見我到此。故不敢受他這千金之賜。我如不來。此金必然受了。教我轉轉猜疑。其中必然暗昧。〔做沉吟科云〕這有甚麼難見處。想必范睢在我背後以魏國陰事告齊。故得此重賞。范睢。你好無禮也。你坐於堂上。我立於堦下。全無一點不安的意思。今日之事。我且藏於腹中。等待還國之後。范睢。喒和你兩箇慢慢的説話。正是恨小非君子。無毒不丈夫。〔下〕

〔音釋〕騶音鄒　勝平聲　懵蒙上聲　懂音董　簞音丹　薄巴毛切　躡音聶　學奚交切　鶻紅姑切
雀音勦　着池燒切　脚聲皎　苫聲占切　那音挪　哨雙罩切　落音澇　重平聲　幞音冒

行音杭　解音械　樂音澇　酌音沼　纛音毒　齁阿溝切　勾去聲

第二折

〔魏齊領卒子上云〕某魏齊是也。遣須賈大夫入齊爲使。不想齊王就放長兄魏申還於本國。又有回聘之禮。此皆是須賈大夫之功也。今日他在宅中安排酒殽。請某赴宴。想爲賞雪而設。已曾分付左右。輛起安車。往須賈大夫宅中走一遭去。〔下〕〔須賈引祗從上云〕小官須賈。自從使齊還國。主公大喜。優禮甚厚。止有范雎一事。還不曾説明。今日就家中略備菓桌。專請丞相一人。要究范雎受齊宴賞之私。是何緣故。早間已令人請下。未見到來。時遇暮冬天道。紛紛揚揚下着國家祥瑞。天色寒冷。一壁廂備下熱酒伺候。左右。門首覷者。等丞相來時。報復我知道。〔祗從云〕理會的。〔魏齊領卒子上詩云〕紫閣黄扉相府開。安危須仗出群材。車聲何事轔轔動。專爲華筵賞雪來。此間正是須賈大夫私宅門首。令人報復去。道某家來了也。〔祗從做報須賈慌接科云〕須賈有何德能。敢勞老相國屈高就下也。〔魏齊云〕多承大夫重意。老夫來遲休怪。〔須賈云〕不敢。令人。一面吹打。擡上果桌來者。〔祗從做擡果桌須賈遞酒科云〕將酒來。老相國請滿飲此杯。〔魏齊云〕大夫此一遭出使。保的長兄還國。皆是大夫之力也。〔須賈云〕此豈須賈之能。全仗主公的洪福。老相國的餘威。何足掛齒。今日雪中。荷蒙台駕降臨。須賈不勝榮感。但有一事。要禀知老相國。未敢擅便。〔魏齊云〕大夫有何事。但説不妨。〔須賈云〕非是須賈饒舌。實爲國家利害。不得不言。前者須賈不才。出使齊國。所舉范雎同去。事畢將回。須賈因辭齊大夫騶衍於驛亭中。適值騶衍奉其主齊君之命。以牛酒筵宴款待范雎。宴罷又贈黄金千兩。其時范雎看見須賈到來。遂辭金不受。我想此人必以魏之陰事告齊。故得其賞。不然何以致此。須賈一向懷疑。未敢遽發。但此事關係非小。今日難得老相國降臨。乞差人召來。與須賈面對。審問一箇明白。〔魏齊云〕大夫不說。某豈得知。便着人喚將范雎來者。〔卒子云〕范雎安在。〔正末云〕小生范雎是也。自陪須大夫入齊爲使。保的公子還於本國。〔歎科云〕也不見一些功勞在那裏。豈不是時也命也。今日冬天臘月十二。乃是小生賤降之日。太學中同輩書生請小生飲一杯兒酒。恰纔正飲之間。有一書生説起太公事來。俺想他遇不着那文王呵。〔唱〕

【南吕一枝花】這其間尚兀自垂釣在渭水傍。獨坐在磻溪上。至如我有才如吕望。也則怕無福可便遇文王。暗自斟量。天生下窮酸相。幾時行通利方。憑着嚕鼓舌摇脣。立取他封侯拜將。

【梁州第七】但只問魏公子因何釋放。全仗着那一箇遊説齊邦。怎生這功勞不在咱頭上。幾曾霑一絲兒賞賜。壯半米兒行裝。可着俺越多伎倆。越受凄凉。枉誤了十載文章。乾捱了半世風霜。他他他誰肯念陋巷間一瓢的書生。是是是我願則願那都堂中八府的宰相。來來來他每都不着我見那深宫内萬歲的君王。這天氣怎當。白茫茫冰連江海三千丈。徒步去將何往。早則是冒雪衝寒凍欲僵。這便咱衣錦還鄉。

〔做見祇從科云〕請小生有何事幹。〔祇從云〕范先生。你在那裏來。俺大夫安排筵宴。管待丞相哩。教我請你。快行動些。〔正末云〕元來是大夫教你請我麽。〔唱〕

【隔尾】你那裏蒲萄酒設銷金帳。羅綺筵開白玉堂。聞知道魏相國親身到宅上。〔做徘徊科云〕既是請丞相赴宴。怎又請我。〔唱〕故意把寒儒厮獎。顯的他寬洪海量。〔云〕哦。我知道了也。〔唱〕多應是須賈高情將我這范雎來講。

〔做見科〕〔須賈云〕范雎。你在那裏來。〔正末云〕今日是小生賤降之日。太學中一輩的書生。請小生飲幾杯酒。聽得大人呼喚。小生不敢稽遲。一徑造此。〔須賈云〕哦。元來今日是你生日。祇從人。與我掃一塔乾净田地。請先生去了衣服者。〔正末云〕老丞相在上。小生怎敢去衣服。則這般呵好。〔須賈云〕還請去了衣服。〔正末云〕我猜着了也。〔唱〕

【牧羊關】敢怕喫那細索麪。醒酒湯。便是油汁水瀽污也何妨今日箇爲公子設佳筵。怎倒與小生做賤降。〔魏齊云〕范雎。恭敬不如從命也。〔正末做脱衣服科〕〔須賈云〕將問事來。〔祇從做丢下問事〕〔正末做慌科云〕酒席上怎麽用這東西。〔唱〕只見一條沉鐵索當前面。兩束麤荆棍在邊厢。那裏有這般樣稀奇物。大夫也强將來做薦壽觴。

〔須賈云〕范雎。你知罪麽。〔正末云〕小生不知罪。〔須賈云〕今日箇請老相國在此。和你講明一句話。當日同使於齊。齊君牛酒金帛。獨獨管待你。是何緣故。你可對老相國實説。〔正末云〕老丞相在上。當初隨大夫入齊爲使。見了齊君。小生一席話間。使齊君大喜。釋放俺公子還國。這的是小生之功。怎做得小生之罪。〔須賈云〕范雎。你不以吾國陰事告齊。焉得有此重待。你如何不肯實說。〔魏齊云〕這匹夫不打不招。〔須賈云〕祗從人。與我打着者。一杖子與他增添一歲。

〔祗從做打科〕〔正末唱〕

【隔尾】正是那耕牛爲主遭鞭杖。啞婦傾杯反受殃。災禍臨身自天降。我吃了這一場棍棒。天那這的是爲國於家落來的賞。

〔須賈云〕左右將酒來。老相國。常言道酒肉攤場吃。王條依正行。今日筵上飲酒的自飲酒。他受刑的自受刑。正所謂情法兩盡。請老相國滿飲一杯。〔正末云〕大夫。這數九的天道。去了衣服不凍殺小生也。〔須賈云〕你這等人不凍死了。要他怎的。〔正末唱〕

【牧羊關】淚雹子腮邊落。血冬凌滿脊梁。凍剥剥雪上加霜。則被你餓掉了三魂。敲翻了五臟。帶肉連皮顫。徹髓透心凉。似這等勘范叔森羅殿。抵多少凍蘇秦冰雪堂。

〔須賈云〕左右將酒來。〔祗從云〕酒到。〔須賈做遞酒科云〕老相國。請滿飲一杯。少遮寒色。〔正末云〕大夫。你打了小生一日也。有甚麽茶飯與小生些兒吃。〔須賈云〕你餓了麽。據禮不當與你吃。我怎肯做的坐兒不覺立兒饑。祗從人那裏。將的他那茶飯來。〔祗從做拿砌末放下科〕〔須賈云〕祗從人。你着他自己揭開食用波。〔正末做開看科云〕這的是喂頭口的草料。怎生與小生喫。〔須賈云〕你道是喂頭口的草料與你吃。匹夫。我保你同入齊爲使。你以陰事告齊。受他金帛牛酒。你與頭口何別。豈不是背槽抛糞。你喫了者。一根草與你添一千歲壽。若不吃呵。祗從人。將大棒子打着者。〔祗從做打科〕〔正末唱〕

【紅芍藥】哎呀。一輪紅日爲誰藏。地老天荒。我則見半空中瑞雲亂飛揚。一剗顛狂。則恁這待佳賓筵會上。端的箇華堂别是風光。放下那一盤家剉草半青黄。拌上些粗糠。

〔須賈云〕你這等人只該與你這樣東西喫。〔正末唱〕

【菩薩梁州】則我這綿囤也似衣裳。坐不的紅爐也那土坑。喫黄虀的肚腸。〔帶云〕擡了者。〔唱〕我吃不的這法酒肥羊。則我這三般地獄怎生當。無情風雪無情棒。似吃着無心草。死熬這腌情況。打得我肉綻皮開内外傷。眼見的不久身亡。

〔正末做死科〕〔魏齊云〕那范雎打的如何。〔卒子云〕打死了也。〔魏齊云〕大夫。這酒也飲的勾了。〔須賈做醉科〕〔魏齊云〕哦。大夫醉了也。等他醒來時。説我自回去也。左右。將坐車來。還府中去。〔詩云〕主人已沉醉。老夫歸去來。軒車還相府。燈火出天街。〔下〕〔須賈做醒科云〕丞相爺安在。〔祗從云〕適纔回去了也。〔須賈云〕他回去了。敢是怕我貽累他哩。左右。揣那匹夫過來。〔祗從云〕范雎已打死了也。〔須賈云〕哦。他死了。休道打殺一箇。打殺了十箇也無事。祗從人。與我將他撇在後面厠坑裏。明日將糞車載出去。不是這等。也警不的後人。只爲范雎不忠於國。不孝於家。小官平生一世。偏怪這等無恩無義的人。〔詩云〕非我不心慈。王法本無私。夫人必自侮。然後人侮之。〔下〕〔祇從做擡正末撇下科云〕將范雎丟在厠坑中也。咱等伏侍這一日。天氣寒冷。各自回家吃杯酒去。待明早回話便了。〔下〕〔正末做醒科唱〕

【隔尾】哎呀。我幾曾醉眠繡被流蘇帳。莫不是夢斷茅廬映雪窗。長歎罷剛將眼睜放。我看了這厢。我又覷了那厢。天也原來我這七尺身軀在那厠坑裏倘。

〔叫疼科云〕范雎。你好苦也。大夫。你好狠也。你便打死我也罷了。怎麽丟在厠坑裏。這穢氣教我如何當得。且待我慢慢的掙閧起來。只索逃我這性命去。〔外扮院公冲上云〕自家須賈大夫家一箇院公是也。今日俺主人擺設筵宴。管待那魏齊丞相。整整吃了一日的酒。如今天色晚了也。我點起燈來。家前院後執料去咱。〔做撞見正末慌科〕〔院公云〕是什麼人在這裏走動。〔正末做躲科〕〔唱〕

【牧羊關】待走來如何走。待藏來怎地藏。没揣的偏和他打箇頭撞。〔院公云〕我舉起這燈來試看咱。我道是誰。原來是范雎。你看一身穢污。你也少喫一鐘波。〔正末唱〕我幾曾吃美酒羊羔。剛則是吃了會胡枷亂棒。〔院公云〕你既不醉呵。怎生渾身都是穢污。〔正末唱〕則被這糞沾濕我兩鬢角。尿浸透我一胸膛。〔院公云〕你站開些。這臭氣當不得。〔正末唱〕你聞不的我這穢氣渾身臭。院公也我幾喫那開埕十里香。

〔院公云〕你原來不曾吃酒。可怎生這箇模樣。〔正末做跪科云〕院公可憐見。你救我咱。我同大夫入齊爲使。見了齊王。一席話間。齊王大喜。便將公子魏申釋放還國。齊王命中大夫騶衍在驛亭中賜牛酒管待小生。又賜黄金千兩。我並不曾受。這是大夫親見的。今歸本國。安排筵宴。請魏齊丞相飲酒。説我以陰事告齊。將我三推大問。吊拷綳扒。打死了我。丢在這糞坑中。倒虧這穢氣熏活了。望院公怎生救我出去。此恩異日必當重報。〔院公云〕嗨。好可憐人也。這裏也無人。你跟將我來。打些水淋的你身上乾净。脱了你那穢污衣服。這寒冷天道。不凍殺了你來。我有穿的舊綿衣服。待我取將來與你穿。〔做取砌末科上云〕你穿了這衣服。還有五兩碎銀子。與你將息去。我如今開了後角門。放你出去。你休在這裏。不問他州外府。逃你的性命。你久已後若得志呵。只休忘了我的恩念。〔正末做拜科云〕院公。你是我重生的父母。再養的爺娘。小生也不往他處。唯有秦國最强。可以報讎。就此告辭去也。〔唱〕

【黄鍾尾】我便似伍員去楚心猶壯。孫臏投齊氣怎降。謝恩人肯主張。放咱去入咸陽。仗英雄顯志量。見秦君説勾當。管穰侯立辭相。不荒唐有承望。〔云〕院公。不是我范雎説口。想報冤之期。可也不遠。〔唱〕**你則待的到蟄龍一聲雷震響。**〔下〕

〔院公云〕早是他遇着我哩。若撞見別人。可怎了也。若是死了這樣有才學的人。豈不可惜。等主人問時。我只説在糞車裏已將他送出城外去了。料想不來尋他。正是天上人間。方便第一。莫待他年。纔想今日。〔下〕

〔音釋〕轔音鄰　磻音盤　量平聲　將去聲　説音税　仗其去聲　倆音兩　衣去聲　强欺養切　雹音薄　顫音戰　囤音遁　員音云　降奚江切　蟄音輒

第三折

〔須賈引祗從院公上詩云〕齊邦爲使有風塵。今日驅車又入秦。人道此中狼虎地。可能容易出關門。小官須賈。此來爲秦國新拜一相。乃是張禄。遣人徧告六國。各以中大夫入秦慶賀。小官到此好幾日了。爭奈各國使臣也還有未到的。那張禄丞相不肯放參。時遇冬寒天道。風雪大作。少不得要往相府前去伺候。院公。你在客館中整頓下茶飯。我等雪慢呵乘車而回也。〔院公云〕理會的。〔院公下〕〔須賈做行科云〕雪大的緊。祗從人。且將這車兒向人家房簷下略避一會。等雪慢時再行也。〔正末上云〕小官范雎是也。入秦以來。改名張禄。代穰侯爲相。曾遣人徧告六國。各遣中大夫前來稱賀。那須賈到此已幾日了。我如今卸下冠帶。仍舊打扮布衣。到客館中看須賈去。看他可還認的我麽。想我范雎若不受那苦楚。幾時得這峥嶸發跡也呵。〔唱〕

【正宫端正好】未亨通。遭窮困。身居在白屋寒門。兩輪日月消磨盡。不覺的添霜鬢。

【滾繡毬】人道是文章好濟貧。偏我被儒冠誤此身。到今日越無求進。我本待學儒人倒不如人。昨日周。今日秦。〔帶云〕似這般途路難逢呵。〔唱〕可着我有家難奔。恰便似斷蓬般移轉無根。道不得箇地無松柏非爲貴。腹隱詩書未是貧。則着我何處飄淪。

〔正末做窺望〕〔須賈見科云〕奇怪。大雪中走將來。這箇人好似范雎也。待道是呵。我當初打殺他了。再怎生得箇范雎來。待道不是呵。你看那身分兒好生相似。且休問他是不是。待我唤一

聲。范雎。范雎近前來。我和你説話咱。〔正末云〕誰喚范雎哩。〔唱〕

【叨叨令】我聽的他兩三番叫喒往前進。猛可便扭回身行至車兒近。我這裏忙掠開淚眼將他認。〔須賈云〕是我喚你哩。〔正末唱〕我這裏覷絶時倒把身軀褪。〔正末做怕科〕〔須賈云〕范雎。你見了小官。這般慌做甚麼那。〔正末云〕大夫也你莫不又待打我也波哥。你莫不又待打我也波哥。諕的我兢兢戰戰忙逃奔。

〔須賈云〕范雎少待。一别許久。正要和你講話。何故如此驚恐。先生固無恙乎。〔正末唱〕

【滚繡毬】大夫也想着你折磨我那一場。我喫了你那一頓。你打到我有二三百棍。〔須賈云〕你且休題舊話。則問先生何以到此。〔正末唱〕自從我逃災出魏國夷門。〔須賈云〕原來先生西入秦邦。有幾時了。〔正末唱〕到今日經兩冬。過一春。睡夢裏不曾得箇安穩。〔須賈云〕你也曾思量小官麽。〔正末唱〕想着你那雪堆兒裏將我棍棒臨身。〔須賈云〕你這般慌做甚麽。〔正末唱〕但題着你名姓先驚了膽。夢見你儀容。〔帶云〕兀的是須賈大夫來也。〔唱〕哎呀。可又早諕了魂。有甚精神。

〔須賈云〕小官今日見先生。觀其氣色。比往時大不同。想必崢嶸得意於此。〔正末云〕大夫休説小生吃的。且看小生穿的。〔唱〕

【倘秀才】你看我這巾幘舊雪冰透我腦門。衣衫破遮不着我這項筋。甚的是白馬紅纓彩色新。自歎氣。自傷神。只落的微微暗哂。

〔須賈云〕嗟乎。范叔一寒如此哉。左右。取一領綈袍過來。〔祇從做取衣科〕〔須賈云〕雪大天氣寒冷。此綈袍聊與先生禦寒咱。〔正末云〕量小生有何德能。多謝了大夫。〔做接衣科〕〔唱〕

【伴讀書】謝大夫多情分。賜綈袍無慳吝。我可便接將來怎敢虚謙遜。覺的軟設設身上如綿囤。不由不喜孜孜頓解心頭悶。我我我怎報的你這救濟之恩。

〔須賈云〕這綈袍穿着。倒也可體。〔正末唱〕

【笑和尚】比我舊腰身寬二分。比我舊衣襟長三寸。正遮了這破單褲精臁刃。凍剥剥正暮冬。如今暖溶溶便開春。來來來謝綈袍粧點了我腌身分。

〔背云〕此人綈袍戀戀。尚有故人之心也。〔須賈云〕先生。與小官同到邸舍。共一飯叙舊如何。〔正末云〕敢問大夫爲何至此。〔須賈云〕先生不知。小官特來慶賀張禄丞相。先生在秦已久。可曾聞的張禄丞相與誰人最善也。〔正末云〕原來大夫因賀張禄丞相到此。小生别無聞見。但張禄丞相與小生亦有一面之交。〔須賈云〕哦。先生原來與張君有善。〔做背科云〕我這綈袍送的着了也。〔回云〕先生。吾聞秦國大小之事。一決於相君。今吾等在此。去留皆出其口。先生如肯與小官少進片言。慨放小官回還。也見得先生不忘故舊。豈有意乎。〔正末云〕這箇當得。但恐人微言輕。不足爲重。〔須賈云〕我想先生在魏國時。小官也不曾輕視先生。〔正末云〕多感多感。〔唱〕

【滚繡毬】想着你那日辰。那時分。我胡吃了三推六問。着我似拽車的驢馬同塵。想着你喂惜的情。草料的恩。我怎肯背槽拋糞。〔須賈云〕君子不念舊惡。這也不必提起了。〔正末唱〕請你箇老哥哥遠害全身。則喒這義的到底終須義。大夫也你那親的原來則是親。我怎做的有喜無嗔。

〔須賈云〕先生乃讀書儒者。想昔日春秋趙盾。在那翳桑下遇着靈輒。也無過一飯之恩。後來趙盾有屠岸賈之難。靈輒扶輪而報。小官薄德。怎敢自比於趙盾。據先生義氣。决然不在靈輒之後。〔正末云〕可知道來。〔唱〕

【呆骨朵】休則管巧言令色閒評論。到如今比並甚往古忠臣。我可也不似靈輒。你可也難學趙盾。大夫也假若你趙盾身危困。我待學靈輒臂扶輪。則不要槽中拌和草。便是那桑間一飯恩。

〔須賈云〕這早晚雪可慢些兒也。我與先生同行數步。前往相府去來。〔做同正末上車行科須賈云〕先生。你休瞞我。想先生在秦。必見重用。既不呵。如何這相府前衹從人等。見先生來。皆凜凜然起避。你必然發跡了也。〔正末云〕大人。這厮每有什麽難見處。〔唱〕

【滚繡毬】他見我塵滿衣。垢滿身。更和這鬅鬆兩鬢。纔出的相府儀門。他駡我做叫化頭。乞儉身。都佯呆着不偢不問。〔須賈云〕他如今爲何懼怕先生也。〔正末唱〕猛見這素綈袍在我身上全新。爲甚的那厮每趨前褪後都皆怕。大夫也可知道只敬衣衫不敬人。

自古常聞。

〔須賈云〕先生。小官想張君得志於秦。自非文武兼全。焉能有此。〔正末唱〕

【三煞】他論機謀減竈厭着齊孫臏。他論戰策不弱如鞭屍楚伍員。則他那智量似穰苴。文學似子夏。德行似顏淵。舌辯似蘇秦。端的箇能安其國。能治其家。能正其身。請大夫把衣冠整頓。我與你同作伴謁張君。

〔須賈云〕先生。小官去住皆在張君一語之下。小官只在此等候。〔正末唱〕

【二煞】你略消停且待窮交信。便入去須防丞相嗔。我着你早出潼關。早歸汴水。早到東京。早離西秦。引你去親登相府。完却公差。直着他開放賢門。這歸期有准。管着你蕩飛騎疾如雲。

〔須賈云〕只是大雪中有勞先生。改日另當致謝。〔正末唱〕

【煞尾】我與你分開片片梨花粉。拂散紛紛柳絮塵。金馬門中往前進。我將你箇納士招賢路兒引。〔下〕

〔須賈云〕不想范睢與張禄丞相有一面之交。我之事必濟矣。倘得無事放還。我仍舊帶了范睢回於魏國。同享榮華也。〔做等科云〕在此等候良久。如何不見范睢出來。我試向前問一聲咱。〔做見卒子科〕〔須賈云〕小官借問虞候咱。〔卒子云〕你問甚麼。〔須賈云〕恰纔入相府去的先生。如何不見出來。〔卒子喝云〕休胡説。這府内只有丞相爺出入。那一箇敢入的去。〔須賈做驚科云〕没也。恰纔入去的那箇秀才范睢。〔卒子云〕甚麽秀才。則他便是俺丞相爺。〔須賈做慌科云〕恰纔入去的那秀才。便是張禄丞相。嗨。須賈。你中了計也。初聞張禄丞相之名。未知其詳。故以列國中大夫皆至秦邦爲賀。我若知是范睢。小官焉敢自投虎狼之地。原來他改名張禄。實欲智擒須賈。要報舊日之讎。〔做哭科云〕哀哉。可憐我須賈微軀。不得還於本國矣。罷罷罷。如今且回客館去。待到來日。膝行肘步。肉袒求見。萬一有箇僥倖。得免其死。如不見饒。這也是我命數盡此。復何恨哉。大丈夫睁着眼做。到今日合着眼受。惜乎俺一家老小。倚門而望。豈知死在秦邦。永無還日。〔歎科云〕俺一家人則當做了一箇惡夢者。〔下〕

〔音釋〕奔去聲　褪吞去聲　幘音責　哂身上聲　綈音啼　臁音廉　刃仁去聲　翳音異　賈音古
難去聲　髯音蓬

第四折

〔騶衍同衆大夫領張千上云〕小官齊國中大夫騶衍是也。奉秦國之命。着俺六國中大夫來賀張禄丞相。這位是楚國大夫陳軫。這是趙國大夫虞卿。這是韓國大夫公仲侈。這是燕國大夫劇辛。今日筵宴。是俺國排設。專賀秦相的。除魏國須大夫有罪。不敢同請。這幾國大夫。都在此等候多時。想秦相這早晚敢待來也。〔正末扮冠帶引卒子上詩云〕一自更名西入秦。能令六國盡來賓。正是畫虎未成君莫笑。安排牙爪始驚人。小官范睢是也。自俺爲相。各國大夫都來慶賀。今日却是齊國騶大夫設宴相請。須索走一遭去也。〔做見科〕〔騶衍云〕有屈丞相俯臨。小官等失迎。勿令見罪。〔正末云〕驛亭一别。契闊至今。既辱遠來。又勞佳設。則媿張某才輕德薄。怎想有今日也呵。〔唱〕

【雙調新水令】白身一跳到關西。坐都堂便登八位。入朝争相印。當殿脱儒衣。口吐虹霓。三千丈五陵氣。

〔騶衍云〕令人。將酒過來。〔張千云〕酒到。〔騶衍云〕各國大夫近前。丞相喜得美除。理當拜賀。〔各國大夫同拜科〕〔正末云〕請起。〔唱〕

【步步嬌】這的是楚趙秦韓齊燕魏。今日箇七國冠裳會。把干戈從此息。我有甚不歡欣不肯拚沉醉。〔騶衍云〕丞相。請滿飲此杯。〔正末云〕住者。〔唱〕且按住這鳳凰杯。〔騶衍云〕丞相因何不肯飲酒。〔正末云〕張千。〔張千云〕小人有。〔正末唱〕你只問須賈來也是未。

〔云〕你各國大夫在此。當日某同須賈入齊爲使。因齊王爲某舌辯。不勝見喜。令騶大夫在驛亭中賜牛酒管待。又賜金帛。某不敢受。當時有須賈撞見。對魏齊丞相説某以陰事告齊。將某推勘打死。丢在糞坑之中。如今齊國騶大夫現在於此。我當初曾以陰事告齊也不曾。〔騶衍云〕丞相當日。並無此事。〔正末唱〕

【沉醉東風】我隨他千鄉萬里。倒將我六問三推。凍我在雪堆中。撇我在茅坑裏。説着呵尚兀自惡心嘔逆。恰便似死羊般渾身尿共屎。委實的受盡了腌臢氣息。
〔張千做唤科云〕須賈安在。〔須賈做膝行肘步上云〕死罪死罪。賈不意相君能自致於青霄之上。賈不敢復讀天下之書。賈不敢復與天下之事。賈不敢復相天下之人矣。賈有死罪。請入鼎鑊之中。請置狐貉之地。唯相君命之。〔正末云〕須賈。你罪有幾何。〔須賈云〕賈得罪於相君多矣。擢賈之髮。不足數賈之罪。〔正末云〕你今日因何來遲。〔須賈云〕丞相可憐。今日是須賈賤降之日。望丞相寬容過了今日。他日受責如何。〔正末唱〕
【沽美酒】去年時我記的。今日是你生日。天教我便還報你。〔云〕張千。〔唱〕我這裏唤公吏。快疾波請先生去了衣袂。
【太平令】哎。你箇須賈也哥哥休罪。〔云〕張千。將問事來。〔張千云〕理會的。〔做丢下問事科〕〔正末唱〕早准備樛子麻槌。下着的國家祥瑞。揀一塔乾净田地。將這厮跪只。按只。與我杖只。直打的皮開肉碎。
〔須賈云〕丞相與各國大夫飲宴。須賈凍於雪中。從旦至今。不曾吃飯。丞相安可忍乎。丞相那吃不了的茶飯。告些兒與須賈食用。便死呵做箇飽鬼。〔正末云〕張千。將他那茶飯來與他吃。〔張千云〕理會的。〔張千將砌末放下科〕〔正末云〕教他自揭開食用。〔須賈做揭開科云〕丞相。這箇是頭口吃的草料。怎生與我吃。〔正末云〕你道是喂頭口的草料。怎生與人吃。想當日我與你同入齊爲使。見了齊君。一席話問齊君大喜。放公子申歸國。你道我以陰事告齊。將我打死了。丢在那

厠坑裏。匹夫。你比頭口何別。張千。與我打着者。〔張千做打科〕〔正末唱〕

【川撥棹】這東西。去年時你備的。我與你揣在懷裏。放在眼底。請先生服毒自喫。俺這裏別無甚好飯食。

〔云〕張千。將那莝豆與須賈食用者。〔須賈云〕這箇是喂驢馬的草料。教我怎生食用波。〔正末云〕匹夫。你不記的當初有言道是。一根草與我添一千歲壽哩。〔唱〕

【七弟兄】這的。與你。做生日。一根草滿壽你一千歲。去年將小子痛淩遲。今日教你也知滋味。

〔騶衍云〕丞相。各國大夫都在此慶賀。須要盡醉方休也。〔正末唱〕

【梅花酒】俺只見衆公卿擺列齊。在紫閣黄扉。捧玉液金杯。一週遭繡履珠衣。從早起至晚夕。食又飽酒又醉。他在那大雪裏凍一會問一會。問一會打一會。

〔須賈云〕丞相。你便在暖閣内飲宴。將我凍在這大雪裏面。可正是坐兒不覺立兒饑也。〔正末唱〕

【收江南】呀。你道我坐兒不覺立兒饑。今朝輪到我還席。則爲你損人利己使心機。圖着箇甚的。可正是得便宜翻做了落便宜。

〔須賈云〕罷罷罷。既到今日。丞相終不饒須賈之罪。他殺不如自殺。願賜丞相寶劍。待須賈自刎而亡。〔院公冲上云〕老漢是須大夫家院公。今日俺大夫在相府有難。我索看去咱。〔做窺望科云〕呀。那張祿丞相果然就是范雎。我如今顧甚麽生死。不免徑自撞入。〔做叩頭科云〕丞相爺在上。院公叩頭。〔正末云〕誰是老院公。〔院公云〕則我便是院公。〔正末起拜科云〕大恩人請坐。受小官幾拜咱。〔騶衍云〕丞相。他是須賈家院公。爲何拜他。〔正末云〕衆大夫不知。我當初與須賈入齊爲使。他道我以陰事告齊。將我打死了。丢在厠坑裏。我掙閣起來逃走性命。肯分的遇着老院公。齎發我盤纏衣服。放出後門。得至秦國。若不是老院公救了我呵。豈有今日。則他便是我大恩人也。〔須賈做掙起扭住院公科云〕原來是你老匹夫救活了他來。若當時不放他得至西秦。我豈受今日之恥。我先殺了你這老匹夫。落箇墊背的。〔正末云〕令人。與我將須賈打下者。〔唱〕

【清江引】老院公肯分的來到這裏。左右難迴避。他怎敢輕料虎狼鬚。快與我掤住猿猱臂。〔帶云〕須賈。〔唱〕你饒過了這老院公我也饒過了你。

〔院公云〕望丞相爺看老院公薄面。饒過俺主人罷。〔正末唱〕

【雁兒落】雖然是爲恩人有面皮。我與你這賊子無情意。你若要生辭函谷關。只除非夢返夷門地。

〔須賈云〕丞相。這都是舊話。不提他也罷了。〔正末唱〕

【得勝令】呀。你道是舊話再休題。我可不乾喫你一場虧。〔騶衍同衆大夫跪科云〕丞相在上。須賈罪過雖重。但他綈袍戀戀。也還有故人之情。望丞相姑恕。〔正末云〕衆大夫請起。〔唱〕

也則爲尚有綈袍戀。因此上權停棍棒威。待饒伊。我也要將今日思前日。待不饒伊。又道我只報讎不報德。〔云〕既然衆大夫在此討饒。令人。將須賈放了者。〔做放科云〕須賈。我不看綈袍分上。怎肯便饒你死罪。如今放你歸去。傳示你主。早早解過魏齊到來。休教走了。〔唱〕

【收尾】我如今且將須賈驢頭寄。疾回去報與梁王得知。着他早早的解過魏齊來。〔帶云〕那時節再約衆大夫。同臨敝國。〔唱〕慢慢的再賀俺范睢喜。

〔須賈換冠帶同衆大夫拜謝科云〕謝丞相寬恩。敢不唯命。〔院公云〕這一件倒不好承認。那魏齊手下心腹人極多。只怕也有似俺院公的。私下放他溜了。教俺主人那裏去爪他。〔騶衍云〕小官等再奉丞相一杯。〔正末云〕酒也深了。一面撤過宴者。〔詞云〕因須賈不識忠臣。用讒言閉塞賢門。施僥倖將人陷害。怎知他天道無親。大雪中綈袍戀戀。纔得箇免禍全身。快獻取魏齊首級。罷刀兵永滅征塵。

〔音釋〕逆銀計切　膪音簪　的音底　日人智切　只張恥切　夕星西切　席星西切　墊音店　猱音撓　德當美切

題目　須賈大夫誶范叔
正名　張祿丞相報魏齊

李雲英風送梧桐葉雜劇

楔子

〔冲末扮任繼圖引正旦李氏上云〕小生姓任名繼圖。字道統。本貫西蜀人也。渾家姓李名雲英。乃故丞相李林甫之孫女。小生攻習詩書。兼通武藝。有同堂朋友哥舒翰。守禦西蕃。遣使臨門。取小生參贊軍事。小生則索走一遭去。渾家。你在家中權時過遣。我到彼處建立功業。博得一官半職。還來與你同享富貴。有何不可。〔正旦云〕男兒。你去。不争目今安禄山作亂。人不顧生。倘有不測。教妾一身。如之奈何。〔任繼圖云〕渾家不知。自古修文演武。取功名於亂世。終不然戀酒貪花。隳却壯志。從來道。學成文武藝。貨與帝王家。那時稱我平生之願。腰金衣紫。廕子封妻。榮顯鄉閭。也是好事。渾家休得阻當。小生便索登程也。〔正旦云〕男兒既然堅意要去進取功名。一路上小心在意者。〔唱〕

【仙呂賞花時】雨淚流紅翠袖斑錦被分香鳳枕閒。無計鎖雕鞍。江空歲晚。何處問平安。〔同下〕

第一折

〔外扮牛尚書同張千上云〕老夫尚書牛僧孺是也。從天子幸蜀。有一女子李雲英。乃李林甫孫女。被軍中所擄。他說原有夫主。老夫收留在家。夫人每每勸我納爲侍妾。老夫想來。冠至敝不可棄之於足。履雖新不可加之於首。此女相門之家。納之爲妾。此心安忍。因此認爲義女。教俺親生女孩兒金哥拜爲姐姐。就學他針指女工。待雲英家信通時。還他夫婦完聚。若他丈夫沒了。就與他嫁個良壻。豈非陰騭。今日俺夫人大慈寺中燒香去。左右。收拾轎馬。一同小姐隨侍夫人走一遭去來。〔下〕〔正旦引梅香上云〕妾身丈夫任繼圖。前往西蕃。進取功名。自他去後。有安禄山作亂。陷了長安。天子幸蜀。妾身被軍中所擄。幸得牛尚書收買妾身。留養府中。以爲義女。教他女孩兒拜妾身爲姐姐。雖是坐享富貴。則夫婦分離。不知音耗。這煩惱如之奈何。目今春間天道。花柳争妍。對此美景良辰。越添離別之苦也呵。〔唱〕

【仙呂點絳唇】鏡破釵分。粉消香褪。縈方寸。酒美花新。總是思家恨。

【混江龍】韶華將盡。三分流水二分塵。悶懨懨人閒白晝。静巉巉門掩青春。白鷴鵡頻傳花外語。錦鴛鴦將避柳邊人。囀曉日鶯聲恰恰。舞香風蝶翅紛紛。映樓閣青山隱隱。漾池塘緑水粼粼。過節序偏增感嘆。對鶯花謾自傷神。桃似火。草鋪茵。歌聲歇。笑聲頻。則爲我眼中不見意中人。因此上今春不減前春悶。流淚眼桃花臉瘦。

鎖愁腸楊柳眉顰。

〔云〕當日妾身不合容他去了。致有今日也呵。〔唱〕

【油葫蘆】悔殺當初不自忖。輕將羅袂分。今日個錦箋無路託鴻鱗。我如今瘦岩岩腰減羅裙褪。他那裏急煎煎人遠天涯近。昨日是秋。今日是春。嘆光陰有盡情難盡。無計覓行雲。

【天下樂】可正是一樣相思兩斷魂。青也波春。斷送了人。嘆孤身恰如飛絮滾。虛飄飄離亂人。孤另另多病身。對清風憔悴損。

【那吒令】瓊梳插緑雲。顯青天月痕。湘裙蕩曉雲。污春衫酒痕。鮫綃翦素雲。揾啼粧舊痕。打疊起心上愁。拽扎起眉尖恨。雖則是强點朱唇。

〔梅香云〕姐姐。快來着些。〔卜兒扮老夫人上〕〔正旦云〕母親。您孩兒到也。〔行科〕〔唱〕

【鵲踏枝】隨侍着母親。去遊春。列兩行侍妾丫嬛。簇擁定繡轂雕輪。虞候們行得來大緊。早來到聳青霄金碧山門。〔虛下〕

〔任繼圖上云〕小生任繼圖。自參哥舒翰軍事。離家不久。安禄山作亂。殘破京師。天子幸蜀。小生家眷存亡。未知下落。每日愁思。今安禄山被擒。天下大定。至尊還京。小生方得還家。今往大慈寺過。權且歇馬。約着友人花卿之子花仲清。來此同遊。怎麽還不見來。小生見佛殿在側。

粉壁光浄。口占一詞。詞寄木蘭花慢。以寫思家離別之懷。〔做寫科詞云〕等閒離別。一去故鄉音耗絕。禍結兵連。嬌鳳雛鸞没信傳。落花風絮。杜鵑啼血傷春去。過客愁聞。佇立東風欲斷魂。小生不留姓字。寫了出門。還候花仲清咱。〔下〕〔卜兒同正旦上云〕點上燈燭來。待我燒香也。〔正旦出佛殿做行廊下科云〕前面行的那秀才。看他模樣。好與我男兒一般。我向前試認咱。〔任繼圖云〕我尋花仲清去來。〔正旦唱〕

【寄生草】是何處風流客。誰家年少人。他轉回廊忙把身軀褪。我隔雕欄不敢題名問。他出山門不肯回頭認。莫不是遊仙夢裏乍相逢。多管是武陵溪畔曾相近。

〔云〕俺母親等去燒香。索去點上燈燭來。〔做點燈科云〕請夫人上香。〔做見詩科〕〔唱〕

【金盞兒】字體草連真。詞句煞清新。包藏着四海三江悶。走龍蛇筆陣起烟雲。〔帶云〕莫不是我男兒麽。〔唱〕看時頻滴淚。讀罷暗消魂。可恰纔題句客。兀的不傒倖殺斷腸人。

〔帶云〕這字體好似俺男兒的。〔唱〕

【醉中天】這書學宗秦漢摹唐晋。這筆陣流三峽掃千軍。好與俺男兒字逼真。一點畫從頭兒認。字法兒不差了半分。既傳芳信。不題名却爲何因。

〔云〕雖然如此。天下人寫的字多有一般的。未審是與不是。索和一首。若是俺丈夫見了。必尋我也。我試寫在此咱。〔唱〕

【後庭花】捻霜毫訴事因。別夫君又幾春。思往事渾如夢。恨不的上青山便化身。拂綽了壁間塵。〔云〕我依着他韻。也做一首咱。〔唱〕待酬前韻。兩三行字體勻。說當年夫婦恩。願兒夫親見聞。任傍人胡議論。

【青哥兒】也是我一言一言難盡。潑殘生進退進退無門。恰便似月待圓花待春。想當日阮肇劉晨。採藥尋真。花雨香雲。隔斷凡塵。尚兀自笙歌迎入畫堂春。他也有姻緣分。

〔云〕寫完了。試念咱。〔詞云〕臨岐分別。一旦恩情成斷絶。烽火相連。雁帖魚書誰與傳。身如柳絮。沾泥不復隨風去。杜宇愁聞。啼斷思鄉怨女魂。〔卜兒云〕殿上燒香咱。〔卜兒見正旦寫詞怒科云〕雲英。你是裙釵女流之輩。何故賡和他人詞章。豈不出醜。〔正旦云〕母親。孩兒見此詞與俺丈夫任繼圖寫的無異。以此和一首在後面。倘若真箇是俺男兒。他必來尋妾身也。〔唱〕

【賺煞】聽孩兒訴衷情。休嗔忿。〔卜兒云〕你是個女孩兒。題詩恐怕傍人恥笑。〔正旦唱〕有甚他每笑哂。非是荒淫惹外人。〔卜兒云〕你題甚詩。〔正旦唱〕這詞又不是道春情子曰詩云。暗傷神。雨淚紛紛。低首無言聽處分。〔卜兒怒云〕雖然如此。你是女子。賡和他人詞章。是何體面。〔正旦云〕母親息怒。孩兒再不敢了也。〔唱〕則今日從朝至昏。不離分寸。酪子裏向晚粧樓目斷楚臺雲。〔同下〕

〔音釋〕鷙音執　褪吞去聲　巉初銜切　粼音鄰　顰音頻　行音杭　峽音狎　肇音兆　賡音京　酩音茗

第二折

〔外扮花仲清上云〕小生乃節度使李光遠手下偏將花卿之子花仲清是也。從小隨父親習學兵法。自誅逆賊段子章。累建大功。朝廷不蒙重用。以此閒居。小生有友人任繼圖。此人乃飽學才子。因哥舒翰請他參贊軍事。不意祿山作亂。回至家中。妻子被擄。家計一空。此人發志。與小生至此。同應科舉。適間同至郵亭。小生馬要飲水。以此落後了。只索縱馬趕他去咱。〔下〕〔任繼圖上云〕小生任繼圖。到此大慈寺中歇馬。壁間寫下一詞釋悶。回至家中。妻女已被擄去。不知存亡。小生想來夫妻會合聚散。自有定數。愁之何益。目今朝廷開文武科場。憑着我胸中萬卷文章。且鏖戰一番。若得一官半職。以顯父母。豈不美哉。適同友人花仲清約至此寺中。借一禪房安下候選。待之久矣。不見他來。且往禪房下安歇去咱。〔下〕〔正旦同小旦引梅香上云〕秋風颯颯。落葉飄飄。秋間天道。刮起這般大風。越感動我思鄉煩惱。妹子。你看是好大風也呵。〔唱〕

【正宮端正好】薦新涼。消殘暑。落行雲頃刻須臾。翻江攪海驚濤怒。搖脫秋林木。

【滾繡毬】蕩岸蘆。撼庭竹。送長江片帆歸去。動羣山萬籟喧呼。他飜手雲。覆手雨。沒定止性兒難據。亂紛紛敗葉凋梧。則爲你分開丹鳳難成侶。吹斷征鴻不寄書。使離人感歎嗟吁。

〔云〕妹子。這風有貴賤大小。〔小旦云〕姐姐。這風怎麽有貴賤大小。〔正旦唱〕

【倘秀才】有一等入椒桂穿洞房的似大王般敬伏。有一等揚腐儒起陋巷的以庶民比喻。他也曾感動思鄉漢高祖。催張翰。憶蓴鱸。休官出帝都。

〔小旦云〕姐姐。這風真箇大哩。〔正旦唱〕

【滚繡毬】捲三層屋上茅。度幾聲砧上杵。颼颼颼吹散了一天烟霧。送扁舟飄蕩江湖。破黄金菊蕊開。墜胭脂楓葉舞。向深山落花滿路。去時節長則是向東南巽位藏伏。入羅幃冷清清勾引動懷怨閨中女。渡關河寒凛凛徯落殺思歸塞下夫。驚起老樹啼烏。

〔做風吹梧葉科正旦拾葉云〕妹子。你看怎生風吹一片葉子來。我與你將描筆兒寫一首詩在上。天若可憐。倩這大風吹這葉兒上詩到家。教俺丈夫知我音耗咱。〔小旦云〕姐姐。這千山萬水。怎能勾到那裏也。〔正旦題詩科詩云〕拭翠斂蛾眉。爲鬱心中事。搦管下庭除。書作相思字。此字不書名。此字不書紙。書在秋葉上。願逐秋風起。天下有情人。爲我相思死。天下薄情人。不解相思意。有情與薄情。知他落何地。〔做手拈葉子對天祝告科云〕風呵。可憐見妾身流落他鄉。願借一陣知人心解人意慈悲好風。吹這葉子到俺兒夫行去。〔唱〕

【倘秀才】風呵你略停止呼號怒容咱告覆。暫定息那顛狂性聽咱囑付。休信他剛道雌雄楚宋玉。敢勞你吹噓力。相尋他飄蕩的那兒夫。是必與離人做主。

〔云〕風呵。你是必聽我分付來。〔唱〕

【呆骨朵】你與我起青蘋一陣陣吹將去。到天涯只在斯須。休戀他醉瓊姬歌扇桃花。休摇動攪離人空庭翠竹。休入桃源洞。休過章臺路。遞一葉起商飈梧葉兒。恰便似寄青鸞腸斷書。

〔云〕風呵。兀的不傒倖殺人也。方纔撼山拔樹。飛沙走石般起。投至央及你。可倒定息了。我想來。天意多管是囑付不到。你不肯吹這葉子去。只索再囑付你咱。〔唱〕

【叨叨令】你管他送胡笳聲斷城頭暮。休道他攪旌旗影動邊城戍。休戀他逐歌聲羅綺筵前舞。休從他傳花信桃李園中入。你是吹來也麼哥。是吹來也麼哥。直吹到受淒涼鰥寡兒夫行駐。

〔云〕你看。一陣大風起也。〔唱〕

【伴讀書】順手兒吹將去。一葉兒隨風度。刮馬兒也似回頭不知處。謝天公肯念俺離人苦。飄然有似神靈助。旋起堦除。

【笑和尚】忽忽忽似神仙鳴佩琚。颼颼颼似列子登雲路。踈踈踈琣玎璫簷馬兒聲不住。嗤嗤嗤鳴紙窗。吸吸吸度天衢。刷刷刷墜落斜陽暮。

〔云〕四季之中。風雖一般。中間有各别處。妹子。你聽我説這四季風與你聽咱。〔唱〕

【三煞】到春來向樓臺度歌聲輕敲檀板黄金縷。入庭院扇和氣香引瓊漿白玉壺。園花嗚條。溪河解凍。柳葉青摇。桃萼紅舒。花飛錦機。草偃青苔。梅落瓊酥。簾垂檻曲。寒料峭透羅厨。

〔小旦云〕姐姐。這夏天風可是如何。〔正旦唱〕

【二煞】到夏來竹牀枕簟凉生處。茶罷軒窗夢覺餘。波皺魚鱗。扇摇蟬翼。香裊龍涎。簾漾鰕鬚。水面相牽荷蔕。池頭遠遞蓮香。波心摇落荷珠。凉生院宇。送微雨出雲衢。

〔小旦云〕這秋冬可是怎生。〔正旦唱〕

【煞尾】到秋來啾啾響和蛩吟絮。颯颯吹斜雁影孤。感動秋聲八月初。綵扇題詩班婕妤。對景悲秋宋大夫。江上紛紛折敗蘆。田内瀟瀟偃禾黍。則送流螢入座隅。積漸彫零岸柳疎。荏苒荷盤老柄枯。飄盡丹楓落井梧。女怨凄凉滴淚珠。悲向晚窗憶征旅。到冬來羊角呼號最狠毒。走石飛沙滿路途。透入氈簾酒力徂。寒助冰霜透體膚。裊盡清香冷篆鑪。凛冽嚴凝掛冰筯。刮面穿衣怎遮護。四季中間無日無。惟有秋深更凄楚。怎當他協和芭蕉夜窗雨。〔同下〕

〔音釋〕鏖襖平聲　木音暮　撼含上聲　竹音主　籟音賴　伏房夫切　蓴音淳　颼音搜　塞音賽　搦女角切　覆音府　玉于句切　飈音標　入如去聲　鰥音關　旋去聲　吸音喜　曲丘雨切　峭音肖　蛩音窮　荏任上聲　苒音冉　毒東盧切

第三折

〔任繼圖上云〕恰纔迎候友人花仲清。至郵亭徘徊半晌。尚不見來。不免在寺中消遣去咱。〔入廊下見葉科云〕這裏怎生有一片葉子從空飛將下來。我拾起來看波。〔做拾葉科云〕多管是那一箇知我失了渾家。故作此詩。想天與姻緣。夫妻必有完聚的日子。我且上殿去遊玩咱。〔做上殿看壁上和詩科云〕這詩是我昔日題下詞章。又有人賡和在後。這一段姻緣。須有着落。且回禪堂中歇息去來。〔詩云〕正是牢落空門嘆索居。姻緣他日竟何如。天涯遊子多羈思。腸斷梧桐葉上書。〔下〕〔牛尚書上云〕老夫牛僧孺是也。目今文武狀元及第。這兩箇狀元。都也生得好表人物。俺那金哥孩兒長成了。待結綵樓。等狀元遊街時拋繡毬。接絲鞭。求取佳配。這義女雲英孩兒是姐姐。索教夫人儘問他。一來看他有守志的心也無。二來先及其疎。後及其親。禮也。索請夫人商議。夫人在那裏。〔卜兒正旦小旦同上〕〔正旦云〕妾身自與兒夫分離。至今三載。音信杳無。雖在此坐享富貴。眉頭心上。一點相思。甚日放的下也呵。〔唱〕

【中呂粉蝶兒】粉悴脂憔。悶懨懨暗傷懷抱。困騰騰剗損眉梢。畫堂深。朱户悄。雁書不到。情緒蕭條。影兒孤鏡鸞羞照。

【醉春風】人去玉簫閒。雲深丹鳳杳。夢魂無夜不關山。何日是了了。長則是錦被撈籠。綺窗嗟嘆。畫樓凝眺。

〔小旦云〕姐姐。母親喚哩。須索去見來。〔見科〕〔正旦云〕母親。喚妾身有何言語。〔卜兒云〕孩兒。喚你有句言語和你商量。趁你年少。尋個良壻與你。心下如何。〔正旦唱〕

【迎仙客】老尊親錯見了。失節罪難逃。妾身況兼年紀小。〔云〕我想雁有雌雄一對。没了一箇。再不入羣。永爲孤雁。〔唱〕若壻了再求壻。這是人不如鳥。母親意下量度。〔云〕我是個相門之女。再嫁事於人。〔唱〕則恐被傍人笑。

〔帶云〕忠臣不事二君。烈女不更二夫。〔唱〕

【紅繡鞋】一來是先王禮教。二來是唐宰相根苗。〔卜兒云〕今日主張不從。再休後悔。〔正旦唱〕絃斷無心覓鸞膠。〔卜兒云〕你敢待守丈夫的消耗麼。〔正旦唱〕芳心懸玉杵。舊約在藍橋。哎。則我個雲英怎生便嫁了。

〔卜兒云〕父親搭蓋綵樓。教你同金哥妹子共求佳配。你是他姐姐。索先問你。若實有守志的心呵。也隨的你。教你引金哥妹子登綵樓抛繡毬。你心下如何。〔正旦云〕母親言者當也。〔卜兒云〕既然如此。就勞你和金哥妹妹添粧則箇。〔正旦云〕妹子添粧罷。越顯的十分顏色也呵。〔唱〕

【普天樂】玉娉婷。新梳掠。曲彎彎柳眉青淺。香馥馥桃臉紅嬌。腰肢一捻輕。舉止十分俏。便似畫真兒描不成如花貌。有三般兒比並妖嬈。〔卜兒云〕是那三般兒。〔正旦唱〕若耶溪西施戲瓢。九龍池玉環鬭草。鳳凰臺秦女吹簫。

〔云〕夫人。教小姐登樓去也。〔卜兒云〕老相公。俺且回後堂中去來。〔先下〕〔正旦引小旦上樓科云〕好綵樓也呵。〔唱〕

【上小樓】這綵樓百尺其高。勢壓着南山北岳。六曲闌干。四面簾櫳。一片旌旄。綵扇交。錦帳飄。金珠錯落。盼望他嬌滴滴裊香風玉人來到。

〔小旦云〕姐姐。你扶我上綵樓去來。〔做上樓科〕〔正旦唱〕

【么篇】倩人扶登玉梯。似天仙下九霄。蘭麝氤氳。環珮玎璫。繡幙飄飄。准備了。等待著長安年少。但不知那新狀元有甚些風調。

〔外作鼓樂迎二狀元科〕〔正末云〕我兄弟二人得了文武狀元。今日誇官。這是甚麼人家。結起綵樓了也。〔正旦唱〕

【脫布衫】噴香風撲鼻葡萄。揭青天聒耳笙簫。列翠袖金釵兩行。光綽綽從人爭導。

【小梁州】烟裊金鑪寶篆燒。傍雲錦衣飄。羣仙引領下青霄。忙傳報。蹀躞馬蹄遥。

〔云〕妹子。你看狀元來了也。〔唱〕

【幺篇】雀屏銀燭相輝耀。隱芙蓉繡褥光摇。重奏樂。人歡笑。六街喧鬧。春色醉仙桃。

（任做見正旦掉眼科）（正旦云）你看這狀元赴了瓊林宴也。（唱）

【石榴花】狀元微醉據鞍轎。猩血錦宮袍。嘶風緩轡玉驄驕。猛擡頭覷着多嬌。（小旦抛繡毬下科）（正旦云）看繡毬哩。（任繼圖云）山妻未知下落。若貪富貴。乃不義之人也。（做不接科）（正旦唱）見狀元高點玉鞭梢。似躊躕待接還抛。既然他有意來推調。又索別打那英豪。

【鬬鵪鶉】再尋箇鳳友鸞交。分甚麽文强武弱。（正旦看外科）（唱）只要得女貌郎才。不枉了一雙兩好。有福分先奪春風翡翠巢。（小旦打着花狀元遞絲鞭科）（正旦云）妹子。後面狀元接了絲鞭也。（唱）美姻緣天凑巧。成就了錦片前程。常則是同歡到老。

【耍孩兒】歡聲鼎沸長安道。得志當今貴豪。小登科接着大登科。播榮名喧滿皇朝。始知學乃身之寶。惟有讀書人最高。宮花斜插烏紗帽。紫袍稱體。金帶垂腰。

（末指旦云）這箇婦人。好似我的渾家。（旦云）這箇狀元好面熟也呵。（唱）

【三煞】那狀元意遲遲點着玉鞭。不轉睛厮覷着。（帶云）這狀元是俺男兒也呵。（唱）撲簌簌淚點兒腮邊落。他形容好似俺親夫壻。欲待相親又恐錯認了。不敢分明道。知他真心兒認我。莫不是有意兒相調。

〔各做意兒科〕〔正旦唱〕

【二煞】這狀元慢加鞭催玉驄。那狀元故徘徊將寶鐙挑。我倚欄縱目頻瞻眺。莫不是老天肯念離人苦。今日街頭廝抹着。〔任做仔細認科〕〔正旦唱〕那狀元臨去也金鞭裊。他口兒裏作念。意兒裏斟酌。〔帶云〕妹子。下去見父親母親去來。〔唱〕

【煞尾】一星星告與父母。好共歹從他窨約。那狀元多是張京兆。若得相逢把黛眉掃。

〔同下〕

〔音釋〕羈音基　劃音畫　度多勞切　掠音料　岳音燿　落音澇　萄音桃　從去聲　蹀音迭　躞音屑　猩音生　轡音配　弱饒去聲　巢鋤昭切　着池燒切　酌音沼　窨音蔭　約音杳

第四折

〔牛尚書同夫人上云〕姻緣姻緣。事非偶然。當朝有文武狀元遊街。教金哥女孩兒抛綉毬。接絲鞭。先打着文狀元。躊躕一回。把鞭梢攩住繡毬。第二打着武狀元。接了絲鞭。成其佳配。有義女雲英。對老夫言道。文狀元與他男兒一般模樣。這狀元覷着雲英。兩意徘徊。勒馬相覷。似有廝認之意。彼各怏怏而回。老夫想來容易。今日是吉日良辰。取狀元過門與金哥女孩兒成親。就請那文狀元爲送客。席上教雲英出來行禮。便知端的。左右那裏。大排筵會。請狀元過門者。

〔做接科〕〔任繼圖上云〕小官任繼圖。一舉及第。昨日武狀元遊街。有牛尚書家中小姐在綵樓上拋下繡毬。打着小生。小生想失了渾家。未知下落。攔住繡毬。策馬過了。比後打着武狀元。成其姻眷。此日小生望見樓上一女子。好似小官失了的渾家。此女亦覷着小生。眷戀不已。四目相盼。各有廝認之意。想他是牛尚書府第。不敢造次。又恐錯認。今日荷蒙尚書請小官爲送客。伴着花狀元。左右。接了馬者。〔正旦上云〕今日金哥妹子成親。狀元過門。父親喚妾身行禮相見。索走一遭也呵。〔唱〕

【雙調新水令】華堂褥隱繡芙蓉。似錦粧成桃源仙洞。這狀元簪花在玉殿前。那狀元折桂在月宮中。孔雀屏風。今日箇已高中。

【駐馬聽】和羽流宮。一派笙歌徹太空。烹龍炮鳳。滿堂羅綺藹香風。想當初雲英不到廣寒宮。裴航空作遊仙夢。只今日藍橋路不通。玄霜玉杵成何用。

〔正旦與任見科〕〔背云〕這箇狀元。好似俺男兒也。〔唱〕

【喬牌兒】都只在嫣然一笑中。偷把幽情送。他含顰不語把肩兒竦。推將寶帶鬆。

〔任繼圖低問云〕渾家緣何在此。〔正旦云〕原來果然是我丈夫。〔唱〕

【沉醉東風】爲兵戈擔驚受恐。折夫妻斷梗飄蓬。泣枕鴛。悲衾鳳。誰知道這搭兒重逢。猶道相看是夢中。捱了些凄涼萬種。

〔牛尚書怒云〕狀元。你是箇讀書人。怎生不知禮。小女乃裙釵女流。與你有何親故。〔任同旦跪科云〕小生自往西蕃。安禄山作亂。殘破京師。渾家李氏被擄。不知去向。秋間在大慈寺中安下。以待科舉入場。在壁間吟和詞章。是渾家所作。小生又於廊下拾得梧桐葉兒。葉上有詩一首。亦是渾家所作。小生錦囊收貯。常揣在懷内。不料今日荷蒙相公收留在宅上。此恩難報也。〔牛尚書問正旦云〕緣何你去寺中吟和詞章來。〔正旦云〕我跟隨母親燒香去來。見壁上字體似男兒所作。以此吟和來。〔牛尚書云〕梧葉上的詩有麽。〔正旦云〕曾有來。〔任繼圖云〕因何至此。〔正旦唱〕

【川撥棹】想當日恨冲冲。亂離間家業空。浪迹浮蹤。水遠山重。逃命出鎗尖劍鋒。謝大恩人厮敬重。

〔牛尚書云〕你是女子。何故題詩在梧葉上。況這深沉院宇。誰與你寄將出去。那時你又不知狀元下落。中間豈無别情。〔正旦唱〕

【七弟兄】當日正女功。手撏着繡絨。畫樓中。忽聞聽遠院琴三弄。離鸞别鳳恨匆匆。淚雙垂把不住鄉心動。

【梅花酒】倚欄杆數斷鴻。起陣狂風。吹落梧桐。飄入簾櫳。手親題一首詩。寫離恨在其中。爲家鄉信未通。題詩罷告天公。替雁帖當魚封。風捲起入長空。任南北與西東。

【收江南】呀。我則道風吹一去杳無蹤。似題紅葉出深宮。淚痕相映墨痕濃。喜今朝再逢。想昨宵魂夢與君同。

〔牛尚書云〕既然姻緣會合。不是俺做大。一向收留在俺府中爲女。也是天數。不然。那兵荒馬亂。定然遭驅被擄。我便做你的丈人。也做得過。請同花狀元並居東牀。着你團圓。大排筵宴。做箇慶喜的筵席者。〔衆拜成禮科〕〔正旦唱〕

【鴛鴦煞】我則道凉宵衾枕無人共。誰承望洞房花燭笙歌送。樂事重重。喜氣融融。暢道人月團圓。魚水和同。依舊的舉案齊眉到老相陪奉。若不是這一葉梧桐。險些兒失落了半世夫妻舊恩寵。

〔任繼圖詩云〕夫妻守節事堪憐。仗義施恩宰相賢。金榜掛名雙及第。洞房花燭兩團圓。

〔音釋〕炮音袍　嫣音烟　推退平聲　叢音從　撏詞纖切　當去聲

題目　任繼圖天配鳳鸞交

正名　李雲英風送梧桐葉

花間四友東坡夢雜劇

吴昌齡撰

第一折

〔外扮蘇東坡上詩云〕隱隱胸中蟠錦繡。飄飄筆下走龍蛇。自從生下三蘇後。一望眉山秀氣絶。小官眉州眉山人。姓蘇名軾。字子瞻。别號東坡。乃老泉之子。弟曰子由。妹曰子美。嫁秦少游者是也。小官自登第以來。屢蒙擢用。官拜端明殿大學士。今有王安石在朝。當權亂政。特舉青苗一事。我想這青苗一出。萬民不勝其苦。爲害無窮。小官屢次移書諫阻。因此王安石與俺爲讎。一日天子遊御花園。見太湖石摧其一角。天子問爲何太湖石摧其一角。安石奏言。此乃是蘇軾不堅。小官上前道。非蘇軾不堅。乃安石不牢。天子大笑回宫。安石好生懷恨。一日朝罷。衆官聚於待漏院。見一從者腰插一扇。扇上寫詩兩句道。昨宵風雨過園林。吹落黄花滿地金。某想黄花者。菊花也。菊花從來不謝。自然乾老枝頭。意甚以爲不然。乃於詩後續兩句道。秋花不比春花落。付與詩人仔細吟。誰想此詩乃安石所作。一日請俺赴宴。出歌者數人。見一女子擎杯良久。不見其手。俺佯言道。小娘子金釵墜也。那女子出其手。捫其髩。衆官皆發大笑。安石令俺爲賦一詞。小官走筆賦滿庭芳一闋。誰想那女子就是安石的夫人。到次日。安石將小官的滿庭芳奏與天子。道俺不合吟詩嘲戲大臣之妻。以此貶小官到黄州團練。就着俺去看菊花。誰想天下菊花不謝。惟有黄州菊花獨謝。一時失言。翻成大怨。如今來到這潯陽驛琵琶亭。有一故友乃是賀方回。在此爲守。留俺飲宴。酒酣之次。出一歌妓。乃是白樂天之後。小字牡丹。不幸落在風塵之中。此女甚是聰慧。莫説頂真續麻。拆白道字。恢諧嘲謔。便是三教九流的説話。無所不通。無所不曉。小官眉頭一蹙。計上心來。比及到黄州歇馬。有一同窗故友謝端卿。在廬山東林寺落髮爲僧。修行辦道。一十五年。不下禪床。此人乃一代文章之士。俺如今領着白牡丹魔障此人還了俗。娶了牡丹。與小官同登仕路。量安石一人在朝。有何難處。當日辭了賀方回。領着白牡丹訪謝端卿那裏走一遭去來。〔詩云〕此去黄州冷似冰。清心元不苦飄零。我是能詩能賦朝中客。去訪無是無非窻下僧。〔下〕〔丑扮行者持苕箒上詩云〕積水養魚終不釣。深山放鹿願長生。掃地恐傷螻蟻命。爲惜飛蛾紗罩燈。南無阿彌陀佛。掃過處方敢行。不掃過處休行。你道爲何。南無阿彌陀佛。只怕踏傷了螻蟻的性命。〔正末扮佛印上云〕善哉善哉。貧僧乃饒州樂平人氏。俗姓謝名甫。字端卿。法名了緣。後稱佛印。俺有一班兒同堂故友。俱登仕路。止有貧僧一人。抛棄功名。在此廬山東林寺。修行辦道。今經十五年。不下禪床。這行者乃是貧僧的徒弟。是一個癡愚的。單要他掃地點燈而已。俺想出家人好不清净也呵。〔唱〕

【仙吕點絳唇】每日間看誦經文。受傳心印。權粧溷。俺可也識破天真。此外都無論。

【混江龍】法聰心悴。〔行者云〕徒弟也不悴。一本心經讀了三年六個月。就念的摩訶般若波羅蜜一句出來。這也不算悴。〔正末唱〕我可也自來無喜亦無嗔。直將這一心參透。五派禪分。

閒伴着清風爲故友。恍疑明月是前身。這些時想晨鐘暮鼓。馬足車塵。細看來恰便似雲影空中盡。抛離了煩冗。落得箇清貧。

〔云〕行者。夜來伽藍道。今日午時有魔障至此。你去山門首望者。但有遠方過路客官。報我知道。〔行者云〕知道。〔東坡引旦扮白牡丹從者上云〕小官蘇軾。可早過了大江。來到廬山脚下。左右。把船灣住江上。牡丹。你只在舟中坐下。喚你便來。不喚你不要來。〔旦應科下〕〔東坡做獨行科云〕你看廬山果然好景致也。端的是真山真水。真寺真林。非閒人不可到。遇濁子不容觀。好山也。山高巘嶮嶮嵯峨。凛冽林巒亂石陀。古怪怪松岩下掩。山岩掩眼隔烟蘿。山禽如語語不歇。山澗飛泉迸碧波。山童採藥山藥少。樵夫擔柴貪擔多。野猿摘菓攀藤葛。葛絶餘藤藤倒拖。仙洞仙童依虎睡。仙人醉卧老龍窩。峯勢側。洞門矬。洞裏月光愛娑婆。莫訝朝嵐寒槭槭。仙家洞府接天河。大石欄灣。大石欄灣。幾重水。幾重渦。帶着野田空闊。野田空闊。一層嶺。一層坡。老樹老藤忘歲月。古山古寺絶經過。經過跡斷唯山在。歲月年深奈寺何。真箇此寺不同他寺宇。此山非比别山阿。青黛染成千塊玉。雲霞粧就萬堆螺。只除佛子神仙纔可到。怎許遊人容易得攀摩。這廬山景致。觀之不盡。翫之有餘。你則看東林寺門首碑上。有詩爲證。詩道。不到廬山不是僧。廬山清景勝蓬瀛。爲僧若到廬山下。死葬廬山骨也清。讀之未了。只見山門下立着一個行者。待我問他。你那佛印師父。可在法座上麽。〔行者云〕師父打坐哩。〔東坡云〕借你口中言。傳俺心間事。你道有箇客官。不言姓名。有兩句禪語。又叫做偈語。你道眉山一塊鐵。特地來相謁。〔行者云〕老官。小和尚心忰。一本心經念了三年零六個月。還記不得。再說一徧。〔東坡云〕這個忰和尚。〔行者云〕敢是姓鐵。〔東坡云〕不姓鐵。〔行者云〕不姓鐵就姓錫。〔東坡云〕不姓錫。〔行者云〕不姓鐵。不姓錫。就姓銅罷。〔入報科云〕師父。外面來到一個主兒。不言姓名。道兩句禪語。又叫做偈語。眉山一塊鐵。特地來相謁。〔正末云〕急急上堂來。爐中火正熱。〔行者云〕着手。他便是鐵。我師父是火。架起爐來燒他娘。老官。我師父着我燒你哩。〔東坡云〕怎麼說。〔行者云〕叫你急急上堂來。爐中火正熱。〔東坡云〕這也是禪語。再進去說。我鐵重千斤。恐汝不能挈。〔行者云〕你不怯我師父。我師父也不怯你。師父。他又道兩句。我鐵重千斤。恐汝不能挈。〔正末云〕我有八金剛。將汝碎爲屑。〔行者云〕着手。我師父道。我有八金剛。將汝碎爲屑。〔東坡云〕再進去說。我鐵類頑銅。恐汝不能爇。〔行者云〕罷了。軟了。〔東坡云〕怎麼軟了。〔行者云〕爇的軟了。師父。他又道兩句。我鐵類頑銅。恐汝不能爇。〔正末云〕將你鑄成鐘。衆僧打不歇。〔行者云〕着手。我師父要打你哩。〔東坡云〕怎麼要打我。〔行者云〕將汝鑄成鐘。衆僧打不歇。〔東坡云〕再進去說。鑄得鐘成時。禪師當已滅。〔行者哭入科〕〔正末云〕行者爲何哭起來。〔行者云〕他道鑄得鐘成時。禪師當已滅。〔正末云〕大道本無成。大道本無滅。心地自然明。何必叨叨說。夜來伽藍道。今日午時有東坡學士至此。果應其言。快與我請進來。〔行者云〕有眼不識灰堆。學士老爺。俺師父有請。〔正末云〕十五年不下禪床。今日須下禪床。接待學士者。〔做見科〕〔正末唱〕

【油葫蘆】自別經年十數春。〔東坡云〕一別許久不會。〔正末唱〕全不曾得動問。〔東坡云〕且喜今日得一會。〔正末唱〕喜君家平步上青雲。〔云〕敢問大人。那衙門除授。〔東坡云〕自別吾兄。官拜端明殿學士。〔正末唱〕好好不枉了玉堂金馬多風韻。〔東坡云〕小官如今不在翰林了。謫在黄州團練。經過此處。訪問吾兄。〔正末唱〕可甚的吴山楚水生勞頓。〔東坡云〕共君一夕話。勝讀十年書。〔正末唱〕我和你話一夕。勝如那酒一樽。〔東坡云〕吾兄。我和你是同堂故友哩。〔正末唱〕咱須是舊時朋友相親近。何必要飲的醉醺醺。

〔東坡云〕相逢不飲空回去。洞口桃花也笑人。〔正末唱〕

【天下樂】恁道是明月清風他可便也笑人。〔東坡云〕那裏有幽僻去處。待小官遊翫一番。〔正末唱〕似這般荒僻的山門。〔東坡云〕好個古刹寺院。〔正末唱〕你可也莫要哂。〔東坡云〕這是伽藍堂。怎生不打供。〔正末唱〕俺這裏伽藍堂静悄悄隔着世塵。〔東坡云〕天陰雨。有些疎漏麽。〔正末唱〕便淋漓污了衣。顛倒可便裹了巾。〔帶云〕學士大人。〔唱〕俺這裏怕什麽騎驢衝大尹。

〔東坡云〕騎驢衝大尹。此乃賈浪仙的故事。將小官比做韓文公。何以克當。〔正末云〕大人既拜端明殿學士。爲何謫貶黄州團練。到貧僧荒凉古刹來。〔東坡云〕吾兄不問。小官不敢言。今有王安石在朝。當權亂政。特舉青苗一事。我想青苗一出。小民不勝其苦。一日王安石請俺家宴。出歌者數人。內有一女子擎杯良久。不見其手。俺佯言道小娘子金釵墜也。那女子慌忙出其手。把其髻。衆官皆發一笑。安石令俺題詠其事。小官走筆賦滿庭芳一闋。誰想安石將小官滿庭芳奏與聖人。貶小官黃州歇馬。打從此處經過。思想吾兄在此。特來探望。吾兄是個公直的人。此一樁還是王安石不是。小官的不是。〔正末云〕此一樁還是王安石的不是也。〔東坡云〕怎見得王安石不是。〔正末唱〕

【金盞兒】爲學士受皇恩。因此上重賢臣。他要足下兩箇閒談論。他不合高燒銀燭倒金樽。他不合殷勤出侍女。他不合夤夜款佳賓。他不合隔簾聽語笑。〔帶云〕常言道責人則明。恕己則昏。學士大人。〔唱〕你也不合燈下覷他那佳人。

〔東坡云〕連小官也不是了。〔正末云〕願聞滿庭芳妙詞。〔東坡云〕小官在吾兄根前。念滿庭芳一闋。却似持布鼓而過雷門。豈不慚愧。〔正末云〕貧僧草腹菜腸。願聞願聞。〔東坡云〕吾兄污耳了。〔詞云〕香靄雕盤。寒生冰筯。畫堂別是風光。主人情重。開宴出紅粧。膩玉圓搓素頸。藕絲嫩。新織仙裳。雙歌罷。虛雲轉月。餘韻尚悠揚。人間何處有。司空見慣。應謂尋常。坐中有狂客。惱亂柔腸。報道金釵墜也。十指露春筍纖長。親曾見全勝宋玉。想像賦高唐。〔正末云〕高才高才。〔唱〕

【後庭花】你那滿庭芳雖稱席上珍。送的箇老東坡翻成轅下窘。則爲這樂府招讒譖。抵多少文章可立身。〔做笑科〕〔東坡云〕吾兄爲何發笑。〔正末唱〕只落的笑欣欣。倒不如咱家安分。向深山將名姓隱。

〔云〕行者。看素齋飯管待學士。〔行者云〕理會得。香積厨下安排素齋。拖麵煎草鞋。醬拌鵝卵石。快些管待學士。〔東坡云〕叫那行者過來。你方纔説些什麽。〔行者云〕我師父方纔説。香積厨下看素齋飯管待學士。〔東坡云〕你去與那和尚説。有酒有肉我便吃。無酒無肉。我回舟中去也。〔行者云〕學士。你就是我的親爺。我這等和尚。有什麽佛做。熬得口裏清水拉拉的湯將出來。望學士可憐見。多與些小和尚吃。〔東坡云〕這個饞和尚。我多與你些吃。〔行者云〕多謝學士。師父合氣了。那學士老爺説道。有酒有肉我便吃。無酒無肉我回舟中去也。〔正末云〕既如此。你下山去俗人家沽一壺酒。買一方肉。管待學士便了。〔行者云〕那裏去買。你好行止。向年間爲師父娘做滿月。賒了一副猪臟没錢還他。把我褊衫都當没了。至今穿着皂直裰哩。〔正末云〕休得胡説。〔行者向古門云〕山下俗道人家。有一百八十多斤的猪。宰一口兒。〔内云〕忒大。没有。〔行者云〕這等。有八九兩的小猪兒宰一口。〔内云〕忒小。没有。〔行者云〕隨意增減些罷。只要先把血臟湯做一碗來。與我嘗一嘗。〔正末云〕行者。酒席完備未曾。〔行者云〕酒席已完備了。〔正末云〕學士。當日遠公沽酒謁陶潛。今日佛印燒猪待子瞻。〔東坡云〕小官續上兩句。蘇軾焉敢效昌黎。佛印如何比大顛。〔正末云〕高才高才。〔唱〕

【醉中天】既然要叙舊開佳醞。怎還説持戒斷腥葷。搽的箇爛醉春風老瓦盆。見學士和佛印。你本是同堂故人。須不比十方檀信。俺只索倒賠些狗彘雞豚。

〔東坡云〕吾兒。常言道。坐中無有油木梳。烹龍炰鳳總成虛。那裏有善歌的妓女。請一個來唱一曲。等小官盡醉而歸。〔正末云〕學士説差了。這荒凉古刹寺院。那裏討善歌妓女。〔東坡云〕真個無有。〔正末云〕斷然没有。〔東坡云〕小官曾帶一個在此。〔正末云〕如此最好。在那裏。請來相陪學士。〔東坡云〕行者。你去溪河楊柳邊小舟中。叫一聲白牡丹安在。只待他應了一聲。你急急抽身便走。〔行者云〕走遲了却怎麽。〔東坡云〕走遲了。只教你做雪獅子向火。酥了半邊。〔行者做跌科〕早酥倒了也。轉灣抹角。此間就是溪河楊柳邊。小舟兒上叫一聲。白牡丹在麽。〔旦兒云〕誰叫。〔行者做跌科云〕聽他嬌滴滴的聲音。真個酥了也。東坡老爺喚你哩。〔旦兒上云〕來了。妙舞清歌本足誇。殢雲殢雨作生涯。借問妾身何處住。柳陌花街第一家。妾乃白樂天之後。小字牡丹。不幸落在風塵。今被東坡學士帶在此處。差人呼喚。須索走一遭去也。〔行者云〕禀學士。白牡丹來了也。〔又禀正末科〕〔旦兒云〕大人萬福。呼喚妾身。有何分付。〔東坡云〕我一路上與你説的前席那和尚便是。你如今魔障此人。還了俗。娶了你。他若爲官。你就是一位夫人縣君也。〔旦兒云〕多謝大人擡舉。〔東坡云〕牡丹。你把體面與那佛印禪師相見者。〔旦兒云〕理會得。久聞老師父大名。今日得覩尊顔。三生有幸。〔正末云〕小娘子問訊。〔行者云〕不消問訊。是學士船上來的。〔正末云〕學士大人。此女姓甚名誰。誰氏之子。〔東坡云〕此女乃是白樂天之後。小字牡丹。莫説他姿容窈窕。頗解文墨。只可惜他落在風塵。没個人來擡舉。〔正末唱〕

【金盞兒】你道是可惜他落風塵。繫紅裙。端的箇十分體態能聰俊。〔東坡云〕有那等惜花人見了。無不愛他。〔正末唱〕**有那等惜花人見了怎不消魂。**〔東坡云〕真個是天香出衆。國色超羣。〔正末唱〕**真箇是天香偏出衆。國色獨超羣。可知道教坊爲第一。花内牡丹尊。**

〔東坡云〕牡丹。與那佛印把一杯酒者。〔旦兒應云〕師父滿飲此杯。〔正末云〕小娘子。貧僧葷酒不用。〔旦兒云〕那師父葷酒皆不用。〔東坡云〕吾兄差矣。溪河楊柳影。不礙小舟行。佛在心頭坐。酒肉穿腸過。只管吃。怕怎麽。〔正末云〕既如此。貧僧開酒不開葷。〔東坡云〕不怕他不一椿椿開將來。〔旦兒云〕師父滿飲此杯。〔正末云〕貧僧告酒了。〔東坡云〕吾兄請了。〔行者唱舞科〕〔唱〕心肝肉。那話兒且休題。吃肉揀肥的。自從見了你。一頓一升米。你也不想我。我也不想你。〔東坡云〕行者怎麽說。〔行者云〕這是我師父和師父娘在禪床上吃酒吃肉。小行者帶歌帶舞。日常規矩。〔東坡云〕果然有此事。正是出家人活計。〔正末云〕行者看酒來。小娘子滿飲一杯。〔旦兒云〕吃不了這些。〔行者云〕就是小行者替吃罷。〔東坡云〕牡丹。放下酒者。吾兄。我此來非爲別事。〔正末云〕却是爲何。〔東坡云〕專爲吾兄。今日是個好日辰。娶了牡丹。與小官同登仕路。佳人捧硯。壯士擎鞭。不强在深山古剎。遁跡埋名。吃的是瓢漏粉。菜饅頭。有何好處。你與我惜芳春。罷經文。〔正末唱〕

【金盞兒】你教我惜芳春。罷經文。把一生功案都休論。〔東坡云〕就是小官爲媒。〔正末唱〕**笑你箇東坡學士做媒人。**〔東坡云〕我能壞你十座寺。你休阻我一門親。〔正末唱〕**你道是**

能壞我十座寺。休阻您一門親。我也曾萬花叢裏過。爭奈我一葉不沾身。〔東坡云〕牡丹。你與那和尚告菩提露去。〔旦兒云〕是。曉得。上告我師。和尚一點菩提露。滴在牡丹兩葉中。〔正末云〕小僧半點俱無。〔旦兒云〕那師父說半點俱無。〔東坡云〕再告去。〔旦兒云〕上告我師。和尚一點菩提露。滴在牡丹兩葉中。〔正末云〕貧僧十五年不下禪床。功行非淺。實是半點俱無。〔旦兒云〕大人。那和尚說十五年不下禪床。功行非淺。實是半點俱無。却不羞殺我牡丹也。〔東坡云〕吾兒。因你不肯。那牡丹煩惱哩。〔正末唱〕

【賺煞】**你道是不施些雨露恩。倒惹得花枝恨。俺怎肯壞了如來法身。這雪山中不比巫山夢斷魂。那裏有暮雨朝雲。俺既是做僧人。命犯着寡宿孤辰。**〔東坡云〕咳。你個莽和尚。不爭我牡丹成了這親事呵。〔正末唱〕**你教那首座闍黎怎主婚。**〔東坡云〕那裏有女家兒倒肯。男家兒不順。〔正末唱〕**你道是女家兒倒肯。男家兒不順。**〔東坡云〕小官舟中。花紅羊酒都准備將來了。〔正末唱〕**學士你只索空賠羊酒。**〔帶云〕請恕罪了也。〔唱〕**可兀的拜俺沙門。**〔下〕

〔旦兒云〕大人。那和尚不肯。可不空帶牡丹走這一遭也。〔東坡云〕牡丹。你且放心。待我明日准備着回席的酒殽。好共歹與你成就了這門親事。那時節安排玳瑁筵。款撒紅牙板。低吟白雪歌。高擎鸚鵡盞。釵嚲玉斜橫。鬢偏雲亂挽。務要掤回壯士頭。只交閃開那禪僧眼。〔同下〕

〔音釋〕絕藏靴切　摧慈隨切　捫音門　闋音缺　溷音混　倴蒲悶切　迸方孟切　側齋上聲　殺藏

梭切　嵐音藍　椷音戚　重平聲　渦音窩　過平聲　阿何哥切　爇如月切　偈音忌　哂身上聲　污去聲　夤音寅　搓音磋　勝平聲　窘君上聲　分去聲　醞音運　葷音昏　炰音袍

第二折

〔正末云〕貧僧了緣和尚。昨日被東坡學士魔障了一日。虽是貧僧。若是第二個。怎生是好。〔行者云〕又是師父。若是行者了當哩。〔正末云〕今日天色已晚。學士必然又來。貧僧待要躲避他。見得禪師法門。無有智慧了。行者。大開方丈。將燈燭剔得明亮。着學士來時。我貧僧自有主意。〔唱〕

【南吕一枝花】身雖在東土居。心自解西來意。曾傳一盞燈。能有幾人知。參透禪機。心外事無縈繫。想昨宵甚道理。那蘇子瞻一謎裏歪纏。更和着白牡丹有千般標致。

【梁州第七】本待要去西方脱除了地獄。我怎肯信東坡洩漏了天機。半生苦行修持力。把心猿鎖閉。意馬收拾。由他閒戲。任你胡爲。端的箇幾番家識破皆非。一心要隻履西歸。枉了你玉人兒嬌滴滴待楓葉傳情。排下箇迷魂陣香馥馥似桃花泛蘂。攬的箇選佛場亂紛紛做柳絮沾泥。怎知俺九年面壁。虽明心見性蒲團底。到今日出人世。笑你箇愚濫的東坡尚不知。也只是肉眼凡眉。

〔東坡引旦兒同上云〕牡丹。我今日安排回席。好共歹與你成就這門親事。却蚤來到山門。行者報復去。說昨夜的客。今日又來了也。〔行者云〕師父分付多時。學士老爺請進。〔正末出迎科云〕學士大人有請。學士。夜來多有簡慢。望乞恕罪。〔東坡云〕禪師。夜來多有攪擾。〔旦兒謝科云〕奴家攪擾。一發不當。〔正末云〕惶恐惶恐。〔東坡云〕小官今日薄酒一杯。特來還敬。〔正末云〕大人。客邊何勞如此。〔東坡云〕看酒過來。端卿請飲一杯。〔正末回酒科云〕學士請。〔東坡云〕端卿。咱閒口論閒事。想你在山間林下。隱跡埋名。幾時是了。則不如留了髮。還了俗。同登仕路。共舉皇朝。可不好那。〔正末云〕學士。這各有所見。難以强同。〔唱〕

【隔尾】我貧僧呵半生養拙無人識。你一舉成名天下知。這的是名利與清閒各滋味。〔東坡云〕你這出家的怎生。〔正末唱〕俺躲人間是非。〔東坡云〕俺爲官的怎生。〔正末唱〕您請皇家富貴。〔帶云〕好便好。則爲一首滿庭芳。貶上黄州。也怪不着。〔唱〕兀的是那才調清高落來得。

〔東坡云〕這秃厮倒着言語譏諷咱。哎。俺這爲官的。吃堂食。飲御酒。你那出家的。只在深山古刹。食酸餡。捱淡虀。有甚麽好處。〔正末唱〕

【牧羊關】雖然是食酸餡。捱淡虀。淡只淡淡中有味。想足下縱有才思十分。到今日送的你前程萬里。〔東坡云〕舌爲安國劍。詩作上天梯。〔正末唱〕蚤難道舌爲安國劍。詩作上天梯。你受了青燈十年苦。可憐送得你黄州三不歸。

〔云〕行者。看酒來。大人滿飲一杯。貧僧告睡去也。〔東坡云〕禪師請穩便。〔旦兒云〕那和尚着了忙哩。〔正末離席科云〕我出的這方丈門來。〔唱〕

【罵玉郎】則被這東坡學士相調戲。可着我滿寺裏告他誰。我如今修心養性在廬山內。怎生瞞過了子瞻。賺上了牡丹。却教誰人來替。

【感皇恩】你行者休違拗。我須索把你來央及。〔做跪科〕〔行者云〕師父只當搶了臉也。〔正末唱〕我其實被東坡。閒魔障。斷禁持。〔行者云〕我要赴白蓮會去哩。〔正末唱〕你待赴白蓮會裏。先和那紅粉偷期。〔行者云〕老人家没正經。不要我學好。教我偷雞吃。被人拏住怎麽了。〔正末唱〕却待說。又教我。怎生題。

〔行者云〕師父。我看你欲言不言的意思。要我怎的。常言道。喫烏飯。痾黑屎。我只是依隨着你便了。〔正末唱〕

【採茶歌】你若是肯依隨。不羞恥。我比你先争十載上天遲。〔云〕行者。將耳過來。〔做耳囑科唱〕你和他共枕同眠成連理。蚤是得些滋味休要着癡迷。〔下〕

〔東坡云〕牡丹。謝端卿往方丈去了。便趕進方丈去。與他雲雨和諧了時。你就唱雨淋鈴。今宵酒醒何處。楊柳岸曉風殘月。我就來拿住他。不怕不隨我還俗去也。〔旦兒趕進科云〕師父。好共歹與牡丹成就這親事罷。〔行者云〕成不得。成不得。貧僧整整十五年不下禪床。菩提露半點俱無。

〔做歡會科〕〔旦兒唱〕雨淋零。今宵酒醒何處。楊柳岸曉風殘月。〔東坡云〕好個謝端卿。與牡丹雲雨和諧了。令人。點個燈來。推開方丈門。拿住那佛印了也。〔正末上云〕被我瞞過子瞻了也。〔旦兒云〕却不羞殺我牡丹也。〔下〕〔行者云〕好不快活殺行者也。〔下〕〔東坡云〕嗨。吾兒是何道理。你不肯也罷。如何將行者污我牡丹。牡丹。你玲瓏剔透今何在。俊俏聰明莫謾誇。嫩蘂嬌枝關不住。被狂風吹碎牡丹芽。吾兒收拾酒筵。我已醉矣。〔正末唱〕

【賀新郎】東坡學士解禪機。我怎肯損壞了菩提。恰纔是脫身之計。他那廝向羢毛氈裏撲綿被。儘强如俺入龍華會。兀的不辱没殺釋迦的這牟尼。不爭那牡丹來赴約。和尚去偷期。東坡倒覺的有些不伶俐。一箇兒待惜花春起蚤。一箇兒待愛月夜眠遲。

〔東坡做睡科〕〔正末云〕大人再飲幾杯。呀。他睡着了。着他大睡一覺。花間四友安在。〔旦兒扮四友上云〕妹子們走動。師父呼喚俺姊妹四人。有何分付。〔正末唱〕

【哭皇天】我喚你無别意。您四人各做准備。梅也你輕謳着白雪歌。柳也你與我滿捧着紫金杯。桃也你和他共枕同眠。竹也如魚似水。我這裏做方做便。陪酒陪歌。東坡比那滿庭芳滿庭芳可便省些閒淘氣。倚仗着神力鬼力。只除是天知地知。

【烏夜啼】這是戒和尚念彼觀音蜜。自今宵即便與你回席。恁四人各同心兒商議。柳也是必速離了隋堤。竹也你是必休戀着湘妃。梅也你兩箇羅浮山下會佳期。桃也你與我武陵溪畔曾相識。柳妖嬈。桃美麗。梅魂縹緲。竹影依稀。

【黃鍾尾】那學士呵。你才高世上誰堪比。我教你直睡到人間總不知。柳也只要你迎過客送行人。開青眼展黛眉。伴陶潛的見識。竹也只要你摇龍頭擺鳳尾。敲翠節弄清音。引王猷的興味。桃也只要你烘曉日渲朝霞。飄紅雨笑東風。賺劉晨的旖旎。梅也只要你散冰魂呈素魄。欺凍雪傲嚴霜。膩何郎的嫵媚。不許你撲剌剌驚破他一枕晨雞。只要你四人呵美甘甘迷着他南柯夢兒裏。〔下〕

〔四友云〕學士大人。休推睡裏夢裏。〔東坡打夢做起科問云〕四位小娘子。誰氏之家。〔四友云〕俺姊妹四人。是佛印的專房妓妾。聽師父法旨。特來與大人奉一杯酒。〔東坡云〕哦。謝端卿。你瞞的我多哩。放着四位專房。這般美麗。可知不要我那白牡丹。敢問四位小娘子尊姓盛名。〔四友云〕俺姊妹們教做夭桃。嫩柳。翠竹。紅梅。〔東坡云〕小娘子會舞會唱麽。〔四友云〕俺姊妹們都也會唱。〔東坡云〕有勞四位舞一回。唱一回。待小官吃個盡興方歸也。〔四友舞唱介〕

【月兒高】謾折長亭柳。情濃怕分手。欲跨雕鞍去。扯住羅衫袖。問道歸期端的是甚時候。泪珠兒點點皴鮹透。唱徹陽關。重斟美酒。美酒解消愁。只怕酒醉還醒。這愁懷又依舊。

〔四友云〕學士大人。請滿飲此杯。俺姊妹們四人各求佳句一首。永爲家寶。〔東坡云〕四位小娘子問小官求詩。有有有。一個個説來。從那個起。〔梅云〕妾身是紅梅。〔東坡云〕玉骨冰肌非等閒。耐他霜雪耐他寒。一枝斜在書窗下。惹得詩人冷眼看。〔梅奉酒云〕多謝佳篇。請學士大人滿飲此杯。〔東坡飲科云〕如今該是翠竹了。萬玉叢中汝最魁。亭亭高節肯低迴。淑人合配真君子。灑淚成班却爲誰。〔竹奉酒云〕多謝佳篇。請學士大人滿飲此杯。〔東坡飲科云〕如今該是夭桃了。溶溶粉汗濕香腮。舞盡春風臉上來。只因一點胭脂氣。惹得劉郎着意栽。〔桃奉酒科云〕多謝佳篇。請學士大人滿飲此杯。〔東坡飲科云〕如今該是嫩柳了。腰肢嬝嬝弄輕柔。舞盡春風卒未休。流水畫橋青眼在。爲誰腸斷爲誰愁。〔柳奉酒科云〕多謝佳篇。請學士大人滿飲此杯。〔東坡云〕我吃我吃。〔四友云〕俺姊妹們四個共求大人一詩。〔東坡云〕有有有。堪愛尊前四豔粧。清陰護月闇紗窗。桃也魂依玉洞花千片。竹也腸斷湘江泪幾行。梅也大庾嶺頭躭寂寞。柳也霸陵橋外弄輕狂。何緣此夕同歡會。小官拚得開懷醉一場。〔四友云〕好高才也。我姊妹們舞者。唱者。勸學士大人吃個盡醉方歸。〔東坡云〕我吃我吃。兀的不快活殺我也。〔同下〕

〔音釋〕解音械　縈音盈　繫音計　力音利　拾繩知切　壁兵迷切　思去聲　調平聲　拗音要　及更移切　蜜忙閉切　席星西切　識傷以切　渲疎選切　旖音倚　旎音你　嫵音武　卒粗上聲

第三折

〔正末扮松神持笏上云〕吾乃廬山松神是也。今有佛印禪師。密遣花間四友。前去玉春堂魔障東坡學士。恐上帝知道。必然責罪小聖。須索追趕那四個鬼頭去也呵。〔唱〕

【正宫端正好】晚風輕。霜華重。雲淡晚風輕。露冷霜華重。轉瑶堦月色朦朧。你看那花間四友相搬弄。鬬起他那春心動。

【滚繡毬】俺這裏步蒼苔攀怪松。靠湖山凌翠峯。正和那玉春堂相共。俺只索悄冥冥躡足潛踪。上堦基。近窗孔。見四箇小鬼頭將端明來簇捧。竹梅呵滿泛着金鍾。那一箇舞低楊柳樓心月。那一箇歌罷桃花扇底風。飲興方濃。

〔松神做掀簾科〕〔唱〕

【叫聲】俺這裏排亮槅揭簾櫳。赤律律起一陣劣風。劣風。不由人不悚然驚凛然恐。險吹滅銀臺上燭花紅。

〔東坡擁四友上云〕四位小娘子。起大風了。〔四友做怕科云〕學士大人。風起神道來也。〔東坡云〕這等。小娘子躲着。〔松神云〕學士。快唤出那花間四友來。〔東坡云〕没有什麽花間四友。〔松神云〕學士。你既讀孔聖之書。必達周公之禮。因何在此做這般勾當。〔東坡云〕只小官在此

飲酒。有何妨礙。〔松神唱〕

【上小樓】您了悟那色空。且與吾師是昆仲。你伴着那嫩柳夭桃。翠竹紅梅。闇約私通。〔東坡云〕小官止一人在此。並無別的陪伴。〔松神唱〕這的是你自去自來。相隨相從。〔帶云〕那花間四友呵。〔唱〕比不得出紅粧主人情重。

〔東坡云〕這是小官做的滿庭芳。元來神也知道。〔松神云〕學士。那花間四友。快放他出來。〔東坡云〕委實没有。〔松神笏擊桌科唱〕

【幺篇】小聖呵可便眼又不矇。耳又不聾。〔東坡云〕四位小娘子躲者。〔松神唱〕你那裏挨挨㨾㨾。閃閃藏藏。無影無蹤。恰纔俺下虛空。顯神通。起一陣風颼微送。〔云〕只喚出那紅梅來。〔東坡云〕没有什麼紅梅。〔松神云〕你道是没有紅梅。〔唱〕這其間見疎影横闇香浮動。

〔松神再擊桌搜尋科云〕小鬼頭躲在那裏。一個個都與我喚將出來。〔四友出科〕〔東坡云〕上聖。留一個兒與小官奉酒者。〔松神唱〕

【滿庭芳】我看你箇東坡受用。是處裏嬌歌妙舞。酒釃花醲。見疎梅一點芳心動。蚤則怕漏泄了天工。傍脩竹珮響玎玲。映垂楊絲颺丰茸。説甚麽桃源洞。只落的胭脂淚湧。再不能勾依舊笑春風。

〔松神做趕四友科〕〔東坡云〕上聖。念小官獨自在此。飲酒無聊。可留一個小娘子。等他陪奉咱。

〔松神唱〕

【十二月】你這裏齊臻臻前遮後擁。美甘甘笑口歡容。只待要静巉巉幕天席地。笑吟吟倚翠偎紅。怎知道被禪師神挑鬼弄。做一場捕影拿風。

【堯民歌】好笑你端明學士忒矇朧。全不想酒闌人散夜將終。怎還許花間四友得從容。東坡也不須埋怨我大夫松。這的是禪宗。禪宗。都歸一箇空。只有那伊蒲供。〔松神趕四友下〕

〔東坡云〕這四位小娘子。怎生割捨的小官就去了。〔做伏桌睡科〕〔松神云〕學士。學士。〔唱〕

【耍孩兒】想東坡曾受金蓮寵。直恁般癡呆懵懂。則去那樹頭樹底覓殘紅。恨不的添一對照道紗籠。今宵剩把銀缸照。猶恐相逢是夢中。這聰明成何用。本待要醉魔佛印。倒做了瘖痳周公。

【煞尾】聽着這踈刺刺枕畔風。響瑺瑺樓上鐘。被誰人驚回一霎遊仙夢。我笑你個殢酒色的東坡直睡到紅日三竿恁時節懂。〔下〕

〔行者上云〕兩廊下僧院鐘樓經閣。但有那銅頭鐵額。釘嘴木舌。不能了達者。都到法座上問禪。

〔再叫科下〕〔東坡做驚醒科云〕四位小娘子。滿飲一杯。呀。原來是南柯一夢。小官欲待回舟中

去。恐怕他謝端卿勘破。且領着白牡丹到法座上問禪。那裏走一遭去來。〔下〕

〔音釋〕槅皆上聲　颼羊去聲　茸音戎　從音匆　勘坎去聲

第四折

〔正末引徒衆華幡法器上云〕行者。將香盒過來。〔行者云〕香盒在此。〔正末云〕南無阿彌陀佛。此一炷香願吾主萬壽。臣宰千秋。此一炷香願黎民樂業。五穀豐登。此一炷香願法輪常轉。佛日增輝。〔唱〕

【雙調新水令】爇龍涎一炷透穹蒼。祝吾王壽元無量。八方無士馬。四海罷刀鎗。國泰民康。願甘雨及時降。

〔云〕行者。你去兩廊下僧院經閣鐘樓叫者。但有那銅頭鐵額。釘嘴木舌。不能了達者。都來法座上問禪。〔行者云〕理會得。〔做叫科〕〔東坡領牡丹上云〕牡丹。謝端卿在法座上問禪。我去問倒了他。你就過來。〔旦兒云〕是。曉得。〔東坡云〕上告我師和尚。蘇軾特來問禪。〔正末云〕速道。〔東坡云〕佛印從來快開劈。蘇軾特來閒料嘴。〔正末云〕葛藤接斷老婆禪。打破沙鍋璺到底。〔東坡云〕可被他說倒了。牡丹。你過去問禪。〔旦兒云〕上告我師和尚。牡丹特來問禪。〔正末云〕速道。〔旦兒云〕我白牡丹因何到此。慕風流特來嫁爾。〔正末云〕你本不是妓館猱兒。堪做俺佛門弟子。〔唱〕

【水仙子】俺本是廬山長老恰升堂。〔旦兒云〕這的是東林寺。〔正末唱〕倒做了普救寺鶯鶯來鬧道場。〔旦兒云〕你出家人比不得唐三藏。〔正末唱〕你道俺出家人不及那往西天的唐三藏。却原來你是曲江頭黄四娘。〔旦兒云〕我只待堅心招你做新郎。〔正末唱〕你道是堅心兒招俺做新郎。〔旦兒云〕留了方丈。和你同歸洞房。〔正末唱〕你教我留了方丈。同歸那箇洞房。〔帶云〕那裏有和尚做女壻的。〔唱〕俺可甚麼帽兒光光。

〔旦兒云〕天香妓館久沉埋。好向東林寺裏栽。〔正末云〕若把牡丹移在此。幾年能勾上蓮臺。〔唱〕

【落梅花】你素魄兒十分媚。慧心兒百和香。更壓着魏紫姚黄。〔旦兒云〕牡丹花摘將來膽瓶兒裏供養者。〔正末唱〕你道是牡丹花摘將來膽瓶裏堪供養。休休休只怕躭閣你淺斟低唱。

〔旦兒云〕情願離了花街柳陌不爲娼。〔正末唱〕

【風入松】你道是離花街柳陌不爲娼。〔旦兒云〕一心待弃賤要從良。〔正末唱〕你一心待棄賤要從良。〔旦兒云〕輸情改嫁你個山和尚。〔正末唱〕輸情願改嫁這山和尚。兀的不是那畫堂中别樣風光。你明明的把禪機問答。怎知俺闇闇的把春色包藏。

〔旦兒云〕果然是真僧。問他不倒。告師父借金刀一把。削髮爲尼。跟師父出家。〔詩云〕禮拜廬山出世僧。一心向佛苦修行。免教鶯燕頻來往。不在塵中掛孽名。〔下〕〔東坡云〕我着牡丹魔障此人。倒被他脫度出了家。待我再過去問禪。那和尚。可惜巫山窈窕娘。夢魂偏嫁你禿襄王。〔正末云〕堂上老師無答語。坐中狂客惱柔腸。〔四友上〕〔梅云〕上告我師父和尚。紅梅特來問禪。〔正末云〕速道。〔梅云〕玉骨冰肌誰可比。寂寞前村深雪裏。〔正末云〕只愁昨夜夢中魂。一枝漏泄春消息。〔竹云〕上告我師和尚。翠竹特來問禪。〔正末云〕速道。〔竹云〕冷氣虛心效琴瑟。灑泪成斑憔悴死。〔正末云〕東坡節外更生枝。算來不是真君子。〔桃云〕上告我師和尚。夭桃特來問禪。〔正末云〕速道。〔桃云〕粉腮香臉淡勻紅。曾賺劉郎入洞中。〔正末云〕自是桃花貪結子。錯教人恨五更風。〔柳云〕上告我師和尚。嫩柳特來問禪。〔正末云〕速道。〔柳云〕傍路臨溪不長久。落蘂歸秋又衰朽。〔正末云〕可惜南海觀音柳。昨宵折入東坡手。〔東坡云〕敢問四位小娘子是誰氏之家。甚麼姓名。〔正末云〕酒冷燈殘月半昏。名花傾國兩殷勤。武陵溪畔曾相識。今日佯推不認人。〔唱〕

【川撥棹】想昨夜在玉春堂。與東坡曾共賞。這一個竹影悠揚。這一個柳葉芬芳。這一個梅蘂馨香。這一個柳絮顛狂。都是咱使的伎倆。故將你厮魔障。

〔東坡云〕小官已醉矣。委實不認的四位小娘子。〔正末唱〕

【七弟兄】你道是醉鄉。〔東坡云〕敢是做夢哩。〔正末唱〕又道是夢鄉。也不似這等忒乖張。昨夜個喜孜孜燈下相親傍。今日裏假惺惺堂上問行藏。可是你困騰騰全不記嬌模樣。

【梅花酒】呀。你從來有些技癢。你從來有些技癢。正夜靜更長。對月貌花龐。飲玉液瓊漿。一個個遈歌喉歌婉轉。一個個垂舞袖舞郎當。只教你似劉伶怎惜的酒量。似李白怎愛的詩章。似周郎待按着宫商。似宋玉待赴着高唐。

【收江南】呀。這的是主人情重出紅粧。怎做得司空見慣只尋常。不由你不坐中狂客惱柔腸。一句句對當。一句句對當。總不離一曲滿庭芳。

〔東坡云〕佛印從來多調笑。到被花枝誇俊俏。〔正末云〕高燒銀燭照紅粧。燈光不把自身照。〔東坡云〕果然是真僧。問他不倒。蘇軾從今懺悔。情願拜爲佛家弟子。〔正末云〕學士請尊重。〔行者云〕上告我師和尚。行者特來問禪。〔正末云〕速道。〔行者云〕摟住牡丹。勝坐蓮臺。師父咳嗽。徒弟便來。〔正末云〕癡迷性改。分毫不采。色即是空。空即是色。〔唱〕

【鴛鴦煞尾】從今後識破了人相我相衆生相。生況死況別離況。永謝繁華。甘守凄涼。唱道是即色即空。無遮無障。笑殺東坡也懺悔春心蕩。枉自有蓋世文章。還向我佛印禪師聽一會講。

〔音釋〕穹區容切　祝音主　髣鋪米切　璺音問　猱音撓　孽音聶　息喪擠切　瑟生止切　傍去聲　龐音忙　懺攙去聲　相去聲

題目　雲門一派老婆禪
正名　花間四友東坡夢

杜蘂娘智賞金線池雜劇

關漢卿撰

楔子

〔外扮石府尹引張千上詩云〕少小知名建禮闈。白頭猶未解朝衣。年來屢上陳情疏。怎奈君恩不放歸。老夫姓石名敏。字好問。幼年進士及第。隨朝數載。累蒙擢用。謝聖恩可憐。除授濟南府尹之職。我有個同窗故友。姓韓名輔臣。這幾時不知兄弟進取功名去了。還只是遊學四方。一向音信杳無。使老夫不勝懸念。今日無甚事。在私宅閒坐。張千。門首覷者。若有客來時。報復我知道。〔張千云〕理會的。〔末扮韓輔臣上詩云〕流落天涯又幾春。可憐辛苦客中身。怪來喜鵲迎頭噪。濟上如今有故人。小生姓韓名輔臣。洛陽人氏。幼習經史。頗看詩書。學成滿腹文章。争奈功名未遂。今欲上朝取應。路經濟南府過。有我個八拜交的哥哥是石好問。在此爲理。且去與哥哥相見一面。然後長行。説話中間。早來到府門了也。左右報復去。道有故人韓輔臣特來相訪。〔張千報云〕禀老爺得知。有韓輔臣在於門首。〔府尹云〕老夫語未懸口。兄弟早到。快有請。〔張千云〕請進。〔做見科〕〔韓輔臣云〕哥哥。數載不見。有失問候。請上受你兄弟兩拜。〔做拜科〕〔府尹云〕京師一别。幾經寒暑。不意今日惠顧。殊慰鄙懷。賢弟請坐。張千看酒來。〔張千云〕酒在此。〔做把盞科〕〔府尹云〕兄弟滿飲一杯。〔做回酒科〕〔韓輔臣云〕哥哥也請一杯。〔府尹云〕

筵前無樂。不成歡樂。張千。與我喚的那上廳行首杜蘂娘來。伏侍兄弟飲幾杯酒。〔張千云〕理會的。出的這門來。這是杜蘂娘門首。杜大姐在家麽。〔正旦扮杜蘂娘上云〕誰喚門哩。我開了這門看。〔做見科〕〔張千云〕府堂上喚官身哩。〔正旦云〕要官衫麽。〔張千云〕是小酒。免了官衫。〔做行科〕〔張千云〕大姐。你立在這裏。待我報復去。〔做報科〕〔府尹云〕着他進來。〔正旦做見科云〕相公喚妾身。有何分付。〔府尹云〕喚你來別無他事。這一位白衣卿相。是我的同窗故交。你把體面相見咱。〔正旦做拜科〕〔韓輔臣慌回禮云〕嫂嫂請起。〔府尹云〕兄弟也。這是上廳行首杜蘂娘。〔韓輔臣云〕哥哥。我則道是嫂嫂。〔背云〕一個好婦人也。〔正旦云〕一個好秀才也。〔府尹云〕將酒來。蘂娘行酒。〔正旦與韓連遞三杯科〕〔府尹云〕住住。兄弟。我也吃一鍾兒。〔韓輔臣云〕呀。却忘了送哥哥。〔正旦遞府尹酒飲科〕〔正旦云〕秀才高姓大名。〔韓輔臣云〕小生洛陽人氏。姓韓名輔臣。小娘子誰氏之家。姓甚名誰。〔正旦云〕妾身姓杜。小字蘂娘。〔韓輔臣云〕元來見面勝似聞名。〔正旦云〕果然才子。豈能無貌。〔府尹云〕蘂娘。你問秀才告珠玉。〔韓輔臣云〕兄弟對着哥哥根前。怎敢提筆。正是弄斧班門。徒遺笑耳。〔府尹云〕兄弟休謙。〔韓輔臣云〕這等。兄弟呈醜也。〔做寫科云〕寫就了。蘂娘你試看咱。〔正旦念云〕詞寄南鄉子。〔詞云〕婀娜復輕盈。都是宜描上翠屏。語若流鶯聲似燕。丹青。燕語鶯聲怎畫成。難道不關情。欲語還羞便似曾。占斷楚城歌舞地。娉婷。天上人間第一名。好高才也。〔韓輔臣云〕兄弟此行。本爲上朝取應。只因與哥哥久闊。迂道拜訪。幸覩尊顏。復蒙嘉宴。争奈試期將近。不能久留。酒散之後。便當奉別。〔府尹云〕賢弟且休去。略住三朝五日。待老夫賫發你一路鞍馬之費。未爲遲也。張千。打掃後花園。請秀才在書房中安下者。〔韓輔臣云〕花園冷静。怕不中麽。〔府尹云〕既如此。就在蘂娘家安歇如何。〔韓輔臣云〕願隨鞭鐙。〔府尹云〕你看他一讓一個肯。蘂娘。這是我至交的朋友。與你兩錠銀子。拏去你那母親做茶錢。休得怠慢了秀才者。〔正旦云〕多謝相公。〔韓輔臣云〕兄弟謝了哥哥。大姐。到你家中拜你那媽媽去來。〔正旦云〕秀才。俺娘忒愛錢哩。〔韓輔臣云〕大姐不妨事。我多與他些錢鈔便了也。〔正旦唱〕

【仙吕端正好】鄭六遇妖狐。崔韜逢雌虎。那大曲内盡是寒儒。想知今曉古人家女。都待與秀才每爲夫婦。

【幺篇】既不呵那一片俏心腸。那裏每堪分付。那蘇小卿不辨賢愚。比如我五十年不見雙通叔。休道是蘇媽媽。也不是醉驢驢。我是他親生的女。又不是買來的奴遮莫拷的我皮肉爛。煉的我骨髓枯。我怎肯跟將那販茶的馮魁去。〔同韓下〕

〔府尹云〕你看我那兄弟。秀才心性。又是那吃酒的意兒。别也不别。徑自領着杜蘂娘去了也。且待三朝五日。差人探望兄弟去。古語有云。樂莫樂兮新相知。豈不信然。〔詩云〕華省芳筵不待終。忙攜紅袖去匆匆。雖然故友情能密。争似新歡興更濃。〔下〕

〔音釋〕解上聲　朝音潮　疏去聲　累上聲　濟上聲　慰音謂　樂音耀　樂音澇　行音杭　嫋音鳥　娜那上聲　占去聲　娉聘平聲　婷音亭　叔音暑

第一折

〔搽旦扮卜兒上詩云〕不紡絲麻不種田。一生衣飯靠皇天。盡道吾家皮解庫。也自人間賺得錢。老身濟南府人氏。自家姓李。夫主姓杜。所生一個女兒。是上廳行首杜蘂娘。近日有個秀才。叫做韓輔臣。却是石府尹老爺送來的。與俺女兒作伴。俺這妮子一心待嫁他。那厮也要娶我女兒。中間被我不肯。把他撚出去了。怎麽這一會兒不見俺那妮子。莫非又趕那厮去。待我喚他。蘂娘賤人那裏。〔正旦領梅香上向古門道云〕韓秀才。你則躲在房裏坐。不要出來。待我和那虔婆頹鬧一場去。〔韓輔臣做應云〕我知道。〔正旦云〕自從和韓輔臣作伴。又早半年光景。我一心要嫁他。他一心要娶我。則被俺娘板障。不肯許這門親事。我想一百二十行。門門都好着衣喫飯。偏俺這一門。却是誰人製下的。忒低微也呵。〔唱〕

【仙呂點絳唇】則俺這不義之門。那裏有買賣營運。無貲本。全憑着五箇字迭辦金銀。

〔帶云〕可是那五個字。〔唱〕無過是惡劣乖毒狠。

【混江龍】無錢的可要親近。則除是驢生戟角瓮生根。佛留下四百八門衣飯。俺占着七十二位兇神。纔定脚謝館接迎新子弟。轉回頭霸陵誰識舊將軍。投奔我的都是那矜爺害娘。凍妻餓子。折屋賣田。提瓦罐爻槌運。那些箇慈悲爲本。多則是板障爲門。

〔云〕梅香。你看妳妳做甚麼裏。〔梅香云〕妳妳看經哩。〔正旦云〕俺娘口業作罪。你這般心腸。多少經文懺的過來。枉作的業深了也。〔唱〕

【油葫蘆】炕頭上主燒埋的顯道神。没事哏。鬔麻頭斜皮臉老魔君。拿着一串數珠是唬子弟降魔印。輪着一條拄杖是打鸂鶒無情棍。茶房裏那一火老業人。酒杯間有多少閒議論。頻頻的間阻休熟分。三夜早趕離門。

〔梅香云〕姐姐。這話説差了。我這門户人家。巴不得接着子弟。就是錢龍入門。百般奉承他。常怕一個留他不住。怎麽剛剛三日。便要趕他出門。决無此理。〔正旦云〕梅香。你那裏知道。〔唱〕

【天下樂】他只待夜夜留人夜夜新。殷勤。顧甚的恩。不依隨又道是我女孩兒不孝順。今日箇漾人頭厮摔。含熱血厮噴。定奪俺心上人。

〔做見科正旦云〕母親。吃甚麼茶飯那。〔卜兒云〕竈窩裏燒了幾個燈盞。吃甚麼飯來。〔正旦唱〕

【醉扶歸】有句話多多的苦告你老年尊。累累的囑託近比鄰。一片花飛減却春。我如今不老也非爲嫩。年紀小呵。須是有氣分。年紀老無人問。

〔云〕母親。嫁了您孩兒罷。孩兒年紀大了也。〔卜兒云〕丫頭。拿鑷子來鑷了鬢邊的白髮。還着你覓錢哩。〔正旦云〕母親。你只管與孩兒懒性怎的。〔卜兒云〕我老人家如今性子淳善了。若發起村來。怕不筋都敲斷你的。〔正旦唱〕

【金盞兒】你道是性兒淳。我道你意兒村。提起那人情來往佯粧鈍。〔帶云〕有幾個打踅客旅輩。丟下些刷牙掠頭。問妳妳要盤纏家去。〔唱〕你可早耳朵閉眼睛昏。前門裏統鏝客。後門裏一個使錢勤。揉開汪淚眼。打拍老精神。〔云〕母親。嫁了你孩兒者。〔卜兒云〕我不許嫁誰敢嫁。有你這樣生忿忤逆的。〔正旦唱〕

【醉中天】非是我偏生忿。還是你不關親。只着俺淡抹濃粧倚市門。積趲下金銀囤。〔卜兒做怒科云〕你這小賤人。你今年纔過二十歲。不與我覓錢。教那個覓錢。〔正旦唱〕你道俺纔過二旬。有一日粉消香褪。可不道老死在風塵。〔云〕母親。你嫁了孩兒罷。〔卜兒云〕小賤人。你要嫁那個來。〔正旦唱〕

【寄生草】告辭了鳴珂巷。待嫁那韓輔臣。這紙湯瓶再不向紅罏頓。鐵煎盤再不使清油混。銅磨笴再不把頑石運。〔卜兒云〕你要嫁韓輔臣這窮秀才。我偏不許你。〔正旦唱〕怎將咱好姻緣生折做斷頭香。休想道潑烟花再打入迷魂陣。〔卜兒云〕那韓輔臣有什麼好處。你要嫁他。〔正旦唱〕

【賺煞】十度願從良長則九度不依允。也是我八個字無人主婚。空盼上他七步才華遠近聞。六親中無不歡欣。改家門。做的個五花誥夫人。駟馬高車錦繡裀。道俺有三生福分。正行着雙雙好運。〔卜兒云〕好運好運。卑田院裏趕趁。你要嫁韓輔臣這一千年不長進的。看你打蓮花落也。〔正旦唱〕他怎肯教一年春盡又是一年春。〔下〕

〔卜兒云〕俺女兒心心念念只要嫁韓秀才。我好歹偏不嫁他。俺想那韓秀才是個氣高的人。他見俺有些閒言閒語。必然使性出門去。俺再在女孩兒根前調撥他。等他兩個不和訕起臉來。那時另接一個富家郎。纔中俺之願也。正是小娘愛的俏。老鴇愛的鈔。則除非弄冷他心上人。方纔是我家裏錢龍到。〔下〕

〔音釋〕撚尼蹇切　哏狠平聲　縈音頃　降奚江切　㶉音溪　𪄻音敕　熟繩朱切　分去聲　捽音灑　比音疲　鑷音聶　憋音鱉　趄徐靴切　鏝音慢　囤音頓　過平聲　笴音趕　長音掌　訕山去聲　中去聲　鴇音保

第二折

〔韓輔臣上詩云〕一生花柳幸多緣。自有嫦娥愛少年。留得黄金等身在。終須買斷麗春園。我韓輔臣本爲進取功名。打從濟南府經過。適值哥哥石好問在此爲理。送我到杜蘂娘家安歇。一住半年以上。兩意相投。不但我要娶他。喜得他也有心嫁我。争奈這虔婆百般板障。俺想來。他只爲我囊中錢鈔已盡。况見石府尹滿考朝京。料必不來復任。越越的欺負我。發言發語。只要撚我出門去。我是個頂天立地的男子漢。怎生受得一口氣。出了他門。不覺又是二十多日。你道我爲何不去。還在濟南府淹閣。倒也不是盼俺哥哥復任。思量告他。只爲杜蘂娘他把俺赤心相待。時常與這虔婆合氣。尋死覓活。無非是爲俺家的緣故。莫説我的氣高。那蘂娘的氣比我還高的多哩。他見我這日出門時節。竟自悻悻然去了。説也不和他説一聲兒。必然有些怪我。這個怪也只得由他怪。本等是我的不是。以此沉吟展轉。不好便離此處。還須親見蘂娘。討個明白。若他也是虔婆的見識。没有嫁我之心。却不我在此亦無指望了。不如及早上朝取應。幹我自家功名去。他若是好好的依舊要嫁我。一些兒不怪我。便受盡這虔婆的氣。何忍負之。今日打聽得虔婆和他一班兒老姊妹在茶房中吃茶。只得將我羞臉兒揣在懷裏。再到蘂娘家去走一遭。〔詞云〕我須是讀書人凌雲豪氣。偏遇這潑虔婆全無顧忌。天若使石好問復任濟南。少不的告他娘着他流遞。〔下〕〔正旦引梅香上云〕我杜蘂娘一心看上韓輔臣。思量嫁他。争奈我母親不肯。倒發出許多説話。將他趕逐出門去了。我又不曾有半句兒惱着他。爲何一去二十多日。再也不來看我。教我怎生放心得下。聞得母親説。他是爛黄虀。如今又纏上一個粉頭。道强似我的多哩。這話我也不信。我想這濟南府教坊中人。那一個不是我手下教道過的小妮子。料必没有强似我的。若是他果然離了我家。又去踹别家的門。久以後我在這街上行走。教我怎生見人那。〔唱〕

【南吕一枝花】東洋海洗不盡臉上羞。西華山遮不了身邊醜。大力鬼頓不開眉上鎖。巨靈神劈不斷腹中愁。閃的我有國難投。抵多少南浦傷離候。愛你個殺才没去就。明知道雨歇雲收。還指望待天長地久。

【梁州第七】這廝闌散了雖離我眼底。忔憎着又在心頭。出門來信步閒行走。遥瞻遠岫。近俯清流。行行厮趁。步步相逐。知他在那搭兒裏續上綢繆。知他是怎生來結做冤讎。俏哥哥不争你先和他暮雨朝雲。劣妳妳則有分吃他那閒茶浪酒。好姐姐幾時得脱離了舞榭歌樓。不是我出乖。弄醜。從良弃賤我命裏有終須有。命裏無枉生受。只管撲地掀天無了休。着甚麽來由。

〔梅香云〕姐姐。你休煩惱。姐夫好歹來家也。〔正旦云〕梅香。將過琵琶來。待我散心適悶咱。〔梅香取砌末科云〕姐姐。琵琶在此。〔正旦彈科〕〔韓輔臣上云〕這是杜大姐家門首。我去的半月其程。怎麽門前的地。也没人掃。一剗的長起青苔來。這般樣冷落了也。〔正旦做聽科云〕那厮來了也。我則推不看見。〔韓輔臣做入見科云〕大姐祗揖。〔正旦做彈科〕〔唱〕

【牧羊關】不見他思量舊。倒有些兩意兒投。我見了他撲鄧鄧火上澆油。恰便似鈎搭住魚腮箭穿了雁口。〔韓輔臣云〕元來你那舊性兒不改。還彈唱哩。〔正旦做起拜科〕〔唱〕你怪我依舊拈音樂。則許你交錯勸觥籌。你不肯冷落了杯中物。我怎肯生疎了絃上手。

〔韓輔臣云〕那一日吃你家媽媽趕逼我不過。只得忍了一口氣。走出你家門。不曾辭別的大姐。這是小生得罪了。〔正旦唱〕

【罵玉郎】這的是母親故拆鴛鴦偶。須不是咱設下惡機謀。怎將咱平空抛落他人後。今日個何勞你。貴脚兒。又到咱家走。

〔韓輔臣云〕大姐何出此言。你元許我嫁哩。〔正旦唱〕

【感皇恩】咱本是潑賤娼優。怎嫁得你俊俏儒流。〔韓輔臣云〕這是有盟約在前的。〔正旦唱〕把枕畔盟。花下約。成虛謬。〔韓輔臣云〕我出你家門。也只得半個多月。怎便見得虛謬了那。〔正旦唱〕你道是別匆匆無多半月。我覺的冷清清勝似三秋。〔韓輔臣跪科云〕大姐。我韓輔臣不是了。我跪着你請罪罷。〔正旦不睬科云〕那個要你跪。〔唱〕越顯的你嘴兒甜。膝兒軟。情兒厚。

〔韓輔臣云〕我和你生則同衾。死則同穴哩。〔正旦唱〕

【採茶歌】往常箇侍衾裯。都做了付東流。這的是娼門水局下場頭。〔韓輔臣云〕大姐。只要你有心嫁我。便是卓文君也情願當鑪沽酒來。〔正旦唱〕再休提卓氏女親當沽酒肆。只被你雙通叔早掘倒了翫江樓。

〔韓輔臣跪科云〕大姐。你休這般惱我。你打我幾下罷。〔正旦唱〕

【三煞】既你無情呵。休想我指甲兒湯着你皮肉。似往常有氣性打的你見骨頭。我只怕年深了也難收救。倒不如早早丟開。也免的自僝自僽。〔韓輔臣云〕你不發放我起來。便跪到明日。我也只是跪着。〔正旦唱〕頑涎兒却依舊。我沒福和你那鶯燕蜂蝶爲四友。甘分做跌了彈的斑鳩。

【二煞】有耨處散誕鬆寬着耨。有偷處寬行大步偷。何須把一家苦苦死淹留。也不管設誓拈香。到處裏停眠整宿。説着他瞞心的謊昧心的呪。你那手怎掩傍人是非口。説的困須休。

【尾煞】高如我三板兒的人物也出不得手。强如我十倍兒的聲名道着處有。尋些虛脾使些機勾。用些工夫再去趁逐。你與我高揎起春衫酒淹袖。舒你那攀蟾折桂的指頭。請先生別挽一枝章臺路傍柳。〔下〕

〔韓輔臣做歎科云〕嗨。杜蘂娘。真個不認我了。我只道是虔婆要錢。趕我出去。誰知杜蘂娘的心兒也變了。他一家門這等欺負我。如何受的過。只得再消停幾日。等我哥哥一個消耗來也不來。又作處置。〔詩云〕怪他紅粉變初心。不獨虔婆太逼臨。今日床頭看壯士。始知顔色在黃金。〔下〕

【音釋】姊音子　忔許乙切　逐直由切　掀音軒　剗音産　觥姑橫切　裯音紬　肉柔去聲　僝鋤山切　僽音驟　涎徐煎切　蝶音爹　耨囊鬭切　宿音秀　揎音宣

第三折

〔石府尹上云〕老夫石好問是也。三年任滿朝京。聖人道俺賢能清正。着復任濟南。不知俺那兄弟韓輔臣進取功名去了。還是淹留在杜蘂娘家。使老夫時常懸念。已曾着人探聽他踪跡。未見回報。張千。門首覷者。待探聽韓秀才的人來。報復我知道。〔韓輔臣上云〕聞得哥哥復任濟南。被我等着了也。來到此間。正是濟南府門首。張千。報復去。道韓輔臣特來拜訪。〔張千報科〕〔石府尹云〕道有請。〔見科〕〔韓輔臣云〕恭喜哥哥復任名邦。做兄弟的久客空囊。不曾具得一杯與哥哥拂塵。好生慚愧。〔石府尹做笑科云〕我以爲賢弟扶摇萬里。進取功名去了。却還淹留妓館。志嚮可知矣。〔韓輔臣云〕這幾時你兄弟被人欺侮。險些兒一口氣死了。還説那功名怎的。〔石府尹云〕賢弟。你在此盤纏缺少。不能快意是有的。那一個就敢欺侮着你。〔韓輔臣云〕哥哥不知。那杜家老鴇兒欺侮兄弟也罷了。連蘂娘也欺侮我。哥哥。你與我做主咱。〔石府尹云〕這是你被窩兒裏的事。教我怎麼整理。〔韓輔臣云〕您兄弟唱喏。〔石府尹不理科云〕我也會唱喏。〔韓輔臣云〕我下跪。〔石府尹又不理科云〕我也會下跪。〔韓輔臣云〕哥哥。你真個不肯整理。教我那裏告去。您兄弟在這濟南府裏倚仗哥哥勢力。那個不知。今日白白的吃他娘兒兩個一場欺侮。怎麼還在人頭上做人。不如就着府堂觸階而死罷了。〔做跳科石府尹忙扯住云〕你怎麼使這般短見。你要我如何整理。〔韓輔臣云〕只要哥哥差人拿他娘兒兩個來扣廳責他四十。纔與您兄弟出的這一口臭氣。〔石府尹云〕這個不難。但那杜蘂娘肯嫁你時。你還要他麼。〔韓輔臣云〕怎麼不要。〔石府尹云〕賢弟不知。樂户們一經責罰過了。便是受罪之人。做不得士人妻妾。我想此處有個所在。叫做金線池。是個勝景去處。我與你兩錠銀子。將的去卧番羊。窨下酒。做個筵席。請他一班兒姊妹來到池上賞宴。央他們替你賠禮。那其間必然收留你在家。可不好那。〔韓輔臣做揖科云〕多謝哥哥厚意。則今日便往金線池上安排酒果。走一遭去也。〔下〕〔石府尹云〕兄弟去了也。這一遭好共歹成就了他兩口兒。可來回老夫的話。〔詩云〕錢爲心所愛。酒是色之媒。會看鴛鴦羽。雙雙池上歸。〔下〕〔外旦三人上云〕妾身張嬷嬷。這是李妗妗。這是閔大嫂。俺們都是杜蘂娘姨姨的親眷。今日在金線池上。專爲要勸韓輔臣杜蘂娘兩口兒圓和。這席面不是俺們設的。恐怕蘂娘姨姨知道是韓姨夫出錢安排酒果。必然不肯來赴。因此只説是俺們請他。酒席中間慢慢的勸他回心。成其美事。道猶未了。蘂娘姨姨早來也。〔正旦上相見科云〕妾身有何德能。着列位奶奶們置酒張筵。何以克當。〔唱〕

【中吕粉蝶兒】明知道書生。教門兒負心短命。儘教他海角飄零。没來由强風情。剛可喜。男婚女聘。往常我千戰千贏。透風處使心作倖。

【醉春風】能照顧眼前坑。不隄防腦後井。人跟前不您的喫場撲騰。呆賤人幾時能勾醒。醒。雖是今番。係干宿世。事關前定。

〔衆旦云〕這是首席。姨姨請坐。〔正旦云〕看了這金線池。好傷感人也。〔唱〕

【石榴花】恰便似藕絲兒分破鏡花明。我則見一派碧澄澄。東關裏猶自不曾經。到如今整整半載其程。眼前面兜率神仙境。有他呵怎肯道驀出門庭。那時節眼札毛和他廝拴定。矮房裏相撲着悶懷縈。

【鬭鵪鶉】虚度了麗日和風。枉誤了良辰美景。往常俺動脚是熬煎。回頭是撞挺。拘東的剛剛轉過雙眼睛。到如今各自托生。我依舊安業着家。他依舊離鄉背井。

〔衆旦云〕俺們都與姨姨奉一杯酒。〔正旦唱〕

【普天樂】小妹子是愛蓮兒。你都將我相欽敬。茶兒是妹子。你與我好好的看承。小妹子是玉伴哥。從來有些獨强性。〔衆旦云〕姨姨。你爲何嗟聲歎氣的。今日這樣好天氣。又對着這樣好景致。務要開懷暢飲。做一個歡慶會纔是。〔正旦唱〕說甚麽人歡慶。引得些鴛鴦兒交頸和鳴。忽的見了。慍的面赤。兜的心疼。

〔衆旦云〕姨姨。俺則這等吃酒。可不冷静。〔正旦云〕待我行個酒令。行的便吃酒。行不的罰金線池裏凉水。〔衆旦云〕俺們都依着姨姨的令行。〔正旦云〕酒中不許題着韓輔臣三字。但道着的。將大觥來罰飲一大觥。〔衆旦云〕知道。〔正旦唱〕

【醉高歌】或是曲兒中唱幾箇花名。〔衆旦云〕我不省得。〔正旦唱〕詩句裏包籠着尾聲。〔衆旦云〕我不省得。〔正旦唱〕續麻道字鍼鍼頂。〔衆旦云〕我不省的。〔正旦唱〕正題目當筵合笙。

〔衆旦云〕我不省的。則罰酒罷。〔正旦云〕拆白道字。頂鍼續麻。搊箏撥阮。你們都不省得。是不如韓輔臣。〔衆旦云〕呀。姨姨。你可犯了令也。將酒來罰一大觥。〔正旦飲科唱〕

【十二月】想那廝着人讚稱。天生的濟楚才能。只除了心不志誠。諸餘的所事兒聰明。

本分的從來老成。聰俊的到底雜情。

【堯民歌】麗春園則說一個俏蘇卿。明知道不能勾嫁雙生。向金山壁上去留名。畫船兒趕到豫章城。撇甚麼清。投至得你秀才每忒寡情。先接了馮魁定。

〔正旦做歎氣科云〕我不合道着韓輔臣。被罰酒也。〔衆旦云〕姨姨又犯令了。再罰一大觥。〔正旦做飲科〕〔唱〕

【上小樓】閃的我孤孤另另。說的話涎涎鄧鄧。俺也曾輕輕喚着。躬躬前來喏喏連聲。但酒醒硬打挣。强詞奪正。則除是醉時節酒淘真性。

〔正旦做醉跌科衆旦扶科〕〔韓輔臣上換科〕〔衆旦下〕〔正旦唱〕

【幺篇】不死心。想着舊情。他將我厮看厮待。厮知厮重。厮欽厮敬。不是我把不定。無記性。言多傷行。扶咱的小哥每是何名姓。

〔韓輔臣云〕是小生韓輔臣。〔正旦云〕你是韓輔臣。靠後。〔唱〕

【要孩兒】我爲你逼綽了當官令。〔帶云〕謝你那大尹相公呵。〔唱〕烟花簿上除抹了姓名。交絶了怪友和狂朋。打併的户净門清。試金石上把你這子弟每從頭兒畫分兩等上把郎君子細秤。我立的其身正。倚仗着我花枝般模樣。愁甚麼錦片也似前程。

【二煞】我比那窬墻賊蝎螫索自忍。我比那俏郎君掏模須噤聲。那裏也惡茶白賴尋争競。最不愛打揉人七八道猫煞爪。掐紐的三十馱鬼捏青。看破你傳槽病。摑着手分開雲雨。騰的似線斷風箏。

【尾煞】我和你半年多衾枕恩。一片家繾綣情。交明春歲數三十整。〔帶云〕我老了也。你要我怎的。〔唱〕你且把這不志誠的心腸與我慢慢等。〔做摔開科下〕

〔韓輔臣云〕嗨。他真個不歡喜我了。更待干罷。只得到俺哥哥那裏告他去。〔下〕

【音釋】妗巨禁切　驀音陌　縈音盈　雜音咱　行去聲　僒音拱　蝎音歇　螫音適　摑乖上聲　繾音遣　綣音眷

第四折

〔石府尹引張千上詩云〕三載爲官卧治過。別無一事繫心窩。唯餘故友鴛鴦會。金線池頭竟若何。老夫石好問。爲兄弟韓輔臣杜蘂娘在金線池上。着他兩口兒成合。這蚤晚不見來回話。多喒是圓和了也。張千。擡放告牌出去。〔韓輔臣上云〕門上的與俺通報去。説韓輔臣是告狀的要見。〔張千報科韓輔臣做入見科云〕哥哥拜揖。〔石府尹云〕兄弟。您兩口兒完成了麼。〔韓輔臣云〕若完成了時。這蚤晚正好睡哩。也不到你衙門裏來了。那杜蘂娘只是不肯收留。我今日特來告他。〔石府尹云〕他委實不肯。便罷了。教我怎生斷理。〔韓輔臣云〕哥哥。你不肯斷理。您兄弟唱喏。〔做揖石府尹不理科云〕我不會唱喏那。〔韓輔臣云〕您兄弟下跪。〔做跪石府尹不理科云〕我不會下跪那。〔韓輔臣云〕你再四的不肯斷理。我只是死在你府堂上。教你做官不成。〔做觸階石府尹忙扯科云〕那個愛女娘的似你這般放刁來。罷罷罷。我完成了你兩口兒。張千。與我拿將杜蘂娘來者。〔張千云〕理會的。〔喚科云〕杜蘂娘。衙門裏有勾。〔正旦上云〕哥哥。喚我做甚麽。〔張千云〕你失誤了官身。老爺在堂上好生着惱哩。〔正旦云〕可怎了也。〔唱〕

【雙調新水令】忽傳台旨到咱麗春園。則道是除抹了舞裙歌扇。逢個節朔。遇個冬年。拿着這一盞兒茶錢。告哥哥可憐見。

〔云〕可蚤來到府門首也。哥哥。你與我做個肉屏風兒。等我偷覷咱。〔張千云〕這使的。〔正旦做偷覷内幺喝科旦唱〕

【沉醉東風】則道是喜孜孜設席肆筵。爲甚的怒哄哄列杖擎鞭。好教我足未移心先戰。一步步似毛裏拖氈。本待要大着膽挺着身行靠前。百忙裏倉惶倒偃。

〔張千報科云〕禀爺。喚將杜蘂娘來了也。〔石府尹云〕拿將過來。〔韓輔臣云〕哥哥。你則狠着些。〔石府尹云〕我知道。〔張千云〕當面。〔正旦云〕妾身杜蘂娘來了也。〔石府尹云〕張千。准備下大棍子者。將枷來發到司房裏責詞去。〔正旦云〕可着誰人救我那。〔做回顧見科云〕兀的不是韓輔臣。俺不免揣着羞臉兒。哀告他去。〔唱〕

【沽美酒】使不着撒腼腆。仗那個替方便。俺只得忍耻躭羞求放免。〔云〕韓輔臣。你與我告一告兒。〔韓輔臣云〕誰着你失誤官身。相公惱的狠哩。〔正旦唱〕你與我搜尋出些巧言。去那官人行勸一勸。

〔韓輔臣云〕你今日也有用着我時節。只要你肯嫁我。方纔與你告去。〔正旦云〕我嫁你便了。〔唱〕

【太平令】從今後我情願實爲姻眷。你只要畱些兒替我周全。〔韓輔臣云〕我替你告便告去。倘相公不肯饒你如何。〔正旦唱〕想當初羅帳裏般般逞徧。今日個紙襠子又將咱欺騙。受了你萬千。作賤。那些兒體面。呀。誰似您浪短命隨機應變。

〔石府尹云〕張千。將大棒子來者。〔韓輔臣云〕哥哥。看您兄弟薄面。饒恕杜蘂娘初犯罷。〔石府尹云〕張千。帶過杜蘂娘來。〔正旦跪科〕〔石府尹云〕你在我衙門裏供應多年。也算的個積年了。豈不知衙門法度。失誤了官身。本該扣廳責打四十。問你一個不應罪名。既然韓解元在此替你哀告。這四十板便饒了。那不應的罪名。却饒不的。〔韓輔臣云〕那杜蘂娘許嫁您兄弟了。只望哥哥一發連這公罪。也饒了罷。〔做跪科〕〔石府尹忙扯起科云〕杜蘂娘。你肯嫁韓解元麼。〔正旦云〕妾委實願嫁韓輔臣。〔石府尹云〕既如此。老夫出花銀百兩。與你母親做財禮。則今日准備花燭酒筵。嫁了韓解元者。〔韓輔臣云〕多謝哥哥。完成我這樁美事。〔正旦云〕多謝相公擡舉。〔唱〕

【川撥棹】似這等好姻緣。人都道全在天。若是俺福過災纏。空意惹情牽。間阻的山長水遠。幾時得人月圓。

【七兄弟】畱則是對面。並肩。綠窗前。從今後稱了平生願。一個向青燈黃卷賦詩篇。一個翦紅綃翠錦學鍼線。

【梅花酒】憶分離自去年。爭些兒打散文鴛。折破芳蓮。咽斷頑涎。爲老母相間阻。使夫妻死纏綿。兩下裏正熬煎。謝公相肯矜憐。

【收江南】呀。不枉了一春常費買花錢。也免得佳人才子只孤眠。得官呵相守赴臨川。隨着俺解元。再不索哭啼啼扶上販茶船。

〔韓輔臣同正旦拜謝科云〕哥哥請上。您兄弟拜謝。〔石府尹答拜科云〕賢弟。恭喜你兩口兒圓和了也。但這法堂上是斷合的去處。不是你配合的去處。張千。近前來。聽俺分付。你取我俸銀二十兩。付與教坊司色長。着他整備鼓樂。從衙門首迎送韓解元到杜蘂娘家去。擺設個大大筵席。但是他家親眷。前日在金線池上勸成好事的。都請將來飲宴。與韓解元杜蘂娘慶喜。宴畢之後。着來回話者。〔詞云〕韓解元雲霄貴客。杜蘂娘花月妖姬。本一對天生連理。被虔婆故意凌欺。擔閣的男遊别郡。抛閃的女怨深閨。若不是黄堂上聊施巧計。怎能勾青樓裏査遂佳期。

〔音釋〕過平聲　席星西切　褙音貝　學奚交切　間去聲

題目　韓解元輕負花月約

　　　老虔婆故阻燕鶯期

正名　石好問復任濟南府

　　　杜蘂娘智賞金線池

王月英元夜留鞋記雜劇

曾瑞卿 撰

楔子

〔老旦卜兒同正旦王月英領梅香上〕〔詩云〕生男勿喜女勿悲。曾聞有女作門楣。世人誰解求凰曲。拈得瓊簫莫浪吹。老身姓李。嫁的夫主姓王。自夫主亡化過了。俺兩口兒守着胭脂鋪。過其日月。女孩兒小字月英。年長一十八歲。未曾許聘他人。老身爲此一件。憂心不下。今日姑姑家做好事。差人請我。梅香。你和姐姐在鋪兒裏坐。我往姑姑家裏走一遭去也。〔下〕〔正旦云〕母親去了。這早晚怎不見人買胭脂那。〔梅香云〕姐姐。早些兒哩。再一會兒敢有人來也。〔末扮郭華上詩云〕一自離家赴選場。命中無分面君王。方信文齊福不至。錦衣何日早還鄉。小生姓郭名華。字君實。本貫西京洛陽人也。年長二十三歲。未曾娶妻。俺父親諱郭茂。母親亡逝已過。止有小生一人。並無以次弟妹。祖上以來。皆習儒業。因小生學成滿腹文章。更兼儀表不俗。今年春榜動。選場開。奉父母嚴命。特來上朝應舉。自謂狀元探手可得。豈知時運不濟。榜上無名。屢次束裝而回。却又擔閣。人都道我落第無顏。羞歸鄉里。那知就中自有緣故。這相國寺西有座胭脂鋪兒。一箇小娘子生得十分嬌色。與小生眼去眉來。大有顧盼之意。我每推買胭脂粉。覷他一遭。争奈他母親常在鋪裏。不能勾説句話兒。小生今日再推買胭脂去。看他母親在鋪兒裏也不在。若是不在呵。小生與那小娘子説句知心的話。有何不可。〔做見正旦云〕小娘子祇揖。有胭脂粉。我買幾兩呢。〔正旦云〕秀才萬福。有有有。好箇聰俊的秀才也。梅香。取上好的胭脂粉來。打發這秀才咱。梅香。待我去問他。你買這胭脂是做人事送人的。還是自己要用的。〔郭華云〕你問我怎麽。〔梅香云〕你若自用。我取上等的與你。若送人只消中樣也彀了。〔郭華云〕你不要管我。只把上好的拿來。我還要揀哩。〔正旦唱〕

【仙吕賞花時】誰知道半霎相看百種愁。則被那一點相思兩處勾。〔郭華云〕小娘子。這胭脂粉不見好。還有高的換些與我。〔正旦唱〕他把這脂粉作因由。〔云〕秀才。這是上等的胭脂粉哩。〔郭華云〕看小娘子分上。便不好也收了去。〔正旦唱〕我見他趨前退後。待言語却又早緊低頭。〔同梅香下〕

〔郭華云〕謝天地。今日他母親不在舖兒裏。我看那小娘子的説話。儘有些意思。則做我銅錢不着。日日來買胭脂。若能勾打動他。做得一日夫妻。也是我平生願足。〔詩云〕一見俏裙釵妖嬈甚美哉。相思分兩下。何日稱心懷。〔下〕

【音釋】解音械　分去聲　霎音殺　種上聲　退吞去聲　思去聲

第一折

〔正旦同梅香上云〕妾身王月英。自從見了那郭秀才。使妾身每日放心不下。即漸成病。况值陽春

天氣。好是煩惱人也呵。〔唱〕

【仙呂點絳脣】獨守香閨。懶臨階砌。慵梳洗。濕透羅衣。總是愁人淚。

〔梅香云〕姐姐。你這幾日情懷欠好。飲食少進。看看憔瘦了也。〔正旦唱〕

【混江龍】你道我粉容憔悴。恰便似枝頭楊柳恨春遲。每日家羞看燕舞。怕聽鶯啼。又不是侍女無情與我相懒懆。又不是老親多事把我緊收拾。爲甚麽粧臺不整。錦被難偎。雕闌悶倚。繡幙低垂。長則是苦懨懨不遂我相思意。到如今釧鬆了玉腕。衣褪了香肌。

〔梅香云〕我見姐姐好生憔悴。你可思想些甚麽那。〔正旦唱〕

【油葫蘆】瘦損春風玉一圍。九十日韶光能有幾。席前花影坐間移。〔梅香云〕想姐姐這般丰韻。自然有個俊俏的郎君作對哩。〔正旦唱〕你道是鸞凰自有鸞凰配。鴛鴦自有鴛鴦對。〔梅香云〕姐姐説便是這等説。只是你年紀兒小。那喜事還早哩。〔正旦唱〕你道我年紀小。喜事遲。我則怕鏡中人老偏容易。常言道花也有未開期。

〔梅香云〕姐姐。你纔一十八歲。慌怎麽的。〔正旦唱〕

【天下樂】我則怕一去朱顔唤不回。誤了我這佳期。待怎的。若得箇俏書生早招做女壻。暗暗的接了財。悄悄的受了禮。便落的虛名兒則是美。

〔梅香云〕姐姐。這等事你不明對我說。怎生得個成就日子那。〔正旦唱〕

【那吒令】這件事。天知地知。這件事。神知鬼知。這件事。心知腹知。口裏言。心中計。休得便走漏天機。

〔梅香云〕這幾時莫要說姐姐。連我梅香也害的消瘦了。〔正旦唱〕

【鵲踏枝】我爲他蹙蛾眉。減腰圍。但得箇寄信傳音。也省的人廢寢忘食。若能勾相會在星前月底。早醫可了這染病躭疾。

〔梅香云〕這等說來。想是你看上那秀才了。他有那件兒生的好處。中了姐姐的意來。〔正旦唱〕

【寄生草】他可有渾身俏。我偷將冷眼窺。端的個眉清目秀多伶利。他把嬌胭膩粉頻交易。與我言來語去相調戲。現如今紫鸞簫斷彩雲空。幾時得流蘇帳煖春風細。

〔梅香云〕姐姐這般呵。可不躭閣了你。我如今拚的與你擔着這箇罪名兒。你有什麽說話。我替你寄與那秀才去。〔正旦云〕若是這等。多謝了你也。〔唱〕

【金盞兒】喒兩箇最相知。說真實。梅香也你休要等閒泄漏春消息。我忙賠笑臉厮央及。〔帶云〕你若去時呵。〔唱〕我索與你金環兒重改造。鶴袖兒做新的。〔梅香云〕姐姐。我說便也說了。則沒箇媒人。怎生是好。〔正旦唱〕何須尋月老。則你是良媒。

〔做寫詩科云〕我親筆寫下一首詩在此。你與我送與那生去咱。〔梅香云〕姐姐。我去便去。則是

把什麽做定禮那。〔正旦唱〕

【後庭花】你將這錦紋箋爲定禮。〔梅香云〕也要鼓笛送去纔好。〔正旦唱〕你將這紫霜毫做鼓笛。〔梅香云〕誰是保親的。〔正旦唱〕保親的是鴛鴦字。〔梅香云〕誰是主婚的。〔正旦唱〕主婚的是錦繡題。〔梅香云〕母親知道呵。可怎了也。〔正旦唱〕休怕我母親知。抵多少姻緣相會。卓文君駕香車歸故里。漢相如到他鄉發志氣。薛瓊瓊有宿緣仙世期。崔懷寶花園中成匹配。韓彩雲芙蓉亭遇故知。崔伯英兩團圓直到底。〔梅香云〕常言道得好。佳人有意郎君俏。可知姐姐看上他來。〔正旦唱〕

【柳葉兒】這的是佳人有意。都做了年少的夫妻。那會真詩就是我傍州例。便犯出風流罪。暗約下雨雲期。常言道風情事那怕人知。〔梅香云〕姐姐。你可還有什麽説話。對那秀才説麽。〔正旦唱〕

【賺煞尾】只幾句斷腸詞。寫不盡中心意。全靠你梅香説知。我比待月鶯鶯不姓崔。休教咱羅幃中魂夢先飛。莫延遲。你與我疾去忙歸。〔梅香云〕姐姐。也還要選箇好日期纔是。〔正旦唱〕揀甚麽良辰并吉日。則願他停眠少睡。早早的成雙作對。趁着那梅梢月轉畫樓西。〔下〕

〔梅香云〕姐姐進房中去了。分付我將這簡帖兒暗暗的送與那秀才去。〔詩云〕我是小梅香。好片

熱心腸。全憑詩一首。送與有情郎。〔下〕

〔音釋〕慵音蟲　看平聲　㦃音鱉　慒音竈　拾繩知切　釧川去聲　丰音風　的音底　食繩知切　疾精妻切　中去聲　調平聲　實繩知切　息喪擠切　及更移切　重平聲　笛丁梨切　那上聲

第二折

〔郭華上云〕歡來不似今朝。喜來那逢今日。小生郭華。自從在胭脂舖裏與那小娘子相會了幾次。那小娘子深有留戀小生之意。争奈不得成就。正思慮間。誰想小娘子遣梅香送一簡帖兒來與我。小生看那詩中之意。是約小生今夜在相國寺觀音殿中相會。今日正是元宵佳節。衆朋友每請我賞燈。多飲了幾杯酒。我進的這山門來。這箇不是觀音殿。我進殿門來。〔做揖科云〕觀音菩薩。你是慈悲的。你是救苦難的。今日一天大事。都在這殿裏。你豈可不幫襯着我。〔做醉科云〕這一回酒上來了。且在此等待着小娘子。權時盹睡咱。〔做睡科〕〔正旦領梅香挑燈上云〕妾身王月英是也。慚愧今夜上元佳節。那郭秀才在寺中等候久了。我被社火遊人攔當。兀的不有三更時分。梅香敢怕誤了期約也。〔梅香云〕姐姐行動些。〔正旦唱〕

【正宮端正好】車馬踐塵埃。羅綺籠煙靄。燈毬兒月下高擡。這回償了鴛鴦債。則願的今朝賽。

【滚繡毬】天澄澄恰二更。人紛紛鬧九垓。〔云〕不知今夜怎生這等耳熱眼跳也。〔唱〕敢是母親行有些嗔責。〔梅香云〕奶奶着俺們看罷燈早回去哩。〔正旦唱〕則教我看燈罷早早回來。你看那月輪呵光滿天。燈輪呵紅滿街。沸春風管絃一派。趁遊人擁出蓬萊。莫不是六鼇海上扶山下。莫不是雙鳳雲中駕輦來。直恁的人馬相挨。

〔梅香云〕姐姐。你看這般月色。映着一片燈光。寶馬香車。往來不絕。果然是好景致也。〔正旦唱〕

【倘秀才】看一望瓊瑤月色。似萬盞瑠璃世界。則見那千朵金蓮五夜開。笙歌歸院落。燈火映樓臺。把梳粧再改。

〔梅香云〕姐姐。你生得桃腮杏臉。星眼蛾眉。便比着月殿嫦娥。也不讓他。但不知那秀才的福分生在那裏。要姐姐這等費心也。〔正旦唱〕

【滚繡毬】淺淺的匀粉腮。淡淡的掃眉黛。不梳粧又則怕母親疑怪。没奈何雲鬢上斜插金釵。風飄飄吹縷衣。露泠泠濕繡鞋。多情月送我在三條九陌。又不曾泛桃花流下天台。則因這武陵仙子春心蕩。却被那塵世劉郎引出來。今夜和諧。

〔梅香云〕姐姐。早來到相國寺了也。〔正旦云〕梅香。跟我觀音殿上遊翫去來。〔做上殿拜科〕〔唱〕

【叨叨令】背着這鬧火火親身自向蓮臺拜。只見他靜悄悄月明千里人何在。〔做見科唱〕元來個困騰騰和衣倒在窗兒外。〔云〕哦。我猜着他了。〔唱〕莫不爲步遲遲更深等的無聊賴。早些兒覺來也波哥。早些兒覺來也波哥。我只索向前去推整他頭巾帶。

〔梅香云〕這厮敢睡着了。待我叫他。〔做叫不醒科云〕這等好睡。姐姐。待我推醒他。〔做推不醒科〕〔正旦唱〕

【滚繡毬】且饒過王月英。待喚聲郭秀才。又則怕有人在畫簷之外。我靠香肩將玉體輕挨。覷着時眼不開。問着時頭不擡。扶起來試看他容顏面色。〔做見郭醉科唱〕哎。却原來醉醺醺東倒西歪。我這裏一雙柳葉眉兒皺。他那裏兩朵桃花上臉來。説甚乖乖。

〔梅香笑科云〕元來他吃的醉了也。姐姐。你則聞他口中。可不酒臭哩。〔正旦云〕這生直恁般好酒。早知如此。我不來也罷了。〔唱〕

【呆骨朵】説甚麽金尊倒處千愁解。好教人感歎傷懷。你只戀北海春醪。偏不待西厢月色。我道是看書人多志誠。你如今倒把我厮禁害。〔帶云〕哎。秀才秀才。〔唱〕那裏也色膽天來大。却原來酒腸寬似海。

〔梅香云〕既是他醉了。則管喚他怎的。姐姐。喒家去來。夜深了也。〔正旦云〕梅香休慌。再等一等。或者醒來。也不見得。〔做聽更鼓科云〕呀。四更了也。我如今只得回去。〔做行再住科云〕我若是不與他些表記。則道俺不曾來此。我把這香羅帕包着一隻繡鞋兒。放在他懷中。以爲表記。有何不可。〔做放懷中科云〕梅香。喒家去來。〔梅香云〕姐姐。你也忒急性。你再等這秀才一等兒。〔正旦云〕梅香。我只怕母親嗔怪。喒回家去來。秀才。你好無緣也。〔唱〕

【煞尾】本待要秦樓夜訪金釵客。倒教我楚館塵昏玉鏡臺。則被伊家厮定害。醉眼矇矓喚不開。一枕南柯懶覺來。遺下香羅和繡鞋。再約佳期又一載。月轉西樓怎停待。角奏梅花不寧奈。空抱愁懷歸去來。〔帶云〕哎。秀才秀才。〔唱〕**你若要人月團圓鸞鳳諧。那其間還把那三萬貫胭脂再來買。**〔同梅香下〕

〔郭華醒云〕不覺的睡着了也。〔做聞科云〕怎生一陣麝蘭香。是那裏吹來的呀。我這懷中是甚麽東西。〔做見手帕鞋兒科云〕原來是一個香羅帕。包着一隻繡鞋兒。嗨。這鞋兒正是小娘子穿的。他必定到此處來。見我醉了睡着了。他害羞不肯叫我。故留繡鞋爲記。小娘子。你有如此下顧小生之心。我倒有怠慢姐姐之意。這多是小生緣薄分淺。不能成其美事。豈不恨殺我也。〔做看鞋科云〕我看了這一隻繡鞋兒。端端正正。窄窄弓弓。這箇香羅帕兒香香噴噴。細細膩膩的。物在人何在。天阿。我費了多少心情。纔能勾今夜小娘子來此寺中。相約一會。誰想小生貪了幾杯兒酒睡着了。正是好事多磨。要我這性命何用。我就將這香羅帕兒嚥入腹中。便死了也表小生爲小娘子這點微情。〔詩云〕苦爲燒香斷了頭。姻緣到手却乾休。拚向牡丹花下死。從教做鬼也風流。

〔做噏汗巾噎倒科〕〔浄扮和尚上詩云〕我做和尚年幼。生來不斷酒肉。施主請我看經。單把女娘一溜。小僧是這相國寺殿主。時遇元宵節令。大開山門。遊人翫賞。這早晚更深夜静。長老分付着我巡視殿宇兩廊燈燭香火。來到這觀音殿内。〔做絆倒科云〕呀。怎生有個人睡在地下。我試看咱。〔做舉燈看科云〕原來是個秀才。秀才起來。天色將明了。你起來家去罷。呀。可怎生喚不醒也。我再看咱。〔做驚科云〕呀。這秀才原來死了。〔做手摸科云〕怎生一隻繡鞋在他懷内。敢是這秀才死了還不死哩。等我扶起他來。送出山門去。省的連累我。〔做扶科〕〔丑扮琴童慌上云〕自家琴童的便是。俺主人相國寺看燈去了。一夜不見回家。我索尋去咱。〔做入寺見科問云〕和尚。難道俺主人吃的這等醉哩。〔和尚云〕醉倒是活的。不知你家秀才怎生死在這裏。〔琴童做驚科云〕俺主人死了。〔做摸身上科云〕俺主人懷中現有一隻繡鞋。我想來。俺主人在你寺裏做的事。你必然知情。你如今將俺主人擺佈死了。故意將這繡鞋揣在懷裏。正是你圖財致命。便待乾罷。我將這屍首停在觀音殿内。明有清官。我和你見官去來。〔拖和尚下〕〔外扮伽藍同浄鬼力上云〕人間私語。天聞若雷。暗室虧心。神目如電。小聖相國寺伽藍。奉觀音法旨。分付小聖。因爲秀才郭華與王月英本有前生夙分。如今姻緣未成。吞帕而亡。那秀才年壽未盡。着他七日之後。再得還魂。與王月英永爲夫婦。鬼力那裏。休得損壞了郭華屍首。待小聖自回菩薩話去也。〔同鬼力下〕

〔音釋〕盹敦上聲　當上聲　垓音該　行音杭　責齋上聲　輦連上聲　色篩上聲　泠音凌　陌音賣

傻商鮓切　解上聲　禁平聲

第三折

〔净扮張千引祇從排衙上科云〕喏。在衙人馬平安擡書案。〔外扮包待制上〕〔詩云〕鼕鼕衙鼓響。書吏兩邊排。閻王生死殿。東嶽攝魂臺。老夫姓包名拯。字希仁。乃廬州金斗郡四望鄉老兒村人氏。現爲南衙開封府尹之職。因爲老夫廉能清正。奉公守法。聖人敕賜勢劍金牌。着老夫先斬後奏。今日陞堂。坐起早衙。張千。將放告牌擡出去者。〔琴童扭和尚上云〕冤屈也。〔和尚云〕干貧僧什麼事。〔包待制云〕張千。甚麼人喧嚷。〔張千云〕是一個書童扭着一個和尚叫冤屈哩。〔包待制云〕那叫冤屈的着他上來。〔張千喝云〕告狀的當面。〔琴童和尚做入見科〕〔包待制云〕兀那厮。你有甚麼冤枉不明之事。分説明白。老夫與你判斷咱。〔琴童云〕爺爺可憐見。小的是個琴童。跟着郭華秀才來京應舉。俺秀才因遇元宵看燈。去到相國寺中。不知這和尚怎生將俺秀才弄死了。懷兒裏揣着一隻繡鞋。小的每扯住這和尚。特來告狀。望爺爺與小的做主咱。〔包待制云〕兀那和尚。你既爲出家人。可怎生謀死人。你從實的説來。免受刑法。〔和尚云〕爺爺。小僧當夜在寺中巡綽燈火。到觀音殿内。見箇秀才睡在地下。我則説他酒醉倒了。我用手去他口邊摸着。早没的氣了。恐怕連累小僧。正待扶起他來。送出山門去。不想撞見琴童來尋。他就扯住小僧。道我害了他性命。小僧委實不知別情。〔包待制云〕這件事必有暗昧。張千。將琴童共和尚收在牢内。我自有箇處治。〔張千云〕理會的。牢裏收人。〔和尚云〕冤屈阿。可教誰人救我也。〔同琴童下〕〔包待制云〕張千。你近前來。聽我分付。〔做耳語科云〕小心在意。疾去早來。〔張千云〕理會的。〔下〕〔包待制云〕張千去了。老夫無甚事。且退後堂歇息咱。〔暫下〕〔張千扮貨郎挑擔上云〕自家張千。奉老爺的言語。着我扮做個貨郎。挑着這繡鞋兒。體察這一樁事。若有人認的呵。便拏他見老爺去。自有發落。〔做搖鼓科〕〔卜兒上云〕老身王月英的母親便是。夜來有我女孩兒因與梅香看花燈耍去。失落了一隻繡鞋兒。無處尋覓。我恰纔去親戚家吃筵席回來。遠遠的看見一箇貨郎兒。擔上掛着一隻繡鞋。好似俺女孩兒的。待我試問他咱。〔做見科云〕哥哥。你這隻繡鞋兒是那裏來的。〔張千云〕老人家。我因看花燈去拾的。你問他怎麼。〔卜兒云〕哥哥不知。我女孩兒因看花燈掉了這隻繡鞋兒。你回與我罷。〔張千云〕你老人家再仔細看着。是也不是。〔卜兒云〕哥哥。是我女孩兒的。〔張千做扯住卜兒科云〕好呀。這隻繡鞋兒不打緊。干連着一個人的性命。我拏着你見官去來。這的是踏破鐵鞋無覓處。得來全不費工夫。〔同下〕〔正旦同梅香上云〕妾身王月英。夜來相國寺赴期。那秀才醉倒在地。誤了期約。我留下一箇手帕一隻繡鞋爲表記。不知他醒了時怎生悔恨。今日母親去親戚家吃筵席去了。我想那秀才好是無緣也呵。〔唱〕

【中呂粉蝶兒】雲鬢堆鴉。斂雙眉不堪妝畫。有甚事愁緒交加。我這裏晝忘餐。夜廢寢。把咱牽掛。想昨宵短命冤家。引的人放心不下。

〔梅香云〕姐姐。想那秀才好没福也。姐姐爲他費了多少心。乾走了我們這半夜哩。〔正旦云〕怎麽這一會兒有些心緒不寧。梅香。待我少將息咱。〔張千上云〕自家張千的便是。適纔拏得王婆婆到官去。如今又着我勾他女孩兒王月英。只索再走一遭。王月英在家麽。〔梅香云〕姐姐。門首有人唤你哩。〔正旦云〕梅香。你看去。這是什麽人。〔梅香云〕是那開封府的公人。好生兇狠哩。〔正旦云〕這事可怎了也。〔唱〕

【醉春風】我只道開封府要勾誰。元來題着王月英單唤咱。〔張千做入見科云〕兀那王月英。有人告着你哩。〔正旦唱〕你没來由揣與我箇罪名兒。敢不是耍。耍。〔張千喝科云〕嗄。〔正旦唱〕我恰待東掩西遮。他早則生嗔發怒。不由人不膽慌心怕。

〔云〕哥哥。你莫不錯拏了我麽。〔張千云〕上司着我勾拏王月英。怎麽錯勾了。〔正旦云〕我這王月英曾犯什麽罪來。〔唱〕

【迎仙客】我須是王月英。又不是潑煙花。又不是風塵賣酒家。有甚麽敗了風化。有甚麽差了禮法。公然便把人勾拏。哥哥也你休將這女孩兒相驚誐。

〔張千云〕王月英。快跟我去來。〔正旦云〕哎呀。可着誰救我也。〔同張千下〕〔包待制上云〕着張千勾王月英去了。這早晚怎生還不見來。〔張千拏正旦入跪科云〕禀爺。這就是不見了繡鞋兒的王月英。〔包待制云〕你便是王月英麽。〔正旦云〕妾身是王月英。〔包待制云〕你多大年紀。曾有婚配來麽。〔正旦云〕告爺爺可憐見。試聽我王月英説一遍咱。〔唱〕

【紅繡鞋】俺年紀小未曾招嫁。〔包待制云〕你在那裏住坐。〔正旦唱〕從小裏長在京華。〔包待制云〕你家做甚營生買賣。〔正旦唱〕祖輩兒賣脂粉作生涯。〔包待制云〕你有兄弟也無。〔正旦唱〕歎隻身無兄弟。〔包待制云〕你有父親麼。〔正旦唱〕更老親早亡化。〔包待制云〕你是何門户。〔正旦云〕本是箇守農莊百姓家。〔包待制云〕你既是個女子。怎生不守閨門之訓。這繡鞋兒却揣在郭華懷中。有何理論。從實招來。休討打吃。〔正旦唱〕

【石榴花】相公你懷揣着明鏡掌刑罰。斷王事不曾差。我本是深宅大院好人家。説甚郭華。〔包待制云〕胡説。你道不認的郭華。這繡鞋兒是飛在他懷裏的。〔正旦做慌科唱〕郭華因咱。諕的我兢兢戰戰寒毛乍。〔包待制云〕眼見得這繡鞋是與他做表記了。〔正旦唱〕見相公語話兒兜搭。〔包待制云〕你還不招。只這繡鞋兒便是真贓正犯了。〔正旦唱〕你道是真贓正犯難乾罷。平白地揣與我個禍根芽。

〔包待制云〕你快實説。你這一隻繡鞋兒怎生得到郭華懷裏來。〔正旦做沉吟科云〕嗨。這事可着我説個甚的。〔唱〕

【鬬鵪鶉】又不曾錦被裏情濃。原來是繡鞋兒事發。〔包待制云〕可知是你的鞋兒。張千。喚他母親出來對證。〔張千云〕王婆婆。老爺呼喚。〔卜兒上見正旦哭科云〕孩兒。此一件事你做下了也。〔正旦唱〕見母親哭哭啼啼。却教我羞羞答答。〔卜兒云〕孩兒。這繡鞋因甚在那秀才懷裏來。〔正旦唱〕則管裏將那緣由審問咱。我則索無言指落花。本待要寄信傳情。却做了違條犯法。

〔包待制云〕你還不實說。左右。選大棒子打着者。〔正旦云〕爺爺可憐見。待我王月英供來。〔唱〕

【上小樓】我金蓮步狹。常只在羅裙底下。爲貪着一輪皓月。萬盞花燈。九街車馬。更漏深。田地滑。遊人稠雜。鰲山畔把他來撇下。

〔包待制云〕這女子巧言令色。不打不招。左右與我打呀。〔張千做打科云〕你招了者。招了者。〔正旦唱〕

【滿庭芳】哎。你箇官人休怒發。又不曾偎香倚玉。殢柳停花。這繡鞋兒只爲人挨匝。知他是失落誰家。〔包待制云〕既是你的鞋兒。快招了罷。枉自吃打。也免不得你的罪哩。〔正旦唱〕相公道招了呵不須責打。弓兵每他又更亂捉胡拏。〔歎云〕罷罷。〔唱〕没奈何招了罷。我則索從頭兒認下。禁不的這吊拷與繃扒。

〔包待制云〕你也招了麽。〔正旦云〕招便招了。只望爺爺與我王月英做主咱。〔包待制云〕只要你招的明白。我與你做主。〔正旦云〕當此一夜。還有個香羅帕。同這繡鞋兒。都揣在那秀才懷中。見的我留情與他的意思。豈知倒害了他性命。好可憐人也。〔唱〕

【十二月】尚不見留情手帕。却教我受罪南衙。〔包待制云〕哦。元來還有個香羅帕兒。你是未嫁的閨女。可也不該做這等勾當。〔正旦唱〕本待望同衾共枕。倒做了帶鎖披枷。這一場風流話靶。也是箇歡喜冤家。

〔包待制云〕這兩件東西。却也不該就害了他性命。〔正旦唱〕

【堯民歌】呀。都只爲武陵仙子泛桃花。可教我一靈兒身死野人家。只落的瀟瀟灑灑伴殘霞。杳杳冥冥卧黄沙。差也波差。當初怨恨咱。常言道色膽天來大。

〔包待制云〕既是這等。張千。將這王月英押去相國寺觀音殿内。看着屍首。尋那香羅帕去。若有了呵。我自有個處治。小心在意。疾去早來。〔張千云〕理會的。〔做押正旦行科〕〔卜兒云〕孩兒也。你小小年紀。犯下這等的罪過。兀的不痛殺我也。〔正旦云〕母親。是你孩兒做的不是了也。〔唱〕

【煞尾】娘呵你年紀過五旬。擡舉的孩兒青春恰二八。不争葫蘆提斬首在雲陽下。把我這養育的娘親痛哭殺。〔同張千下〕

〔卜兒云〕孩兒去了也。我如今收拾些茶飯。相國寺内看孩兒去來。〔下〕〔包待制云〕張千押的那女子去了。待他回話。必有分曉。左右。打鼓退衙者。〔詩云〕從來三尺貴持平。莫把愚民苦用刑。人命關天非細事。舉頭豈可没神明。〔同下〕

〔音釋〕法方雅切　謼音夏　長音掌　罰扶加切　宅池齋切　搭音打　發方雅切　答音打　狹奚加

切　滑呼佳切　雜咱上聲　殢音膩　匝咱上聲　綳音崩　八巴上聲　殺雙鮓切

第四折

〔雜當做擡郭華上科〕〔張千同正旦上云〕上命官差。事不由己。自家張千是也。奉老爺的言語。押着王月英到相國寺裏去。王月英。你是好人家兒女。怎做這等的勾當。快行動些。〔正旦云〕王月英。誰想有這一場禍事也呵。〔唱〕

【雙調新水令】痛傷情望的我眼睛穿。喒兩箇得成雙死而無怨。雖然是相期燈月底。又不曾取樂枕屏邊。如今你命掩黃泉。這陰司下怎分辯。

〔張千云〕這是你自做的差了。還要分辯什麼那。〔正旦唱〕

【駐馬聽】有口難言。月裏嫦娥愛少年。恩多成怨。你莫是酒中得道遇神仙。抵多少笙歌引至畫堂前。鴛鴦深鎖黃金殿。空教我恨綿綿。當初悔不休相見。

〔正旦云〕天那。我當初寄詩之意。豈謂有此。〔唱〕

【殿前歡】本是箇好姻緣。〔張千云〕你是個閨女。也不合和他私通。〔正旦唱〕好姻緣翻做了惡姻緣。〔張千云〕那秀才難道不等你就睡着了。〔正旦唱〕則爲他貪杯醉倒觀音院。〔張千云〕他醉便醉。也不至死。〔正旦唱〕却教我負屈啣寃。剗地花中宿酒裏眠。遂不了今生願。

後世裏爲姻眷。〔張千云〕你和他還想做夫婦哩。〔正旦唱〕怎能勾夫妻結髮。依舊得人月團圓。〔張千云〕可早來到相國寺觀音殿了也。兀那女子。你進去。這的是郭華的屍首。尋你那手帕咱。〔正旦做入殿見郭華怕科〕〔張千云〕你怕什麼。看那手帕在那裏。〔正旦做看科云〕哥哥。你看那秀才口邊露着個手帕角兒哩。〔張千云〕真個是。你扯將出來看。〔正旦做取手帕科唱〕

【沽美酒】只道你嚥不下相思這口涎。原來是手帕在喉咽。苦痛聲聲哭少年。猛聽的微微氣喘。越教我揾不住淚漣漣。

〔郭華做欠身科〕〔正旦云〕秀才。你休諕殺我也。〔唱〕

【太平令】諕的我手脚兒驚驚戰戰。鬼魂靈怎敢胡纏。〔郭華做見旦科云〕小娘子。我和你相見。知道是睡裏夢裏。〔做起身摟正旦摔開科唱〕斷不了輕狂寒賤。還只待癡迷留戀。我這裏躍然。向前。謝天。呀。險些的在雲陽推轉。

〔郭華云〕原來是小娘子在此救我。小娘子。你爲甚麼來。〔正旦云〕慚愧。張千哥哥。那秀才活了也。〔張千云〕既然秀才活了。俺一同見老爺去來。〔同下〕〔包待制上云〕老夫包待制。今爲郭華身死未見下落。如今坐起晚衙。專等張千回話。這早晚一行人敢待來也。〔張千同正旦郭華卜兒上做跪科云〕稟爺。小的同那王月英到寺中尋手帕去。不期這秀才口邊露出手帕角兒。被那王月英扯將出來。這秀才便活了。如今都拏來見爺。聽憑發落。〔包待制云〕兀那秀才。你說你那詞因來。〔郭華云〕小生西京人氏。因應舉不第。去買胭脂。偶見這小娘子。在於胭脂舖內。四目相視。甚有顧盼之意。争奈他母親在堂。難以相約。不意小娘子暗着梅香。將一首詩約小生元夜到相國寺赴期。小生因酒醉睡着了。小娘子後至。呼喚不醒。誠恐失信。將繡花鞋一隻。香羅帕一方。揣在小生懷内。含羞回去。小生醒來。悔之不及。吞帕于腹。堵住口中之氣而死。今日已經七日光景。恰纔王月英同大人差的公人。看見小生口角微露手帕。因而扯將出來。小生遂得還魂。只望大人可憐見。並不干王月英之事。委實小生自行殘害。乞大人做主咱。〔包待制云〕王月英。你説你那詞因來。〔正旦云〕那秀才已都招了。我王月英説個甚的。〔唱〕

【川撥棹】你懷揣着似軒轅似軒轅明鏡前。他如今訴説根源。兩下當年。都則爲一點情牽。我王月英有甚言。任恩官怎發遣。

〔包待制云〕那郭秀才到你舖裏買胭脂。你曾接受他多少錢哩。〔正旦唱〕

【七弟兄】則他這解元。使錢。早使過了偌多千。〔包待制云〕他是個讀書人。買你胭脂做什麽。〔正旦唱〕**奈胭脂不上書生面。都將來撒在洛河邊。恰便似天台流出桃花片。**

〔包待制云〕元來你家接了他許多錢。也當的財禮過了。那王氏上來。〔卜兒跪上科〕〔包待制云〕兀那老婦人。你的女兒背地通書約人私合。本等該問罪的。如今那秀才幸得不死。你可肯將女孩兒嫁那秀才麽。〔卜兒云〕爺爺問我女孩兒肯。便嫁了他罷。〔正旦唱〕

【梅花酒】呀。俺娘親敢自專。俺娘親敢自專。待擇取英賢。匹配嬋娟。斷送他的衰

年。問什麼鸞膠續斷絃。巴不得順水便推船。呀。謝恩官肯見憐。休拗折並頭蓮。莫掐殺雙飛燕。

〔包待制云〕既如此。你一行人聽老夫下斷。〔詞云〕你二人本有那宿世姻緣。約元宵相會在佛殿之前。怎知道爲酒醉一時沉睡。不能勾叙歡情共枕同眠。將羅帕和繡鞋留爲表記。到的來酒醒後悔恨難言。那秀才吞手帕氣噎而死。有琴童來告狀叫屈聲冤。我老夫秉公道當堂勘問。將和尚提出去並没干連。押月英到寺内認他屍首。幸喜得神明護早已生全。今日個開封府判斷明白。合着你夫和婦永遠團圓。〔正旦同衆拜謝科唱〕

【收江南】呀。也不枉了一春常費買花錢。誰承望包龍圖倒與我遞絲鞭。贏的個洛陽兒女笑喧闐。都道這風情不淺。准備着今生重結再生緣。

〔音釋〕樂音澇　涎徐煎切　咽音燕　揾温去聲　推退平聲　拗幺去聲　闐音田

題目　郭秀才沉醉誤佳期

正名　王月英元夜留鞋記

漢高皇濯足氣英布雜劇

第一折

〔冲末扮隨何上詩云〕君王何事薄儒臣。博帶褒衣懶進身。一自酈生烹殺後。漢家遊説更無人。小官姓隨名何。投事漢王麾下。封爲典謁之職。俺漢王自亭長出身。起兵豐沛。只重武士。不貴文臣。每每看見儒生。便取其儒冠擲地。溺尿其中。嫚罵不已。以此小官隨從數年。官不過典謁。粟不過一囊。甚不得意。但是他生得隆準龍顔。豁達大度。所居之處。常有五色祥雲。籠罩於上。小官想來。這個是帝王氣象。只得隱忍。權留麾下。替他掌百官之朝參。通各國之使命以外。運籌設計。讓之張良。點將出師。屬之韓信。皆與小官無涉。待得破楚之後。附立功名。共成帝業。此時圖個封拜。未爲不可。今日漢王升帳。召集羣臣議事。須索在此伺候者。〔外扮漢王引卒子上隨何做見科云〕臣隨何見。〔漢王云〕且一壁有者。〔詩云〕紛紛逐鹿競稱雄。短劍親提出沛中。五國諸侯俱聽命。一時無奈楚重瞳。孤家姓劉名邦字季。沛人也。自秦始皇死後。諸侯共起亡秦。其時孤家與項羽並事楚懷王。懷王封孤家爲沛公。項羽爲魯公。各引人馬三萬。同諸侯入關。懷王約道。先入關者王之。却是孤家先破關中。本等該王其地。爭奈項羽自恃重瞳。有舉鼎拔山之勇。佯尊懷王爲義帝。自號西楚霸王。改封五國之後。皆王惡地。將孤家徙爲漢王。

建都南鄭。未幾項王使英布陰殺義帝于郴。五國諸侯。一時同叛。孤家用韓信之計。明修棧道。闇度陳倉。攻定三秦。劫取五國。以彭越之衆。襲破彭城。自謂項王不日滅矣。誰想項王先發一枝軍馬。使大將龍且。當住彭越。親自邀擊孤家於靈壁之東。被他殺得人亡馬倒。睢水爲之不流。幸得大風走石飛砂。對面不能相覩。孤家遂得逃脫。即今重收敗卒。屯駐滎陽。軍聲復振。只是五國諸侯見孤家敗後。又去歸順項王。怎生是好。且待羣臣到來。將這破楚之策。仔細計議者。〔外扮張良曹參浄扮周勃樊噲上云〕貧道張良。韓國人也。這一位是曹參。這一位是周勃。這一位是樊噲。皆沛縣人。現爲漢王大將。今早主公升帳。轅門大開。我每須索進見波。〔樊噲云〕軍師請先。〔隨何做報科〕〔衆做相見科〕〔漢王云〕孤家與項王夾著廣武而軍。自揣諸將皆非其敵。不知軍師有何妙策。能擊破項王。重收五國。取天下乎。〔張良云〕據貧道算來。齊王田廣本項王所惡。他雖一時歸順項王。到底終不和好。只消遣彭越抄襲楚軍糧道。項王必親擊之。既勝彭越。則必引兵攻齊。雖以項王之威。非數十日不能往返。那項王手下有一英布。其勇力頗類項王。他領著四十萬精兵。屯於九江。恰纔靈壁之戰。項王遣使徵布。會布與龍且有隙。稱病不赴。若得能言巧辯之士。說他歸降。縱項王馳還。我有韓信拒之於前。彭越邀之於後。大王親帥英布。直攻其中。破項王必矣。〔漢王云〕軍師之策甚善。但孤家聞得項王之兵。能以少擊衆者。專恃有英布爲之羽翼也。他今擁兵四十萬。屯劄九江。必爲項王親信。恐非一口片舌可以說其歸降。不若移韓信之兵擊之何如。〔樊噲云〕何消遣的韓信。只要大王借與俺樊噲八十萬軍馬。包取活拿英布來也。〔曹參云〕此時那裏討這許多軍馬與你。〔樊噲云〕這英布手脚好生來得。若不是兩個拿他一個。可不倒被他拿了我去。〔隨何云〕臣與英布同鄉。又是少年八拜至交的兄弟。願得二十人隨臣。往使九江。必能使英布舉兵歸漢。不負大王之命。〔漢王做取隨何冠投地科云〕豎儒妄言。你在孤家帳下。貌不能驚人。才不能出衆。已經數年。無所知名。今欲以二十人使九江。說英布。此何異持蒼蠅而釣巨鰲。曾足供其一啜乎。〔隨何云〕何大王見不早也。當大王傳檄攻項王時。親委韓信重兵三十萬衆。又使張耳佐之。半年之間。僅舉趙五十餘城。酈生掉三寸之舌。不勞一旅之師。數日間說下齊七十餘城。能使其不做隄備。是以韓信得襲破歷下軍。由此觀之。儒生亦何負於漢哉。臣隨何雖不才。實不在酈生之下。若不能說得英布歸漢。臣請就烹。〔張良云〕隨何既出大言。料此一去必不辱命。願主公勿疑。〔漢王云〕既如此。曹參你去軍中精選二十個即溜軍士。跟隨何出使九江去者。〔曹參云〕理會得。〔樊噲云〕隨何。你這一去若不得成功。等我來幫你。將那黥面的囚徒夾領毛一把拿他見大王也。〔隨何做辭出科云〕二十名軍士聽令。奉大王的命。跟隨我往九江去走一遭。〔詩云〕說英布舉兵歸漢。絶勝他捐金反間。必不似酈生賣齊。被油鍋烹來稀爛。〔下〕〔漢王云〕隨何去了也。孤家一壁厢閤遺彭越。邀截楚軍糧道。一壁厢整搠軍馬。屯守滎陽之南。與項王相拒去來。〔衆同下〕〔正末扮英布引卒子上云〕某姓英名布。祖貫壽州六安縣人氏。少時遇一相士。說喒當刑而王。年至二十。犯法遭黥。人皆叫喒做黥布者是也。秦始皇之末。本郡曾著喒送囚徒數千人到驪山做工。中途阻雨。不能前赴。律法後期者當斬。喒遂釋放其縛。縱令亡去。那數千人見喒英勇。皆推喒爲主。舉兵謀反。後遇項王軍於鉅鹿之下以兵屬之。共擊秦軍。斬王離擄趙歇。降章邯。皆喒力也。項王爲此親信喒家。封爲當陽君之職。授以精兵四十萬衆。屯劄九江。近來漢王劉季劫五諸侯兵。襲破彭城。與項王大戰靈壁之東。項王遣使徵喒家的軍馬。共擊漢軍。你道喒家爲何託病不去。只因爲楚將龍且。心懷嫉妬。屢屢在項王根前譖喒有反叛之意。雖則項王不信。然也不能無疑於喒。累次差使命來到喒這裏窺探動静。因此喒與龍且兩個有隙。勢不並存。未幾打聽的項王擊破漢兵。將他四十六萬人馬都皆殺死睢水之上。睢水盡赤。喒想項王喑啞叱咤。有千人自廢之威。那一個劉季怎做的敵手也呵。

〔唱〕

【仙呂點絳唇】楚將極多。漢軍微末。真輕可。戰不到十合。早已在睢水邊厢破。

【混江龍】今番且過。這迴休再動干戈。〔帶云〕喒項王呵。〔唱〕憑着喒范增英布怕甚麽韓信蕭何。喒待要獨分兒興隆起楚社稷。那裏肯劈半兒停分做漢山河。常則是威風抖擻。斷不把鋭氣消磨。捹的箇當場賭命。怎容他遣使求和。〔丑扮探馬上〕〔卒做報科云〕喏。報元帥得知。有探馬報軍情到來也。〔正末唱〕喒則見撲騰騰這探馬兒闖入旗門左。不由喒嗔容忿忿。〔做拍案科云〕兀那探子。有甚的緊急軍情。與喒報來。〔探子云〕有漢王遣一使臣。喚做隨何。帶領二十騎人馬。特來迎接元帥。敬此報知。〔正末唱〕都付與冷笑的這呵呵。

〔云〕那隨何是漢家的臣子。咱這裏是楚家軍寨。他爲什麽事要來迎接咱。那廝好大膽也。〔唱〕

【油葫蘆】那廝把三歲孩童小覷我。便這等敢恁麽。難道他不尋思到此怎收羅。恰便似寒森森劍戟峯頭臥。恰便似明颭颭斧鉞叢中過。他可也忒不合。他可也忒放潑。恰便似一箇飛蛾兒急颩颩來投火。這的是他自攬下一頭蹉。

【天下樂】怎不教我登時殺壞他。便教我做活佛。活佛怎定奪。〔做沉吟科云〕哦。咱知道他來意了也。〔唱〕咱將他來意兒早識破。他道是逞不盡口内詞。却教咱案不住心上火。〔帶云〕令人。一壁廂准備刀斧伺候者。〔卒云〕理會的。〔正末唱〕咱如今先備下這殺人刀門扇似闊。

〔云〕令人。與咱將隨何抓進來。〔卒應科〕〔隨何佩劍引從者上〕〔卒做拿隨何入見科〕〔隨何云〕賢弟。我與你是同鄉人。又是從小裏八拜交的兄弟。只爲各事其主。間别多年。今日特來訪你。只該降階接待纔是。怎麽教刀斧手將我簇擁進來。此何禮也。〔正末唱〕

【那吒令】咱道你這三對面。先生來瞰我。那裏是八拜交仁兄來訪我。多應是兩賴子。隨何來説我。〔隨何云〕我好意來訪你。下甚麽説詞。要這等隄防我那。〔正末唱〕你怕不待死撞活。功折過。一謎裏信口開合。

〔隨何云〕賢弟。不是我隨何誇説。我舌賽蘇秦。口勝范叔。若肯下些説詞。也不由你不聽哩。

〔正末云〕噤聲。〔唱〕

【鵲踏枝】你那裏話兒多。厮勾羅。你正是剔蝎撩蜂。暴虎憑河。誰着你鑽頭就鎖。也怪不的喒故舊情薄。

【寄生草】你將那舌尖兒扛。喒則將劍刃兒磨。喒心頭早發起無明火。這劍頭磨的吹毛過。你舌頭便是亡身禍。〔隨何云〕賢弟。你的亡身禍倒在目前。我隨何特來救你哩。〔正末做喝科云〕噤聲。〔唱〕你道是特來救喒目前憂。敢可也不知自己在壕中坐。

〔云〕令人鬆了綁者。〔卒做放隨何科〕〔正末云〕且請過來相見。〔做拜科云〕仁兄可也受驚了。彼此各爲其主。幸勿介懷。〔隨何云〕這也何足爲驚。只可惜賢弟。你的禍就到了也。〔正末云〕喒的禍從何來。〔隨何云〕這等你敢説三聲没禍麽。〔正末云〕不要説三聲。便百二十聲。喒也説。喒有什麽禍在那裏。〔隨何云〕賢弟。你是個武將。只曉的相持厮殺的事。却不知揣摩的事。你道是項王親信。你比范增何如。〔正末云〕那范增是項王的謀臣。稱爲亞父。喒怎麽比的他。〔隨何云〕那范增爲着何事。就打發他歸去。死於路上那。〔正末云〕他則爲陳平反間之計。以太牢饗范增使者。以惡草具待項王使者。項王疑他歸漢。因此放還居巢。路上死的。〔隨何云〕賢弟既知范增見疑之故。則你今日之禍亦可推矣。〔正末云〕你道項王疑喒是些甚麽來。〔隨何云〕當日我漢王襲破彭城時。項王從齊國慌忙趕回。進則被漢王據其城池。退則被彭越抄其輜重。兵疲糧竭。自知不能取勝。所以特徵賢弟。一來憑仗虎威。二來要借這一枝生力人馬。壯他軍氣。真如飢兒之待哺。何異旱苗之望雨。乃賢弟稱病不赴。欲項王無疑。其可得乎。若項王與漢戰而不利。勢方倚仗賢弟。再整干戈。倒也無事。今漢王大敗虧輸。項王意得志滿。更加以龍且之譖。日在耳傍。必且陰遣使臣。覘你罪釁。此不但范增之禍已也。賢弟請自思之。〔卒子報云〕喏。報元帥得知。楚國使命到。〔正末做驚科〕〔唱〕

【玉花秋】那裏發付這殃人貨。勢到來如之奈何。若是楚國天臣見了呵。其實難迴避。怎收撮。〔云〕令人。快與喒裝香案迎接者。〔唱〕喒一下裏相迎你且一下裏趓。

〔云〕仁兄。你只在屏風後躲者。〔净扮楚使上云〕楚王手敕到來。英布跪聽者。〔敕曰〕天祚吾楚。寡人親率萬騎。擊劉季於靈壁之東。破其甲士四十六萬。一時睢水爲之不流。汝雖病不能赴。亦無籍汝爲也。茲特布捷書。使汝聞知。汝其加餐自愛。以胥後會。〔正末跪受敕科〕〔背云〕喒被那廝這一番説話。只道楚使之來。必然見罪。取喒首級。却元來是宣捷的。早使那廝預先躲過。不等使臣看見。也還好哩。〔唱〕

【後庭花】不争這楚天臣明道破。却把你箇漢隨何謊對脱。〔帶云〕喒則等使臣去了呵。〔唱〕喒便喚他來從頭兒問。看他巧支吾説箇甚麽。非是喒起風波。都自己惹災招禍。且看他這一番怎做科。那一番怎結末。

〔隨何做出見楚使云〕英布業已歸漢。你來此怎麽。〔楚使云〕英將軍。這是何人。〔正末做不能應科〕〔隨何云〕我是漢王使者隨何。因你項王聽信龍且之譖。使英布不能自安。已舉九江之兵歸降於漢。特遣小官親率二十餘騎到此迎接。我饒你快回去罷。〔楚使云〕英將軍。你豈有降漢之理。〔正末做不能應科〕〔隨何云〕賢弟。你既歸漢。便當背楚。却騎不得兩頭馬的。今已被楚使看見。不如殺之。以滅其口。〔做拔劍殺楚使科〕〔正末做奪劍不及科〕〔云〕仁兄。則被你害殺喒也。〔唱〕

【金盞兒】諕的喒面没羅。口搭合。誰似你這一片橫心惡膽天來大。没來由引將狼虎屋中窩。這一箇宣捷的有甚麼該死罪。這一箇仗劍的莫不是害風魔。不争你殺了他楚使命。則被你送了喒也漢隨何。

〔云〕令人。拿下隨何。待喒送他親見項王去來。〔卒應做拿隨何科〕〔隨何云〕不消綁得。我就隨你見項王去。你那個對頭龍且。正在項王左右。我又是個辯士。一口指定你要舉兵歸漢。着我引二十騎來迎接也是你來。着我殺楚使滅口也是你來。你説的一句。我還你十句。看道項王疑我。還是疑你。那龍且譖我。還是譖你。〔正末做歎氣科云〕嗨。喒若拿那厮見項王去。那厮是能言巧辯之士。口裏含着一堆的老婆舌頭。喒是個麤鹵武將。到得那裏。只有些氣勃勃的。可半句也説不過來。罷罷罷。喒也不要你去了。令人。且放了他者。〔卒做放科〕〔正末唱〕

【雁兒】楚王若是問英布。〔帶云〕那項王問道他是漢家。你是楚家。若是你不將書去接他。〔唱〕他怎敢便帶領着二十人。到軍寨裏鬧鑊鐸。那其間哥。可教喒答應是如何。

〔隨何云〕賢弟。你只説已舉兵降漢便了。〔正末云〕事勢至此。也不得不歸漢了。只一件要與你說過。咱在楚。項王相待頗重。如今要漢王待咱更重如項王。咱方甘心背楚歸漢也。〔隨何云〕那項王待你有甚重處。你與他救鉅鹿。破秦關。弒義帝。功非小可。只封的你當陽君之職。我漢王豁達大度。凡克城邑。即便封賞。曾無少吝。所以英雄之士。莫不歸心。賢弟。你不見韓信乎。他本一亡將。聽蕭何之薦。即日築臺拜爲大帥。何況賢弟雄名久著。漢王必當重用。取王侯如反掌耳。請賢弟早決歸降之心。無使自誤。〔正末唱〕

【賺煞】你休將咱厮催逼。相攛掇。英布也今番去波。不争我服事重瞳没箇結果。赤緊的做媳婦先惡了公婆。怎存活。恰便似睁着眼跳黄河。你着咱歸順他隆準的君王較面闊。你這裏怕不有千般揣摩。却將咱一時間瞞過。則怕你弄的咱做了尖擔兩頭脱。〔卒隨下〕

〔隨何云〕那英布歸漢了也。我若是不殺他楚使。他怎肯死心榻地便肯歸降。我當時在漢王根前曾出大言。如今果應吾口也。與儒生添多少光彩。只等英布兵起之日。我引著二十騎隨後進發便了。〔詩云〕兵間使事誰能料。當陽片言立應召。從此儒冠穩放心。免教又染君王溺。〔下〕

〔音釋〕酈音歷　説音稅　長音掌　溺泥叫切　使去聲　重平聲　王去聲　郴抽森切　棧音綻　且音疽　睢音雖　滎音盈　噲音快　降奚江切　啜樞悅切　黥音擎　間去聲　搠聲卯切　邯音寒　累上聲　喑音音　啞音鴉　咤瘡詐切　末魔去聲　合音何　分去聲　闖音敞　颭音磋　叢音從　潑音頗　颭昌染切　他音拖　活音和　佛浮波切　奪音多　闊科上聲　抓音

爪　謎迷去聲　薄音婆　扛孤桁切　刃仁去聲　壕音豪　覘癡髯切　釁欣去聲　撮磋上聲
脱音妥　末磨上聲　大音憻　鹵音魯　鑊音和　鐸東那切　掇音朵

第二折

〔正末引卒子上云〕喒英布一向在項王麾下。擁四十萬衆。鎮守九江。單則不曾封王以此心常怏怏。不意一時間聽了隨何説詞。便背楚歸漢。一路行來。漸近成皋關了。怎不見漢家有什麼糧草供應。人馬迎接。敢則是隨何自家的意思。要賺喒去獻功。那漢王還不知道哩。〔做歎氣科詩云〕嗨。非是喒服事君王不到頭。則爲一時同輩有冤讎。早知又上漁人手。何用貪他別釣鈎。令人。與喒請將隨何來者。〔卒云〕隨大夫有請。〔隨何引卒子上云〕事不關心。關心者亂。我隨何掉三寸舌。出使九江。説的英布舉四十萬衆來歸漢王。已到成皋關下。那英布着人請我。必是爲漢王不來迎接之故。我若待他説起。便是我的言詞不應口了。如今我去見他。自有一個主意。〔做見科云〕賢弟。你可知道楚漢相拒的事麼。〔正末云〕喒家不知。〔隨何云〕我漢王與項王。夾着廣武江爲陣。那項王請我漢王面見。要兩個比力。我漢王道比智不比力。因數項王十大罪。那項王大怒。伏弩射中漢王足指。這一向堅閉營門。在裏面養瘡。隨他緊要軍情。都不通報哩。〔正末云〕這等可知道來。喒如今到成皋關隔的一射之地。喒也道漢家怎没些兒糧草接濟喒家軍馬。這便罷了。則論尋常受降之禮。也該遣人相迎纔是。〔隨何云〕賢弟。待不才先去報知漢王。着他擺半張鑾駕。出境迎接。你意下如何。〔正末云〕只是不該重勞仁兄。〔隨何做別科云〕這個是我做典謁的本等。〔詩云〕暫時匹馬去。少刻八鑾迎。〔下〕〔正末云〕隨何去了也。便漢王患箭瘡不能出境親接。少不的將官也差幾個迎咱。令人。分付衆軍馬慢慢行者。〔衆應科〕〔正末唱〕

【南吕一枝花】抵多少遵承帝主宣。稟受將軍令。不由咱不叛反。不由咱不掀騰。現如今兩國吞併。使不的風雷性。且朦朧入漢城。也是咱不合就聽信了這一謎的浮詞。劍砍了那差來的使命。

【梁州第七】却教咱實丕丕興劉滅楚。笑吟吟背闇投明。這的是太平本是將軍定。折末他提人頭厮摔。噴熱血相傾。勢雄雄要分箇成敗。威糾糾要决箇輸贏。齊臻臻領將排兵。鬧垓垓虎鬬龍争。咱也曾濕浸浸卧雪眠霜。咱也曾磕擦擦登山驀嶺。咱也曾緝林林劫寨偷營。隨何也咱是你綰角兒弟兄。怎生來漢王不把咱欽敬。你説他有龍顔是真命。因此上將楚國重瞳看的忒煞輕。哎。隨何也須索箇心口相應。

〔卒報云〕稟元帥得知。已進成皋關了也。〔正末云〕那隨何去了許久。怎生還不見漢王出來迎接。這也可怪。〔做沉吟科云〕怎麽連隨何也不來了。令人。與咱劄下營寨者。〔卒云〕理會的。〔正末唱〕

【隔尾】咱這屯營劄寨寧心等。瞋目攢眉側耳聽。恰待高叫聲隨何你那一步八箇謊的可也喚不應。喒則道是有人來覷喒動静。〔做看科云〕可不是。〔唱〕喒則道是有人來供喒使令。〔做看科云〕可又不是。呸。〔唱〕却元來是撲剌剌風動轅門這一幅繡旗的影。〔隨何上〕〔正末做見怒科云〕喒問你這半張鑾駕。恰在那裏。〔隨何云〕賢弟。我不才失言了。漢王若是箭瘡好了。莫説半張鑾駕出境迎接。便是全副鑾駕也不爲難。只因瘡口未收。不便勞碌。況他周勃樊噲一班大將。都是尚氣的人。在漢王根前説你初來歸降。未有半根折箭功勞。自古以來。那曾見君王親迎降將之禮。我不才道是賢弟虎威。非他將可比。争些兒磨了半截舌頭。終是漢王爲樊噲等所阻。使不才説了謊話。如之奈何。〔正末云〕事已至此。難道他不來迎。喒依舊回還九江不成。如今漢王在那裏。待喒見去。〔隨何云〕漢王現卧帳中。你隨我入營見來。〔正末做臨古門見科〕〔漢王引二宫女上做濯足科〕〔正末做怒科〕〔唱〕

【牧羊關】分明見劉沛公濯雙足。覷當陽君没半星。直氣的喒不鄧鄧按不住雷霆。眼睁睁慢打回合。氣撲撲重添讒挣。不由喒不怒從心上起。惡向膽邊生。却不道見客如爲客。輕人還自輕。

〔做仰天掀髯噴氣科云〕叵奈劉季那厮濯足相見。明明覷的喒輕如糞土。這一來喒好差了也。令人。傳下將令。即刻拔營而起。重回喒九江去來。〔隨何云〕賢弟。你這回去。可還見項王麽。〔正末云〕怎麽不見。〔隨何云〕賢弟。你若見項王時。項王道。英布。你殺了俺使命。舉兵歸漢去了。漢王不用你。依舊歸俺楚國。俺楚國是個無祀鬼神壇。憑你自去自來。没些門禁的。那龍且在邊厢。又攙上幾句。那項王好個性兒。只一聲道。刀斧手。與俺推出轅門斬訖報來。那時節則怕賢弟悔之晚矣。〔正末云〕這也説的有理。則是喒今日弄的有家難奔。有國難投。兀的不被你害殺喒也。〔隨何云〕賢弟。且省煩惱者。〔正末唱〕

【哭皇天】是誰人這般信口胡答應。大古裏是你箇知心好伴等。則你那劉沛公無君臣的新義分。哎。隨何也喒與你有甚麽弟兄的舊面情。〔隨何云〕我元説漢王被項王的伏弩射中足指。現今瘡口未收。所以要濯足哩。〔正末唱〕這其間都是你隨何隨何弊倖。據着喒一生氣性。半世威風。若不看你少年知識。往日交遊。只消喒佩中劍支楞支楞的響一聲。折末你能言巧辯。早做了離鄉背井。

【烏夜啼】那其間這漢隨何不償了喒天臣命。則你箇劉沛公見面不如聞名。你道是善相持能相競。用不着喒軍馬崩騰。武藝縱横。則教你楚江山覷不得火上弄冰凌。漢乾坤也做不得碗内拿蒸餅。哎。隨何也你怎麽不言語。不承領。從今後將軍不下馬。各自奔前程。

〔隨何云〕賢弟。你則寬心兒等待者。我漢王少不得重用你哩。〔正末云〕那濯足的盛情。喒已領了。常言道頭醋不酸。二醋不餤。喒還待他個甚的。只是楚國又不好去。這普天下那裏容喒七尺身子。不如拔劍自刎罷了。〔做拔劍科〕〔隨何做按住劍科〕〔正末唱〕

【罵玉郎】哎。是誰人緊握住喒青鋒柄。可又是隨何也這先生。〔隨何云〕賢弟差矣。螻蟻尚且貪生。爲人怎不惜命。據賢弟英雄蓋世。右投則右重。左投則左重。何處不立功業。何處不取王侯。却做這自盡的勾當。可不是匹夫匹婦之諒。好短見也。〔正末唱〕你道喒英雄蓋世無人並。投一國一國重。立功業功業成。取王侯王侯定。

【感皇恩】可是喒要做愚夫婦溝瀆自經。倒不如那螻蟻尚惜殘生。拚的箇割斷了絳紅纓。掀翻了犀皮冑。血染了征袍領。從今後收拾了喧喧嚷嚷略地攻城。畢罷了轟轟烈烈奪利争名。一任他遊魂散幾時休。遺骸倩何人葬。只乾着了這當王相枉遭黥。

〔云〕既然你勸喒不要自刎。喒如今也不臣漢。也不還楚。率領四十萬大兵。依舊往鄱陽湖中落草去也。〔隨何云〕賢弟。你的封王只待早晚間滅了項羽。便是囊中之物。却要去做草頭大王。好没志氣也。〔正末云〕噤聲。〔唱〕

【採茶歌】喒如今疾驅兵。速離營。只去那鄱陽湖上氣憑陵。權待他鷸蚌相持俱斃日。也等喒漁人含笑再中興。

〔云〕隨何。借你的口。傳語漢王者。喒此一去抵二十個楚霸王。好些難禦哩。〔唱〕

【煞尾】不争教劉沛公這一偏無行徑。單注定漢天下有十年不太平。他只要自稱尊。自顯能。覷的人糞土般污。草芥般輕。激的喒引領大兵。還歸舊境。汗似湯澆。怒似雷轟。直抵着二十箇霸王没的支撑。連你箇説咱的隨何也不乾浄。〔隨何云〕賢弟。你聽我説。還再等一等。自有重用之日。〔正末做喝科云〕噤聲。〔唱〕誰待將你那無道的君王做聖明來等。〔引卒子下〕

〔隨何云〕適纔漢王濯足見英布。非是故意輕他。使這嫚罵的科段。只因爲英布自恃英勇無敵。怕他有藐視漢家之心。故以此折挫其鋭氣。況他元是鄱陽大盗出身。無甚麽高識遠見。待他回歸營寨。自有牢絡之術。乃漢王顛倒豪傑之處。想此時英布已到營了。我再看他去波。〔下〕

〔音釋〕思去聲　賺音蘸　中去聲　併平聲　糾音九　磕音可　驀音陌　營音盈　兄虚盈切　應平聲　瞋音嗔　聽平聲　譔音巽　掙争平聲　叵音頗　攛麤酸切　競其硬切　轟音烘　鷸音穴　蚌音謗　境音景　轟呼横切　藐音眇

第三折

〔漢王引張良曹參周勃樊噲卒子上云〕孤家漢王是也。前者遣隨何下九江説得英布歸降。孤家故意使兩個宮女濯足。接見英布。聞他不勝大惱。幾欲拔劍自刎。如今他還營去了。要引着大兵重向鄱陽落草。這是他的故智。孤家想來。人主制禦梟將之術。如養鷹一般。飢則附人。飽則颺去。今英布初來歸我。於楚已絶。於漢未固。正其飢則附人之日也。孤家待先遣光禄寺排設酒筵。教坊司選歌兒舞女。到他營中供用。看他喜也不喜。再遣子房領着曹參等一班兒將官同去陪待。致孤家殷勤之意。料他必然歡悅。如若怒氣未平。孤家另有理會。不怕他不死心搨地與孤家共破楚王。子房以爲何如。〔張良云〕主公高見。與貧道相合。聞的項王遣龍且救魏。當住韓信。自家親率大兵擊彭越於外黄。據貧道料來。彭越怎敵得項王。則外黄必破。外黄破則楚軍益張。今英布歸降。不若捐一侯印與之。就着他率領本部人馬往救彭越等兩個來攻項王。此機會不可失也。〔漢王云〕孤家之意。正欲如此。如今子房且同諸將到英布營中去。孤家隨後亦至矣。〔張良云〕曹將軍。我等共往英布營陪待去來。〔樊噲云〕那英布有甚麽本事。在那裏不過是個黥面之夫。適纔俺大王見他時。先該除他這鐵帽子。撒脬尿在裏面。怎麽只將兩隻臭脚去薰他。他是個齉鼻子。一些香臭也不懂的。他那裏便肯頭低。我每如今到他營寨去。軍師。你只憑着我。等我一交手。先捽他一個脚稍天。你不要失了我自家的門風。〔曹參云〕樊將軍不要多説。到那裏只隨着軍師便了。〔共下〕〔正末引卒子上〕〔詩云〕不如意事常八九。可與人言無二三。喒英布自謂舉九江四十萬衆投降漢王。必得重用。豈知漢王濯足見喒。明明是覷的喒輕如糞土。争些兒一氣一個死。如今重引大兵到鄱陽湖中落草去。令人。傳下軍令。將營寨拔起。取舊路進發者。〔衆應科〕〔正末云〕只是那隨何是喒綰角兒弟兄。他可不該來哄喒。不殺的他。也出不得這口臭氣。〔做噴氣科〕〔隨何引厨役扛筵席四旦扮妓女上云〕賢弟請了。我説漢王必然重待賢弟。如今着光禄寺排設筵席。教坊司選歌兒舞女供應哩。〔正末云〕喒少這些筵席喫那。〔唱〕

【正宮端正好】則喒這鎮江淮。無征鬭。倒大來散誕優游。不争的信隨何説謊謾天口。

你道喒封王業時當就。

【滾繡毬】折末您皓齒謳。錦瑟搊。列兩行翠裙紅袖。更擺設百味珍饈。顯的喒越出醜。却元來則爲口。大古裏不曾喫些酒肉。則被您送的人也有國難投。折末您造起肉麪山也壓不下喒心頭火。鑿成酒醴海也洗不了喒臉上羞。怎做的楚國亡囚。

〔張良同曹參周勃樊噲上入見科〕〔張良云〕俺主公因爲足瘡未愈。適間甚多失禮。特着貧道同一班兒大將造拜。一來替主公請罪。二來就陪待君侯。休得見怪者。〔正末做不應科〕〔樊噲做扯架子科云〕想是他還惱哩。待我老樊與他打一個流星十八跌。〔張良云〕取酒來。〔做送酒科云〕君侯請滿飲此杯。〔正末做不接科〕〔唱〕

【倘秀才】喒與您做參辰卯酉。誰待喫這閒茶浪酒。〔隨何云〕賢弟。這一位是軍師張子房。〔正末唱〕哎。您這箇燒棧道的先生忒絶後。您當日箇施謀略。運機籌煞有。

〔隨何云〕這一位是建成侯曹參。〔正末云〕好曹參。他會提牢押獄哩。〔隨何云〕這一位是威武侯周勃。〔正末云〕好周勃。他會吹簫送殯哩。〔隨何云〕這一位是平陰侯樊噲。〔正末云〕好樊噲。他會宰猪屠狗哩。〔樊噲做怒科云〕他笑我屠狗麽。咄。你是黥布。我可也不似你會殺人放火做强盜。〔正末唱〕

【滾繡毬】元來這樊噲也做萬户侯。他比喒單則會殺狗。無過是託賴着君王親舊。現統領着百萬貔貅。他和喒非故友。枉插手。他怎肯去當今保奏。哎。元來這子房也是箇傖頭。您待把一池緑水渾都佔。怎生來不放傍人下釣舟。却教喒何處呑鈎。
〔張良云〕主公遣貧道引着衆將來陪待。君侯若不飲呵。是無主公的面分了。〔正末云〕喒英布舉四十萬大兵。遠遠的從九江到這裏。投見漢王。豈知漢王不以人禮相待。踞牀濯足。覷的喒輕如糞土一般。今日的酒便真個是金波玉液。英布福薄。可也飲不下去。〔隨何云〕賢弟。你也忒氣重了些。俺漢王本爲足上箭瘡未曾收口。要洗的乾凈。好貼膏藥。又是從小裏患些脚氣症候。他接見人。十次倒有九次洗脚哩。〔正末唱〕
【脱布衫】那時節在豐沛縣草履團頭。常則是早辰間露水裏尋牛。驪山驛監夫步走。拖狗皮醉眠石臼。
【小梁州】這的是從小裏染成腌證候。可不道服良藥納諫如流。誰似你這般輕賢傲士没謙柔。激的喒爲讎寇。到如今都做了潑水怎生收。
〔漢王引冲末扮宣敕官卒子捧牌劍推車上〕〔卒報科云〕聖駕來了也。〔冲末上立宣敕云〕漢王手敕到來。英布跪聽者。〔敕曰〕寡人聞良鳥擇木而棲。忠臣擇主而事。爾當陽君英布。本以楚將。來歸寡人。非其擇主之明。何以至此。今項王遣龍且救魏。禦我韓信。親率二十萬騎。擊彭越於外黄。特加爾爲九江侯。破楚大元帥。即領本部軍馬。往援彭越。共討項王。功成之日。另行封賞。爾其欽哉。謝恩。〔正末做跪接詔科〕〔卒捧牌劍正末上立〕〔漢王拜送科云〕請元帥受牌劍者。〔卒推車上科〕〔漢王云〕請元帥就車。寡人親自推轂者。〔正末做上車科〕〔漢王跪把轂科云〕從天以下。從地以上。苟利漢室。唯元帥制之。〔做卒牌劍先行漢王推車三轉科〕〔正末做下車拜見漢王科〕〔漢王云〕取酒過來。〔妓女斟酒科云〕酒到。〔漢王做跪送科云〕請元帥滿飲此杯。〔正末跪接飲起科〕〔唱〕

【幺篇】喒則道遣紅粧來進這黄封酒。恰元來劉沛公手捧着金甌。相勸酬。能勤厚。〔帶云〕喒本待見漢王。花白他幾句。這一會兒喒可不言語了。〔唱〕早則被天威攝的喒無言閉口。哎。英布也你是箇銀樣鑞鎗頭。

〔正末做背科云〕今日這一杯酒不打緊。使後代人知漢王幾年幾月幾日在英布營裏跪送一杯酒。喒英布死便死。也死的着了也。〔做回身拜謝科云〕謝大王賜酒。〔唱〕

【叨叨令】請你箇漢劉王龍椅上端然受。早來到張子房半句兒無虚謬。光禄寺幾替兒分前後。教坊司一派的笙歌奏。兀的不快活殺喒也麽哥。兀的不快活殺喒也麽哥。似這般受用可也誰能勾。

〔云〕人説漢王見臣子們動不動嫚駡。全無些禮體。今日看起來。都是妄傳也呵。〔唱〕

【剔銀燈】喒則道舌剌剌言十妄九。村棒棒呼幺喝六。查沙着打死麒麟手。這半合兒敢駡徧了諸侯。元來他駡的也則是鄉間漢。田下叟。須不共英雄輩做敵頭。

【蔓青菜】則見他坦心腹披袍袖。依然似枌榆社麥場秋。笑吟吟自由。雖然做不得吐哺握髮下名流。也是喒的風雲湊。

〔漢王做醉睡科〕〔張良云〕俺主公醉了也。隨大夫。你護送回營去者。〔隨何扶漢王下〕〔張良云〕請問元帥。幾時起兵救彭越去。〔正末云〕大王回營去了。那救彭越之事。如救火一般。豈可停留時刻的。看末將即日傳令。提兵擊項王去來。〔樊噲云〕你不如把這元帥的牌印讓與我老樊。當日鴻門宴上。我老樊只除下兜鍪。把守轅門的軍校一時打倒。諕得項王在坐上骨碌碌滾將下來。你可知道麼。〔張良云〕前日韓信拜了元帥。就壇上點名。便先斬了英蓋一員大將。今日英元帥也是俺主公親拜的。牌印在手。他要割你這頭。可也容易。〔樊噲云〕他也割得頭的。這等。只不如屠狗去也。〔正末唱〕

【柳青娘】眼見得君王帶酒。休驚御莫聞奏。喒囑付您箇張子房莫愁。看英布統戈矛。今番不是强誇口。楚重瞳天亡宇宙。漢劉王合霸軍州。管教他似雀逢鷹。羊遇虎。一時休。

【道和】把軍收。把軍收。看江山安穩盡屬劉。不剛求。想喒想喒恩臨厚。教喒教喒難消受。這報答志難酬。肯遲留。撲騰騰征驍驟。看者看者喒爭鬭。都教望着風兒走。看者看者喒爭鬭。都教死在喒家手。看沙場血浸横屍首。直殺的馬頭前急留古魯亂滾滾死死死死人頭。

【啄木兒尾】免了彭越憂。報了睢水讎。直殺的塞斷江河滔天溜。早則不從今已後。兩分疆界指鴻溝。〔同卒下〕

〔張良云〕那英布領兵擊楚去了也。項王平日所恃大將。止英布龍且兩個。貧道算來。龍且是莽撞之夫。必然死於韓信之手。項王聞得龍且死。已自心怯。又見英布歸漢。反去擊他。必然不戰。而外黄之圍自解。却又放出彭越這枝軍馬。與英布夾攻項王。項王必然敗走。一面通知韓信。着他繞出夏陽。截他歸路。擒項王必矣。〔樊噲云〕軍師既然算的這等停當。俺家也整搠軍馬。同攻項王去。難道只在營裏殺狗肉喫。〔張良詩云〕黥布英雄肯出師。天亡楚國正斯時。轅門預備功成宴。教兒學唱大風詩。〔曹參等同下〕

【音釋】刎文去聲　鄱音婆　梟音驍　颺音羊　脬音拋　齈奴凍切　摔音灑　肉柔去聲　醴音里
貔音疲　貅音休　傖音撐　六音溜　鍪音謀　騗音寃

第四折

〔漢王引張良曹參周勃樊噲隨何二旦執符節上詩云〕霸王當日渡江來。一騎烏騅百萬開。欲知沛上真龍起。試看軍前大會垓。孤家用軍師之計。着英布往救彭越。共擊項王去了。好幾日還不見捷音到來。使我好生懸望。〔張良云〕貧道已曾差能行快走夜不收往軍前打探去了。着他一見輸贏。便來飛報。適纔一陣信風過。貧道袖傳一課。敢有喜音來也。〔隨何云〕彭越元是漢家一員虎將。

如今又添上英布。兩個夾攻項王。那項王雖則英勇。怎當的腹背受敵。這一遭戰。臣敢立的包狀。只有勝無有敗。〔樊噲云〕你又來調喉了。當日俺每攻破彭城時節。那項王自齊國三晝夜趕回。是走乏的人馬。俺每衆將從城中殺出。彭越從外面殺入。那項王可不也是腹背受敵。則被他一騎馬一筲鎗。衝突將來。殺的人人退縮。個個奔逃。漢家四十六萬人馬。都擠落睢水裏面。幸的死人多。睢水不流。俺每都打死人堆上騎着馬跑。方纔脱的性命。至今説起。俺這心膽還是磕撲磕撲的跳。你道增了個黥面囚徒。就説這等好看話兒。要在軍前立下包狀。你這個油嘴可包的。俺老樊恰包不的。〔正末扮探子執旗打搶背上云〕這一場好廝殺也呵。〔唱〕

【黄鍾醉花陰】俺則見楚漢争鋒競寰土。那楚霸王肯甘心伏輸。此一陣不尋俗。這漢英布武勇誰如。據慷慨堪稱許。善韜略曉兵書。〔帶云〕出馬來。出馬來。〔唱〕没半霎兒早熬翻了楚項羽。

〔做入見科云〕報報報。喏。〔張良云〕好探子也。他從陣面上來。則見他那喜色旺氣。一張弓彎秋月。兩枝箭插寒星。肩擔一幅泥金令字旗。頭戴八角紅纓桶子帽。九重圍裏往來。直似攛梭。萬隊營中上下。渾如走馬。殺氣騰騰蔽遠空。一聲傳語似金鍾。兩家賭戰分成敗。只在來人啓口中。探子。你把兩軍陣上那家勝。那家輸。喘息定了。慢慢的説一徧咱。〔正末唱〕

【喜遷鶯】骨刺刺旗門開處。那楚重瞳在陣面上高呼。無徒。殺人可恕。情理難容。這匹夫。兩下裏廝恥辱。那一箇道待你非輕。這一箇道負你何辜。

〔張良云〕哦。那項王在陣上看見英布。怎不着惱。〔西江月詞云〕兩陣旗門相對。軍前各舉戈矛。高聲英布楚亡囚。怎敢和咱争鬭。畢竟交鋒深處。是誰奪得嬴籌。君王側耳聽根由。專待捷音宣奏。探子。你喘息定了。再説一徧咱。〔正末唱〕

【出隊子】俺這裏先鋒前部。會支分能對付。咊咊咊響颼颼陣上發箇金鏃。火火火齊臻臻軍前列着士卒。呀呀呀俺則見垓心裏驟戰駒。

〔張良云〕兩陣對圓。門旗開處。俺這壁英元帥出馬怎生打扮。戴一頂描星辰。晃日月。插鵕翎。排鳳翅。玲瓏三角叉。棗穰紫金盔。披一付湯的刀。避的箭。鎖魚鱗。掩月鏡。柳葉砌成的龜背猼猊鎧。襯一領攝人魂。耀人目。染猩紅。奪天巧。西川新十樣無縫錦征袍。繫一條拆不開。紐不斷。裹香綿。攢綵線。緊緊粧束的八寶獅蠻帶。穿一對上殺場。踢寶鐙。刺犀皮。攢獸面。吊根墩子製吞雲抹緑靴。輪一柄明如雪。快如風。沁心寒。逼齒冷。純鋼打就的宣花蘸金斧。跨一匹兩耳小。四蹄輕。尾羓細。胸膛闊。入水如平地。捲毛赤兔馬。怕不嬴了那項羽也。探子。你喘息定了。再説一徧咱。〔正末唱〕

【刮地風】鼕鼕鼕不待的三聲凱戰鼓。忽剌剌兩面旗舒。撲騰騰二馬相交處。則聽的鬧垓垓喊震天隅。俺則見一來一去不見嬴輸。兩匹馬兩員將有如星注。那一箇使火尖鎗。正是他楚項羽。忽的呵早剌着胸脯。

〔張良云〕俺這壁英元帥。是一員虎將。難道當不得項王一鎗。〔詩云〕蕩起征塵二馬交。鎗來斧

去肯相饒。要與漢家出力爭天下。拼命當先在此朝。探子你且喘息定氣。慢慢的再説一徧。與俺聽者。〔正末唱〕

【四門子】俺英布正是他的英雄處。見鎗來早輕輕的放過去。兩員將各自尋門路。整彪軀輪巨毒。虛裏着實。實裏着虛。廝過瞞各自依法度。虛裏着實。實裏着虛。則聽的連天喊舉。

【古水仙子】紛紛紛濺土雨。靄靄靄黑氣黄雲遮了太虛。刷刷刷馬蕩動征塵。隱隱隱人蟠在殺霧。吁吁吁馬和人都氣促。吉當當鎗和斧籠罩着身軀。扢搼搼斧迎鎗幾番烟燄舉。可擦擦鎗迎斧萬道霞光出。廝琅琅斷鎧甲落兜鍪。

【尾聲】嗔忿忿將一匹跨下征駹緊纏住。殺的那楚項羽促律律向北忙逋。〔打旋風科云〕俺英元帥呵。〔唱〕兀的不生掿損明晃晃這柄簸箕般金蘸斧。

〔張良云〕俺這壁勝了也。那壁敗了也。探子。賞你三壜酒。一肩羊。十日不打差。〔探子叩頭謝科下〕〔樊噲云〕不知項王敗走那裏去。俺每領些軍馬趕上。殺他一陣。也好分他的功。不要獨獨等這黥面之夫佔盡了。〔隨何云〕項王既敗。帝業成矣。臣等請爲大王舉千秋之觴。〔漢王云〕今日之勝。皆賴軍師妙算。隨使者遊説之功。諸將翊贊之力。只等英元帥奏凱回來。孤家當裂土而封。大者王。小者侯。不敢吝也。〔正末引卒子蹦馬上唱〕

【側磚兒】爲甚麽捐軀死戰在沙場。也則要赤心扶立漢家邦。莫道喒居功處無謙讓。喒本是天生下碧玉柱紫金梁。

【竹枝兒】他若問英布如何救外黃。喒則說項羽虧輸走夏陽。恨不就窮追直趕到烏江。今日箇鳴金收士馬。奏凱見君王。隄防。只怕他放二四又做出那濯足踞胡床。

〔云〕可早到漢營了也。令人。接了馬者。〔做下科〕〔卒報云〕喏。報大王得知。有英元帥到於轅門之外。〔漢王云〕隨大夫。你出去引進來。〔隨何出迎科〕〔正末入見云〕末將引兵到外黃城下。與項王決戰。幸獲微功。只是不曾請的旨。不好窮追。望大王勿罪。〔漢王云〕項王此敗。其意氣消折盡矣。況他龍且周蘭已爲韓信所斬。只待諸將之兵會集。那時追他。亦未爲遲。孤家聞知兵法有云。兵賞不踰日。當時韓王克齊。就封三齊王。今卿建此大功。封爲淮南王。九江諸郡皆屬焉。隨何説卿歸漢。功亦次之。加爲御史大夫。其餘諸將。姑待擒獲項王之後。別行封賞。一壁厢椎翻牛。窨下酒。就軍營前設一慶功筵宴。賜士卒大酺三日者。〔正末同隨何謝恩科〕〔唱〕

【水仙子】謝天恩浩蕩出尋常。〔帶云〕喒英布呵。〔唱〕與韓信三齊共頡頏。便隨何豈有他承望。也則爲薦賢人當上賞。消受的紫綬金章。喒若不是扶劉鋤項。逐着那狐羣狗黨。兀良怎顯得喒這黥面當王。

〔音釋〕騎去聲　笴音提　俗詞疽切　霎音殺　剌音辣　辱如去聲　咻音床　鋤聰疎切　卒從蘇切

叉去聲　搪音唐　猊音倪　沁侵去聲　毒東盧切　促音取　出音杵　鍪音謨　掿音鬧　窨音蔭　餔音蒲　頡音俠　頏音杭

題目　隨大夫銜命使九江
正名　漢高皇濯足氣英布